馬琴小説研究

葛綿正一

翰林書房

馬琴小説研究◎目次

序

曲亭馬琴（明和四年〜嘉永元年〈一七六七〜一八四八〉）については近年、基本文献が充実してきた。『椿説弓張月』（後藤丹治校注、日本古典文学大系、岩波書店、一九五八年）に続いて『開巻驚奇侠客伝』（横山邦治、大高洋司校注、新日本古典文学大系、岩波書店、一九九八年）、『近世説美少年録』（徳田武校注訳、新編日本古典文学全集、小学館、一九九九〜〇一年）で注釈がなされ、『馬琴中編読本集成』（鈴木重三、徳田武編、汲古書院、一九九五〜〇八年）、『馬琴書翰集成』（柴田光彦、神田正行編、八木書店、二〇〇二〜〇四年）が編集されている。新しい『南総里見八犬伝』（濱田啓介校訂、日本古典集成、新潮社、二〇〇三〜〇四年）、興味深い『馬琴の自作批評』（神谷勝広、早川由美編、汲古書院、二〇一三年）も刊行され、意欲的な研究は少なくない。もちろん、本書はそれらから多大の恩恵を受けており、とりわけ高田衛『滝沢馬琴』（ミネルヴァ書房、二〇〇六年）には多くを学んだ。『馬琴草双紙集』（板坂則子解題、叢書江戸文庫、国書刊行会、一九九四年）は黄表紙、合巻に詳しく、『中型読本集』（高木元解題、叢書江戸文庫、一九八八年）は中型読本について詳しい。近年の研究史としては藤沢毅「馬琴研究の現在」（『読本研究新集』六、二〇一四年）が備わる。

本書第一部は、馬琴の五大長編読本を様々な観点から読み解こうとするものである。『椿説弓張月』に関しては言語形象の観点から、『朝夷巡嶋記』に関しては身体的主題論の観点から迫る。『近世説美少年録』に関しては物質的主題論の観点から、『開巻驚奇侠客伝』に関しては人物造型の観点から迫る。『南総里見八犬伝』に関しては王権と資本という社会システムの問題を論じるが、第一部では神話と小説の関係について考察することになる。

第二部は都賀庭鐘、上田秋成の読本から馬琴の読本への展開を論じようとするものである。ロゴスとコードの世界、パトスとメッセージの世界、神話と反復の世界がそれぞれ明らかになるはずである。第二部では身体表象の視点から、近世小説史を試みることにもなる。最終章では馬琴における言葉の張力、書き手の受難、背負う形象、火の活用術、未完の反復について確認している。

いずれも粗削りな試論にすぎないが、馬琴の小説を繙く人には何かしら役立つところがあると思う。『馬琴中編読本集成』推薦文に「研究の常道、本筋の作品研究に返るべき時が来た」（中村幸彦）とみえる。その精神には忠実であろうとしたつもりである。

原文の引用は上記のものに拠った。それぞれの御労作に感謝申し上げたい。ただし煩雑になるので適宜、振り仮名を省略し、やむなく特殊な漢字は通行の漢字に置き換えた。そのほか随筆関係の引用は『日本随筆大成』等に拠っている。

主要作品の一覧を掲げておく。長編読本はいくつかの叢書、文庫に収められている。『椿説弓張月』（文化四年～八年〈一八〇七～一一〉）日本古典文学大系、有朋堂文庫、『朝夷巡嶋記』（文化十二年～文政十年〈一八一五～二七〉）続帝国文庫、『近世説美少年録』（文政十二年～天保三年〈一八二九～三二〉）、『新局玉石童子訓』（弘化二年～五年〈一八四五～四八〉）新編日本古典文学全集、叢書江戸文庫、『開巻驚奇侠客伝』（天保三年～六年〈一八三二～三五〉）新日本古典文学大系、日本文芸叢書、『南総里見八犬伝』（文化十一年～天保十三年〈一八一四～四二〉）日本古典集成、岩波文庫、日本名著全集。

馬琴作品は帝国文庫、続帝国文庫に多数収録されるが、そのほかの叢書、文庫などに収められた著作を掲げておく。『増補俳諧歳時記栞草』（享和三年版の改編、嘉永四年）『近世物之本江戸作者部類』（天保四年～五年）岩波文庫、『曲

亭伝奇花釵児』（文化元年）新日本古典文学大系、『尽用而二分狂言』（寛政三年）近代日本文学大系、『小説比翼文』（文化元年）叢書江戸文庫、『新編水滸画伝』（文化二年～四年）有朋堂文庫、『著作堂雑記』（文化元年～）曲亭遺稿、『戯子名所図会』（寛政十二年）和泉書院、『犬夷評判記』（文政元年）江戸名物評判記集成、徳川文芸類従、『傾城水滸伝』（文政八年～天保六年）江戸戯作文庫（二編まで）、『吾佛之記』（文政五年、天保十三年）『後の為の記』（天保六年）八木書店、『馬琴評答集』『馬琴書翰集』『馬琴書翰選』『近世小説稿本集』天理図書館善本叢書。

幸いなことに、国会図書館デジタルコレクションではいくつかの板本を閲覧できる。

第一部

神話と小説

馬琴の五大読本を中心に

『椿説弓張月』は鳥を探して嶋をめぐる話であり、『朝夷巡嶋記』は三人の男が巡り会う話である。『近世説美少年録』は男が悪事を重ねる話であり、『開巻驚奇侠客伝』は津波に浚われて助かる話であり、『南総里見八犬伝』は八人の男が巡り会う話である。いずれも何らかの出典があるとはいえ、神話的なモチーフを有していることは明らかであろう。馬琴の長編読本はレヴィ＝ストロースの神話研究とともに読むことで、魅力を開花させるように思われる。しかし、それぞれの作品は小説として神話に抗っているのではないだろうか。執拗な細部の喚起力が神話の構造を緩やかに変容させるからである。人々を支配する観念の集積が神話だとすれば、小説はそれに抵抗する言葉の運動であろう。第一部では言語形象、身体的主題、物質的想像力、人物造型、社会システムなどから、長編読本の小説としての魅力を明らかにしてみたい。五つの試論で問題とするのは言葉、形象、物質、人物、社会である。

Ⅰ　椿説弓張月を読む――言葉の張力

『椿説弓張月』（文化四年～八年）は源為朝が琉球に渡って活躍する作品だが、出典論に深入りすることなくもっぱら小説として読み解いてみたい。なぜなら、『弓張月』にはきわめて興味深い言語形象が見て取れるからである。それは題名が示す通り、言葉の張力とでもいうべきものである。

馬琴の島を巡る小説には、王権の確立に至る求心力が働いている。しかし、遠心性や拡散性を読み取ることもできるだろう。島を巡る旅は単に循環的なものではなく、この先どうなるかわからないという危うさを秘めているからである。それは一歩一歩危うげに進んでいくエクリチュールの旅なのである。『椿説弓張月』の島渡りは前篇・後篇・続篇・拾遺・残篇と続くが、ここではその様相を言葉の張力という観点から具体的に辿ってみる。

一　張力の小説

前篇〈文化四年〉

『弓張月』とは張力の小説ではないだろうか。言葉が引き伸ばされ、折り曲げられて力を発揮する作品だからである。「多くは憑空結構の筆に成。閲者《みるもの》理外の幻境に遊ぶとして可なり」という序文からは「空」に憑かれていることがわかるが、空を飛ぶことも、そうした言葉の張力にかかっているように思われる。冒頭からみていこう。

清和天皇七世の皇孫、鎮守府将軍陸奥守源義家の嫡孫、六条判官為議の八男、冠者《くわんじゃ》為朝と聞えしは、智勇無双にして身の丈七尺、豺《さい》の目、猿の臂《ひぢ》、膂力人に勝れて、よく九石の弓を曳《ひき》、矢継早の手煆煉《てだれ》なり。されば天性弓馬の妙奥を極むべき人にやありけん、生れながらにして弓手《ゆんで》の肘、馬手《めて》に四寸伸《かひな》て、矢束を引こと世に超《こえ》つ。幼《いとけな》きよりその見識卓くして、夥《あまた》の兄《このかみ》にも処を置ず、よろづ己が随意挙動《まにまにふるまひ》給ひける。

（引用は日本古典文学大系による、第一回）

弓手が馬手よりも長いという不均衡は、兄をものともしないという不均衡に通じるが、そのような不均衡が言葉に緊張感を与えている（以下、左手と右手のリズムに注目したい）。強度が最も高まるのは、もちろん弓を引き絞るときである。「弓に矢つがひ、満月のごとく引しぼり、矢声をかけて切て発つ」、こうした張力が『弓張月』には漲っている。ただし、ここで弓を引いているのは為朝ではない。では、為朝はいつ弓を引くことになるのか。こうしたサスペンスとともに言葉は張力というべきものを高めていく。為朝はまず小手調べのようにして弓を撓めてみせる。

…弓の末《うら》を挿入れて、一反丁《ひとはねちやう》とはね給へば、彼二ッの狼は、大力《だいりき》の弓杖《ゆんづゑ》に支られ、左右へ撲地《はた》と顛臥《まろび》しが、ふたたび挑み戦んともせず、流るる鮮血《ちしほ》を舐あひて、忽地《たちまち》睦しう見えたり。

（第二回）

少しばかり弓を撓ませただけで、たちまち二匹の獰猛な狼を仕留めている（「丁」が紙面を数えるときの符号であることに注意したい）。仕留められた狼は山雄、野風と名づけられ、為朝の忠実な手下となる。弓矢をもたぬ紀平治との出会いも、この弓の一撃がきっかけとなっている（興味深いことに、「紀平治」という名前は保元に続く年号を含む）。第三回には激烈な落雷の場面があるが、為朝の屈強な弓が雷を招いたかのようだ。「哀むべし重季は、脳砕《なうくだけ》、肉壊《にくやぶ》れ、全身黒く黖《ふすぼり》て、肢体《えだ》はつづきたる所もなけれど、もてる刀さへ放さず。左手《ゆんで》は血に塗れながら、一顆《ひとつ》の珠を握り持て死たるが、雷公《いかづち》はここより昇しかと見えて、十囲《ひとかかへ》にもあまる楠を、斧もて割しごとく、梢より根の際まで、二片《ふたつ》に裂てあり…」。この場面から天に属するもの、地に属するもの、人に属するものを指摘することができるだろう。龍や雷は天空に属するものであり、蛇は大地に属するものである。だから、龍や雷は蛇の玉を奪おうとするのである（「蛇数百年を経るときは、身の中にかならず珠あり。龍是をしることあれば、その珠を取らん為に、まづ雷公《いかづち》を遣りて震するとかや」）。為朝のために戦う狼は人に属しており、『八犬伝』の先駆形態といえる。

第四回にも天と地の対立を指摘できる。「鶴はさとおとし来て、嘴《はし》もて丁と衝《つく》やうなりしが、猴は忽地《たちまち》血に塗れながら撻《だう》と墮《おち》、鶴は高く翔《まひ》あがりて、南を投《さし》て飛去りける」。鶴は天空に属するものである。猿は高いところに登るが、鶴のせいで落下してしまうのであって、猿が天空に属するものではないということを教えている。したがって、天と地の間には緊張関係があり、それが本作品に一貫している。鶴の献上を強要する信西は猿に近いのであろう（『旬殿実実記』三にも鳥と猿の対立がみえる）。

第五回で為朝は阿蘇忠国の娘、白縫と結婚し、鶴を求めて紀平治とともに琉球に向う。第六回では寧王女の鶴と為朝の玉が交換されるが、それは天に属するものと地に属するものの交換を意味している。為朝は鶴を背負って帰ろうとする。

第七回は鶴を手に入れた為朝が琉球を出発するところである。「直《ただ》に船に乗り給へば、忽地《たちまち》帆を張、舵をとり、東北《うしとら》を望《さし》て走らせける」。帆を張ること、それは力が漲ることにほかならない。しかし、せっかく捕獲した鶴は放たれてしまい、保元の乱が起こる。「鶴はふたたび笳《かご》を出て、九霄に飛揚し、為朝の苦辛《くしん》忽地徒事《あだごと》となりにけり」（第八回）。地上では史実通りに事態が進行するが、虚構は空をめがけて飛翔していくということであろう。歴史は虚構としての鶴など必要としていないからである（鶴は弦に通じ、弓の縁語となる）。阿蘇城が攻められる第九回で、忠国は戦死し、白縫と紀平治は四国に逃れる。

第一〇回には都における為朝の敗走が描かれる。「持たる弓をとりなほして、臀《しり》のあたりを打給へば、馬は忽地《たちまち》身ぶるひし、北の濱方《はまべ》へ馳去ける」。この後、馬が為朝を導いてくれるのであって、弓を引くだけで為朝の運命は好転するのである。父の馬飼であった藤市に助けられ、山奥の温泉で療養する。

しかし、為朝は藤市の甥に裏切られる。「これが来る毎に、為朝の弓弦《ゆづる》、おのづから断《きれ》しかば、ふかく怪み…」とあるが（第一一回）、張りつめたものが切れるときは危機を意味している。為朝は武藤太の裏切りによって浴室で捕縛されるのである。「五指のかはるかはる弾《はぢか》んより、一拳《いつけん》にしかず。小は大に敵しがたければ、終《つひ》に生拘られ給へるぞうたてしき」とある通り、為朝の弾く力は押さえ込まれてしまった。とすれば、武藤太への復讐がまさに、そこをめがけて執行されるのは必然であろう。

為朝に代わって白縫が行う武藤太への復讐場面に注目してみたい。「十の指をひとつひとつ、切落し切おとせば鮮血滾々《こんこん》とながれ出て、十条の赤泉漲るごとく、又梅液《うめづ》に漬たる生姜《はじかみ》に似たり」（第一二回）。身体に苦痛を与えるとき、言葉には緊張感が「漲る」のである。(1)

第一三回で為朝は伊豆大島に流され、代官の忠重に預けられる。その娘が簓江である。忠重が「磯方《いそべ》に一ッの石あるを指さして」為朝に命じるところに注目しておきたい（第一四回）。この後、その指が焦点化されるからである。第一五回では白縫が、魔道に落ちた崇徳院の姿を目の当たりにする。「白く細やかなる御手の、骨のみ高くあらはれて、御指の爪も尖く見え給へり」。崇徳院の指はまさに復讐に向けて先鋭化されるのである。白縫は崇徳院の教えに従って白峰に隠れるが、「児嶽《ちごがたけ》に隠れて時を俟《まて》」という言葉は出産を暗示しており、興味深い。(2)

後篇〈文化五年〉

二　鳥と嶋

鳥に導かれて辿り着くのが「嶋」なのであろうか、為朝は飛鳥に導かれて女護の島に辿りつく。「双の袖を掻揚て、舳先《へさき》をしかと抱つつ、曳《えい》といふて挈《ひき》給へば、砂石《いさご》転びて船底を響かし、輙《たやす》く陸《くが》へ引あげ給へば、船子ども舌を振ひ…」（第一六回）。ここでは船が弓のごとく扱われるである（実際、挿絵に描かれた船の曲線は弓の曲線と共鳴している）。第一八回では男の島を訪れる。「肘を張、肩をいからし、主の後方《あとべ》に扣《ひか》へたる」、「ますます肘を高く張て、ひひらき居たる」というのが島人であり、為朝の弓に群がる。「思はず握りし弦を放せば、衆人仰《もろびとのけ》さまに崩《なだ》れかかり、象棋たふしに倒れしかば、為朝主従忍ぶに堪ず、咄《どつ》と笑ふて已にけり」。緊張が高まり弾ける、そこに笑いも生まれるのである。為朝は女護の島の長女と結ばれるが、その父が七郎三郎であり鬼夜叉と呼ばれる。

第一九回には疫病神の挿話がみえる。「近曾《ちかごろ》京摂の間にあつて、もつはら疱瘡《もがさ》を流行《はやら》したるが、浪速《なには》の浦に送り遣られて、大洋に漂流し」と語る疫病神は、都から追放された為朝に限りなく近い存在であろう。「大島へ将て帰り、彼処より又伊豆の国府《こふ》へ送り給し」とあるが、疫病神のように国府に攻めあがりかねないのが為朝だからである。「流人として、威風を逞《たくましく》し、茂光が所領の嶋々を掠とつて、年の貢をとどめ、剰《あまつさへ》鬼が嶋へ往来し、鬼童を奴僕として、伊豆の国府へ来らし、いたく国地の老弱を驚して娯楽《たのしみ》とす」と罪状を告発されており、それが秩序から見た為朝の姿である（第二〇回）。馬琴は離島情報を提供しつつ、秩序の危機感を煽っているともいえる。

同じ第一九回で為朝が忠重の指を切断するのは、忠重が武藤太のような裏切り者になりかねないからであろう。「大きやかなる鋏をもて、十の指を曲々《ひとつひとつ》に鋏きり…」、「これより先忠重は、忽地《たちまち》指なき人となりて、左右《さう》の掌《たなそこ》を紅にし、枝なき珊瑚に異ならず」とあるが、南海の珊瑚は血に塗れた暴力の記号となる。おそらく、この暴力を発条として珊瑚状に枝分かれした馬琴の接木的なエクリチュールが展開するのである。続く第二〇回で、ついに忠重は為朝を裏切ってしまう。

為朝は簓江との間に生まれた朝稚を助けるため、凧に括りつけ飛ばす。「かくて為朝は、紙鳶《いかのぼり》の索《なは》のはしを、赤松の幹に繋ぎとめ、刀をすらりと抜給へば、喃《なう》浅ましとて彫江《ささらえ》が、袂に携《すが》るをふり払へば、又鬼夜叉が楯となる。心も索も張つよき、主君の刃の下にたつ、命をしまぬ忠臣傍妻《そばめ》、妨せそと掻退て、又ふりあぐる刀尖に、まはる為頼嶋君も、綱手に狂ふ意馬心猿、裳《もすそ》にまつはり轉輾《ふしまろび》、親子主従煩悩の絆を断《き》らん、断せじとて、その争ひや君子の徳に、譬《たとひ》し風もますら男の、誓言《ちかごと》は違じと、おもへばいよいよ為朝は、志を励して、今ぞわが子の生死の際…」（第二一回）。張りつめた綱には力が漲っている。それを切断することで息子を助けようとするのだが、天に昇った息子はもはや以前の息子ではないという論理である（「天より授給ふを受《うく》」）。息子は凧に描かれた文字のようにみえる。

為朝は工藤茂光に攻められるが、鬼夜叉が自害して為朝の身代わり首となる。したがって、為朝の死は「虚死」でしかない。第二二回末尾で史実に言及し「この弓張月は、すべて風を捕り影を追ふの草紙物語なるに、この一条のみ、諸説を引て補ひただすにしもあらねど、予元来好古の癖あり。ここをもて漫《そぞろ》に蛇足《ちやそく》の弁を添ふ」と記すのは、興味深い。本作品は架空にすぎないけれども、馬琴は史実の大地に据えようとしているのである。「蛇足」とは謙遜のレトリックだが、蛇はまさに大地の生き物であろう。

女護の島に辿り着いた為朝は、そこに弓矢を残していく。「潮も引《ひく》や弓とりを、海神《わたつみ》や憐みけん、矢を発《いる》ごとく走り帆の遂《つひ》に迹《あと》なくなりにけり」（第二三回）。海もまた弓矢の力学に従っているかのようだ。

第二五回で、為朝は讃岐の白峰を訪れることになる。「夫《それ》善にかならず善報あり。悪にかならず悪報あり」とあるが、善悪の報いこそ引き絞られた弓から放たれる矢ではないか。

為朝は肥後の国で紀平治、白縫と再会する。第二六回冒頭に「しらぬ火」が見えており、白縫の出現を予告している。「瓢《ひさご》に中子《なかご》を入れて、一方には毒ある酒を蔵《おさ》め、又一方にはさもなきを入れ、彼が喫《のむ》ときは、指をもて瓢の口を塞ぎつつ、清たる酒を喫み、その人には、毒ある酒を喫《のま》し、いたく酔して、潜《ひそか》にここへ扛《かき》もて来て、さて解毒の薬を飲しつ」。この毒酒の挿話では指の動きが善悪を選別している。為朝は毒酒によって倒れるけれども、結果的に紀平治、白縫と再会するのである。第二八回で白縫は出産し、舜天丸が誕生する。

第二九回は海賊渦丸の挿話である。縛られた朝稚は魚籠の中に押し込められ、渦丸に背負われる。「ふたたび渦丸が脊《せなか》に負提《おひさげ》られてゆきたまふに、いたく口を鉗《つぐま》せられたれば、物こそいひがたけれ、縛《いましめ》の索《なは》おのづから緩みしかば、密《ひそか》にふり解て、瑠反《こじりかへし》の短刀を抜出し、魚籃《ふご》の中より渦丸が背《そびら》をぐさと刺給へば、刀尖《きつさき》白くあらはれて、流るる鮮血《ちしほ》もろともに、一声叫び倒るる…」。これは瓜に背中を括りつけられていた場面の反復であろう。そこでの朝稚は言葉を発することがなかった。だが、ここでは縄が緩んだ瞬間、力を発揮するのであり、熱弁を振うのである。渦丸は朝稚に背中から刺し殺されるが、それは為朝を模倣して籠を背負おうとした者への懲罰と考えることができるかもしれない。

白縫は、為朝を尋ねて来た朝稚を拒んでいる。「継母の鬼々しくて引《ひき》も逢せぬか、と恨みたまひそ。よしや腹にし宿さずとも、夫の子ならばわが為にも、親子の名にしあるものを、等閑《なほざり》におもひ侍らんや。産つる子より今一入《ひとしほ》、いと惜しけれど…」(第三〇回)。継母だから恨んで拒むのではないと否認し、道義ゆえに拒むのだと強調するが、しかし、その道徳律は怨恨の感情と裏腹にみえる（一文の中に為朝と朝稚の名が散りばめられている）。朝稚は背中に何かを背負う人物なのであろう、ここでは「袿」を背負うことになる（「件《くだん》の袿《うちぎ》を脊《せなか》に負《おふ》」）。

後年、朝稚が「空物狂」になったという『難太平記』の一節を馬琴は引用しているが、興味深い。本作品が史実を基盤にした虚構であることと響き合うからである。実地と架空に張りわたされた言葉、それが『弓張月』だといえる。

三　場面の崇高

続篇〈文化五年〉

続篇冒頭、為朝を救うため白縫は荒れ狂う海に身を投げる。「引とめられし袖ふり払い、瀾《なみ》を披《ひら》きて千尋の底へ、身を跳《おど》らして没《いり》給ふ。あはれはかなき最期なり。しかれども風雨はなほ止ずして、海の鳴音凄じく、船は鞠を蹴るごとく、高く揚りて半天《なかぞら》に至り、或は傾きおちいりて、浪よりも低く、沈みもやらず浮もやらず…」（第三一回）。この海の張力に驚いてみるべきだろう（曲亭馬琴そして葛飾北斎は、力動的な曲線の巨匠である）。『弓張月』前篇冒頭には雷の場面があったが、続篇冒頭には嵐の場面が位置づけられている。いずれも崇高というべき自然災害である。そうした限界体験を設定することで、はじめて物語が始動するというのが馬琴読本の特徴なのである(3)。

読本の目的は勧善懲悪だと馬琴は公言する。しかし、単に善が悪を懲らしめる話ならば、これほどの魅力をもちえないだろう。善悪を超えた何かを出現させることによってはじめて、馬琴の小説は悪を懲らしめるだけの力をもつことができるようにみえる。馬琴小説のいたるところに善悪の彼岸が露出しているからである。

朝稚のように天に昇るものは助かるが、白縫のように海に沈むものは助からない。しかし、海に沈んだものは霊魂の状態となって憑依する。後に白縫は、琉球国王の側室廉夫人の娘、寧王女に乗り移り、「王女にして王女にあらず、白縫にして白縫にあらず」という状態になるのである。霊魂化することによって、自らの残酷さを消し去るのであろう。実際、白縫が乗り移った寧王女は血塗れの残酷さとは無縁の人物である。「いとど玉なす血の涙、巌に落ては方《まさ》に是、彼《かの》東海にありといふ、珊瑚の枝に異ならず」と記される高間夫婦も海に沈んで後に甦るが、珊瑚は依然として暴力の痕跡を留めている（第三二回）。

難破した紀平治たちはどうなるのか。「命の有ん垠《かぎ》りは、と泅《およ》ぎけるが、只渺々たる青海原に、斥《さし》てゆくべき嶋だに見えず。雨さへいたく降りそそぎて、海の面くらければ、しばし憩ふべき巌だに探り当らず」。この突き放された絶望感は、馬琴の執筆継続へのもがきに似ていないだろうか。第七回にも「浮きつ沈みつ泅ぐ程に、やや彼《かの》船にちかくはなれど、高浪逆波に隔られ、潮はやければ左右《さう》なく泅つくべうもあらず」とあった。この必死の水練こそ馬琴の執筆活動であろう。

「左手《ゆんで》にて浪を切り、右手《めて》を高くさし揚て、彼鉄丸《かのまろかせ》を投つくるに、緒の端は手首にとどまり、鉄丸は過ず、船の中へ礑《はた》と入るを、為朝丁《ちやう》と受とどめ、しづかに手繰よせ給ふ…」と第七回にあったが、それが「左手には板子をとつて身を浮し、右手には舜天丸を高くさし揚て、波風を物ともせず」という場面に変奏されている。執筆活動に行き詰ったとき、馬琴が頼りにするのは書物にちがいない。第七回では近松の『百合若大臣野守鏡』に頼っていたようである（古典大系頭注）。書物に頼ることによって、ようやく馬琴は執筆活動を継続できるのである。この後に登場する翁はまさに書物の知識そのものといえる存在である。だからこそ、文字の教育を勧めるのであろう。「今よりこの児に武芸を習し、文字を教るを汝が務めとせよ」と命じられ、それが紀平治の義務となる。紀平治と舜天丸はようやくにして姑巴島に漂着するが、そこで「砂に迹《あと》つけて、文字を学《まなば》する」のである（第三二回）。

第三三回では琉球国について紹介がなされる。「抑《そもそも》琉球は、その国偏小にして、南北長サ四十余里、東西は狭くして、十里に過ずとなん」とあるが、琉球はまさに弧をなしているのである。毛国鼎が寧王女を王に推挙し、「頭《かうべ》に花繍《いれぼくろ》する事を禁《やめ》、指の節の本を、針もて刺、爪の際まで、黒き條《すぢ》を入るることを教て、龍蛇の紋に換給ひしかば、賢きも愚なるも、便宜を得たりと歓びて、王女の恩徳を仰ざるはなし」と語っているところは注目される。『弓張月』における指はこれまでもっぱら暴力の報復にかかわってきたからである。しかし、ここで指になされる刺青は暴力の停止にかかわっているようにみえる。刺青によって暴力を停止させる、その点で寧王女は新しい王にふさわしい人物なのである（刺青は血塗れの珊瑚の代替物にほかならない）。しかし、血塗れの暴力を求めてやまない人物がいる。

それが奸臣の利勇であり、生贄を要求し続ける巫女の阿公である。また妖僧の曚雲である。利勇の策略によって、「王女胎内におはしまして、既に臨月なる」廉夫人に危険が迫っていた。今度は、その娘、寧王女が生贄になることを覚悟し（第三四回）、その異母妹、真鶴が生贄になることを覚悟している（第三五回）。毛国鼎は曚雲を射ようとするが、失敗する。「竊《ひそか》に歓び、満月のごとく彎固め、弦音高く弭と発《はな》せば、怪しいかな、弓は三段《みきだ》にほきと折れ、箭《や》はいたづらに地上に落て、ぬしは真逆さまに引仆《ひきたふ》され、さしもに高き巓より、滾落滾落《ころころ》と堕る程に、膝を揚傷《すりやぶ》り胸を打、昏絶《たえいり》て叢の中にあり。この夕、毛国鼎が妻新垣は、夫の帰り来ざるを、不審《いぶかし》み…」（第三六回）。これをみると、正義の弓矢だけでは曚雲を倒せないことがわかる。実はこの後の新垣の理不尽な悲劇がなければ、弓矢は力を発揮しないのである。

読本は知的観念的な矢だけでは成り立たないといってよい。血塗られた情動的身体的な弓があることで読本は牽引される。それが白縫による拷問の場面であり、阿公による新垣殺しの場面であろう（弓張月とは新垣の臨月になった腹でもある）。

琉球国は後継者が不在の状態にあり、やがて后の中婦君に子供が生まれるという蒙雲の予言によって混乱する。「中婦君《ちうふきみ》は、曚雲が妖言に惑はされて、子を生む事のありもやするとて、はじめ利勇と姦通し、なほ飽ずして、美少年を、夥《あまた》後宮に養ひつつ、世の譏《そしり》を省ず」（第三八回）。馬琴において性愛は暴力とともにある。性愛が疎ましいのは暴力と密接に絡まりあっているからである。情欲に満ちた中婦君と暴力を振う利勇はいとこ同士であり、同類の存在にほかならない。

それと対比されるカップルが、「一夜の添臥」のみで結ばれた陶松寿と真鶴である。松寿は「しうねき女の毒蛇となりたるを、只一刀に滅して、その名三省に聞えたり」と紹介されていた（道成寺伝説を踏まえており、組踊『執心鐘入』と響き合う）。つまり、性愛の問題を切り捨てた存在が松寿なのである。松寿は利勇の手下に殺された真鶴の首を背負うが、その挿絵は鶴を背負った為朝をなぞっている。

王女が利勇の手下に殺されるとき、白縫の魂がそこに乗り移る。「王女の胸前へ閃《ひらめか》し、吐嗟目今《あはやただいま》撃れ給ひぬ、と見えたる折から、一団の燐火《おにび》、空中より飛来つて、王女の懐へ入ると斉しく、王女は岸破《がば》と身を起し、忽地《たちまち》剣を奪ひとつて、二人が首を打落し、佶《き》とにらまへて立給ふ」、これは暴力的で祝祭的な瞬間である（第四〇回）。王女が殺される瞬間も暴力的だが、王女に白縫が乗り移る瞬間がさらに暴力的だといえる。なぜなら、王女の主体性が否定されてしまうからである。それが舞童に仮装した祝祭的な場でなされていることに注目するべきだろう。

生贄を求めていた阿公の犠牲者となるのが、臨月の新垣である。「新垣が胸さかを撫おろし、十の指の腹をうち返し診つつ、しばしうち案じ…」（第四三回）。『弓張月』における指のテーマ系を辿ると、この指もまた暴力を予感させる。「傷口へ、手をさし入れて引出すは、思ふに違ず男児なり」、「血に塗れたる手を拭ひ、襁褓《むつき》もたえて亡骸の袖引裂ば草の花も、ほろほろと散る母の衣、武羅《ほろ》にはあらで鳴子の緒の、遠く響も少年等が、はや帰る歟《か》、と影《うしろ》護《めだく》、やがてぞ袖に引裹《ひきつつ》む、赤子をおのが懐へ、押入るる…」。阿公は赤子を自らの胎内に押し戻そうとしているのではないか。阿公は最初の子供を捨てたことがあり、その事実を打ち消そうとしているようにみえる。おぞましい怨念の顕現である。

阿公が赤子を奪う場面は、渦丸が朝稚を攫う場面を反復している。いずれも、薬を口実にしており、人を殺して子供を奪っているからである（薬を口実にして人を遠ざける場面は『八犬伝』第三三回にもみられる）。毛国鼎と新垣の遺児が鶴亀の兄弟だが、両者を比較していえば、亀には遅さの属性が備わっている（「この二郎金が尻のおもさよ」）。それに対して、鶴は吊り上げられることになる（第四九回）。

四　知と情動

弓矢自慢の為朝とっては、弓矢をもたぬ紀平治の存在が不可欠であった。そして紀平治にとっては阿公の存在が不可欠であったことが最後に判明する。「ここに紀平治がはからずも、年来蔵めし彼処《かしこ》の地図が、主君の益にたちし夜玖島、彼《かの》郷導に倶し給へば、朋輩にもうらやまれ、輙《たやす》く鶴を獲て帰りし、みなこれ主の忠孝を、神の憐み給ふによれど、時にとりては阿蘇山にて、地図を贈りし淫婦《たをやめ》が、績《いさをし》なりとは人にもいはれず」（第六三回）。紀平治は阿公と結ばれることで地図を手に入れたのだが、阿公に限らず匿名的な女の力というべきものに助けられている。理想の鶴だけでは読本を牽引できない。血塗られた獣たちの戦いがあって、はじめて読本は成立しうるのである。知と情動の間でこそ言葉の張力が働くからである。

『弓張月』の数年後には地図の譲渡が血塗られた事態に発展している。いわゆるシーボルト事件である。日本地図などを外国に持ち出そうとしたことが発覚し、多くの関係者が処分された。地図を譲渡した人物は死罪である。発覚の契機となったのが猛烈な台風による船の難破であった点も興味深く、『弓張月』はシーボルト事件を予見していたともいえる。馬琴は『赤蝦夷風説考』を著した工藤平助の娘と交流があり、そうした歴史的コンテクストにおいて『弓張月』を読むこともできる[4]。

阿公という名前は『中山伝信録』に出てくるものだが、阿蘇山にも関連づけられるだろう（白縫と阿公は一対の存在である）。また、訓みの「くまぎみ」は熊と関連づけられる。そう考えると、鷲と熊の戦い場面は重要な意味をもっていたことがわかる。「鷲は諸羽《もろは》を引裂れ、熊は吭《のど》を突破られて、もろともに死にけり。鶴は遙にこれを見て、熊がその子の死たる故をしらざるは、性の愚なるところなれば、いかにともすべなし」（第五〇回）。熊は子供を守るためにと戦っていたのだが、結果からみれば阿公も子供を守るために戦っていたことになる。「毛類《けもの》の浅ましさは、わが殺せしとは思ひもかけず」とあるように、ともに子供を殺していたことに気づかない。結果的に孫を王位につけるため娘を殺した阿公には、マクベス夫人のような権力意思が見て取れるだろう（「此もの世子に立られ、琉球王とならんには、女児が非業の死に代て、亦ゆくりなき洪福《さいはひ》なり」）。阿公は子供を食らい、子供を育てる鬼子母神のような存在である。

全き架空ではなく、なかば実地の歴史に基づいている、その緊張関係が馬琴小説の特徴にほかならない（天と地の緊張関係）。全き虚構を書こうとしても、実際の事件が付きまとってくる、そのため馬琴は執筆を中断せざるをえない場合さえある（たとえば『美少年録』と仙石騒動）。虚構と史実の間では言葉の張力が働いている。阿公による子捨て、子殺し場面に、同時代の読者は飢饉や貧困による子捨て、子殺しを思い浮かべたことであろう。

弓張月には二人の為朝を見て取ることができる。離島で死んだ為朝と生き延びた為朝である。また弓張月には二つの満月を見て取ることができる。引き絞られた為朝の弓と臨月になった新垣の腹である。重要なのは二つの間の力学であろう。史実と虚構の間、知と情動の間に張りつめた張力によって放たれた矢が『弓張月』という作品なのである。

阿公に奪われた子供は、中婦君の息子として王子となる。王と中婦君は妖獣によって殺されるが、利勇は偽王子を立てて戦う。利勇から見れば、曚雲と同じく為朝は「出身不定のゑせもの」にすぎない。利勇は為朝を試すため、三つの課題を課している。すなわち鷲を射ること、岩を動かすこと、敵兵を討ち取ることである。三つの課題にはそれぞれ天、地、人の要素が含まれている（「第一条は、小録の港口を塞ぐ事、第二条は、弁獄なる鷲を射てとる事、第三条は、曚雲が兵士を撃とる事」第五〇回）。鷲と熊の戦いから浮かび上がるのは、天と地の対立である。天と地の間で人に属する動物といえば、馬になるかもしれない。

中婦君を殺された後、利勇の相手となる女性が海棠である。利勇の暴力性はたえず性愛の対象を求めている。海棠との結婚を望む利勇は、自らの好色性を隠蔽するために為朝と王女を結婚させる。両者の挿話は平行しており、為朝は魚籠に王女を隠し、賽銭箱に海棠を隠す。しかし馬琴は、この事態によって為朝と王女の結婚にまつわる暴力性を隠蔽しているといえるだろう。「汝は是、東方の浮浪人《ふらうにん》、身のおき所なきままに、この国へ漂着し、王女と密通して、国王の壻《むこ》と称し、勢ひに乗《まか》して大臣を殺し、王子《わんず》を逐ふて、山南を押領す。その悪心虎狼に勝《まさ》れり」と曚雲は為朝を批判しているが（第五六回）、余所者である為朝と王女の結婚には暴力性が皆無ではない。為朝の侵略的行為を正当化するものがあるとすれば、それは愛情ということになる。

　利勇が殺されると、阿公は偽王子を連れて逃走する。「城溝《すいもん》の中《うち》に水音して、稚児を右手《めて》にさしあげ、潜り出るものありけり。こは阿公なり、と見てければ、鶴は汀の樹陰に躱《かくろ》ひ、亀はゆくさきに身を伏て…」（第五四回）。これは指摘される通り、第三二回で紀平治が舜天丸を右手にさしあげ、波間を泳いでいた場面の反復であろう。(5) 阿公を狙う鶴と亀の兄弟は、それぞれの名前にふさわしい姿で待ち構えている。

　王女を擁して戦う為朝は曚雲の放った猛火に襲われる。「山風ふたたび吹荒れて、猛火四面に散乱す。馬はこれに駭《おどろ》き狂ひて、馳めぐり馳かへり、尾筒《をづつ》を焼れ、煙に噎《むせ》び、黬《ふすぼり》かへりて斃《たふれ》けり。為朝は、水陸の軍に熟《なれ》て、万夫無當の勇将なれども、火を脱るるに術なくて、しばしが程は弓をもてうち払ひ給へども、その身金石にあらざれば…」（第五六回）。ここには弓矢の限界が記されている。いくら弓を引き絞ってみても無駄である。そのとき目を向けるのが「馬の腹」である。「死たる馬の腹を截割《たちわり》、その血を吸ふて咽喉《のんど》を潤し、馬の腸を劚出《つかみいだ》して、その腹中に躱《かく》れしかば、辛じて猛火に焼れず」と為朝は語る。これは阿公の子殺しに対応する場面であろう。阿公は残酷にも実の娘の腹を引裂き子供を取り出していたが、為朝は馬の腹に隠れて助かるのである。これは為朝の再生場面であり、第二の誕生場面となっている。

残篇に至ると、為朝は佳奇呂麻の島長林太夫に助けられ、姑巴島で舜天丸と再会する。「箭《や》よりもはやく走り帆」とあるが（第五八回）、張力を受ける点で矢と帆は等価だといえる。紀平治は船を造って島を脱出するが（第五九回）、挿絵を見れば船の曲線が弓の張力と響き合うことがわかる。

松寿は性愛の問題を切り捨てたはずであった。しかし、性愛の問題に全く無縁であることはできない。それが第六一回の悲劇を生むことになる。一つ目の千歳の姿になって現われた真鶴は「賊婦悪婆」と疑われ、松寿に殺されてしまうからである。女の再登場は蛇を殺した松寿への報復でもあろう。はたして女は善なのか悪なのか、「一つ目」の存在自体が両義的だといえる。女が織っている芭蕉布はカモフラージュのためにある。真鶴はただ殺されるためだけに再登場したようにみえるが、松寿を惑わすことで実在性を獲得し救済されるのである。重要なのは千歳の死によって剣が変容する点であろう。「今宵の事をもて、後の誡とせん為に、鵜丸を更て、真鶴の太刀と喚《よ》ぶべし」と為朝は語っているが、これは情動による理知の変容とみなすことができる。曚雲が退治されるとき必要とされるのは、その剣である。

阿公は血と生贄に飢えている。第六二回の阿公はほとんど喜劇的でさえある。「予《かね》て分付《いひつけ》たる贄《にゑ》の数、不足なく準備《ようゐ》したる歟《か》」、「分付たる首級《きりくび》の数は、九九八一なるに、一《ひとつ》級足らざるはいかにぞや」、「はやく罷《まか》りて今一人が、首を刎《はね》て持参れ。その事いよ等閑《なほざり》ならば、汝等が首を刎《はね》て、贄の数に充《あつ》べきぞ」。あまりに露骨で、ほとんど児戯に属するような暴力性である（歌劇『トゥーランドット』ないし「不思議の国」の女王を連想させる）。

第六三回で鶴亀の兄弟に討たれるとき、阿公はすべてを明かす。紀平治との間に生まれたのが新垣であり、阿公は実の娘を殺していたのである。「女児を殺し又孫を、殺して孫に撃るる」という言葉の意味が明らかになり、喜劇的であった阿公の存在が悲愴味を帯びる。第六四回冒頭、「汝に出て汝に返る、因果の理り」とあるが、これは道徳的な法則というよりも虚構の法則であろう。虚構には必ずもとに戻ろうとする復元力が働くからである。

鶴は名前を改めて「毛国鶴」となり、亀は「八町亀」となる（第六六回）。「鶴」はいうまでもなく為朝＝王女のカップルを導いていたものであり、「八町亀」は紀平治＝阿公のカップルと関連づけられるだろう。『弓張月』は言葉に張力をもたせるために、いくつもの双極性を用意しているのである（敵討ちを成し遂げた鶴亀の兄弟は、組踊『二童敵討』に由来する）。

白縫の魂が抜け出ると、寧王女の肉体は消えてなくなる。「目今《ただいま》刺《つい》たるごとき太刀痍《たちきず》、乳の下より背《そびら》へかけて、さと濆《ほとばし》る鮮血《ちしほ》とともに、一道の白気立のぼりて、空中へ入ると見えし、王女は撲地《はた》と輾轉《まろび》て、朽木の花とちり給ふ…」。この第六七回には琉球で行われていたとされる板舞の図が出てくる。一方の女性が下に沈むと、他方の女性が上に跳ね上げられるのだが、それが白縫と王女の関係にほかならない。

第六八回冒頭に「舜天丸《すてまる》は、母に別れてより、沈瀾《なみだ》いまだ乾ざるに、今亦父に捨られて、哀傷ますますやるかたなく…」とあるように、舜天丸は捨て子といえるだろう。女護の島も男の島も、徐福に捨てられた子供が住み着いた島であったが、舜天丸もいま為朝に捨てられたのである。したがって、孤島とは孤児にほかならない。孤児たちが連携すること、それが『八犬伝』に受け継がれる馬琴の理想なのである。孤島が結びつくために必要なのは、交易であろう。支配と収奪に陥る危険性があるけれども、知の交換、情の共感が必要なのである。孤児はばらばらの状況に置かれている。そんな孤児たちが結びつくのは、遠い父母の力によってである。父が知の領域を構成し母が情の領域を構成しているとすれば、子供は両者間の張力によって生動することになる。

『弓張月』巻末に「後編六冊は、文化四年、春三月中旬ヨリ草を起して、季秋上旬稿を脱す、同じ年の冬十二月刻成て、明年戊辰の春嗣出《ツギイダ》しつ。続編六冊は、文化五年戊辰春三月下旬に草を起し、秋八月稿成て、同年の冬十二月嗣出しつ」とあるが、こうして「嗣出」された作品こそ馬琴の子供たちであろう。ただし、それは阿公のように他者から奪い取ってきたものかもしれない。他者から強奪し別のものに仕立て上げようとする阿公の姿は作家としての馬琴の姿に重なり合う。

おわりに――小説の張力

以上、『椿説弓張月』における言葉の張力というべきものをみてきた。それは知と情動、虚構と史実の間で働く緊張関係にほかならない。

第一回末尾に「寸の剣首にかかるといふ天文を見て都を落《おち》、田原の奥なる大道寺の坑《あな》に竄《かくれ》て、生ながら土中に瘞《うづま》れしを敵兵探《もとめ》り索て掘出し、その首を取りて六条河原に梟《かけ》てけり。宜《うべ》なるかな信西は、己を博士ぶりて人を拒《こばみ》、罰を重くして衆《もろもろ》の恨みを顧ざりし、因果覿面《まのあたり》見ることよと、このころの人みないひ罵りけるとぞ」と記されていた。この信西は史実という土に埋れたまま甦ることはない。為朝は鶴という虚構に導かれて甦るが、信西は自ら鶴を手に入れようとしないからである（鶴は身体から遊離した魂の姿といえる）。しかしながら、曚雲を信西の再来と考えることもできるだろう。ともに土中に埋められた存在だからである。飛行する曚雲は、土中に埋められた信西を虚構へと解き放った姿にみえる。

言葉の張力という観点から注目されるのは、カップルの二重性である。為朝は白縫と結婚し、その後、白縫の霊が乗り移った寧王女と結婚する（伊豆大島では簓江と結ばれ、女護島では長女と結ばれる）。紀平治は八代と結婚するが、その前に結ばれていたのが阿公《くまぎみ》である。利勇は中婦君と通じ、その後、海棠と通じる。毛国鼎と新垣は夫婦だが、奪われた新垣の子供が中婦君の子供として王子になるので、二重のカップルが成立している。陶松寿は真鶴を亡くした後、真鶴によく似た千歳と暮らすので、二重のカップルになる。こうした二重のカップルが成立することで、『弓張月』には緊張関係が張り巡らされるのである。(6)

重要なのは、カップルの二重性において孤児が生み出されるという点であろう。子供たちは居場所を失ってさまよい出す。為朝と白縫の間に生まれた舜天丸は、いわば孤児である（簓江との間に生まれた朝稚は天に捨てられる」）。紀平治と阿公の間に生まれた新垣は、文字通り捨てられた子供である（「臨月に、人には告《つげ》ず産《うみ》おとせし、玉を欺く女子を…浜川の里に棄《すて》…」）。曚雲の幻術によって、廉夫人と毛国鼎の密通で生まれたのが寧王女だと曲解される（「殿下の御子にあらず、実は毛国鼎の花生《かくしご》なり」）。毛国鼎と新垣の間に生まれた子供は奪われて王子になるが、孤児のような状態にある。真鶴との間に子供のいない松寿は、天から授かったものを子供とみなしている（「雷はこの処へ落たりけん、墳墓《つか》は壊《くづ》れひらきて、土中に赤子の啼声《なくこゑ》す」）。『弓張月』巻末の系図はばらばらの子供たちが集合した形になるが、そこから抜け落ちた孤児もいる。

最後に指摘するべきは、王権と戦争機械の間、王権と放浪的ノマドの間における緊張関係である。(7) 王位につくことなく戦い続ける為朝は、王権から距離を置いた戦争機械にほかならない。紀平治はといえば、定住することのない狩猟民である。第二回で「それがしは紀平治といふ猟夫《かりひと》なり。祖父《おほぢ》は元琉球国の人なりしが、一年《ひととせ》漂流してその船筑紫に着しかば、遂《つひ》に日本に留りて、肥後の菊池に奉公せり。しかるに祖父没して後父なるもの故ありて浪人し、この豊後に移り住むといへども、世わたる便《たつき》なきままに、猟夫の業《わざ》をなして一生をおくり、それがしに至りてもなほ業を更ず。父の時より鳥獣を捕《とる》に、弓矢剣戟を用ひず。只礫《つぶて》をもて狙撃《ねらひうち》に、百発百中の手煉あり」と自己紹介していた。「故ありて」というが、父は定住社会に馴染めなかったのであろう。紀平治は弓矢をもつことなく孤独に礫を放ち続ける。おそらく、投げつけられた礫が後半の阿公物語へと辿り着くのである。「紀平治は、身を反《ひね》りて丁と撃《うつ》」とあるが（第六五回）、まさに紙面に強度が漲っている。

言葉の張力、それを構成力と呼ぶことができるとすれば、馬琴は『弓張月』を書くことで長篇小説の構成力を手に入れたのである。

注

(1) 指の切断は京伝『優曇華物語』や馬琴『月氷奇縁』に描かれることが指摘されている（大高洋司『京伝と馬琴』翰林書房、二〇一〇年）。前者はしなやかな仮名で指が切断され、後者はごつごつした漢字で指が切断される。単なる残酷描写といえばそれまでだが、図らずも剪枝奇人（秋成）への忠誠を示しているようにみえる。また、指で描き続ける作家の不安を意味していると考えることもできるだろう。『八犬伝』第四二回に「あるべき処ならずして、この鋏《はさみ》を拾ひしは、前《すす》みて仇《あた》を剪《き》るといふ、十字占《つぢうら》ならんと思ひしかば、歓びてとり揚《あげ》たり」とあるが、この喜びは秋成への賛美ではないか。『稚枝鳩』八「指を傷て勇躬《いさみ》鯉を烹」も『雨月物語』を連想させる。

(2) 『弓張月』は当初、為朝が中心に活躍する作品として構想されたようだが（大高洋司「『椿説弓張月』論」『馬琴』若草書房、二〇〇〇年）、実際には為朝の子孫も登場することになる。思いがけず児孫が活躍する小説、それが馬琴の読本なのである。「児嶽《ちごがたけ》に隠れて時を俟《まて》」（第一五回）とは馬琴読本にとって意味深い言葉であろう。なお、凧による虚構への飛翔は馬琴の黄表紙『買飴帋凧野弄話』（享和元年）、読本『夢想兵衛胡蝶物語』（文化六年）などにも見て取ることができる。

(3) 『稚枝鳩』の場合は地震、『雲妙間雨夜月』の場合は落雷、『美濃旧衣八丈綺談』の場合は山洪水、『侠客伝』の場合は津波、『美少年録』の場合は噴火が設定されている。武藤元昭「『近世説美少年録』の手法」（『青山学院大学文学部紀要』一四、一九七三年）は同作品に怪異譚が少ないことを指摘するが、作品冒頭には自然の猛威として阿蘇山噴火があり、『美少年録』の崇高を形作っている。京伝における崇高が審美化に行き着くとすれば、馬琴における崇高は道徳化に行き着くといえる。

(4) 天保十年八月一二日頃の桂窓宛書簡には「蛮学者にハあらねど、地図を好ミて、蕃国の図を多く所蔵せり。この義を以、花山等としたしく交りしかば、此者ハ五月十七日に召とられて、十九日にか、於牢屋敷牢問あり、御吟味厳重なるよし聞えたり」という記述があり、当時における地図の重要性がわかる。山路愛山『為朝論』（一九一三年）は馬琴について「日本が始めて自己の位置を醒覚」した時代であることを強調している（明治文学全集三五）。

(5) この泳ぐ場面の反復については徳田武『日本近世小説と中国小説』（青裳堂、一九八七年）第一三章に指摘があるが、本書では泳ぐことを書くことのメタファーと考えてみたい。なお水練は『太平記』に出てくる用語である（「夜ニ入ラバ水練ノ者共ヲ数夕入テ、瀬踏ヲ能々セサセテ後、明日可渡」巻二八）。

（6）カップルの二重性は『八犬伝』にも指摘できる。伏姫は金碗大輔と結婚する予定であったが、八房と同居することで、二重のカップルが成立してしまう。「八房もわが夫に侍らず、大輔も亦わが良人ならず」という状態である（第一三回）。したがって、子供たちは孤児となってさすらうほかないのである。

（7）川村湊「馬琴の島」（『近世狂言綺語列伝』福武書店、一九九一年）は馬琴の読本に王権の構造を読み取り防衛思想を指摘しているが、それは馬琴の家復興に対する強い願望と重なるものであろう。さらにいえば、『弓張月』には二〇世紀に至る玉砕のプログラムが仕組まれているようにみえる。王権に忠誠を誓い続けると、玉砕が不可避となるからである。この点については波平八郎「『椿説弓張月』の琉球イメージ」（『沖縄芸術の科学』一九、二〇〇七年）を参照されたいが、為朝は列島弧を緊張させるのである。三島由紀夫の戯曲『椿説弓張月』（一九六九年）は玉砕のプログラムに加担するものであろう。それに対して、大江健三郎『狩猟で暮したわれらの先祖』（一九六八年）は、王権に従属する臣民とは異なるノマドの行方を描いている。いずれにしても、『弓張月』はポストコロニアルな物語として読むことができる。石川秀巳「琉球争乱の構図」上・下（『山形女子短期大学紀要』一五、一七、一九八三・五年）、久岡明穂「舜天丸と琉球王位」（『光華日本文学』七、一九九九年）、「福禄寿仙の異名」「為朝と信西」（『叙説』三〇、三三、二〇〇二・六年）、風間誠史「『椿説弓張月』の「琉球」」（『相模国文』三三、二〇〇六年）などは、日本と琉球のかかわりを論じている。朝倉瑠嶺子『椿説弓張月の世界』（八木書店、二〇一〇年）は道教的要素を重視するが、本試論はそうした点にはかかわらない。なお、浄瑠璃『鎌倉三代記』（安永十年）の結末で佐々木高綱が語るのは「運尽たる此国に望はない、是より我は琉球国を根城と定め…」という台詞である。

Ⅱ　朝夷巡嶋記を読む——背の巡歴

木曽義仲の遺児、朝夷義秀が、吉見冠者義邦、多賀蔵人光仲とともに活躍するというのが『朝夷巡嶋記』（文化十二年～文政十年）の内容だが、ここでも出典論に深入りすることなく、もっぱら小説として読み解いてみたいと思う。なぜなら、本作品にははなはだ興味深い言語形象が見て取れるからである。それは「背」である。すなわち、身体部位の名称であり、そこから転じて背を向け叛くといった意味をもつ動詞にほかならない。また、夫や兄弟の意味をもつ。『巡嶋記』において「背」ははなはだ豊かな表情をみせるのであり、その点をできるだけ浮き彫りにするというのが本章の課題である。引用は板本（沖縄国際大学図書館蔵）も参照したが、続帝国文庫（博文館、一八九八年）に拠っている。

なお、先行研究としては朝夷伝承の受容を論じた石川秀巳「『朝夷巡嶋記』私考」（『読本研究』二上、一九八八年）、婦幼の読者への配慮を指摘した藤沢毅「『朝夷巡嶋記全伝』論」（『読本研究』八上、一九九四年）があり、近年の論考として貴種流離の要素を指摘する三宅宏幸「馬琴の考証と読本」（『近世文藝』一〇二、二〇一五年）がある。

一　背負って走ること

初輯〈文化十二年〉

「思ひ入る日を背後《あと》にせし、わが影さへも薄氷《うすらひ》の、深田に馬を乗辷《のりすべ》らして」木曾義仲は討たれ、「征箭《そや》の、射遺したるを、筈高に背負つつ」戦った鞆絵御前も捕らえられる。義仲の胤を孕んだまま和田義盛に再嫁した鞆絵が生んだのが阿三丸、後の義秀である。自害を決意した鞆絵がその稚児を道連れに刺し殺そうとするとき、「背後《うしろ》の紙門《ふすま》」から乳母の栞手が現れて止める。「刀をとり直し、寄るをよせじ、と身を盾に、背向《そがひ》になりて声ふるはし…」。瀕死の鞆絵から、栞手は「背門《せど》の冠木《かぶき》の鎖さぬ間《はし》」に脱け出すよう促される。だが、再び「背後の紙門」から人影が現れて制止する。それが和田義盛である。

…泣《なき》も得せず、息もせず、こは什麼《そも》いかに、と胸うち騒げど、縡《こと》急にして介抱に、遑《いとま》なければそがままに、背《そびら》に負つ、揺揚《ゆりあげ》て、彼白旗を背手《うしろで》に、投掛て引繞らし、涙を手向の水にして、鞆絵《ともゑ》が死骸をふし拝み、裾かひかひしく引あげて、走り去らんとする程に、背後《うしろ》の紙門《ふすま》推開て、栞手等《まで》、と呼とむる…　（第一）

幼児を背負ったまま後ろ手に行動する、背後から呼び止められるなど「背後」が強調されている点に注意したい。義盛の制止を振り切り、鞆絵の言葉通り栞手は阿三丸を背負って脱れるのである（ここに負債のテーマを探り当てることもできるだろう）。

…栞手は背《そびら》なる、阿三丸を又揺揚て、閃《ひら》りと下《をり》る縁頬《えんがは》より、庭の木立を潜脱《くぐりぬけ》て、颯《さ》と推ひらく片折戸、出れば前面《おもて》うら門の、鎖ぬ間にと走去ぬ。　（第一）

背中からずり落ちそうになる幼児を揺り上げて脱出する場面には、緊迫感が漲っている。第一回はこの緊迫感とともに閉じられるのだが、「栞手」はまさにページをめくる手の動きとともにある。

却説《かくて》乳母栞手は、阿三丸を脊負つつ、月を燭《ともしび》にして走る程に、腹裡《はらのうち》におもふやう、稲村小壺の浜辺などには、安房上総へわたす船、毎日ありと予《かね》て聞ども、彼処《かしこ》は無下に程近かり、苫葺《とまふき》、帆なみ繕あへず、君所《みたち》の人々追蒐来《おつかけき》て、引戻されなば、ほゐなき所為也、金沢なる野嶋へゆかば、追ものありともこころ得つかで、輙《たやす》く前面《むかひ》へわたすべけれ、と忽地《たちまち》に尋思しつ、東を投て喘々《あへぎあへぎ》、足に信《まか》して走るものから、背《そびら》に小児を載たれば、いとどしく疲労果て、歩の運は果敢どらず。（第二）

幼児を背負ったまま、あれこれと思案する。すると一挙に重みを増してくるのであって、「背」の主題は足へとつながっているのかもしれない。水路と陸路が分岐することになるが、『弓張月』や『八犬伝』と違って本作品で重要なのは陸路のほうである。

やがて株《くひぜ》に尻をかけ、ここにはじめて阿三丸を、背《そびら》より掻おろしつ、月の光にと見かう見れば、睡るが如く、死せるが如く、揺覚《ゆりさま》しても、呼活《よびいけ》ても、息もせず、動きもせず、胸潰れてはなかなかに、術も汀渚《なぎさ》による泡と、共に消《けぬ》べくうち歎く。（第二）

背負ったとき最大の問題は、背負ったものが見えなくなるという点にある[1]。背中から降ろしたとき、幼児がすでに息絶えていることに気づく。したがって、背負うことはきわめて切羽詰まった行為といえる。だが、追っ手が迫ると、事切れたかと思われた病弱な幼児に突然、母親の魂が乗り移り、大活躍を見せるのである。追っ手は無様に逃げ帰る。

正なう敵に背《うしろ》を見せて、迯《にげ》かへらんと思ふものは、われに続け、と逸足出して、跡をも見ずて走去るにぞ、一塊に倒れたる、夥兵《くみこら》等これを聞しより…　（第二）

敵に背を見せて逃げる連中は、守るべき大切なものをもたない滑稽な存在にみえる。無事に逃げ延びた幼児は阿三郎と名を変え、琹手夫婦に育てられることになる。山寺に預けられ、健田秀作から教育を受けたりするが、琹手が病気になると山寺を離れる。「笈《ほんばこ》を推累《おしかさ》ね、夏冬の衣もろともに、一袱《ひとふろしき》に脊負つつ」、年来の教育を感謝しているのは阿三郎である。

…阿三郎は感謝に堪ず、恭しく別を告、袱包《ふろしき》を脊負つつ、遽《いそがは》しく出しかば、秀作もその後に跟《つ》きて、折戸口まで立出つつ、眉上に手をさし翳し、背影《うしろかげ》の見ゆるまで、迥《はるか》にこれを目送《みおくり》けり。　（第三）

袱包を背負う姿は、かつて背負われていた幼児の成長した姿にほかならない。本作品において背負うという身振りがどれほど重要かがわかる（「背影」で巻を閉じるのは馬琴の筆法であろう）。第四回からは源範頼とその遺児、義邦の挿話となる。範頼の従者が江蔵人広通である。

夜ともにいざ走らん、と叱懲しつ、白鳩丸《しらはとまる》を、ふたたび賺《すか》しこしらへて、楚《しか》と脊負ひて立あがれば、俄頃《にはか》に聞ゆる鬨の声、矢叫《やさけび》の音戦馬の蹄、手にとる如く、囂塵《ぎやうぢん》たり。　（第四）

広通の息子、広光が白鳩丸、後の義邦を背負って走る。従者が乳母の役割を奪うかのように幼児を背負っているが、男であれ女であれ、幼児を背負って走るというのが『巡嶋記』の基本イメージなのである。範頼は北条氏のせいで、追いつめられていく。

　と見れば是別人ならず、江蔵人広通也。貌容《かたち》はいと窶《やつ》れて、背負来れる袱包《ふろしきづつみ》、重やかなるを解おろして、おんまへにぞ蹲居《かしこま》る。思ひがけなき対面に、範頼は憑《たのも》しくて、膝の進むを覚給はず。　（第五）

ここで袱包を背負っているのは従者であり、その姿が一挙に親密感を呼び起こす。いっぽう、刀野照時も北条氏のせいで「金屏の背《うしろ》より」襲われる。「照時をつからして、軟《よは》る処を柔仆《ねぢたふ》し、軈《やが》て脊《そびら》にのぼし懸て、短刀を引抜て、頸をかかんとする…」（第六）。照時殺害に手こずったことを詰られた基勝は、背後に亡霊が現れたからだと弁解している。「背《そびら》のかたに人ありて、右の腕を磤《はた》と撲《うち》ぬ、驚きて見かへれば、曩《さき》にうまく詐欺《たばかり》て、営中にて自殺させし、当麻太郎武弘なり」。範頼が自害すると、遺児を救い出すのは、もちろん広光である。

　江三二広光は、幼君白鳩丸を負まゐらせ、妻浅良井《あさらゐ》を扶掖《たすけひき》て、只管《ひたすら》に走りつつ、日ごろ経て足利なる、学校に到着して、彼処の学頭筠長老に、主家の難を竊《ひそか》に告て、孺君《わかきみ》のうへを憑《たのみ》しかば、筠長老うち驚き…　（第七）

広光は背負ってひたすら走るのである。義邦は足利学校で成長することになるが、第七回から再び義秀の挿話に戻る。尼僧が登場し、仏像が経を誦むと偽り金を集めている。

　…閃《ひら》りと虚《うろ》に跳り入りつつ、斧ふり揚て丁と打、うたれて仏の脊《うしろ》より、大きなること手鞠にひとしき、蜂房磤《はた》

と落るとやがて、数百の蜂の子群飛て、頭のうへに散かかれば、人々これにおそれ惑ひて、ふしつ滾《まろ》びつ迯出《にげいづ》る…　（第七）

宗教を経済活動に結びつける策略は『八犬伝』の素藤にもみられるものだが（木の空洞のモチーフが共通する）、鈍仏という尼僧も同じ存在である。栞手の夫、浅江豊六によって詐欺が暴かれる。豊六は「仏の脊《そびら》のかたに蜜なンど塗おきて、竊《ひそか》に蜂を誘引し歟《か》」と疑っていた。

ここでの「背」は人を支えるものではなく、人を騙すものである。妖尼は抹香の煙とともにあるようにみせかけて、実は甘い蜜を吸っていたといえる（灰から蜜へ）。鈍仏について「人は只奇を好むものかな、耳を尊み、目を卑しみ、風を逐《お》ひ、影を捕る、これらを売僧は得意とせり」と批判しているが、それらは馬琴が得意とするところでもあろう。妖尼と作家ははなはだよく似ているのである。

…ゑせ尼法師が尊大《ほこりか》に、人の愁は聴ずして、罵辱《のりはづかしめ》し面の憎さに、をりをり彼処《かしこ》を窺へば、彼崐崘仏《くろほぞん》が経を誦む、声は究めて低して、定かに聞えざりしかど、この春背門《せど》に房《す》を営《かけ》たる、蜂の子によく似たり。さればこそとて彼此《をちこち》に、睛を配れば、思ふに違はず、虚《うろ》のこなたの紙窻《あかりまど》より、親蜂の飛去るを、楚《しか》と見たるはきのふの事也。　（第七）

妖尼の策略を見破ることができたのも、「背」のおかげといってよい。だが、そのせいで豊六は災難に見舞われる。妖尼は領主の縁者だったからである。「豊六は脊に余る、秣《まぐさ》を負てかへり来つ」というのは健全な労働を意味するものであろうが、突然、理由のない金銭を与えられたうえで、盗みの濡れ衣を着せられる。

…笞《しもと》を揚て、背《そびら》三四うち平《ひら》め、陳ずればとてゆるさんや、論より証据、舎捜《やさがし》せん、といふぞが中に早雄なる、両三人彼此と、捜《さぐ》り繞れど物もなし、戸棚に鎖をさしたるは、いとも怪し、と戸を踶放《けはな》せば、あらはれ出る十貫の、銭引出して豊六が目先へ撲地《はた》と投ならべ、これでも汝は盗ずや、とあざみ笑へば、琹手は、遙に泣声ふり立て…　（第七）

鈍仏は領主の息子鼯堀《むさぼり》図内の乳母に当たり、同じく乳母であった琹手の位置と似通っている。豊六は捕り手に背中を鞭打たれ、さらに鈍仏の息子に鞭打たれる。

…母の怨を復《かへ》すぞ、といはねど笞《しもと》にちからをいれて、かけ声高くうちしかば、憐むべし豊六は、皮破れ、肉《ししむら》披《ひら》けて、脊《そびら》は秋の蔦紅葉、松にかかるに彷彿《さもに》たり。（第八）

豊六は仏像の背から詐欺を暴いた。したがって、豊六の背に対して鞭が振るわれるのは、必然であろう。それゆえ鞭に力が入り、背が赤く染まっていくので、刺青のようにみえる。[2] 豊六が惨殺されると、「阿三郎が脊《そびら》を敲き」、事の次第を告げられるのは偶然ではない。琹手は阿三郎を次のように諭す。

…臥房《ふしど》をともにし給はず、義盛ぬしも彼君の、心操《こころばえ》に感嘆して、その名ばかりの妹脊川、委ぬ月日はやたちて、おん身誕生し給へども、且《しばら》くは披露せず。その年の冬云云と、人にも告て、阿三丸《あさまる》と、名《なづ》け、孚《はぐく》み、血をわけし子として寵愛し給ふこと、偏に母公《ははご》の勇力を、承《うけ》も嗣《つが》せん為なりき。（第八）

木曽義仲の妻、鞆絵が和田義盛と再婚した後に生まれたのが義秀だが、ここで大事なのは「妹背」の関係ではない。それは「名ばかり」であって、大事なのは母からの継承のほうだという。母からの継承を強調するのは乳母の栞手だが、背負った体験が発言を重くしている。

「今宵鈍佛鼯堀《むさぼり》等を、鏖《みなごろし》にして怨に復ひ、母を脊負て他郷へ走り、時をまたん」と阿三郎は復讐にはやる。阿三郎が路銀を「袱包に巻籠て、そが儘母の背に負せ」ているのは、背負われた体験に由来するはずである。そして、養父の敵討ちを成し遂げる。

なほ潜入る隙を求めて、背《うら》へ繞りて竊聞《たちきけ》ば、後堂《おくざしき》のかたなるべし、筑紫琴のしらべ幽《かすか》にして、頻りに人の笑ふ声す、さては時なほ早かりけり、ここにをらば怪しめられなん、且《しばら》く退きて更るをまたん…（第九）

「さては時なほ早かりけり」と思った阿三郎は、明王堂を訪れる。この明王堂のおかげで、阿三郎の敵討ちは成功するのであり、「背」を繞ることは重要である。『巡嶋記』は背を巡る記録ともいえるだろう。この後、阿三郎は義秀と名を改め、足利学校に赴き、吉見義邦と絆を結ぶことになる。

二　鳥の背、大蛇の背

二輯〈文化十四年〉

馬琴は第二編のはじめに次のように記している。「速ならんと欲《ほり》する故に、作者といへども、坐《そぞろ》に謬る、作者まづ謬て、傭書画工謬る、書画謬て、棗人《そうじん》又謬る、棗人謬るといへども、書肆も亦復《またまた》改正に疎なり、いまだその失を補ひ得ずして、やがて製本発販す、於是《ここにおいて》闔人稚蒙、競ふてこれを閲するときは、句読を訛り、語勢を失ひ、文義を謬ざるもの稀なり、これをわが著編の五謬とぞいふなる」。

これは『八犬伝』の名高い稗史七則に並ぶ稗史五謬というべきかもしれない。しかし、誤謬は単に急ぐから生じるものであろうか。急がなければ誤謬は生じないのであろうか。作者がすべてを管理すれば誤謬が生じないという考え方は誤っている。作者はすべてを管理できないからである。「作者といへども読得ざることあり」という馬琴の言葉を積極的に受け止めてみよう。作者に限らず誰もがすべてを読むことができない。だからこそ、読みによる創造が可能なのである。「そびらをせとし、あにきをあにごとし、痛しきを、いたはしきとするの類尠からず、これらは作者意外の失なり」というが、「背」に拘泥する本考察は作者に背くことであり、「作者意外の失」であるかもしれない。しかし、ここから何かしら新しい読み方が可能となるように思われる（したがって「背」と「脊」は戦略的に通用させておく）。

足利で義秀は義邦と出会い、また刀野照時の遺児、時夏と出会う。時夏と出会うのは、鳥を契機としてである。『弓張月』以来、馬琴の小説を導いてきたのは鳥なのである。


…某《それがし》は彼処《かしこ》より、向ひざまに射て落せし、射向《いむけ》の箭こそ正しき証据、これを否《なみ》せば和君の箭が、ゆき過て又立かへり、鳥にむかふて貫かずは、胸より背《そびら》へ出まじけれ、かくても争ひ給ふや…（第一一）

鳥を射落としたのが義秀か時夏か論争になるのだが、問題は矢が「背」に向けて放たれているかどうかに集約される。「背」を介して刀野時夏の虚偽が反駁されるところである（この矢傷の挿話は建部綾足『本朝水滸伝』第三七条に学んでいるのかもしれない）。時夏の従者は菩薩平（ぼさへい）と呼ばれている〔正しくは菩薩の略字、卄を書く〕。

菩薩平を佶《き》と睨視《にらまへ》て、そが背後《うしろ》に立ながら、また義秀にうち対ひ、朝夷生《うじ》見給へりや、この殽《さかな》は時夏が東道《あるじぶり》の寸志なり（中略）せめて今眼前、菩薩平が頭を刎て、朋友の信を表せん、是を殽に盃をめぐらし給へ。

（第一二）

時夏は菩薩平の首を刎ねて義秀を歓待しようというのだが、それは義秀に阻止される。興味深いのは、菩薩平の背後に時夏が立っている点である。

背門《せど》の筧の水音さへに、夏を忘るるよすがあり、現山居の甲斐なれ、と思へば里もなつかしからで、日毎に彼此《をちこち》を徘徊す。斯《この》庵の背《うしろ》のかたは、いと大きなる竹藪にて、藪よりあなたは屺《はやま》なり。山の峡より南に入れば、千尋の谷にして、樵夫《きこり》もかよはず谷の底闇《くら》ければ、黒白谷《あやめだに》と呼なせり。

（第一二）

これは、庵の背後に恐ろしい大蛇が出現するところである（「夏」は時夏を暗示させる）。時夏に通じていた卜繕は大蛇に殺されるが、義秀が「大蛇の背《そびら》へのぼしかかつて」仕留める。「死して後又つらつら視るに、その形状《かたち》のおそろしげなる、背《そびら》には苔むして、鱗はさながら松にかかる、蔦紅葉に異ならず」（第一二）。大蛇の「背」は赤く爛れ、鞭打たれた背と全く同じであり、背を鞭打たれるとは大蛇になることだといってもよい。

毒蛇は既に死たれども、其処《そこ》よりは入がたからん、背門《せど》よりこそ、と答る声に（中略）みなもろ共に背門より入れば、義秀は自若として、ひとり酒を喫てをり。遽《いそがは》しく身を起して、義邦菩薩平を迎入れ、曩《さき》には江生《うじ》を使に給はり、今又みづから来ませしは、必定《さだめて》その故あるなるべし…

（第一三）

義秀が安心しきっているのは、「背」の主題を信頼しているからであろう。菩薩平は実は樋口兼光の遺児であり、しかるべき血筋の者であった。

…某僅《わづか》に四歳、乳母が背《そびら》に負れつつ、近江の多賀に落とどまり、稍《やや》六才になる秋の比《ころ》、乳母は持病の癪聚重りて、竟《つひ》にむなしくなりしかば、そが老母に養れ、十一といふ年の終りに、あるじの媼《うば》さへ身まかりて、よるべの岸もなき舟の楫失へるここちして、更に洛に上りつつ、聊《いささか》の所縁ある、何がし寺に奉公し、其処にて読書手習も、僅に学ぶ事を得たり、吾儕《わなみ》素より孤《みなしご》にて、乳母が親の老たるに、養れたりければ、人みな呼びて媼子《うばこ》といふ。（第一三）

媼子菩薩平もまた、誰かに背負われた人物である。つまり背負われたという点で、義秀、義邦、光仲の三友はいずれも共通する体験を有している。しかも、乳母に育てられた菩薩平は、そのため媼子と呼ばれるに至ったという。父兼光の死も木曽義仲の死も乳母から聞き知ったのである。「江三二広光は、小厮《こもの》二人に松ともさせて、背門《せど》口より進み入れば、菩薩平は出迎て、彼毒蛇の事を告《つげ》、その他の事を密語《ささやき》けり」（第一三）。これをみると、背門はもっとも安心な出入り口になっている。

この後、義秀は越中国岩神の里に赴き、宿を探す。「小厮《こもの》は忙《あはて》て敷居にうち乗り、背《そびら》を柱にもたせつつ、手足を張て閉させず、嗚呼堪《たへ》かたや、腕が折れる、誰も来よ、彼も来て、われを救へと叫びしかば…」（第一四）。柱を背にした男が余所者である義秀と小競り合いになり、不意に背をめぐって緊張が高まるところである。これをきっかけとして、山賊の手から娘を奪い返すことになる。「不意に起て背《うしろ》より、彼《かの》魔平太を拉《とりひし》がば、輙《たやす》く処女を救なん。吁《ああ》しかなり、と尋思《しあん》しつ、退きて足ばやに、背門《せど》のかたに赴けば、庖湢《くりや》の樞戸開きてあり」（第一五）。義秀は背後から敵を討つのだが、女性たちがそれを目にすることはない。

…婦女輩は歓びて、友鶴を扶掖《たすけひ》き、庖湢《くりや》のかたへしりぞきけり。義秀はこれを目送りて快愉《こころよげ》にうち笑ひ、肉刀《てば》の背《みね》もて、魔平太が、頭を磤《はた》と打敲き、凶賊甚麼《いかに》思ひしるや、年来人の五穀を盗て、飽までに食ひし悪報…（第一五）

女性たちが台所へと退くと、義秀は山賊を討ち取る。「背《そびら》を楚《しか》と踏みすえて…」、おぞましき料理場面となる。「義秀は魔平太等、廿余人を撃果せし、為体《ていたらく》を物かたり、齎《もたら》したる首級《くび》、削とりたる耳をとり寄せて、あるじ夫婦に示すになん、判五が妻は袖を翳し、面を背けてよくも見ず」（第一五）。義秀の活躍は女性から見れば、目を背けずにはいられない事態ということになる。では、顔を背けてなお見ることは可能であろうか。次の場面はその可能性を示している。

…前面《むかひ》より来る行脚の女僧《あま》、網代の笈《おひ》を脊《そびら》にして、錫杖《しやくぢやう》高く衝《つき》鳴らし、行《ゆき》ちがうやうにして、背向《そがひ》に佶《きつ》と透し見て、髑髏を取らん、と手をかくれば、義秀は冷笑《あざわら》ひて、払除んとしつれども、千引の石を推《おす》ごとく、撓《たゆま》ず去らず立たる形勢《ありさま》、思ひかけねば驚《ぎよつ》としつ、そがまま左手《ゆんで》に引つけて…（第一七）

武者の髑髏がいくさ語りをしたところである。すれ違った女僧と髑髏を取り合う、すると女僧は母の姿となる。「網代の笈を背にして」とあるが、背負われた記憶が母や乳母を呼び起こすのではあろう（「母御なりし歟《か》、一三《いつさう》どの歟、栞手《しをりて》どの…」と続く）。いくさ語りをしていた髑髏も記憶の塊といえる。女僧と行き違い、「背向」に見つめ合う。だが、背向に見ることなど本当にできるのか。馬琴における盲目のテーマとも関連してくるが、見ることの不可能性が本作品の魅力である。

いずれにしても、この一節は『巡嶋記』において最も充実した場面であろう。馬琴はもはや海の「嶋巡り」など必要ないと感じはじめているからである。第一七の末尾に作者は「或《あるひ》は蛇蝎髑髏の怪あり、或は怨讐山賊の事ありて、地上の風波に悩さる、かかれば義秀健保の役に、敵を破り、囲みを出、海に浮みて嶋々を、うち巡るのみならず、弱冠浮浪の為体《ていたらく》も、亦《また》嶋めぐりといひつべし」と記している。こうして、『朝夷巡嶋記』は海の島巡りではなく、陸の島巡りとなるのである。なお、白骨が過去を語る趣向は『荘子』至楽篇にあり、幸田露伴の『対髑髏』（一八九〇年）などに受け継がれる。

義秀が救った稲向判五の養女、友鶴は栞手の娘であった（稲向と背向の照応に注意したい）。もとの名は小蔓である。義秀はまたしても乳母に導かれ、その娘と結婚するのである。「ここは郡を婦屓《ねひ》といふ。婦屓は則婦女贔屓なり、妻に引るる義秀が、ここに脱れぬ名詮自性歟」とあるが（第一六）、むしろ女に背負われた体験でつながっているようにみえる。

陸奥で源義経の後継を僭称する修羅五郎経任《つねたう》が反乱を起こすと、経任に内通していた時夏は、義邦が経任の一味だと偽って訴える。盗賊から賄賂を受け取っていた時夏は、盗賊に味方している。

…苗四郎《なはしろう》点頭《うなづき》て、引太郎《ひたろう》が脊負たる、葛籠《つづら》を其処へおろさせて、麻索《あさなは》手ばやく引解きて、その枕方《まくらべ》より後方《あとべ》より、近づきて楚《しか》とおさへ、起んとするを起しも立ず。（第一八）

葛籠を背負っている点に注目したい。背負っていた葛籠から麻縄を取り出すと、苗四郎と甥の引太郎は寝ていた盗賊をたちまち縛り上げる。「引太郎は驚きながら、いそがはしく葛籠をおろし」とあるが、背負っていた葛籠をおろすとたちまち活劇が起こる。

…苗四郎も身を起して、綾僜《よろめき》ながら時夏が、後より無手《むず》と組むを、左のかたへ振おとし、足を飛して丁と蹴る、蹴れて撻《だう》と轉輾《ふしまろ》べば、五頭平は背手《うしろて》に、縛められたる儘《まま》にして、衝《つ》とよせて苗四郎が背を楚《しか》と蹂躙《ふみにじ》り、身を圧《おし》にして動《うごか》せず。（第一八）

苗四郎は時夏の背後から襲いかかるが、身動きとれなくなって殺される。縛り上げられ身動きのとれなくなった盗賊の五頭平は、そのことに復讐するかのように背中を踏みつけるのである。殺された苗四郎の敵討ちをしようと義邦のところに忍び込んだ息子の藁二郎は、そこで真実を知る。「疑ひ奉るにはあらねども、背門《せど》より入て庭に立在《たたずみ》。はからずも知る縡《こと》の趣、見ると聞くとはうらうへにて、刀野どのの奸計《わるだくみ》」（第一八）。

時夏の奸計が「背」から入ることによって明らかになるのである。菩薩平は義邦とともに脱出し、藁二郎は三二の妻子とともに脱出する。「藁二郎は三二の内室《うちがた》浅良井どのを扶引《たすけひ》きその子小三二を脊《そびら》に負ふて、赤貝の宿所に伴ひ、ふかく蔵《かく》して相俟《まつ》べし」と命じられているが（第一八）、藁二郎は背負うことで活躍する人物といえる。

経任を追討するべきであるにもかかわらず、時夏に騙された目代の室平師任は義秀に投げられ負傷している。

当下《そのとき》室平は、看病人等に扶られつつ累たる夜着に背《そびら》を倚《よせ》かけ、刀野ぬしなどて遅きや、われ朝夷に拗《とりひし》がれて、尫弱不具のものとぞなりぬ…（第二〇）

師任は時夏に向かって不満を口にするが、師任を支えてくれるものはもはや何もない。そんなことを感じさせるのが「背」の一語なのである。

三　背と誘惑　　三編〈文政二年〉

義邦とはぐれた菩薩平は、尼となっていた栞手に匿われ、命令を受ける。それは広綱の娘、且見姫を守護せよというものである。「よしや尼公の仰《おほせ》ありとも、鏡の背の梅《うら》ならで、人には見せぬ姫御達の、おん枕方にこの夜を暁《あか》さば、柳下恵ならざるもの、疑れざることやはある、あな益《やく》なし」と嘆く菩薩平は且見姫に迫られるが、そこに広綱が現れる。「いつの程にか広綱朝臣、長袴の裾《すそ》蹴かへして、背《うしろ》に直躬《すつく》と立給ふ」（第二一）。実は菩薩平を試していただけであり、俳優が且見姫を演じ誘惑していたのである。(3)

義邦は時夏の讒言で経任の一味と誤解され、追われている。義秀のほうは義邦の郎党江広光を助け脱れようとする。

…草鞋《わらんじ》を穿き、行李《こり》を背負ひ、笠ふかくして出る（中略）一町《ひとまち》ゆきては立どまり、二町ゆきては息を吻《つ》き、いと悩しげに見ゆれども、人目もあれば、義秀は、負ひもえならず、手だに掖《ひか》れず（中略）広光はここに到て、苦痛腸を断可《ばかり》なれば、一歩《ひとあし》も運ぶこと叶はず、松の株《くひぜ》に尻をかけ、背《そびら》を幹に推當《おしあて》て、眼を閉たる…（第二三）

行李を背負うことで平常を装うが、広光は負傷している。とはいえ、義秀が背負うこともできない。背をもたせかけたところから、広光が危機にあることがわかる。背はかろうじて自らを支えているにすぎないからである。

背負おうという義秀の申し出を断った広光は、義秀がいない間に「背《そびら》を松に倚《よせ》かけて」自害しようとする。再び戻ってきた義秀は、「遺書《かきおき》はこの松の、背《うしろ》に立てわれはや読《よみ》ぬ」と訴えて阻止する。義秀とともに現れた藁二郎は「小児を背負、その母御を、扶掖《たすけひき》つつ幾十里の、長途を走りし此彼の心労」によって病んでいたことを語る。ここには幾つもの「背」の交錯があるといえるだろう。いっぽう義邦は宿を探している。

宿《やどり》を乞んと寺内に入りて、呼門《おとなへ》ども応ぜず、法師は背門《せど》にをらんと思ひて、墓所を過らんとしつるなり、この寺伽藍の名残なるべし、などてかくまで頽《あれ》たるぞ、と問はれて標吉さン候…　（第二四）

ここでは背後から事態が明らかになっていくようにみえる。義邦は出会った標吉から養母の黒萩を紹介される。第三編冒頭の挿話とも呼応しているが、それは背後から誘惑する女性である。

背《そびら》のかたに立まわり、袂を掖きつ、手を触れて、うるさき事ぞ多かりける。義邦は黒萩が為体《ていたらく》に呆果《あきれは》て、腹たたしくはあなれども、気色には顕さず。　（第二四）

背後に回るとは支配することにほかならない。執拗に干渉し続ける存在は馬琴における女性の一形態である。義邦に打たれた黒萩の「歯」に損傷が起こるのは、偶然ではないだろう。『八犬伝』の玉梓や船虫などを想起させるからである。

…背門《せど》に出てをはしたる、義邦のほとりにいゆきて、母が慌て出る随に、珠数《ずず》を遺《わす》れて候ひき、追ふともいま

だ遠くはあらじ、出居に御こころつけさせ給へ、といへば、義邦点頭《うなづき》て…　（第二五）

黒萩が数珠を忘れてしまうのは、信仰をないがしろにしているからであり、しかも僧の塞玄と密通しているからである。黒萩は塞玄と久方ぶりに会える喜びに満ちている。

逗留の久しかりしは、彼処《かしこ》の後家達を蕩《とらか》しつつ、さぞ面白き事のみなりけん、あなめでたし、と笑みながら、背《そびら》を磤《はた》と敲著れば、塞玄は半《なかば》脱たる、歯を見してうち笑ひ…　（第二五）

この開放的な僧の歯は、黒萩の損傷した歯と見事に呼応している。黒萩は「寝首掻ることもや、と思ひ過せば背《うしろ》が見られて、夜とてやすくは睡られず」と訴え、手ひどい仕打ちを受けた義邦への恐怖を語る。標吉は義邦を逃がすことを考えている。

然とてもなほ早かり、と思へば有繫《さすが》去かねて、背門《せど》に立、又前門《かど》に立住《たたずみ》、外《よそ》ながら義邦を、守護すると一時許《ひとときばかり》、遠寺の鐘声幽に聞えて、既に初更を告渉れば…　（第二五）

背にまわると時間の猶予が与えられるかのようだ。その間に、黒萩は義邦を酔わせようとして逆に泥酔してしまう。「義邦立《たち》て傍《かたへ》に在り、引つけて遣過し、背《そびら》を磤《はた》と衝《つき》しかば、黒萩は撻《だう》と音して、蒲団の上に倒れけり」。黒萩は塞玄の背を叩いていたが、今度はそっくり自分に返ってくるのである。義邦と勘違いして黒萩の首を打ち落としてしまった塞玄のほうは、標吉に首を落とされる（「背《そびら》を一刀《ひとたち》丁と砍《き》る、砍られて落る頬被…」）。

義邦は受け身の人物で、たえず誤解されて、受難を体験する。経任の一味に間違われた後は、山賊と誤解され、領主佐藤元晴に捕らえられる。誤解がとけると源義経の娘で元晴の養女となっていた筐姫と結婚する。しかし、経任は筐姫に思いを寄せ、その略奪を企てる。騙されて義邦は捕まり、元晴は死を選ぶ。そんな中で筐姫を救い出すのは女たちである。守詮の妻とその姉が筐姫を腋にかかえている。

…いづれ隙《ひま》なき戦ひの中を脱るる嫋竹《なよたけ》は、姉鳰江《にほのえ》と共侶《もろとも》に、筐姫《かたみひめ》を扶掖《たすけひ》き、柳の腰に朏《みかづき》の、太刀挟みて後門《うらもん》より、走り出ればしかすがに、名残を惜む女房乳母が、泣声背後《あと》に遺りけり。（第二九）

激しい戦いの中、裏門から脱出する、それが『巡嶋記』の基本的なイメージであろう。女性が背負うところは越中「婦屓」の地名に照応しているようにみえるのだが、(4)女たちは殺され筐姫は捕まってしまう。守詮も殺される。

…時夏ますます辟易して、既に撃れつべく見《みえ》たるをり、鬼六《しこ》猛虎《たけとら》走り来つ、短刀を抜側めて、守詮が背《うしろ》より、その草榻《くさすり》を推揚て、拳も徹れとぐさと刺す。（第二九）

時夏と必死に戦った守詮が、背を刺されるところである。自ら見ることのできない背中は、不可視の弱点であろう。鬼六は時夏が逆境になったとき、決まって加勢する存在といえる。義邦は鎌倉からの使者と思い込み、あっけなく捕まってしまう。

彼《かの》範頼は判官の兄にして不和ならず、しかるに今その子なる、義邦を誅し給はば、人のこころ離れ背《そむ》きて、竟《つひ》

に大事をなしかたからん。ここらに賢慮あらまほし、といふに経任《つねたう》沈吟し…（第三〇）

時夏が義邦処刑を進言するが、人心に背かれるのを恐れて、経任は義邦殺害を思いとどまる。義邦を獄舎に繫ぎ、経任は筐姫を手に入れようとする。

…無念と向上る義邦に、顔見あはする筐姫、再びよよと泣沈むを、誘《いざ》給へとて、婢女《をんな》們《ばら》、手を拿《と》り伴ふ後堂《おくざしき》、良人《をっと》は獄舎の阿鼻地獄、仏に神に捨られて、絶なん対の玉の緒も、けふを限りと見かへりつ、こころのうちに辞別《いとまごひ》、まかせぬものは世の中の、花に嵐の妹背山、裂《さか》れて内と外のかたへ、牽《ひか》れゆくこそ痛ましけれ。（第三〇）

義邦と筐姫は別れ別れの「妹背」となる。経任追討の将軍に選ばれるのは樋口兼光の遺児、菩薩平であり、且見姫と結婚し広綱の婿となり名を光仲と改めている。

四編〈文政四年〉

四　背と合戦

修羅五郎経任《つねたう》軍の蘇塗鵜東二暴道《あらみち》は、はやる時夏を押しとどめることができない。「時夏傍若無人なり、われ苟にも当城の大将たり、一己の功を貪りて、軍令に背《そむ》くものは斬らん、しかれども、出て戦んと欲《ほり》するもの、いと多なれば制しがたし」（第三二）。出陣したために城を失った暴道は「内応のものや在けん、敵はや伏兵あるを知て、思ひかけなく背《うしろ》より、茂林《もり》に火を放たりければ、躬方《みかた》は竟《つひ》にうち負て」と弁明している（第三三）。背後から火を放たれて敗北したというのである。

光仲は泉川を渡り「背水の陣」をとる。「当下《そのとき》光仲麾《ざい》をうち揮《ふ》り、賊は大軍なりといふとも、原是《もと》烏合の奴原なり、御方は背《うしろ》に大河あり、退くときは水に溺れん、進め進め、と下知すれば、士卒ひとしく勇を奮ふて…」。こうして「背」の一語で皆が奮い立つのである。しかし、すぐさま経任は妖術を使う。「口に呪文を唱れば、怪しむべし、一朶の魔雲、陰々として経任が背《そびら》のかたより立冲り、はや蒼天に布満《しきみち》つつ、四面晦曚として、咫尺《しせき》を弁ず、颪又颯とおとし来て、沙を飛し、樹を倒し、電《いなびかり》間なくして、雷の鳴ること凄しく…」。

この「背」が重要であろう。妖術はどことも知れぬ背後から迫ってくる。そして、四方八方から無数の矢が飛んでくる。「三賊将、四方八面より推《おつ》とり巻て、横矢、背箭《うしろや》に射てければ、寄手《よせて》は備《そなへ》を立るに隙なく…」（第三三）。この場面はいわば「背」をめぐる合戦となっているのである。光仲が負傷したと偽り、寝返ったかにみせかける俳優の演技に騙された経任軍は劣勢となる。俳優の名は「海老加世丸」だが、自らの背で演じるのが俳優なのかもしれない。

…突倒され蹂躙《ふみにじ》られ、なほ引かねて罵騒《のりさは》ぐ、そが背《うしろ》より守直、高吉、軍兵を駈進めて、漏さじと撃程に、正門の橋のほとりにて、撃るる賊卒、亦多《さは》なり。（第三四）

背後からの襲撃によって賊軍が討たれるところである。「さる程に経任は、はやくも鐵盾《かなたて》矢藤五等が、援来つるを見て、大きに歓び、衆賊斉一《ひとしく》陣所に還りて、備《そなへ》を立んとする程に、忽地《たちまち》陣門の背《うしろ》より、猛火煽々と燃発りて、二《ふた》隊《て》の軍兵突出し、二騎の大将左右にわかれて、真先に馬を跳らせ…」。経任も背後から急襲される。この間、経任の残虐非道が強調されている。

…一毫《つゆばかり》も、意《こころ》に違ふものあれば、立地《たちどころ》に砍殺し、その肉を殽《さかな》にし、人にも食せ、われも食ひけり、その残忍暴行なる、古にも今にも、多かるべくもあらざれば、見るもの顔を背《そむ》けたり。（第三四）

経任の残虐非道ぶりは顔を背けずにはいられないという。それに劣らず奸智を尽くすのは時夏である。「思ひかけなき背《うしろ》より、時夏はや、寄近つきて、声をもかけず閃《ひらめ》かす…」。背後から経任の愛妾、文字摺を殺し、それを暴道のせいにする。

…時夏は、股《もも》に立たる鋒頭《ほさき》を抜捨、刀を杖に身を起して、足を引つつ暴道が背《そびら》のかたより進みよりて、やうやく首《かうべ》を落しぬ。（第三五）

時夏は足に傷を負いつつ、鬼六の助けをえて暴道を背後から襲うが、これは鬼六が守詮の背を刺す場面の反復であろう。「刀野」と「起ち」のイメージが重なるところである。捕まった筐姫は洗濯の苦役を強いられるが、男が現れて救い出す。

…ここにて問答究めて危し、おん身が影を隠させんず、この男を倶し給へ、とくとく、といそがせば、行客《たびびと》はその答をまたで、姫の手を取り、背《そびら》に引被け、足に信《まか》して走去けり。（第三六）

背負って走り去るイメージの反復にほかならない。筐姫を救い出したのは義秀だが、今度は藁二郎が安全なところに送り届ける。

…筺姫をば藁二郎《わらじろう》が背《そびら》に負していちはやく、尼が莽《いほり》へと遣りぬ。かかれば懸念せずもあれ、おちゐて大功を立よといふ。（第三七）

背負って走ること、それがここでも重要なのである。藁二郎は筺姫を背負って、尼の庵に赴く。平泉を取り囲まれた経任は背後にも注意を怠らない。

…寄手《よせて》夜をこめて、潜やかに、兵粮を入れんとならば、一歩《ひとあし》もわが柵に遠き、陣営の背《うしろ》などより、曳入れんとすべきなるに、わが柵に程近き、陣門より入れんとせしは、態《わざ》と敵にしらせん為歟《か》。（第三八）

経任が正面から入ってくる兵糧車を疑っているところである。義邦は藁二郎の助力があって時夏を討ち取る。義秀は経任を討ち取るが、光仲には心を許さない。

…聊《いささか》思ふよしあれば、絶て和殿を訪ざりき、そはいはでもの事ながら、和殿は約に背き、命を惜み、途の難儀に友を捨て、勢利《いきほひ》に附く歟《か》と思へばなり。（中略）その疑ひを釈《とく》に至て、われも亦愚人ならず、幸にして世の識者に、背指《うしろ》をさされぬこそ、第一番の歓びなれ、又羨きこともあり。（第四〇）

義秀は光仲が義邦を裏切ったのではないかと疑っていたという。しかし、それが氷解する。背くことがあってはならず、後ろ指を指されないことが喜びなのである。

五　袱包を背負うこと　　五編〈文政五年〉

厨川に赴く光仲たちは、義秀に同行を願う。しかし、「彼処《かしこ》へゆく捷径《ちかみち》は、地図ありて分明也、これもて進退し給へ」と拒まれる（第四一）。「地図を披《ひら》きて方位を考へ」と続くが、これは馬琴が地図の時代に属していることを示すものであろう。だからこそ「別路の日本魂」を顕揚するのである。第四二回冒頭には「吉見冠者義邦夫婦は、義秀に別れしより、亦《また》今さらに稚児《をさなご》の、親に棄られし心地して、只鬱々と楽まず」とある。これは馬琴の読本に共通する孤児の感覚を示しているといってよい。義邦は背負われたいと願っているかのようだ。

経任追討軍の副将であったにもかかわらず、光仲の義父、駿河前司広綱は出家してしまい、皆で探し求めることになる。

> かくて件の壮佼《わかうと》が、背負来たりし袱包《ふろしきつつみ》を、遽《いそがは》しく披《ひらか》して、麻の法衣を取出つつ、両人斉一《ひとしく》これを被て、脚絆《あゆひ》の紐を締あへず、持佛をおがみ奉りて、笠をふかくし、杖を突立、又忙しく出去にき、おん身の索ね給へるは、彼人達にあらずや…　（第四二）

袱包を背負うこと、それが第五編の基本イメージにほかならない。作品が探し求めているのは、まさにそうした言語形象なのである(5)。

この後、背負ってきた「長唐櫃」が騒動のもとになるのも、偶然ではないだろう。「長唐櫃の、肩代りせし夫役」は「驟雨を避る騒ぎに、謬《あやまち》て彼外《かのよそ》の長櫃を破りたる初より、自他の長櫃に遺《おち》もなく、重平に打披れし」ことを報告している（第四三）。すべては北条時政の仕業で、光仲が陸奥の財宝を略奪したようにみせかけたのである。

時政の讒言で、光仲、義邦は功績を挙げたにもかかわらず和田義盛に預けられる。「頼家卿もことごとく、時政が意に背きがたくて、案じ煩ひ給ひつつ、且《しばらく》して宣ふやう、けふの評議はその事ならず、只光仲等がうへのみなれば、逆賊等を梟首の事は、おのおの例を勘へて、後日にまうし行ふべし、又義邦主従を預くべき…」（第四四）。将軍は執権に「背きがたく」事態は膠着したままである。

且見姫は女僧の庵に匿われている。「藁二郎は遽《いそがは》しく、袱包《ふろしきつつみ》を受とれば…」とあるように（第四六）、風呂敷を背負った藁太郎が光仲と且見姫の間を行き来して、手紙を媒介する。しかし、それが悲劇を招く。

…藁二郎は背《そびら》にせし、袱包を解おろして、そが儘梭枝《おさえ》に逓与《わた》していふやう、おん回翰《かへし》はこの中にあらん、見れば庖湢《くりや》に水もなし、頃日《このごろ》頻に出あるきて、人手なければその程に、麁朶《そだ》焚絶し給はずや。僕《やつかれ》は土足序《ついで》に水汲入れて軈《やが》てまゐらん…　（第四七）

風呂敷の中に入っていたのは光仲の手紙だけではない。藁二郎が届ける相手を間違えてしまったため、毒を塗った器も入れられていたのである。肩に担いできた長唐櫃を取り違えること、背負っていた風呂敷を取り違えること、両者は互いに呼応しているといえるだろう。

背を空にした男は、背後の水に気をとられ、毒に気づかない。それに気づかせるのは「背《そびら》を張りて呻鳴威《うなりをど》」する猫である。「かへり来てまだその事を、報奉《つげたてまつ》るに暇なく背門《せど》の井幹に汲みとる水の、かへらぬ悔《くやみ》は器の毒薬、その趣を洩聞《もれきき》つ、うち驚きつ胸潰れて、人をも身をも恨みの涙に、袖を濡らして候ひき」（第四七）。

うっかり水汲み仕事に気をとられたばかりに、姫を死なせてしまうところであった。藁二郎は自害して詫びようとする。それを察知した姫も自害しようとするので、藁二郎は押しとどめる。「且見姫の、腕《かひな》を背《そびら》へ捩揚れば、声うち立て泣給ふ」（第四七）。作品の関心は姫の「背」へと向けられる。

…背向《そがひ》になりて目に絞る、涙見せぬも哀れなり。且見姫は藁二郎が、自殺の覚期《かくご》を目には見つ、その遺言を耳に聞けども…（第四七）

馬琴的存在は必ず「背向」になるのである。しかし、藁二郎の自殺は背ではなく腹の事象ということになる。「瘡口より顕れ出たる、大腸小腸膝《みのわたほそわた》を掩ふて、松に垂たる秋蔦、岩に掛りし海藻に似たり」。まるで刺青のようだ。背を鞭打たれても赤く染まり、腹を切っても赤く染まるのである。

…舎兄《いろね》も又嫂前《あねぜ》も、或《ある》は一室《ひとつひへ》に処り、或は途《みち》に相遇ふても、由縁を隠し、面《おもて》を背けて、心つよくも今日まで、徒《あだ》に過さし給ひぬる、そを亦憾《うらみ》といはざらんや…（第四八）

藁二郎が自害すると、嫂の梭枝も自害してしまう。「面を背けて」とあるが、異父弟に遠慮して家を出た兄は、妻の父の仇を討つために妻と離れていたのである。屋敷が炎上して死骸を焼くところは『美少年録』の場面とも付合する。後に、藁二郎と梭枝の亡霊は袱包を取り戻すため再び現れるだろう（第五六）。

六　鎧を背負うこと　六編〈文政十一年〉

越中岩神に行く途中、狒々に襲われた義秀は皿山盆九郎と出会い、娘の山路との結婚を勧められる。「屏風の背《うしろ》よりたち出つ、親の後方《あとべ》に坐を占て、且《まづ》義秀を拝しける」（第五〇）。この「背」は親に庇護された娘の位置を示すものであろう。娘との結婚を強制する盆九郎は怪物のようであり、強制された義秀は怪物に取り込まれるかのようである。しかし、娘には別の恋人がいる。「わが衣を、いくつか袂に包み」渡す娘は、恋人に背負うことを迫っていたといえる。だが、恋人の妻二郎は山路を怪物の手から守ることができない。怪物を退治するのは義秀のほうである。

水中に背《せ》を顕せし、大きなる石さへあれば、ここよりこそ、と鐵棒《くろかねのぼふ》を小脇に挟《かいこ》みて、岨より石へ、石より前岸《むかひ》へ、只二飛に跳越て、進みゆく…（第五〇）

これは、義秀が狒狒を退治するところである（二匹の狒々は妹背であった）。そのとき本作品の基本イメージを強調するかのように、「背」が登場して主人公を支えるのだが、それが石にほかならない。

…年は五十許《いそぢばかり》歳、背《そびら》には細小《ささやか》なる、網代造りの笈《おひ》を負て、腰には麻の腰衣を、脛高に被《き》なしたる、帯には莚座の鉦を著《つけ》て…（第五一）

笈を背負った女性、これは明らかに栞手である。稲向判五夫婦は尼を屋敷に迎え入れる。「判五は歓びて、爾《しか》らば背門《せど》にうち繞りて、先《まづ》はや草鞋を解給へ、といひつつ…繞れば背門のかた庇、引るるままにゆく程に、判五は衣を脱更《ぬぎかえ》んとて、納戸のかたに赴きけり。有斯《かかり》し程に庖湢《くりや》には…」（第五一）。

尼が屋敷に背門から入っていくのは、「背」の主題にかかわるからであろう（納戸と台所の機能的対立）。しかし、そこに役人がやって来て経任の残党を探しはじめる。「背門よ庖湢と罵りて、物踏散す狼藉」とあるが、判五が経任の残党を匿っているのではないかと疑われている。判五の屋敷に滞在していた芋太郎は背中を鞭打たれ、自白する。

…脊《せ》を割骨を摧くまでに、責懲《せめこら》さずばいかにして、情《こと》の実《まこと》を吐出すべき、とく縛めて打悩さずや、と烈しき下知に夥卒們《くみこばら》、ひとしく応《いらへ》て用意の早縄、手繰りもあへず芋太郎を、犇々《ひしひし》と縛めて、背《そびら》をいたく打懲せば、芋太は苦痛に堪ざりけん、ふたたび声をふり立て、申上候はん、且《しばら》く笞を放《ゆるべ》給へ…　（第五一）

「背」を鞭打たれることで、真実が判明するのである。芋太郎は、実は経任の残党駝忠二であった。「駝忠二は、尻も結ばぬ奇計《たばかり》の、縛の索引解《なはひきとき》て、跳蒐《をどりかかつ》て一箇の小廝《こもの》の拿《もつ》たる棍棒奪取り、夥計《なかま》の悪棍《わるもの》もろ共に、叫喚で矢藤五を、援けて頻りに戦ふたり、いづれに暇なきものから、一三はあるじ判五を、背《うしろ》に立して声を奨《はげま》し、賊徒は纔《わづか》に六人ンなるに、輸《まけ》な輸な、と呼はれども…」（第五一）。

駝忠二と矢藤五は判五夫婦に襲いかかる。一三は判五を背に立たせるが、守ろうとしているのであろう。そこに義秀が現れ、二人を救い出す。すると、亡くなったはずの友鶴も現れる。

七七四十九日には、魂魄天に皈《かへ》るといへど、友鶴《ともつる》との魂魄は、おん身の帰郷に引《ひか》されて、けふを限りに屋の棟を、立《たち》も得去らじ、かへりもせし、と思ふは愚痴歟《か》、といひかけて、背向《そがひ》になりて、目を拭へば、判五はいとど堪かねて、伏沈みつつ泣にけり。（第五二）

背向になる、それは相手を見ることなく、相手を思いやることである。「背」が亡くなった友鶴の再登場を促しているようにさえみえる。「小三二が手を援《ひき》て、背門《せど》より出て、彼此なる、里人によしを告、駈催《かりもとほ》してかへり来ぬれど、朝夷ぬしの武勇によりて、彼同類なる草賊《ぬすびと》等は、一箇《ひとり》も遺らず撃殺されて、又彼鉄盾矢藤五も、辛して逃亡たる、その折からの事なれば、里人達はそが儘に、背門よりかへし侍りにき」（第五三）。義秀の活躍によって里人の加勢は不要となるのだが、「背」が安心感を与えている。

判五ははやくこれを見て、朝夷ぬし先出給へ、我們《われわれ》三人は背門《せど》より遶《まは》らん、さはとて軈《やが》て引かへせば、浅良井も一三も、後方に跟《つき》てぞ退きける、爾程《さるほど》に義秀は、そが儘庭にたち出て、巻石《とびいし》伝ひあちこちと、樹立に添ふて只ひとり、乾浄房《はなれざしき》に赴けば、打抜れたる障子の隙より、燈火《ともしび》の光幽《かすか》なり。（第五三）

孤独に飛び石を伝って進むところは石の「背」を飛び歩く場面の反復であろう。興味深いのは、それとともに母が出現するという点である（「こは母御、図らざりける対面なり」）。友鶴の遺児、田鶴姫が矢藤五の人質にとられていたが、解放される。

鎌倉から使者が来たため、義秀は鎌倉に帰り、鮫退治の手柄を立てる。したがって、第六編は山の狒々退治と海の鮫退治という二部構成になっている。義秀は水練に優れた人物として名高い。

…義秀は波の底を、十四五町もや潜り来にけん、忽地《たちまち》波上に浮み出つつ、いと大きなる両隻《ふたつ》の鰐を、左右に楚《しか》と抱絞て、水際へ泅《およ》ぎ着《つく》とそが儘、しづかに浜辺にあゆみ来つ。　（第五四）

馬に乗って海に入り鮫を捕まえた義秀は、馬の背に跨がり鮫の背を締め付けたわけである（二匹の鮫は妹背であった）。鮫を退治した報償として義秀は鎧一式を受け取る。それが「奇貨」であり、「交易」の対象となる。

さばれ某が従者《ともびと》を、皆遺《のこ》されんはえうなき事也、彼《かの》賜ものの鎧櫃《よろひひつ》を背負する為なれば、只一箇《ひとり》の奴隷《しもべ》をのみ、且《しばら》くここに留むべし…　（第五五）

鎧櫃を背負うこと、それが第六編の基本イメージである。また、義秀があくまでも一人の従者に拘泥する理由はしだいに明らかになるだろう。「従者を招きつつ、鎧櫃を背負して、かへり去らんとする程に、浦太郎推とどめて、今霎時等《しばしまち》給へ…といひつつ立《たつ》を義秀は、遽しく呼とどめ…」。鎧櫃を従者に背負わせると、浦太郎が呼び止められる。

浦太郎は実は穂之助であり、藁二郎の兄であった。義秀は従者に「汝はその鎧櫃を、浦太郎に負替《おひかは》らして、近き町家に赴きて、とく蕉火《たいまつ》を買とりて、由井の浜辺で追著《おひつけ》かし」と命じ、浦太郎が鎧櫃を背負うように促している。

軈《やが》て件の鎧櫃を、うち卸さして背負揚れば、供の奴隷《しもべ》もこころを得て、然らば後より追著《おひつき》まつらん、徐《しづか》にあるかせ給へかし、といひかけ踵《くびす》を旋らして、市肆《いちくら》さして走去りけり。　（第五五）

こうして浦太郎が鎧櫃を背負うことになる。弟の藁二郎が袱包を背負っていたように、兄の浦太郎も鎧櫃を背負う。ここでは鎧櫃を背負い上げるたびに、事態が進展するのである。義秀は由比ヶ浜で不審な動きをしていた北条の家来を捕まえる。

…光仲の長唐櫃と、よく相似《あいに》たる長唐櫃を、四棹《よさを》造りて、驟雨《むらさめ》の、途中において云々《しかじか》と、計りて罪を負《おは》したる、その折供物《くもつ》の仮《にせ》宰領は、面目なけれど某《それかし》なり、好《よく》も歹《わるく》も主命なれば、已《やむ》ことを得ざりしのみ、わが大殿も郎君も、光仲ぬしを憎みたまふは、これ一朝の事ならず、鎌倉にても下野《しもつけ》にても、彼人はとにかくに、故主のこころに背《そむ》きたる、祟なればいかにせん、いふべき事はいひ果つ。

（第五五）

捕まった北条の家来、沸太郎がすべてを自白する。それによれば光仲は時政に背いたために無実の罪を背負わされたという。「背」の効果が見て取れるだろう。

さる程に義秀は、櫃を浦太郎に背負して、若宮巷路《こうぢ》へ急ぐ程に、その宵二更の左側《ころほひ》に、執権第《やしき》に来にければ、前門《おもてもん》をうち敲きつつ、開くを遅しと衝《つ》と入りて、玄関にうち登り、執達人《とりつきびと》にうち対ひて、名簿をとう出て、扨《さて》いふやう…

（第五五）

再び鎧櫃を背負うと、いよいよ決定的な場面に至る。義秀は執権の邸宅を訪れ、時政を問い詰める。

先この鎧の奇特をいはば、一トたびこれを穿《よろ》ふものの、心に奸佞隠慝《いんとく》いで来て、逆徒時夏が首級《くび》を竊《ぬす》みて、隠さんと欲《ほり》する奇特あり、ふたたびこれを領《よろ》ふときは、腹心の家隷《いへのこ》をもて、仮《にせ》唐櫃を造らして、賊徒退治に大功ある、光仲を冤屈《むじつ》の罪に、陥るる機関《からくり》あり、況《まい》て吉見冠者主従、佐味《さみの》竺内高利なンどに、辛きめを見する機関は、皆この鎧を作りたる、工匠の随意《まにまに》操る故也。（第五五）

光仲を冤罪に陥れ、義邦を監禁していたのは、すべて時政のせいであった。義秀は北条の家来を捕まえ櫃に押し込めていたが、それを交換条件として光仲、義邦の赦免を勝ち取るのである。「櫃を従者に背負しつつ、頻に馬を走らして」宿所に帰る義秀は誇らしげにみえる（第五六回）。

鎧の背後にあるのは何か、それは幻術や技術にほかならない。経任の残党の謀略もそれにかかわるだろう。鐵盾《かなたて》矢藤五重連は幻術によって天女を出現させ、将軍から黄金の柱を騙し取ろうとするのだが（この黄金は陸奥からもたらされたものにちがいない）、そのとき必要となるのが鞴や鏨だからである。「早りてこの儘售《うら》んとせば、綷立地《ことたちどころ》に発覚《あらは》れて、その祟速なるべし、打砕き燃爛《ふきつぶ》して、少許《ちとばかり》づつ漸々《しだい》に售《う》らば、買ふものこれを疑はで、長くその利を得つべきなり、と諭すに衆皆有理《げにも》と応《いらへ》て、鞴鏨《ふいごたがね》を求る」と記されている（第五八）。頼家が義秀にいくさ語りをさせ、義秀が「穂屋の背《うしろ》」をめぐって矢藤五を討ち取ったところで、馬琴の執筆した『巡嶋記』は終わる。(5)「義秀が、透さず彯と発《はな》つ箭に、重連は乳の下より、背へ篦深《のぶか》に射串れて、忽地撞《たちまちだう》と滾落《まろびおつ》る…」。最後に残されたのは経任所有の妖書である。

…経任が妖書《えうしよ》也、第一巻は飛行《ひぎやう》の術、第二巻は沙礫《いさご》を飛し、千曳の石をも徙《うつ》すの術、第三巻は風を呼び、雲霧を起す術を載たり。皆《みな》隠語にして速には、読易からぬものなれば、義秀はよくも見ず。（第五八）

この経任の妖書はあたかも馬琴の読本であるかのようだ。飛行すること、礫を投げること、風を呼び起こすこと、いずれも馬琴の読本に記された内容だからである。確かに、義秀はそれをよく見ていない。しかし、読者は「背向」に読み取ることができるのではないだろうか。

七　馬琴小説における背の遍歴　〈文化四年〜天保六年〉

ここでは「背向」から視野を広げ、馬琴の読本を巡って「背」の遍歴を探ってみたい。まず『椿説弓張月』の場合である。前章のIでは臨月の腹を弓張月と解釈したが、「背」にも注目する必要があるだろう。「疑ふとにはあらねども、かくは戯れまゐらせし、是みな吾身の過なり、ふかくな怪み給ひそと、賠《わび》らるるも又憎からねば、為朝背《そが》向《ひ》に見そなはして…」（第五回）。白縫と為朝が出会うところである。背向になることでかえって情動を高め合っている。これがそっくり『美少年録』第五回で反復される。

琉球を訪れた為朝は鶴の入った籠を背負っているが（「筎《かご》ながらこれを脊負…」第六回）、白縫の挿話に背負う場面が出てくるのは、それに張り合うかのようだ。「八人の女使《こしもと》を将て太刀を嚢のうちに巻こめ、おのおのこれを脊負せつつ…」（第一二回）。八人という数字をみると、『八犬伝』の先駆形態ともいえる。

ともに紙鳶を作っていた為頼と朝稚だが、朝稚は紙鳶を背にして飛び立っていく。残された為頼には背にするものが何もない。鬼夜叉が「為頼の御背《うしろ》に立ちまはり」首を刎ねるのは、背に由来する必然であろう（第二二回）。わざわざ馬琴は『保元物語』諸本の異同に言及し、為朝が「中柱に背《せなか》をあて、弓杖をつかへて立たり」というところに注目している。

紙鳶に乗って舞い降りた朝稚を背負うのは梁田時員である（「脊《せなか》に負つつ…」第二八回）。時員が病気になると、朝稚が「抱き起して脊を拊《なで》」るのは、その「背」に恩を感じているからにちがいない（第二九回）。時員を殺した渦丸は朝稚を閉じ込めた魚籃を背負って刺し殺されるのだが、まさに背負うことを朝稚から拒否されたことになる。

寧王女が母親の背中をさすり、鶴亀の兄弟が母親の背中をさするのも、朝稚の身振りと呼応するものであろう（第三四回、第四二回）。真鶴が可憐なのは、「脊《せなか》に負たる橐裹の軽き打扮《でたち》」だからである。松寿が寧王女の身代わりにするべく真鶴の首を背負うのは、秘かに真鶴を模倣している（第四一回）。

第五一回には為朝が女の入った賽銭箱を背負う場面があるが、為朝は女の正体を誤解している。誰も背後を見ることはできないのである。「背《そびら》へまはせし拳を握り」利勇に走りかかろうとして失敗した兄の鶴を助けるのは、松寿である（第四九回）。しかし、鶴亀の兄弟は松寿を誤解し「屏風の背《うしろ》より」襲いかかろうする（第五四回）。松寿もまた千歳のことを誤解し「刃を背後《うしろ》にかくして」襲いかかろうとする（第六一回）。そこには一種の盲目性がある。背後からの襲撃は優位にみえても、実は背後に拘泥することで死角が生まれる。

曚雲が恐ろしいのは、背後が存在しないことではないだろうか。寧王女は「曚雲が背《うしろ》を襲ん」とするが、失敗している（五六回）。為朝の「背《うしろ》より王女の大軍追蒐《おつかけ》来つ」とあるとき、ようやく勝利する（第六五回）。

次に『近世説美少年録』の場合である。「高峰さへなほ易《やす》らげに、浮木を脊負ふて攀捗《よぢのぼ》るに、疾きこと、馬も如《しか》ざるべし」（第一回）。玉五郎が母を背負って山に登り、灰で噴火を鎮めるところである。背負うという決定的な身振りが作品の開始を告げ、突然の噴火を準備しているかのようだ。逆に、「薪を負うて火に近づく」のが悪少年である。大江元弘のほうは「背門《せど》に馬の嘶《いななき》て、人の相譚声《かたらふ》したり」と背後を気にしている（第二回）。

瀬十郎と阿夏の再会場面をみてみよう。「背《そびら》のかたに、坐《を》るを見かへる瀬十郎と、思はずも面をあはして、迭《かたみ》に欻《はつ》と驚くまでに、心慌て、陶ぬし歟《か》、阿夏なる歟とばかりに、背向《そがひ》になりて口隠る」（第五回）。これをみると、背向きになることはかえって情動を高めることである。そんな瀬十郎が「背後より撃ん」と狙われるのも理解できるだろう。瀬十郎は「背後」に現れた阿夏に「背門《せど》より出てゆきたまへ」と勧めている（第六回）。山賊に襲われた阿夏が「なでふ御こころに背くべき、命助けたまひね」と懇願すると、山賊が朱之介の「背」を撫でつつあやす場面も意味深い（第七回）。「背門《せど》へも遶る珠之介は、前後の門の戸鎖固めて」、はじめて母親から真実を聞くことになる（第九回）。

遊女の今様が自害するところをみてみよう。「那《かの》今様は臥房に来にけり。然《され》ども痞《つかえ》の発りしとて、うち解もせずそが儘に、背《そびら》を抱せたりしかば、朱之介は艴《むつ》として、その無礼《なめ》なるを咎めしか…」（第三〇回）。殺害を疑われた朱之介は「這《この》今様は、持病の痞発りぬとて、背向《そがひ》に臥て呼べども答へず」と弁解しているが（第三一回）、情動が虚しく空転するさまが伝わってくる。本作は第三〇回のところで十年以上、中断していたのである。朱之介が人妻の奥手と別れる場面には「背《そびら》敲きて別れけり」とあったが（第二三回）、互いに背き合う関係を糊塗していたようにみえる。

第四一回では「背《そびら》に白羽の箭を駝做《おひな》し」た美少年同士が対決する。「杜四郎は背《うしろ》ざまに、身を反りつつ剽と射る、弦音高き馬上の強弓《ごうきゅう》、朱之介は小盾をもて、受《うけ》まくするに何ぞ及ばん、鈍《おぞ》や右の肩尖を、射られて…」（第四二回）。剣術の試合において杜四郎が朱之介を圧倒するのだが、前者の優位を示すために「背《うしろ》ざま」が強調されている。パルティアン・ショットである。

八重作、縦二郎という巨漢の兄弟に注目してみよう。「奈良桜八重作は、袱裹《ふろしきづつみ》を背《そびら》にして、来ぬる」（第五二回）、「是日は笞《しもと》の数を増て、殊に緊《きびし》く撲《うた》せしかども、縦二郎は今日牽出さるる時、悄地《ひそか》に仙丹を背《そびら》に塗りて、口中にも哺《ふく》みしかば、笞を受ても疼痛《いたみ》を覚ず」（第五五回）などをみると、兄弟にとって背中がことのほか大事な場所であることがわかる。「有繋《さすが》に疲労《つかれ》なきにあらねば、或《あるひ》は柱に背《そびら》を倚《よせ》かけ、或は肱《かひな》を枕にして、憶ず眊《ねむり》を催す…」（第五七回）、ここからは安心して寄りかかる姿がうかがえる。

次に『開巻驚奇侠客伝』の場合である。第五回に「銭の面背《おもてうら》にて、吉凶を知るよしやありけん」と語られる妙算の占いが出てきて、面か背かという点が決定的に重要だと教えてくれる。小六が夢の中で背を叩かれ（第三回）、背を寄せ合っている人々のもとを立ち去るのは偶然ではないだろう（第一〇回）。貞方主従が七里が浜で処刑されようとする場面には「脩刀《ながかたな》を、明晃々と抜放ちて、貞方主の背《そびら》の方へば、荒海灘蔵找《すす》みより、又時種の身辺《ほとり》へは、荒海船蔵立《たち》よりたる、綷《こと》の為体《ていたらく》、凄じくも亦哀れなりしを、観る人各々胸を冷して、窃《ひそか》に弥陀仏弥陀仏とせわしく唱るものもあり、或は涙さしぐみて、背向《そがひ》になるも多かりけり」とある（第七回）。庇護された空間から出るとき、背中はもっと危険にさらされるのである。庶吉が「袱《ふろしき》に推包み、やをら背《そびら》にうち掛て」小六とともに出発するのは庇護してもらうためである（第一六回）。

長総が「背《うしろ》に立ち」つつ手伝っているが（第三〇回）、「強人《ぬすびと》の背《そびら》にしたる、贓物《ぬすみもの》の箱籠《つづら》」からは死体が出てきて、小夜二郎の死を招き寄せてしまう。(6) 荷二郎は「袱に、包みてふたたび背にしつつ」、姑摩姫のもとから盗み出し企みをめぐらす（第三四回）。続編第四二回に「正直は大《おほき》に鬼胎《おそ》れ、不慮《おもはず》背《そびら》に汗沸《あせあえ》て…」とあるが、これは続編を書いた萩原広道が『八犬伝』から学んだものであろう。「語路五郎は思はずも、背《そびら》に汗を流すまでに、いたく恐れ且《かつ》恥て…」（第五三回）、「磯九郎は性《さが》として、角力《すまひ》を好めば然《さ》ばかりの、膂力《ちから》なきにあらねども、思ひしよりは持圧《もちおも》りして、背《そびら》の汗に推流されけん、酒の酔は醒にけり」（第七四回）。追い詰められたとき背から汗を流している。もっとも、「汗あゆ」は『源氏物語』にみえるので、そこから学んだ可能性もある。

八　『八犬伝』における背の遍歴

〈文化十一年〜天保十三年〉

最大の長編『南総里見八犬伝』における「背」について探ってみたい。第三回で安西景連は「努々《ゆめゆめ》違背あるべからず」と里見義実に迫っている。しかし、金碗孝吉は「おのが脊《そびら》にうち被たる、菰《こも》を脱て塵うち払ひ、樹下《このもと》にうち布きて、義実を据まゐらす」のである（第四回）。どちらが信頼を勝ち取るかは明らかであろう。また「背《そびら》を馬に敷れ」た鈍平が山下定包を裏切ってしまうのも、必然の論理である。玉梓は「屏風の背《うしろ》」に隠れている（第五回）。

　斑の犬のように背が黒く腹が白いというのが『八犬伝』の二面性なのかもしれない（「脊《せ》は黒く、腹は白き狗の子が、棄られたりとおぼしくて、人まち㒵に尾を掉《ふり》て…」第一六回）。「彼《かの》犬には四足あり。主の番作には似るべうもあらず」と蟇六は語っているが、背を介して捨て犬と番作は奇妙な共鳴関係にある。番作にとっては結城合戦から逃亡し「脊疵《せきず》」を受けたことがトラウマとなっていたからである（第一七回）。「番作は、わが子を楚《しか》と推伏て、背《そびら》に尻をうちかくる」ので、信乃も自害を止めることができない（第一九回）。

　浜路の挿話をみてみよう。「浜路は臥房《ふしど》を脱出て、潜ぶ納戸の縁頬《えんがわ》伝ひ、外面《とのかた》へは出がたく、背門《せど》にも人の出入繁かり。われや何処を死処、とおもひかねつつ…」（第二七回）。絶望した浜路が蟇六、亀篠夫婦に気づかれることなく死に場所を探すところだが、そこに近づくのが左母二郎である。「さる程に左母二郎は、時刻を測りて蟇六が、背門《せど》より潜入らんとするに、彼処《かしこ》も挑灯《ちやうちん》引提て、出る人あり、入る人あり。便わろし、と立退きつ、なほ外面《とのかた》を彼此《あちこち》と、密々にうち遶りて、母屋の背後《うら》に立在《たたずみ》つ、つらつら透しながむれば、築牆《ついかき》の朽たるならん、そが根良に、犬の出入するばかりなる、頽《くづれ》さへありしかば…」とあり、背門の賑わいが左母二郎を浜路へと導いていく。

　浜路を奪って左母二郎が逃げると、追っ手が叫ぶ。「女の子を拐掔《かど》ひし大罪人は、捕栄《とらへはえ》ある縲絏《ひとやなは》、脱れぬ処と覚期《かくご》して、みづから肘《かひな》を背《そびら》へ廻せ。然らずはここで首級《くび》にして、田畑の西瓜と欺くまでに、荘官殿へ裏《つと》にせん。さでも走る歟、争ふ歟」。走るか争うか、この二者択一に注目しておきたい。なぜなら、この直後、左母二郎が浜路に迫るのも、そうした二者択一だからである。

「華洛《みやこ》に上りて、この宝刀を、室町殿に献らば、数百貫の主となる、立身疑ひなきもの也、さるときはおん身をも、奥さまと唱させ、多くの人に冊《かしづか》せん、歎きをとどめてこの山を、とくうち踰《こえ》給はずや、負れ給ふ歟《か》、手を掖《ひか》んか、いかんぞや、と身をよせて背《そびら》を拊《なで》つ、手をとりつ、辞巧《ことばたくみ》に慰めけり」。背負うか手を引くか、二者択一を迫る左母二郎が宥めているのは、まさに浜路の背中である（左母二郎は『伊勢物語』の主人公を気取っているかのようだ）。

沼藺の挿話をみてみよう。「揺覚《ゆりさま》されて、あなと泣く、大八を抱きなほして、しづかに背《そびら》を敲着《たたきつ》け（中略）低《さぐ》る頭《かうべ》の病《やま》しげに、撲地《はた》と落たる釵児《かんさし》も、別れの櫛歟、とうち歎く、涙を見せじ、と背向《そがひ》になりて、闇きかたにと姑の背を盾に取てをり」（第三五回）。姑と嫁が別れる場面であり、「背向」に情動を高めている。「房八沼藺が亡骸を、斂《おさ》めたる両箇《ふたつ》の葛籠《つづら》は、小文吾と現八と背《そびら》に負ふて、これ彼鍬《くは》を携たり」（第三九回）。こうして背負われたとき、房八と沼藺にはもっとも安定した位置が与えられたといえるかもしれない。

沼藺が亡くなった後、実父が嫁入り先に出てくる。「亭午《まひる》の比に、文五兵衛は、行徳より来にけり。妙真はやくこれを見て、こはよくこそ来ましたれ、いざあなたへ、と真成《まめやか》に、上座《かみくら》にすすめたる、迭《かたみ》に涙吒《さしく》みて、霎時《しばし》は何事も得いひ出ず。あるじはそが偲背向《そがひ》になりて、頻りに洟をうちかめば、客も術なく…」（第三九回）。これは嫁の実父と嫁の義母の対面だが、娘を亡くした父と息子を亡くした母が「背向」に情動高めているのである。

「文五兵衛は大八の親兵衛を背《そびら》に負ひぬ」とあるように、親兵衛はずっと背負われ続ける存在といえる（第四〇回）。「犬の子犬の子、目だに覚めたら背にきつと背負ふて、ののへ参らふ参らふ」という子守歌が当時あったようだが（近松『天神記』）、それが響いているのかもしれない。浜路の挿話、親兵衛の挿話、いずれにおいても「背門《せど》」が重要な舞台になる。しかし、前者が背負われることのない挿話であるのに対して、後者は背負われる挿話にほかならない。

では、背負うことを仕事としていた人物は誰か。それは「漁網《あみ》を背介に被肩《かつが》せて」とあった背介である（第二四回）。第四二回で背介は最期を迎える。「憐むべし額蔵は、背《そびら》破れ、皮肉爛れて、忽地《たちまち》気絶してければ…又背介を推伏《おしふ》せて、撲《うつ》ことといまだ十下《とうち》に至らず、叫び苦しむ声細りて、忽地に息絶たる…」（第四二回）。ここで背介の役割が明らかになるだろう。背介は何かを背負い、そして背を鞭打たれることで額蔵の身代わりとなって死ぬのである（親兵衛を背負う家族に遠慮して、背介は背負う役割を放棄するといってもよい）。

音音の挿話をみてみよう。「只うち捨て措ねかし、情をな被給《かけ》ひそ、と敦圉卓《いきまきたか》き老女《おうな》の一轍、そを理ともいひかねし、単節《ひとよ》はいよよ胸苦しさに、背向《そがひ》になりて嘆息す。猪平《やすへい》これを洩聞て、音音《おとね》が恨《うらみ》、さぞあらん…」（第四六回）。音音は尋ねて来た夫を拒むが、その嫁は嘆息するほかない。背向になる、そのとき情動が高まるのである。

荘助と道節が知り合う場面にも注目してみよう。「諸肩袒ぎつつ背向《そがひ》になりて、背《そびら》の痣を示すになん、道節は遽《いそがは》しく、行燈《あんどん》を引よして、つらつらとうち見れば、荘助も亦痣ありて、こは身柱《ちりけ》のほとりより、右の胛《かひほね》の下に至りて、形牡丹の花に似たり。予《かね》て鏡に照して見たる、わが痣にしも異ならねば、思はずも大息つきて、奇なり奇なりと嘆息す」（第四七回）。背中の痣を示す、そのとき背向になって情動が高まるのである（行燈の光がさらに情動を高めている）。あたかも額蔵は背中を鞭打たれたことで痣を作り、荘助に生まれ変わったかのようだ。「鏡に照して見たる」ごとき痣の一致に道節は嘆息しているが、情動が高まった後、人は息を吐くほかないのである。

「音音は件の行客等《たびびと》が、外面向て縁頬《えんがわ》に、尻うち掛し背姿《うしろすがた》を、と見かう見つつ訝しさに、曳手が背《そびら》を爪敲《つまたたき》して、彼《あれ》は何処《いづこ》の人たちやらん…」（第四八回）。この正体不明の男たちは音音の死んだ息子なのだが、正体不明であるにもかかわらず、音音たちが情動を高めていく理由は明らかであろう。なぜなら、そこに「背姿」が見えるからである。だからこそ、「背」を爪で突いて何かを知らせようするのではないか。

船虫の挿話をみてみよう。その夫、並四郎が殺された後である。「背門《せど》のかたより衝《つ》と出て、菩提所へとて走りけり」（第五二回）、この身振りからは船虫と阿夏の類似がうかがえる（「遽《いそがは》しく背門より出て、はや仏前に近づく…」『美少年録』第八回）。そして、夏引の挿話へとつながっていくようにみえる。第五三回に「軈《やが》て懐より、とり出す粒銀《こだまぎん》を、紙に捻りて亡骸の、ほとりに措つ、背向《そがひ》になりて、免し給へと膝立直し…」とあるのは、死者に対する小文吾のみごとな礼儀といえる。「背向」になるとき、すべてがそこに集中し一瞬、時間が停止するのである。だが、その小文吾の「背」に船虫の手が迫っていく（「船虫は又俺が声音を、聴覚をることもや、と思へば言寡にして、肩を摩り背《そびら》を推すのみ」第七五回）。第六三回の船虫は「屏風の背《うしろ》に躲《かく》れつつ」立ち聞きしている。

夏引が奈四郎と密通して夫の木工作を殺す挿話をみてみよう。「夏引は背門《せど》を引閉て、雑庫《ものおきぐら》の庇間にて、件の艶《ふ》簡《み》の封皮《ふう》を折《ひらき》て、読了り引裂て、小石を包み推団《おしまろ》め、傍の溝瀆へ投棄て、母屋かへり入る…」（第七〇回）。ここでは事態を隠蔽しようとする夏引の一連の行動が見事に描かれている。「奈四郎夏引等は、頭《かうべ》を回らして四下《あたり》を見るに、この処は無縁の席薦《たたみ》を、四枚布儲しのみにて、床の間などの数寄もなく、北向にして背《うしろ》は板壁《はめ》なり」。密談するため二人はあたりに気を配っている。しかし、背後に対しては盲目である。

「奈四郎等が来ざりし前より、彼縁頬《えんがわ》に出てをり、曝背《ひなたぼこり》に心地よければ、襦半の虱を拾ひつつ、聞くとはなしに奈四郎と、夏引が悪事の密談を、一箇も漏さず聞とりし…」と続くが、こうして密談は盗み聞きされていたのである（「はなし」が散種されている）。立ち聞きされてしまうところが、船虫とは異なる夏引の弱点といえる。後で裏切った媼内は「背《うしろ》より走り懸りて、奈四郎が髃《かたさき》を」斬っているが、そこに奈四郎の弱点がある（第七三回）。

第七〇回に「木工作が死骸を滾《まろば》して、上には壌《つち》を少許《すこし》被《か》け、又その上を雪もて埋めて、窃《そ》と出るとき背門《せど》の戸を、旧《もと》のごとくに引寄して、躑躅が崎へ還りしを、知るもの絶《たえ》てなかりける」とあった。しかし、撃たれた木工作の死骸はあっけなく発覚する。興味深いことに、亀篠の挿話と同様に夏引の挿話でも「背門」が重要な舞台となっている。

第一一四回の夢の場面に注目してみよう。「奴家《わらは》を背《そびら》にうち乗せて、雲を起し宙を走るに、駛《とき》こと宛《さながら》駿馬の像《ごと》く、這《この》大城へ来ぬる程に、奴家は騎《のる》に堪ずして、憶ず狗児の背《そびら》より、滾《まろ》びて大地へ忽然《こちねん》と、墜されて庭の樹間に在り」。浜路姫は犬の背に乗せられていたというが、ここからは背負われ続けてきた親兵衛の姿が想起される。もちろん、かつての伏姫の姿でもある（第一一二回）。

「船虫が背《そびら》に写《かか》れし、文字に拠て、木天蓼丸《わたたびまる》の、盗賊正可《まさか》に知られしかば、箙《ゑびらの》大刀自の疑ひ解けて…」（第一一九回）。この船虫の背中に記された罪状は、次の妙椿の背中に記された文字と対比するべきものであろう。「そが背《そびら》の毛は焦縮れて、摸様譬《たとへ》ば焼画《やきゑ》の像《ごと》く、如是畜生発菩提心といふ、八箇字の見《あらはれ》て、いと鮮明《あざやか》に読れしかば…」（第一二一回）。背中に記された文字、それは留めを刺す文字であり、正体を明らかにする文字といえる。

徳用の挿話をみてみよう。「件の悪法師們《ら》は、各々石地蔵を、背《そびら》へ乗せて、道路に、平張《へたばり》伏して在りしかば、里人いよいよ訝りて、軈《やが》てその地蔵菩薩を、拿卸《とりおろ》さんとしてけるに、怪しむべし、皆その背《そびら》へ、漆をもて黏《つけ》たるごとく、抬《もたぐ》れば那身《かのみ》も倶に、抬げられて毫《ちつと》も離れず」（第一二八回）。ここでは、石地蔵を盗み出そうとした悪僧たちの背中に張り付くことで、懲罰が加えられている。不意に犬の背中から下ろされたときの驚きと対比するべき、悪意の籠もった粘着きである。悪僧たちの背中は安心して身を委ねるべき場所ではないのである。そして、背中の文字は正体を明らかにしている（「石地蔵の背《そびら》には、建立の歳月見えて、嘉吉元年、七月二十四日、建立願主浄西と勒《ろく》したり」第一二九回）。

海賊退治の挿話をみてみよう。「大家猛《みなみな》に眼を眸《みは》り、倶《とも》に呻《うめけ》る口中より、流るる涎は泉のごとく、斉《ひと》しく撞《だう》と仰反《のけぞり》仆れて、死活も知ずなりにけり。親兵衛はやく是を覩て、今は救ふに暇なし、且《まづ》海賊們《ら》が手を出すを、等《まち》てせん術あらんず、と尋思《しあん》をしつつ、共侶《もろとも》に、酔倒れたる面色して、脚を伸しつ中倉《きやくのま》なる、柱に背《そびら》を凭《よせ》かけて、両手《もろて》を張て仰反《のけそつ》たり」（第一三三回）。毒酒を呑まされた仲間たちが海賊に襲われるところだが、かろうじて柱が支えている。だが、親兵衛はたちまち反撃に打って出る。「背《うしろ》より組む小嘍囉《こぬすびと》、両個《ふたり》を左右に掖肩被《ひきかつ》ぎて、ヤと声かけて投しかば、肋腰骨打折かれて、云とばかりに平張《へたばつ》たり」。石地蔵を背負った悪僧たちも「平張」っていたが、その反復に注目しておきたい。

虎退治の挿話をみてみよう。「只一個《ひとり》の夥兵毎《くみこども》は、行裹《たびつつみ》を搭駝《せおひ》しかば、独代《ひとり》四郎のみ老人甲斐に、背《そびら》軽しとて笑ひけり」、「背《そびら》には、矢箙《えびら》に挿たる、十有二条の箭…」、「其背影《うしろかげ》の見えずなるまで、退き難《かね》て惘然たり」、「樹に身を寓《よせ》て、背《そびら》を高くし、頭を低れて、又其便宜《びんぎ》を待つ…」（第一四六回）。老人だけが荷物を背負わない、それに対して矢を背負った親兵衛の背姿が強調され、虎は背を高くして隠れている。「背」の連鎖が虎退治の挿話を構成しているといってよい。第一七六回には「乙《おつ》と呻《おめ》きて背《うしろ》より、義同の左右の腕《かひな》を、擢るばかりに無手《むづ》と拿て、摚《だう》と綟伏せ登し蒐りて、宛《さなが》ら虎を結杻《しば》るが像《ごと》く、緊く索を被《かけ》しかば…」とある。三浦義同が捕まるところだが、背から迫ることで奇妙な虎の絵が完成している。

第一六八回の合戦場面をみてみよう。「義士山林房八が、我死《わがし》に代りし血染《ちつき》の衣は、綻《ほろ》に為《つく》りて我背《そびら》に在り」と信乃は語っている。背負われたもの、それは貴重な何かであり、継承のしるしにほかならない。親兵衛の挿話では背負うことが重要な位置を示していたし（「文五兵衛さまは坊さまを、背負ひ給ひつ」第五八回）、一角の挿話では現八が髑髏を「行袱に包みつつ、そが佽背《そびら》にうち被て」洞窟から出てきていた（第六一回）。

いささか図式的にいえば、背向になって情動を高め合うのが男女の世界であろう。背後から襲いかかるのは悪しき男同士の世界であり、何かを背負って支え合うのが麗しき男同士の世界である。

おわりに

本章では「背」をめぐって『巡嶋記』を読み解いてきた。「巡」の三本線は三友、すなわち朝夷朝臣義秀、吉見冠者義邦、多賀蔵人光仲を表しているのではないだろうか。いずれも背負われた人物だからである。「背」は背負う点で負債のテーマにつながり、背にあるものを見ることができない点で盲目のテーマにもつながるだろう。だが、ここで注目するべきは、背負って走るという点である。

「平惟盛、源義経、朝夷義秀、藤藤房、篠塚伊賀の如きは、逃れていよいよ忠、走てますます勇とせらる、これその迹《あと》なく後《のち》なきもの、亦《また》千載の遺憾ならずや」と序に記されている。「忠」とあるけれども、忠誠を尽くすべきものはもはやない。重要なのは「逃れてますます」「走てますます」という点であろう。放浪的ノマド的存在と呼んでおきたいが、馬琴は逃れたり走ったりしてますます強度を高めていくものに興味をもつのである。

第八回末尾に「栞手は、国々の霊山霊地を、残なく遍歴し、果は信濃にとどまりて、九十余歳の上寿をたもち、和田合戦の後までも、鞆絵の尼とて彼《かの》国に、行ひすましてありとなん」と伝えるが、実は遍歴するのは義秀よりも栞手のほうが先である。その意味では、『巡嶋記』を導いていたのは女性だといってよい。

『巡嶋記』は様々な点で他の馬琴小説にも関連している。海を泳ぐという点では『弓張月』につながり、三友が巡り会うという点では『八犬伝』につながる。髑髏の幻想という点では『侠客伝』につながり、黄金の詐欺という点では『美少年録』につながる。

和田義秀について最もよく知られた事跡は鮫退治であり、おそらく泳ぐ男のイメージが『巡嶋記』の基本にあったのだろう（馬琴にとっては書くことのメタファーである）。八犬士は珠と痣によって巡り会うのだが、『巡嶋記』の三友は背負われたという共通の言語形象を有することで巡り会う。また、『巡嶋記』第二編では髑髏が合戦について語っていた（「彼此を見かへるに、髑髏は旧の処にありて、又その人の影もせず」）。『巡嶋記』第六編では、経任の残党、鉄盾矢藤五が幻術によって天女を出現させ、黄金を騙し取ろうとしていたのである（「幻術もて、天女と見せて上を欺き、騙略《かた》りたる黄金の柱を、焼わかち售《う》らんとすなり」）。

馬琴の手になる『巡嶋記』は第六編までであり、本作品は未完である。第六編末尾に「和田合戦の濫觴、義盛軍議の時に方《あたり》て、人の視聴を避ん為に、大磯なる長が妓院に、親戚朋党すべて、同意の武士を聚会《つどへ》て、和田酒宴《さかもり》と唱る事に中《なかば》し」とあるが、そのとき和田一族は世間に背を向けていることになる。また「健保の和田合戦、終に敗軍に及べるとき、義秀その徒《と》二百余人と共に、船を大洋に泛《うか》めて、危窮を脱《のが》るる事に終るべし」とあるが、人を乗せて浮かぶ船こそ「背」に当たるものにちがいない。

蛇足になるが、松亭金水の手になる第七編、第八編の一節も参照しておく。「笆《まがき》の朝貌朝風に、なびくが如く綳繆《しなだれ》かかれば、朝夷やをら手をさし伸べ、脊《そびら》へかけて曳寄つつ、磐手が顔をうち戍《まも》る」（続輯第七）、これは矢藤五の妹と称する磐手が義秀を誘惑しようとするところである。「御覧の荒屋には、何進《まゐ》らすべき物もなし、背戸《せど》の柴栗二箇三箇渋を焼てまゐらせん、と筐《かたみ》の裡よりとり出す、標吉郎は手を挙て心な遣ひそ腹もよし…」（続輯第一六）、これは筐姫が義邦のことを心配し標吉郎が探すところである。金水の続編に「背」の登場が少ないのは、馬琴に背負われているという自覚が足りないからであろう。

『石言遺響』巻三には「弟の背を丁とうち目覚し給へ香樹丸」とあり、『稚枝鳩』巻三には「地震にそが夫婦二人の子どもを背おひ、からうじて鎌倉まで逃のび」とある。『三国一夜物語』巻二には「老曽が向背を丁ときれば」とあり、『四天王剿盗異録』巻二には「朧丸を背に負ひ、後に引そひ走りけり」とある。『新累解脱物語』巻一には「背三ツ四ツ打ほどに、累はこれに驚き恐れて泣出す」とあり、『皿皿郷談』第一回には「素二郎慌忙《あはてふためき》て転輾《ふしまろび》つつ泣稚児を掻取、はやく背へゆりあげ、命を限りと逃走れば…」とある。このようにみてくると、馬琴の読本とは、背を打たれたり背負って走ったりすることで始まる作品群だといえる。

注

（1）『夢想兵衛胡蝶物語』前編二には「背に眼のないを不足して、ひらめを羨む」とあり、まさに背後が見えないことが強調されている。

（2）刺青の流行が『水滸伝』の人物を描いた国芳の浮世絵によるものだとすれば、馬琴の人物たちは背中を鞭打たれることで、『水滸伝』にオマージュを捧げていることになる。

（3）「解は散《ちる》なり釈《とくる》なり。屈したるものここに伸び、鬱したるものここに開く」と菩薩平は濡れ衣を晴らすべく弁じているが（第二一）、これは馬琴の本名「解」への注釈のようにみえる。また、「才なけれども愚にもあらず、猿楽をする嗚呼のものなり」と紹介される俳優には馬琴の俳優観が見て取れる（第二二）。『墨田川梅柳新書』五に「亀鞠俳優して賊僧を欺く」とあるように、騙すというのが俳優の役割なのである。

（4）『巡嶋記』第二七に「その古迹によりて、尼瀬の名をば負せしなるべし」とあるが、馬琴における地名とは何かを背負ったものといえる。

（5）狂言『朝比奈』は亡者姿のシテが武具を背負って現れる喜劇である。頼家が義秀にいくさ語りをさせる趣向は狂言に由来するものであろう。また、近松門左衛門の『世継曾我』四段目には義秀が唐櫃を縛り上げる挿話があり、『曾我五人兄弟』三段目には和田酒盛りが描かれ、義秀が五郎を背負おうとして背負えない挿話がある。

（6）西鶴『本朝二十不孝』巻三の二には死体の入った葛籠を奪われる滑稽な挿話があるが、それが読本において発展したといえる。青木鷺水『諸国因果物語』巻五には「背中軽くなりしやうにおほへしまま打おろして見るに棺桶の中にハ死骸ハなくて此本尊おハしたり」とみえる（宝永四年）。

Ⅲ　近世説美少年録を読む——火・卵・石

この荒漠たる火山の裾野が原も、阿蘇の古武士にとつては神の恵みの楽園であつて、代々の弓取がその生活の趣味をことごとく狩に傾けておつたことが明らかである。

柳田國男『後狩詞記』

本章では陶晴賢に擬した悪少年、朱之介が活躍する『近世説美少年録』を読み解いてみたい。中国の『檮杌間評』が出典とされるが、その点については深入りしない（詳しくは徳田武による新編日本古典文学全集の頭注、解説を参照）。馬琴の読本を伝奇や幻想に彩られた物語としてではなく、文字で記された小説として読み解くこと、それが本書の課題である。第三輯の序文で馬琴は櫟亭琴魚（殿村篠斎の義弟）の批評を取り上げ、「この評中なる水火既済と、意馬心猿は、特にめでたし」と述べている。

ここでは、そうした「水火」の様相を主題論的に考察することになるが、小説を既成の思想原理に結びつけて観念的に理解しようとするものではない。むしろ言葉の危うい歩みに寄り添いながら、複数的で拡散的な言葉の動きを辿ろうとするものである。作品に先行する堅固な図式より、作品とともに生成変化する流動的な図式に注目してみたい。そこには物質的想像力にかかわるテマティックな次元があり、広義のアナグラムにかかわるエクリチュールの次元があるだろう。馬琴における勧善懲悪や因果応報は作品創造の真の目的というよりも、作品創造の制約であり口実にすぎないように思われる。

一　噴火と言葉

初輯・二輯〈文政十二年・天保元年〉

『近世説美少年録』（文政十二年〜天保三年）は途中から『新局玉石童子訓』（弘化二年〜五年）と改題されている。この改題は幕府の取締り強化を懸念してなされたもの[1]だが、そうした外的理由にもかかわらず馬琴小説の特徴をよく表しているのではないだろうか。なぜなら、童子訓は同時に字訓を暗示するからである。『八犬伝』における仁義の玉をもつ剣士の場合より明らかだが、馬琴小説で活躍する童児たちとは徹底した文字の戯れではないか。つまり児＝字の戯れこそ馬琴小説を導いているのであり、改題はそのことを図らずも露呈させているのである。以下、そうした観点から『近世説美少年録』を読み解いてみたいと思う。

時に畠山尾張入道卜山、進出て稟《まう》すやう、「（中略）小火滅《けさ》ずンば、燄々を奈何《いかん》、両葉《ふたば》にして断《たた》ざれば、斧を用るの患《うれひ》あり。はやく討手の軍将をもて、誅伐せしめ給はん事、勿論に候べし」といひつゝ傍《かたへ》を見かへれば、義興莞爾《につこ》とうち笑《ゑみ》て…

（引用は新編日本古典文学全集による、第一回）

「小火滅ずンば、燄々を奈何」と冒頭で語られているが、『美少年録』において火が絶えることはない。後述するように、『美少年録』はいわば燃焼の記録である。馬琴の時代、噴火が大きな出来事であったことも忘れてはならないだろう。

『美少年録』でまず目を引くのは火の力である。すなわち、活火山としての阿蘇山のエネルギーにほかならない。

「彼山の麓には、阿蘇の神の祟あり。山には硫黄燃出て、常に煙の絶ざること、信濃の浅間嶽、日向の霧嶋山と相似たり」。大内義興が南朝の残党菊池武俊討伐のため阿蘇に攻め込むと突然、地雷が爆発するが、それも活火山のエネルギーと無縁ではない。

…忽地《たちまち》山も裂るが如く、足下《そくか》に発る地雷火に、撃仆《うちたふ》され身を燔《やか》れて、「吐嗟《あなや》」と騒ぐ大叫喚、さらでも山に硫黄《ゆわう》の気あれば、四方八面猛火となりて、城の櫓に燃移る、燄を避る遑《いとま》なければ、城戸《きど》より内に攻入りたる、士卒はここに四五百名、一箇《ひとり》も脱るるものなくて、灰燼となりて亡《うせ》にけり。　（第一回）

誰かの仕掛けた「地雷火」が契機となって、あたりに立ち込めていた「気」に引火し、「四方八面」に飛び散る、これこそ馬琴小説の醍醐味であろう。馬琴は構想として作品に「地雷火」を仕掛けるのだが、あたりには揮発性の爆発しやすい言葉が漂っており、たちまち「四方八面」に飛び散っていくのである。では、爆発しやすい「硫黄の気」とは何か。おそらく、それは火であり、卵であり、石である。燃え上がる気体となり、卵の腐敗臭を放つ岩石が硫黄だからである。燃え上がるときは火であり、流体のときは卵であり、固体のときは石である、そんな馬琴の言葉をこれから読み解いてみたい。『美少年録』第一回で、卵から誕生する玉五郎など馬琴小説にふさわしい人物というべきであろう（「卵《かひご》を名づけて、玉子ともいへばなるべし」）。玉五郎は火に深くかかわっている。

有之而《かくて》巓に近づく随《まま》に、玉五郎は、この山に立つ、煙を佶《きつ》と瞻仰《あほぎみ》て、霎時《しばし》呪文を唱る程に、恠《あやし》むべし昔より、一ト日も絶ぬ山の猛火は、立地《たちどころ》に滅失せて、煙も立ずなりにけり。　（第一回）

玉五郎は蛇神＝水神であり、火を鎮める力をもつ。しかし逆説的だが、水が勝利してしまうと、水神は消えていくほかないのである。

…大地陥り沼となりて、その深きこと測るべからず。形様《かたち》琵琶に似たればとて、里人琵琶の沼と唱へ、又阿蘇沼とも喚做《よびな》したり。（第一回）

この陥没地帯は火に対する水の勝利を示している。しかし、水の勝利は長続きしない。厳島の弁才天を祭っても、蛇神＝水神への信仰が衰微してしまうと、再び火が活気づくからである。

…武政が児孫《じそん》に至りて、神を敬ふ心なく、神社《やしろ》は頽破に及べども、修復を加ることなければにや、彼《かの》家遂に衰へて、零落したるその比《ころ》より、件《くだん》の山は燃出て、煙の立ことはじめの如し。（第一回）

大内義興は阿蘇沼のほとりにある霊蛇の籠る社に本陣を置くが、そのとき不意に火が消えたりするのは蛇神＝水神のせいであろう（「阿蘇沼に集《ゐ》る水鳥の、群立騒ぐ汀渚の陣に、雑兵等が焼捨たる篝火はみな滅果《きえはて》たり」）。この直後、すさまじい洪水が押し寄せてくるのである。霊蛇の社に本陣を置くのを諫めた大江広元は洪水に押し流されるが、霊蛇の化身である夫婦に助けられる。その意味で、大江にとって水は恩寵の働きをなしている。(2)「柴折焼《しばをりたき》て進《まゐ》らせん。地炕《ゐろり》の縁へよらせ給へ」という夫婦の歓待は水と火の相補性を示しているだろう（第二回）。

火と水の対立から明らかになるのは、一方の全面的勝利はむしろ活性を失うという点にほかならない。両者の対立抗争こそ活性を生む。(3) したがって、霊蛇を焼くところは蛇神の死滅を意味するものではない。むしろ蛇神の再生を促している。

然程に、猛火煽々として幹を焦し、烈燄漸々《しだい》に立升りて、大枝細条《さえだ》を焼落す、勢ひいうべうもあらざるに、虚の内、幹外に、積累ねたる薪には、硫黄焔硝をまじへたれば、畢發《ひつはつ》たる音凄じく、煙は虚空に布満《しきみち》て、有頂天にも届くべく、燬《ひ》は四下《あたり》の壌《つち》を焦して、その氣、坤軸《こんじく》までも通るべからん、と覚て、人僉《みな》魂を落し、胸を潰さずといふものなきに、薪尽きんとするときは、義興下知して、初より、なほ夥しく焼草を、虚内《うろのうち》へ投入れさせて、些《ちつと》も間断《たえま》あることなければ、甚《いか》なる霊蛇神龍なりとも、免れ果《はつ》べうは見えざりけり。（第三回）

火は蛇を炙り出すが、蛇が死滅するわけではない。火は蛇を焼き尽くすかにみえて実は活気づけてしまうのである。この蛇こそ馬琴的エクリチュールの姿であろう。火は蛇を活気づけると同様に言葉を活気づけるからである（しばしば「話分両頭」と出てくるが、馬琴の文章はいわば複数の頭をもった蛇である）。蛇体が励起する名高い挿画を参照をされたいが、放火は根源的な悪であり、悪の連鎖を生み出していくことになる。こうして火は言葉を活気づけるのであり、読み手は言葉を活気づける火の要素を探ってみなければならない。

『美少年録』で悪の主人公となる珠之介は蛇の怨念から生まれ出るわけだが、誕生の契機は水神にふさわしい雨である。父親の陶興房が阿夏と出会うのは雨の日に設定されている（雨宿りを契機として男女が出会うのは高藤説話と同様である）。だが、その悪をより獰猛なものに養い育てるのは火だといってよい。そのあたりの事情を探ってみよう。
「火を鑚《うち》て、はや行燈に移す程に、瀬十郎は門邉より、告別して去んとするを、阿夏は、やよと呼被て、袂に携掖《すがりひき》留《とど》め」、「軈《やが》て燭台に、火を移し携て、先に立つつ案内《しるべ》をすれば…」、こうして阿夏は興房を誘っていく（第四回）。

女歌舞伎の血を受け継ぐ阿夏は、同居する末松木偶介を裏切り興房との再会によって珠之介を儲ける。「晃々《きらきら》として光る物あり。紙燭《しそく》を抗《あげ》てつらつら見るに、真白き小蛇にぞありける」という興房の見る幻覚は興味深い（第五回）。火が照らし出しているからである。興房は阿夏を奪ったことで池澄屋鮒九郎に襲われるが、難を逃れる。しかし、大内義興の近習として周防に戻らざるをえない。辛踏无四郎のおかげで再会した親子だが、別れ別れとなる。「真一文字の仮黒子《いれぼくろ》」だけが興房と珠之介の父子関係を証明するものである（第六回）。興房と別れた母子は、連れ子の小夏を谷底に投げ捨て木偶介を切り殺した二人の山賊に拉致されてしまう（第七回）。拉致された母子は次のような状況に置かれている。

十々《ととき》夜行太、野干玉《ぬばたま》黒三等の両賊は、仏生山なる隠宅《かくれが》に、阿夏を伴ひ来つる比より、或《あるひ》は一ト日、或は両三日、迭代《かたみがはり》に挊了《かせぎ》に出て、獲物なければ帰らざりしが、有一日《あるひ》黒三は、薬種多く窃み来つ、そを又市にもてゆきて、沽却《うりしろなさ》んとて択分《えりわけ》たる、そが中に砒霜《ひそう》あり。「こは極めたる毒石にて、人はさらなり鳥獣も、服するとき免れがたし（中略）」とて、幾重ともなく帋《かみ》に包みて、索《なは》もて地炕《ゐろり》の辺なる、梁《うつはり》に吊せしを、阿夏は見つつ…

（第八回）

石のテーマが介在している点も興味深いが、何より阿夏が火のそばにいることに注目しておきたい。もちろん、阿夏の名前はあの焼かれた「榎」と関連があるだろう。ここでは火のほとりですべてが生起するのであり、阿夏が脱出の夢告を授かるのも、火のほとりである。

…法師は大《いた》く焦燥《いらだち》て、「其処《そこ》退ずや」と杖振挙て、阿夏が拳を礑《はた》と欧《う》つ、欧れて「吐嗟《あなや》」と叫びたる、声に阿夏は駭覚《おどろきさめ》て、四下《あたり》を見れば其処にはあらで、身はなほ地炕《ゐろり》の辺にをり。

（第八回）

夢の中で旅僧から脱出を告げられるが、たちまち火のほとりに引き戻されるのである。一人の賊を離反させるのも、火のほとりである。阿夏は「火急の厄難」を告げる。

「…黒三が沽《かひ》もて来たる、酒あらば見せ給へ」といふに阿夏はこころ得て、「ここに侍り」と三升罇を、腕撓《かひな》げに引提つつ、地炕《ゐろり》の辺に撲地《はた》と措くを、夜行太やをら引よせて、茶碗を索《たづね》て移し見るに、その酒果して濁りたり。（第八回）

阿夏は砒素の入った酒を夜行太に見せて、黒三が殺害しようとしていると思い込ませ、二人を殺し合わせるのである（二つのものを敵対させて切り抜けるスウィングドアのモチーフ）。タランティーノ的といってもよいが、二人の山賊は火のほとりで死骸となる。

…蒲団ふたつを彼此《あちこち》と、両箇《ふたり》の死骸にうち被せて、又拿出《とりいだ》す行灯《あんどん》の、置所すら血を避けて、焠児《つけぎ》引裂く片袖に、鼻を掩ふて地炕《ゐろり》なる、埋火に徐《そ》と措翳《さしかざ》し、手ばやく移す灯火の、光りは高く仰窓《ひきまど》を、引忘れじ、と掛る手も、辛苦に痩て細索に、戸走り軽き銭車、背門《せど》へも巡る珠之介は、前後の門の戸鎖固めて、旧《もと》の処に走り来つ、母に対《むか》ひて、「やよ母御、いはれし綍《こと》の趣を、詳に聞まほし。とくとく示し給ひね」といふに…（第九回）

『美少年録』の主人公珠之介は火に焼かれた蛇の後身だが、そのことを証明しているのが火ではないだろうか。珠之介は母に向って事情を語るよう促しており、すべては火に導かれるように進行しているのである。隠された血塗れの死体は埋火のようにさえみえる。

…阿夏は歓びて、背門《せど》に立出行水しつつ、月を燭《あかし》に程近き、彼《かの》観音へぞ詣ける。（第九回）

阿夏が行水するところは蛇のようだが、阿夏を外へと招くのは火である。その後、馬に任せて母子は山を下って行く。(4)

却説《かくて》件の白馬は、阿夏親子をうち乗して、ゆくこといまだいくばくならず。後方《あとべ》猛に物の音の、畢撥《ひつはつ》として恒ならぬを、阿夏ははやく聞つけて、「彼《あれ》は奈《いかに》」と見かへれば、はや黒煙天に満て、今までありける隠宅《かくれが》より、火の燃発《もえいで》て焼るなり。（第九回）

珠之介は死体もろとも家に火を放つが、それは焼かれた蛇の復讐にふさわしい。「吾儕が出るとき、彼此に火を投たれば、程しもあらず焼るなり。有如之者仇の亡骸も、共に焼れて灰にならん」と語る珠之介の冷酷さが際立つところであり、「尚《まだ》九才なる童の智には、怜悧さ過て成長《ひととな》らん、後こそ心もとなけれ。さてもさても」と母親も舌を巻いている。だが、出立した二人は、たちまち水に流されてしまう。

…水中に出たる石に、前足を折掛て、忽地《たちまち》𣦵《ざんぶ》と伏す勢ひに、阿夏はさらなり珠之介も、共侶《もろとも》に反蜚《はねとば》されて、鞍を離れて前面《むかひ》の岸に、筋斗《もとり》を拍てぞ落たりける。しかはあれども母も子も、幸ひにして身を傷《やぶ》らず、斉一《ひとしく》「吐嗟《あなや》」と叫びつつ、起あがりて見かへれば、憐むべし件の馬は、推流されて亡《うせ》にけん、影もとどめずなりにけり。（第九回）

ここで水に流される母子は、大江広元の挿話を反復しているといえるだろう。ともに恩寵としての水に包まれて助かるからである（ともに馬を失っている）。だが、すぐさま「地炕《ゐろり》の縁へうち寄て、足踏伸して温まりたまへ」と誘われる。主人公を新しい場所へと導くのが石だという点も興味深い。それが福富大夫次の盗まれた「玉」の挿話へとつながっていくからである。その玉は火で照らし出されている。「取出す眼鏡《めがね》の紐を、左右の耳に糾被《よりか》けて、引よする燭代台の、火光《ほかげ》に翳《かざ》して彼此《あちこち》と、見つつ思はず膝うち鳴して、奇なる哉、吁妙なるかも。這《この》玉は是黄金が玉と、組緒の色まで些《ちつと》も違はず」（第一〇回）。この「蛇の抜け殻」の薬で生まれた大夫次の娘が黄金という名前をもつ点も重要であり、二人はいっしょに遊んでいる（「珠之介ははやくも狎《なれ》て、黄金と倶に燈燭《ともしび》の、下《もと》によりつつ遊びけり」）。

次に第二輯をみていこう。阿夏母子は山賊が盗んだ玉を大夫次に返したので、歓待される。「薦《すすめ》たる盃の、二度三度と巡る程に、冬の日はやくも暮果て、処狭《ところせき》まで点したる、燈燭《ともしび》の花も亦愛たし」。火が見事に歓待ぶりを示している。

…扇拍子に浮さるる、芸なし猿の客あるじ、素人同志の膝舞踏、犬居《けんこ》牛飲《ぎういん》狐拳《きつねけん》、負腹立で献々と、数献累る乱酌酩酊、奴婢も散動《どよみ》て幾遍《いくたび》となく、腹を抱へて笑へども、鶏のみぞ啼く八声の比に、酒醼やうやく果けり。衆客斉一《ひとしく》辞し去て、初て風の凪たるごとく、楽竭《つき》て哀来たる、尚《まだ》巳時なる幾十畳の、席薦《たたみ》は酒に汚されて、賸《あまつさ》へ蝋燭の真断《しんき》る時に落にけん、鹿児斑毛に焦げたるあり。（第一一回）

動物の列挙、散動と静謐が文章の動きを見事に生み出しているが、焼け焦げの痕跡が作品のテーマを暗示するのである。阿夏が黄金に琴を教えるところを描いた挿絵には火鉢が三つも見える。周防に向けて出発した阿夏母子が立ち寄る宿屋では「竈焼ずやと呼れば…竈に蒼柴折焼て」とあり、挿絵には異様なほど煙が満ちている。

…敦圉《いきまき》て、権《をど》しの火箸拿《と》るよりはやく、背《そびら》を破《はた》と打懲せば、走りも退かず泣沈みて、「母御よ、免し給はずや。路費《ろよう》を用尽《つかひはた》しても…」（第一二回）

母親が珠之介を火箸で叩く場面は、火による懲罰と鼓舞を示すものであろう。「潜めき答る少年の、良らぬ事には怜悧なる、したり顔には機も届かでや、示し合する親心、臥簟《ねや》の行燈《あんどん》掻起しても、子ゆゑの闇に片明り、丁子頭は陶ぬしの、帰帆の兆歟《さがか》、と母と子が、心祝ひも夢の世や、寝よとの鐘の響く比、倶に枕に就きにけり」。ここでは、少年の不気味な怜悧さを行灯の火が照らし出しているのである。「旧たる陶器を愛るものは、その欠たるを瑕とせず」という一文によれば、陶器のイメージを探り当てることができる（第一四回）。珠之介が悪友と盟約を結ぶところに血染めの土器が出ていたのは偶然ではないだろう（「大土器の、血に染たるを人には見せじ…」第一一回）。阿夏母子は周防に辿り着くが、興房と再会できない。いまや「坐席遺りの蝋燭も、流れ渡りの身」である。傒鯖楼で働くことになった阿夏は无四郎と再会し、ともに奥羽に去る。珠之介は香西元盛に仕えることになる。

有如之《かかりし》かども元盛は、怒気なほ盛なりければ、士卒に下知《げぢ》して件《くだん》の車を、推並べ火を放《かけ》さして、竹木共に焼棄けり。（第一七回）

香西元盛が細川方の車を焼くところは、榎に火を放つ場面や珠之介が家を焼く場面を反復しており、根源的な悪を体現している（香西は火災と読むことができる）。火の登場、それは収束であり発散である。香西の使者となった珠之介が相手に風呂釜を差し出していたことも忘れてはならない。

小競り合いから細川尹賢の恨みを買うことになった香西主従は襲撃される。そのため珠之介は海に流されてしまうのだが、馬琴にとって言葉をつないでいく作業とは島巡りを意味しているように思われる（『椿説弓張月』『朝夷巡島記』など）。そのとき目印となるのが火である。

人家《さと》ある方に赴きて、ここは敵地歟《か》、外嶋歟、地方《ところ》の名をも諮《たづ》ぬべく、一椀の飯をも乞めとて、月を燭《あかし》に覚束なくも、人家を索《たづね》て辿りけり。（第一八回）

再説《ふたたびとく》、末松珠之介は、嚮《さき》に危窮に及びし折、脱れ難《かね》つつ大洋《わだつみ》へ、身を捨てこそ浮む瀬の、あれば荒磯に流れ寓《より》て、死ざることを得たれども、人にも遇ず言問ん、浦の苫屋もなかりしかば、覚束なくも辿々て、ゆくこと幾十町なるを知らず。夜は最《いと》いたう深たる比、前路《ゆくて》遥に燈火《ともしび》の、光隠々《ちらちら》と見えて幽《かすか》なり。（第一九回）

眠っているところを弁才天堂で捕縛されるのだが、そのときも火が重要な役割を演じている。「准備の燈罩《しのびちやうちん》もて、見れば果して一箇の少年、熟く睡りてありければ、原来《さては》癖者ござんなれ、脱しはせじ、と潜めきて、戸をけひらきつつひしひしと、押へて索をかけにけり」。とりわけ注目されるのは、珠之介が落葉を焼いて暗闇を進む場面であろう。

…腰に著《つけ》たる嚢より、燧《ひうち》を出し火を鑚《うち》て、落葉を焼《たき》て四下《あたり》を見るに、彼此《あちこち》に細竹《しのたけ》多くあり。「是究竟《くつきやう》」と伐とりつ、手ばやく紈《わが》ね蕉火《たいまつ》にして、路を索《もとめ》てゆけども、いまだ麓のかたに出ず。（第二〇回）

これは第二輯の序文と呼応する細部にほかならない。「書を校すること風塵落葉の如し、随て払へば随てあり、とにもかくにも文人ばかり、胸休からぬものはあらずかし」とある通り、馬琴は自らの小説に誤字が多いことを嘆いていた。校正すればするほど誤字は落葉のように増えていく。小説の主人公は落葉を焼いて前進しようとするが、それは誤字を乗り越え書き続けようとする作家の姿勢に通じている。馬琴は落葉＝誤字を焼くことで自らを奮い立たせているのである。馬琴の書き物には火気が漲っている。石と石がぶつかり合い擦れ合って火を発するという点も注目されるが、『美少年録』は火によって活気づけられる小説であり、その意味で焼燃録なのである。玉と石の童子が擦れ合い、「火急の難」が出来する。

二　料理と錬金術

三輯〈天保三年〉

第一九回で父興房と再会した珠之介は朱之介晴賢と改名されるが、続く第三輯序の記述は、そのことに関連しているのかもしれない。

胡《こ》の珠を採る者、人の為に奪はれんことを懼る。遂に股を劈《さき》て以て珠を蔵《をさ》む。是れ其股を愛せざるに非ず、珠を利とするが為のみ。此に由て之を観る、利に惑ふとき則ち愛を忘る。是を以て其子を售《う》る者有り。愛に溺るるときは則ち訓《をしへ》を忘る。是故《このゆゑ》に児孫孝悌に匱《とぼ》し。（第三輯序、原漢文）

珠を股に隠すと記されているのだが、それは言葉を言葉に隠すという馬琴の書法であろう（「たま」を反転させたのが「また」である）。そうした言葉の戯れが子供の問題につながる点が興味深いところである。では、言葉に隠されているのは何か。さらに読み続けていこう。狩猟の最中、朱之介は山猱に捕われた少女を日撃し、救出する。射殺された山猱は「突然と、来つつ地炕《ゐろり》の火に当るを、人僉熟《みななれ》て駭怕《おどろきおそ》れず、渠《かれ》が随意《まにまに》にあたらすれば、渠亦害をなさず、黙然として暁方には、出てゆくものぞかし」と語られている。

「這《この》山猱の亡骸を、里へ牽《ひき》もてゆかんは要なし。然《さ》ればとてこの儘に、うち棄措《すておか》んも怏からず。こころ得たるもの両三名、遺り留りて火をかけ給へ…」　（第二一回）

安保箭五郎が山猿の死骸を焼くよう命じる場面だが、蛇が焼かれた場面にも通じる。「許多蕉火《あまたたいまつ》を、振照しつつ諸声合して」やって来た里人たちと落ち合って朱之介は助かり、少女と結婚する。

…燭台二本《ふたつ》ばかり措並《おきなら》べ、斧柄を席に著《つか》しめて、朱之介と婚姻の、盃を執結《とりむすば》する（中略）美女美少年一対に、洞房花燭も光を増《まさ》ん、錦の上に花を添たる、夫婦《めをと》にこそと批評しつ、嘆賞せざるはなかりしを、恨る所は心ざまに、美悪賢不肖その差《しな》ありて、対すべくもあらずとは、今このときにしるよしなければ、伝聞くもの愛《めで》くつがへりて、皆羨しくおもはぬはなし。　（第二二回）

これが朱之介と斧柄の結婚場面である。『美少年録』における美少年の定義とは火に照らし出された存在ということになる（そこから美と悪、賢と不肖が分岐する）。斧柄の養母が落葉であり、木偶介の前妻であったことがわかる。朱之介は箭五郎の妻、奥手と密通する。箭五郎の「奇貨《たから》」に誘惑され金を失うわけだが、それを恥じて関東に旅立とうとする。

斧柄は母に奨《はげま》されて、泣《なか》じとすれど禁《とど》め難《かね》し、涙のやる瀬なければや、燭台の光《ひ》の届ざる、小暗《こぐら》き処に侍りたり。（第二三回）

これは朱之介と斧柄が別れる場面だが、二人の結婚と別離はまさに華燭を介して叙述されるのである（続く挿絵には落葉のもつ手燭、従者の落す松明が描かれる）。箭五郎に引き留められた朱之介は楊弓に耽り、密通の嫌疑で連行されるけれども釈放される（楊弓の様子を描いた挿絵には火鉢、改心した朱之介を描いた挿絵には囲炉裏が見える）。その後、堺に向った朱之介は、福富家の居候で弟分の日高景市と再会する。「左界」と綴られる土地は不吉さを秘めている。「酌《くむ》とき迭《かたみ》に燈光《ほかげ》にて、顔つくづくとうち目戍《まも》りたる、これ彼斉《ひとしく》一声をかけて、和君は大哥《あにき》にあらざるや、然いふ和殿は日高氏、然なり、景市で候ぞや、こはこは思ひがけなき、再会にこそありけれ、と倶に手を拍《うち》膝うち鳴らす、歓び限りなかりけり」（第二六回）。新編古典全集頭注は演劇的趣向を指摘するが、悪の美少年たちが再会するのは火のそばなのである。

料らずここに寄胡桃《よせ》、炙鶏卵《あぶりたまご》のきみとわれ、毟殽《むしりさかな》は片身でも、うらめづらしき飲同士《のみどち》の、晤譚《ごだん》に時を移しけり。（第二六回）

「卵のきみとわれ」とあるように、卵は分身同士による再会のテーマを導き出している。景市によって語られるのは、詐欺師を招き入れてしまった福富大夫次の破滅である。舌兪道人は錬金術についてまことしやかに語っていたという。

軈《やが》て鋳鍋をとり出して、粟粒ばかりの金を入れ、更に又黄銅《しんちゆう》と、汞《みづかね》薬種を相加えて、法を行ひ火に被《かけ》て、煉ること凡半晌《はんとき》ばかり、火を退けて蓋をとれば、果して黄銅も汞も、化して金にぞなりにける。（第二六回）

この火による錬金術は卵のテーマと不可分であろう。卵もまた流体から固体へと変容を遂げる黄金の中身をもつ物体だからである。「軈て火をもて乾しければ、はや用るに足れりといふ」とあるが、これはせっかちな錬金術というべきである。大夫次は舌兪道人の妾、小槌に思いを寄せるようになる。

是より夜毎に只ひとり、那土庫《かのぬりごめ》にうち臥して、炉の炭さへに折々に、手づから継ぐは予《かねて》より、こころに計校《もくろみ》あればなり。（中略）心の惑ひは御垣戍る、衛士《ゑし》の焼火《たくひ》にあらねども、夜こそ燃《もゆ》れ身内の、温熱《ほてり》をやるせなかりけり。（第二七回）

「大夫次は情慾の、猛火連《しき》りに身を焦して」とあるが、ここでは錬金術がほとんど閨房術と化している。

孤燈の下《もと》に道中記を、独閲《けみ》してありければ、やをら障子を推開て、呼も得かけず招くにぞ、小槌は驚き見かへりて（中略）「且《しばら》く俟《また》せ給ひね」といひつつ紙燭《しそく》に火を移して、携《たづさへ》ながら身を起せば、大夫次は三尊の、来迎よりも尊げに、紙燭を受とり先に立て、丹炉の頭《ほとり》へ伴ひけり。登時《そのとき》小槌は徐《しづか》に居よりて、且《まづ》はや炭を継んとせしに、炭は既に継てあり。加減に異なる事もなければ、思はず「吻々《ほほ》」とうち笑ひて…（第二七回）

火による錬金術は火による閨房術へと転換していくのである。「弘誓《ぐぜい》の船」に乗る行為にも喩えられているが、それによって大夫次は全財産を失い破滅する。

朱之介は「石を抱きて淵に臨み、薪を負ふて火に近づくより、なほ危き」と思いめぐらす。そうした危険が『美少年録』には満ち満ちているからである。しかも、阿蘇山の挿話と錬金術の挿話は呼応している。その証拠に、舌兪道人を名乗っていた鉄屑鍛冶郎は阿蘇の残党とされる。だからこそ、火を使って復讐したのである。大夫次の亡骸を荼毘に付すのは老僕の小忠二である。

> …観音寺へ遣しければ、小忠二は夜を日に続て、走りて那里《かしこ》へ赴きつ、術よく主の亡骸を、乞求め煙となして、白骨を壺に斂《おさ》め、そを携《たづさへ》てかへり来にければ…　（第二八回）

『美少年録』において死体は必ず燃やされなければならないのである。馬琴の潔癖というべき嗜好を見て取ることができる（挿絵によれば、大夫次を亡くした嫁の阿鍵は蝋燭を商っているようである）。

> 因《ちなみ》に作者も自評すらく、朱之介が大和にて、箭五郎に謀られて、その妻奥手と姦通して、多く金を喪ひしと、大夫次が舌兪に哄《だま》されて、その妾《おんなめ》小槌と密会《しのびあふ》て、多く金を奪れしと、相似てその趣おなじからず。（第二八回）

ここには馬琴の構造的知性を見て取ることができるだろう。「相似てその趣おなじからず」、その類似と相違がテクストにおいては決定的に重要なのである。大夫次の孫娘は黄金という名前であったが、それが錬金術につながる効果を生み出す。

黄金は、「肌膚は炙卵《あぶりとりのこ》を、炙過して焦せし似《ごと》く、声頻嗄れて鼻へ漏る」浮宝屋の跡継ぎと結婚している。そこに介入するのが朱之介である。

…菊燈台の蝋燭《ろうそく》まで、光を増したる珍客に、款待《もてなし》はなほ半酣《なかば》にて、又夕膳の准備《ようゐ》あり。澳路は時分をこころ得て、辞して庖厨《くりや》へ退りしかば、傍《かたへ》に人のをらずなりたる、朱之介は折を得て、窃《ひそか》に黄金を挑みし…（第二九回）

母親を遠ざけ朱之介と黄金の関係を親密にさせるのは、火なのである。「朱之介が浮薄なりしは、又論ずるに足らねども、黄金も亦是不貞の女、旧焦木《やけぼくい》には移るにはやき、火と土性の相生あり」。朱之介の「朱」は火に通じるのだが、「旧焦木には移るにはやき」というのが『美少年録』の言葉の動きである（第五回で阿夏と瀬十郎が出会うところにも「焦材には移り易き、火と木の相性」とあった）。

まわりには「火の用心を頼むぞや」といった言葉が行き交っている。朱之介は黄金に裏切られる。

…と見れば思ひがけなくも、既に一個《ひとり》の男子ありて、黄金と倶《とも》に臥《ふし》てをり。驚きながら遠火光《とほあかり》の、刺すを便りに熟視《つらつらみ》れば、這密夫《このみそかを》は別人ならず、主人《あるじ》の二男城蔵なり。（第三〇回）

黄金と男が臥しているのを見つけるのは、火を介してなのである。「浮気の悪性、行燈《あんどん》を風《ふつ》と吹滅して、その懐に入りしかば、澳路は忽地駭覚《おどろきさめ》て…」と続くが、朱之介が澳路と臥すことになるのも、火の動きを介してである。

第三〇回で類似と相違について記した馬琴は、第三一回の序文で同一と差異について考察をめぐらしている。これは『近世説美少年録』から『新局玉石童子訓』へと題名を変更した馬琴にとっては、避りて通れぬ課題だったといえる。

設夫《もしそれ》以《おもひみ》れば、和漢今昔、其名同くして、其物同じからざるあり。（中略）又其物同くして、其名の同からざるは、万をもて数ふべし。　（新局玉石童子訓小序）

同一性と差異性こそ、主題の変奏や反響を演出する作家にとって決定的に重要な問題であろう。馬琴は原作をどのように変奏しているか。あるいは原作を離れて諸主題をどのように反響させているか。それを読み解いていかなければならない。

…一個《ひとり》の妓有《ぎう》が、客の間毎の行燈の、油を遺《おち》なく餙足《つぎた》さんとて、油壺を携て、廊下伝ひに来にける程に、今朱之介が「事あり」とて、叫ぶ幾声にうち驚きて（中略）主人は只得《ぜひなく》両個の妓有に、手燭を秉《とら》し先に立せて、徐《しづか》に楼上《にかい》に升り来つ、今様が臥房の外面《とのかた》より、且《まづ》其事の光景《ありさま》を見るに、果して今様は横死して、鮮血流れ横はり、膝を容《い》るべき処を知らず。客は則青年児《わかうど》にて、膝を組み手を叉《こまぬ》きて、噪色《さはぐ》なく端然たり。（第三一回）

自殺した遊女今様（実は小槌）の死体が発見される場面だが、ここでの事件はまさに火の動きとともに起こるのである。「枕上なる這《この》行燈の、光に就て四下《あたり》を見るに、思ひがけなき今様は、俺脅挿《わがわきざし》の行刀《たびがたな》もて、自殺して俯《ふし》て在り」。主人公の意志にかかわりなく刀が自殺に用いられたことが、火の動きに先導されて発覚する。馬琴は作品のライティングになみなみならぬ関心を寄せているのである（馬琴の書簡には「挑燈」についての考証がみえる）。朱之介が遊女殺しの嫌疑を受けるのは、いわば火のせいである。

第三二回では善の主人公が紹介される。大江弘元が十三屋峯張九四蔵の娘、億禄を側女とし、生まれたのが杜四郎であり、その傍らにいるのが九四蔵の次男、柒六郎である。二人は孟林寺に預けられている。さて、「蚊退火」に導かれた場面をみてみよう。

…燈火見ゆる垂蟵《かや》の、臥房《ふしど》の辺へ近づく程に、所化子舎《しょけべや》に臥たりける、両個《ふたり》の沙弥は驚き覚て、「来ぬるは誰ぞ」と問《とは》せも果ず、一個《ひとり》の強盗《ぬすびと》刀を抜きて、蟵の吊緒を斫墜《きりおと》せば、いよいよ噪ぐ両個の沙弥等は、盗児入りぬ、と稍《やや》知りて…（第三三回）

火の点灯から盗児の出現へという展開に注目したい。あたかも、火が盗児を招いているかのようである。「軈《やが》て悄地《ひそか》に昏帳《かちょう》を出て、吊緒を解きつ行燈《あんどん》の、燈心を増搔起て…」と住持の木玄道徳も反撃に出ようとする。そこに杜四郎主従が帰ってくる。「蝋燭《ろうそく》に火を移しつつ、手燭を秉《とり》て先に立ば、杜四郎も共侶《もろとも》に、刀を引提て出て見る、次の間なる壁際に、結扭《しばられ》て俯したる者あり、是則柿八なり。火光《ほかげ》を見つつ頭を擡げて、腕児よ咱等《われら》を救ひ給へと叫べば四郎柒六は、手燭を抗《あげ》て得《とく》と見て（中略）両個の沙弥も死に至らず。（中略）爾程《さるほど》に柿八は、竈に蒼柴折焼《ふししばをりたき》て、茶を煮て…」。家来の柿八が柴を焚くのだが、火が人の生き死にを制御しているかのようだ。事実、殺されたかにみえた二人の僧も、火のおかげで息を吹き返すのである。

十三屋を訪ねてきた落葉の話から、九四蔵の長男九四郎の妻である乙芸の正体が明らかになる。「乙芸行燈《あんどん》を出さずや」へと続く場面をみてみよう。

…乙芸は店舗《みせ》の火盤《ひばち》なる、真鍮薬鑵拊試《なでこころみ》て、温茶汲拿《くみと》る筩《つつ》茶碗、茶托《ちゃだい》尋てうち載て、「卒《いざ》」とばかりに薦《すすむ》れば、

受戴きつつ傍に置て、「原来《さては》御身は、九四郎主の御対偶《つれあい》、乙芸刀自《とじ》におはする歟」といはれて…（第三五回）

正体が明らかになるのは、火のそばである（挿絵では蚊遣火から驚くほど煙が出ている）。谷底に投げられた小夏が乙柚であり、九四蔵に助けられて乙芸と名を変えたという。「乙芸は行燈《あんどん》引提来て（中略）庖湢《くりや》の蚊遣煙り来て、人を泣する袖の露、夜の席の粛然《しめやか》に、閑談時を移すめり」。火が落葉と乙芸、母と娘の距離を縮めているのである（朱之介と結婚した斧柄が玉五郎を産んで亡くなっていたこともわかる）。

第二版の序文で「紫石譚頭閑下筆」という句を引用するのは、「石」の重要性を予告するものであろう。しかも、それは童子の訓えとなっている。知人の子供が作った漢詩の一節だからである。漢詩の存在を教えてくれたのは馬琴の息子であり、『童子訓第二版』の出来と同時であることに馬琴は驚いている（第四〇回の挿絵には馬琴の孫による発句「冬枯れて石をしをりの山路かな」が出てくるが、「石」が道しるべなのである）。

さて、落葉と乙芸の会話を立ち聞きしていた朱之介は財布を盗んで逃走する。柴六郎が取り戻すが、中身は入れ替わっていた。

…掻撈《かかぐる》に、恰好《ころよき》小石両箇《ふたつ》あり。是究竟と掻拿《かいと》りて、悄地《ひそか》に財嚢《さいふ》へ入替て、故の如くに紐さへ結びて、ありける処へ閣きて、蚤《はや》く那身《かのみ》を躱《かく》してぞ、往方《ゆくへ》は知らずなりにける。（第三六回）

この挿話は後に再び語られているが、財布の中の金子が第三者によって石と取り替えられるのである。興味深いのは、「月を燭《あかし》に四下《あたり》を見る」場面に石のテーマが出てくる点であり、次の挿話にもつながっていく。難波を追放され、近江の福富村をめざして旅立った朱之介が大蛇の夢を見るところである。

…程よき石に尻うち掛て、憶ず睡りて在りし時、但見《ただみる》一箇の蝻蛇《うはばみ》あり。眼は百煉の鏡の如く、舌は燃る柴薪《たきぎ》に似て、松の幹より太かるべき、身を樹の杈《また》より下し来つ、口を張《はり》舌を吐て、黒白《あやめ》も知らぬ朱之介を、只一呑にぞ呑にける。

（第三八回）

ここには石と火がある。石は眠りに誘い、夢のなかで大蛇に飲み込まれる朱之介は火に焼かれているといってもよい。「亭午《まひる》の炎暑」「燃る柴薪《たきぎ》」「熱きこと沸湯《にえゆ》を沃《そそ》ぐに似たり」と熱さが強調されているからである。陶器のテーマにかかわるが、陶朱之介は火に焼かれることでより強化されるのである。この夢は、次のように解かれている。「今其黄玉を喪ひしは、俺身住にし土地に離れて、流浪しつべき兆《さが》なる歟、或は又那玉《あのたま》を、喪ふべかりし前兆《もとつさが》にて、大蛇に呑るる夢を見たる歟」。玉を失い土地を失い朱之介は流浪することになるが、自分を失うことで、より強くなっていくといってもよい。「負じ魂火を発す」のが朱之介である。「長途の暑熱」で発熱した朱之介は重病になる。「枸神《くじん》」を食して助かるが、回復した朱之介を描いた挿絵にはなぜか煙が立ち昇っている。

件の枸神を飯篣笮《いひこり》に、容たる儘《まま》に宿六に、逓与《わた》して倶に母屋に造《いた》れば、宿六は持かへりたる、握飯と煎茶の土瓶を、地炕《ゐろり》の辺に閣《さしお》きて…

（第三九回）

この土瓶こそ重要な細部であろう。なぜなら、『美少年録』の主人公は「陶」の名をもつ人物だからである。陶器とは火と土によって作られるものであり、陶晴賢の運命がそうした主題と密接にかかわる様子はこれまで見てきた通りである（「火と土性の相性」など）。悪の薫陶を受けてきたといってもよい。「先竈を焼ずや」と朱之介は焼くことを催促している。朱之介の病気からの回復、それは蛇の脱皮に擬すことができるのかもしれない。第四〇回の挿絵では松の枝に蛇の脱け殻がぶら下がっているからである。

三　薬と礫　　初帙～六帙〈弘化二年～五年〉

第三版附言で馬琴が、第三集の口絵にあった「ふり捨て出にし里を見かへればあしたのけぶり軒のまつ風」の歌を解説しているのは「火」の重要性を予告するものであろう。いたるところで火の煙が上がっている、それが『美少年録』の基本的イメージだからである。「あしたのけぶり」は朝の煙であると同時に、まさに明日に燃え盛るであろう煙を暗示している。

さて、病気の娘のために「枸神」を欲しがっていた吾足斎延命が実は无四郎であり、その妻老芋が阿夏であることがわかる。朱之介は吾足斎に命じられて佐々木家の御前試合に参加するが、杜四郎主従に負ける。そのことが使者から吾足斎に報告される場面には「箱挑灯の、蝋燭を接更て、城内へかへり去りしかば…」とみえる。夜の場面で燃やされる松明は「枸神」の根とも重なり合う。

「…是にて事は罇の酒、移して尻を焼《やき》てん」とうち戯れつつ纔なる、蒼柴地炕《ふししばゐろり》に折焼きて、稍《やや》煖る壜酒、茶碗一箇《ひとつ》を敗折敷《やれをしき》に（中略）「はや暮にき」と楠《ひで》火燭して、四下《あたり》を光らす夜酒醺《よさかもり》…（第四三回）

杜四郎の小柄を盗んだ盆九郎が、朱之介を悪事に誘うところである。「地炕《ゐろり》なる、壜児《とくり》をやをら掖出《ひきいだ》し見て、噫鈍《あなおぞ》や無慙やな、長談《ながものがたり》に心引れて、纔に残る一壜を、煎酒《いりざけ》にこそしたるなれ…」。火が二人を親しくさせるが、それによって長物語の無時間的な空間が形作られているのである（「壜児」の表記にも注目したい）。盆九郎に唆されて、朱之介は吾足斎の屋敷に忍び込む。

…置炬燵《おきごたつ》に大火桶なる、火を拿移《とりうつ》しつ蒲団を被《かけ》て、寝るとはなしに脚踏入れて、横臥《よころび》しより程もなく、そが儘熟睡《うまい》したりしかば、前後の門《かど》より盗児《ぬすびと》の、入るを夢にも知らざりけり。（第四三回）

火の静けさ、だが、それは次にくる活劇を準備している。「盗児」が介入してくるからである。「円行燈の火光《ほかげ》にて、面を対《あは》して頷くのみ」とあるが、火の黙契を合図として、たちまち活劇が生起する。「火桶に撲地《はた》と跌《つまづ》けば、上にありける真鍮薬缶の、瓦辣哩《ぐわらり》と墜て灰さへ茶さへ、烟を起《たて》て散乱す」。火桶を蹴飛ばすことで、火を活気づけるのである。

…吾足は透《すか》さず声立て、「盗児まて」と引提《ひさげ》たる、小挑燈を銜《つ》と刺出せば、盆九は「面《おもて》を見られじ」と、左の拳を揮《はたらか》して、挑燈撲地《はた》と打落す、闇夜《やみ》は善悪《あやめ》なき虚々実々…（第四三回）

もちろん、馬琴小説のライティングは演劇的趣向に由来するものであろうが、しかし、それに留まらないエクリチュールとしての特異性を強調しておきたい。馬琴のライティングは周到であり、それによって善悪を浮かび上がらせる。「挑燈《ちようちん》の蝋燭を途に接易《つぎかへ》て来にければ、杜四郎見かへりて、只今怪しき暴漢《あらをとこ》を、搦捕たる事の顛末《もとすゑ》、箇様箇様と告知らしつ、石見介が携たる、円挑燈の光りを借りて、今暴漢が振捨たる、刃を索ねて拿抗《とりあげ》見るに、こは疑ふべくもあらぬ、三十日夜索難《たづねかね》たる、青海波の刀子なりければ、杜四郎の歓び、いへばさらなり」。ライティングのせいで、盗まれた小柄まで見つかってしまう。朱之介のほうは火のせいで窮地に陥る。

…燈火の光に看一看《ちらとみ》て、「亓《そ》は珠にあらずや」と喚《よび》も得果ず身を起して、推留めまくしてければ、朱之介は弥《いよいよ》慌て、螽《いなご》の如く檐廊《えんがわ》へ、身を跳して走り出て、庭へ閃《ひら》りと飛下る（中略）這方《こなた》へ来ぬる挑燈《ちようちん》の、火光《ほかげ》間近く見えしかば、朱之介は度を失ひて、進退茲《ここ》に窮るものから、案内知たる上なれば、庭なる涸井《からゐ》に身を躲《かく》して、透《すき》を得ば塀を乗て、逸去《のがれさら》まく思ふのみ、いまだ便を得ざりけり。

（第四三回）

火は朱之介をさらに窮地に陥れる。「挑灯を振照して、主僕玄関にゆきて見るに、思ひがけなき吾足斎は、深痍《ふかで》をや負たりけん、右手《めて》に刃を持ながら、鮮血《ちしほ》に塗れて仆《たふ》れて在り」。火が朱之介を無実の罪へと陥れかねない。瀕死の吾足斎は、朱之介に奪われた財布の中身を入れ替えたことを語る。「件の財嚢《さいふ》を拿《とら》まくする時、手に障る小石二三隻《ふたつみつ》あり（中略）件の小石の、程よきを二隻拿抗《とりあげ》て、亓《そ》が儘財嚢に入易て、手ばやく紐を結びつつ、旧処《もとのところ》に閣きて、窃歩《ぬきあし》しつつ樹間に入りて、蚤《はや》くも其首《そこ》を立去りつ、当晩《このよ》浪華の旅宿にて、単孤《ひとり》燈の下にして、件の金子を数まへ見れば、一百九十五両あり」。ここからは、火が石のテーマと結びついていることがわかる。火に照らし出されるとき、手に触った石はたちまち金に変容しているのである。馬琴は同じ出来事を角度を変え何度でも描くのだが、そのたびに事件の性質は変容している。第三六回で投げつけられた財布が、ここまで飛んできたかのようだ。

当下《そのとき》老苧は阿鍵《おかぎ》小忠二を、上坐《かみくら》に請迎へて、火桶に炭を接《つぎ》つついふやう、別れまつりしより年許多《あまた》、音耗《おとづれ》絶て

　侍りしは、俺身《わがみ》陸奥へ伴れて、後夫《のちのをとこ》に従へばなり…　（第四四回）

人々が立ち去った後である。朱之介の母親がこれまでの事情語るが、ここでは火が語りを促しているのである。この後、杜四郎主従は病気になってしまうが、別火によって製造された仙丹で治る。

　杜四郎と柒六は、手燭を秉《とり》て後先に、立て玄関まで送る程に、石見介も客房《きやくのま》に、出て袂を分ちけり。当下《そのとき》四総は挑燈を、老僕《おとな》に借得て外面《とのかた》に在り。今九四郎の出るを見て、先に立ちつつ城門《きど》を出るに…　（第四五回）

「先に立ちつつ」とあるが、火が物語を先導するのである（高島石見介の呼称に「石」が見えることにも注意しておきたい）。続いて「炙鶏卵《やきたまご》」が出てくるのも偶然ではない。病気になった朱之介が木の根を食する場面と病気になった杜四郎たちが仙丹を飲む場面は対照的であろう。「彼《かの》仙丹を水に解て、杜四郎と柒六の口中に沃《そそ》ぎ入るるに、倶に四肢《てあし》闕冷して、九死一生と見ゆるものから、薬はよく吭《のど》に降《くだ》りぬ」、馬琴の読本ではこの後に薬の広告が続くのである。後出する仙丹のモチーフも自家製薬の宣伝につながっているが、それは火を促す火薬でもある。

第四版附言で馬琴は「屢《しばしば》婦幼に字を教え、代書を課せて稿を起すに、婦幼は文字《もんじ》に疎ければ、其一句一行毎に、教授叮寧反復すれども、動《やや》もすれば聞僻め、思ひ違て左に右に、甚しき誤字あれども、吾隻字だも見ることを得ず、只読せてうち聞くに、傍訓《つけがな》をのみ読故に、其訛謬《あやまり》を知るによしなし。矧又《いはんやまた》浄書筆畊の手に、謬らるるも多かれど、校訂も亦婦幼に任せて、書肆の責を塞ぐ者、玉石童子訓即是《すなはちこれ》のみ」と記している。まさに『童子訓』は文字をめぐる児童との戦いであり、童子への教えにほかならない。児と字、この二つが馬琴にとって最重要事なのである。

言葉は「風葉塵埃」としてあり、どのように点火させるかが問題となる（この後、第二版の「蠋」が正しくは「燭」だという誤植訂正が続く）。

第四六回では「小火倘《もし》滅《け》さずもあらば、後の煽々をいかにせん」と語られるが、『美少年録』にはいたるところ、この「小火」が仕掛けられているというべきだろう。無数の「伙兵」たちがわらわらと登場してくるのである。巨椋という狂女（盆九郎の情婦）が酒屋で暴れるところを描いた挿絵では竈から煙が立ち昇っている。第四七回で谷底に突き落とされた義士を救う「白雲」は煙の変奏なのかもしれない。

…客房《きやくのま》に、燭台を出さしつ、「卒《いざ》」とばかりに稍《やや》身を起して、案内《しるべ》をすれば…

（第四八回）

ここでは、火が「案内」の役割を担うのである。元服した杜四郎、柒六郎すなわち大江成勝、峯張通能の正体が明らかになっていくところである。

…少女《をとめ》は火桶の火を吹起して、茶を温めつ両箇《ふたつ》の茶碗に、移して盆にうち載せて、「卒《いざ》」とて成勝等《ら》に薦《すす》むれば、通能も共侶《もろとも》に、謝して其茶を喫《のみ》ながら頭《かうべ》を旋して四下《あたり》を見るに…

（第五〇回）

驟雨の後、火桶の火が水から火への転換をもたらすのである。それを契機に成勝、通能の主従は事情を察知していく。二人が逃げ出すと、追っ手が迫る。

…船は前面《むかひ》の岸に在り、呼ども呼ども艄公《ふなびと》の応《いらへ》なければ焦燥《いらだつ》のみ。只得《ぜひなく》一霎時《しばし》立往程に、後方《あとべ》遙に人許多《あまた》、追

蒐来ぬる蕉火《たいまつ》の、光り幽《かすか》に見えにけり。此は是甚《いか》なる人ぞや。亓《そ》は亦巻を更めて、且下回《かつしものめぐり》に、解分るを聴ねかし。（第五〇回）

焦燥が焦火に点火し、わらわらと人が集まってくる。無数の灯火が興奮を高め、中断によってサスペンスは最高潮となる。

続く第五版の序文に次のように記されるのも頷けるだろう。「日に三度夜に三度、盃水《のむ》俄頃《にはか》に火になりつ、臍にて阿茶を沸すと思へば、愕然《がくねん》として夢覚《さめ》けり」（第五版贅言）。水が火になる夢をみたというが、『美少年録』執筆中の作者が何に取り憑かれていたか明らかである。それは燃え盛る火にほかならない。水が火になる夢に襲われつつ作者は「児戯の冊子」を綴るのだが、それは字義をめぐる冊子でもあろう。第四版贅言によれば、「婦幼に代書を課て」書かれた小説は、文字をめぐる攻防によって成立しているのである。第五版の見返し「以石撃甕」の図案も興味深い。そこには陶器と水と童児の三つ巴を見て取ることができるからである。

第四六回末尾に「路陜《みちせま》くして沙礫《こいし》多かり。実に碌々越の名空しからず、一歩毎に小心《ようじん》せざれば、礫轔《いしぐるま》に載せられて、忽地《たちまち》千仭の谷にや墜《おち》ん」とあったが、一歩一歩用心するべきもの、滑ってしまえば一挙に谷底に運んでしまうのが言葉の運用であろう（馬琴が文字を教えた嫁の名前が「路」である）。言葉は時として小石のように投げつけられるのではないか。財布の中に入っていた小石にも通じるが、通能が礫を投げつけるところに注目してみたい。

当下《そのとき》通能は、水際の卵石《こいし》四五箇を、択拿《えらみとり》つつ袂に斂めて、残れる棒を携へて、三四十間後方《あとべ》なる、小高き処に生茂る、雛松《こまつ》の中に身を潜して、近づく敵を俟《まつ》程に、散動《どよ》めき来ぬる追隊《おつて》の衆人、真先に扗《すす》む一箇《ひとり》の壮佼《わかうと》、是則別人《ことひと》ならず、樅二郎の家弟《いろと》と聞えし、奈良桜八重作なり。腰には苛物作《いかものづくり》なる、一刀を跨《よこた》へて、左手に捍棒《よりぼう》右手には蕉火《たいまつ》、杪高《うらだか》に振照し、小力士毎《ども》を従へて、走り近づく…（第五一回）

卵＝石が秘める潜勢力に驚いてみるべきだろう。卵＝石は手に握られただけで、それが放たれる瞬間に向けてエネルギーが充填されるのである。火が近づいていくと、ばたばたと倒されてしまう。それは「幻術」にしかみえない。馬琴の作品は無数の方向に飛び交う玉石＝文字から成り立っている。時として水際の小石であり、時として火に照らし出された小石だが、それらが幻術を引き起こすのである。

…客房《きやくのま》に、燭台出して俟《まつ》程に、樅二郎と八重作は、大江主僕に案内《しるべ》をしつつ、かへり来にける…（第五一回）

一騒動が済むと、火のまわりに次々と人々が集まってくる（「炙鶏卵《あぶりたまご》」も出される）。成勝主従は樅二郎、八重作兄弟と和解する。

…嫗《うば》が汲《くみ》もて薦めぬる、熱茶《にえちや》の茶碗拿外《とりはづ》して、指を焦しつ「噫《あな》熱や」と手を振り口に哺《ふく》ませて、汲更《くみかへ》さする湯に水を、さして往方《ゆくへ》は定めねども、人を追ふ身は胆向《きもむか》ふ、心頻にいそがれて…（第五二回）

ここでも焦慮が火を呼び寄せるのである。樅二郎が急ぐところだが、たちまち眠気に襲われてしまう。

…過去来《すぎこしかた》を諄復《くりかへ》す、親の歎きに梭手さへ、慰難《なぐさめかね》て鼻うちかまれ、心も倶に暮近き、入相の鐘鎬々《かうかう》たる、点燭《ひともし》時候《ごろ》になりにけり。　（第五三回）

火が物語の長さを際立てている。樅二郎は、「渾不似」という楽器をもつ鷺森松煙斎の物語を聞き、二人が同じ菊池家の家臣であることを知る。松煙斎の娘が押絵である（すなわち教えを意味する）。

…次の間に窃聞《たちぎき》したる、奈良桜の佐之七と、押絵も倶《とも》に胸を潰して、手燭を秉《と》りつつ走り出て、「やよ等給《まち》へ」と左右より、抓着抱縮《つかみつきいだきすく》めて…　（第五三回）

火に導かれることが何よりも重要なのである。それによって樅二郎の自殺を押し留めることになる。「押絵は行燈《あんどん》引提来て、四下《あたり》を照しつ且《かつ》主僕に、無異の歓びを舒《のぶ》るにぞ、成勝と通能も、押絵等を労ふて…」。火こそ歓びであり労いといってよい。松煙斎父娘を迫害していたのが領主の鏑野範的である。

当下《そのとき》鏑野範的《のりまと》は、小雪太に手燭を秉《とら》せて、端近く出る程に、小雪太は灯光《ほかげ》にて、件の盗児十六郎《とろらう》を、こころともなく熟々相《つらつらみ》るに…　（第五四回）

これは、曾根見健宗に成り済ました小雪太が「盗児十六郎」を見つけるところである。盗児を見つける人物自身が正体を盗んでいる。その意味で、「盗児」こそ馬琴小説のテーマなのかもしれない。いたるところで童児が活躍し、文字が躍っている馬琴小説とは文字の盗み合いだからである。

「…我は水を飲まく欲《ほり》す、汲《くみ》もて来よ」といそがせば、押絵は只得《ぜひなく》指燭して庖湢《くりや》へとて立程に、縱二郎は俟間《まつま》もなく、肱を枕に酔臥て、鼾《いびき》の声のみ高かりける。（第五四回）

「水を飲まく欲す」とあるけれども、火のほうが馬琴の小説をつないでいくのである。縱二郎は眠ってばかりいる。

「這《この》金にてはまだ足らねども、多貪は破敗《やぶれ》の基なれば、今宵這頭《このほとり》に火を放ちて、事の紛れに脱去《にげさ》らばや」と単計較《ひとりもくろむ》程もなく…（第五五回）

小雪太が考えるのは、火を放って逃げることだが、それは中断され、引き延ばされる。健宗に成り済ました小雪太は、「玉石分明ならんのみ」と断言する健宗本人に殺されてしまう。結局のところ、玉と石を分け隔てたのは文字にほかならない。「今試《こころみ》に紙筆を、授けて何《なに》まれ書せ給へ」と健宗は偽物に迫るのだが、まるで馬琴が婦女子に迫る言葉のようだ。

第六版小序で馬琴は寓言について語っている。しかし、それを直接、主張するわけではない。「折から文渓堂の使《つかひ》来て、這《この》編の序を乞ども、其稿いまだ成らず。然るを吾家の路孀《ろそう》等、叨《みだり》に前条を聞書して、序に代《かへ》てもて取《とら》せつと云《いふ》、烏滸《をこ》なる哉」と記し、すべて烏滸なる婦女子のせいにするのだが、馬琴の演出であろう。婦女子の愚かさのせいにして寓言について語る序文自体が、寓言の構造を有しているといってよい。

「…事の始末は箇様箇様《かやうかやう》、如此如此《しかじか》なりき」と告《つぐ》る程に、四箇《よたり》の家々《かから》等は長良《をさら》と共に、火盤《ひばち》に炭を吹起して、

茶を煮復《にかへ》して薦めなどす。（第五六回）

「事の始末は箇様箇様《かやうかやう》、如此如此《しかじか》なりき」とあるが、ここでは火が物語を要約している。範的に松煙斎の娘略奪を命じられた盗賊十六郎は、誤って長良を奪おうとする。しかし、「金花石葉」にたとえられる勇婦の押絵に捕縛されてしまう。成勝主従は阿甦寺に籠ることを決意する。

…童顔仙骨《せんこつ》殊勝にて、一箇《ひとり》の行童《ちご》に手燭を拿《とら》せ、又一箇の美少年と、年五十有余なる、一箇の法師を従へて、方丈より出て来にければ、義士等は驚き身を起して、席《むしろ》を譲りて請待《しようだい》す。（第五七回）

阿甦寺の閑廂和尚が登場する場面である。火に照らし出される美少年、これが『美少年録』の基本イメージにほかならない。

世の常言《ことわざ》に、燈台は、下暗しともいふなれば、権且《しばらく》この地に躱居《かくれゐ》て、追隊《おつて》の奴們《やつばら》を出抜《だしぬき》てこそ、徐《しづか》に他郷《たけう》に赴くべけれ。（第五七回）

隠れるところがあるとすれば、それは火の近くなのである。『美少年録』は火のすぐそばに隠れる物語といえるだろう。

範的いよいよ焦燥《いらだち》て（中略）手親《てづから》吊燭を引提つつ、猶も近習を喚《よび》ながら、次の間の方に出る程に、出居の壁に身を潜したる、健宗を見出して、迭《かたみ》に驚く主客の勢、「盗児入りぬ。誰歟《か》ある、兵毎《ものども》まゐれ」と呼せも果ず、健宗は一期の浮沈と、心慌《あはて》て腰なる刀を、抜手《ぬくて》も見せず範的の、引提し燈燭斫落《きりおと》して、かへす刀に脇《わきばら》を柄も徹れと偶煞《ぐさ》と刺す。（第五八回）

範的が従兄弟の健宗に刺し殺される場面である。焦燥＝火のテーマを見て取ることができるが、盗児が登場するのは、そうした場においてなのである。

正義は腰に吊たる、嚢の小石を探拿《さぐりとり》て、追蒐《おひかけ》来ぬる虎狼二の、面を臨て撲地《はた》と打つ（中略）後方《あとべ》に繁き夏草の、中《うち》より兵火燃出て、折から吹来る風のまにまに、其頭《そこら》なる樹枝に、煽々と燃遷りて、還るべき路なきに似たれば、黒九郎も隊《て》の雑兵等も、胆を潰しつ慌噪《あはてさは》ぎて、退んとすれば煙に包れ、進んとすれば前に敵あり、火に焼れ槍に刺れて、小鬢を焦し血に塗れ、逃後れたる雑兵は、鋒を倒し悲乞ふて、降人《こうにん》に成るも多かり。（第五九回）

和田正義の活躍もあって、成勝たちが犬掛の森で健宗軍を打ち破るところである。火が勝者に味方している。「兵火を余波《なごり》なくうち滅《けさ》せて…」とあるが、火の処理が重要なのである。火の処理を誤ると、反撃されることになる。

怪き少女閃き出て、腰輿《てごし》の上に立顕れ、長《たけ》なる雲鬟《くろかみ》振乱し、手に宝剣を抜翳《ぬきかざ》して、敵に向ひて揮晃《ふりきらめ》かす、刃の光は電光石火、人の目を射る程しもあらず、巽の方より一陣の、怪風咄《どつ》と下し来て、沙《いさご》を飛ばし樹を仆《たふ》し、屋

を損ひ巌を転《まろば》す、狂暴名状すべからず。（第五九回）

ここからは石と火の近接性が明らかである。しかも、火を煽っていたのは女性であることが判明する。範的の母親が王津天女に祈り大風の妖術によって、健宗軍を助けていたという（この大刀自は息子を殺した人物をたちまち息子の後継者にしてしまう強烈な母親である）。そのことを語って聞かせるのは、またしても女性である。

鐘と石とは非情なるに、自鳴り、克《よく》言ふは、外《よそ》より是に憑物《つくもの》ありて、然る奇異《くしごと》を做《な》せるならん。天女の木像の飛去《とびゆき》しも、是に由て思ふべし。（第五九回）

弁才天がすべてを解き明かしてくれる。それによれば、石に生命が宿るのだという。第二部Ⅱで都賀庭鐘の読本について論じるが、非情なる無機物の共鳴には庭鐘へのオマージュを見て取ることができるかもしれない。

…今は正可に覚ねども、洛陽橋なる石の偶人《にんぎょう》、夜々《よなよな》化て小児に做《な》りて、人に戯れしこと見えたり。天朝昔相摸なる、妖地蔵《ばけぢぞう》も亦、日を同くして語るべし。（第六〇回）

石から小児が出現すると語られている。これは、いわば石の戯れであろう。同時に児＝字の戯れでもある。「然《さ》れば黒闇天の木像も、其類にこそ候はめ。速に燔棄《やきすて》て、妖気を絶にしくことなし。又鏑箭の短刀は、既に是不吉の物なり。是をも火中に燔爛《やきただら》して、烏有に做《な》さん事勿論に候べし」と語られるが、物を変容させるためには火が必要なのである。

ところで、投石の名手は通能だけではない。正義もまた投石の名手であった。

正義蚤《はや》く見かへりて、腰に吊《つけ》たる嚢より、一箇の小石を採出して、狙ひを定めて礟《はた》と擛つ、投石に牛鬼黒九郎は、片頬を痛くうち傷られて、歯さへ欠けん口中より、血を流しつつ仰反《のけぞつ》たり。（中略）当下《そのとき》虎狼二黒九郎は、隊兵《てのもの》を将て追蒐来《おひかけき》ぬれど、既に橋なければ渡し得ず、「あれよあれよ」といふ程に、又正義の打出す、投石に虎狼二左の眼《まなこ》を、傷られて落馬したりける。（第五九回）

同じ事件を視点を変えて描くこと、それは無数の投石が多方向から飛んでくるかのような効果を挙げている。「仙丹を撮小《ささやか》なる、硝子《びいどろ》の壺に蔵めて、狂津天女《まがつてんによ》に擲《なげう》たば、壺は則《すなはち》塵粉になりて、仙丹必ず彼身に塗《まみ》れん」（第六〇回）、この言葉の通り、正義の投擲によって女の魔術は破れ、大凪は一旦収まる（焼き物が粉々になるのである）。しかし今後、凪はさらに火を煽るのか、あるいは水を巻き上げるのか、あるいは石を吹きつけるのか、『美少年録』はそうした楽しみを残している。作品の最後で「金銀米粟を録しし大冊子《たいさつし》」が差し出されるけれども、それが火・卵・石の変容を記した大長編『美少年録』の等価物であろう。

『八犬伝』末尾の「回外剰筆」で馬琴は、『巡嶋記』『侠客伝』『美少年録』が未完に終わったことを無念そうに記している。「行燈托地《はた》と推仆せば、主人は咄嗟《あなや》とばかりに、叫ぶ其声に驚かされて、愕然《がくねん》として覚来れば、是思ひ寝の夢なりき」。これは「回外剰筆」の結末だが、行燈の転倒が虚構の終焉を刻み付けるというのが馬琴の論理なのである。

おわりに――童児と文字

広義のアナグラム論になるが、本章では馬琴小説をもっぱら文字の戯れという観点から読み解こうとした。その結果、浮かび上がってきたのが火のテーマ系であり、卵＝石のテーマ系である。『近世説美少年録』＝『新局玉石童子訓』は燃焼の記録として、玉石混交の文字記録として読み解くことができるのである。[5] 馬琴の読本は伝奇や幻想に彩られた物語としてではなく、文字で記された小説として読み解く必要があるといえる。

『美少年録』は「未完のため悪の描写が際立った作品」と評されているが（水野稔、『日本古典文学大辞典』）、その点こそ本書のすばらしいところであろう。なぜなら、馬琴において悪とは生のエネルギーを意味しているからである。善はしばしば弱い。しかし、悪は強いのである。悪のエネルギーを善に転化させること、これこそ馬琴小説のテーマではないか。子供の生命力は家の存続を願う馬琴にとって大事な問題だったはずである。

そもそも漢字の成り立ちからして「字」は子にかかわっており、文字とはまさに増えていく「子」にほかならない（「字」は「孚」に通じ、はぐくむという意味がある）。児と字の等価性は『南総里見八犬伝』の場合、明らかであろう。それぞれの童子はまさに文字を担っているからである。『昔語質屋庫』自叙も児と字の近しさを示す点で興味深い。「余児戯の冊子を綴るに、結空無根の言といへども、勉めて勧懲を旨とす。間亦故事俗説の異同を弁じて、理を推し義を演ぶるを楽しみとしつ。よりて春の日秋の夜には、比舎の童子等案頭に囲繞し皆わが説を聴かんとぞ請ふなる。然れども大声里耳に入らざるが為に、比喩してもて冗談をまじふ。是この書の成る所以なり」。児戯の冊子は文字を介する点で字義の冊子であり、児との戯れがまた字との戯れを生み出すのである。

馬琴において『後の為乃記』が重要なのは、児の記録だからであろう。早世した子供なので死児の記録となっているが、次のように回想する。

是等の稿本には傍訓などに誤脱多かるを、みづからよみ見ては、意に熟し眼に見なれて、訛謬を見遺さざる事を得ず。ここをもて年来琴嶺に先校閲させて、その誤脱を正し、しかして後に稿本を筆工へ遣す也。

（木村三四吾編『後の為乃記』、八木書店、一九九二年）

興味深いのは、子供がまさに文字にかかわる存在だという点である。校正を手伝う子供、それは作者の分身だが、しかし作者が見落としてしまう誤脱を見つけるのであって、作者と全く同一ではなく、ずれた分身といえる。「世に高名なる人は、多く嗣子に幸ひなし」。こう述べて、高名なる人の事例を次々に挙げていく馬琴はほとんど何かに取り憑かれているかのようだ。それこそ児＝字の問題である。馬琴は児の幸いを断念することで、字の幸いに賭けているようにさえ思われる（『雨月物語』序に「羅子撰水滸、而三世生唖児」と記した上田秋成に忠実ともいえる）。

ところで、文化人類学者クロード・レヴィ＝ストロースは『神話論理』第一巻の序曲で、コードの音楽家、メッセージの音楽家、神話の音楽家を区別している（早水洋太郎訳、みすず書房、二〇〇六年）。それに倣っていえば、都賀庭鐘はコードの作家であり、上田秋成はメッセージの作家であろう。読本の知的なコードを打ち立てた作家が庭鐘であり、そこに情動的なメッセージを盛り込んだ作家が秋成だからである。そして曲亭馬琴は神話の作家ということになる。メッセージのコード化とコードのメッセージ化によって壮大な神話宇宙を作り出したからである（興味深いことに、神話の音楽家が描いたのは背中の無防備な英雄である）。その様相を具体的に読み解いていかなければならない。(6)

注

（1）このあたりの事情は弘化二年一月六日殿村篠斎宛書簡、同日小津桂窓宛書簡などにうかがえる。本作品の成立事情については、藤沢毅「『近世説美少年録』の成立」（『馬琴』若草書房、二〇〇〇年）を参照。

（2）山東京山『蜘蛛の糸巻』（日本随筆大成）によれば、洪水で財産を失った馬琴は、京伝のところに転がりこんで助かったという。馬琴『改過筆記』（続燕石十種）は池を埋めた話を執拗に記したものだが、同時期執筆の『美少年録』とも響き合っている。過ちは徹底的に改めなければならないというのが馬琴の強迫的な思考であろう。また馬琴『吾佛乃記』四には花火問屋玉屋の火事が取り上げられているが、驚くべき火の勢いに対する関心がうかがえる（木村三四吾編、八木書店、一九八七年）。

（3）『吾佛乃記』四には「相剋さざれば、物を造作することを得ず」とあり、『後の為乃記』では「相剋するが為に用をなす事あり」という。黄智暉「馬琴読本における易学的趣向」（『馬琴小説と史論』森話社、二〇〇八年）は『美少年録』を易学の観点から分析しており、有益である。しかし、本試論は作品を既成の思想原理に還元しようとするものではない。「水火既済」の用例が『開巻驚奇侠客伝』第一一回にあることが指摘されているが、それは台所にかかわるはなはだ乱雑な場面であり、本試論はそうした複数的で拡散的な方向に原理を押し広げようとしたものである。『美少年録』にたびたび出てくる料理の場面は重要であろう（馬琴には『烹雑の記』という随筆集がある）。なお、佐藤深雪「貨幣小説としての『美少年録』」（『岩波講座文学』二、二〇〇二年）は埋蔵される黄金と流通する黄金という観点から読み解いており、示唆に富む。本章の分析からみると、退蔵されていたものを突き動かすのが火だといえる。

（4）馬に導かれる挿話など、馬琴における馬のテーマは興味深い。馬琴の号は漢の司馬相如に由来するらしいが、馬琴はまさに漢籍に導かれるのである。第二三回には「二疋の馬の、間へはやく衝《つ》と入りて、馬と馬とを盾にしつ、仇《あた》いで来なば撃とめんと思へば…」という場面がある。二匹の馬の間にあって反撃の機会を伺う主人公の姿は、そのまま漢文と和文の間で、言葉と言葉の間で出撃しようとする作家の姿でもあろう。後文によれば、この馬二匹はたちまち売りに出されており、役割を果すと消えてしまうが、それによって人が救い出されている。

（5）馬琴『月都大内鏡』（叢書江戸文庫所収）は大内家を題材とした合巻だが、そこには『美少年録』につながる要素をいくつも見出すことができる。たとえば、火に照らし出される美少年であり（「陶太郎、腰元女もろともに手に手に紙燭ともしつれ、納戸の方へ走り来る。中にも長加の長太郎は…」）、玉と石の交換である（「財布の中を改むれば、長太郎が言葉に違はず、金にはあらず石なりければ…」）。財布の中の金子が入れ替わるように、跡継ぎが入れ替わるのである。

（6）庭鐘、秋成については本書第二部Ⅰ、Ⅱを参照。それに対して、馬琴の小説が鳥を探したり石を探したりする神話的モチーフに溢れている点をここでは強調したい。文字通り「石を抱きて淵に臨み、薪を負ふて火に近づく」のである（『巡嶋記』第二七回）。『弓張月』は鳥を探し求めて火に包まれる物語であり、『美少年録』は火から始まって石に辿り着く物語だが、それぞれの移行を媒介するのが女性の役割といえる。馬琴は勧善懲悪という目的を時として手段化するが、それがメッセージのコード化にほかならない。逆に手段であったはずの悪の造型を目的化してしまうのが、コードのメッセージ化である。

Ⅳ　開巻驚奇侠客伝を読む——髑髏と飛行

ここでは南朝方の遺児が活躍する『開巻驚奇侠客伝』（天保三年〜六年）を出典論に深入りすることなく、小説として読み解いてみたい。なぜなら、『侠客伝』にははなはだ興味深い人物が登場してくるからである。すなわち、髑髏を買う著演であり、浴室で復讐を遂げる小六であり、飛行する姑摩姫であり、発情した猿に抱きつかれる長総である。本章では、そこに四つのタイプを見出すことになるだろう。

『侠客伝』は未完の作品であり第五集は馬琴の手になるものではないが、萩原広道によって見事な続編に仕上がっている。その特徴はどこにあるのだろうか。本章では続編生成の具体相も探ってみたいと思う。

一　作家と髑髏

第一集〈天保三年〉

『侠客伝』冒頭に出てくる人物は作家の役割について考えるとき、はなはだ興味深い。

鹿苑院足利義満相国の将軍たりし、応永の年歟《か》とよ。相模州高座郡、藤沢道場の左尽頭《かたほとり》に、野上史著演《のがみふひとあきのぶ》と呼做《よびな》したる、一個《ひとり》の郷士ありけり。（第一回）
彼此《をちこち》より、髑髏をもて来るものあれば、著演必直鈔《あたひ》を取せて、且《かつ》褒て、青布の嚢を養《くれ》けり。こは復《また》髑髏を捃《ひら》ひ

しとき、件《くだん》の嚢に装《いれ》よとて也。（引用は新日本文学古典大系による、第一回）

「著演」は演義の著者を意味しており、すでに指摘されている通り、著作堂を名乗った馬琴自身を暗示する（新大系の注を参照）。野上史著演は髑髏を集め死者を供養しているのだが、おそらく馬琴は、髑髏を集め死者を供養することが作家の務めだと考えている。「青布の嚢」をもった著演は、いわば人を成仏させる青頭巾なのである。骨を集めること、それは文字を集めることでもあろう。かつて文字は骨に刻まれるものだったからである（『雨月物語』の快庵が破戒僧を救済するとき、必要だったのは文字ではないだろうか）。白骨に何も記されていなければ、その余白に何かを読み取ることが作家の仕事だといってもよい。馬琴の場合、歴史の余白に書き込まれるのが小説であり、その余白で活躍するのは歴史の遺児たちなのである。(1)

著演の先祖が「兵粮運送の事」を掌っていたという点にも注目したい。実際、著演の役割はもっぱら「兵粮運送」のことにかかわるからである。武士であるにもかかわらず殺生をしていない、この点は重要であろう。

かくてその髑髏の数、一百級に及ぶ毎に、著演これを瓶《かめ》に斂《おさ》めて、遊行寺へ送り遣し、予《かね》て寺僧と相謀て、寺内の岡を伐ひらき、最《いと》大きなる穿《あな》を穿《ほら》して、その髑髏を瘞《うづむ》ること、大凡一稔可《ひととせばか》りの程に、一万余級に及びしかば、著演則《すなはち》その岡に、万人塔と勒做《ゑりなし》たる、石塔婆を建て墓表としつ、ふたたび住持に請《こひ》まうして、大衆を聚合《つどへ》、経を読して、水陸の施餓饑《せがき》を修行し、且《かつ》墓所料を寄進して、後々までの菩提を弔《と》ひけり。（第一回）

藤沢遊行寺のほとりに住む野上史著演は遊行上人に近い存在といえる。そして、「寺」の音は「字」を連想させる。すぐさま「墓表」として文字を刻むことが語られるからである。善行を施す著演にとって無念なのは子供がいないことだが、そこにも文字の問題が介入している。

「…七去の罪を負せがたかり。俺們《われわれ》夫婦の宿願空しく、この儘《まま》にして後なくば、天わが家を亡《ほろぼ》す也。歎くといふとも甲斐やはある。益なきことを」、と推禁《おしとど》めて、従ふべくもあらざりけり。

話分両頭《ものがたりふたつにわかる》。この時陸奥州信夫郡、関と渡瀬の間里に、館《たての》大六郎英直と喚《よば》れたる、南朝余類の浪人あり。

（第一回）

妻の晩稲が著演に側室を勧めても、従うことはない。家が断絶しようとするとき浮上してくるのが、文字の問題ではないだろうか。家の継承とは結局のところ名前の継承であり文字の継承だからである。突然登場してくる地名、信夫郡はもちろん文字摺で知られた土地にほかならない。そこで育つのが南朝の遺臣脇屋義隆の息子だが、名前には特別の由来がある。

…俗《よ》にいふ四十二の二歳児也。恁《かか》る子は二親に、幸《さち》あらずとて俗に忌《きら》へば、義隆朝臣もその義に拠りて、郎君《わかぎみ》には襁褓《むつき》の中より、大館氏を冒《なの》らして、英直が児とも見よとて、乳名《をさなな》さへに英直の、俗称《よびな》に因みて小六丸と、名づけさせ給ひけり。

（第一回）

家を継ぐ者は、何よりも名前を継ぐ者である（「児」は「字」に置き換え可能であり、「乳名」は「父名」を代用している）。しかし、親の年齢を忌み脇屋義隆の息子は大館英直の息子として育てられたという。また英直には実娘がおり、信夫と呼ばれているが、これは文字摺りを暗示するものであろう。

英直に一個の女児《むすめ》あり。そが名を信夫《しのぶ》と喚做《よびな》したるが、小六丸と同庚《とし》にて、今茲《ことし》五才になりにたり。母屋が乳傅《ちづけ》に召されし比《ころ》より、乳母して字《はぐくま》せし…（第一回）

「字」が「はぐくむ」と訓じられように、馬琴において子供とは文字と不可分の存在なのである。だが、信夫は七才の秋に攫われてしまう。

信夫郡を出発した英直一行が辿り着くのは「仮名川」である。登場人物の多くが複数の名前をもつが、その点において仮の名という地名は象徴的であろう。脇屋義隆主従は藐姑峯の底倉というところで藤白安同に殺されてしまう[2]。そして首が由比ガ浜に晒される。

然程《さるほど》に、藤白棚九郎安同《やすとも》は、隊勢に下知して脇屋殿の、おん首級《くび》を賜らせ、この余《よ》近臣五名の首級も、知れるものにその名を尋ねて、一箇一箇《ひとりひとり》に牌《ふだ》を付、首函《くびをけ》に斂め相携て、次の日管領の御館へまゐりて、恁々《しかじか》と聞えあげしかば、当主鎌倉の管領足利満兼朝臣斜《ななめ》ならず歓び給ひて、軈《やが》て首級実検あり。（第一回）

名前を記すことが、この作品においては決定的に重要なのである。この首実検は、著演の髑髏収集に対して逆向きに対応するといってよい。著演は鎮魂と救済のために文字を記し、藤白は怨恨と私欲のために文字を記しているからである。義隆主従の虐殺が行われたのは浴室においてであったという。

むかし野間の内海《うつみ》にて、義朝主の撃れしも、又そのおん孫頼家卿の、伊豆の修善寺にて絞《くび》られしも、這回《こたび》底倉にて義隆主の、撃れしも皆浴室《ふろや》也。恁《かか》れば源氏の大将達の、三箇《みはしら》ながら浴室をのみ、死所にし給ひしは、不思

議の事にあらずや…（第一回）

源氏の大将達は皆、浴室で殺されたと語られているが、底倉という地名は浴室のテーマに響き合うのである。義隆の死を知り病に倒れた英直は白紙に願いを込め、小六を著演に托すことになる。

英直俺《われ》と一面の、交りあるにもあらねども、俺《わが》行状を伝聞て、妻子《やから》を託《よ》せんと欲《ほり》するに、書記すべきよしのなければ、標書《うはがき》にのみ姓名を、写して白紙《しらかみ》を封ぜしは、いはぬはいふに優るといふ、苦しき意中を示せしならん……（第二回）

この白紙は著演が集めた髑髏の白さにも通じるはずである。とすれば、白紙を読むことがこの作品の一貫したテーマといえるかもしれない（『八犬伝』における手紙のテーマと響き合う）。小六は白い砂浜に晒された義隆主従の首を取り戻そうとしている。

許多《あまた》の蛍群飛て、小六丸の身辺《ほとり》に来つつ、路《みち》を照らし先に進て、這身《このみ》の為に郷導《みちしるべ》を、做《な》す歟《か》と見えて奇なるかな。車胤が夜学の灯火に、易《かえ》にきといふ故事は、人作にして自然にあらず。此は是童了《わらべ》の忠孝を、神明仏陀の相憐みて、俀《かか》る冥助を錫《たま》ひけん。（第三回）

車胤の故事によれば、蛍は文字を照らすものにほかならない。この蛍はまさに無数の文字を照らすために出現するのである（しかも童子のためである）。「時運を天に任して」の時運は文字とも響き合っている。小六は首の奪還に失敗するが、それは夢であった。「時運」はいまだ到来していなかったのである。だが、著演は首を盗み出すことに成功し、筆塚と称して葬る。

…年来用敗《つかひふる》したる、禿筆《ちびふで》にて候也。これ等が資《たすけ》を得たればこそ、曲做《ながりなり》にも文字をば写せ、掻遣棄《かいやりすつ》べきものにはあらず、と思ひにければ蔵《おさ》め置《おき》しを、迺《すなはち》今宵の便宜に任して、ここに瘞《うづ》めて筆塚を、遺さんとての所為《わざ》になん。（第三回）

『吾佛乃記』二によれば馬琴は筆塚を作っているが、筆への感謝の念は馬琴自身のものであろう（曲亭を暗示するかのごとく「曲がりなりにも」とある）。筆塚に見せかけて首を埋めるというのは何ともすばらしいアイデアである。そこで文字と墓が一つになるからである（「羊皐《えうふ》の二字は義隆の、字の半体にて有けるを、観るものなべてこれを暁得《さと》らで、筆塚なりと思ひけり」）。さて、小六を養子に迎えたところ、著演に実子が授かる。

…人の子を養へば、その気を引《ひき》て邂逅《たまさか》に、子を生むものありといふ、世話をおもへば是も亦、拠《よりどころ》あることで侍るめり。倘《もし》果して爾《しか》らんには、小六を養嗣にせしにより、這児《このこ》の生れたりけんを、然《さり》とは思はで約束を、易《かへ》て小六を今さらに、又義姪《おひぼん》にせられんや。（第四回）

養子を迎えたからこそ実子が生まれたという。(3) したがって、養子を実子の代わりにするのだが、馬琴の小説はこうした交換に満ちている。英直も主人義隆の子を自らの子として育てたのであり、実子のほうは攫われてしまったのである。シニフィエに対してシニフィアンは恣意的であって、いくらでも交換可能であるが、馬琴の登場人物たちはそうした言葉の運命を背負っているかのようだ。正体不明のまま流離する南朝の遺臣たちは、そんな言葉の運命を担っているのであろう。たとえば、新田貞方である。

危き事屢《しばしば》なりしを、那《かの》仙術の奇特をもて、火に値《あ》へば火に隠れ、水に遇へば水に隠れて、虎口を脱れ給ひつつ、是よりの後《のち》宿所を定めず、東八ケ国を遍歴して…　（第四回）

南朝の遺臣たちは潜行し決起のときを待つのだが、こうした隠遁のテーマは馬琴という作家にとって本質的なものではないだろうか。自らの意思を直接表明することはできない、それはあくまでも虚構の中に潜行させなければならない。だから、作家は南朝物を書き続けるのである。これは馬琴に限らず都賀庭鐘以来の読本作家に当てはまるだろうが(4)、馬琴こそ最も見事に成し遂げた作家である。火を火に隠し水を水に隠すように、馬琴は言葉を言葉に隠していると考えるべきであろう。実際、貞方が津波に飲み込まれる挿話は水に隠れる挿話といってよい。

新田貞方主従は、妙算という女僧の庵に休んでいたところ毒酒を飲まされ捕縛される（有間皇子の歌「旅にしあれば椎の葉に盛る」によって誘われていた）。領主の千葉兼胤は七里ガ浜に連れ出し、処刑しようとする。

…猛《にはか》に吹来る暴風《はやてかぜ》、天をかすめ地を動して、小山の像《ごと》き洪波《つなみ》あり。澳の方より突然《とつねん》と、七里の浜へうち寄する、疾《とき》こと宛《さながら》箭の如く、一打洗ふて引返す、激浪怒風の勢ひに、誰か一個《ひとり》も脱るべき。　（第七回）

貞方主従は刑死になる直前、津波に飲み込まれてしまう。しかし、それによって刑死を免れるのである。これは救済としての水、恩寵としての水といってよい。善人は助かり悪人は助からないからである。

…第三日の朝、七里の浜へ、赴きたる雑兵が、那《かの》浜にて拾《ひら》ひしとて、道俗三個《みたり》の首をもて来ぬ。兼胤《かねたね》歓び、そを労ひて、一箇一箇《ひとつひとつ》にこれを見るに、悪魚にや傷《やぶ》られけん、いづれも面に痍ありて、見定めがたきに似たれども、こは疑ふべくもあらぬ、両箇《ふたつ》の首は灘蔵・船蔵、髪なき首は妙算也。（第七回）

最初、砂辺に打ち上げられた首は誰のものかわからない。その意味で、善人と悪人の区別は消滅する。やがて兼胤は病気になるのだが、不可思議な治療方法をみてみよう。「その身を土中に穿埋めて、一夕を経るときは、その毒おのづから掃除せられて、恙なきに至るべし」という指示に従うところである。

…件の医按の趣を、箇様箇様と注進して、形のごとくに執行ふに、且《まづ》方一間なる大櫃《おほびつ》を作りて、この内へ兼胤を、扶容《たすけいれ》て安坐せしめ、清柔《きよく》き土をいくらともなく、櫃に容《い》れ主を埋めて、只頭顱《かうべ》をのみ露《あらは》したり。（第七回）

ここでは、兼胤自らが砂浜に埋れた首のごとき状態になってしまうのである。これは因果応報という道徳的な規則ではなく、形態の反復という主題論的な規則と考えるべきであろう。悪人を罰するだけなら、その方法はいくらもあるからである。善人であれ悪人であれ、砂浜に骨となって埋れるというのが『侠客伝』の基本的なイメージにほかならない。

ところで小六は、育ての父英直から衣箱を受け継いでいた。

且《まづ》その書翰《ふみ》を巻納め、菊一文字の短刀と、家譜と金さへ一箇一箇《ひとつひとつ》に、取揚て恭しく、数回《あまたたび》受戴きつ、書翰共侶《もろとも》に旧《もと》のごとく、袱《ふろしき》に包み重封皮《やへふうじ》して、洊《ふたたび》衣箱《つづら》の底に蔵め、上には衣《きぬ》をうち累ねて、鎖《おろ》を関しつ退きて、

合掌して念ずるやう…（第八回）

この衣箱の「底」は、あの底倉の浴室に通底する空間ではないだろうか。ともに重大な事態が封印された空間だからである。一方は神聖な形見、他方は忌わしき虐殺が封印されているのだが、そこからは様々なものが取り出される。文字の記されたものが取り出されることはいうまでもない（「百五十両は字紙《ほぐ》に包み、旧の如く衣箱の底に、蔵て遺し措たる也」）。

『侠客伝』で重要なのは、文字の学習である。「演著は春の比《ころ》より、奴婢之助に手習せ、読書は小六誨《おし》えよとて、実語童子の二教より、学の窓に倚《よ》らせにけり」（第八回）。学問の重要性、とりわけ書くことの重要性は馬琴自身の主張であろう。文字の士となることが馬琴の理想ではなかったか（『吾佛乃記』は父の死によって手習を断たれた無念さを記している）。

さて、著演は橋の上で不可思議な男と出会うが、その病状が興味深い。

…歯を楚《しか》と噬締《くひし》めたれば、左右《さう》なくは得受ざりしを、刀に挿《つけ》たる銅笄《かうがい》をもて、纔《わづか》に口を推開して、件の薬を撮入《つまみい》れ、主従斉一《ひとしく》介抱して、連《しき》りに喚活《よびかけ》などする程に、壮佼《わかうど》は稍《やや》われにかへりて、手を動し足を縮め、這《この》主従を見るといへども、なほ且《しばら》くは茫然たり。（第八回）

癲癇というドストエフスキー的で南方熊楠的な病は馬琴にとって無縁のものではないだろう。精力的でかつ頑固な粘着気質は馬琴自身にも当てはまるからである。文政元年一二月一八日鈴木牧之宛書簡で「石炭にてかためたる如し」というほどである（それゆえ水を恐れるのかもしれない）。自説に拘泥し他人の意見を容易に受け付けたりはしないところは、まるで歯を食いしばっているかのようだ（『八犬伝』第一一五回には「こは癲癇にて、即倒したるに疑ひなし」とある）。

この目四郎癲癇の挿話は、次の小六狂気の挿話に対応している。ともに偽りの病気だからである。

閒話休題《あだしごとはさておきつ》。却説《かくて》小六はその詰朝《あけのあさ》、生平《つね》にはあらで起ても出ず、聞《きき》も得知らぬ人の名を、声高やかに呼び立て、或《あるひ》は罵りうち笑ひ、或は歌ひうち歎く、千態万状限りもなく、立て見つ又うち臥して、連《しき》りに狂ふ騒しさに、奴婢們は駭《おどろ》き呆惑《あきれまよ》ふて…　（第一〇回）

知らぬ人の名を唱える、罵る、笑う、歌う、歎く、こうした「千態万状」が実は馬琴の読本そのものではないか。陽狂の挿話は明らかに有間皇子を連想させるものであり、小六は有間皇子をもとに造型されているといえる。有間皇子は狂気を装い、温泉に護送され、藤白坂で処刑されたが、「まさきくあらばまたかへりみむ」という名高い歌は、原点回帰を遂げるようとする小六の生涯を指し示すものであろう。

興味深いのは小六の夢の場面である。「原来《さては》追人は迫りたり。俺が九才の時見し夢に、綷《こと》の趣似たるかな」という通り、夢がまさに画面のように構成されていることに注目しておきたい。「字六」と「画七」の二人は文字の添えられた画面を見事に構成しているのである。

狂気に陥った小六は水死したものとみなされるが（「水屑とならせ給ひにき」）、津波に飲み込まれた貞方の挿話に対応していることになる。

第二集〈天保四年〉

二　浴室の皆殺し

第二集冒頭、小六が復讐のため山道を急ぐ場面は、夢をもう一度なぞっているかのような不気味な緊迫感がある。小六が藤白に対して復讐を遂げるところをみてみよう。「還り陟《のぼ》りし台所、水火既済の数尽て、今宵撃る命とは、知らでぞ算を乱したる、転寝言《うたたねごと》と、鱗《きし》る牙《は》と、鼾睡《いびき》の声のみ高かりけり」（第一一回）。水と火が闘ぎ合うところ、それは台所であると同時に浴室である。したがって、「水火既済」は浴室の状況も暗示していることになる。「鏖《みなごろし》」こそ小六を特徴づけているのである。小六は虐殺の天使にほかならない。

小六に同行した目四郎は負傷し自害するが、今はの際で生き別れの息子と出会う。藤白家に囚われていた庶吉である。これは興味深い場面であろう。父の死と息子の出現がほぼ同時的だからである。父の死なしに息子は出現しない。逆にいえば、息子の出現なしに父は死なない。この馬琴の原理は御都合主義的だが、しかし切実なものである。単独性と継承性といってもよいが、孤独な事態であり、また希望をはらんだ事態でもある。

第一四回の末尾で、小六は中天の仙女に誘われることになる。南北朝の乱が壬申の乱の反復と解説されるところなど興味深いであろう。

…小六は遽《いそがは》しく、見かへらんとせし程しもあらず、愕然として、歩《あゆみ》を失ふ。「雲の階梯《かけはし》中絶て、身を倒《さかさま》に千尋の谷へ、陥りにき」、と思ひしは、是仮寝《うたたね》の夢にして…（第一四回）

夢は唐突に中断されるが、そこがすばらしい。これはかつて小六が夢を見たときと全く同じである（「復撻《またう》つ十手《じって》を小六丸は、背《そびら》に受て快走《とく》る、勢ひ臼を輾《まろば》す如く、われにもあらで件の小川へ、忽地《たちまち》坎《ざんぶ》と陥りて、「咄嗟《あなや》」と叫ぶ声と共に、愕然《がくねん》として驚き覚れば、是なん南柯の夢にぞありける」第三回）。男は落下する、だが、女は上昇するのである。この法則は信夫の身にも当てはまる。

…俺身《わがみ》を肩にうち乗せつつ、既に件の樹下《このもと》を、過《よぎ》らんとせし程に、東へ差《さし》たる大枝を、見れば間の遠からず、手を抗伸《あげのば》さば携《すが》らるる、こともやあらん、携得て、身を那《あの》樹梢《こずゑ》に脱れなば、人の幇助《たすけ》を等《また》んず、と思ひつつ将てゆかる程に、料るに差《たが》はずその樹下を、過れる折に那《あの》大枝に、両手を掛たる勢ひに、挑拿《もぎと》る如く肩をはなれて、憶ず樹上に返登《はねのぼ》され、辛く毒手を脱れしかば、又その上なる大枝に、携りて杪に登りけり。（第一五回）

攫われた信夫が樹上に弾き飛ばされて助かるところである。信夫を攫った男は谷底に落下してしまうが（「葛藤《かづら》に足を縢《からま》れて、身を横容《よこさま》に谷底へ、忽地《たちまち》磤《はた》と滾落《まろび》て、生死も知らずなりにけり」）、本作品において何よりも注目されるのは、女性が決まって上昇するという点であろう。

…大家《みなみな》語言ひとしく、「仰《おほせ》では候へども、件の妙《をとめ》を今さらに、推隠して何にせん。信夫は剛才《いまがた》這矮楼《このにかい》より、落《おち》て綷断《ことき》れ候ひぬ…」、といふに小六は駭嘆《おどろき》じて…（第一七回）

男性の視点からすると、二階に監禁された信夫は落下して死ぬようにしか見えない。しかし、仙丹の力もあって信夫が墜落死することはないのである。[5]

上昇する女、それが最も顕著なのは姑摩姫の挿話である。馬琴が求めていたのは「字を覚る」女であり、さらに深く信じる女だといえる。読むことが、姑摩姫をより高いところへと導いている。

三　姑摩姫の飛行　　第三集〈天保五年〉

第三集巻一の冒頭は姑摩姫が学習に励む場面から始まる。そして飛行が行われる。「憶ずも外に出て、葛城山にやあらんずらん、嵯峨たる高峰に来たりけり」。姑摩姫は飛ぶ女といえるだろう。巻二の冒頭は俯瞰の場面から始まっていて、印象的である。

応永十五年戊子《つちのえね》の夏、五月六日の晡時《さるのころ》に、姑摩姫は仙伝至妙の、剣術をもて北山なる、金閣を投《さし》て飛行《ひぎやう》せし折、九六媛《くろひめ》は、其方《そなた》の天を、目送りつ独点頭《うなづき》て、なほも思ふよしやありけん、手親《てづから》香炉を携て、葛城山の絶頂《いただき》へ、飛鳥の如くうち登りて、磐石《いはほ》に坐を占め、うち仰ぎて、姑且《しばらく》祈念を凝《こら》しけり。（第二三回）

姑摩姫は足利義満を討ち取るため金閣寺をめざし飛行するが、そこには蛍が舞っている。

爾程《さるほど》に、入道相国は、近臣多く従へて、儲《まうけ》の裀《しとね》に着給ふ。時刻を錯《たが》へぬ蛍の役人、先より池の頭にをり。手に手に籠の戸を開きて、扇ぎ立て出すもあり、或は綟子《もじ》に包みし蛍の、嚢を解きて散すもあり。（第二三回）

馬琴自身が述べるように、これは小六の挿話における蛍と対応するものであろう。(6) 底倉に舞う蛍、金閣寺に舞う蛍、いずれも復讐の舞台に散乱するものであり、文字を照らすものなのである（綟子は「もじ」と読める）。しかし、姑摩姫による流血の復讐は九六媛に制止される。虐殺の血で姑摩姫を汚させたくないからである。

姑摩姫に仙術を教えた九六媛こそ軽やかに飛行する存在といえる。

…なほ久後《ゆくすゑ》の事までも、問極《とひきはめ》んと思ふ程に、女仙の後方《あとべ》に侍りたる、外豆《たづ》と知止湍《ちとせ》は忽然《こちねん》と、丹頂白毛、年老たる、二隻《ふたつ》の鶴に変じつつ、羽を合《あは》して立ければ、九六媛閃《ひら》りと鶴の背《そびら》に、倚るをそが儘《まま》うち駕《の》して、快《はや》中天に翱翔《まひのぼ》り、往方も知らずなりにけり。（第二三回）

九六媛は軽やかに立ち去っていくが、そのため姑摩姫から軽やかな飛行術を奪っていくかのようだ。姑摩姫は高野山に行くことを念願していたという。「我身総角《あげまき》なりし比より、亡父母のおん与《ため》に、高野山へ詣ん、と思ひ起したりけれども、独ゆかるる路ならねば、思ひながらも黙止《もだ》せしに、打も続きて両夕《ふたよさ》ばかり、心にかかる夢を見たれば、いかでか今茲《ことし》は那《かの》おん山へ、詣て宿願を果さん、と欲するこころ頻りになりぬ」と語っている（第二四回）。

しかし、姑摩姫の高野山詣では十分にかなわない。姑摩姫は足利義持暗殺を企てるが、一休に見破られ捕まってしまうからである。家臣の隅屋惟盈は護送途中の姑摩姫を奪い返そうとする。

…斫払《きりはら》ひつつ戸を推開きて、と見ればこは什麼《そも》いかにぞや、這轎子《こののりもの》の内なるは、是姑摩姫にはあらずして、四五十斤もあるべかりける、一箇の円石なりければ、うち驚きつ且《かつ》呆れて…（第二五回）

駕籠の中に入っていたのは姑摩姫ではなく、円石である（後に駕籠の中は石から猿へと変換される）。惟盈は息子の安次に姑摩姫のことを頼み自害する。ここでも息子と再会する父は瀕死の状態である。

第二五回末尾で「身は乱箭の与《ため》に射られて、屍は野径に瘞《うづ》むといへども、天又その子を復《かへ》し与て、よく忠義を嗣《つぐ》ことあらしむ」と評されているが、意外な形で子が父を継承するというのが馬琴読本の原理であろう（「瘞」に至るのが侠客の運命である）。では、その反復を保証するものは何か、それが文字なのである。文字がなければ、継承したことが明らかにならないからである。

惟盈は安次によって「御堂の背《うしろ》」、井戸の傍らに葬られる。「這頭《ここら》は総て土潤ひて、最柔なりければ、左右《とかく》して穿掘て、亡骸を深く埋め、父の刀をも土中に蔵めて、巨石を居て表《しるし》にしけり」（第二六回）。

この水溢れる井戸は悪人たちが落ち込む空の井戸と対比するべきものであろう。第一六回には「乾井《からゐ》に撲地《はた》と蹴落して、那《かの》大石を軽々と、擡起して、旧の如く、井の蓋をしつ」とあったが、潤いのある井戸と乾いた井戸を対比できるからである。

自分にも追っ手が迫ったことを知り、惟盈の妻、縫殿は自害してしまう。

「聞《きか》るるごとく這期《このご》に迫りて、綷《こと》を議すべき暇はあらず。我身は東面なる、矮楼《にかい》に登りて遠見をせん。緝捕《とりて》の士卒近づかば、上より声を被《かく》べきに、その折に快火《とく》を放ちて、煙に紛れて後門《うらぐち》より、走るとも遅きにあらず。いでいで」といひつつ…　（第二七回）

楼閣から遠見をする縫殿もまた、高さにかかわる女性といえる。そして火を放つのである。この後は安次の連れてきた垣衣が姑摩姫に仕えることになり、姑摩姫は叔父楠正直の監視下に置かれる。興味深いのは、監視するための千里鏡である。

…後には千里鏡《とほめがね》をもて、日毎に那里《かしこ》を覘《うかが》ふに、わきて姑摩姫の折々出る、庭より坐席の半分《なかば》まで、鮮明に見えざるなく（中略）漸々に懈《おこた》りて、自親《みづから》は又孤山《はなれやま》に登らず、折々家頼《けらい》に吩咐《いひつけ》て、見てのみ外に已《やみ》ぬべき、高間の山の雲ならで、拿《と》るべきよしもなかりけり。

（第二八回）

正直は千里鏡に頼って、自分で山に登ろうとしない。しかも、見ている間、見られていたことには気がつかない。娘苦子の誕生年月日は姑摩姫に盗み見られていたのであり、そのことが結婚の失敗につながっていく。第二九回からは藤白安同の妻であった長総の挿話が始まる。長総は密通相手の小夜二郎と駆け落ちするが、二人のまわりに漂っているのは湿ってどんよりとした空気である。

…嶋田の駅に来にけるに、折から五月の天なれば、大堰河《おほゐかは》の水倍《ま》して、渡りあらずと聞えしかば、已《やむ》ことを得ず這駅《このうまやぢ》なる、客店《はたごや》に杖を駐《とど》めて、水の落《おつ》るを等《まち》たるに、その夜より又雨降りて、幾日《いくか》も霽間《はれま》なかりしかば、逗留十日あまりに及びて…

（第三〇回）

金品をすべて無くした二人は箱籠を拾う。しかし、持ち主を殺して奪ったという疑いをかけられる。

…怯む眉間を下高《したたか》に、撃れて「苦《あつ》」と叫びもあへず、臀居《しりゐ》に撻《だう》と平張《へたば》る郤舎《はづみ》に、駝《お》ひし箱籠《つづら》の底抜けて、内より出るは衣物《きるもの》ならず、斫《き》られし人の亡骸也。

（第三〇回）

箱籠の底から死体が出てくるが、これは底倉の浴室と衣箱の底の通底性を示すものであろう。この「郤舎《はづみ》」で強盗殺人の嫌疑を受けた小夜二郎はあっけなく殺され、長総は牢獄に入る。

同じ牢獄に繋がれていたのが木綿張荷二郎である。荷二郎に脱獄を持ちかけられた長総が「毒薬も亦病痘により て、用ひて人の死を救ふ」と考えるところは興味深い。馬琴の読本は悪人ばかり描いているとしばしば指摘される。しかし、毒によって人を救うというのが馬琴の勧善懲悪の意味するところではないか。強烈な悪によって強烈な悪を制すること、それにより勧善懲悪が実現されるのである。第四集総目録には「第三十一回毒を以て毒を製する造化の小配剤」と記されているが、そこからは二つの意味が読み取れるだろう。毒によって毒を製するという意味であり、毒によって毒を制御するという意味である。馬琴の読本にはそうした二つの方向が存している。

第四集〈天保六年〉

四　猿とエロス

第四集冒頭は脱獄の場面である。荷二郎は長総とともに河内千剣破村に住む盗賊五十梠電次隆光のもとに向う。隆光一味は姑摩姫を襲うが、撃退される。その場面には「烏夜の蛍火…」とみえる（第三二回）。これは小六の蛍火、金閣寺の蛍火と共鳴する細部であろう。

荷二郎に勧められた隆光は偽の文書を作り、姑摩姫を訴えようとするが、そのとき活躍するのが筆柿小紋二である。「細工の用は文署也」とみえるが（第三四回）、馬琴読本における文字能力の重要性を示すものにちがいない。荷二郎もまた文字に深く結びついている。罪科を暴かれた荷二郎は額に二の字を刻印されてしまうからである（「額に二の字の金印」）。つまり、荷二郎は文字を荷った人物なのである。後に長総は「原来《さては》おん身は荷二なる歟《か》。額にも二字の出来たれば、四次と喚んも相応しからめ。非除五字でも、千万字にも、かき尽されぬ塵塚の、会話のあればとて、過たる事をいそぐは要なし」と語っている。

畠山満家の次男、持永は千里鏡で姑摩姫を覗き、心奪われる。参詣途中の姑摩姫を奪う計画を立てるのだが、その前段の挿話がはなはだ興味深い。

…但見《とみ》れば両個《ふたり》の荘客《ひやくせう》が、只今撃殺したらんとおぼしき、最大《いと》きなる獮猴《さる》の、手脚を藤蔓もて、一緒《ひとつ》に縢《から》げて、肥担桶《たご》の朸《あふこ》めきたる、赤杉の棒を挿徹し、廝肩《あひかた》にして、山圃《やまはた》の、畔路《くろぢ》より出て来つ、既にして近づく程に、姑摩姫は轎子《のりもの》の、窓よりはやくこれを見て、「（中略）御寺詣の途にして、那《あの》亡骸を、見つつ知りつつ、野人の腹に葬せんは、我も亦慈悲なきに似たり。快《とく》買拿して、御寺の土に、なさばや」と思ひしかば…（第三九回）

姑摩姫が猿の死骸を買うところである。一本の棒を支えているのは二つの力点だが、『侠客伝』は冒頭の著演が骸骨を買う挿話と姑摩姫が猿の亡骸を買う挿話が見事に対応しているのである。そうした骸骨のフォルムの上に成り立つ作品が『侠客伝』といえる。ただし、一方の髑髏はもっぱら男たちのものであり、他方の猿はどうやら雌のようである（青が前者を特徴づけているのに対して、赤が後者を特徴づけている）。後者は活人草のおかげで甦る。持永が襲撃した轎子から飛び出してくるのは、この猿である。

…姑摩姫を扶出《たすけいだ》さんとて、颯《さ》と戸を開く轎子《のりもの》の、内なる獮猴《さる》は活人草の、神効に憑り甦生《よみがへ》りて、気力は本に復せしに、連りに艶香の烟に蒸れて、毛類《けもの》なれども、牝《めす》なる故に、情慾発狂したりけん、衝《つ》と出る折、長総《ながふさ》の、頭髻《たぶさ》を酷《いた》く掻毟《かきむし》りて、人を択《えらま》ず抱着く、勢ひ意外の光景《ありさま》なれば、大家《みなみな》「咄嗟《あなや》」、と駭鬧《おどろきさわ》ぎて、手の舞足の踏所を、知るもの絶てなかりけり。（第三九回）

雌猿はほとんどエロスの原理を体現している。しかも、長総に抱きついて、長総がエロスの原理を体現した人物であることを際立たせるのである。「現長総《げに》が栄枯寵辱、是淫奔に始りて、又淫奔の咎に終らん」、これが長総の正体にほかならない。猿にかかわる女性という点では『八犬伝』第八八回の蟹目と対比される。

第四集末尾に「作者云。姑摩姫、小六と邂逅の腹稿は、看官《みるひと》必懽《よろこ》ぶべき、本伝第一の関目也」とあるが、馬琴による『侠客伝』は第四集で途絶している。どのようにして姑摩姫と小六が邂逅するかは不明のままだが、いくつか想定してみることができるだろう。本試論の想定は、下降の線と上昇の線が交わるところで二人の邂逅が可能となるというものである。一方では飛行の術を体得した姑摩姫が地上に降りていき、他方では底倉の虐殺を実行した小六がしだいに上昇していくのではないだろうか。

肩車の形象に着目すると、上には女性の無垢の世界があり、下には男性の血生臭い皆殺しの世界があるといえる。(7)『侠客伝』において重要なのは「底」であろう。「谷底」はいわばブラックボックスであって、馬琴はそこから様々なものを取り出してみせるのである（『四天王剿盗異録』巻二にも谷底が描かれていた）。

五　続編生成の具体相

第五集〈嘉永二年〉

第五集は萩原広道（蒜園主人）によるものであって、馬琴の手になるものではない。いわば広道による批評的作品である。しかし、それゆえにかえって馬琴読本の特質をよく示しているように思われる。水野稔「馬琴未完作の続編をめぐって」（『江戸小説論叢』中央公論社、一九七四年）も広道の続編を高く評価しているが、ここでは続編生成の具体相を探ってみよう。

持永は姑摩姫と結婚するはずであったが、姑摩姫の策略で苫子と結婚せざるをえなくなる。持永が問いただすと、姑摩姫は「仮名にてとまと写《かき》たるを、伱はこまと読誤りて奴家《わらは》が名としも強《しひ》給ふ歟《か》」と反論している（第四三回）。こうした字謎は馬琴の読本にしばしばみられるものだろう。字謎は読本を導く大切な要素である(8)。

「案《おもふ》に他に幻ある者の自から幻の幻たるを悟らずして、人を以て幻術ありと、いふにこそあるべけれ」とする一節は興味深い（第四四回）。幻術は自らの中にあるにもかかわらず、他者の中にあるものとして非難する言葉だという。馬琴の荒唐無稽を幻術として非難することは容易い。しかし、その幻術は実は読者のほうにあるのかもしれない。『源氏物語』の読者、そして馬琴の読者としての広道は読みの作用を見事に言い当てているように思われる。

信夫は一貫して書くことにかかわる女性であり、その「投鍼の法」も書くことにかかわっているようにみえる（「垣衣は彼此《あちこち》と、身を反《かは》しつつ、衣襟《えり》に縫たる、鍼一線《はりひとすぢ》を抜把て、丁ど打たる手練…」第四六回）。鍼を打ち込まれた荷二郎の額の文字が際立つからである（「不思議や額に金印ありて、二字の形を露せり」）。信夫を掠った荷二郎は自らの罪科を告白することになる。それが以下の条だが、第四集以前の細部を見事に生かしている。

たとえば、幼い信夫が攫われる回想の場面である。「妾が年紀《とし》七才なりし秋、其処《そこ》の産土神の祭の前夜に、独外《と》に出侍りしを、其なる男が抱挙て、物見させんと肩に掛て、その儘遠く走りたり」。肩車は掠われた信夫が山道を進む場面にみられたが（第一五回）、掠われる回想の場面にも活用しているわけである。

稲城守延に拾われた信夫は、安次とともに文字の学習をさせらたという。「色葉字の始より、書をも誨へ、籍をも読しめ昼夜習はせられしかば、形の像《ごと》くに蚯蚓書をも記臆ては候也」と安次は語っているが、文字の学習こそ馬琴読本の徳目であろう。

次は、信夫たちが船中で海賊に襲われる場面である。「帆綱を把て庶吉《ちかきち》を、犇々《ひしひし》と緬《いまし》めて、船底へ撞《どう》と押入たり」（第四七回）。この「底」の細部が生きている。浴室であれ船底であれ、庶吉はいつも縛られて「底」にいるのである。「畳有《たたなはり》たる帆の下へ、不意《ゆくりなく》も転落ければ、快《はや》く賊們《ら》に看咎められず、夢の如くに這光景《このありさま》を、看つつ記臆《おぼえ》て候ひし也」

と夢のような場面が続く。夢と転落の反復である。そして、海に投げ出される。「張上る、帆に撥《はらは》れて敢無くも、遙に那方《かなた》へ拽飛されて、真倒《まつさかさま》に海底に入ぬと思ひし爾後は、快《はや》くも死入たるにぞあらん、毫《つゆ》も覚えず做《なり》にけり」。山道の場面で枝に跳ね上げられたように、船では帆に跳ね上げられるのである。張力といってもよいが、このバネ仕掛けの弾力が見事である。津波の挿話で貞方主従が助かるように、庶吉も信夫も助かるのである。信夫は「俺《わが》身も共に白浪の底の藻屑と成果て、這《この》悲哀は見まじきを、現《げに》江湖上の憂苦といふ憂苦は妾がうへ一箇《ひとり》に集寄たる心地して、命活べくも侍らず」と嘆いている。おそらく荷二郎も「底」に触れることで改心するのであって、この「底」が重要なのである（新田義貞は海の底を開いた武将だが、荷二郎もそこにつながる）。

助けられた信夫は垣衣と名を改めることになる。「那《かの》信夫もぢずりと詠みしは垣衣といふ草の葉を乱して衣に摺着たる也と伊勢物語の一説にいへりし事も听たれば、垣衣を其儘訓換て、加支々奴とせば…」。この「かききぬ」は「書き来ぬ」とも読めるのであって、書くことの重要性を教えている（これは馬琴から嫁の路への教えでもあっただろう）。

第四九回は小六が鬼瘤越で狒々に襲われた女を助ける挿話である。枝の反発を利用して対岸に渡る場面は見事である。「傍の水辺に投出《さしいで》たる、楡の樹枝を拽寄携りて、身を軽やかに反撥《はね》たりければ、難なく前向《むかひ》の岸に渡りつ」。山道で信夫が助かった場面にみられたバネ仕掛けを活用しているのである。助けられた女は信夫や姑摩姫に近い存在にみえるが、そうではない。「那《かの》婦女を看てあれば、酷《いた》く魅せられたりとおぼしく、听《きく》に得堪ぬ詹語を吐つつ、現心もなき容体…」。これをみると、むしろ長総に近い存在である。だから、男のほうに上昇の力学が働いているのである。

与六作の妾小鵼を救った小六は、その家に招かれるが、小鵼は小六を誘惑しようとする。しかも、小六は罪人として捕り手に囲まれる。「問答せんは無益也。鏖《みなごろし》にすべき奴們」と啖呵をきっているが、小六の挿話では「鏖《みなごろし》」

がキーワードなのである。そして「浴室」が出てくるだけで緊張感が漲るのである（「浴室に案内させければ…」）。もしかすると、浴室の「浴」と谷底の「谷」の共鳴関係にも注意するべきかもしれない。「浴室に去て湯を浴竟り、就て出来るその間」に緊張感が漲っている（第五〇回）。

いずれにしても、馬琴に代って第五集を書き綴った広道の構造的知性は見事なものである。海難の挿話は津波の挿話に照応しているし、荷二郎が改心する挿話は目四郎が改心した挿話に照応している（広道は「目四郎に荷二郎を対しつ」と解説する）。おそらく構造的な知性を備えたものだけが読本の作者たりうるのであろう。周知のように、広道は『源氏物語評釈』の著者である。『源氏物語』の読み方が読本の読み方を鍛えたといってもよいし、逆に読本の読み方が『源氏物語』の読み方を鍛えたといってもよい[9]。

おわりに

『侠客伝』にははなはだ興味深い人物が登場してきた。一人目は野上史著演であり、髑髏を買う人物である。馬琴自身を意味するという説も大いに可能性があるだろうし、少なくとも馬琴が理想とする人物であることは間違いない。二人目は小六であり、皆殺しの張本人である（人殺しを厭わない点で荷二郎も近い）。三人目の姑摩姫は飛行する人物であり、その点で浴室の皆殺しを決行した小六とは対照的だといえる（樹上に弾き飛ばされた信夫も姑摩姫に近い）。また猿の亡骸を買う人物であり、その点では著演に対応している。四人目の長総は「是淫奔に始りて、又淫奔の咎に終らん」とあるようにエロスの原理を体現した人物である。汚れを知らぬ姑摩姫や信夫とは対照的だといえる（互いに情欲をもった荷二郎とは結びつく）。以上、四つのタイプの人物造型を指摘できるだろう。それらは父親、息子、娘、母親の特性を示すものと考えられる。

『侠客伝』は未完の作品であり第五集は馬琴の手になるものではないが、萩原広道により見事な続編に仕上がった。その特徴は構造の共鳴であり、表現の共鳴である（肩車、反発、弾力など）。構造の一貫性と表現の一貫性によって見事な続編が生み出されたのである。

注

（1）中村幸彦「後期読本の推移」（『中村幸彦著述集』四、中央公論社、一九八七年）は、馬琴のめざしたものを「史の余を述べる演義体小説」とする。小説は史余であり歴史の余剰ということになる。

（2）この地名は重要であろう。「藐姑峯」は仙洞を行き来する姑摩姫にかかわる高さのイメージがあり、「底倉」は地を這う小六にかかわる低さのイメージがある。谷底の形象は近松作品に先蹤がみられる。「谷底にころび落草をし分けて身をかくし行がたしらず成りにけり」（『釈迦如来誕生会』一）。なお、馬琴における飛行についていえば、それは虚構への離陸を意味しているように思われる。『夢想兵衛胡蝶物語』の主人公は紙鳶に乗って、次から次へ虚構の国を旅するのである。

（3）「わが子を生まんがために他子を養うこと」を書いた南方熊楠は馬琴の読本を念頭においていた可能性があるだろう。なぜなら、南方が次に書いた文章は「孕婦の屍より胎児を引き離すこと」であり、やはり馬琴の読本に関連するからである（『南方熊楠全集』三、平凡社、一九七一年）。

（4）南朝物については、徳田武「後南朝悲話」（『日本近世小説と中国小説』青裳堂書店、一九八七年）を参照。

（5）馬琴における飛び降りる女の系譜を辿ることができるだろう。それは『墨田川梅柳新書』の初花であり、『開巻驚奇侠客伝』第二集の信夫であり、『南総里見八犬伝』第一二一回の妙椿である。いずれも飛び降りて死ぬようには見えないのである。とりわけ初花は飛翔するかのようだ。それに対して、芳流閣から転げ落ちる犬士はまさに転落でしかない。

（6）この点は、『馬琴評答集』に記されている（八犬伝第九輯中帙木村黙老評答）。また得丸智子「姑摩姫の仇討」（『読本研究新集』一、翰林書房、一九九八年）を参照。第三一回には「蛍ばかりの埋火」とあるが、それも復讐に関連している。

（7）肩車の先蹤は近松作品にみられる。「背中に潮をきよめの垢離、法皇を肩に負ひ奉り、足に任せて落ち行きける」有王の姿であり（『平家女護島』四）、「父親肩車に、のりの教へも一つは遊山、群聚をわけてぞ急ぎける」祭の場面である（『女殺油地獄』上）。また柳田國男「肩車考」（『小さき者の声』一九三三年）を参照されたい。クロード・シモン『盲たるオリオン』（平岡篤頼訳、新潮社、一九七六年）、ミシェル・トゥルニエ『魔王』（植田祐次訳、みすず書房、二〇〇一年）、サミュエル・フラー『最前線物語』（一九八〇年）なども想起される。続編に関していえば、広道は馬琴に肩車されているようにみえる。

（8）第三集に「遭一必敗、会六有歓」という字謎が出てくる（第二三回）。「一」は分断の横棒であり、「六」は上に一点、下に二点がある。牽強付会を恐れずにいえば、上の持ち上げる一点は九六媛であり、下の支える二点は小六と垣衣であろう。「六」の字形は「俠」の字形と響き合う。

（9）萩原広道については、得丸智子「萩原広道の源氏物語論」（『国語国文』一九八七年十一月号）、神田龍身「曲亭馬琴と『源氏物語』」（『文学』二〇〇三年九・十月号）を参照。なお、バネ仕掛け、反発の弾力は『枕草子』『源氏物語』にもみられるが、この点については拙著『源氏物語のエクリチュール』（笠間書院、二〇〇六年）を参照されたい。

V　南総里見八犬伝を読む——怨霊・仮装・王権

本章では『南総里見八犬伝』（文化十一年～天保十三年）を小説として読み解いていく。したがってテクスト分析が中心になるが、時として自伝的コンテクストや歴史的コンテクストを参照する。波乱万丈の伝奇小説、絢爛たる幻想小説といった『八犬伝』の自明性に揺さぶりをかけるためである。『八犬伝』は虚構ではあるが、同時代の知を集積した図書館といえる。したがって、同時代の言説を総動員しなければならない。

ここで特に注目するのは、玉梓の怨霊であり、俳優に仮装した毛野であり、神童としての親兵衛である。玉梓、俳優、神童といったテーマの広がりが、『八犬伝』を思いもかけない方向に導いてくれるからである。『八犬伝』からみえてくるのは、怨霊と手紙、仮装と虚構、王権と資本の世界ではないだろうか。以下は、そうした観点からの作品分析である。

あらかじめ本章の概要を示しておくと、第一回から第二〇回を対象とした第一節では玉梓の怨霊を取り上げ、言葉の行き違いの問題として論じる（そこから使者と手紙の役割が明らかになる）。第二一回から第四〇回を対象とした第二節では女性たちを取り上げ、不本意な懐妊について論じる。第四一回から第六一回を対象とした第三節では毛野を取り上げ、仮装の論理を浮き彫りにする。

第六二回から第八二回を対象とした第四節では信乃と大角を取り上げ、孝という観念のもつ暴力性を浮き彫りにする（そこから家と日記の関係が明らかになる）。第八三回から第一〇三回を対象とした第五節では舩虫を取り上げ、欲望と記号の問題について考える。第一〇四回から第一一五回を対象とした第六節では隠微をめぐって稗史の八番目の法則を提案する。

第一一六回から第一三五回を対象とした第七節では素藤を取り上げ、王権と資本の問題について考える（そこから作品と市場の関係が明らかになる）。第一三六回から第一五三回を対象とした第八節では巽夫婦を取り上げ、絵画と盲目の問題について考える。第一五四回から第一七六回を対象とした第九節では親兵衛を取り上げ、再び王権と資本の問題について考える。

第一七七回から第一八〇回を対象とした第一〇節では「大団円」と「回外剰筆」を取り上げ、馬琴における虚構の問題について考える。拡散的な議論になるが、神話的モチーフ、物質的身体的主題、文字の効果に着目しながら読み進めていきたいと思う。

一　玉梓・怨霊・発端――手紙と使者　　初輯・二輯〈文化十一・十三年〉

『八犬伝』は恐ろしい小説である。ちょっとした言葉の行き違いが重大な事態を引き起こすからである。

…瓠核《ひさご》のごとき歯を切《くひしばり》て、主従を佶《きつ》とにらまへ、「怨しきかな金碗八郎、赦《ゆるさ》んといふ主命を拒て、吾儕《わなみ》を斬《きる》ならば、汝も又遠からず、刃《やいば》の錆となるのみならず、その家ながく断絶せん。又義実もいふがひなし。赦せといひし、舌も得《え》引《ひか》ず、孝吉に説破られて、人の命を弄ぶ、聞しには似ぬ愚将也。殺さば殺せ。児孫《うまご》まで、畜生道に導きて、この世からなる煩悩の、犬となさん」と罵れば、「物ないはせそ、牽立《ひきたて》よ」と金碗が令《げぢ》を受、雑兵四五人立かかりて、罵り狂ふ玉梓を、外面へ牽出し、軈《やが》て首《かうべ》を刎《はね》たりける。

（引用は日本古典集成による、第六回）

里見義実は一度口にした言葉を取り消してしまったために、玉梓の恨みを受けることになる。首を刎ねても言葉の効果はもとには戻らない。その言葉から逃れるには「外面」に出るしかないが、すぐさま内部に引き戻されてしまうようにみえる。玉梓の言葉は呪いとして強くテクストを拘束する。可憐で凶暴な「歯」に注目しておきたいが、呪いとは、言葉による拘束のことなのである（祈りがあるとすれば、それは拘束を解き放つことであろう）。飼い犬に娘を与えると口にした義実は、再び言葉に縛られてしまう。

…最期の軍議に暇《いとま》なくて、その事ははや忘れたるに、犬は却《なかなか》いはれし事を、忘れねばこそ狛剣《こまつるぎ》、わが虚言《そらごと》を実《ま》事《こと》として、寄手《よせて》の陣へ潜び入るとも、二三千騎の大将たる、景連を輒《たやす》く殺して、その首級《しゆきう》を齎《もたら》すこと、不思議といふもあまりあり。奇なり奇なり。（第九回）

一度口にした言葉はもとに戻らない。たとえ冗談であっても、それは実現されなければならない。義実は忘れていた言葉に復讐されてしまうのである。『八犬伝』の主題は、こうした言葉の重さであろう。実際、漢字が重苦しく紙面を覆っている。しかし同時に、これほど言葉の軽やかさを感じさせる小説もない。重苦しさを突破するときの言葉の動きが痛快だからである。また「虚言を実事として」現実化する小説であり、軽やかに流れていたはずの言葉が不意に重く沈み込んでしまう。したがって、言葉による拘束と解放が『八犬伝』の主題だということができる。伏姫が三歳になっても話すことができないとする設定は重い。

軽やかに流れる言葉と重く留まる言葉、言葉による拘束と解放、そうした二面性が顕著に現われる瞬間があるとすれば、それは手紙を書くときではないだろうか。手紙のやりとりにおいて、言葉の行き違いが露呈する。とりわけ出版依頼の手紙に対しては多大な困難が付きまとったはずである（鈴木牧之の場合）。

出版に際しても、同じような言葉の行き違いを体験したであろう。馬琴は出版をめぐって様々な困難に直面することになったからである。出版の企画と中絶、不本意な校正、著作の無断出版、絵師との齟齬（葛飾北斎の場合）などである。

ここでは、「玉梓」が手紙と出版にかかわる言葉だという点に注目してみたい。[1] もともと「玉梓」は使者や手紙を意味する言葉である。しかも、「玉梓と密通して」（第二回）、「しのびしのびに、美女玉梓に思ひを運《はこ》し、密事を果《はた》さん為」（第六回）とあるので、玉梓と密通や密事は縁語関係にさえみえる。また、上梓といえば出版のことなので、「玉梓」に出版の意味を見て取ることも不可能ではない。『八犬伝』は玉梓の怨霊に祟られる物語だが、玉梓の怨霊は手紙や出版をめぐる様々な困難さのメタファーになっているように思われる。玉梓の怨霊が言葉の行き違いのことだとすれば、言語にとって怨霊の発生は不可避である、そうした観点から『八犬伝』を読み直してみよう。


かかりし後《のち》、定包《さだかね》は、滝田の城を更めて、玉下《たました》とこれを名《なつ》け、玉梓《たまつさ》をおのが嫡妻《ほんさい》にして、後堂《こうどう》に冊《かしつか》せ、その余《よ》、光弘の嬖妾《おんなめ》にかはるかはる枕席《しんせき》をすすめさせ、富貴歓楽を極めしかば、威を隣郡に示んとて、館山平館へ使者を遣し…（第二回）

悪人を排除しようとした善意のテロルも結局は利用されるだけに終わり、山下定包が神餘光弘を騙し討ちにして城主となるわけだが、玉梓について語った後、使者に言及している点が注目される。「包」や「冊」が書物にかかわる言葉であることはいうまでもない。第五回には「定包が書簡を乞とり」とあり、「数通の檄文を書写め、件の鳩の足に結ろびて、放さばかならず城へ還らん」という作戦もみえる。定包を討ち取って里見義実が城主となるが、安西景連が攻めてくる。その契機となったのが使者の問題である（「景連は、老党を使者として遣して…」第八回）。第九回の冒頭をみてみよう。

却説《かくて》安西景連《かげつら》は、義実の使者なりける、金碗《かなまり》大輔を欺き留めて、しのびしのびに軍兵を部《てわけ》しつ、俄《にはか》に里見の両城へ、犇々と推寄たり。（第九回）

大輔は金碗孝吉の息子である。「使者には汝を遣さん」と抜擢されるが、拘留されてしまう。管領に援軍を頼もうとするけれども、書翰がないため使者として認められない。「義実の使者と称して、来由を説、急を告、をさをさ救ひを乞まうせども、義実の書翰なければ、狐疑せられて事整ず、又いたづらに日を過す」（第一〇回）。このように『八犬伝』は、使者＝手紙の問題に取り憑かれているのである。

伏姫懐妊の発端となるのは、またしても使者であり手紙である。

…貞行再びうち驚き、「現《げに》某がきのふ見し、文字《もんじ》はここにひとつもなく、如是畜生発菩提心、と二行八字に変ぜしは、奇也、奇なり」とばかりに、呆るること半晌《はんとき》あまり、又いふよしもなかりけり。義実はこの一句に、忽地暁《たちまちさと》りて巻おさめ、「蔵人《くらんど》汝がまうす所、偽《いつはり》なくは不思議の事也。抑《そもそも》きのふ使者と称して、この書を逓《わた》与せし翁が年齢《としばえ》、その面影はいかなりし。詳《つばら》に告《つげ》よ」と宣《のたま》へば…（第一一回）

「とり次て、使者の口状云々と、義実に告まうせば…」というのが堀内貞行の役割だが、そこに手紙が謎として送り付けられる。手紙を出した人は生きているのか死んでいるのか判然としない。その意味で、すべての手紙は亡霊の手紙であり、使者と死者は区別がつかない。そんな使者＝死者によって送り付けられた手紙のせいで、人は懐妊するのではないだろうか。第一〇回の挿絵で伏姫が握っているのは巻物である。

「…吾儕《わなみ》に良人《つま》はなきぞかし。去歳《こぞ》のこの月この山に、入りにし日より人を見ず。一念称名読経の外は、他事《あだしこと》なきものを、何によりて有身《みごも》るべき。あな嗚呼《をか》しや」と堪《たへ》かねて、思はず「ほほ」と笑ひ給へば…（第一二回）

伏姫はなぜ自分が懐妊するのか理解できない。『八犬伝』が特異なのは懐妊がことごとく不本意なものだという点だが、これについては後述したい。すべてが玉梓の呪いに発していると義実は語る。

今その筆の迹《あと》を見て、この禍の胎《な》るところ、因果の道理を知覚《ちけう》せり。われ当国に義兵を揚《あげ》て、山下定包を討しとき、その妻玉梓を生拘《いけどり》つ。陳謝理《ことはり》あるに似たれば、赦し得させんといひつるを、大輔が父八郎孝吉、いたく諫て頭《かうべ》を刎たり。これによりてその冤魂、わが主従に祟をなす歟《か》、とはじめて心つきたりしは、金碗孝吉が自殺のとき、朦朧として女の姿、わが眼に遮りにき。かくてかの玉梓が、うらみはここに嗛《あきた》らず、八房の犬と生《なり》かはりて、伏姫を将て、深山辺《みやまべ》に、隠れて親に物をおもはせ、伏姫は又思ひかけなき、八郎が子に撃れたり。加以《これのみならで》大輔は、罪なうして亡命し、忠義によつて罪を獲たり。皆是因果の係るところ…（第一三回）

玉梓の怨霊は使者＝死者の手紙として作品中を彷徨しているのではないだろうか。伏姫の不本意な懐妊も、手紙の問題を介して提起されているようにみえるからである。『八犬伝』においては父親など問題にならず、伏姫は不本意な手紙という形で子供を受け取ってしまったのである。実際、伏姫の出産は文字の産出にほかならない。

「…その父なくてあやしくも、宿れる胤《たね》をひらかずは、おのが惑《まよ》ひも、人々の疑ひも又いつか解くべき。これ見給へ」と臂《ひぢ》ちかなる、護身《まもり》刀を引抜きて、腹へぐさと突立て、真一文字に掻切給へば、あやしむべし瘡口《きず》より、一朶《いちだ》の白気《はくき》閃き出、襟に掛けさせ給ひたる、彼水晶《すいせう》の珠数《ずず》をつつみて、虚空《なかそら》に升《のぼ》ると見えし、珠数は忽地弗《ふつ》と断離《ちぎ》れて、その一百は連ねしままに、地上へ戞《からり》と落とどまり、空に遺れる八の珠は、粲然《さんぜん》として光明《ひかり》をはなち、飛遶り入紊《みだ》れて、赫奕《かくやく》たる光景《ありさま》は、流るる星に異ならず。主従は今さらに、姫の自殺を禁《とど》めあへず、われにもあらで蒼天《あをそら》を、うち仰ぎつつ目も黒白《あや》に…（第一三回）

伏姫は「如是畜生発菩提心」の結果として懐妊し、「仁義礼智忠信孝貞」を出産するのである。飛び散る文字は、手紙の文章にたとえることができるだろう。文字ある玉だけが飛んでいくからである。「百八の珠閃《ひらめ》き沖《のぼ》り、文字なき珠は地に堕て、その余の八は光明《ひかり》をはなち、八方へ散乱して、遂に跡なくなりし」と語られている（第一四回）。

この後、『八犬伝』の女性たちは次々と不本意な懐妊を強いられるが、それは不本意な手紙を受け取ってしまったということなのである。第二一回では八つの文字が梅の実に転写されている。誰もが読み解けるわけではないが（「その梅熟するに及びては、彼八行の文字は滅《きえ》たり。この故に里人等は、只八房を賞するのみ、文字《もんじ》の事はしるものあらず」）、梅は「生め」と読み解くことができる。

第六回末尾に「玉梓が悪念は、良将良義士に憑ことかなはず、その子その子に夤縁《まつはり》て、一旦不思議のいで来る事、その禍は後竟《つひ》に、福の端となる、この段までは迥《はるか》なり」と馬琴が記すように、玉梓の怨霊は直接目的に襲いかかるものではなく、たえずずれていくほかないものであろう。「閲者彼賊婦《みるものかのぞくふ》が怨言に、こころをとめて見なし給ひね」

と続くが、玉梓の言葉に拘束された者のみが、その亡霊に脅えるのである。肇輯の末尾では、次のように弁解している。

作者云《いはく》。この段八犬士の起るべき、所以《ゆえん》をさを演記《のべしる》して、肇輯《ぢやうしゆう》五巻の尾《をはり》と定め、既に首巻に十回の題目を載《のす》るといへども、思ふにまして物語は、ながながしくなりしかば、巻の張数はや盈《みち》て、今この段卒《おふ》るによしなし。さは巻数に定めあり、又張数にも限りあり。毎編これを過すときは、売買に便宜ならずといふ、書肆《しよし》が好み推辞《もだし》がたし。（第一〇回）

次々に増えていく冊子、これは次々に祟っていく玉梓の怨霊と密接にかかわっている。玉梓は怨霊となって作品の内外をさ迷い続けるからである（同時代には『犬夷評判記』というものまで出版される）。本屋の意向を考えると、玉梓の怨霊を制御しているのは資本の力だといってもよい。

「伏姫をもて妻せん、と思ふ折から大輔は、使して遂にかへらず」と義実は語っているが（第一三回）、大輔は帰還することのない使者であろう。誤って伏姫に弾丸を撃ち込んだ大輔は、出家し、大法師と名乗る。この、大法師こそ手紙の人であり（「、大の書翰を閲するに…」第九七回）、物語の使者として、怨霊の記憶を配信し続けるのである。[2]

『八犬伝』を亡霊の手紙と呼ぶとすれば、その宛先は誰だろうか。確かに塩沢に届き、松阪に届き、高松に届いた。だが、誰よりも『八犬伝』の宛先は馬琴自身であったと考えることができる。家が断絶するであろう、この玉梓の言葉に馬琴は脅かされたはずである。馬琴は玉梓の呪いを振り払うかのように書き続けるのである。現代の読者は、そのような手紙として『八犬伝』を受け止めることができるのではないか。因果の論理とは欲望の論理であり文字の論理である。

二　不本意な懐妊——文字と球体

三輯・四輯〈文政二・三年〉

伏姫の不本意な懐妊についてみてきたが、さらに同様の事態を探ってみたい。もっとも顕著な例は、懐妊を疑われる雛衣の場合である。「よしや妾《わらは》が有身《みこもり》たる歟《か》、否《いなや》を定かにせられずとも、竟《つひ》に脱れぬ定業ぞ、と覚期《かくご》究めて侍るかし。身に覚なき中脘《をなか》の病痾《やまひ》、過ゆく光陰共侶《もろとも》に、かう腫張《ふくだみ》たることにし侍れば、疑はるるも無理ならず」（第六五回）。これは雛衣の台詞だが、伏姫のものでもあろう。意図せざる懐妊によってうろたえる女性、それが馬琴読本に共通する形象だからである。

同様の事態はいくつも見て取ることができる。たとえば、金碗孝吉の妻の場合である。「人の女児《むすめ》に瑕疵《きずつけ》ては、今さら親が許すとも、絶て合する面はなし。浅ましき所行《わざ》してけり、と百遍悔《ももたびくひ》、千遍悔《ちたびくへ》ども、後悔其処《そこ》に立ざれば、しのびしのびに濃萩には、堕胎《だたい》せよと勧るのみ」と孝吉は語っていた（第七回）。こうして不本意にも生れたのが金碗大輔すなわち丶大法師である。

信乃の誕生も思いがけない懐妊に由来している。「家路にいそぎ給ふに、現に神女を目撃し、一顆《ひとつ》の玉を授らるを、愆《あやまち》て受外し、玉は犬のほとりに輾《まろ》ぶを、とらんとて索《たづね》給ふに、遂に又あることなし。この比よりして有身《みこもり》給ひて、次の年秋のはじめに、吾儕《わなみ》を挙け給ひしとぞ、母の告げさせ給ふにてしりぬ」と信乃は振り返っていた（第一九回）。もちろん、待望の男子誕生であったはずである。しかしながら、『八犬伝』においては、そうした場合でさえ、不本意な懐妊、不本意な誕生という形をとるのである。

父親の番作は「我《わが》夫婦に幸なくて、男児三人挙しかど、みな殤子《みづこ》にてなくなりたるに、この度も又男児なれば、一トしほ心よはくなりて、想像《おもひやり》のみせられはべり。この子が十五にならん比まで、女子にして孚《はぐくま》ば、恙《つつが》あらじと思ひ侍り」と語っている（第一七回）。信乃は男子ではなく、女子として育てられる。これがまず不本意な形ということになる。だが、それだけではない。より深刻な形で、信乃は自らの誕生を不本意なものとして受け取るのである。父の自死に衝撃を受けた信乃は「彼犬を獲てわれ生れ、彼犬ゆゑに父を喪ふ」と語り、自らの誕生の契機となった犬を殺そうとする。これは自らの存在の否定であろう。殺した犬の胎内からは玉が出て来る。

「…創《きり》にし犬の瘡口より、不思議に出る玉匣《たまくしげ》、二親ながら喪ひつ、われも覚期《かくご》の今果《いまは》に及びて、わが名を表《かたと》る孝の一字、定かに見ゆる玉ありとも、六日の菖蒲《あやめ》十日の菊也。何にすべき」とうち腹たてて、庭へ発石《はつし》と投棄れば、玉はそがまま反《はね》かへりて、懐へ飛入たり。怪しと思へど掻撈《かかぐり》とりて、又擲《なげう》てば飛かへり、とび返ること三たびに及べば、呆れ果て手を叉《こまぬ》き、霎時《しばし》按じてうち点頭《うなつき》…

（第一九回）

玉を投げつけること、それは自らの存在を否定する身振りなのだが、玉は跳ね返ってきて、信乃を生へと促す（星飛馬の孤独なキャッチボールのように）。

『八犬伝』の時代設定が鉄砲伝来以前であるにもかかわらず、伏姫に球体が撃ち込まれるのも偶然ではない。信乃を特徴づけているのは、そうした球体の運動である。名高い芳流閣の場面には球体の運動からくる緊張感と解放感が張っている。「十手を丁と受留る、信乃が刃は鍔除《つばきは》より、折れて遙に飛失せつ。見八、得たり、と無手《むづ》と組むを、そが随左手《ままゆんで》に引着て、迭《かたみ》に利腕楚《しか》と拿り、捩倒《ねぢたふ》さん、と曳声《ゑいこゑ》合して、揉《もみ》つ揉《もま》るるちから足、此彼斉一踏辷《ひとしくふみすべら》して、河辺のかたへ滾々《ころころ》と、身を輾《まろば》せし覆車の米苞《たわら》、坂より落すに異ならず、高低《かうべり》険しき桟閣《かけつくり》に、削成《けづりなし》たる甍の勢ひ、止るべくもあらざめれど、迭《かたみ》に拿《とつ》たる拳を緩めず、幾十尋なる屋の上より、末遙なる河水の底には入らで、程もよし、水際に繋る小舟の中へ、うち累りつつ撞《だう》と落れば、傾く舷《へり》と、立浪に、𤇾《ざんぶ》と音す水烟、纜《ともつな》丁と張断て、射る矢の如き早河の、真中へ吐出されつ。尓《しか》も追風と虚潮に、誘ふ水なる洄舟《くだりふね》、往方もしらずなりにけり」（第三一回）。

「丁」の緊張感、そして張り詰めたものが途切れたときの解放感が、この場面を生彩あるものにしている。転がり落ちるもの、吐き出されるもの、いずれも球体の運動にしかみえない(3)。注目すべきは、追いつめられていく二人の犬士が、追いつめられた犬の動きを反復している点である。

…驚きあはてて途《ど》を失ひ、旧の路へは逃もかへらで、蟇六《ひきろく》が宅地《やしき》を遶りて、背門《せど》のかたへぞ走りける。信乃糠助はこれを見て、「あな便なし。そなたにあらず、こなたへ逃よ」といはぬばかりに途をひらきて左右にわかれ、杖を揚て追蒐《おつかく》れば、犬はいよいよ狼狽《うろたへ》さわぎて、走り脱んとしつれ共、この処は瓢《ひさご》のごとく、口一方にして、前面《むかひ》に路なし。（第一八回）

逃がそうとするにもかかわらず、犬は自ら窮地に陥っていく。同様に、出世を望む信乃と現八は高いところ高いところをめざし、かえって袋小路に追いつめられるのである（追い込まれ、そして浮き上がる「瓢」のレトリックに注目したい）。信乃と現八は玉のごとく落下することで結び付き、後に荘介と道節は玉を交換することで結び付く。浜路の母親にも、不本意な懐妊を指摘できる。伏姫の胎内から玉が飛び散った場面に「黒白に…」とあったが、母親の名前が「黒白」というのも偶然ではないだろう。「初の側室《そばめ》は黒白《あやめ》にして、後に来つるは阿是非《おぜひ》なり。そのときわが父戯れに、両妾に宣く、汝等両人誰にもあれ、男児を産るものを、後妻にせんと約し給ひつ。かくて阿是非は有身《みこもり》て、長禄三年九月戊戌《つちのえいぬ》の日に、男児を産てけり、出生の子は則《すなはち》われ也。（中略）されば約束なりければ、わが母をもて正妻に、推《おし》のぼし給ふになん、黒白は妬怨《ねたみうら》みつつ、気色にはあらはさず、寛正三年の春、渠《かれ》は女の子を産てけり」（第二八回）。

こうして生れたのが道節と浜路なのだが、父親の言葉の軽さは里見義実のそれに等しいだろう。ここから凄まじい惨劇が生まれるからである。阿是非は黒白を毒殺し道節を縊り殺そうとする。

そのような母親から生れたがゆえに、浜路は懐妊を禁止された存在となる。懐妊を許されるのは、里見義成の娘で浜路によく似た浜路姫のほうである。浜路と浜路姫は『弓張月』の白縫＝寧王女のごとき二重の存在である（いずれにおいても鳥が媒介している）。馬琴は「二女一体」と呼ぶが（第六九回）、そこには隠蔽のトリックが働いているように思われる。白縫と王女を一体化させるとき、大和と琉球の差異が隠蔽されるように、浜路と浜路姫を一体化させるとき、両者の差異は隠蔽されてしまうからである。

「宿因あれば形体を借りて、事情を告侍り」とあるが（第六八回）、一体化は浜路姫にとって不本意な懐妊のようなものであろう。怨霊の憑依といってもよい（第一〇九回でも夏引の怨霊が浜路姫に取り憑く）。一体化によって後者は前者に飲み込まれる。一種の自動人形、カラクリ人形だが、宿因があれば形体を借りて取り付くのが、馬琴の作中人物であり、自己とは他者に取り憑かれたものにすぎないといえる（第六八回の信乃は球体を撃ち込まれることで、はじめて浜路と再会できる）。

小文吾の妹、沼藺の場合も、不本意な懐妊の一例であろう。「網より落るを拾ひつつ、呑たるは彼玉《かの》なるべし。かくて彼玉は、その腹中にあること十五年、沼藺《ぬい》が十六歳の春、房八に帰ぐに及びて、いく程もなく有身《みこもり》つ、その年の冬生れたる、赤子の左の掌に、その玉を握れども、時到らねばいまだ撥《ひら》かず。今又ここに四年に及びて、件の玉は見《あらは》れにき」と小文吾は語る（第三七回）。

沼藺は玉を飲み込んだため思いがけず懐妊してしまうのである。生れてきた親兵衛は左手が不自由なままである（野口英世の伝記のように）。祖父の朴平は山下定包を討とうとしながら誤って神餘光弘を討ってしまった男だが（「彼《かの》朴平が失は、尤《もっとも》わが父の憾る所」）、その報いということになる。父親の房八は次のように語っている。

原来《さては》わが子は宿世《すくせ》あり。渠《かれ》は坐艸《わら》の上よりして、左の拳を撥《ひらか》ねば、尫弱者《かたわもの》とて賤しめられ、大八といふ渾名《あだな》さへ、負《おほ》せられてもかくまでに、親には生れ勝《まし》たりき。渠その玉あり痣あれば、犬士と誰かいはざるべき。（第三七回）

親兵衛の場合もまた、不本意な誕生だったのである。「父房八に蹴れしとき、この痣はいで来しを、人みな今までしらざりけり」とあるが、父親が誤って蹴ってしまったときが親兵衛誕生の瞬間といえるかもしれない。ここで散種としての痣について考えてみるべきだろう。痣は誰かの意図のもとに刻印されているわけではない。むしろ、痣は散らばった点や線の配置から読み取るべきものなのである（「痣」は志が変容した姿といえる）。悪漢に捕われた親兵衛はさらなる試練を受ける。

…舵九郎は見かへりつつ、朽樹《くちき》の株《くひぜ》に尻うちかけて、肱腋《こわき》に抱きし稚児《をさなご》を、弄玉《てたま》のごとく投揚て、地上へ撞《だう》とうち落せば、息も絶べく哭叫《なきさけ》ぶ…（第四〇回）

泣き叫ぶ赤子は裸の人であり、人の裸の姿である。始原児といってもよい。球体の動きが印象的だが、これもまた不本意な誕生神話の一環にほかならない。泣き叫ぶ親兵衛にはスサノヲの面影を見て取ることができる。だからこそ、一瞬の天変地異とともに伏姫という冥界の母のもとに行くのである(4)。

道節の乳母となる音音も不本意なまま懐妊してしまう。「いと若かりしその昔、彼処《かしこ》へ参り仕へし比《ころ》、あるべき事歟《か》、御内の若党、姥雪《をばゆき》世四郎といふ和郎《わろ》に、思ひおもはれ、胆太くも、人視《ひとめ》の関を幾遍《いくたび》歟、踰《こえ》てあふ夜の情の塊り、有身《みこもり》しより綷発覚《ことあらはれ》て、郎《をとこ》と共に縛められ、命を召るべかりしに…」と語っている（第四六回）。音音と世四郎との間に生まれた双子が力二郎、尺八であり、不本意な誕生であったといえる。そのため世四郎は猎平と名を変え、網舩を貸す漁師となるが、『八犬伝』が水の世界の物語であることを印象づけている。「心のどかに火を吹ば…」と焦る犬士を、猎平は渡し守のごとく対岸へ渡すのである（「舩日記」の一枚を裂いて信乃に托した手紙も重要な役回りを演じる）。第五輯の音音と第九輯の於兎子は音が似ており、ともに夫を詰る女である。

音音の嫁となった曳手、単節だが、夫が不在のまま不可解な妊娠をする（「今さら奴們《わなみら》が、有身《みこも》るべうも侍らねど、只怪しきは腹内にて、折々動くもの侍り」第一〇五回）。

毛野に関しても不本意な誕生を指摘できる。「堕胎の薬を三日つづけて飲せしかども、させる験《しるし》のなかりしかば、原来《さては》血塊也けりとて、遂に追放《おひはな》されにけり」（第五五回）、こうした事態にもかかわらず誕生するのが毛野である。「月満れどもいまだ生れず、懐孕《くわいよう》既に三稔《みとせ》にして、粟飯原《あひはら》の家断絶により、母は相摸の足柄なる、犬阪村に在りし時、点燭時候《ひともしころ》に外に出しに、忽然《こちねん》として流星に、似たる一隻《ひとつ》の光物、南の方より晃めき渡りて、墜《お》つると思へば俺《わが》母の、懐にぞ入りにける」（第八二回）。そして女装することになる。「嫌忌《けんき》を怕《おそ》れて某《それがし》を、女の子に扮《した》て字育《はぐくま》れしより、鎌倉に移住みては、梨園《りゑん》の隊《むれ》に入るといへども、既にして復讐の、志移ることなく、年十三になりし時、父の諱《いみな》の一字を取て、名を胤智《たねとも》と命ぜしは、所得の玉に見《あらは》れたる、文字をも窃《ひそか》に表せし也」。

馬琴の神話学において多淫なものは懐妊することがない。それが玉梓、舩虫、妙椿である（『弓張月』の淫婦中婦君も同様であろう）。この欲望の系列に対して、何かを庇護する系列を指摘できる。それが伏姫、妙真、音音である。こちらはかつて懐妊したものということになる。かつて懐妊したもの、これから懐妊するもの、決して懐妊しないもの、これが馬琴神話学のカテゴリーにほかならない（祖母、女、毒婦）。

三　俳優・仮装・展開——三度の変身

五輯・六輯〈文政六年・十年〉

歌舞音曲は網乾左母二郎とともに登場してくる。「遊藝は、今様の艶曲《ざれうた》、細腰鼓、一節切なンど、習ひうかめずといふことなし」とあるが（第二三回）、この歌舞音曲は仮装のテーマと密接にかかわっている。本物の刀をすり替えるのは左母二郎の仕業だからである。「わが刃を、蟇六が鞘に納め、又信乃が刃を取て、わが刀の鞘に納め、又蟇六が刃をもて、信乃が副刀の鞘に納るに、孰も長短等しきにより、しっくりとて恰好し」（第二四回）。

仮装のテーマを全身で体現しているのが犬阪毛野であることはいうまでもない(5)。仮装は犬阪の「反」と響き合うが、毛野は三度、姿を変えている。最初は女田楽であり、二度目は乞食であり、三度目は坐撃師である。千葉、諏訪、湯島と三度、場所を変えている。

ここをもてこの度《たび》も、件《くだん》の女田楽等を招きよして、その技を試みたるに、そが中に、旦開野《あさけの》といふ少女《をとめ》の、年は二八ばかりにて、顔色《かほばせ》も美しく、技も堪能《かんのう》のものなりければ、そを只一人留置て…（第五六回）

…那《かの》寒山子拾得に、似て非人とは知られたり。そが中に一個《ひとり》の乞丐《かたゐ》の、年齢《としのよはひ》は四十許《ばかり》、夔《き》の一足にあらねども、故疾なるべし足跛《あしなえ》たるを、鎌倉蹇児と喚做《よびな》したり。又一人は少年にて、襤褸《つづれ》ながらの夏衣、麻皺生絹《すずし》皺蝉の羽に、素肌の衣通《そとほ》りし、身の皮醜からざるを、相撲小猴子《こぞう》と号《なづけ》たり。（第七九回）

話表《ここにまた》、武蔵州豊嶋郡、湯嶋の郷《さと》に祭られ給ふ、天満天神の神社は、いぬる文明十年に、扇谷《あふぎがやつ》の内管領、持資入道建立したり。（中略）無下《むげ》の田舎でありけれども、這神社《このみやしろ》のみ月に日に、詣る道俗多かりければ、餳餅果子なンどを、鬻《ひさ》ぐ坊賈《あきびと》尠からず。呪師放下師《のろしはうかし》刀玉の、猿楽《さるがう》を做《な》すもあり。そが中に、坐撃《ゐあひ》鎖鎌の技をもて、眈《いぼ》

黒子《ほくろ》を除く薬と、磨歯砂《はみがき》を売るものあり。（第八八回）

興味深いことに、毛野は集団の匿名性の中に身を隠し「そが中に」という言葉とともに個体化され登場してくるのである。毛野を特徴づけているのは、仮装と技能と放浪性である。社会的秩序などに束縛されてはおらず、性差さえ越境する。「意《おも》ふに汝は瘋病人歟《か》、然ずば敵の間諜児《しのびもの》にて、我を撃まく欲するに、術拙くて、時宜を得知らず」と問い質されているが（第九二回）、毛野は病人でもあり間諜でもある。時機をわきまえることのない毛野はきわめて遊撃的な存在といえる。(6)「犬阪主は、文あり武あり。その学術の広博なる、陰陽卜筮説相まで、よくせずといふことなし。真実に軍師の才也」（第九五回）とあるように、その技芸ゆえに軍師にもなるのだろう（「磨歯砂」は玉梓の歯を削ぐものかもしれない）。

「浮たる技もて世を渡る、俳優《わざをぎ》などはさもあらん。われは素《もと》より色を好まず」と小文吾は語っているが（第五六回）、毛野は八犬士のなかで異色といえる。「築垣へ、登るもはやき田楽の、技に熟《なれ》たる身の翩《こな》し、閃《ひら》りと松に手をかけて、彼方の庭へ降ると思へば、姿は見えずなりにけり」とあるように、たちまち消え失せてしまう。「毛野は閃《ひら》りと身を跳らして、一反許《ばかり》隔りたる、舟へ発動《はった》と飛入たり」とあるが（第五七回）、この軽業に注目しておきたい。信乃と現八が玉のごとく落下して結び付くのに対して、小文吾と毛野は別れ別れとなる（「件の舟の往方もしれず」）。

毛野は玉梓とも、伏姫ともほとんど接点がない。毛野の復讐は里見家とは無縁のものである。物質的な技術をもつ毛野にとって、怨霊など単なる妄想にすぎないだろう。後に里見家の軍師となるが、里見家に忠義を尽す必然性が毛野には見当たらない。毛野は王権に従属した存在ではない。軍師としてしかるべき役割を果すだけであり、別の国に行けば、そこでまた仕事をするだけであろう。実際、毛野はいつも行方不明の状態にある。苗字の犬阪に「反」が含まれているのは意義深い。毛野は、卓越した技能において里見家を裏切りかねないからである。

毛野は「宇宙の間《あひだ》に不平の事」第一とされ、孤立無援である（第五五回）。「家系正しき武士なりしに、われいかなれば幼少より、俳優人《わざをぎひと》となるのみならず、たまたま男子と生れながら、女子となりて世を渡れるは、人間の大不幸、これにますものなしといへども、又これなくはいかにして、彼《かの》常武等に近づくべき」と毛野は語っている（第五七回）。不本意な誕生と成長を余儀なくされるが、仮装こそが毛野の武器である。また、それが作品展開の原理になっている。(7)『八犬伝』は仮装による反転なしには展開しない小説だからである。

「常武は、をさをさ声色をのみ嗜む、烏滸《をこ》の驕者《おごりもの》なりければ、さる技に長て、且皃妍《かほよ》き淫婦《たをやめ》を、多く婢妾《おんなめ》としつつ、生平《つね》に歌舞せなどすれどもなほ飽かで、他郷より来ぬる俳優《わざをぎ》も、己が愛ずるものあれば、その費を斁《いと》ふことなく、幾月の久しきまで、なほ家に留置て、酒宴の興にぞ備《そなへ》ける」（第五六回）。こうして毛野は仇を討つために、相手の欲望に付け込む。そのため仮装には背徳性が付きまとうのである。歌舞音曲を介して左母二郎と共通点があり、毛野の仮装には背徳性を指摘できる。皆殺しの場面はいうまでもないが、より深刻なのは身体障害者を見殺しにするところである。(8)

…浴せかけたる郷武が、刀の冴はこの世の別路、憐むべし、鎌倉蹇児《ゐざり》は、背《そびら》の真中一刀に、砍《き》られて仆《たふ》るる身は二段《ふたきだ》に（中略）。尒程《さるほど》に相撲小猴子《こぞう》は、久しく樹蔭《こかげ》に躱《かくろ》ひて、綷《こと》の始末を闚窺《かいまみ》をり、方纔《いま》若党が主の刃を、拭んとせし後より、閃《ひら》りと出てそが項髪《えりかみ》を、搔抓み引よせて、一丈あまり投退て、衝《つ》と郷武に近着て、刃を引提《ひさげ》し右の手を、扼《とりしば》りたる無敵《ぶてき》の挙動《ふるまひ》、思ひかけなき事なれば…

（第八〇回）

これは毛野の父が殺され、名刀落葉が奪われた場面に似ており、はなはだ興味深い。

…初大刀の深痍《ふかて》に右手《めて》衰へて、只受ながすのみなれば、縁連は踏込踏込《ふみこみふみこみ》、はや頸捕て刀尖《きつさき》に、推貫きてさし揚たり。思ひかけなき事なれば、胤度《たねのり》が従者等、罵り騒ぎて別《わく》よしもなく（中略）。時に並松の樹蔭より、頬被りせし一箇《ひとり》の癖者、忽然《こちねん》と顕れ出て、道次《みちのほとり》に捨措《すておき》たる、嵐山の尺八と、小篠《をささ》落葉の両刀を、手早く箱より引出し、小腋に抱きて逃んとす。（第五五回）

木陰に隠れて刀を奪った悪漢を模倣するかのように、毛野もまた木陰に隠れて目的を遂げるのである。そのため鎌倉蹇児を見殺しにしたかにみえるのだが、そうした仮装や偽装なしには復讐を成し遂げることができなかったのである。目的のためには手段を選ばない、そんな背徳性が毛野には付きまとう。親兵衛の場合は木陰から陽気に飛び出すが（「傍なる樹の蔭に又人ありて天地に响《ひび》く声をふり立」第一〇三回）、すぐに飛び出したりはしないのが毛野の智ということになる。

第一五八回には毛野の仮装作戦が出てくる。「こも亦毛野が謀る処、この辺には扇谷の、間諜児《しのびもの》徘徊して、虚実を覘《うかが》ふも猶あらん、と思ふ心を友勝に、偖々《しかじか》と囁き誨《おし》え、又猿八と喚《よび》なす一個《ひとり》の雑兵の、好みて猿楽をよくなす者に、件の謀計を行はせしに、果して敵の間諜児、餅九郎を釣出して、反て友勝等は、及引《てひき》を得たり」。これによれば、毛野は演劇を活用しているのである。

八犬士が里見家を見捨てるのは、毛野の発議によってである。「汝等いまだ思はずや。先君御父子の、仁義の余徳衰へて、内乱将に起らまくす。（中略）這《この》故に酒家八名は当所を去りて、他山に移らまくす。汝等なにぞ倶に致仕して、共に他郷へ去ざるや」と語っているが、毛野がまず口火を切るのである（第一八八回）。

仮装は怨霊の呪いをはね除けるものであり、王権の支配に抵抗するものではないだろうか。怨霊の呪いですべてが動きを止めようとするとき、動きを与えるのが仮装であり、王権の支配のもとですべてが動きを止めようとするとき、動きを与えるのが仮装であるように思われる。第四回で乞児に仮装して義実を導いていたのは、孝吉であった（「灰を呑、漆して、姿を変て故君の仇を、狙撃《ねらは》んと思ふのみ」第六回）。仮装は『八犬伝』における展開の原理なのである。道節は山伏、小文吾は旅商、大角は売卜師にそれぞれ仮装している。

第八〇回に「木葉忽地《たちまち》零ることあり、因て落葉と命けらる。村雨丸と相似たる、奇特のあるよし」とあるが、村雨丸と落葉という二つの名刀の共通点は何か。それは刀のまわりに身体障害者を呼び寄せてしまう点である。村雨丸の持ち主の番作は廃人になっていたし、落葉に斬られるのは鎌倉蹇児であった。そうした組み合わせによって、名刀の力を強調しているのであろうが、逆に明らかになるのは言語と身体の力である。実際、番作の言語と身体、鎌倉蹇児の言語と身体は見事に生動している。仮装のもつ力の極限といえるだろう。

別のところで馬琴は誤字脱字を落葉にたとえていたが（「書を校するは、風葉と、塵埃にしも異ならず」第九輯中帙附言）、名刀の名称にこめられているのは誤字脱字を一掃したいとの願望かもしれない。

第八八回に「猕猴《さる》は杪を彼此と、木伝ふ枝に絆の紐の、幾重ともなく縢《からま》れて、果は短うなりしかば、是にぞ猕猴は駭慌《おどろきあは》て、引抜かんとせし程に、倒《けつく》その身引締られて、苦むこと甚く、はや精竭《つき》けん衰へて、絶も果べき形勢なりし…」という場面がある。猿は自らの綱に絡め取られ、命を落としそうになる。毛野は苦もなく綱を解きほぐすのだが、こうした危険性は毛野自身も有していたといえるだろう。主人に縛られると、自らも身動きがとれなくなってしまうからである。事実、毛野は蟹目の上に仕える可能性もあった。

第一五三回に「道節は、卒然《そつねん》と焦燥《いらたち》て、喃《あな》犬阪が迂遠なる恬《かか》る折に坐興がましき、謎語《なぞ》をもていふことかは、疾うち出しね、と急《いそが》する」とある。道節が直線的だとすれば、毛野は曲線的であろう。それが仮装のテーマと密接な関連があることはいうまでもない。

本試論では玉梓、毛野、親兵衛を中心にみていくが、それは亡霊、俳優、神童が『八犬伝』の重要な三角形だからである。亡霊と俳優は背徳性で類似し、俳優と神童は遊戯性で類似し、神童と亡霊は無垢という点で類似している。逆にみると、亡霊と俳優は遊戯性という点で対立し、俳優と神童は無垢という点で対立し、神童と亡霊は背徳性で対立している。

四　孝の暴力――家族と負債　七輯上帙・下帙・八輯上帙〈文政十二年・天保元年・三年〉

亀篠、蟇六夫婦が信乃、浜路に対して振りかざすのは、孝の暴力というべきものである。

蟇六は少荘《わかき》より、水煉には長《たけ》たり、且《しばら》く水底を潜て、右手《めて》にからめる網の緒を解流し、信乃が跳り入るに及びて、忽地《たちまち》に浮揚り、いたく溺るる如くにす。信乃はこれを救んとて、蟇六が手を取れば、蟇六も亦信乃が腕《かひな》を、楚《しか》と捉て放さず、深水へ引て只管《ひたすら》に、推沈んとする…　（第二四回）

蟇六は溺れたふりをして信乃を水中に沈めようとしている（蟇蛙の作戦である）。水中で絡め取られる息苦しさ、それが孝の息苦しさにほかならない。「この孤《みなしご》を養ひとりて、人となさずは先祖へ不孝」と口にして、番作の死後、信乃を引き取った蟇六夫婦は孝の観念を利用している。

浜路も慌忙《あはてまど》ひつつ、「おん憤はさる事也。且《まづ》この刃を放給へ」といへば頭《かうべ》をうち掉《ふり》て、「いないな放さぬ。殺せ殺せ」と狂ふをやうやく亀篠が、抱縮めて、傍を見かへり、「浜路は灸《やいと》を押す如く、とばかりしては事果《はて》ず。親を殺すも、殺さぬも、おん身が心ひとつにあらん。禁るばかりが孝行歟。鈍《もどかは》しや」と叱られて、玉なす涙をふり払ひ…
（第二六回）

蟇六は自害するふりをして浜路に宮六との結婚を迫るが、これは孝による圧迫である。番作の姉、亀篠は、そうした孝の暴力に加担しているのである（泥中の亀のごとき執念深さをもつ）。

一角、舩虫夫婦が、大角、雛衣に対して振りかざすのも、恐ろしい孝の暴力にほかならない。

当下《そのとき》一角は、只管款待《もてな》す角太郎と、雛衣《ひなきぬ》を見かへりて、「言《こと》改めていふにはあらねど、老ては物に怺情《こらえじやう》なく、むじんなる事をいひもせん。さばれ孝行を尽さん、と目今《ただいま》いひし和殿也。雛衣も何にまれ、親のいふことを背きはせじ。さりとも背く歟、いかにぞや」と笑つつ問ふ（中略）。拭ふ虚泪《そらなみだ》を、見まねに舩虫鼻うちかみて、「喃《なう》角太郎よ、雛衣よ。凡《およそ》生として活る物の、命を惜ぬ例はなきに、その胎内《はらこもり》の子も母も、爹々《てて》公の病痾《やまひ》の良薬に、なるはこよなき孝行節義、廿四孝と名にしおふ、唐山人《もろこしびと》も及んや…」
（第六五回）

一角は自らの眼病を治療するため、雛衣に胎児を提供するよう迫るが、これはもはや孝という名の殺人である。舩虫は、そうした孝による殺人に加担しているのである。

では、なぜ孝という観念に服従するのか。それは負い目の感情からであろう。親への負い目、それゆえに親の暴力に屈服してしまうのである。信乃も大角も悩める青年にみえるが、それは負い目を背負ったハムレット的位置に立たされているからである。実際、『八犬伝』には負債の感情が充満している。たとえば、玉梓の言葉への負い目であり、八房と交わした言葉への負い目である。仁義礼智という徳目を支えているのは、負い目の感情なのである。(9)「渠《かれ》は債《おひめ》あるもの也。さればその身を愛せずに、わが為わろき事はえいはじ」と蟇六は語るが（第一八回）、負債は人の行動を縛るものになっている。

蟇六夫婦や一角夫婦が負い目の感情につけ込むのは、家産の問題と無縁ではない。亀篠が親切を装うのは、信乃や浜路の財産を横領するためであり(10)、船虫が親切を装うのは、大角や雛衣の財産を横領するためである（「件の金を略《とら》ん為也」）。

浜路姫の挿話における夏引、木工作、奈四郎の関係は、浜路の挿話における亀篠、蟇六、左母二郎の関係を反復し発展させている。亀篠と左母二郎が密通すれば、蟇六は殺されるほかないだろう。それが夏引と奈四郎の密通、木工作の殺害という形になっている。木工作はむしろ番作に近いが、いずれにおいても、家主が死んだ後、誰が家産を継承するかという点が問題となるのである。

荒芽山の挿話で興味深いのは、経済的な交換が頻繁に出てくるところであろう。「郷導者《みちしるべひと》は六里の程を、鳥銃《てつほう》の丸と火薬と、火索《ひなは》も加て賃銭を、三百文と定めたり」とあり、荒芽山に入るにも金銭が必要とされる（第五九回）。これは単なる怪異譚ではなく、経済関係を背景とした物語なのである。『ハムレット』冒頭のように一角の亡霊が現れて、すべての事情を語っている。それによれば、偽の大角は怪猫の化け物であり、三番目の妻たる船虫は買われた女である（「仮《にせ》一角は、妾夥買易て、只淫楽を旨としつる」）。動物との結婚という点で船虫と仮大角の関係は伏姫と八房の関係に相当するが、この場合は金銭の問題が絡んでいる。霊山を訪れ真相を探ろうとする現八は、大法師に相当するだろう。仮一角は「自業自滅」と雛衣に自殺を勧めているが、一角の亡霊を代弁するのが現八の役割にほかならない。

負い目という点で注目するべきは第七三回末尾の記述である。「抑闘牛《そもそもうしあはせ》の一奇事は、越後雪譜中に載べきものなれども、毎歳《まいさい》筆研繁多にして、いまだ創するに遑あらず。且老歩旅行を斁《いと》ふの故にいまだ彼州《かのくに》に遊ざれば、なほ事足らで歳月を歴《へ》たり。この故に、牧之の企望を空《むなし》くせじとて、言のここに及べるなり」。ここでいう「牧之の企望」

は出版にかかわっている。牧之の著書を出版すると約束しておきながら、果されないままであり、馬琴には負債の感情がある。この一節は牧之の手紙への返事といってよいが、後に続くのは、未認可の本が出てしまうことへの嘆きである。「予に校訂を乞《こは》ずして、恣《ほしいまま》に画を易《かえ》、文を衍脱して、再刷するものありと聞ぬ」。いずれにしても、馬琴は自分ではどうすることもできず、他者に脅かされているのである。出したい本が出せず、出したくない本が出てしまう、これは、亡霊に取り憑かれたような事態ではないだろうか。後述するように、馬琴は無許可版という仮装した亡霊に悩まされている。

負債の観点から、鈴木牧之宛の書簡に注目してみたい[11]。「貴兄に限り」と繰り返している。

貴兄に限り、如此無用の弁までながながしく認候而、備御笑候事ハ、風流のうへのミならず、徳行ある御仁と及承候ゆゑニ御座候。帖ニいたし候文通ハ、貴兄ニ限り申候。これらの趣、御合点可被下奉願候。只々義の一字を失ひ不申迄ニて、実情ある友にハ労をいとひ不申候。

（文政元年七月二九日、牧之宛）

「義」ゆえに文通すると宣言しているが、出版の約束を守れなくなるとき、馬琴が苦しい立場に追い込まれていくのは明らかであろう。この直後、馬琴はあたかも不義の例証であるかのように、京山に言及している（「彼仁ハ世才にたけ候て、当座をよくして、人を歓せ候仁ニ御座候」）。しかし、牧之の著作を刊行するのは、その京山のほうである。

誤ありては朽をしく候間、約束はいたしながら、稿本出来かね候間、年々催促頻りなれば、是非なく右之著述は、四五年前及断候。依之、牧之大に望を失ひ、ふりかえて京山にたのみ候。

（天保八年四月二二日、篠斎宛）

「約束」という名の負債を負っていたのが馬琴なのである。「誤」を恐れる馬琴は必死に弁解している。「京山は机上いとまある人なれば、輒くうけ引候て、自分の著述にせずに牧之の著にいたし、謬あらんことを思ふ故に而、京山は校閲の様にいたし候。是は骨を折らずに、謬ありても自分の失にせざる為也」。京山のほうに「謬」があり、骨を折ったの自分だといいたいのかもしれない。

天保六年九月二五日付で牧之に送られた「一覧火中記」は、馬琴の書状に京山が評を加え批判したものだが、あたかも馬琴の文章に京山の怨霊が取り憑いているかのような体裁である。

『八犬伝』の石亀屋次団太は、地団駄を踏むからの命名だが、まさに文（ふみ）と韻を踏む。とすれば、越後出身の登場人物には、手紙をめぐる困惑の記憶が纏わりついているのであろう。第八八回の百堀鯽三はメッセンジャーの役割を果たしている（次団太が訴えられる設定は馬琴の秘かな願望にみえるが、訴える後妻の名前は「嗚呼善」であり、愚かな善を意味する）。

天保十年六月九日、篠斎宛書簡には「越後の牧之の書状抔、毎度困り、媳婦ニよませて聞候へども、女流故よみ得がたく、終に通用せざる書状、只今も一二通有之候」とある。馬琴の眼病のせいで、牧之の書状は困惑すべきものになっている。「通用せざる書状」という状態である。

文政元年十月二八日、牧之宛書簡では驚くほど素直に自らについて記していた。「是全ク再び家を興さんと存こみ、只一人の悴をもり立て、弐十年来のその心がけ、一日も忘れ不申、先祖の遺徳、父母の大恩、亡兄の遺志を身一つニ引うけ候」。馬琴は先祖、父母、亡兄に対して負債があり、家を再興して、それを返却しなければならない。馬琴にとって『八犬伝』は家の存立を目的とした作品だったはずである。しかし、それを相続するのは、もはや滝沢家だけではない。いまや現代の読者すべてが、良かれ悪しかれ相続していることになる。[12]

「譬《たとへ》ば宿の畜猫が、他《あだ》し牡猫と尾ぎつつ、産たる子猫は母に隷て、その父はなきが如し」と語られているが（第四八回)、馬琴が恐れるのは、そんな父不在の事態であろう。馬琴は女たちに脅かされている。そのとき父の存在証明になるものがあるとすれば、それは負債の観念ではないか。負債の観念をもつことで父はかろうじて自らの存在理由を見出すことができるからである(馬琴は移り気な猫ではなく、忠実な犬に肩入れする)。

馬琴の「回外剰筆」によれば、『八犬伝』はもともと負債と無縁ではない。最初の出版者は負担に耐えられず、第五輯刊行後、倒産してしまったからである(山崎平八、山青堂)。第六輯、第七輯は大坂から刊行されたが(美濃屋甚三郎、湧泉堂)、これは犬士たちの流浪と響き合うかのようだ。最後になってようやく江戸で出版されることになったのである(丁字屋平兵衛、文渓堂)。

ところで、犬村大角の挿話には眼病の父親が登場していた。この点は、親兵衛による虎退治の挿話を重ね合わせると興味深い。馬琴は次のように述べている。

按ずるに、虎と猫とは、その形状相似《あいに》て、その気を同くす。虎の人を踶《かけ》て、撲殺《うちころ》せしとき、速にこれを啖《くら》はず。死人の上を跳踰て疾視《にらむ》ときは、その死人おのづから立て帯を解き、衣《きぬ》を脱て又倒る。ここに於て、虎その赤裸になりしを見て、初てこれを啖ふといへり。猫も亦死人のうへを跳踰れば、その死人立て徘徊《はいくわい》す。(第六七回)

現八・大角の猫退治と親兵衛の虎退治には共通点がある。いずれも、眼病の人物が登場してくるからである。しかも、死んだものが甦るという点で共通している。

「荒芽山」のあらめには、目の回復が掛けられているのかもしれない。確かに、眼病を患ったのは父一角である。しかし、孝行という観念に囚われている息子もまた一種の盲目状態といえる。徳目の暴力によって見えなくされている盲目である(観念の盲目性)。

校正を手伝っていた馬琴の息子は、そのせいか眼病になった。後には馬琴自身が眼病となる（「野生、去年中より、つめて著述ニ取かかり候へバ、右の眼俄ニいたミ候事有之」天保五年二月一八日篠斎宛書簡）。いわば作者が作品を模倣してしまうのである。自らの眼病治癒のために子供を犠牲にするなど馬琴は決して考えないであろう。しかし、作品は馬琴の秘かな欲望を語っていたことになる。

荒芽山から吹く風に注目してみたい。「文《ぶん》と叫びて寄来る蚊を、頻に撲て、噫《あな》うるさや、現夥《げにおびただ》しき蚊にこそあれ、且熁一熁《まづひといぶし》、と縁頬《えんがわ》なる、刈草の籠引よする、折から荒芽山の山下風、窓より颯《さ》と吹入れて、燈火弗《ふつ》とうち滅《け》したり。荘助これに迷惑して、焠児《つけぎ》やあると掻撈《かかぐ》れども、今来し侭《まま》に案内を知らねば、欲《ほり》する物は手に当らで、思はず茶碗を拳倒《はりたふ》し、又紡車《をくるま》に跌《つまづ》くのみ、ほとほと困じて（中略）せんすべ尽て闇室《くらきや》に、手を叉きて、呆れてをり」（第四七回）。荘助は暗闇のなかでドタバタを演じておりユーモアが感じられるが、盲目の状態に近い。荘助が一匹の蚊に苦戦していたのに対して、小文吾はたちまち巨大な猪を仕留める。[13] これは対比のユーモアというべきである。

音音は荘助を迎えるが、ほとんど何の接待もしていない。それに対して、小文吾を迎える船虫の歓待ぶりは際立っている。「今夕饌《ゆふぜん》をまゐらせてん。木枕《きまくら》もそこにあり、足踏伸して休らひ給へ。ここ許は蚊の名ところにて、刺れし迹の瘡にもなるに、おん管待《もてなし》は蚊遣火のみ。些鬱悒《ちといぶせく》とも怺《こらへ》給へ」ともてなす（第五二回）。もちろん、これは偽りのものでしかない。「蚊遣火盆は、彼首にあり。麁朶《そだ》も侍るに焚つけて、熁《いぶ》し給へ」と口にすると船虫はすぐに飛び出す。

ここで、しばらく「文」と飛ぶ蚊に注目してみよう。『八犬伝』における血と煙、蜜と灰のテーマを確認するためである。蚊は血に向かって、蜜に向かって進む。それは欲望の世界の手前側を示している。生理的欲求の世界といってよい（第二七回では盗人が「ほざいたり藪蚊」と遠ざけられ、第三三回では小文吾が「其処には蚊もあり」と迎え入れられる）。逆に、蚊は煙を嫌い、灰を嫌う。それは欲望の向こう側を示している（第六二回の船虫が扇で払うのが灰である）。この点については後述するが、『八犬伝』とは血と煙の間、蜜と灰の間に広がる人間的欲望の世界であろう。

越後の挿話では小文吾が眼病になり、盲人に成り済ました船虫がマッサージをしている。「小文吾が眼病にて、物を見ることの得ならぬよしさへ、旅舎の噂に聞知りて、既に十二分の喜悦あり」と語られるのが船虫である（第七五回）。この点についても後述するが、盲目について書き続けた馬琴は、自ら盲目となることで作品に復讐されるわけである（道節が偽りの「眼代」となる挿話も興味深い）。

第八二回で「適《あはれ》愛たき玉児の由来、その趣は異なれども、その奇は自他皆異ならず。亦是不思議といひつべき。玉の文字を名に命ぜしは、俺們《われわれ》も亦《しか》なれど、和君と三名のみにはあらず。犬塚戍孝、犬山忠与、犬飼信道、犬江仁、這四名《このよたり》も忠孝仁信、各玉の文字を取りたり」と毛野は語っている。これは、玉の文字と玉の童子がぴったりと重なる瞬間であろう。玉字＝玉児という等式が成り立つからである。

ところで、仁義礼智忠信孝悌の徳目はいずれも、兄弟愛を支えるものにほかならない。親への孝行は兄弟愛と抵触しかねないが、兄弟愛を基礎づけるものとされている（「孝は百行の基にして、必後《かならずのち》にすべからず。忠信仁義も孝よりして、移して広く行べし」第八二回）。

徳目の世界を兄弟愛の領域と呼ぶとすれば、そこから排除されるものがあるだろう。すなわち、女たちである。優先順位では「兄弟ありて妻子あり」となる。玉梓、亀篠、船虫、妙椿が排除されることはいうまでもない。しかし、浜路、沼藺、雛衣もまた排除されるのである。女たちは孝の名のもとに暴力的に排除されるだけではない、兄弟愛からも排除されている。信乃と荘助の同性同士の強い絆が浜路を排除し、信乃と房八の同性同士の強い絆が沼藺を排除し、大角と現八の同性同士の強い絆が雛衣を排除しているからである。浜路、沼藺、雛衣は命を奪われる。妙真、音音、曳手、単節は命を奪われはしないけれども、忠の暴力に巻き込まれることになる。徳目の世界において女子であることは不幸を意味する。

曲亭主人自評して云《いはく》、大約《おほよそ》犬士の妻子眷属たるもの、浜路《はまぢ》、沼藺《ぬい》、雛衣《ひなきぬ》、曳手《ひくて》、単節《ひとよ》等は、貞操心烈よのつねに捷《すぐ》れしも、咸《みな》薄命にして、夫婦階老に至らず。これらも所以ある事なるを、ここには解尽《ときつく》しかたかり。全輯結局の段に迨《いたり》て、看官《みるひと》冰解するよしあらん。

（第六九回）

女性たちが薄命であることを馬琴は弁解している。排除されたとしても、最後に救済されることを想定しているのであろう。しかしながら、女性が力を発揮するのは、実は馬琴が思ってもみなかった形においてである。ほかならぬ女性が盲目になった馬琴を手助けするのであり、そこに女性の思いがけない力をみるべきなのである。

沼藺、雛衣、曳手、単節の四婦人は、各々良人《をつと》に斉眉《かしつ》く日の、久しきにあらねども、既に鴛鴦の衾を襲て、濡楊の睦み空しからず。只浜路のみ尓《しか》らず。赤縄足に繋ぐといへども、合巹《がふきん》いまだ整はず、身は悪棍《わるもの》に傷殺せられて、箕箒《きそう》を冥府に執るに由なし。誰かこれを憐ざらん。かかるゆゑに、別《べち》に一個の浜路ありて、更に信乃と匹配《ひつはい》す。便《すなはち》是二女一体、冤鬼陽人異《こと》なれども、前身後身一般の如し。この処《ところ》作者一段の工緻にして初より意中に包蔵す。

（第六九回）

作者は余裕綽々で、亡霊の復活を制御しているようにみえる。しかし、制御不能となるのが亡霊というものである。この後に無許可版への抗議が続く。「予が著したる草紙物語の、ふりて二三十年に及べるは、その刻板若干亡失て、全からざる故をもて、久しく刷出さざるあり。さる板どもを、あなぐり索て補刻するもの、予に校訂を乞ずして、恣に有像を易、文を衍脱して、再刷すと聞えたり」。第六九回の末尾で馬琴は、女性と出版という手に負えないもの二つに言及していたことになる。両者はともに制御不能の側面を備えている。

五　自滅する舩虫——欲望と記号

八輯下帙・九輯上帙〈天保四・六年〉

舩虫は三度、夫を変えている。一度目は並四郎の妻であり、二度目は大角の後妻であり、三度目は酒顚二の後妻である。阿佐谷、下野、越後と三度、場所を変えている。後妻の論理と呼んでみたいが、舩虫はどんな男とも結びつくのである。起源の純粋性や一体性を破壊する欲望の代補性を有しているといってもよい。舩虫が男といっしょになるのは狡猾な「商量《だんかう》」によってである。「商量」し、たちまち意気投合してしまう（第七五回）。「舩虫」の用字に拘泥していえば、公を蝕む存在である。「君は舩なり、臣は水なり」とあって船は君主のシンボルだが（第五六回）、『八犬伝』のいたるところに現れて船を蝕みかねない。「水と舩の反覆」は『八犬伝』の主題ともいえる。船の停泊地である柴浜は舩虫の最期にふさわしい場所であろう。「柴浜に舩果にけり」の一句がそのことを示唆している（第一五八回）。

舩虫の特性は巧言令色という点に尽きる。「巧言利口、舌に任して…」と現八は指摘している（第六六回）。小文吾を誘うところ、大角を誘うところなどみてきたが、さらに言葉巧みに男を誘うところに注目してみよう。「身は雪窖《ゆきあな》に陥りて、出んとするに手かかりなければ、心いよいよ驚憂ひて、人の扶助《たすけ》を俟つものから、日の暮たれば往還《ゆきき》も絶て、声喚嗄《よびから》せし二晌許《ふたときばかり》、悲しさ限りあらざりき。いかで霎時《しばし》のおん手を労して、扶揚《たすけあげ》させ給かし」（第七四回）。

こう語って人の善意に付け込み、善意の手を死の穴に引きずり込むのが舩虫の手口なのである。小文吾に捕まった舩虫は「奄身《わがみ》女流にあなれども、那《かの》籠山が往方を索ねて、良人の怨を復んずと思ひ決し」と「巧言虚談」を並べ、夫のために仇討ちをしようとする妻を演じている。「女按摩に形状を変て、盲目と見せ」た舩虫は仮装の人でもある。庚申堂の天井に吊り下げられた船虫は「主なる人の早晩に、薄情や賤妾に眷想して…冤屈《むじつ》の罪に、屠所の羊となりにたり」と偽りを並べ、荘助に助けを求めている(14)。

酒顛二は「武家の主用に路を急ぐ」飛脚を狙っていた男だが、「十字街妓《つちきみ》に、なりつつ客を誘ふて、殺して金を奪ふ」船虫は、金を運ぶ飛脚を取り込む吸血性の夜鷹といえる（第九〇回）。「三たび盗賊の、妻になりたる」女であって、盗賊からさらに盗んでもいる。

船虫の正体とは何か。一言でいえば、それは言葉の執拗さそのものである。船虫はたえず弁解の言葉を口にする。「こは理不尽なり何ものぞ」と問われると、「いと恥しく侍れども」と弁解している。「管待態《もてなしぶり》の大かたならで、舌を吸せつ、吸よせて、噬《かみ》殺さんとせしにて知りぬ。世に多からぬ賊婦なり。俺は是五十子《いさらこ》の、放免善悪平《さがへい》なるを知らずや」と責められると、「奴家《わらは》いかでかさる悪事を、醸するもので侍らんや。思はず佳境に入りしより、おん身の舌の糸断歯に、障たりけん、そは怪我也」と反論している(15)。その言葉は、舌の吸引のように執拗なのである。執拗な言葉の前には善悪を司る存在も敗北しかねない。だが、執拗に書くことを促すという点では作家にとって女神である。

盗まれた牛を探しに来た男に対しても、船虫は堂々としている。「否、然る人は見えざりき。去向の路の違ひしならん。快々《とくとく》外を索ね給へ」と嘘をつき、「そは宣《のたまは》することながら、猫歟《か》鼠であるならば、目に掛ざることもありなん。最大《いと》きなる牛の、牽れて這頭《ここ》へ来たらんに、誰か目外し侍るべき」と反論し、男は「恁《しか》いはるれば術もなし、なほ又外を渉猟《あさ》るべし。益なかりき」と呟くほかない。牛の存在が発覚すると、男はたちまち殺されてしまう。味方であるはずの酒顛二や媼内を詰るのも船虫である。

嘘、言い訳、言い逃れ、つまり言葉による執拗な弁解が船虫の正体なのである。犬士に罪状を責められると、「犬村主、この年来、奴家がなしし罪過の、後悔及びがたけれども、母といはれ子と唱へたる、好《よしみ》を忘れ給はずは、命乞して給ひねかし」と言い逃れを口にする。だから、「這期《このご》に及びて、議論は要なし」と信乃は遮る。そして、牛による処刑が提案される。「村人們《ら》が主の名を、搭《おは》してこれを牛鬼と、喚做けんも名詮自性、牛頭馬頭冥府の獄卒に、擬すべかりける自然の妙契、畜生也ともこころあらば、這義《このぎ》を思ふて主の仇なる、賊夫賊婦を劈《つんざ》けかし」と信乃は語っている。

名詮自性とはテクストの論理のことであり、事態の推移がそれによって説得される。欲望と記号を繋ぎ止める「栓」のレトリックが名詮自性なのである。この後続く残酷で執拗な処刑は、舩虫の言葉の執拗さに見合うものとなっている。「長尖れる角をもて、腋下より肩尖まで、串き劈く怒牛の勢ひ、地獄の呵責を目前に、受て苦む舩虫媼内、眼血走る顔の色、赤くなり又蒼くなりて、腹に波うつ大叫喚、串《つらぬ》ること数番《あまたたび》にて、やうやくに息絶しかば、有繋《さすが》に勇む六犬士も、這光景《このありさま》に粛然と、思はずも目を合しけり」。舩虫はいわば栓をされ、豊穣の角と一体になるのである。(16)

舩虫の言い逃れをさらにみておこう。「きかぬ夫のしぶとさを、疎ましとのみ思へども、思ふに任せぬ女子の悲しさ」と責任を並四郎に転嫁し（第五二回）、「今さら後悔その詮なけれど、世に女子と生れたるものの、好《よく》も歹《わるく》も夫の為に、心を用ひぬ事のなければ、夫の指揮に已《やむ》ことを、得ざりしよしを猜し給へ」と偽一角との関係を弁解している（第六六回）。現八は冷笑し「夫の為に謀るとも、悪事と知らば諫めもすべきに、残忍邪慳を事として、夫に忠ある貞女といはんや」と叱り付けているが、言いようによっては舩虫も「夫に忠ある貞女」なのである（この場面で舩虫以上の言い逃れを口にしているのは籠山逸東太のほうである）。

舩虫は玉梓の怨霊の後身といってよいが、言葉の執拗さこそ怨霊の正体ではないだろうか。言葉の執拗さを前にすると、善悪の判断も揺らいでしまうのである。「いはるる所こころ得がたし。女はよろづあはあはしくて、三界に家なきもの、夫の家を家とすなれば、百年の苦も楽も、他人によるといはずや」（第六回）。この玉梓の弁解はほとんど舩虫の弁解に等しい。「男女の差《しな》かはれども、むかしは共に神餘の家に仕給ひし八郎ぬし。旧好はかかる時、執なしして給ひね」と玉梓は孝吉に語っていた。玉梓の言葉に対して「そは過言なり舌長し」と孝吉は反論するが、言葉の執拗さが馬琴においては女性という形をとって現われる。言葉の執拗さを体現するのが女という記号なのである。興味深いのは、伏姫や親兵衛が舩虫と接点をもたない点である。あたかも地上の汚れを避けるかのように、舩虫が退場してから、伏姫や親兵衛は再登場してくるのである（舩虫処刑に立ち会ったのは六犬士であり、毛野と親兵衛はいない）。神童は言葉の行き違い、言葉の執拗さとは無縁の存在といえる。この後の『八犬伝』が退屈だとすれば、それは言葉の執拗さが消えてしまうからであろう。

舩虫が「旧《もと》の良人は故ありて、世をはやうし侍りしかば、わらはは処々に流浪して、好に就、歹《わろき》に就き、思ひ出さぬ日はなきに、見れば見る随よく似給ひし、おん身に情願《こころのねがひ》あり。そをうけ引《ひか》せ給はんや」と誘い、色仕掛けで籠絡していたのは籠山逸東太こと縁連である（第六七回）。舩虫自滅の直後、毛野はその縁連を討ち取ることになる。「那《かの》縁連は、千葉家の旧臣、籠山逸東太と喚れし折、馬加常武に哄誘《そそのか》され、千葉家の忠臣粟飯原首を、杉戸の松原にて詐欺り害して、逐電して下野に世を潜び、那首の妖人、仮赤岩一角が徒弟となりて、その大刀筋を受しより、仮《にせ》一角の吹挙により、長尾景春主に仕へしに、亦復犯せる罪ありて、亡命して当家に来れり」（第九二回）。このように語られた亡命者が「縁連」であり、様々な縁と連につながっているが、その執拗さは舩虫に匹敵する。「妻は三人まで娶りしかども、或は一ト年、或は半年、添ふや添ずに身まかりて、只一トはしらの子尚なし」という設定などは舩虫と瓜二つである（第六七回）。したがって、舩虫が自滅した直後に、縁連が討ち取られてしまうのも偶然ではないだろう(17)。

六　第八番目の法則――作品と隠微

九輯中帙〈天保七年〉

第九輯中帙附言で馬琴は稗史に関して名高い七つの法則を説いている。「唐山元明の才子等が作れる稗史《はいし》には、おのづから法則あり。所謂《いはゆる》法則は、一に主客、二に伏線、三に襯染《しんせん》、四に照応、五に反対、六に省筆、七に隠微即《すなはち》是のみ」。そして「主客は、此間の能楽にいふシテワキの如し。その書に一部の主客あり、又一回毎に主客ありて、主も亦客になることあり、客も亦主にならざることを得ず」と説明する。

主客はそのままとして、しかし、他はもっと簡略化しうるのではないだろうか。伏線と襯染は一つにまとめることができる。いずれも、前もって準備しておくことだからである。ただし馬琴の理解では、伏線と襯染が区別される。「伏線と襯染は、その事相似て同じからず。所云《いはゆる》伏線は、後に必出すべき趣向あるを、数回以前に、些《ちよと》墨打をして置く事也。又襯染は下染にて、此間にいふしこみの事也」。線的なものの準備と面的なものの準備が区別されているようである。

照応と反対も一つにまとめることができる。いずれも、複数の挿話が対応し合うことだからである。ただし馬琴の理解では、照応＝照対と反対が区別される。「照応は、照対ともいふ」、「照対は、故意《わざと》前の趣向に対を取て、彼と此とを照らす也」、「反対は、照対と相似て同じからず。照対は、牛をもて牛に対するが如し。その物は同じけれども、その事は同じからず。又反対は、その人は同じけれども、その事は同じからず」。

省筆と隠微も一つにまとめることができる。いずれも、文外の意味を表すからである。ただし馬琴の理解では、すぐに判明する文外の意味と判明に百年の時間を要する文外の「深意」が区別される。前者が省筆であり、後者が隠微である。「省筆は、事の長きを、後に重ていはざらん為に、必聞かで称《かなは》ぬ人に、偸聞《たちきき》させて筆を省き、或は地の詞をもてせずして、その人の口中より、説出すをもて脩《なが》からず。作者の筆を省くが為に、看官《みるひと》も亦倦ざるなり、又隠微《いんび》は、作者の文外に深意あり。百年の後知音《のちちいん》を俟《まち》て、是を悟らしめんとす」。

こうして稗史七則は稗史四則に簡略化できるだろう。しかしながら、『八犬伝』である以上、あくまでも「八」に拘って、稗史八則を考案してみるべきかもしれない。すると、隠微は二つに分割できるように思われる。とりあえず主観的隠微と客観的隠微、作者の隠微と作品の隠微を区別してみたいが、前者は作者が主観的に意図した隠微のことである。後者はテクストの構造と同時代のコンテクストによって規定された隠微のことである[18]。

いくら作者に意図したいことがあっても、テクストの構造に即していなければ、それは伝わらない。また同時代のコンテクストに即していなければ、伝わらないままである（当て込みも不発に終わるだろう）。むしろ、テクストの構造や同時代のコンテクストが作者の意図を裏切って、作者の意図した以上のことを語らせてしまうのである。それが客観的隠微であり、作品の隠微である。作者が意図した以上のことを語ってしまうところに、作品の恐ろしさがあり、作品の歓びがあるだろう。「主客は、此間の能楽にいふシテワキの如し」とした馬琴の定義を活用するならば、主観的隠微は作品におけるシテ、客観的隠微は作品におけるワキということになるかもしれない。前者が頭の中にある観念論的意図に留まるとしても、後者は作品として具体化された唯物論的強度を備えているはずである。

本試論が探りたいと思うのは、もっぱら後者の客観的隠微のほうである。神隠しの後に八番目の犬士が現われたように、八番目の法則として客観的隠微を浮上させること、それが本試論の課題にほかならない。親兵衛出現の巻に付された「附言」は、言外に八番目の法則の出現を促しているように思われる[19]。テクストが必ずテクストの余白を生み出してしまうとすれば、この法則自体が余白の次元にもう一つの「隠微」を生み出すのである。いわば文外の文である（隠微を人物化したのが伏姫、すなわち伏せて秘めるものであろう）。

天保三年五月中浣、篠斎宛ての書簡は「『水滸伝』に三箇の隠微あり」と記している。「三箇の隠微ハ、当時に出現の妖魔は、一百一十ある事、又洪信と王進ハ便是前後身、王進と史進とは子弟一体なりし事、又宋江等百八人に、初善・中悪・後忠の三等ある事、即是也」。これによれば、隠微はいずれも作品構造にかかわるものといえる。天保三年十二月七日、桂窓宛て書簡では舩虫の死に言及している。「作者の用心ハ、上帙の闘牛の照応に、ここにて牛の角にて突殺さするが大趣向にて、その余の事ハ、潤色の筆に成りし也。牛裂せずして、角もて突殺させしにて、闘牛の照応なるをしるべし。且礫ハ、画くことも、ものにかくことも禁忌也。故に牛の角にて礫の姿を見せたる也」。闘牛には牧之との交渉の記憶が付きまとっている。しかも、キリシタン弾圧が反響している。こうした作品外の事態まで含めて隠微というべきなのである。

「誰か作者の腹稿を、詳《つまびらか》に探り得て、未発の後回を知れる者ぞ。茲《ここ》に唯その一人あり、仰ぎて造化の小児に問ふべし。呵々」（第一一五回）。このように記す馬琴の筆を導いているのは「小児」だが、それは非人間的な造化の力にほかならない。

第九輯中帙末尾には刊行者による注記という形で、馬琴の息子が亡くなったことが記されている。「次の日五月八日の朝、翁の独子にて侍りける、琴嶺先生の訃聞えて、長き病著起《いたつき》つよしもなく、この朝辰時に、簀を易にき、と告られけり」（第一一五回）。八番目の日である。親兵衛が再登場してきた第九輯中帙の途中で、馬琴は息子を奪われるのである。とすれば、子供を与えるものと奪うものは同じ一つの力ではないだろうか。「得失は天に在り、人のよく作す所にあらず」というが（第一七〇回）、いわば神的な力である。神的暴力といってもよいだろう。玉梓の呪いによって家が断絶しかねない、しかし、そんな逆境において希望もまた生れてくるはずである。姥雪代四郎に関する第一三二回の題目を借りていえば、「望を失て反て望を遂ぐ」というのが馬琴の発想だからである。

隠微は、たとえば玉梓の亡霊として、毛野の仮装として、親兵衛の神的力として発現する。本試論はそこに焦点を当てようとしているが、もはや作者の主観的な隠微を探るレヴェルにとどまることはできない。全一八〇回終結の後、馬琴は「知レ吾者、其唯八犬伝歟。不レ知レ吾者、其唯八犬伝歟」と記すことになる（第九輯下帙下編之中下戯識）。作者を知っていれば作品がわかるのだろうか。必ずしも、そうではない。『八犬伝』は作者とともにある、しかし作者を離れてもいるからである。

『吾佛の記』四によれば、馬琴は歌川国貞に肖像画を描いてもらったようだが、老眼のため見ることができなかった。子供たちに見てもらうと、「実に趣きはあるに似たれども、さはばかり肖たりとは見えず」という答えであった。もちろん、肖像画に描かれているのは馬琴自身である。しかし、馬琴自身であろうが馬琴が所有しているものであろうが、絵師の手を借りなければ具体化できないのである。しかも、それを確認するために家族の手助けを必要とする。この挿話は、馬琴作品の構造について考えるとき大きな示唆を与えてくれるように思われる。実は馬琴自身も、自らの意図、自らの隠微を知ることができないのである。自らの姿を見ることができず、ただ他者の言葉を介して確認するだけの存在が馬琴だからである。人は誰もが自分自身に関して盲目であるほかないともいえる。おそらく、馬琴は他者の言葉を通してしか知ることのできない何かを書き綴っている。

では、神話という観点からみると、馬琴の稗史法則は何を意味するのであろうか。それは強固な神話に対する抵抗ではないか。統制的な神話に対抗して、何とか言葉を取り戻そうとする作家の試みが稗史法則の主張となって現れたように思われる。

七　王権と資本——遍歴・予兆・奇貨　　九輯下帙上〈天保八年〉

第九七回から始まった蟇田素藤の物語は、里見義実の物語を反復するものになっている。いずれも、支配の起源、王権の起源を語っているからである。(20)義実と素藤は対照的な存在にみえるが、悪政を正すために挙兵するという点で共通している。女性のせいで国を乱すかどうかという点で異なるにすぎない（蟇田には蟇六の名前が響く）。「今時ならぬ病疫は、城主小鞠谷如満の、悪政非道の所以とかいへば、我那民《かのたみ》の病疫を、救ふて恩を施さば、必《かならず》我を徳として、竟《つひ》に羽翼《たすけ》となることあらん。」人望我に傾く時は、那《かの》如満を推仆して、我館山の城主とならん…」（第九九回）、こうした素藤の野心は義実とも無縁ではないだろう。かつて義実は「乞食したる浮浪人、白浜へ漂着して、愚民を惑し、土地を奪ひ、両郡の主となりし」と罵られていたからである（第八回）。「神餘は当初《そのはじめ》、かんのあまりと唱へしを、後世かなまりと略称し、後又字音の便利に儘《まか》して、じんよとしも喚做《よびなし》たり。然ば金碗は神餘にて、又金鞠に作るもあり、共に神餘の仮名なれば、同宗たるを知るに足れり」と義実は、大法師に語っている（第一三二回）。安房国の領主となった里見義実はいわば王権を簒奪している。しかし、金碗氏が旧主の神餘氏を受け継いだという論理によって、その事態を正当化するのである。

素藤出世の契機は次のように語られる。

素藤は憶《おも》はずも、怪物のうち相譚《かたら》ひし、その事の趣を、現《うつつ》ともなく聞果て、且《かつ》驚き且《かつ》怪みたる、肚裏《はらのうち》に思ふやう、「今宵外面《とのかた》より来ぬる物の、玉面嬢と喚《よび》かけて、問答に及びしは、世にいふ疫鬼《えやみのかみ》ならん。又玉面嬢と喚れしは、則是木精《すたま》にて、那《あの》樟樹の精灵《せいれい》にやあらん。聞くが如きは這地《このち》の民の、今時ならぬ病疫は、城主小鞠谷《こまりや》如満の、悪政非道の所以とかいへば、我那《かの》民の病疫を、救ふて恩を施さば、必《かならず》我を徳として、竟《つひ》に羽翼《たすけ》となることあらん…」（第九九回）

遍歴していた素藤はたまたま疫病神の会話を耳にし、それを契機として策略を用い、ついに城主となる。これは義実の出世譚とよく似ている。遍歴していた義実もまた予兆に導かれ、策略を用い城主となったからである（この場面に登場する玉面嬢の呼称が、玉梓に似ているのは見逃せない）。

素藤の策略というのは黄金にかかわるものである。「病着《いたつき》既に痊《いえ》たる者は、樹に登り神水を汲拿《くみとり》て、全村に配分せよ。そが中に貧くて、飢渇に及ぶ者あらば、我予《かねて》、樹の虚に措く処の、円金《こばん》一枚を貸すべきぞ」と触れ回っている。樹木の洞の黄金水は天然の蜜にみえるが、結果として素藤は資産家となるだろう。「素藤貨殖の人ならねども、士農工商尊信して、東西《もの》を餽《おく》るも多く、借財も期を違へず、返さざるものなかりしかば、才《わづか》に一念許《ひととせばかり》の程に、村に一チ二の富家となりぬ」。利殖によって資本は増加する。ここには王権の起源とともに、資本主義の宗教的起源を見て取ることができる。神仏を味方につけることで資本は強固なものとなっていくからである。(21) 諏訪神社の神主となった素藤は援助もするが、宗教によって資本を倍化したのが王権にほかならない。

義実の物語に手紙が介入していたように、素藤の物語でも手紙が奇妙な役割を果たす。それは盗まれた手紙であるにもかかわらず、宛先に届いてしまうというものである。「有一日《あるひ》又熊谷の曠野にて、武家の飛脚にやあらん、独ゆく旅客を引挟み斫仆《きりたふ》して、そが懐なる路纏《ろよう》を略《と》るに、金は三十両あり、又竹箭《たけのつつ》に収めたる、書翰ありしを引出して、共侶《もろとも》に閲するに、思ひがけなき素藤が、願八盆作に与《おく》る密書にて…」（第一〇〇回）。この密書を通じて願八と盆作は素藤の家臣となり、奢侈を極める。美食の大盤振る舞いであり、騒乱状態といってよい。

だが、奢侈のせいであろうか、黄金水まで枯渇してしまう（「神水は、一滴も候はず」）。そこに現れるのが妖尼の妙椿であり、煙によって幻術を行う。「素藤は魂浮れ、心蕩けて狂ふが像《ごと》く、美人の側へ衝《つ》と寄せて、抱き住めんとせし程に、手には拿《と》られぬ煙と共に、形は滅てなかりけり」。いわば資本が枯渇したとき、頼るのが幻術ということになる（天然の蜜から煙へ）。ここで興味深いのは、火遁の術で軍資金を集めていた道節が、そうした妖術を捨ててしまう点である。『美少年録』の錬金術も蜜を作り出そうとして灰に終わっていたが、それが馬琴の認識であろう。

素藤の軍師となる妖尼の名前は、親兵衛の祖母の名前と対比するべきものである。妙真と妙椿は対照的な存在にみえるが、男を庇護する女性という点で共通している。男を惑わし国を乱すかどうかという点で異なるにすぎないのである（ここには月世界のごとく蟇田と兎巷が出てくるので、妙椿は仙薬を盗んだ姮娥に相当する）。

妙椿の幻術に惑わされた素藤は浜路姫を略奪するが、親兵衛が奪い返す。注目されるのは、親兵衛と浜路姫の関係が手紙を契機として、里見義成に誤解されてしまう点である。「提燭の火光《ほかげ》に、照してつらつらと見給ふに、是則艶書也」とあるが（第一一〇回）、義成は拾った恋文を燃やしてしまったのでかえって疑念を募らせたと振り返っている（「実は素楮《しらかみ》なりけんを、封も折《くち》かで焼棄たれば、疑念を解くよしなかりし」第一一四回）。

これこそ手紙の怨霊的効果ではないだろうか。たとえ白紙であっても、何かが書き込まれていると思い込んだ途端、ありもしないものが効力を発揮するのである。しかしながら、浜路と親兵衛は絶対にありえない関係である。浜路姫にとっては信乃への裏切りであり、親兵衛にとっては伏姫への裏切りを意味するからである。

第一一一回に「他們《かれら》は蟇田の隊兵《てのもの》なるに、主の家号に相似たる、蛙を食とした る事、実に是獅子心中の、虫に等しき者とやいはん。名詮自性思ふべし」とあるが、このときすでに素藤の自滅は決定的づけられている。第一二一回では素藤を操る妙春が、八房を育てた牝狸であったことが判明する。玉梓の怨霊効果がここまで及んでいるのである。「件の妖尼《ばけあま》妙椿は、むかし八房の犬を孚《はぐく》みける、安房の富山の牝狸《めたぬき》なれば、那《かの》毒婦玉梓が、余怨その身に残るをもて、国主御父子を恨みまつりて、素藤を哄誘《そそのか》し、遂に両度の兵乱を、起して今日に至れる也」（第一二一回）。牝狸の乳はいわば天然の蜜である。

この後、「自然と文字になれるならん」と続くが、「余怨」は光を受け文字になることによって消えたという。しかし、「余怨」が完全に消えるとは思われない。言葉の行き違いは、いつでもどこでも起こりうるものだからである。この後は、徳用という僧が嫉妬を募らせ、混乱をもたらすことになる。

文明一五年四月一六日、結城の古戦場で里見家のために大法会が催される。興味深いのは、それが素藤の行為とよく似ている点である。ともに民衆への施行を行っている。

…伴当們《ともひとら》に受拿《うけとら》して、経紀児《あきひと》をかへし去らしめ、施行は人別に、米一舛と銭百文と相定《さだ》めて、伴当們によしを示し、この日の為に準備《ようい》したる、白麻の幕七八張を、、大庵の檐下《のきした》より、真直に供養塔の頭《ほとり》まで、左右なる樹木を片拿て、透間もなく張亘し、且両道の席幾枚歟、長くその中央に布《しか》しなどして、準備遺なく整ひしかば、八個の夥兵《くみこ》は、身甲《はらまき》に、各々肱盾臑甲《こてすねあて》なる、手に手に捍棒《ようしんぼう》を衝立て、分れて非常を警《いまし》めたり。（第一二四回）

法会はもちろん仏事だが、実は経済行為という側面をもつ。素藤と義実を分かつのは、徳を備えた作法に則っているかどうかである。さらにいえば、法会は軍事力に支えられており、宗教的、経済的、軍事的営みとなる。したがって法会は、里見家による王権の確立を意味しているといってよい（この法会を乱そうとするのが徳用である）。王権の確立は、馬琴の作家としての自立と相同的だとみなすことができる。馬琴にとって作家としての自立は滝沢家の確立と不可分であろう。王権の確立に経済的要素が必要なように、作家の自立にも経済的要素は不可欠である。馬琴の場合、作家的自立のうえで上方旅行が重要であったことが指摘されるが、その際、馬琴は京伝の書画を元手としつつ旅したという(22)。

京に滞在した現八は、「都の手態《てぶり》はさすがに愛《めで》たし。されば文学武藝の師の、門戸を張るもの里巷《ちまた》に多かり」と感心し、「限りある路費をもて、限りしられぬ旅寝をせんに、遠謀なくは後悔あらん」と反省しているが（第五九回）、それは上方旅行をした馬琴の感想でもあろう。作者として苦心を記す馬琴が、執筆の苦難を旅行にたとえている点に注目しておきたい。

抑《そもそも》和漢、稗説《さうしものがたり》に遊ぶ諸才子、新を出し奇を呈して、看官《みるひと》の愛懽《めでよろこ》ぶ条は、作者もおのづからに筆拄《すす》み、又話《もの》説《がたり》平和にて、看官のすさめぬ条は、作者難義の文場也。遮莫《さばれ》是等の平話《ただこと》なければ、新奇も倒《なかなか》に綴るに由なし。是を旅ゆく人に譬《たと》へば、名勝旧迹、山水佳景は、疇《たれ》も観まく欲《ほり》すれども、平和の駅路、険阻の山海、いくばく里か歴《ふ》るにあらずは、名勝旧迹奇絶の佳景に、遊ぶことなかるべし。（第一三〇回）

作家として自立するため馬琴には上方旅行が必要であった。したがって、馬琴の息子も親兵衛も上方をめざさなければならない。馬琴の息子は医師になるべく剃髪した翌々年、伊勢に参宮している（『後の為の記』によれば、板元に同行した息子はかなり苦労し、十分な修業になったようである）。なぜ親兵衛に上方旅行が必要かは明らかであろう。親兵衛の上方旅行は自立のためのイニシエーションになっている。たとえば水戯の試練だが（「親兵衛が身は瓢の像く、入れられても波上に、浮出てのみありければ、幸ひにして死ざるのみ、正に一期の大厄難、最も危き角ひなり」第一三三回）、この点については後述したい。

随筆『羇旅漫録』によれば、馬琴は「江州の大水」や「淀の洪水」を見聞している（三三、八七、一二四）。

おのれ元より仏の道にうとしといへども、紀の国高野山にまうづべき志かねてありぬるを、この洪水にへだてられて、つひにゆかずなりぬ。万事の殺風景これのみにあらず。（日本随筆大成『羇旅漫録』三三）

洪水のせいで高野山詣ではかなわなかった。したがって、それが『侠客伝』の姑摩姫の願望となるのかもしれない。三河の吉田については次のように記している。

土地の婦人はかならずしも美ならず。商家の衒妻などを見れば、黒暗天女の如し。
（『羇旅漫録』一九）

表面的な美醜にかかわるものではないけれども、黒暗天女は馬琴の読本に不可欠の存在といえる（『美少年録』の天女、玉梓、舩虫、妙椿など）。天保二年八月二六日、篠斎宛書簡で「上方の板元ニハ、『巡島記』ニて懲り候処、此度の河茂も右之始末ニて、さてさてこまり候」と述べるが、馬琴の上方との関係が親兵衛の試練には投影されているのかもしれない。ちなみに、天保四年五月朔日宛桂窓宛書簡に「悴は野老と宗旨ちがひニて、幼年より弁天を信じ、日々朝夕何を祈り候やら、信心おこたり不申候」とあり、馬琴作品における弁才天の重要性が息子に由来することがわかる（信乃は滝野川の弁才天に祈っていた）。

若き素藤にとっても、上京は修行の旅となる。親兵衛を危険にさらすのは絵から飛び出した虎であるが、素藤を危険にさらすのは腹から飛び出した声である。「怪むべし、業因が、肚裏《はらのうち》に声ありて、忽然として叫ぶこと、応声虫に異ならず、年来他《かれ》が做し悪事を、云々《かにかく》としゃべる声、高やかにして、人の耳を串《つらぬ》く可《ばか》りに聞えしかば…」（第九七回）。父親の悪事が露見して素藤を危険に陥れるのだが、いずれにおいても、欲望の発露が禍々しく枠から飛び出してくる。そして京都を脱出するのである。

では、親兵衛の海賊退治は何のために必要なのか。それは『八犬伝』が水の物語であり船の物語であることを明示している。海賊たちは親兵衛一行に毒の入った酒を飲ませようとする。

有恁《かか》りし程に親兵衛は、身辺《ほとり》に措れし醴《あまさけ》の、冷たる茶碗を拿抗《とりあげ》て、喫試んとしぬる折、怪むべし、懐なる、仁字の灵玉《れいぎよく》おのづから、護身嚢《まもり》を脱出て、拳を托地《はた》と撻《うち》しかば、親兵衛「吐嗟《あなや》」とばかりに、憶《おもは》ず茶碗を拿墜《とりおと》せば…
（第一三三回）

「這《この》甘酒にも濁酒にも、毒ある故にぞあらんずらん」と推測しているが、この甘美な酒は文字通り媚薬と考えることができるだろう。物語は親兵衛を殺そうとしているのではなく、むしろ親兵衛の欲望を目覚めさせようとしているからである。船上の媚薬、それは親兵衛において欲望を触発する（トリスタンのごとく）。「衆人都《すべ》て毒酒に仆され、剰《あまつさへ》この老賊に、おん金一箱窃れしを、透さず扁舟《こふね》に赶稠《おひつめ》て、挑む勢ひに舟覆りて、倶に水中に墜しより、我《われ》泅法《すいれん》に疎ければ」と語っているが（第一三三回）、水を怖がり克服しようとする親兵衛に注目してみなければならない。

上方旅行中の馬琴が蔦屋重三郎から受け取った手紙によれば、「水腐の死骸」を書くことは不都合だとされている（文化五年九月三十日）。そのせいであろうか、馬琴の小説からは腐ったものが排除されるのである。

八　絵画と盲目——文外の文

九輯下帙下甲・下乙上〈天保十・十一年〉

第九輯下套下引で馬琴は自らを知る友人として三人の名を挙げている。「余性也僻。常非㆓同好知音㆒不㆑交也（中略）遠方有㆓二三子在㆒。所謂和歌山篠斎。南海黙老。松阪桂窓是已」。殿村篠斎、木村黙老、小津桂窓、この三人は幸福な文通相手である。とすれば、次の三通などは友人たちへの手紙と響き合うのかもしれない。「両家老、東荒川へ晋達すべき、呈書一通と、七個《ななたり》の義兄弟へ回翰、又大母《おほば》妙真を慰る、消息と共に都て三通を、一霎時《しばし》の程に、写果《かきはて》て…」（第一三六回）。しかし、文通が親和的なものであるとは限らない。鈴木牧之との関係はそれを示しているが、絵師との関係もまた困難なものがあった。馬琴は冒頭で絵画をめぐる困惑を書き記すこととなる。「本伝出像《さしゑ》の人物に、面貌《おもかげ》の老たると弱《わか》く見ゆると、本文に合ざるあり」と弁じている。「画工と作者の用心の、同じからぬを知るに足らむ歟《か》」。画工と作者は異なる、そのことに馬琴は悩み続けなければならない。この輯で絵師の物語が扱われるのは必然といえる。

第一〇四回で再登場してから、親兵衛は様々なイニシエーションの試練を受ける。

> 然《さ》るにても、他《かれ》は武勇と表裏《うらうへ》にて、女にして見まほしき、美少年なるものを、倘《もし》我臥房《ふしど》の友と做《な》さば、恩愛是より濃《こまやか》にて、年闌《たけ》ずとも我股肱《ここう》の、家臣にならまく願ふべし。我は愛宕《あたご》の行者にあなれば、敢《あへて》女色に親しまず、男色も亦今までは、然ばかり掛念《けねん》せざりしかども、只是他《これかれ》 是他が与《ため》ならば、多年の行法空《あだ》になるとも、惜むに足らず、悔もせじ。
>
> （第一四〇回）

細川政元が親兵衛を熱く誘っているところである。「掛念」に「寝ん」が掛けられているかのようだ。親兵衛は男色の対象となり幽閉されるが、この男色問題が次の挿話へとつながっていくのである。しかも、幽閉された親兵衛の姿は絵に閉じ込められた虎に等しい（「京に在ること百日許《ばかり》…」とあるが、そこに馬琴の妻の名「百」が書き込まれている）。

第一四一回から始まる巽夫婦の物語は、馬琴自身の私小説として読むことができる。(23) 妻は再婚であり、夫婦は妻の才覚で生活している。夫には何がしかの才能があるが、目が見えなくなる。目を病んだ夫の謹慎生活は、馬琴が理想としたところであろう。目の回復、それは馬琴自身が祈念したところにちがいない。しかし、目が見えるようになると、再び、夫婦の諍いが絶えなくなる。「瞋恚《いか》れる面色《おももち》凄じく、茨の花に刺ある像《ごと》く、走り蒐りつ良人の胸前、掖捉《ひきとら》へつつ推据ても、堪ぬ喫醋《ねたみ》に敦《いきま》き暴《あら》く…」、こうした夫婦の行き違いは馬琴夫婦にも相当する。妻からみれば夫の技芸は「男色」にすぎない。作品量産は馬琴が苦痛としたところであり、作品が高く売れないというのは馬琴の不満でもあろう。

もちろん、絵師と馬琴には相違がある。「巽は性として、酷《いた》く酒を嗜むをもて、飲食の友絶る間なく…」、この浪費癖は倹約家の馬琴にはないものである。絵師は浪費の欲望、そして欲望の浪費ゆえに破滅するといってよい。

絵師の前に現れた稚児は、「汝《いまし》が画く十二枝の額は、孰《いづれ》の獣も好《よし》と云、人の噂に聞知りて、其を誂《あつらへ》ん為に来にけり。予《かね》て画きし虎ありや」と注文している。動物を得意な題材とするというのは馬琴自身にも当てはまる。稚児の語る絵画論は、馬琴の小説論に重なるものであろう。「約莫《およそ》生とし活る物は、画くに睛《めたま》を要緊とす。人に男女あり、貴賤あり、及《また》老幼あり、善悪あり。且《かつ》喜怒憂楽愛哀苦の七情あり」というが、七の数が稗史の法則を連想させもする。馬琴の執筆活動は理論と実践にまたがるものであったからである。

「桀紂の衣裳を服《つけ》て、桀紂の言《こと》を行ふ者は、是桀紂也。然ば生平《つね》に、馬をのみ画く者、千百幅に至るまで、筆精馬に入るときは、畜生道を免れざるべく…」と続くが、これは動物を題材としていた馬琴白身の懸念かもしれない。描いた虎に殺される絵師の物語は、作品に復讐される作者の不安を表すものであろう。

興味深いことに、絵師の挿話では背後から現れる場面が多用されている。


然《され》ば巽《たつみ》は那行童《ちご》の、還るを一霎時《しばし》目送る程に、思ひかけなき後に人あり、「やよ是丈夫《をこし》」と喚立《よびたつ》る、声いと苛めしかりければ、巽は「吐嗟《あなや》」と駭《おどろ》きて、急に其方《そなた》を見かへるに、此は是別人《ことひと》ならず、則老婆於兎子《おとこ》也。

（第一四一回）


夫婦劇《はげ》しき争ひの、間に分入り推隔て、於兎子が持たる刀子《こかたな》を、奪ふて後へ投棄るを、主人夫婦は訝《いぶか》りながら、見れば則別人ならず、樵夫《きこり》山幸樵六なり。

（同）


介程《さるほど》に件の行童は、巽が宿所を立去りて、ゆくこといまだ百歩に及ばず、路の這方《こなた》の冬青樹《もちの》の、蔭に張《うかが》ふ一人あり。是則別人《べつじん》ならず、亦那《かの》山幸樵六なり。

（第一四二回）

人は背後に目をもたない、それゆえ、人物の盲目性が際立つのである（背後の盲目性）。絵師は稚児といっしょにいるところを妻に見咎められ、そして画商に見咎められる。しかしながら、妻も画商も絵師と稚児の関係を誤解するのであって、一種の盲目性を有している（主観の盲目性）。妻は絵師と稚児の関係に嫉妬し、画商は稚児を撃とうとして妻のほうを誤射してしまうのである（そこに「百」の散種がみえる）。

その後、政元に強いられて虎の瞳を描いた絵師は、軸から飛び出した虎に殺される。注目されるのは、絵師を破滅へと導いた稚児が神童と呼ばれていることである。「神童《くしわらべ》の、能弁才幹、耳新なる、来歴古実、今更に、疑ふべくもあらざれば、巽は心驚くまでに、且《かつ》感じ且悦びて…」。男色の対象と疑われた稚児と男色の対象とされた親兵衛は重なるのである。いずれも天分として才能を有しているからである。したがって、神童＝稚児は両義的な存在といえる。神童＝稚児は幸いをもたらす場合もあれば、災いをもたらす場合もある。[24] 親兵衛の物語に絵師の挿話が組み込まれているのは、神童の両義性を語るためにちがいない。

神童＝稚児は人を破滅へと導くのであり、絵師の物語はその例証といえる。「撃れしは那行童《かのちご》ならで、今村長許かへり来にける、於兎子は胸骨打砕れて、鼻よりも口よりも、吐きし鮮血《ちしほ》は襟さへ帯さへ、韓紅に染做たる、窮所の銃傷、いかにして、不死の薬も届んや」（第一四二回）、「巽風の、咽を愚煞《ぐさ》と噬締《かみしめ》て、振一振れば、散《さ》と濆る、鮮血と共に噬断離《かみちぎ》られし、首は縁頬《えんがわ》に輾隕《まろびおち》て、軀は仰《のけ》さまに仆れけり」（第一四三回）など描写は鮮烈である。

目が回復すると、逆に災厄を招く。目の回復を祈りつつ目の回復を断念せざるをえない、この逆説こそ馬琴のパラドクスであろう（素藤＝妙椿の挿話には両眼を洗うと闇夜に物が見える「水」が出てくる）。そして神童のパラドクスがある。神童が全能を発揮すると、逆に災厄が訪れかねないからである。暴力的な虎は、親兵衛が体現する無垢ゆえの暴力性に対応している。事実、親兵衛が登場したせいで、地方的な抗争にすぎなかったものが、国家的な規模の抗争に発展してしまうのであって、里見家は神童のために破滅しかねない。「国家将に興らんとすれば、禎祥あり、国家将に亡んとすれば、妖孽《もののけ》あり」と語られるが（第一五〇回）、虎の登場とともに国家の問題が浮上してくる。「苛政は虎よりも猛し」という状況である。

絵師が虎の絵に瞳を描いたために、虎は絵から飛び出してしまう。したがって絵画とは、そこから飛び出すかどうかという枠の問題となる。(25) それは親兵衛を枠に収めることとも関連しているのだが（実際、親兵衛は幽閉され関所の通過を禁止されていた）、ここでは絵と文の関係について考えてみよう。次の一節に注目しておきたい。

この巻の出像《さしゑ》の中、金碗《かなまり》大輔孝徳《たかのり》が、川を渉す図のごときは、文外の画、画中の文也。この出像によらざれば、忽然として雲霧の晴るるゆゑを知るよしなし。（第一四回）

「文外の画、画中の文」とは奇妙な表現である。文の外に画があるけれども、画の中に文があるというのは、エッシャー的でメビウスの輪のような状態であろう。外と内が通じ合っているからである。瞳を点ずれば、枠の内に収まることができないし、瞳を失えば、枠の外に出ることができない。これが馬琴のパラドクスである。『八犬伝』末尾からは「回外剰筆」が飛び出てくるが、馬琴においては枠の内に留める力と枠の外に飛び出す力が鬩ぎ合っているのである。

文と画は必ずずれてしまう。馬琴は文と画の齟齬を気にしているが、そこから浮上してくるのは時間の問題である。時間とは文と画の齟齬のことだといってもよい。

予《かね》ては発端のみにして、八士のうへは定かならぬに、書肆《ふみや》が責を塞んとて、稿本《したがき》はまだ其処《そこ》へ至らず、すぢすらいまだ考起さで、無心にしてまづ画をあつらへ、後にその画にあはしつつ、作りなしたるところもあれど、

縡《こと》大かたはたがへるものなし。（第二輯再識）

使女《つかひめ》の急訟《はやうち》に、柏田梭織《かへたさおり》を写し出すに、その在処を先にして、その来る所を後にせり。首尾錯乱に似たれ共、さにあらず。其人の小伝来歴、後に僅《はつか》にその人の口中より説出すをば、事を先にして伝を後にす。画《ゑ》も亦是に従ふものなり。しかはあれど、画匠《ぐわせう》は只その画を画として、その意を意とし得ざることあり。ここをもて作意と岩齬なきにあらず。（第一四回）

文が先にあって、後から画が追いつくこともあれば、画が先にあって、後から文が追いつくこともあるだろう。第九二回で馬琴は文章の特性を次のように弁解していた。「看官《みるひと》熟《つらつら》思ひねかし。この日毛野荘介小文吾們《ら》が、敵と三処の挑戦は、皆是同時の事にして、長譚緩語の上にもあらず。各々其首《そこ》に刃を交へて、勝者は捷《かち》、負者は輸《まけ》、奔者は走り、逐者は趕《おひ》しのみ、都《すべ》て小霎時《しばし》の事なれども、是を文に綴るときは、形容あり、語勢あり、三方四方を一緒に合して、写し得べきにあらざれば、思ふにも似ず長くなるを、恁《かう》はあらじといふもあらん歟《か》。今に紉《はじめ》ぬことながら、只瞬息《つかのま》の事なるを、数万言に綴れるも、則是文字に在り。又数百年の長々しきを、数行の筆に約舒《つづめのぶ》るも、亦是文字のうへにあり」。

文章は時間的に展開していくものなので、画と異なって同時性を得意としていない。しかし、瞬間を長大に引き延ばすことができるし、長い年月を瞬時に圧縮することもできるのである。

とりわけ注目されるのは、第六九回の画中にみえる一文である。画には殺生された鳥獣たちが描かれ、「禽獣の怨霊は文外の画なり。看官《みるひと》宜意をもて解すべし」と添えられている。これによれば、怨霊とはまさに文外の存在ではないだろうか。文には存在しないけれども、文に取りつくのが怨霊なのである。あるいは画こそ怨霊だといってもよい(26)。文には存在しないけれども、勝手に取りつくのが画だからである（第六九回の絵が球体を撃ち込む場面であることに注目しよう、『八犬伝』では球体が撃ち込まれるとき、きまって怨霊が立ち現れるのである)。

巽夫婦の物語は馬琴の絵師に対するコンプレックスを示している。馬琴は欲望に塗れた絵師に対して道徳的な優位に立つにもかかわらず、絵画のもつ脅威を語らずにはいられないからである。絵師の欲望に去勢をほどこすこと、それが瞳なしの虎の意味するところであろう[27]。

とはいえ、虎退治の物語は、単に道徳的教訓的な寓話にとどまるものではない。巽夫婦の物語を経済的な視点からみてみよう。「九里平は、京に絵馬絵額の問丸あり、迥《はるか》に其里より買拿《かひと》る故に、多く売れどもまうからず。然《さ》るを巽は画意あれば、画額の下地を同村なる、山幸樵六と喚做《よびな》したる、樵夫《きこり》に誂へ造らして、みづから十二生肖《じうにしのかた》を画くをもて、駝馬運送の費なく、利市三倍のまうけあり」(第一四一回)。遠くから取り寄せると運送費がかかり、近くから調達すれば、それだけ利益があがるという。

絵師の金岡が語った言葉を稚児は伝えている。「虎は外国《とつくに》にて、百獣の王とぞいふなる、猛悪威灵、豺狼《おほかみ》に、百倍しめる毛属《けもの》に侍れば、這《この》画倘亦脱出る、事しもあらば人を害ふ、不測の禍なからずや、と思ひ怕れて眼に点せず、胡意《わざと》瞽盲に仕りぬ」。これによれば、虎を黄金の暴力として読み換えることができるのではないだろうか。権力に強いられ虎の眼を描き、そのために殺される画工は、「千金をもて誘ふ」仕業に屈服したようなものであり、富に破滅した芸術家の肖像ともいえる。黄金の途方もない暴力性。だからこそ、徳川幕府は資本主義を制限していたのである。それが瞳なしの隠微であろう。瞳を描いたとき、制限されていた資本主義は開放され、途方もない暴力性を発揮する。それが本試論の主張する「文外の文」にほかならない。市場とは商品が競合する戦場だからである。

九　神童・王権・収束——戦場と市場

九輯下帙下乙中・下編中〈天保十一～十二年〉

第九輯巻三十三簡端附録作者総自評で馬琴は「後の姦淫を誡る作者の隠微」を説いている。しかし、そのようなものは作者の主観的な思惑にとどまる。「誰か虚実を分別して、作者の隠微を発明せん」と記しているけれども（第一六一回）、虚実の分別など容易にできないからである。善悪の分別もまた容易ではない。作者の隠微など、その程度のものであろう。重要なのは作品自体が体現している隠微である。作品には女たちの姦淫がしばしば描かれているが、そこから浮かび上がるのは道徳性というよりも、むしろ欲望の強度である。欲望の強度、ここにおいて玉梓、亀篠、舩虫、妙椿の存在が要請されるのである。これを欲望の系列とすれば、対照的に禁欲の系列が存在する。

『八犬伝』において特徴的なのは八犬士の禁欲性であり、その禁欲性はとりわけ食欲において顕著である。八犬士はほとんど食することがない。第五五回では小文吾の前に美食が並べられるが[28]、徳目によって食欲を昇華している（「物食ふ毎に、必まづわが玉を舐りて、彼《かの》毒計をぞ祓ひける」）。口が食らう器官であり語る器官だとすれば、八犬士たちは食らう器官の欲望を抑圧し、口をもっぱら徳目を語る器官として使用するのである（ただし、『美少年録』は馬琴にとって例外的な美食小説といえる）。

「其が身辺には、髑髏に灰を装《もり》て、香炉に代しに、焼《たけ》る抹香の煙、靡きもやらず消つつ起めり」とあるのは占いをする風外道人こと、大法師の描写だが（第一五四回）、この煙は欲望を拒絶するものにほかならず、次の細部と響き合う。「作者少選禿筆《しばしちびふで》を閣《さしお》きて、且《まづ》一服と煙を吹きつつ、漫《そぞろ》に独語《ひとりごち》て道《いへ》らく…」（第一五六回）。この一服に見て取れるのは美食に耽ることのない禁欲性である。選択されるのは蜜ではなく、灰ということになる[29]。煙による幻術という点で馬琴と妙椿には共通性があるが、第九輯で用いられるのは風を自在に起こす玉、かつて妙椿所有の「奇貨」にほかならない。

「本輯前回より、もてここに至るまで、密議商量《だんかふ》の段甚多かり。皆是後回の襯染なれば、いはざることを得ざりけり。大凡其趣ありて、看官《みるひと》なべて歓ぶべき段は、誰も綴まく欲《ほり》すべし。しかるにかかる花もなき、平話を載て、丁寧反覆して、もて綴做せるを、則《すなはち》作者の苦界とす」。馬琴は派手な事件ではなく、地味な会話ばかりを記しているが、それは美食ではなく煙を吹いているようなものかもしれない。「丁寧反覆」こそ馬琴が何度も強調する言葉である（「惑《まよ》へる婦幼、及《また》事を好む雅俗を、いかで窃《ひそか》に覚さんとて、叮寧反覆して、もて綴りたり」巻之二十九簡端或説贅弁）。

丁寧反復のうちに紛れ込むのが仮装であろう。風外道人や売卜師は、大法師、大角の仮装であり（第一五四回「歯は並べたる瓠瓜仁《ひさごのたね》の像《ごと》く」の一節は玉梓を連想させる）、毛野の作戦にほかならない。では、いったい誰が信頼できるのか。「人の人にものいふ時、言の虚実を知《しら》まく欲せば、先其人の瞳子《ひとみ》を見よ。瞳子恁々《しかじか》なるときは、恁々也」と毛野は語っているが（第一五六回）、すべての作品は「瞳なし」かもしれない。瞳を見ればすべて理解できる、そんな作品など存在しないからである。「回外剰筆」の主人は盲目なので、その言説の虚実は判然としないことになる（盲人と聾者の対話であるかのように、それぞれが一方的に喋るばかりである）。
「敵は千代丸を面《おも》善《し》らねば、必《かならず》其眼児《めあかし》に、刀自等一両個《ひとりふたり》をば、其が艤舩に留在《とどめあら》せて、水戦《ふないくさ》に将てゆくべし」と毛野は語っている（第一五八回）。敵は当該人物の顔を知らず、いわば盲目である。それゆえ顔を知っている女性を同行させるにちがいないというのが毛野の推定である。これは盲目の馬琴の傍らに女性が不可避である状況と重なるだろう。

毛野は軍師として仮装の作戦を展開するが、そのとき活躍するのが間諜である。「然《され》ば友勝に投られて、死せりと見えたる件の漢子《をとこ》は、姑且《しばらく》して頭を抬げて、亀の像《ごと》くに四下《あたり》を見かへり、蛇の似《ごと》くに五体を伸して、やをら身を起して、汀渚なる、潮水を掬びて洗ふ鮮血《ちしほ》は、予準備《かねてようゐ》の餬臙脂《のりべに》なれば、洗ふ随《まま》に痍《きず》はなし。軈《やが》て手拭をもて幾番歟《か》、面を拭ひて、莞《にこ》やかに、独笑して洲崎なる、陣所へかへり行なるべし。こも亦《また》毛野が謀る処…」（第一五八回）。アクションと笑いに満ちた見事な一場面である。敵の間諜を釣り出し、かえって味方は手引きを得ることになる。

第一六〇回では人質の解放をめぐって手紙の策略がなされるが、毛野は次のように発言している。「縦今《たとひ》、赦免の御書を賜りて、信隆実は帰服せず、悄地《ひそか》に謀るよしありとも、扇谷の士卒那意《かのい》を悟らで、御書ある事のみ知らば、反《かへつ》て信隆を疑ふべし」。

手紙の内容を信じるべきか否かにかかわらず、手紙の存在自体が一定の効力を発揮するというのである。作品もまた、そうした手紙の一種であろう。しかし、その効果の測定は容易ではない。馬琴は第九輯で作品を論じるときの禁則を五つ挙げている。

…吾《われ》常にいふ、達者の戯墨《ぎぼく》を評するに五禁あり。所謂仮《か》をもて真となして、備らんことを求る事、評者只其理論をもて、好む所へ引つくる事、作者の深意を生索《なまたづね》にして、只其年紀などの合ざるを、見出さまく欲《ほり》するは、俗《よ》に云、穴捜の類なる事、前に約束ある事の、久しくなるまで結び出さざるを待かねて、催促しぬる事、神異妖怪は始ありて終なく、出没不可思議なる者也、然るを其出処来歴を、詳にせまく欲りし、其消滅して終る所の安定《さだか》ならん事を求るは惑《まよ》ひのみ、作者の本意にあらざる事、大凡《おほよそ》この五禁を知りて、よく吾《わが》戯墨を評する者あらば、そは真実の知音《ちいん》なるべし。（第九輯巻之三十六間端附言）

作品は現実とは異なり、読者の論理とは異なる。したがって、作品の時間は現実とは異なり、作品の展開は読者の期待とは異なり、作品の怪異は読者の期待とは異なるということであろう。馬琴は作者・作品・読者の関係について述べているわけだが、ここから『八犬伝』のテーマを再確認できる。なぜなら、『八犬伝』のテーマもまた作者・作品・読者の関係にかかわっているからである。作者は約束という名の負債を読者に負う。そのため怨霊のように付きまとうのではないか（怨霊の効果）。作者には読者が付きまとい、読者には作者が付きまとうのである。しかも、そこには明確な始まりも終わりもない。作品は仮装であり、非現実である。あくまでも「仮」であって、現実そのものではない（仮装の効果）。しかし、それにもかかわらず、現実において力を発揮するのが作品である。

…大阪にて浄瑠璃に作れるあり。其《その》院本は長編にて、四冊ばかり出たりとか聞にき。況《まいて》錦絵には、八犬士を画きたる者、京江戸大阪にて、年々に彫《ゑ》りて、今も猶《なほ》出すめり。只是のみにあらずして、諸神社の画額及《また》燈籠にも、犬士を画ざるは稀也。（同附言）

虚構であったはずの作品が、現実において様々に展開されるのである。馬琴が演劇から借り受けたものが、再び演劇に取り戻される。馬琴が絵画から借り受けたものが、再び絵画に取り戻される。こうした交流のなかに作品は置かれている。亡霊であったはずの作品が様々な利殖を生み出す資本になったかのようである（資本の効果）。御霊会をみれば明らかだが、王権は亡霊を管理する（『俳諧歳時記栞草』「祇園祭」の項目に「円融院、天禄元年六月十四日、御霊会を始め、今歳よりこれを行ふ」という）。亡霊が思いがけない剰余価値を生み出しかねないからである。王権は亡霊を回収し、独占するのである（王権の効果）。同様に、王権は商品を取り締まらずにはいられない。なぜなら、思いがけない剰余価値を生み出すのが商品だからである。商品にはいわば亡霊が取り付いており、様々に仮装されて巨大な資本を生み出すのである(30)（亡霊＝資本主義）。

作者云《いはく》。約這《およそこの》水陸三个所《さんがしよ》の闘戦《たたかひ》の勝敗結果は、皆是十二月初の八日にて、同日の事也。然ども今詳に、是を編次《あみついづ》るに及びて、三所を駮雑して、綴るべくもあらず。ここをもて、初に行徳口なる、二犬の戦功を具《つぶさ》にし、畢《をはり》て、次に国府臺、又其次に、洲崎の水戦《ふないくさ》を具にす。一戦終て又一戦始るにあらず、倶《とも》に是同日の事なるを、看官《みるひと》宜く照見るべし。蓋《けだし》この水陸大兵大戦の一挙は、予《わ》が腹稿二十余年の今に至りて、一事も遺《はす》れ漏すことなし。然《さ》るを人或はいまだ結局大団円まで閲せずして、第四輯に約束ある事を、予《わ》が遺れて漏せし歟とて、遙に人伝をもて、其書を作者に見せまく欲して驚しおくなどと、いはるるは無礼《なめ》ならずや。（第一六四回）

物語内容は作者が複数の時間に渡って構想したものだという。馬琴は苛立たしげに、かつ得意気に記しているが、ここには作者の同一性が見て取れる（もちろん、多年の約束は作者にとって負債であったはずである）。また、複数の戦いが同日に行われるということは、それを意図した同一の主体が存在するはずである。すなわち、里見家である。ここには王権の同一性が見て取れるだろう。さらに出版の主体に注目する必要がある。

作者云《いはく》。本回は、文いよいよ多きをもて、釐《さき》て前後二巻とす。一回を分ちて二巻に做《な》すこと、いまだその例《ためし》なきものから、本伝刊刻の書肆《ふみや》、文渓堂の好《このみ》に儘《まか》せて、全部九十六冊にせまく欲《ほり》すれば也。（第一六五回）

同一の作者、同一の内容であっても冊子は複数に分割されるが、出版者は同一である。したがって、資本の同一性を見て取ることができる。『弓張月』でも『八犬伝』でも「大団円」において王権の統一がなされるが、作者、商品、資本の同一性を象徴する言葉が「大団円」なのである。

本試論では『八犬伝』における怨霊、仮装、王権に注目してきた。いまやそれを作者、商品、資本と読み換えることができるだろう。なぜなら、作者とは、資本のもとで仮装された商品が売りに出されるたびに、亡霊のごとく怨念を募らせる存在だからである。その証拠は枚挙に遑がない（作者論とは亡霊効果の問題であろう）。

第一六二回冒頭にみえるのは、いわば三重の亡霊である。「復説《またとく》満呂再太郎信重、安西就介景重は、然《さ》しも負《たのも》しく思ひたる、満呂復五郎重時が、矢場《やには》に敵の銕砲に、撃れて水底に淪《しづ》みしかば、勢ひ折けて哀に堪ず、只共侶《もろとも》にうち歎きける、志を励しつ、即便《すなはち》再太郎が意見もて、就介を扶掖《たすけひ》きつつ、又那《かの》敵の由断あるべき、今井の柵の横隊《よこて》なる、柳の枝垂し辺に、泅ぎ行潜び迩就《ちかつき》て、内に入らまく欲するに、怪しむべし、件の垂たる柳の杈股に、其乎非乎《それかあらぬか》、人ありて、手を抗《あげ》て我を招くが如し。朦朧にして安定《さだか》ならぬを、熟《つらつら》とよく見れば、其人の為体《ていたらく》、烏革絨の身甲《はらまき》に、釬脛衣《こてすねあて》して、腰に両刀を帯たるが、宛《さながら》重時にぞ似たりける。再太郎と就介は、倶に驚き且《かつ》訝りて、左右なくは得找《えすす》まず」。死んだと思われた者が甦り、生きている者が死を覚悟する場面である。馬琴の友人トリオにみえなくもないが、三者はほとんど亡霊のように重なり合うのである。

重時、信重、景重はそれぞれ奇貨と返忠の挿話を背後にもっている。安西、麻呂はもともと義実に滅ぼされた一族だが、里見の家臣となる。似せ首を「奇貨」とし「返忠」を装い素藤に近づき、暗殺を企てたのが安西出来介たちである（第一二四回）。その息子が就介景重であり、再太郎信重とともに反復を印象づける。里見家によって安西、麻呂一族の統合がなされるが、そうした系図がすなわち資本といえる。重時は鍛冶屋で二人に出会っており、そこには仮装した作者、商品、資本の関係を見て取ることができる（鍛冶屋は確かに金銭を受け取っていた）[31]。

仮装を伴った戦略を実行するのは、またしても毛野である。

由充も亦《また》朝良もこの日は、曛昏《ゆふくれ》より天結陰《そらかきくも》りて、八日の新月《にひつき》、影見えず、波上いと暗くて、投方《さすかた》安定ならざれば、只是援兵の、艦《ふね》なりけりと思ふのみ、其詰朝《あけのあさ》這諸舩の、安房の洲崎に果るまで、身は是虜《とりこ》にせられしを、毫《ちつと》も知る由なかりけり。（第一六四回）

小文吾、荘介に破れた敵は助け船に飛び乗るが、それは毛野の用意した船である。敵は援軍によって助けられたと思ったとき、実は人質になっている。味方さえ欺くエキセントリックなトリックである（第一六五回は八犬士について「歯は瓠の実に似たる」と記しており、思いがけず八犬士と玉梓の類似を示す）。

第一六六回で親兵衛は走帆から青海波へと馬を乗り換えているが、これは『八犬伝』冒頭の神餘氏の挿話と響き合う。神餘は自らの馬を失い、別の馬に乗ったために災いを受けるが、親兵衛の場合は逆である。親兵衛は一頭の馬を失うが、また別の馬に乗って、いっそう活躍するからである。

そこで親兵衛は「水戯水馬の術をのみ、いまだ学得ざりし」こと、伏姫の夢告があったことを語っている。「我始より這《この》一術を、汝に教ざりけるは、故意《わざと》欠く所をもて、懲してみづから其箴《いましめ》に、なさしめんとて也けり。然りけれども、今戦国の時に当たりて、水戯水馬を学び得ずば、戦場に臨むといふとも、何をもてよく波を被《かつ》ぎ、水を渉して敵を征せん。或は君将の危きを拯《すく》ひまつり、或は身の亡ぶべきを保つに至るも、水を知ざれば善しかたかり。勉めよかし」というのが、その夢告である。戦場において不可欠の技術である水練は、市場を生きる馬琴にとって不可欠の技術である著述に相当するのではないか。

第九輯で馬琴は、智と才について記している。

智は知《しる》也。人生《うま》れて耳目の及ぶ所、物として知ざるはなし。知るといへども其理《そのり》を極めて、是を辨ずるにあらざれば、智の要《えう》を為さず。格物致知は、則《すなはち》学者の先務也。雖然《しかれども》、是を知る而已《のみ》にして、慧《けい》なき者は悟るに由なく、才なき者は智を致すこと得ならず。

（第九輯下帙下套之中後序）

この智と才は、毛野と親兵衛について語っていたのかもしれない。智の玉を有する毛野が仮装の人であるのに対して、親兵衛は神童であり、はじめから才に恵まれている。そんな神童が王権を支えるのである。「我《わが》神薬は、幾千人に、用るとも尽ることなし」と親兵衛は語っているが（第一六九回）、この神薬は貨幣のようなものではないだろうか。「敵自家の差別なく」用いられるのが、貨幣の働きだからである。ここに「底不知の坑《あな》」の挿話が出てくる点は興味深い。「試《こころみ》に石を投入れ候へば、水音幽《かすか》に聞ゆる折あり。然れば底は地黎耶《でいりや》にて、捺落にや続きけん。ここをもて誰いふとはなしに、底不知とこそ喚做候なれ」と由来が語られるが、貨幣と無底の穴は、無限性において共通するところがあるだろう。「若們《なんぢら》何どて埋ざるや」とあり、江戸の干拓時代を想起させるが、底不知の穴は埋めて耕地に変えても消滅するものではないだろう。いつでも穴を開けて待っている。貨幣の無限性も人を陥れる穴のようなものである。

無限の神薬をもつこと、無限の穴に落下すること、それらは親兵衛の特権にちがいない。親兵衛だけが無限に触れることができるのである。素藤の蜜は枯渇してしまったが、親兵衛の神薬は尽きることがない（重時が用いた人魚の脂も有限である）。

神薬は人を救うだけではない。「其奴《そやつ》撲傷亟《とみ》に癒て、身の掙《はたら》き自由にならば、必又窃盗をせん…この故に我は他《かれ》にのみ、敢《あへて》神薬を与へざるは、是情なきにあらず、反て慈悲也、仁の術也」と親兵衛は盗人について語っている（第一六六回）。これをみると、神薬は破滅をもたらすものでもある。「神薬をもて敵自家《みかた》の、死を救ふ神童《くしわらべ》あり」と語られるが（第一七〇回）、神薬をもった神童も救済をもたらすだけではない。時として破滅をもたらしかねないのである。

神薬の反対は、酒という狂薬である。神薬に限りなく似るが、それとは反対の力を発揮する。「現是《げんにこれ》酒は狂薬にて、礼に始り乱に終る。武佐素《もと》より強飲なるに、隊の兵も咸《みな》高量にて、呑こと宛《さながら》大蛇の如く、刺こと恰も蜂に似たるに、音音は喫まず、よく提撕《とりもち》て、昔採たる杵柄の、舂謡にあらなくに、興を添たる早歌に、舌も遶《まは》らぬ武佐と、倶に衆兵乱酔して、舷《ふなはた》に凭《もた》れて反吐を突くあり、額を敲きて呻吟《うめ》くあり…」（第一七二回）。

狂乱の中で音音だけは酒を口にしない。より大きな祝祭のためである。「間《ひま》もあらせず、音音は銕砲拿更《とりなほ》して、舩《ふね》の内に積措れける、嚢の火薬に擲ちて、身を仰《のけ》ざまに舷《ふなべり》より、海へ汆《ざんぶ》と飛入りける。其水音と共侶《もろとも》に、火線《ひなは》の燬児《つけぎ》許多き嚢の焔硝に、發《はつ》と燃移る這《この》時速し、猛火激烈、威勢迅速、現百千の雷霆《いかつち》の、一度に墜るに異ならず、人はさら也、柴さへ舩さへ、一瞬間に焼尽されて、遺るは僅に舩底のみ」（第一七二回）。水音と爆裂音が鳴り響くが、音音の名前がここで際立つのである。これは、かつて音音が家に火を放って逃げ延びた場面の反復にもなっている。

火を通したものを列挙しておこう。それは重時たちの焼き討ちであり、火猪であり（「岡の下《もと》なる敵陣へ、勇《いさめ》る火猪の数を尽して、放ち蒐《かけ》放ち遣る、勢ひ脱兎に異ならず」第一六五回下）、爆発する船である。こうして「八百八人」の計略、すなわち風と火の作戦が成功する。(32)

第一七五回は題目に「礼儀時を失ふて時に為こと有り」とあるが、犬士たちが生きているのは、失ったり得たりするような時間の世界にほかならない。それに対して、神隠しにあった親兵衛だけが無時間的な世界にいたのである。第一〇四回以後の親兵衛は、無時間的な世界にいた神童がどのようにして時間と遭遇するかを示している。しかし、第一八〇回になると、親兵衛は無時間的な世界に舞い戻ってしまうかのようである。一種の神仙世界となるからである。神薬が消えてしまうが、無時間的世界において神薬はもはや不要ということであろう。神薬が意味をもつのは、時間的な世界においてだけである。

第一七六回は題目に「禍福反覆して三士功を同くす」とあり、反覆が前景化される。すなわち、繰り返しとひっくり返しである。(33)「義同の左右の腕を、摧《くだく》るばかりに無手《むづ》と拿《とり》て、撻《だう》と捩伏せ登《のぼ》し蒐《かか》りて、宛《さながら》虎を結柤《しば》るが像《ごと》く、緊く索を被《かけ》しかば…」というところは、親兵衛の虎退治を反復している。新井城の三浦義同を生け捕りにした九郎と八郎は、船が転覆しかかった危機を語る。

水路《ふなぢ》を京師《みやこ》に赴く程に、其船《ふね》遠江灘を過《よぎ》る時、凶類《あやかし》や憑にけん、行も得やらず波濤《なみ》に捉られて、既に反覆《くつかへら》んと思ふこと、屢《しばしば》なれば、誰もかも、更に活たる心地せず、皆死を極めて在りける程に…　（第一七六回）

九郎と八郎は親兵衛とともに上京することができず、虚しく帰還するところであった。しかし、義同を生け捕りにしたことで、里見方に大きく貢献することになる。大角は「禍福は糾《あざな》ふ纆《なは》に似たり。こも伏姫神の冥助なる歟、不測といふも余りあり」と讃えている。

興味深いことに、「反覆」という言葉が出てくるたびに、伏姫への言及がなされる。その意味では「伏姫」が反復と反覆を司っていたといえる。つまり、伏せられたもの、秘められたものが「反覆」を促していたのである（犬阪の「反」でもある）。「覆水は盆に復らず、咄言は馬も及ぶべからず」とあるが（第一七九回下）、覆水は別の形で反復されるというべきだろう。しかも、それは突然の反復である。義実の法名が「突然《とつねん》居士」であるのは偶然ではない（第九七回）。

一〇　大団円と回外剰筆――手紙・虚構・作品

九輯下帙下編下・結局〈天保十三年〉

第九輯巻之四十六簡端附言で馬琴は次のように記している。「本編の題目は、先板《せんはん》巻の四十五までの、総目録の下に、夙く附出せしは、いかで看官《みるひと》に、結局までの趣を、知らせまく欲《ほり》し僻所為《ひがわざ》にて、彼六回は、当日《そのをり》腹稿の大概《おほかた》を挙たるのみ。其後本編を編るに及びて、予《かねて》思ひしより、長くならざることを得ず」。ここには先取りと事後訂正があるが、要するに反復ということになる。「長くならざることを得ず」というのはまさに蛇のようなエクリチュールである。それに最も貢献するのは毛野であろう。

「事の起本《はじめ》に保質《ひとしち》に、捉れし刀自等は主と做《な》りて、反て両箇《ふたり》の保質を、捕獲しは不用意にて、造化精妙、亦奇也」と毛野は語っている（第一七七回）。人質が逆に人質をとる、これが仮装にふさわしい反転なのである。

男女を越境していた毛野はいまや男女を整除する。「犬阪毛野は、妙真音音《おとね》、浦安友勝等を案内《しるべ》にしつつ、則後《おく》堂《ざしき》に赴きて、河堀殿と、貌姑姫に見参す。其事男女の礼を乱さず…」（第一七七回）。このような男女の媒介は毛野だけに可能なのかもしれない。

文明一六年二月、、大法師を導師として大規模な施餓鬼が七日間、行われる。「念仏十遍《じつへん》声の中に、珠数《ずず》をうち揮りうち払ふ、縦横無碍の法力に、奇しきかな、識算《かずとり》の、八の玉を串きし、珠数の緒、弗《ふつ》と振断《ふりちぎ》離られて、海へ氽《ざんぶ》と入るよと見へける、那《かの》時遅し這《この》時速し、渦く潮水に波瀾逆立て、百千万の白小玉、忽焉として立升る、白気と倶に中天に、沖《ひい》りて宛《さながら》衆星の、烏夜に晃くに異ならず」とあるが（第一七八回）、これは白気が立ち上った伏姫受難の場面に対応しているだろう。

「両敵戦死数万の亡魂、抜苦与楽の利益に遇へるは、正に是《これ》里見の仁義と、、大法師の大功徳に、あらずと孰《たれ》かいふべきや」と皆が感嘆敬服している。この宇宙論的ともいうべき救済場面をみると、舩虫や素藤の欲望は、その矮小さだけが際立つ。むしろ、八犬士たちの禁欲こそが欲望の大いなる循環と更新を導いていたことになる（食物連鎖であり欲望の連鎖である）。施餓鬼への言及は『開巻驚奇侠客伝』冒頭にもあり、重要な儀式といえる。(34) そして、和議が成立する。

既にして助友東震《はるたつ》は、誓書《ちかひふみ》を捧て三浦にかへり来つ、又胤智孝嗣は、連署の誓書と、定正顕定の謝書を受拿《うけと》りて、洲崎の臺《うてな》にかへり来て、倶《とも》に反命《かへりこと》を致す程に、夕陽西に斜也。登時《そのとき》義成義通は、八犬士を将て臺を下りて、倶に波瀾尽処《うちぎは》に立程に、定正顕定も、来会の大小名を将て、倶に浜辺に立出て、東西一霎時《しばし》眺望て、各揖譲《あしやく》し

て退散す。是にて会盟果《はて》にけり。（第一七九回下）

手紙の交換は、王権の安定を意味している。しかし、「内乱の兆しあり」という予告の通り、王権は解体へ向っていく。第一八〇勝回下編には「うつものも撃るるものも土器《かわらけ》よ、砕けて後はもとのつちくれ」という辞世の歌が紹介されている。馬琴辞世の歌にも「世の中のやくをのがれてもとのままかへすはあめとつちの人形」とあるが（『戯作六歌撰』）、砕けて土に戻るのが土器作りの運命であろう（この「かへす」は復帰であり反復である）。

馬琴は仏事が多いことを弁解している。「抑《そもそも》結城の法会より、うち続きて白浜延命寺に改葬の事あり。其後又水陸施餓饑《せがき》の大法会あり。既にして最後に至りて、金蓮寺にて追葬の事、及拈華庵の結局あり。約莫《およそ》一部の稗史小説に、佸《かく》まで仏事のうち続くを、厭はで綴り果しぬる、作者の用意を思ふべし」（第一八〇回上）。

なぜ、これほど仏事を繰り返し行うのか。それは家族に対して負債を負っているからであり、負債を返却しなければならないからである。作者自身も善を勧め悪を懲らす約束という名の負債を負っており、仏事を繰り返し描かなければならない。馬琴は続けて述べる。

蓋《けだし》先祖父母弟兄《はらから》の為に祀を等閑《なほざり》にせず、追薦《つひぜん》の仏事法会を修する義《よし》は、孝子忠信、順孫義士の上に、必欠《かく》べからざる所にて、本伝の大関目、善を勧め悪を懲す、約束の終にて、這事《このこと》なくはあるべからず。然《され》ども仏事は、孰《いづれ》も仏事にて、別《べち》にせんかたなき者なるに、其事相似て其趣の異なるを、好看官《よくみるひと》は、おのづから知るべく…（第一八〇回上）

単なる繰り返しにみえた仏事は、何のために行われるのか。それはもはや「先祖父母弟兄」のためだけではないだろう。仏事を行ったということを社会に向って示すために行っている。家族のためだけではなく、いわば王権にとって仏事が必要なのである（そこに作法が要請される）。もちろん、こうした仏事は経済的な効果を伴っており、戦場と市場は結びついている。

すべてが整ったとき、「婚礼の式」もまた整う。野合ではなく、作法に則った結婚である。(35) それを象徴するのが赤縄であり、年少者には年少者のルールが適用される。動物との結婚が禁止され、人間との結婚が制度化されるといってもよい。

…手に手に其緒の端を拿《とり》て、各左手《ゆんで》に是を結びつつ、引けば聊手敵《てこたへ》あり。迭《かたみ》に引きつ引れつして、竟《つひ》に放ち給ひしを、各急に手繰り寄すれば、果して那方《かなた》の緒の端に、各其名簿《なふだ》を附られけり。（第一八〇回下）

もちろん、実際にはすべてが一対一に対応することはない。なぜなら、浜路自体が二重化されているからである。浜路姫は親兵衛との密通さえ疑われていたのであり、制度は重層性をもつといえる。『八犬伝』にインセストがあるとすれば、それは伏姫と親兵衛の関係であり（母と子のインセスト）、また信乃と浜路の関係であろう（兄と妹のインセスト）。それらは禁止されたことになる。魚の交換がルール化されるのは第一八〇勝回中編である。

そこで、、大法師は次のように提案している。

於是乎《ここにおいてか》、聖人仁義礼智孝悌忠信の八行を立て、もて人に教、人に警めたり。和殿等《わとのら》八犬は、倶《とも》に八行具足の人也。何ぞ其文字の見《あらは》れたる霊玉の、冥助をのみ負《たのま》んや。縦《たとひ》其玉あらずとも、各八人の一生涯は、姫神看棄給ふべからず。目今《ただいま》玉を我に返しね。もて四天の玉眼にせん。（第一八〇勝回中編）

八犬士は玉を返却するが、それは眼を奪われるに等しい。いわば瞳なしの犬士であり、馬琴は八犬士の力を封印したことになる。「瞳」が消えると「目」も消え「童」も消える。球体を返却すると同時に、文字も消え痣も消える。しかし、『八犬伝』は残る。馬琴は視力を失ったが、代わりに作品に入眼したといえる。飛び散った玉は文字であると同時に眼球であり、『八犬伝』とは目のパラドクスを不本意に孕まされた眼球譚なのである。おそらく、瞳なしの作品に瞳を点ずるのは読者の仕事である。

「世に神童《くしわらべ》と喚《よび》なす者は、年十歳に至らずして、書を善し、画をよくし、或は詩を賦し歌を詠み、文学をすら得ぬるもあるは、必人の遊魂の、虚弱の小児に憑たる也。この故に神童は、短命にして久しからず」と親兵衛は語っている（第一八〇勝回下編）。これによれば、神童とは亡霊のような存在であり、怨霊に限りなく近いことになる。しかし、頑丈な親兵衛は「我は其等《それら》と同じからず」と断言している。馬琴もまた短命な神童でなかったといえる。

大団円の後に「回外剰筆」が続くが、このことは大団円が真の終わりでないことを示している。大団円の外に語りつくせない剰余が存在するからである。それは読者の問題にかかわっているのだが、楽屋話は戌年から始まる。

文化十一年甲戌の春正月下澣《しもつかた》、本伝の作者曲亭主人、這小説《このもののほん》を綴る為に、案《つくゑ》を拭ひ硯に呵《か》して、将《まさに》新研《しゆこう》を開まくす。時に廻国の頭陀《づだ》あり、上総より到る。一日《あるひ》著作堂の松の扃《とぼそ》を敲きて、主人に対面を請ふ。頑婢《ぐわんび》是を告ぐ。（回外剰筆）

読者が著者に対面を乞うてくる。著者が病気を理由に断ると、紹介の手紙があるという。

…頑婢こころ得て、又出て頭陀に謝するに、主人《あるじ》の疾病《いたつき》をもてす。頭陀是を聞て、「否野衲《やのふ》は、翁の相識某甲《なにがし》が、紹介《ひきつけ》の手簡を齎したり。枉《まげ》て対面を饒《ゆる》させ給へ」、と連りに請ふて已ざれば、主人已《やむ》ことを得ず、書斎へ召容《よびい》れて、対面す。

（回外剰筆）

実は紹介の手紙など持ち合わせていなかったことが判明する（「否《いな》其書翰は候はず」）。ここでも馬琴は手紙の問題に悩まされているのだが、客人の嘘は虚構の問題へと発展していく。つまり、手紙から始まって収拾のつかない問題へと巻き込まれるのである。

「…譬《たとへ》ば翁の物の本を作り給ふに、必勧善懲悪を旨として、よく蒙昧を醒すが如し。こも亦善巧方便のみ。然《さる》を翁は思はずして、咱等《われら》を破戒と罵り給ふは、是誣言《しひこと》にあらずや」と詞急迫《せはし》くいひ解けば…

（回外剰筆）

嘘といっても悪に導く妄語と善に導く方便の二つがあると客人は主張するのだが、質問は作品の材料へと移る。馬琴は「里見記、里見九代記、房総治乱記、里見軍記」などを参照したと答えている。ここで注目したいのは、次の一節である。

語次《ことのついで》に云、上古唐山の聖人、唐虞三代、及《また》成湯文武の時は、民に取るに、井田《せいでん》をもてす。譬《たとへ》ば田一町方二百四十間なれば、則是を九に界《わり》て其真中の一を公田とす。公田とは、貢米《みつぎよね》に備る義也。詩に雨《あめふりて》我公田《わがこうてんに》、遂及我私《つひにわがわたくしにおよぼす》といへるは是也。天朝《あまつみかど》も上古はかくこそありけめ。

（回外剰筆）

「九に界《わり》て其中の一を公田とす」として九つの升目が記されている。中心にある「一」はいわば王権である。中心がなければ、他の「八」の動きは自由であろう。これが『八犬伝』の構成原理である。里見家との繋がりがなければ、八犬士は自由な離合集散を繰り返す侠客でありアウトローだったはずである。また、中心にある「一」は作者自身だといってもよい。『八犬伝』の成立がなければ、里見記、里見軍記など諸々の記録類は統合されることがないからである。

井田法にたとえるならば、中心にある「一」は馬琴である。しかし、その中心は様々なものに代替され補完されている。たとえば、息子の嫁であり、友人たちである。馬琴の稿本を目にした客人は「御稿本は女筆なるべし、何どて自筆にものしたまはざるや」と質問しているが、目が見えなくなった馬琴は息子の嫁に代筆をさせていたのである。盲目は代替と補完の戯れを生み出す空白であり、代補の条件といえる。(36)「水母以レ鰕為レ眼《すいぼはゑびをもてまなこになす》」の通り、他者の眼を代用しているからである。

「第百七十七回の中、音音が大茂林浜《おほもりはま》にて、再生の段より代筆させて、一字毎に字を教ゑ、一句毎に仮名使を誨《をしゆ》る」と馬琴はいう。音音が泳ぐ場面だが、まさに泳ぐことが書き継ぐことのメタファーになっている（親兵衛の泳法習得も含めて馬琴の小説は泳ぐことをめぐって展開しているかのようだ）。代筆させたとき、音音が再生するように、馬琴もまた再生するのである。第一七七回を振り返ってみよう。

> 休題再説《そはおきてふたたびとく》。この日十二月八日の暁天《あけかた》に、烈婦音音《おとね》は料らずも、那大茂林《おほもり》の澳辺にて、仁田山《にたやま》晋六武佐《たけすけ》の、柴薪舩《やきくさふね》の燔撃《やきうち》せし時、那身《かのみ》は蚤《はや》く大洋《わたつみ》に、跳入りつつ燬《ひ》を免れて、浮つ沈つ泅《およ》ぐ程に、音音は武蔵の川畔にて、成長たる甲斐ありて、水戯《すいれん》自得の老婦《おうな》にあなれば、約莫《およそ》一里有余なる、波瀾《なみ》を凌ぎつ辛くして、大茂林に就しかど、大寒の日に潮水に没て、且《かつ》風波に揉しかば、身は冷、手脚疲労果て、我にもあらず倣《な》りにけん、嵒《いは》に携《すが》

りつ身を起して、ゆくこと僅に両三歩《ふたあしみあし》、憶ず撲地《はた》と転輾《ふしまろ》びて、其が侭《まま》息は絶にけり。（第一七七回）

馬琴において泳ぐことは、一貫して書くことと響き合っている。「我にもあらず」とは代筆を依頼した馬琴の心境であり、「ゆくこと僅に両三歩《ふたあしみあし》、憶ず撲地《はた》と転輾《ふしまろ》びて」とは遅々として進まない仕事の進捗状況ではないか。森のあたり水からの出現は、出産場面にさえみえる。

息子の嫁に代筆させて以降、女性たちの活躍は顕著になる。家長が女子供の手助けを必要としたこと、それは馬琴にとっては最大の皮肉でありユーモアである。婦女子の文字能力は家庭的には偶然であったけれども、歴史的には必然であろう。

「回外剰筆」で主人は「戯墨《きぼく》に門人といふ者なし」と語る。しかし、馬琴は様々な友人たちに助けられている。馬琴が列挙する知人たちの名前は犠牲者リストのようだ。「真葛てう才女も孀婦《やもめ》にて、吾には七《ななつ》ばかりの姉なりと聞えしに、この老女は、書を善し、歌をよみ、和文《やまとぶみ》も亦拙からず…然ども是も女流なれば、辞して久しくは交はらず」。女流だからと突き放しているが、しかし、明らかに交流していたのである。

文政二年四月二四日、真葛宛書簡には「やつがりも、はじめハはらからななたり侍り。よたりはあになり、ふたりはいもと也。この四たりの兄は、いづれも世をはやうして、或はあげまき、あるハはたちあまり、或はよそぢを限りにして侍りき。いづれもやつがりには立まさりたるかたありて、もののふのこころざし、いと堅固に侍りしかど、みな子といふものなかりしかば、家はあとなく侍り」とみえる。

八犬士に女装の二人がいることを考えると、馬琴の兄妹たちはまさに八犬士の雛形といえるだろう。家の断絶した兄たちを讃えるべく、馬琴は『八犬伝』を書き綴っているのである。「のこれるものは、いもとのみに侍れども、かれらはよのつねなるをみなにて、こころざまいと浅はかなれば、よろづ言葉がたきになるよしもなし」。これをみると、馬琴は心の通じない妹たちの身代わりとして真葛に接していたようである。

「言の便宜に思ひ出て、僂《かがなふ》れば三十余年の、昔にぞなりにける。人さまざまの世にこそ、といひつつ火盤《ひばち》を曳《ひき》よせて、一霎時《しばし》烟を吹程に…」と続くが、これは原稿を書き綴っているうちに一枚の歯もなくなった馬琴の姿であり、亡くなった者たちへの追善の煙が立ち昇っている。蜜月は失われたのである。

「翁の旧作なる、画策子《ゑざうし》物の本を、恣《ほしいまま》に再板して、是を翁に告ず、己が自恣、出像《さしゑ》を新くして、剰《あまつさへ》像賛詞書などを増減もしつ、是を新板と偽り売」と主人は非難する。無許可版はいわば目の入っていない絵のようなものである。だが、目を入れたときには、作品に復讐されるという危険が待っているのではないか。

馬琴が再び視力を甦らすことはできない、もしそれが可能であったならば、逆に災いを招くはずである。人生を意のままにしたならば、逆に人生から復讐を受けることになるだろう。「塞翁が馬」の故事を尊重する馬琴にとって、視力の回復は祈願であると同時に危惧であったといえる。そんな盲目の老人こそ裸の人ではないだろうか。『八犬伝』とは、泣き叫ぶ赤子から盲目の老人への変奏の物語なのである。

「八房の犬の毛色の、形牡丹の花に似たるとあるを訝りて、這義《このぎ》を吾に問し者…皆不幸にして身故《みまか》りにき」。毛を巡って時間がたちまちにして経過し、その間に多くの人が亡くなったことを記している。この「毛」は、書くとき馬琴が用いていた用具と響き合う。「回外剰筆」の末尾には「戯墨新奇長《きぼくしんきのちやう》　多編有二是書一《たへんこのしよあり》　学レ仙師二硯寿一《せんをまなびてげんじゆをしとす》　毛穎汝何如《もうゑいなんぢはいかに》」とあるが、『八犬伝』における毛野の重要性にもつながるだろう。

馬琴が書き記した「回外剰筆」は大団円の不可能性を示している。『八犬伝』はいわば回内の物語と回外の剰筆の対立抗争、闘ぎ合いによって成り立っていたのである。「闘」ほど戦う八童子にふさわしい文字があるだろうか。

『八犬伝』の挿画は数多いが、最後に渓斎英泉の二枚に注目しておきたい。一枚は『八犬伝』第七輯末尾の闘牛図である。原図は鈴木牧之が提供したものという。わらわらと集まってくる辺境の人々がおり、すべてが集中する力の場がある。ここからは他者の力を導き入れようとする馬琴の姿が垣間見えるだろう。しかし同時に、鈴木牧之という他者に脅かされる馬琴の姿が見て取れるのではないか。出版の約束は玉梓の言葉のように重みを増していたはずだからである。

もう一枚は『八犬伝』第九輯末尾の安房国図である。実際に英泉が写生したものというが、安房国が閉ざされた王国として描かれる。しかし、そこには無数の方向に幾つもの力線が走っているように思われる。

おわりに

本章では玉梓、毛野、親兵衛を中心にみてきた。すなわち亡霊、俳優、神童だが、そこから『八犬伝』における怨霊、仮装、王権という三角形を指摘できるだろう。それぞれが自律的領域を形作っていることはいうまでもない。しかし、相互に関連性があり、二つの方向が考えられる。一つは、怨霊が仮装を支え、仮装が王権を支え、王権が怨霊を支えるという方向である。怨霊は仮装という形で出現するし、仮装はその華やかさで王権を飾り付けるし、王権は自らの負の側面として怨霊を保持することで基盤を固めている[37]。

もう一つは、王権が怨霊に背き、怨霊が仮装に背き、仮装が王権に背くという方向である。王権は怨霊をたえず抑圧し続けるし、怨霊は仮装にすべてを委ねたりはしないし、仮装は時として王権を裏切ってしまう。怨霊とは負い目の意識であり、王権とは負い目による統合である。とすれば、仮装は、そうした負い目を利用しつつ振り払う行為でなければならない。

以上が『八犬伝』の三角形だが、それは作者、商品、資本という三角形に置き換えることもできるだろう。二つの方向を示すと、一つは作者が商品を支え、商品が資本を支え、資本が作者を支える方向である。作者は創意工夫をもって商品を作り、商品は売れて資本を増やし、資本は作者に利益をもたらす。もう一つは資本が商品に背き、商品が作者に背き、作者が資本に背く方向である。資本は商品を勝手に販売し、商品は作者を呪詛し、作者は資本の意図を裏切ろうとする。

「回外剰筆」には「名利の為に身を忘れて、無益の筆硯に耽るにあらねども、少かりし時に、義侠の心ありしかば、今に至て其癖うせず、一旦書買に諾ひし稿本を、等閑《なほざり》に做《な》す時は、他等は発販の時日後れて、利を失ふこと少からず。是も亦不義に似たれば、事ここに及べるを、思へば愚に候」とある。馬琴は資本家と約束している。約束は負債となって圧し掛かるが、それによって利益も生れるのである。馬琴は盲目を代償として利益を得たといってよい。王権の物語内容と資本の生産様式、『八犬伝』はそうした二重性を有している。王権の求心性を解体していくのは資本主義の遠心性だが、その過程で誕生するのが近代社会である。神話が解体され、小説となる。おそらく、小説を読むとは神話をなぞりつつ、それを裏切る細部を露呈させる営みなのである。

『八犬伝』は馬琴がすべてを注ぎ込んだ小説であり、全歴史をそこに封じ込めようとしたパラノイア的作品である。その意味で、ジェイムズ・ジョイス『ユリシーズ』のような作品といえる（ゴダール『映画史』のような作品といってもよい）。個人史と社会史を残らず投入した作品、そうした観点から『八犬伝』を読み解いてみる必要があるだろう[38]。

注

（1）　信多純一『里見八犬伝の世界』（岩波書店、二〇〇四年）は玉梓を玉の使者と指摘している。興味深いのは安房を舞台にした『皿皿郷談』第八である。「玉梓の、使なりしにいかなれば、墓なき夢を心あてに、問も定めず殺しけん」とみえるが、『八犬伝』同様、玉梓の殺害を後悔しているのである。言葉の張力という点からみると、梓弓のごときものを想定することもできる。さらに近世の言説空間に探ってみよう。すると、「今の世に、草の実の仁に、玉づさといふがあるも、件のわらの結びざまに似たり」（『玉勝間』一三）という用例がみつかる。この用例によれば、玉梓とは捻れ結ぼれているものであり、仁の核心に位置づけることができる。したがって、『八犬伝』における捻れたもの、結ぼれたものに注目する必要があるだろう。「八房は毒婦玉梓が後身」（第一一七回）というが、『八犬伝』にみられるのは『白鯨』のような白の神話学ではない（オシラサマの白でもない）。むしろ斑の神話学であり、それが『八犬伝』のクロマトロジーである。「一二三歳許ナル童部ノ頭ヲ、斑ナル犬ガ噛テ、院ノ御所ノ南殿ノ大床ノ上ニゾ居タリケル」という『太平記』巻二五の怪異が『八犬伝』の起源かもしれない。

（2）、大法師について、野口武彦『江戸と悪』（角川書店、一九九〇年）は世界に句点を与える注釈者とし、小谷野敦『新編八犬伝綺想』（ちくま学芸文庫、二〇〇〇年）は孤立する作家自身の姿と指摘しているが、本試論では配信するメッセンジャーと捉えておく（「、」に拘泥していえば、反復と強調の人である）。第八七回で、大法師は再び鉄砲で球体を発射することになる。鉄砲は当時「種子島」と呼ばれていたが、馬琴における島の問題について考えさせるだろう。なお、荘助の場合は幼児のときの書き付けが手紙であり（「紙の端に書記あり」）、小文吾の場合は喧嘩を売っていた犬太の垂れ幕が手紙の役割を果たしている（「索に紙牌を結さげて…」第三一回）。

（3）第一回が船で安房に向うところから始まっていたように、『八犬伝』は船による巡島の記録といえる。第三一回に「と見れば、あやしき放舟、潮に引れ、波に揺れて、河源より流れ来つ、水澪木に堰れて、招かずも、こなたの岸に著を見れば、船中に両個の武士あり、此彼倒れて、死せるが如し」とあるが、江戸湾は船という球体を吐き出したり吸い込んだりしている。もちろん、そこでは交易が行われる（第五八回）。

（4）馬琴は割注で子供への関心をみせている（「関東の俗、小児を罵りて餓鬼といふ」第四〇回、「関東の俗、男児の一二三才より、四五才なるを坊といふ」第四一回）。ちょうど馬琴に孫ができた時期だが、親兵衛の挿話であることに注目するべきであろう。泣き叫ぶ親兵衛は『西遊記』の紅孩児を想起させる（『金毘羅利生纜』第八編）。また、親兵衛が苛まれる場面は『墨田川梅柳新書』の梅若殺害場面に似ている（「珠玉を泥中に投て…」）。

（5）毛野については、松田修「幕末のアンドロギュヌスたち」（『闇のユートピア』（新潮社、一九七二年）を参照。なお、川村二郎『里見八犬伝』（岩波書店、一九八四年）は『八犬伝』における女性原理を指摘する。確かに、信乃の女装は女たちの世界との濃密なつながりを示している。しかし、毛野の女装は女たちの世界から切り離されており、男たちの世界へ参入するためにある。なお、毛野の出自とされる粟飯原氏は、『太平記』において毒を盛る役目を負っている（巻一九）。

(6) 湯島天神から泉鏡花へと系譜を作ることができるだろう。「撥と立つた灰神楽」「腕を背へ捻られたまま」（『湯島詣』一八九九年）などの用例は鏡花が馬琴に学んでいることを示す。鏡花のヒロインの一人は「斜背向」に腕を出している（『竜胆と撫子』一九二四年）。

(7) 『犬夷評判記』（江戸名物評判記集成）で「すべて小説は文面に仮話《けハひ》あり。文外に説話《はなし》あり」と述べ、玉梓の祟りは「文面の仮話也。本来の面目にハあらず」と述べているのは馬琴本人である。つまり、『八犬伝』自体が仮装であり、玉梓の怨霊もまた仮装ということになる。

(8) 鎌倉蹇児の挿話と非人敵討狂言の関係については、河合真澄「『八犬伝』と演劇」（『近世文学の源流』清文堂、二〇〇〇年）を参照。

(9) 『二十四孝』にみられるのは観念の暴力であり、だから西鶴は『本朝二十不孝』でそれを皮肉らずにはいられないのである。馬琴の『青砥藤綱摸綾案後集』巻四に「孝子は自らもて孝とせず、人これを称して孝といふ」とあるが、他者の評価によって決定される孝は、それゆえ暴力に行き着くといえる。

(10) 番作と亀篠の対立関係には、馬琴夫婦の関係を見て取ることができる。いずれも、収入を支えているのは年長の女のほうであり、男は無職といってよいからである。女のほうが優位にあるので、男には鬱屈と反発があり、それが自らの正当性の主張へとつながるのであろう。馬琴は「百年以後の知音を俟つべく」と希望を托しているが（「簡端贅言」）、興味深いことに、そこには馬琴の妻の名が含まれているのである。赤岩百中の偽名には妻に苦しめられた記憶が込められているのかもしれない。「母うへに、勧解言告て、百年の、おん寿を願ふのみ」という伏姫の言葉も注意される（第一三回）。

(11) 馬琴と牧之の関係について詳しくは、高橋実『北越雪譜の思想』（越書房、一九八一年）を参照。『甲斐背峰越後三国梅桜対姉妹』（文政七年）には「かねてげだいをあらはしおきましたる越後雪譜とほからぬうちにとりかかります」とあるが、その題名には「背く」という文字が刻み込まれている。

（12）『吾佛乃記』は死者と負債の記録であり、『馬琴日記』は手紙と使者と負債の記録である（「書状」や「使札」や「受取」が記されている）。それらを読むと、馬琴にとって書くことが家族の死を悼む喪の作業であり、家の存続の実現であり、日々の労働であることがわかる。馬琴の自伝と作品の関係については、濱田啓介「『吾佛乃記』の世界と『南総里見八犬伝』」（『近世小説・営為と様式に関する私見』京都大学学術出版会、一九九三年）や高田衛『滝沢馬琴』（ミネルヴァ書房、二〇〇六年）を参照。また、馬琴にみられる郷士の意識については内田保廣「馬琴と郷士」（『国語と国文学』一九七八年十一月号）を参照。

（13）猪退治や花咲か爺など『八犬伝』と宮崎駿『もののけ姫』（一九九七年）には影響関係が見て取れる。遺骨を火葬にしたときの灰がかかったために息子の命が縮まったのではないかと馬琴は後悔しているが（『後の為の記』）、灰によって新たな生命を盛り立てようとするのが花咲か爺の役割であろう。だからこそ、馬琴は花咲か爺を親兵衛に添わせるのである（猪退治のほうは『古事記』の大国主から歌舞伎の曾我兄弟を経由して中上健次に至るテーマといえる）。なお、『美少年録』における文明的な火と破壊的な火の対立についてはⅢで論じたところである。馬琴は自らの失明を「火気」のせいとしている（「回外剰筆」）。

（14）「獄卒《ごくそつ》等は八重《やへ》括せし、額蔵が索《なは》の端を、棟の枝に投かけて、力に任して釣揚れば、足は倏忽《たちまち》に地をはなれて、六尺あまり引登《ひきのぼ》されたる、背《そびら》は幹を負るが如し」（第四三回）。こうして吊り上げられた荘助が、同じく吊り上げられた船虫を助けるのは必然ともいえる。

（15）船虫の歯は玉梓のそれと響き合うだろう。『夢想兵衛胡蝶物語』前編三に「舌は柔かなれども脱けず、歯は堅けれども脱け易し。もし歯の脱け易きを憎んで舌の如くなさんとすとも、よくせんや。舌は歯の用をなさず、歯は舌の用をなさず」とあり、馬琴は歯と舌の区別に意識的である。中村和昇『馬琴読本の様式』（清文堂出版、二〇一五年）は悪女化の要因として怨霊憑依と転生を挙げているが（第二部第二章）、それは言葉の粘着力によるものではないだろうか。

（16）文政十年十一月二三日、篠斎宛書簡に「毛野が仇討の為体に、大記が妻娘に自滅ヲさせ候て、毛野に殺させず。ここら、不及ながら、作者の用心に候」とあって、馬琴は手を下す場合と自滅する場合を区別しているが、畜類に殺される舩虫は自滅に相当する。舩虫の自滅とは、自ら舌を噛んで死ぬようなものである。人を殺そうとする女は大地母神の相貌をみせるが、『三国一夜物語』の卯原、『椿説弓張月』の阿公、『八犬伝』の舩虫はそうした系列に属する。欲望に塗れた夜鷹の系列といってもよい。余談だが、舩虫最期の挿話は女が牛の角に刺し貫かれる点でフラナリー・オコナー『グリーンリーフ』（一九五五年）を予告している。歌劇『カルメン』の最期も想起される。

（17）舩虫が自滅する直前にある、丶大法師の挿話について考えてみたい（第八六回、第八七回）。丶大法師の活躍はスサノヲによる大蛇退治を模倣している。しかし、大蛇は出てこない。おそらく大蛇を退治しようとしたならば、『美少年録』冒頭のように、かえって大蛇の怨念を呼び覚ましてしまうだろう。馬琴はそれを聡明に避けている（舩虫という大蛇の退治は八犬士に譲っているのである）。代わって登場するのは狸の類である。「月を燭《あかし》にしつつつらつらと、件の翁と媼を見るに、腰に梓の弓を張る、八十の齢なるべき歟《か》」。ここには火のテーマがみえるが、老夫婦は狸の類であって妙椿の前身につながるだろう。また「梓」の一語のせいで玉梓にもつながっている。「洞内にはいぬる比より、拿《とら》はれたりし女子們と、金銭衣裳家伙《かぐ》あるのみ」という一節からは伏姫のいた洞窟が想起される。丶大法師の活躍する挿話の裏側にはもろもろの女性たちの動きが垣間見えるのである。「梓の弓を張る」からは言葉の張力を看取できるのだが、それは本書の主題でもある。

（18）隠微については高田衛『八犬伝の世界』（ちくま学芸文庫、二〇〇五年）、徳田武『日本近世文学と中国小説』（青裳堂書店、一九八七年）で論じられている。しかし、本試論が探ろうとするのは作者の主観的な意図としての隠微ではない。作者にとってさえ不可知で、時代とともに変化するものこそ真の隠微であろう。なぜなら、テクストは必ずその余白を生み出すからである。時代とともに変化する余白を固定化することは誰にもできないが、そこに作品の創造性がある。「譬《たとへ》ば象棋《せうぎ》の起馬《こま》の如し。敵の馬を略《と》るときは、その馬をもて彼を攻、我《わが》馬を喪へば、我馬をもて苦しめらる。変化安《いづく》にぞ彊《かぎ》りあらん」というのがテクストの状態にほかならない。その意味では、主と客はたえず入れ替わるのである。

(19)『侠客伝四輯評』の馬琴答書に「抑件の法則は、一に主客、二に伏線、三に照応、四に返対、五に襯染、六に重復是也」とあり六法則だが、その後、一法則増えたことになる。文化九年の合巻巻末の刊行予告に「里見七犬士」とあり七犬士だが(石川秀巳「『南総里見八犬伝』初期構想の成立」『国際文化研究科論集』一七、二〇〇九年を参照)、その後、一人増えたことになる。七法則が八法則に増えてもおかしくはない。

(20)素藤と義実の類似性については、石川秀巳「『八犬伝』蟇田素藤構想の意義」(『文芸研究』九九、一九八二年)、播本眞一「『南総里見八犬伝』の神々」(『八犬伝・馬琴研究』新典社、二〇一〇年)を参照。播本論文は日本神話と比較しつつ『八犬伝』を論じているが、『神曲』との比較において『八犬伝』を読み解くこともできるだろう。『八犬伝』には地獄篇、煉獄篇、天国篇という構成が見て取れるからである。伏姫受難の挿話は地獄篇であり、八犬士冒険の挿話は煉獄篇であり、里見家勝利の挿話は天国篇である。『往生要集』にあるのは厭離穢土と欣求浄土だが、『八犬伝』はその中間に冒険の領域を切り拓いている(ロードムーヴィーのごとき中間領域である)。

(21)馬琴の読本『常夏草紙』も、資本が利息を生み長者となる話である。もともと資本は盗み取ったものだが、「弁財天の冥助」として供養することで宗教的に隠蔽している。調布の長者が色香に迷うところは素藤に似る。なお西鶴の場合は、「わづかの灰より」利益を生み出している。懐炉を発明し福人となった『西鶴織留』一の二を参照されたい。『古今著聞集』巻二には聖水の話があり、『白氏文集』巻五〇には人民を惑わす聖水を取り締まるべきかどうかの議論がみえる。

(22)この旅については水野稔「馬琴文学の形成」(『江戸小説論叢』中央公論社、一九七四年)、濱田啓介「『羇旅漫録』の旅に於ける狂歌壇的背景について」(『近世小説・営為と様式に関する私見』前掲)などを参照。馬琴は京都の公家から曲亭という姓氏を認可されており、それが姓氏の認可を求める親兵衛の上京に投影されている。『伊波伝毛乃記』で馬琴は京伝が旅行経験に乏しいことを指摘するが、遊廓経験の乏しい馬琴が優位に立てるとすれば、旅行経験の豊かさしかない。なお、小谷野敦「江戸の二重王権」(『新編八犬伝綺想』前掲)は天皇と将軍という権力の二重性について考察したものだが、『八犬伝』のいたるところに二重の権力を指摘できるのではないだろうか。それは父権制と母権制の二重性であり、王権と資本の二重性であり、徳目と暴力の二重性である。さらに視覚と聴覚の二重性を指摘できる。われわれは『八犬伝』を読むとき、いつも文字の視覚性と音声の聴覚性に干渉されるからである。東海道の往来は二重権力を確認することにほかならない（そこから『石言遺響』が生み落とされる）。

(23)『八犬伝』における盲目の問題については、前田愛「『八犬伝』の世界」（『幕末・維新期の文学』法政大学出版局、一九七二年）や神田龍身「もう一つの『八犬伝』」（『文学』二〇一〇年七・八月号）を参照。馬琴における眼病のテーマの重要性がわかるが、馬琴の『月氷奇縁』は漢詩による和文の開眼と読めるかもしれない。漢詩を多用しているからであり、眼病から回復する主人公の名前が倭文だからである。『頼豪阿闍梨恠鼠伝』の場合は、主人公が盲目の琵琶法師となり復讐を断念している。

(24)馬琴が『墨田川梅柳新書』附録に引用する「秋夜長物語」には「梅若帰り来にけれど、わが事故に仏閣殿舎、火災に罹りしを悲しみ、泣く泣く文を書き、童にもたせて律師につかはし、瀬田の橋の下に身を投げてむなしくなれり」とあり、神童＝稚児ゆえの災厄が語られている。

(25)ジャック・デリダ『絵画における真実』上・下（高橋允昭、阿部宏慈訳、法政大学出版局、一九九七・八年）を参照。『八犬伝』の挿絵は窓などを利用して、二重の画面を構成していることが多い。それは画中の画でありながら、画外の画にもなっている。馬琴において文字の記された石碑が堅固な実在だとすれば、仮装を伴った絵画は潤色であり幻想である。

(26)「予が著したる物の本、或は合巻と唱る絵冊子の、ふりたる板家扶を購求めて、恣に画を新にし、且書名を改めて、そを新板に紛しつつ、翻刻して鬻《ひさ》ぐものありと聞にき」と馬琴は絵師と資本家に対して不満を露わにしている（第九輯中帙附言）。小谷野敦「父／作者の疎外」（『日本文学』一九九二年一月号）は父権制の危機と作者の疎外を関連させて『八犬伝』を論じるが、『八犬伝』における作者の疎外は絵師によっても資本制によっても生起している。女性・絵師・資本から三重に脅かされるのが作者なのである。ちなみに、『青砥藤綱摸稜案』前集五は絵師の受難をを描いている。

(27)馬琴の読本『標注そののゆき』にも眼病治癒が描かれるが、そこでは虎が虚に通じるという。『俊寛僧都嶋物語』には鬼一法眼のもつ虎の巻が出てくるが、それは探求するべきものであると同時に破滅をもたらすものといえる

（これも談合谷の物語である）。虎児・眼球・破滅には密接な関連があり、「皇国にはなき虎をしも出す者三たび也」と馬琴が自信満々に記す理由であろう。『夢想兵衛胡蝶物語』前編二に「兎腹龍股虎背とは画をかく人のいふ事さうな」とあって、虎の絵は背が肝腎らしい。「身を縮め背を立て喰ひ付んと狙ひ寄る」のは近松門左衛門の描く虎であり、入鹿はそれを眼力で押しとどめる（『大職冠』）。『国性爺合戦』の主人公は虎の背を撫でているが、虎を描く馬琴が対抗意識を働かせるのは近松に対してなのである。『傾城反魂香』は「口に我が身の血を含み、襖戸に吹きかけ吹きかけ、口にて虎をぞ書いたりける」と記す。馬琴はそんな近松の虎を明らかに嫉妬している。ちなみに南方熊楠「虎の字を書いて吠え犬を却く」（全集五）を読むと、虎と犬が対立関係にあることがわかる。

（28）第五二回で猪を仕留めた後、第五六回で美食を振る舞われる小文吾は、猪のごとく肥え太るよう仕組まれていたのではないか。毛野の皆殺しによって、小文吾はそうした牢獄から脱出するのである。第一六五回における猪の火戦は、食ったり食われたりする猪コンプレックスから解き放つものであろう。例外的なのは桃を食らう荘助だが（第四六回）、小谷野敦『八犬伝綺想』（前掲）が指摘する通り、みずみずしいエロティシズムが感じられる。同性愛的な魅力といってもよい。

（29）京伝は喫煙道具の意匠家だが、馬琴は煙や灰と欲望の関係を描く作家といえる。

（30）資本主義の亡霊性については、ジャック・デリダ『マルクスの亡霊たち』（増田一夫訳、藤原書店、二〇〇七年）を参照。亡霊は戦場だけでなく、市場でも彷徨するのである。

（31）鍛冶のテーマを介して、同じ一九世紀の作品である『八犬伝』とヴァグナー・オペラを重ね合わせることができるように思われる。『八犬伝』の始発に刀剣をめぐる信乃の挿話があるが、八つの玉とともに刀剣もまた指輪の変奏であろう。玉梓、船虫、伏姫はヴァルキューレの姉妹のようにみえる。ジークフリートとしての親兵衛は伏姫と近親相姦を犯しかねなかったのであり、伏姫はブリュンヒルデのごとく自己犠牲を遂げたのである。なお、北村透谷『蓬莱曲』（一八九一年）の主人公は無底坑《そこなしあな》に露姫を尋ねようとしている。

（32）小谷野敦「『里見八犬傳』の龍女たち」（『馬琴』若草書房、二〇〇〇年）は『八犬伝』後半に至ると「善悪未分の混沌とした世界、男たちの二元的な世界観を混乱させる女性たちの世界」が消え去ることを指摘するが、それは火を通したものの出現に関連していると思われる。湿ったものが乾いていくのである。伏姫が湿った女だとすれば、苛烈な「北母」箙大刀自は乾いた女であろう（自殺する蟹目前は第二の伏姫であり、名前に日が象眼されている）。

(33)　反復にはもう一つ意味があって、それが跳ね返しである。「いひ瞞《くろ》め反復して…」（第九〇回）、「反復さんとなほ悶掻く…」（第九二回）。繰り返し、ひっくり返し、跳ね返しという三重の反復に注目してみなければならない。伏す、服す、復す、この同音異義語にも注目する必要がある。

(34)　『八犬伝』と十二支について考えると、出番が少ないのは鼠、兎、蛇、羊ということになるだろう。ただし読本に『頼豪阿闍梨怪鼠伝』があり、随筆に『兎園小説』があり、それぞれ補っている。他の読本に頻出する蛇も『八犬伝』では自粛しているようである。主要な場面を挙げると、牛（第七三回）、虎（第一四一回）、兎（第六八回）、龍（第一回、第一一五回）、蛇（第一二四回）、馬（第一〇三回）、猿（第八八回）、鳥（第七〇回）、犬（第八回）、猪（第五二回、第一六五回）ということになる。おそらく馬琴にとって施餓鬼とは、そうした動物誌が収束する地点なのである。『十二支考』を書いた南方熊楠はたびたび馬琴に言及しているが、その後身にみえる。

(35)　馬琴の『夢想兵衛胡蝶物語』前編二巻末に「男女の非礼を野合といふ。この故に、娶るに必ずまず媒をもてす」とある。媒介という文化的制度によって野合は禁止されるわけである。それぞれ悲惨な境遇に置かれていた八犬士が集まる本作品は災害を生き残った人間の物語といえる。その意味で、『八犬伝』を災害ユートピアの文学と呼ぶことができるかもしれない（拙稿「自然とテクスト」『日本文学』二〇一三年五月号を参照）。

(36)　本章は前田、松田、濱田、高田、徳田、内田、神田、柴田等の論考を参照してきたが、井田法のレトリックに導かれていたことになる。

(37)　怨霊・仮装・王権を換言すれば、宗教的なもの、演劇的なもの、政治経済的なものということになる。宗教的なものは家族、演劇的なものは劇場、政治経済的なものは戦場＝市場と結びついている。関東一円は戦場となるが、戦争という形の交易であり、そこに市場が形成されるのである。『八犬伝』について論じた怨霊・仮装・王権のテーマは、『弓張月』についても指摘できるだろう。すなわち、崇徳院、白縫＝寧王女、舜天丸がそれぞれ体現しているものである。

（38） 王権と資本という社会システムの問題に迫るべく『八犬伝』を読み解いた本試論は、レヴィ＝ストロースの神話学を受けて、環太平洋神話の創造的な一環を、馬琴の読本に探ろうとする無謀な企てでもある。神話という観点からみると、『古事記』も漫画も同一の水準に位置づけられる。したがって、それは失われた環ではなく、いまだ生きている環なのである。とはいえ、神話と小説のずれのせいでわれわれは躓くほかない。知的質量において『八犬伝』に匹敵するのは、鯨の背を追い続ける『白鯨』（一八五一年）であろう。現代の馬琴を一人挙げるとすれば、おそらく『シンセミア』（二〇〇三年）、『ピストルズ』（二〇一〇年）の阿倍和重にちがいない。神話と小説の差異に敏感であろうとするのが本書の立場である。馬琴の稗史法則とは、強固な神話に対する小説家の抵抗ではないだろうか。

第二部

庭鐘、秋成、馬琴

近世小説史の試み

第二部は都賀庭鐘（享保三年〜寛政文化頃〈一七一八〜一八〇四頃〉）、上田秋成（享保十九年〜文化六年〈一七三四〜一八〇九〉）の短編、曲亭馬琴（明和四年〜嘉永元年〈一七六七〜一八四八〉）の中編読本について論じるものである。

庭鐘には『英草紙』（寛延二年〈一七四九〉）『繁野話』（明和三年〈一七六六〉）『莠句冊』（天明六年〈一七八六〉）という三つの短編集があり、秋成には『雨月物語』（安永五年〈一七七六〉）『春雨物語』（文化年間）という二つの短編集がある。馬琴には膨大な作品群が残されており、そのうち五つの長編読本『椿説弓張月』『朝夷巡嶋記』『近世説美少年録』『開巻驚奇侠客伝』『南総里見八犬伝』については第一部で論じた。

庭鐘についての研究は少ないが、その作品は読み応えがある。研究の多い秋成の作品は傑出している。信頼できる影印本が刊行された馬琴の中編読本については、今後の研究が待たれるところである。

ここでは庭鐘をロゴスの作家、秋成をパトスの作家、馬琴を神話と反復の作家として論じるが、論述の都合で秋成論が先に置かれている。第二部では身体表象の視点から近世文学史を試みることにもなる。依拠した文献については別に掲げる。それぞれの御労作に深く感謝申し上げたい。

Ⅰ　上田秋成論——攻撃と待機

一　雨月物語を読む　〈安永五年〉

これまでもっぱら幻想小説として高く評価されてきた上田秋成の作品は、何よりも戦いの形象化と呼ぶべきものではないだろうか。『雨月物語』序には次のように記されている。[1]

余適有鼓腹之閑話。衝口吐出。雉雊龍戦。自以為杜撰。
（余適《たまたま》鼓腹の閑話有りて、口を衝《つ》きて吐き出す。雉雊《な》き龍戦ふ。自ら以て杜撰《づさん》と為《な》す）　（序）

雉が鳴いたり龍が戦ったりするのは奇怪なこととされていたようだが、秋成が試みたのはそうした作品にほかならない。本章ではこの序に促されて、戦いという観点から秋成の作品を読み解いてみたいと思う。[2] 謡曲「雨月」では雨と月の争いが演じられるが、秋成の『雨月物語』も闘争とは無縁ではない。

「白峰」で問題になっているのはまさに戦乱であり、論争である。

新院呵呵《からから》と笑はせ給ひ、「汝しらず、近来の世の乱は朕《わが》なす事なり。生《いき》てありし日より魔道にこころざしをかたふけて、平治の乱を発《おこ》さしめ、死《しし》て猶朝家《ちやうか》に祟をなす。見よ見よやがて天が下に大乱を生ぜしめん」といふ。
（「白峰」）

崇徳院は天下に大乱を引き起こそうとする。西行はそれに反対する。「こは浅ましき御こころばへをうけ給はるものかな。君はもとよりも聡明《さうめい》の聞えましませば、王道《わうだう》のことわりはあきらめさせ給ふ…」。西行の論理は「王道」の論理であり、法の論理である。それに対して、崇徳院の論理は「魔道」の論理であり、武の論理である。

所詮《しよせん》此経を魔道に回向《えかう》して、恨をはるかさんと、一すぢにおもひ定て、指を破り血をもて願文《ぐはんもん》をうつし、経とともにも志戸の海に沈《しづめ》てし後は、人にも見《まみ》えず深く閉《とぢ》こもりて、ひとへに魔王《まわう》となるべき大願をちかひしが、はた平治の乱《みだれ》ぞ出きぬる。
（「白峰」）

「魔道」の論理を前にして西行は沈黙するほかない。「君かくまで魔界《まかい》の悪業《あくごう》につながれて、仏土《ぶつど》に億《おく》万里を隔《へだて》給へばふたたびいはじとて、只黙《もだ》してむかひ居たりける」。

論理の言葉に敗北した西行が口にするのはもはや論理の言葉ではない。西行は和歌を詠むのみである。すると、「魔道」の論理はたちまち霧散してしまう。

此ことばを聞しめして感《めで》させ給ふやうなりしが、御面《みおもて》も和らぎ、陰火《ゐんくは》もややうすく消《きえ》ゆくほどに、つひに龍体《みかたち》もかきけちたるごとく見えずなれば、化鳥《けてう》もいづち去《ゆき》けん跡もなく、十日あまりの月は峯にかくれて、木《こ》のくれやみのあやなきに、夢路《ゆめぢ》にやすらふが如し。

（「白峰」）

『雨月物語』序の「雨霽月朦朧之夜」（雨は霽《は》れて月は朦朧《もうろう》の夜）もまた、このように「魔」が退散した後の静けさに満ているのではないだろうか。秋成にとって言葉は二つの側面、二つの力能をもっていたように思われる。一つは崇徳院にみられるような攻撃する力である。もう一つは西行にみられるような甘受する力である。『雨月物語』の「雨月」とは、ひたすら攻撃的な言葉の力を甘受した後の言葉の待機状態といってよい。

秋成の随筆『胆大小心録』には論争的な章段が多く、決まって秋成は勝ち誇り、相手は沈黙している（「芦庵答なかりし」「黙して答えず」など）。しかし、『雨月物語』で興味深いのは攻撃的な崇徳院ではなく、むしろ沈黙する西行のほうである。この点に随筆と小説の違いがあるといえるだろう。随筆の攻撃性を受け止めるものをさらに提出しているという点に、小説の優位があるのではないか(3)。秋成の私憤も小説テクストのなかでは変換されてしまうからである。

「菊花の約」に描かれているのは戦う者同士の盟友関係にほかならない。「此日比左門はよき友もとめたりとて、日夜交《ひるよるまじ》はりて物がたりするに、赤穴《あかな》も諸子百家《しよしひやくか》の事おろおろかたり出て、問わきまふる心愚《おろか》ならず、兵機《へいき》のことわりはをさをさしく聞えければ、ひとつとして相ともにたがふ心もなく、かつ感《めで》、かつよろこびて、終《つひ》に兄弟の盟《ちかひ》をなす」。

兵法が丈部左門と赤穴宗右衛門を結びつけている。つまり「菊花の約」とは何よりも戦士的な友情のことなのである。したがって、そこから待機と攻撃の問題が帰結してくる。

午時《ひる》もややかたふきぬれど、待つる人は来らず。西に沈《しづ》む日に、宿り急《いそ》ぐ足のせはしげなるを見るにも、外《と》の方《かた》のみまもられて心酔《ゑへ》るが如し。

（「菊花の約」）

左門は重陽の佳節に再び逢おうと約束した宗右衛門を待っている。「心酔るが如し」という待機の姿勢ほど秋成的なものはない。秋成の作品がときに幻想小説と呼ばれるのは、この待機の姿勢から生み出される幻覚のせいであろう。そして、それは決まって死に触れている。「もしやと戸《と》の外《そと》に出て見れば、銀河《ぎんが》影きえぎえに、氷輪《りやうりん》我のみを照《てら》して淋しきに、軒守る犬の吼《ほゆ》る声すみわたり、浦浪の音ぞここもとにたちくるやうなり」。この銀河の冷たさは死の冷たさにほかならない。事実、そこに現れた宗右衛門はすでに死者となっていた。

「…いにしへの人のいふ。「人一日に千里《ち》をゆくことあたはず。魂《たま》よく一日に千里をもゆく」と。此ことわりを思ひ出て、みづから刃《やいば》に伏《ふし》、今夜《こよひ》陰風《かぜ》に乗《のり》てはるばる来り菊花の約《ちかひ》に赴《つく》。この心をあはれみ給へ」といひをはりて泪わき出るが如し。

（「菊花の約」）

この一節から、秋成の作品には二つの速度があると考えることができる。一つは遅々としか進まない人間生活の速度であり、もう一つは瞬時の魂の速度である。宗右衛門の死を知った左門は待機から一転して攻撃に出る。宗右衛門を監禁し死に至らしめた赤穴丹治のところに赴き、その非を責める。「吾今信義を重《おも》んじて態々《わざわざ》ここに来る。汝は又不義のために汚名《をめい》をのこせとて、いひもをはらず抜打《ぬきうち》に斬《きり》つくれば、一刀《かたな》にてそこに倒《たを》る」。丹治を非難する攻撃の言葉は鋭く、左門は一刀のもとに斬り捨てるが、これこそ魂の速度というべき素早さにほかならないだろう(4)。おそらく、赤い血の色は左門の思い込みが生み出したものなのである。

「浅茅が宿」の二人を引き裂いてしまうのは戦乱である。「此年享徳《ことしきやうとく》の夏、鎌倉《かまくら》の御所成氏朝臣《ごしよしげうぢあそん》、管領《くわんれい》の上杉《うへすぎ》と御中放《さけ》て、館兵《みたちへう》火に跡なく滅《ほろび》ければ、御所は総州《そうしう》の御味方《みかた》へ落させ給ふより、関の東忽に乱れて、心々の世の中となりしほどに、老たるは山に逃竄《にげかく》れ、弱《わか》きは軍民《いくさひと》にもよほされ、けふは此所を焼《やき》はらふ、明《あす》は敵のよせ来るぞと、女わらべ等《ら》は東西《おちこち》に迯まどひて泣かなしむ」。

勝四郎はこの戦乱に突き動かされ続ける。戦乱のせいで京と関東の間を彷徨せざるをえないからである。それに対して、妻の宮木はひたすら待ち続ける。再会した二人は尽きることなく言葉を繰り出すが（「くりことはてしぞなき」）、感動的なのはそうした弁解や説明の言葉ではない。

五更《ごかう》の天明《そらあけ》ゆく比、現《うつつ》なき心にもすずろに寒かりければ、衾帔《ふすまかづか》んとさぐる手に、何物にや籟々《さやさや》と音するに目さめぬ。面《かほ》にひやひやと物のこぼるるを、雨や漏《もり》ぬるかと見れば、屋根は風にまくられてあれば有明月のしらみて残りたるも見ゆ。（中略）さてしも臥《ふし》たる妻はいづち行けん見えず。
（「浅茅が宿」）

弁解し説明する言葉が尽きた後の言葉の待機状態こそ、秋成の最も魅力的な瞬間であろう。屋根はまくられ衾は消え失せ、身を覆ってくれるものは何もない。いわば剥き出しの手や顔で世界を甘受している。待ち続けた妻の姿勢をいま夫が模倣しているといってもよいが、そのことを通して勝四郎ははじめて宮木の存在の貴重さに気づくのである。感動的なのは、この点にほかならない。

「夢応の鯉魚」は秋成の二つの感受性とでもいうべきものを鮮やかに提示している。一つは世界と一体化した自在さである。

不思議のあまりにおのが身をかへり見れば、いつのまに鱗金光《うろこきんかう》を備《そな》へてひとつの鯉魚《りぎよ》と化《け》しぬ。あやしとも思はで、尾《を》を振鰭《ふりひれ》を動《うご》かして心のままに逍遥《せうえう》す。まづ長等《ながら》の山おろし、立ゐる浪に身をのせて、志賀の大湾《おほわだ》の汀《みぎわ》に遊べば、かち人の裳《も》のすそぬらすゆきかひに驚《おど》されて、比良《ひら》の高山影うつる、深き水底《みなそこ》に潜《かづ》くとすれど、かくれ堅田《かただ》の漁火《いさりび》によるぞうつつなき。ぬば玉の夜中《よなか》の潟《がた》にやどる月は、鏡の山の峯に清《すみ》て、八十《やそ》の湊《みなと》の八十隈《やそくま》もなくておもしろ。

（「夢応の鯉魚」）

自らが魚と化しても驚きはしない。どこまでも夢に同調し、かつどこまでも自在である。甘美なまでの物語との一体化といってよい。「ゆめの裏《うち》に江に入て、大小《さばかり》の魚とともに遊ぶ。覚《さむ》れば即《やがて》見つるままを画《あが》きて壁《かべ》に貼《お》し、みづから呼て夢応《むをう》の鯉魚《りぎよ》と名付けり」と紹介される主人公のように、秋成は夢の恩寵、あるいは物語の恩寵に恵まれている。だが、秋成にはもう一つの感受性が備わっている。それは世界の理不尽な残酷さである。

…人々しらぬ形《さま》にもてなして、只手を拍《うつ》て喜び給ふ。鱠手《かしは》なるものまづ我両眼を左手《ひだり》の指《おゆび》にてつよくとらへ、右手《みぎり》に礪《とぎ》すませし刀《かたな》をとりて俎盤《まないた》にのぼし既に切べかりしとき、我くるしさのあまりに大声をあげて、「仏弟子《ふつでし》を害《がゐ》する例《ためし》やある。我を助けよ我を助けよ」と哭叫《なきさけ》びぬれど、聞入ず。

（「夢応の鯉魚」）

不意に捕えられ、どんなに抵抗しても逃げることはできない。懇願しても聞き入れられない。懇願の言葉が誰かに届くことはなく、人々は喝采を叫んでいる。夢や物語と同調していると、いつのまにか遭遇せざるをえない理不尽なまでの残酷さといってよい。実際の主人公は死の床にいるわけだが、それは夢の恩寵や物語の恩寵から追放された苛酷な現在の姿であろう。作家としての秋成がいるのはまさに、その地点である。「鱠手」のように、剪枝畸人の指先は夢や物語を切開しようとするのである（押さえつけられた両眼は、後に秋成が病むところでもある）。『胆大小心録』三二には「兄狂を発して母を斧にて打殺す。弟亦これを快しとして段々にす。女子も又俎板をささげ、包刀をもて細に刻む。血一雫も見ず」という話がみえるが、「血一雫も見ず」に切開する先端こそ秋成の筆先なのかもしれない。

「仏法僧」の不気味な鳴き声が呼び起こすのは戦士たちの蘇りである。「はや前駆《ぜんぐ》の若侍《わかさむらい》橋板《はしいた》をあららかに踏《ふみ》てここに来る。おどろきて堂の右に潜《ひそ》みかくるるを、武士《ぶし》はやく見つけて、何者なるぞ、殿下《でんか》のわたらせ給ふ、疾下《とくお》りよといふに、あはたたしく簀子《すのこ》をくだり、土に俯《ふ》して跪《うすず》まる。程なく多くの足音聞ゆる中に、沓音《くつおと》高く響《ひびき》て、烏帽子直衣《ゑぼしなほし》めしたる貴人堂に上り給へば、従者《みとも》の武士《もののべ》四五人ばかり右左《みぎひだり》に座をまうく」。仏法僧の鳴き声に呼び寄せられるようにして、百年も前に死んだはずの関白秀次一行の亡霊が高野山に現れる。そして、毒をめぐる議論を始める。

一人の武士かつ法師に問ていふ。「此山は大徳の啓《ひら》き給ふて、土石草木《どせきさうもく》も霊《れゐ》なきはあらずと聞。さるに玉川の流《ながれ》には毒《どく》あり。人飲《のむ》時は斃《たを》るが故に、大師のよませ給ふ哥とて

わすれても汲《くみ》やしつらん旅《たび》人の高野《たかの》の奥《おく》の玉川の水

といふことを聞伝《つた》へたり。大徳のさすがに、此毒《どく》ある流《ながれ》をばなど涸《あせ》ては果《はた》し給はぬや。いぶかしき事を足下《そこ》にはいかに弁《わきま》へ給ふ」。（「仏法僧」）

高野山の尽きることのない「毒」とは何か。それは亡霊となって蘇った戦士たち自身ではないか。質問された法師は「もとより此玉河てふ川は国々にありて、いづれをよめる歌も其流のきよきを誉《あげ》しなるを思へば、ここの玉川

も毒《どく》ある流にはあらで」と得意げに解釈しているが（『胆大小心録』で秋成本人もそう解釈している）、そうした解釈の言葉は『雨月物語』のなかでは説得力をもたない。「はや修羅《しゆら》の時にや。阿修羅《あしゆら》ども御迎《むか》ひに来ると聞え侍《はべ》る。立せ給へ」と叫ぶ戦士たち自身が尽きることのない「毒」にみえる。「うらやすの国ひさしく、民作業《たみなりはひ》をたのしむ」という徳川の平和のさなかに、戦時の亡霊を呼び戻すこと、それが秋成の「毒」なのである（「痘瘡の毒」にあたって以来、毒は秋成の主題であろう）。「夢応の鯉魚」においては食物そのものが毒であったといえる。

「吉備津の釜」において、その「毒」は「妬婦」となる。「妬婦《とふ》の養《やしな》ひがたきも、老《おい》ての後其功《こう》を知ると、咨《ああ》これ何人の語《ことば》ぞや。害《わざは》ひの甚しからぬも商工《わたらひ》を妨《さまた》げ物を破《やぶ》りて、垣の隣の口《そしり》をふせぎがたく、害《わざは》ひの大なるにおよびては、家を失《うしな》ひ国をほろぼして、天が下に笑を伝ふ。いにしへより此毒《どく》にあたる人幾許《いくばく》といふ事をしらず」。秋成の作品でしばしば強調される「女の慳しき性」とは「毒」である。したがって、かだましき女性と戦士ははなはだ近い存在ということになる。

吉備《きび》の国賀夜郡庭妹《かやのこほりにひせ》の郷《さと》に、井沢《いざは》庄太夫といふものあり。祖父《おほぢ》は播磨の赤松に仕へしが、去《さん》ぬる嘉吉《かきつ》元年の乱《みだれ》に、かの館《たち》を去てここに来り、庄太夫にいたるまで三代《みよ》を経《へ》て、春耕《たがや》し、秋収《をさ》めて、家豊《ゆたか》にくらしけり。一子正太郎なるもの農業《なりはひ》を厭《いと》ふあまりに、酒に乱れ色に酖《ふけ》りて、父が掟《おきて》を守らず。（「吉備津の釜」）

戦乱と安定した生活とが対比されているが、その意味では「農業」という「父の掟」を守らない正太郎は戦士の側にあるといえるかもしれない。そこで両親は正太郎を安定させるために結婚させる。しかし、正太郎の放埒は止むことがない。

されどおのがままの奸《たはけ》たる性《さが》はいかにせん。いつの比より鞆《とも》の津の袖といふ妓女《あそびもの》にふかくなじみて、遂《つひ》に贖《あがな》ひ出し、ちかき里に別荘《べつや》をしつらひ、かしこに日をかさねて家にかへらず。

（「吉備津の釜」）

男の「奸たる性」もまた「毒」であろうが、それが「女の慳しき性」を呼び起こすのである。何度も正太郎に騙された妻の磯良は「窮鬼」となって、袖を取り殺す。袖を失った正太郎は性懲りもなくまた別の女性に近づくが、そこにも磯良の「鬼気」が現れる。

あるじの女屏風すこし引あけて、「めづらしくもあひ見奉るものかな。つらき報《むく》ひの程しらせまいらせん」といふに、驚きて見れば、古郷《ふるさと》に残せし磯良《いそら》なり。顔の色いと青ざめて、たゆき眼《まなこ》すざましく、我を指《さし》たる手の青くほそりたる恐しさに、「あなや」と叫《さけ》んでたをれ死《し》す。

（「吉備津の釜」）

この「指」は、「夢応の鯉魚」を押さえつけていた指と同じように恐ろしいものであろう。護符を貼りつけ物忌みをするが、女の怨念から逃れることはできない。正太郎は取り殺される。

…大路《おほぢ》に出れば、明たるといひし夜はいまだくらく、月は中天《なかぞら》ながら影朧々《らうらう》として、風冷《ひや》やかに、さて正太郎が戸は明はなして其人は見えず。内にや逃入つらんと走り入て見れども、いづくに竄《かく》るべき住居にもあらねば、大路にや倒《たを》れけんともとむれども、其わたりには物もなし。

（「吉備津の釜」）

惨劇が終わった後の「朧々」たる月の場面はすばらしい。これこそ、攻撃を甘受した後の言葉の待機状態だからである。「吉備津の釜」のなかで沸騰していたのは、男の「奸たる性」と女の「慳しき性」という二つの「毒」だったのである。それゆえ「不慮《すずろ》なる事」(5)が出来してしまったことになる。

「蛇性の婬」が描いているのも、女の性という「毒」にちがいない。「九月下旬《ながつきすゑつかた》、けふはことになごりなく和《なぎ》たる海の、暴《にはか》に東南《たつみ》の雲を生《おこ》して、小雨《こさめ》そぼふり来る。師が許《もと》にて傘《おほがさ》かりて帰るに、飛鳥《あすか》の神秀倉《かんほくら》見やらるる辺より、雨もやや頻《しきり》なれば、其所《そこ》なる海郎《あま》が屋に立よる」。

　主人公、豊雄は「生長優《ひととなりやさ》しく、常に都風《みやび》たる事をのみ好て、過活心《わたらひ》なかりけり」と紹介されているが、それは「なごりなく和たる海」の性質といってもよい。そこに激しい雨が叩きつける。豊雄が女に出会うのは、この暴力的ともいえる激しい雨がきっかけとなっている。雨宿りで真女子という女性と知り合う。そして「金銀《きがねしろがね》を鈿《かざ》りたる太刀」を贈られる。だが、この女性との出会い、そして武器の受け取りが豊雄の運命を狂わせることになる。

　太郎は網子《あご》とのほるとて、晨《つとめ》て起出て、豊雄が閨房《ねや》の戸《と》の間《ひま》をふと見入たるに、消残《きえ》りたる灯火《ともしび》の影《かげ》に、輝々《きらきら》しき太刀《たち》を枕《まくら》に置《おき》て臥《ふし》たり。「あやし。いづちより求《もとめ》ぬらん」とおぼつかなくて、戸をあらかに明る音に目さめぬ。

（「蛇性の婬」）

　兄は豊雄が高価な太刀を所有していることを不審に思い、大宮司に訴え出る。神宝を盗んだとして豊雄は逮捕される。「妖怪」の仕業として微罪で済むが、転居したところをまた女に追って来られる。そして、大和神社に仕える翁によって女の正体が明らかとなる。

「此邪神《あしきかみ》は年経《へ》たる虵《おろち》なり。かれが性《さが》は婬《みだり》なる物にて、牛と孳《つる》みては麟《りん》を生《う》み、馬とあひては龍馬《りやうめ》を生《うむ》といへり。此魅《まど》はせつるも、はたそこの秀麗《かほよき》に奸《たはけ》たると見えたり。かくまで執《しう》ねきをよく慎《つつし》み給はずば、おそらくは命を失《うしな》ひ給ふべし」といふ…　（「蛇性の婬」）

女は「婬なる」性をもつ存在だったのである。庄司の娘、富子と結婚するが、それでも追いかけてくる。法師に祈ってもらうが、その法師も命を断たれる。そのとき豊雄が選択するのはもはや「よく慎む」という消極的な方法ではない。自ら「婬なる」性に直面するという必死の試みを決行する。

戸を静に明れば、物《もの》の騒《さわ》がしき音《おと》もなくて、此二人ぞむかひゐたる。　（「蛇性の婬」）

この静けさこそ、秋成的な言葉の待機状態の特徴づけるものなのである。道成寺の和尚の力もあって蛇は鉄鉢のなかに封印されるが、豊雄が助かるのは自ら「婬なる」性を受け入れようとしたからではないか。

庄司が女子《むすめ》はつひに病にそみてむなしくなりぬ。豊雄は命恙《つつが》なしとかたりつたへける。　（「蛇性の婬」）

富子が死んでも、豊雄が無事なのはなぜか。「吉備津の釜」の正太郎が死んでも、「蛇性の婬」の豊雄が無事なのはなぜか。それは豊雄が自ら「婬なる」性を受け入れたからだと思われる。正太郎は護符を貼りつけ物忌みをして女の性から逃れようとしたが、そのことが間違っていたといえる。「生長優しく」と紹介されていた豊雄は、自らの徹底した受容性によって女の性を受け入れる、そのことによって助かったのである。それは崇徳院の攻撃性を受け止めていた「白峰」の西行が助かり、「終に切るる」と観念した「夢応の鯉魚」の僧が助かり、「前によみつる詞を公に申上よ」という命令に従った「仏法僧」の親子が助かった場合に関しても同様であろう。秋成は攻撃の鋭利さとともに、受容の大胆さを持ち合わせている作家なのである（「胆大小心録」という書名はそうしたことを意味しているようにみえる）。

「青頭巾」が描いているのも、攻撃の鋭利さと受容の大胆さにほかならない。童子を愛するあまりに寺の阿闍梨はついに死肉を貪るようになる。「夜々《よなよな》里に下りて人を驚殺《おど》し、或は墓《はか》をあばきて腥々《なまなま》しき屍《かばね》を喫《くら》ふありさま、実《まこと》に鬼といふものは昔物がたりには聞もしつれど、現《うつつ》にかくなり給ふを見て侍れ。されどいかがしてこれを征《せい》し得ん」。

この「慳しきままに」世を終えた破戒僧は、鋭い攻撃性を秘めている。それに対して、破戒僧を退散させる快庵禅師は大胆な受容性を持ち合わせている。

夜更て月の夜にあらたまりぬ。影玲瓏《れいろう》としていたらぬ隈《くま》もなし。子《ね》ひとつともおもふ比、あるじの僧眠蔵を出て、あはたたしく物を討《たづ》ぬ。たづね得ずして大に叫《さけ》び、「禿驢《とくろ》いづくに隠れけん。ここもとにこそありつれ」と禅師が前を幾たび走り過れども、更に禅師を見る事なし。堂の方に駈《かけ》りゆくかと見れば、庭をめぐりて躍《をど》りくるひ、遂《つひ》に疲《つか》れふして起来らず。（「青頭巾」）

「夜更て月の夜にあらたまりぬ。影玲瓏としていたらぬ隈もなし」というのは、秋成的な言葉の待機状態であろう。そこに鋭い攻撃性が出来する。だが、破戒僧は走り回るだけで禅師を見つけだすことができない。

夜明て朝日のさし出ぬれば、酒の醒《さめ》たるごとくにてして、禅師がもとの所に在《いま》すを見て、只あきれたる形《さま》にものさへいはで、柱《はしら》にもたれ長嘘《ためいき》をつぎて黙《もだ》しゐたりける。禅師ちかくすすみよりて、「院主《ゐんじゆ》何をか歎《なげ》き給ふ。もし飢《うへ》給ふとならば野僧が肉《にく》に腹《はら》をみたしめ給へ」。あるじの僧いふ。「師は夜もすがらそこに居させたまふや」。禅師いふ。「ここにありてねふる事なし」。（「青頭巾」）

破戒僧が禅師を見つけだすことができないのは、禅師が「もし飢給ふとならば野僧が肉に腹をみたしめ給へ」と言って、自らを差し出しているからであろう。その徹底した受容性ゆえに、逆に禅師は食われないのである。禅師は「心放せば妖魔となり、収むる則は仏果を得る」と語るが、それは攻撃と受容の関係を意味していると思われる。「青頭巾」という作品が入れ子のような二重構造になっている点も忘れてはならないだろう。「山の鬼」であった破戒僧を受け入れる禅師の物語があり、さらにその外に「山の鬼」にみえた禅師を受け入れる村人の物語があるからである。欲望とその毒こそが色彩を生むのではないか。

…一喝《かつ》して他《かれ》が頭《かうべ》を撃《うち》給へば、忽氷《こほり》の朝日にあふがごとくきえうせて、かの青頭巾と骨《ほね》のみぞ草葉にとどまりける。（中略）されば禅師の大徳雲の裏《うら》海の外にも聞えて「初祖《しよそ》の肉《にく》いまだ乾《かは》かず」とぞ称歎《せうたん》しけるとなり。かく里人あつまりて、寺内を清め、修理《しゆり》をもよほし、禅師を推《おし》たふとみてここに住しめけるより、故《もと》の密宗《みつしう》をあらためて、曹洞《さうどう》の霊場《れいぢやう》をひらき給ふ。今なほ御《み》寺はたふとく栄《さか》えてありけるとなり。（「青頭巾」）

破戒僧は禅師の一喝とともに消え失せる。骨だけになるのである。だが、禅師のほうは乾かぬ「肉」として生き続ける。「青頭巾」とは攻撃と受容の間にあるものであろう。だから、「青頭巾」は破戒僧と禅師が入れ替わる可能性を暗示している。禅師が破戒僧となって攻撃性を発揮するとも限らないからである。「一たび愛欲《あいよく》の迷路《めいろ》に入て、無明《むめう》の業火《ごうくは》の熾《さかん》なるより鬼と化したるも、ひとへに直《なほ》くたくましき性《さが》のなす所なるぞかし」と禅師は破戒僧を弁護してもいた。そして、村はそうしたすべてを受容しているわけである。

「貧福論」で論じられる金とはまさに攻撃と受容にかかわるものであろう。主人公の岡左内という武士は「良剱《よきつるぎ》なりとて千人の敵《あた》には逆《むか》ふべからず。金の徳は天《あめ》が下の人をも従《したが》へつべし」と語っている。

金は剣と違って、攻撃するためのものではない。金は天下の人々が受け入れてくれるものなのである。左内の前に現れた「黄金の精霊」はさらに金について語る。

只「貧《まづ》しうしてたのしむ」てふことばありて、字《まな》を学び韻《いん》を探《さぐ》る人の惑《まどひ》をとる端《はし》となりて、弓矢とるますら雄《を》も富貴は国の基《もとゐ》なるをわすれ、あやしき計策《たばかり》をのみ調練《たならひ》て、ものを敗《やぶ》り人を傷《そこな》ひ、おのが徳をうしなひて子孫を絶《たつ》は、財《たから》を薄《かろ》んじて名をおもしとする惑《まど》ひなり。顧《おもふ》に名とたからともとむるに心ふたつある事なし。文字てふものに繋《つな》がれて、金の徳を薄《かろ》んじては、みづから清潔《せいけつ》と唱《とな》へ、鋤《すき》を揮《ふるふ》て棄《すて》たる人を賢《かしこ》しといふ。さる人はかしこくとも、さる事《わざ》は賢《かしこ》からじ。

（「貧福論」）

儒者も武者も金を軽蔑して身を滅ぼす点で、ともに間違っている。「名」と「財」、すなわち名誉と財産は両立するからである。金こそすばらしいものだという主張は続く。

金《こがね》は七《なな》のたからの最《つかさ》なり。土に瘞《うも》れては霊泉《れいせん》を湛《たた》へ、不浄《ふじやう》を除《のぞ》き、妙《たへ》なる音《こゑ》を蔵《かく》せり。かく清《いさぎ》よきものの、いかなれば愚昧貪酷《ぐまいどんかう》の人にのみ集《つど》ふべきやうなし。

（「貧福論」）

黄金はすべてのものを受容しつつ、そこから不浄なるものを取り除くのだが、そうした肯定的な受容性が金の効用ということになるだろう。それでも左内は、「今の世に富るものは、十が八ツまではおほかた貪酷残忍《どんかうざんにん》の人多し」とかねてからの疑問を提出してみる。なぜ金には攻撃性があるのかという疑問である。黄金の精霊は次のように答えている。

我今仮《かり》に化《かたち》をあらはして話《かた》るといへども、神にあらず仏にあらず、もと非情《ひじやう》の物なれば人と異《こと》なる慮《こころ》あり。（「貧福論」）

我は仏家の前業《ぜんごう》もしらず、儒門《じゆもん》の天命にも抱《かか》はらず、異《こと》なる境《さかひ》にあそぶなり。（「貧福論」）

つまり金のほうでは人間の事情など関知しないということである。秋成は『胆大小心録』一四二でも、金の否定性と肯定性について記している。「金の性は悪なり。よくかくれては居ず。夜昼走りまどひて、人をよろこばせ、人をいたましむ。故につみておくといへども、崩る事すみやかなり。（中略）銭の性は善なり。日々に走りて用たり、人のかへりみなければ、宿さだまらずといへども怨なし。神仏のぬさにとすれば、又乞食が一夜のやど銭、一飯のたすけとなる。銭の性善といふべきはこれなり」。古き釜の話で始まって『胆大小心録』一四二から一四四にかけては金の話題が続く。「とかくかくれては居ぬくせあり」、「とかくおしだまりては居ぬやつなり」と結論づけられるが、「吉備津の釜」の主人公は釜から飛び出した「金」だったのかもしれない。

秋成は金の否定性と肯定性にともに目を向けている。金は人を攻撃するものであると同時に、人を受け入れてくれるものである。再び黄金の精霊の言葉に注目してみたい。

…世の悪《さがなき》ことばに、「富《とめ》るものはかならず慳《かだま》し、富るものはおほく愚《おろか》なり」といふは、晋《しん》の石崇《せきそう》唐《とう》の王元宝《わうげんほう》がごとき、豺狼蛇蝎《さいらうじやかつ》の徒《ともがら》のみをいへるなりけり。往古《いにしへ》に富《とめ》る人は、天の時をはかり、地の利を察《あき》らめて、おのづからなる富貴《ふうき》を得《う》るなり。

（「貧福論」）

「慳し」とは金の攻撃性のことであろう。とすれば、秋成がしばしば取り上げてきた「慳しき性」の問題と金の問題は相互に関連していることになる。「性」の問題も「金」の問題もともに攻撃と受容の問題だったのである。そして、それは言葉の問題でもあるだろう。秋成の言葉は攻撃とともに受容ないし待機状態を特徴としていたからである。

すでに指摘されているように、『雨月物語』の最初に位置する「白峰」と最後に位置する「貧福論」は論争の構造をもつという点で対応している。(6)「白峰」では攻撃性に、「貧福論」では受容性に力点が置かれているが、それは戦争論といってもよい。いずれも天下の帰趨が問題になっていたからである。では、天下の帰趨を決定するのは何か。かつては怨霊の力だったかもしれない。しかし、いまや金の力なのである。『雨月物語』は攻撃し待機する言葉によって、そのことを示唆しているように思われる（『雨月物語』刊行の過程で秋成は財産を失っているが、『雨月物語』という作品装置自体がそれを促したかにみえる）。

言葉の待機状態とは何か。それは物語展開にとっては不必要な言葉以外の何ものでもない。しかし、その点こそが秋成の文章の決定的な魅力であろう。物語に対して言葉を露呈させたがゆえに、秋成作品は小説と呼ぶべきなのである。秋成作品を攻撃的なイロニーの観点から評価する論が多いが、しかし、秋成作品に読み取るべきなのは受容するユーモアではないか。その点を確かめるためにも、次に『春雨物語』を検討してみたい。

二　春雨物語を読む　〈文化年間〉

『春雨物語』序には「はるさめけふ幾日、しづかにておもしろ。れいの筆研とう出たれど、思ひめぐらすに、いふべき事もなし。物がたりざまのまねびはうひ事也」とある。何も言うべきことはない。物語もいまだ誕生していない。しかし、春雨の音を耳にしているうちに、物語が立ち上がってくる（「物いひつづくれば、猶春さめはふるふる」）。つまり『春雨物語』の「春雨」とは、ひたすら攻撃的な言葉を生誕させる以前の状態であり、言葉の待機状態ということになる。[7] 上田秋成とは単に攻撃的な作家ではない。言葉の訪れを待つことの重要性を身をもって知っているという点で貴重な作家である。

「血かたびら」で問題になっているのも、攻撃と受容であろう。「天皇善柔の御さがにましませば」とあるように、平城天皇を特徴づけているのは受容性にほかならない（「み心のたよわさ」、「御心の直き」）。それに対して、藤原仲成や薬子を特徴づけているのは攻撃性である。「仲成、外臣を遠ざけんとはかりて、薬子と心あはせ、なぐさめたいまつる。よからぬ事も、打ちゑみて、是が心をもとらせ給ひぬ」。天皇は仲成たちに同調しているばかりである。だが父の御陵に詣でたときに、退位を決意する。

> 怪し、うしろの山より黒き雲きり立昇りて、雨ふらねど、年の夜のくらきにひとし。いそぎ鳳輦にて、我も我もと、あまたのよぼろ等のみならず、取つぎて、左右の大中将、つらを乱してそなへたり。（中略）「御常にあらじ」とて、くす師等いそぎ参りて、御薬調じ奉るに、兼ておぼす御国譲りのさがにやとおぼしのどめて、更に御なやみ無し。（「血かたびら」）

人々はうろたえているが、退位を決意した天皇は平静である。この後に、すばらしい場面が続く。

夜に月出、ほととぎす一二声鳴わたるを聞かせたまひて、大とのごもらせたまひぬ。
（「血かたびら」）

これは天皇がすでに退位を決意しているがゆえの静けさであろう。空海や皇太子の意見も聞くが、天皇の決意はすでに定まっている。空海の仏教的な言説も、皇太子の儒教的な言説もはじめから意味をもたないわけである。天皇が退位してしまうと、薬子や仲成は謀反を促そうとする。「露御こたへなくて、ただたがはせで、物いひたまはず。此の御本じやうこそたふとけれ。薬子、仲成等、あしくためんとするには、御烏帽子かたぶけてのみおはすがいとほしき」。天皇がこうした攻撃性に積極的に加担しようとはしないまま、謀反の企ては発覚する。

薬子おのれが罪はくやまずして、怨気ほむらなし、ついに刃に伏て死ぬ。此血の帳かたびらに飛走りそそぎて、ぬれぬれと乾かず。たけき若者は弓に射れどなびかず。劔にうてば刃缺こぼれて、ただおそろしさのみまさりしとなん。
（「血かたびら」）

薬子の攻撃性はすさまじい。「ぬれぬれと乾かず」とあるが、血まみれとなって乾くことのない「血かたびら」とは薬子の攻撃性を吸着した平城天皇自身なのかもしれない。

上皇にはかたくしろしめさざる事なれど、ただ「あやまりつ」とて、御みづからおぼし立て、みぐしおろし、御齢五十二と云まで、世にはおはせしとなん、史にしるしたりける。
（「血かたびら」）

薬子の反乱事件があったにもかかわらず、天皇の徹底した受容性は変わることがない。ところで、「御心の直き」平城天皇が位を譲ったのは誰か。それは「さが」天皇である（「御国譲りのさがにや」と韻を踏んでいた）。とすれば、嵯峨天皇は「ねぢけたる」性の側に位置していることになるだろう。この兄弟の対立は秋成的な「性」の問題に直結しているといえる。

「天津処女」の冒頭に描かれているのは嵯峨天皇の「さが」である。「嵯峨のみかどの英才、君としてたぐひなければ、御代押知らせたまひし也。万機をこころみたまふに、唐土のかしこきふみどもを取えらびて行はせたまへば、御世はただ国つちも改りたるやうになん人申す。皇女の御すさびにさへ、木にもあらず草にもあらぬ竹のよの、又は、毛を吹疵をなど、口つきこはごはしくて、国ぶりの歌よむ人は、おのづから口閉てぞありき」。嵯峨天皇の漢風化政策によって「国つちも改りたる」時代である。「国ぶりの歌よむ人」の「口」も閉じられる。そうして閉じられた「口」を再び開くのが良峯の宗貞である。

色このむ男にて、花々しき事をなん好みけるが、年毎の豊の明りの舞姫の数をすすめてくはへさせし。「是は、清見原の天皇のよし野に世を避たまひしが、御国しらすべきさがにて、天女五人天くだりて、舞妓をなぐさめ奉したためしなれば、五人のをとめこそ古き例なれ」と申す。（「天津処女」）

このときから「国ぶり歌」が復興したという（「国ぶりの歌、此のみ代より又さかえ出でて」）。五節の舞姫の際に宗貞が詠んだ歌が「あまつ風くものかよひぢ吹きとぢよをとめの姿しばしとどめむ」だが、その歌に倣っていえば、嵯峨天皇が推進した漢風の政策を閉じて、国風の姿をとどめようとしたのが宗貞なのかもしれない。あるいは宗貞とは「国つちも改りたる」ような時代に吹き抜ける「風」であろう。

同じく「色このむ」仁明天皇のもとで、宗貞は自由闊達に動き回る。だが、そんな宗貞の振舞いは太皇后からは憎まれる。「かく男さびたまへば、宗貞がさがのよからぬを、ひそかににくませたまひしとぞ」。ここでは宗貞のほうが「さがよからぬ」とみなされている。そして、仁明天皇の崩御とともに姿をくらます（「みはうぶりの夜より、宗貞行へしらず失せぬ。是は太后、大臣の御にくみを恐れて也」）。宗貞が再び姿を現すのは歌とともにである。

小町、さればこそとて、おかしく思ひ、五条の太后の宮に見せたてまつる。「せんだいの御かたみの者よ」とて、さがしもとめさする時也。「いかでとどめざる」と、打うめかせたまひぬとぞ。（「天津処女」）

小町と歌のやりとりをした宗貞はまた姿をくらまし、「さが」しもとめる者を裏切り続けるが、こうした宗貞の自由自在な動きこそ「国ぶりの歌」を活気づけているようにみえる（とどめることのできない宗貞自身が「天津処女」の姿のようだ）。

又時の帝の、「才有者ぞ」とて、しきりになし昇し、僧正位にすすめたまふ。遍昭と名は改たりき。これも修行の徳にはあらで、冥福の人なるべし。（「天津処女」）

最後に僧正となり「遍昭」と名を改めている。繰り返していえば、こうした宗貞の身軽な動きこそ重要なのである。(8) この作品では宗貞の「冥福」と清万侶の「命禄」の薄さが対比されているが、重要なのは前者であろう。清万侶が「忠節の志」をもっていたとはいえ、その重々しさによっては歴史を変えることができなかったからである。宗貞は軽薄ともいえるが、その軽々しさによって確実に歴史を変えてしまったのである。重要なのは天衣無縫の

「風」である（文化五年本には「廃立受禅のよからぬためしは、唐さまの習ひの毒液也」という表現がみられるが、宗貞は「唐さまの習ひの毒液」を吹き散らしている）。そして「風」が次の「海賊」を招き寄せる。

「海賊」という作品において攻撃的なのは海賊であり、受容の側に立たされるのは紀貫之である。

見れば、いとむさむさしき男の、腰に広刃の剱おびて、恐しげなる眼つきしたり。朝臣けしきよくて、「八重の汐路をしのぎて、ここまで来たるは何事」と、とはせたまへば、帯たるつるぎ取棄て、おのが舟に投入たり。（「海賊」）

海賊の攻撃性は剣ではなく、もっぱら言葉で発揮される。ここで注目しておきたいのは富岡本にみられる最後の一節である。

是は、我欺かれて又人をあざむく也。筆、人を刺す。又人にささるれども、相共に血を不見。（「海賊」）

『春雨物語』序にも「むかし此頃の事どもも人に欺かれしを、我又いつはりとしらで人をあざむく」とあったが、秋成は言葉を受け入れると同時に、言葉で攻撃する。つまり秋成にとって言葉とは攻撃と受容にかかわるものなのである。そして、それが言葉の戦いである限りにおいては血が流れることはないわけである。ぬれぬれとした「血かたびら」が乾いたもの、それが秋成の作品であろう（文化五年本の末尾には「此話、一宵不寝にくるしみて、燈下に筆はしらせし盲書なり。よむ人心してよ」とあって、言葉に取り憑かれた秋成の姿を伝えている）。

「二世の縁」にも言葉の待機状態がみられる。「雨ふりてよひの間も物の音せず。こよひは御いさめあやまちて、丑にや成ぬらん。雨止て風ふかず。月出て窓あかし。一言もあらでやと、墨すり、筆とりて、こよひの哀れ、やや一二句思よりて、打かたふき居に、虫の音とのみ聞つるに、時々かねの音、夜毎よと、今やうやう思ひなりて、あやし」。

この静けさのなかで出来するのは何か。それは鋭い攻撃性ではなく、不思議な「かねの音」である。掘り起こすと葬られた法師が出てくるという奇妙な展開をとげるが、秋成にとって掘ることはユーモラスな営みとなる。

…物の隅に喰つかすなとて、あたたかに物打かづかせ、唇吻にときどき湯水すはす。やうやう是を吸やう也。（中略）物にもくひつきたり。法師なりとて、魚はくはせず。彼は却てほしげにすと見て、あたへつれば、骨まで喰尽す。（「二世の縁」）

甦った法師はほとんど幼児のようだ。世界に吸い付き、世界を受け入れる（「から鮭」のような骨だけの男が魚の骨に吸い付くユーモア）。そして、幼児のように無垢であり無知である。

此のほり出せし男は、時々腹たたしく目怒らせ物いふ。定に入たる者ぞとて、入定の定助と名呼て、五とせばかりここに在しが、此里の貧しきやもめ住の方へ、聟に入て行し也。齢はいくつとて己知らずても、かかる交りはするにぞありける。（「二世の縁」）

「時々腹たたしく目怒らせ物いふ」とあるが、それは幼児が駄々をこねているようなものである。名前や年令がわからないにもかかわらず、男女の交わりだけは知っているという点も面白い。「かの入定の定助は、竹輿かき、荷かつぎて、牛むまにおとらず立走りつつ、猶からき世をわたる」。前世で仏道修行をしたはずだが、定助にとってはなんの助けにもなっていない。妻は定助があまりに役立たずなので、むしろ前夫の甦りを待ち望んでいるほどである。仏教的な言説が無効にされている以上、「二世の縁」は贋の縁でしかないのである。「二世の縁」に攻撃性は稀薄である。むしろ際立っているのは、とぼけた笑いである。それは貧相さからくるものであろう。断食芸人のユーモアといってもよいが、貧しさを受け入れるところから奇妙な笑いが生じているのである。

「目ひとつの神」もユーモアに満ちている。「高き木むらの茂くおひたるひまより、きらきらしく星の光こそみれ、月はよいの間にて、露ひややか也。されど、あすのてけたのもしと独言して、物打しき眠りにつかんとす」。これも言葉の待機状態といえるだろう。しかし、そこに出来するのは鋭い攻撃性ではない。滑稽なものたちの饗宴である。

…「酒とくあたためよ」とおほす。狙と兎が、大なる酒がめさし荷ひて、あゆみくるしげ也。「とく」と申せば、「肩弱くて」と、かしこまりぬ。わらは女事ども執行ふ。大なるかはらけ七つかさねて、御前におもたげに撃ぐ。しろき狐の女房酌まいる。（「目ひとつ神」）

猿や兎といった軽やかな存在が重そうにふらついているのが、なんとも可笑しい。

…わかき男を空にあふぎ上る。猿とうさぎは、手打てわらふわらふ。（「目ひとつ神」）

野心に満ちた若者が軽々と吹き上げられるのが、なんとも可笑しい。

法しは、「あの男よあの男よ」とて笑ふ。帒とりて背におひ、ひくきあしだ履て、ゆらめき立たるさま、絵に見知たり。

（「目ひとつ神」）

軽やかに笑っていた者が重そうな袋を背負ってふらついているのが、なんとも可笑しい。

かん人と僧とは人也。人なれど、妖に交りて魅せられず、人を魅せず、白髪づくまで齢はへたり。

（「目ひとつ神」）

『春雨物語』を特徴づけているのはもはや攻撃するイロニーではない。受容するユーモアである。だから、もはや惑わされたり惑わしたりすることなく、生き延びることができるのであろう。

次に「死首の咲顔」をみてみたい。「父がおにおにしきを鬼曽次とよび、子は仏蔵殿とたうとびて、人此もとに先づ休らふを心よしとて、同じ家の中に、曽次が所へはよりこぬ」とあるように、父の五曽次は攻撃的といえる。それを受け止めているのは息子の五蔵である。

「…親のしらぬ事知りて、何かする。まことに似ぬを鬼子といふは、おのれよ」とののしる。「何事も此後うけたまはりぬ」とて、日来渋ぞめの裾たかくかかげて、父の心をとるほどに、「今こそ福の神の御心にかなふらめ」と、よろこぶよろこぶ。

（「死首の咲顔」）

父親は五蔵と宗の結婚に反対している。五蔵の態度は「血かたびら」の平城天皇のように曖昧で、父親に従うばかりである。宗の結婚が受け入れられないと知った宗の兄はついに宗を殺してしまう。宗の母もすべてを受け止める側にある。

母はいつもの機にのぼりて、布織ゐたるが、ききて、「しかつかうまつりしよ。心得たれば、驚かず。よくこそ知らせたまふ」とて、おり来て、ゐやまひ申。（「死首の咲顔」）

殺人事件の原因を作った五曾次は家財没収され村を追放されることになる。「鬼曾次足ずりし、手を上てをらびなくさま、いと見ぐるし。五蔵、おのれによりて、かく罪なはるるはとて、引ふせてうつ。うてどもさらず。御心のままにといふ。にくしにくしとて、ここかしこに血はしらせたり」。息子は父に打擲されている。だが、父の攻撃性には限度がある。この作品にはもっと恐ろしいものが存在する。それが「死首の咲顔」にほかならない。

妹が首のゑみたるままにありしこそ、いとたけだけしけれと、人皆かたりつたへたり。（「死首の咲顔」）

殺された宗は徹底した受容性を持ち合わせていたといえるが、実はそれこそがもっとも攻撃的なのかもしれない。逆に「おのれはいかで貧乏神のつきしよ。ざい宝なくしたれど、又かせぎたらば、もとの如くならん。難波に出てあき人とならん。かんだうの子也。我がしりにつきてくな」と言って、しぶとく生きぬいていく父のほうにユーモアが感じられる。「死首の咲顔」は最後にイロニーとユーモアを逆転させているようにみえる。

「捨石丸」が描いているのは、攻撃と受容の反転である。「或時長者酔のすすみに、おのれは、酒よくのめど、酔ては野山をわすれて臥故に、石捨たりと云あだ名は呼るる也。よく寝入たらんには、熊狼にくらはるべし（中略）此劔常に帯よ、守り神ならんとて、給へる…」。

捨石丸は徹底した受容性を特徴としている。にもかかわらず、剣をもらったばかりに攻撃的な存在とみなされてしまうのである。

…父が劔に手かけて、うばはんやとするに、抜出て、おのれが腕に突立てしかど、長者の面にそそぎて、血にまみれたり。小伝次父をあやめしやとて、後よりつよく捕へたり。とらへたるを又引まはして面を打。是もいささか血をそそぎかけたり。父は子をあやまちしかとて、劔の鞘もて、丸がつらをうつ。（「捨石丸」）

捨石丸は攻撃をしかける側ではなく、むしろ攻撃を受け止める側である。にもかかわらず、捨石丸は「主殺し」として追いかけられることになる。

二人の男等とらはれながら、「主殺しよ」とて、をらび云。扨は、父子ともに我あやまちしよとて、二人の男を深き流に打こみて迯ゆく。（「捨石丸」）

捨石丸は二人の下男を殺してしまうが、それは二人の自業自得である。捨石丸を「主殺し」と呼んだがゆえに、捨石丸もそのように思い込み、二人を殺すことになったからである。それ以前の捨石丸は「抜きたるににうけて、何やらんうたひつつ、又父をとらふ」とあるように、歌など歌って、なんとも可笑味があった。つまり、ユーモアを解さず性急に「主殺し」と呼ぶことが決定的に誤りだといえる。それに対して、殺されたはずの主人親子が酔っ払って帰って来る場面はなんとも可笑しい（「父はまだ酒さめざれば、血にまみれながら、剱の身さゝげて、をどり拍子にかへる。小伝次もあとにつきてかへる」）。

後に捨石丸が岩をくだくのは、こうしたユーモアの力によってではないだろうか。

…鉄槌の二十人してもささげがたきを振立て、先うつほどに、凡一日に十歩は打抜たり。国の守触ながして、民に「力添よ」とて、民は此石の屑をはこぶ事、いく人かしてつとむ。（「捨石丸」）

捨石丸が「石」を捨てる行為は、自らを捨てることにほかならないだろう。事実、捨石丸は追ってきた小伝次に自らの命を差し出している。それはイロニーというようなものではない。すべてを受け入れるユーモアなのである。攻撃的なのは捨石丸ではなく、捨石丸を追って来た小伝次のほうである。

小伝次こたへなく、そこにある石の廿人斗してかかぐべきを、躍たちて蹴ば、石は鞠のごとくに転びたり。（「捨石丸」）

捨石丸はたちまち小伝次を伏し拝み、ものを学ぶようになるのであって、ここでも受け身である。捨石丸が岩をくだくのは、そうした受け身の姿勢によってであろう。

かくて月日をへ、年をわたりて、凡一里がほどの赤岩を打ぬき、道平らかに、所々石窓をぬきて、内くらからず。

（「捨石丸」）

イロニーは一瞬にすぎない。むしろ、ユーモアの地道な歩みのほうが岩をすり減らしていくように思われる（「内くらからず」とあり、そこにはほのかな明るさがある）。「石」とは何か。それは投げ付けるとき攻撃となるだろう。しかし、この作品における「石」はそうした攻撃的なものではない。むしろ、掘削されるものであり、受け止めるものである。

「宮木が塚」で攻撃的なのは藤太夫であり、それを受け止めるのは宮木といってよい。

此宮木が屍の波にゆりよせられしとて、ゆり上の橋となん呼つたへたる。

（「宮木が塚」）

宮木は入水してしまうが、この揺らめく宮木は絶対の受容性を示すものであろう。その「塚」もまた荒れるがままになっている（「しるしの石ははづかに扇打ひらきたるばかりにて、塚と云べき跡は、ありやなし」）。「歌のほまれ」は類歌について論じているが、そこにも攻撃性の問題が現れる。

いにしへの人のこころ直くて、人のうた犯すと云事なく、思ひは述たるもの也。

（「歌のほまれ」）

この一節によれば、独創とは侵犯することであり攻撃することである。しかし、「歌のほまれ」とは受け入れることなのである。

「樊噲」の主人公、大蔵は「あぶれ者」である。酒を飲み博打を打つうちに仲間に辱められ、神の住む大山に登ることになる。

…ぬさたいまつる箱の大きなるが有、「是かづきて下りなん」とて、重きをかるげに打かづきてんとするに、此箱のゆらめき出て、手足おひ、大蔵を安々と引提、空にかけり上る。（「樊噲」）

（此箱ゆらめき出て、手足おひ、大蔵をつよくとらへたり。すはとて、力出して是をかつかんとす。箱におひ出たる手して、大蔵をかろかろと引さけ、空に飛かける――文化五年本）

大山に登った証拠にするため賽銭箱を持ち帰ろうとするが、そのとき不思議なことが起こる。最も重くなったとき、軽々と空に引っ張り上げられるという点がユーモラスであろう。「渠必ず神に引きさき捨てられん」と危惧されたにもかかわらず、大蔵は助かる。その意味で、大蔵は神に愛されているといってよい。いわば神の恩寵を受けているのである。

「出雲へわたり、隠岐の島よりかへるは、罪ある者の大赦にあひし也」とて、大蔵と云名はよばで、「大しや大しや」とあざ名したり。（「樊噲」）

無事に帰宅した後は「大赦」と呼ばれているが、大蔵は神に受け入れられ許された存在ということになる。だが、大蔵の放埒は止むことがない。

…片手にふたひらきて、二十貫文つかみ出して、母はひつの中へ押こめて、銭肩におきてゆらめきいづ。

（櫃に投こみ、ふたかたくして、銭肩にかけてゆらめき出――文化五年本）

（「樊噲」）

再び博打に熱中し、金に困ると、蔵のなかの櫃から盗みだす。「ゆらめきいづ」とあるが、大蔵が金を持ち去ろうとすると、またしても物語に変化が導入される。兄嫁に見つかり、父と兄に追いかけられ悪友に出会う。

谷わたる所にて友だちがゆきあひ、むかひ立てつよく捕へたり。是は力ある男なれば、おのれも腕のかぎりしてつらを打、ひるむと見て蹴たれば、谷の底へ落ころびぬ。

（「樊噲」）

「おのれが博奕のおひめ責るから、つぐのはんとて、親の銭なれば、もて出たるぞ」と語っているが、大蔵のほうから攻撃性を発揮することはない。相手が攻撃性を発揮するので、やむをえず暴力的にならざるをえないのであって、大蔵はどこまでも受け身である。父や兄を結果として殺してしまうのも、父や兄が追ってくるからなのである。(9)

兄と父とは追兼ねて、此の間にやうやう来て、銭只うばひかへさんとす。今はあぶれにあぶれて、親も兄も谷の流にけおとして、韋它天足して、いづちしらず迯うせぬ。

（「樊噲」）

（二人に成しかは、力足つよくふみて、兄をは谷川のふかきに蹴おとしたり。友たちはきととらへて、おのれか親兄か、我親兄也。入ぬ骨ついやすかとて、是も谷へ投おとす。父、又追つきて、おのれ赦さしとて、鎌もて肩に打たてたり。いささかの疵にても、血あふれ出ぬ。子を殺す親もあるよとて、父に打かへす。咽にたちて、あと叫ひてたをるを、兄とともに水に入たまへとて、かた手わさして、父をも谷のふかきに落しつ。淵ある所に三人とも沈みて、むなしく成ぬ。さて、恐しく思なりて、銭を懐にして、夷駄天走りして、行方しらす逃たり――文化五年本）

博多、長崎へと逃げるが、大蔵の放埒は止むことがない。

さかな物、鉢や何や引よせてくらふほどに、気力ますますさかりに成て、「我女出せよ」とておどり狂ふ。（「樊噲」）

（又立蹴に蹴ちらして、夜明るまて狂ひをる――文化五年本）

「をどり狂ふ」とあるように大蔵の暴力自体はユーモラスであり、むしろ無垢だといえる。

奥の方に、もろこし人のやどりて遊ぶ所へみだれ入て、屏風も蹴たをして、もろこし人の前に、膝たかくかかげて、どうと座したり。驚きおそれて、「樊噲排闥樊噲排闥。ゆるしたまへ。我はただ何事もしらず」とてわぶる。（「樊噲」）

（もろこし人おそれて、樊噲へ命たまへといふ。いとよき名つけたり、ゆるすへし、酒くまんとて、座につく――文化五年本）

主人公が「樊噲」と呼ばれるのは「もろこし人」によってだが、これは興味深い点であろう。主人公は外部と接触することによってはじめて自らの本性に気づくことになるからである。主人公が自らの本性に気づくのは外部との臨界面においてなのである。

盗人と出会った樊噲は自らの本性を顕わにするが、それはなんともユーモラスである。

「ぬかるな」といへば、「手むなしきは」といひて、松の木の一つえあまりなるを根ぬきにして、振たてて見する。「よしよし、いさぎよし」とて笑ふ。（「樊噲」）

はん噲酔ぐるひして、「つたへ聞、から人は別に柳条を折と也。さらば」とて、此川に老たる柳の木を、「えい」と声かけてぬきとりたり。「扨いかにする事ぞ。知らず」とて、大道に投すてたり。（「樊噲」）

松の木を引き抜いてみるが、必要以上に大きなそれは武器としては無駄なものであろう。柳の木を引き抜いてみるが、必要以上に大きなそれは別れの挨拶としては無駄なものであろう。大蔵は単に自らの過剰な力をもてあましているだけなのである。

富山で大金を盗む場面は、大山で賽銭箱を奪おうとした場面を繰り返している。

「此綱をたよりにくくり上よ」とて、月夜にいふ。「こころえし」とて、箱二つをよくからめて、「いざ」といふ。はん噲つるべに水汲が如く、いと安げに引上たり。明て見るに、二つに二千両納めたり。（「樊噲」）

金の入った箱を取って空に持ち上げられるのは二度目である。「蔵のやねより飛びたり。いささかも疵つかで」とあるように、樊噲は大山においてと同様に無傷である。樊噲は神に庇護されているといってよい。物語のなかで自由自在に動き回る樊噲は物語の恩寵を受けているのである。

江戸で手下の喧嘩に巻き込まれる場面は、父や兄を殺してしまった場面を繰り返している。

「すは、ぬす人のかしら来たるは」とて、群り迯るもあり、「打たふせ」、「打ころせ」とて、棒はしの原よりしげし。（中略）錫杖に前にたつ七八人をうつほどに、「あ」と叫んで、皆打たをる。（「樊噲」）

樊噲は自ら好んで攻撃性を発揮しているわけではない。相手が攻撃性を発揮するのでやむをえず暴力的にならざるをえないのであって、樊噲はどこまでも受け身である。越国では心得のある武士にしたたかに打ち据えられたが、樊噲が自ら攻撃をしかけるときは失敗するだけであろう。

樊噲が改心をとげるのは下野国においてである。道はいくすじにも別れ、暗い迷路となっている。

…下野の那須野の原に日入たり。小猿・月夜云。「此野は道ちまたにて、くらき夜にはまよふ事、既にありき。ここにしばらく休みたまへ。あない見てこん」とて走りゆく。殺生石とて毒ありと云石の垣のくづれたるに、火切てたきほこらし居る。（「樊噲」）

「地獄はいづこぞ」と地獄を探し求めていた樊噲がついに辿り着いたのが、この「毒」の場所であろう。とすれば、樊噲の改心は秋成の「毒」の主題からの解放を意味しているのかもしれない。毒を仰いで死んだ薬子の物語から始まった『春雨物語』はここで終わる。

法師立とどまりて、「ここに金一分あり。とらせん。くふ物はもたず」とて、はだか金を樊噲が手にわたして、かへりみもせずゆく。（中略）片時にはまだならじと思ふに、僧立かへりて、「はん噲おはすか。我発心のはじめより、いつはり云ざるに、ふと物をしくて、今一分のこしたる、心清からず。是をもあたふぞ」とて、取あたふ。（「樊噲」）

樊噲が改心するのはこのときである。樊噲の心は揺らめく。つまり、樊噲は金を手にすると、決まって揺り動かされる存在なのである。突然の贈与に驚くが、樊噲は明らかに恩寵を受け取っている。

樊噲の物語は陸奥の古寺の大和尚が死を前にして語ったものであることが最後に明らかにされる。物語のなかで自由自在に動き回っていた樊噲が、現実には身動きのできない和尚であったわけである。こうして語られた物語は現実の時間へと引き戻されるが、そこに物語的な恩寵から引き離された小説の現在があるといえる（それは「夢応の鯉魚」にみられた通り、夢の恩寵から追放された姿でもある）。

「心納れば誰も仏心也。放てば妖魔」とは、此はん噲の事なりけり。（「樊噲」）

妖魔とは攻撃のことであり、仏心とは受容のことであろう。樊噲はまさに攻撃と受容の間にあった存在にほかならない。秋成の小説を締めくくる、この一節に従って結論をいえば、秋成とは攻撃と受容の間において言葉を露呈させた作家である。(10)

おそらく、情動とは攻撃と受容の間において発生するものであり、秋成の言葉が情動性を帯びているのはそのためなのである。

注

（1）雨月物語、春雨物語、胆大小心録の引用は中村幸彦校注『上田秋成集』（日本古典文学大系）、藤簍冊子の引用は中村博保校注『近世歌文集下』（新日本古典文学大系）により、それ以外のものは『上田秋成全集』（中央公論社）による。『春雨物語』の引用に際しては全集所収の諸本を参照したが、「樊噲上」は「樊噲下」との整合性を考慮して文化五年本も併記する。なお、近年の研究史については『上田秋成研究事典』（笠間書院、二〇一六年）を参照した。

（2）本章ははなはだ粗雑なものだが、ドゥルーズ＝ガタリの戦争機械という概念を導入することで、秋成作品の潜勢力を解き放とうとする試みである（ドゥルーズ＝ガタリ『千のプラトー』河出書房新社、一九九四年）。その際、秋成の動物への関心は注目される。『胆大小心録』一三や二九には狐をめぐる儒者との論争が記されているが、秋成の狐への関心を単に前近代的な非合理主義と考えてはならないだろう。本居宣長との論争にみられる通り、秋成は合理的であろうとしているからである（江藤淳「上田秋成の「狐」」は近代的な孤独を読み取っている、『近代以前』文藝春秋社、一九八五年）。「道に泥みて、心得たがひ」の儒者と「道をうしな」う秋成の相違から浮かび上がるのは、秋成のすぐれた変容の資質だと思われる。今日、秋成のテクストを抑圧しているものがあるとすれば、それは「幻想」であり「思想」である。幻想という言葉の便利さが、思想という言葉の重々しさが、秋成の言葉から動きを奪っているのではないか。「津の国のなにはにつけてうとまるる芦原蟹の横走る身は」（『藤簍冊子』二）と詠んだ秋成にふさわしいのは、横断的な「横走る」読みであろう（これまでの秋成研究においてはモデル論、素材論で豊かな積み重ねがあるが、本稿ではそれらにふれている余裕がない）。

（3）風間誠史『近世和文の世界』（森話社、一九九八年）は近世の和文家たちが、その生活と感情を「殺すことなしに」に表現しようとしたことを論じている。しかし、秋成の散文はむしろ殺気に満ちたものであり、その点に他の和文家とは異なる秋成の特徴があるように思われる。『胆大小心録』一〇三には「天道人をころさずといへど、生殺しにはなさることじやと思ふ」という一節があるが、秋成は常に殺意を意識している。ただ秋成は、そうした殺気をテクストの力に変換しているのである。同一三四の「もののふの道にはあづからぬ君だちの、よむ事となりしこそあさましけれ」という一節によれば、秋成において歌の問題は武の問題と直結していることになる。

（4）秋成において速度は重要な問題である。「樊噲」には「八百石と云ふ船にて、ちひさくもあらぬを、風追ひていと早し。されど、よんべの神の翼にかけしよりは遅しと云ふ」という一節があるが、速度は神の恩寵と結びついている。それは「翼あらねど空をかけり、足なくて千さとをゆく」金の性質でもある（『藤簍冊子』五の「郝廉留銭」）。

（5）『胆大小心録』一四二には「一隠者ありて、茶をこのむ。古物店にて、色あひたしかならぬ古き釜を求めて、返りてきよめて、湯をたぎらすれば、其ひびき清亮として、垣外を過る人、耳をとどめて立やすらふ」という挿話があって、「吉備津の釜」を連想させる。とすれば、『清風瑣言』（全集九）に「御国に来りしは、嵯峨天皇の御代や始なりけん」と記されている茶は、毒の一種ではないだろうか。晩年の秋成は茶の湯に熱中しているが、それは毒を自家薬籠中のものにしているということかもしれない（『胆大小心録』六九には「もう何もできぬゆへに、煎茶のんで死をきわめている事じや」とある）。なお、秋成と茶のかかわりについては森山重雄「茶人としての秋成」（『上田秋成の古典感覚』三一書房、一九九六年）を参照。

（6）『雨月物語』の円環的構成については、高田衛による解説（日本古典文学全集四八、一九七三年）を参照。

（7）『藤簍冊子』一には「こちかぜのけぬるき空に雲あひて木の芽春雨今ぞ降くる」という歌が収められているが、春雨は何かの成長を促すものであろう。それは物語の萌芽ではないか。「稀にとふ人をやどして春雨のよるをすがらに語る庵かな」という歌もあるが、春雨とともに物語は膨らみ続ける。『胆大小心録』二九の挿話では「春雨蕭々とふり」来たるとき怪異が訪れる。

（8）田中優子「宗貞出奔」（『日本文学』一九七九年二月号）は宗貞の動きを「意味づけからの奔走」、「筋書きからの奔走」と捉え、そこに「遊び」の力を見出しているが、本章ではそれを「戦い」の力と読み換えてみたい。

（9）秋成において暴力と無垢は紙一重のところにある。たとえば、『胆大小心録』六二の挿話では殺しが無罪とみなされ、制度の酷薄さを照らし出している（「新町の西口でとやら、女等がたんと立ていて、それぞれ唐人ごろしが来たといひて、駕の内を、美男じやあつた故に、あれかいな、あれがなんの人ころさうぞ、公儀といふものは、むごいものじやといふたとさ」）。その意味で、同三一の動物論も興味深い。「狼の性暴悪、文人の筆に常に云ところ也。しかれども、我によくしたればとて、此むくいよくしたりき」というように、動物が残酷にみえても、それは人間の偏見にすぎないのである（同様の論は『藤簍冊子』三の「秋山記」にもある）。なお、木越治「樊噲像の分裂」（『秋成論』ぺりかん社、一九九五年）は富岡本と文化五年本の相違について論じている。

(10)　西鶴には攻撃するイロニーがあるが、受容するユーモアが乏しい。この点に西鶴と秋成の相違があるように思われる（西鶴については拙稿「近松と西鶴——契約・説得・宙吊り」『沖縄国際大学日本語日本文学研究』一、一九九七年を参照されたい）。出版文化とともに西鶴は物語文学の伝統を解体し尽くしたが、秋成は中国白話小説と国学の知識を媒介として、それを復活させたといえるかもしれない。秋成の書いた浮世草子『諸道聴耳世間狙』『世間妾形気』は必ずしも成功していない。『書初機嫌海』の序に倣っていえば、秋成は「西鶴が筆のまめまめし」さから「紫とかいひしむかし人」の「かたりぐさ」に復帰している。だが、そのとき「書初」とある通り、書法の問題が浮上してくる。秋成の「悪書」「めくら書」は『胆大小心録』のなかでもたびたび話題になっているが（中国の正統的なエクリチュールとも王朝の華麗なエクリチュールとも異なるものであろう）、秋成は書くたびに、言葉を強く意識しなければならないのである（「いせ物語」は歪んで『癇癖談《くせものがたり》』となる）。

Ⅱ 都賀庭鐘論――気象・地形・亡命

これまで庭鐘の小説については出典考証を中心に考察が行われてきた。そのために作品論というべきものは少ない。ここでは出典論に深入りすることなく、もっぱら小説として（小説にふさわしい）表層的な読解を試るが、そのとき浮上してくるのが気象・地形・亡命という三つの主題群である。テーマの体系ないしテーマの系列といってもよいが、それらが分岐し交差し増殖する様相を探ってみよう。庭鐘作品の魅力がいくらかでも明らかになるのではないだろうか。また秋成の小説との比較も試みたいと思う。

対象とするのは『英草紙』（一七四九年）、『繁野話』（六六年）、『莠句冊』（八六年）である。いずれも序文を有し、「近路行者」著、「千里浪子」正として出版されている。なお、原文の引用はそれぞれ新編日本古典文学全集（中村幸彦校注訳）、新日本古典文学大系（徳田武校注）、江戸怪異綺想文芸大系（木越治校訂）による。(1)

一　繁野話を読む　〈明和三年〉

第二小説集『繁野話』においては明らかに「気」の動きが重要である。第一「雲魂雲情を語て久しきを誓ふ話」は旅の僧が雲の語る話を耳にするものだが、そこには「雨気」「海気」「天気」「塩気」「靄気」「雲気」「瑞気」といった語彙が出てくる。

左に旋《めぐつ》て賤の臼ひくかたちなるは天気の常なり。あなたの雲北へ行こなたの雲南を指《さす》は、風かわらんとして其あいだめぐるなり。上なる雲東に行下なる雲西にむかふは、風上下にめぐり聊《いささか》雨気の動くなり。空より吹おとす風は其地勢《ちせい》によつて吹もどることあり。浪花の朝はかならず谷風《こち》吹て出船を送り、晩に泰風《にしかぜ》千帆を入らしむ。天然の大津《たいしん》実に輻湊《ふくそう》の摂地なるかな。（第一）

「めぐる」という言葉が繰り返され（漢字と仮名で）、左右に上下に動く大気の動きを伝えている。そんな「気」の動きを左右するのは地形であり、地形の重要性もまた明らかであろう。事実、「天然の大津実に輻湊の摂地なるかな」と大坂を讃えている。

風の勢は四方の山形に因《よる》がゆへ土地に随《したがつ》て異なり、唐土の書に名称多しといへども、方角を四時に合せたれば此邦に用がたし。東南《たつみ》の風を黄雀風《くはうじやく》といふも時六月にあらざればいふべからざるが如し。本朝処々の俗称多かれども正しからず。（第一）

和漢に相違があるとすれば、それは地形の差異から導かれるのであり、それによって言葉の相違も問題になってくるのである。丹波太郎、奈良次郎、泉の小次郎、魔耶九郎、在間三郎など、なんと見事な呼び名であろう。

第一話でもう一つ注目されるのは「実や雲雨煙《げに》は画にもゑがかれず」という点である。雲、雨、風、煙といった「気」の動きは安定した表象をもちえない。したがって、「気」の動きを、地形であれ人間であれ、別の何かに結びつけて語ることが必要になってくる。

沙門夢さめて思ふに、雲水の主とは我を指《さす》にはあらで、此に妙なる彫刻の荘厳なるべし。珍しくも雲魂の談を聞て、人にもかたり問《たづね》て、此津の四方に犍《たて》る雲の、昔より各《おのおの》其名あることを初て知られぬ。さもあれ夢に白雲と遊びし、心空なる妄言、聴人も妄聴《そらぎき》し玉はんか。兎にも角にも書すてける。（第一）

「気」の動きを人間に結びつけるだけでなく、地形や彫刻に結びつけるところに庭鐘の特徴を見出すことができる。庭鐘において書くとは気象と地形を結びつけることなのである。『日本霊異記』が雷とともに始まる書物だとすれば、『繁野話』は雲とともに始まる書物といえる。

第二「守屋臣残生を草莽に引話」は仏教導入をめぐる物語である。守屋は仏教導入に反対し発言している。

凡《およそ》善教の世界に行るるや、此国の善政は其国に往き、彼国の善教此国に来るは、貨《たから》を交易するがごとく、互に取用ひて恥なしといへども、地を易《かへ》ては行はるべき事あり、行れざる風あり。（第二）

「地」と「風」の関係が第二話の主題だが、それは地形と気象の主題変奏といえるだろう。注目すべきは一つの漢字の両脇に振られた二つの仮名である。「交易」には「かうゑき／かへもの」と振られているが、音と意味を表す二重の表記がまさに二つの異なる土地を示すからである。庭鐘における二重の表記には、気象と地形をめぐる入り組んだ関係がまとわりついている。

仏教導入を主張するのは馬子や厩戸王子である。穴穂部皇子の擁立に失敗した守屋はその軍勢に囲まれ、危機一髪のところを脱出する。「めぐる」という語彙に注目しておきたい。

守屋主従只弐人、昼は葦原にかくれ伏し、夜は道を行て伊勢路をめぐりて淡海に入り、我采地《さいち》に年ごろなれて召たる邑《さと》の長にたよりて、彼が宅の後なる山の岩窟にひそみかくれ、創《きづ》を養ひ全きことを得て、代の移り行さまをも見んと命を存らふ。（第二）

ここで導入すべきは第六話に出てくる「亡命」という言葉であろう（「父は胎内にある時亡命し、母は五歳の秋に死す」）。「ばうめい／ゆくへなし」と両脇に仮名が振られた「亡命」こそ、守屋にふさわしい一語だからである。(2) 第六話では「亡命」が「ひかげもの」と訓ぜられてもいる（「素卿が私通の罪乱階をなせし上、其亡命を憚らざるを以て、重き律に論じて遂に死刑に行はる」）。二つの世界があって、そこを行き来することは亡命たらざるをえず、亡命した者は「ひかげもの」となってしまうのである。振り返っていえば、第一話の雲水もまた亡命者と呼ぶべきであろう。気象（気性）と地形の間にはいつも安定した対応関係があるわけではない。そこには「亡命」を生み出す苛酷で愉悦に満ちた動きが存する。

『繁野話』序には「守屋の連不言の裏に意ふかく、厩戸の理もよく展たり」と記されているが、厩戸王子が理の側にあるとすれば、「不言」の守屋は気の側にあるのかもしれない。厩戸王子は「凡理を以て説もの其理に達せざる時は其実を見ることあたはず」と「理」を攻めている。末尾の漢詩「雪裡柳条順克柔　石梁度人断時休」に即していえば、柔らかな「柳条」は守屋のことであり、硬い「石梁」は厩戸王子のことである。後述するように、聖徳太子の墓をめぐる問答も興味深い。

第三「紀の関守が霊弓一旦白鳥に化する話」においては「関」が亡命の舞台といえる。雪名という男が妻を伴って逃げてくるからである（「親の気色かふむりて家を逐《おは》れ…」）。関所の山口庄司はその面倒を見ている。雪名の妻は実は狐で、狩りを停止させるために女に変身していたのだが、最後に露見し夢ですべてが告げられる。

「…去にても霊なるかな彼良弓《りやうきう》遂に他家にとどまらず、自ら飛て山口の家に帰る。神なるかな掛画、虎威《こい》真に逼《せま》りて我が多年の通変を破る。是皆物の定数にして我が力に及ばざる所なり」と、其夜同じ夢の物がたり、庄司次郎雪名夏人もたがはぬ一詞《いつし》なれば、元来一狐《いつこ》の所為によりて三人種々の心機を労しぬる。（第三）

白鳥に変身した弓のように、女に変身した狐はいわば亡命者である。しかし、真なる画という「理」によって打ち破られてしまったわけである。隠れ場所という点で「関」は第一話における「岩窟」の主題変奏になっている。第四「中津川入道山伏塚を築しむる話」もまた亡命の物語である。冒頭で桜崎左兵衛は、訪ねてきた浪人から南朝方の蜂起を促されている。

…従三位中将を贈られし判官楠公、湊川に仮腹《そらばら》切りて、跡をかくし任をのがれて、今変名する所則ち先生なりといふ。（第四）

死んだはずの楠正成が名前を変えて生きており、それが桜崎だというが、ここにも「亡命」（ゆくへなし／ひかげもの）の主題を見出すことができる。庭鐘がいわゆる南朝物を描き続けるのは、それが亡命の物語だからであろう（後述するように、間者と間道の物語でもある）。しかし、桜崎は「足下の如く思ひはやりにはやるもの、勢を用ひすごして、必用の時には気勢なきものなり」と南朝方の蜂起に反対する。

桜崎に断られた浪人矢田義登は、南朝方であった中津川入道のところに赴くが、「火起れば風加つて、微しの勢を得ば、上下を震驚し、人民業に就ことを得ず」と反対され、殺されてしまう。「入道矢田が志を憐み、住吉防犴に所の者に命じて、其地の堺田に埋め、土を築き、石を鎮《しるし》となす」というのが結末である。ここで注目すべきは、桜崎が語っていた次の言葉であろう。

しかれども、此時を以て見るに、南朝の根基とせる大和紀の路一統して、基本巣穴《きほんさうけつ》なし。今蜂起の徒の事を成べきにあらず。（第四）

第二話で守屋が隠れ住んでいた「岩窟」にも通じるが、ここから「巣穴」の主題を導き出すことができる。入道は塚を築くことによって一つの「巣穴」を作り出したのであり、亡命者の役割とは、こうした「巣穴」を作り出すことなのである（庭鐘には巣庵、巣居というペンネームもある）。第二話にみられた通り、「墓地をゑらみ、其両傍の地脈を断て収ざられしめ」ることなどありえず、墓地は地脈で繋がっているはずである。「火起れば風加つて」と入道の発言にあったが、「霊火あつて此辺に出遊す」というのも必然であろう。なお、入道の殺人には目撃者がおり、間者かどうかが問題になっている。「亡命」の物語は必然的に「間者」のテーマを呼び寄せるのである。

第五「白菊の方猿掛の岸に怪骨を射る話」は冒頭、気の哲学を展開している。(3)「鬼は人没して土中に帰《ある》の名なり。骨肉は土に属し、其気の発揚して空にあるを鬼の神といふ。体《かたち》なく声なし」。しかも、そこには「巣居風をしり穴居雨をしる」とあって、巣穴をめぐる物語を印象づける。木曽の妻籠を訪れた商客に老人が語ったというのが本話の内容である。

…誠に千年の妖霧ここに至て尽《つき》、万歳の深山是に自て開の談にあらずや。（第五）

この「妖霧」はすなわち第一話の「雲」の変容であり、気の動きにほかならない。第五話は霧が晴れるまでの物語なのである。妖霧の中心にいるのは恐ろしい猿である。

此洞に一つの怪物あり。出る時は一片の雲となりて飛行《ひぎやう》す。故《かるがゆへ》に人より名をつけて飛雲といふ。（第五）

片雲と洞窟、ここにも気象と地形の主題を認めることができる。怪物は宿の老人に化けて主人公を騙し、妻の白菊を連れ去るのだが、興味深いのは老人が「此翁今年八十余歳、耳は頭のうへに雷落ちかかりても聞へねば、物その用に立ねども」と語っている点である。怪物はまさに雷によって退治されるからである。

只聞《ただきく》道人の声にて「焼雷公今日此山精を撃《うつ》べし。雷公の難《かた》んずるは彼に勝ことあたはざるが故ならん。今日大数到る。撃《うた》ば必ず得ん」。言下《ごんか》忽ち壇上より閃電起て一陣の霹靂《はたたがみ》雲間に震ふ。漸く殿中晴て日気《じつき》を見る。（第五）

「あたはざる」に「猿」が掛けられている。そして「女を失ひたる木曽の深坂これより妻籠の名あるよし」というのが結末だが、地名は決定的に重要なのである（しかし、この話を語った老人が実は怪物ではないかという疑念も残る）。なお草双紙「猿影岸変化退治」（新日本古典文学大系）は本話を簡略化したものであり、読本特有の晦渋な言語が醸し出す妖霧が消え失せている。

第六「素卿官人二子を唐船に携る話」は、「亡命」の物語である。「少年より亡頼無行にして一属にうとまれ、世路の便りをうしなひ、妻子を遺し棄て壮心《こころつよき》にまかせ」、唐土から日本にやって来たのが主人公の朱素卿だからである。もしかすると、「少年の時学びたる文筆を売弄して、摂州山州の間に往来し、しばしば京師に徘徊す」という主人公の姿は作者自身なのかもしれない。唐土に派遣される主人公に「青冥の長天、緑水の波瀾、夢魂だも至らずといふなる所を隔てあらんは、死別れにははるかにおとり侍らんものを」と同行を迫る子供たちの言葉は著者名の「千里浪子」を想起させ、唐土に帰還した主人公のもらす言葉「行人路に疲る」には著者名の「近路行者」が掛けられているかのようだ。

主人公は日本の「両児を書童の様にとりなし」唐土に同行させる。唐土に残しておいた子供は「小童襤褸の裾を曳て外より来り内に入る」というありさまである。ここに児＝字の戯れを見て取ることができるだろう。すでに触れた通り、庭鐘作品では漢字の両脇にしばしば二つの仮名が振られている。たとえば「売弄」（まいらう／ひけらかし）、「人情」（にんじやう／あしらひ）などである。主人公は中国に二人の子供がおり、日本に二人の子供がいるが、それらの存在は漢字の両脇に添えられた振り仮名のようにみえるのである。

第七「望月三郎兼舎竜窟を脱て家を続し話」は地形の物語といえる。妖賊眉鱗王の退治に向う主人公兼舎にとっては、その空間が問題だからである。

「只今大王潜行《せんかう》して坐《いま》さず。皆々軍師の府に行てためらふべし」といふ。兼舎思ふに、「さては暗道《かくし》ありて他行するか。ここにあらぬこそ幸なれ」と急度案じて味方に暗号《あいことば》し、面々一度にかかりて、中にも頭と思しきが帯たる太刀を奪取《うばひ》、早く両三人速に切倒し、直《すぐ》に其太刀を取用て切てまわる。（第七）

大王は「暗道」を潜行しているが、このような「暗道」で繋がっているのが庭鐘の小説であり、それは和漢に通じているのである（暗号の重要性も見落としてはならない）。この「道」はまた「洞」に通じるだろう。主人公が突き落とされるのは「穴」である。

…三人再び山に登り、彼窟《いわあな》に臨み見るに直《ちょく》にして井のごとく、石を投《なぐ》るに其底ふかし。「人をやおろし見ん」などいふて、立もとふるやうにて兼舎を不意に突落《つきおと》してけり。土を以て穴の口を塞ぎ、始終を両人が功とし、眉鱗王を引せて凱陣し、兼舎戦死と披露し、二人恩賞を受て領地を安堵せり。（第七）

主人公はともに戦った二人の兄に裏切られるのである（第六話の冒頭でも「瓶《つるべ》は井より小なるがゆへ井に陥《おちいる》のたとへあり」と穴の危険性が記されていた）。だが、穴の底にいた老人に助けられる。「近日此穴を出べきものあれば必ず你を送り出すべし」と励ます老人がもっぱら語るのは気の哲学というべきものである。

数日の後、穴の中黒暗にして雲烟沸《わく》が如く其気蒸《むす》が如し。山岳震動天折《くじけ》地崩《くづるる》がごとしく、閃電しきりにかがやき岩中の大石動《うごひ》て揚らんとす。兼舎身自《われ》にまかせず飛揚す。（第七）

雷によって助かった主人公が後日「将門退治の命に応じて軍功あり」と語られるのも偶然ではないのかもしれない[4]。「竜穴に入りし奇談は千歳人口に遺りて、児童に至るまで是を話柄とす」というのが結末だが、穴から出る主人公、口から出る話、両者は重なり合っているようにみえる（児＝字の戯れといってもよい）。ここでは岩窟に拘泥してみたが、洞窟こそ亡命者が通過する「暗道」であろう。

第八「江口の遊女薄情を憤り珠玉を沈る話」は、結末に「痴ならざれば情にあらず」とある通り、烈女の気性の物語といってよい。気性は明らかに気象と通じているのだが、その烈しさは男の薄情さを憤って、次々と珠玉を捨て去っていくところに現れている。

白妙鑰《かぎ》を取出し開けば内に抽替《ひきだし》あり。先《まづ》第一層に抽出し（中略）九華丹、絳雪丹、紫霊、反魂の霊丹。共に是海上の仙薬世の珍とする所、今留て益なし、と海中にざぶと投入たり。為かずも小太郎もあやしみ驚き、柴江も見やりて目を放たず。白妙第二層を引出し紅と紫の包袱《つつみ》を開けば（中略）燕窩の安違貝、扶桑の瘻附子、鮓答猴玉の類数多し。白妙収《おさめ》て袱紗《ふくさ》におしつつむかと見れば是も海中に投入たり。（中略）白妙下の層を引出せば内にまた一重の匣《はこ》あり。其中は上等の夜明珠、火斉珠、剣玉…（第八）

遊女の白妙は恋人小太郎と悪人柴江の目の前で財宝を海中に捨てる。女と水のかかわりは別の作品にも見て取れるのだが（たとえば『英草紙』第二話、『莠句冊』第一話）、落下したものが再び浮かび上がるというのが庭鐘作品の特徴であろう。

…一つの箱を取あげ、是倶《とも》に此殿の落せし物なりと思てささげたり。成双いかなるぞと開らき見れば、皆夜光珠の類にして、一角魚胆鳳琢竜珠名をしるす所皆無価《あたひしれぬ》珍宝なり。（第八）

岸成双が少刀を海に落したのを契機として海中の財宝が再び出現し、白妙の霊も現れる（岸という名前は水に関連している）。とすれば、多層構造を有していた箱は庭鐘的洞窟の主題変奏とはいえないだろうか。箱は意外なところに通じているのである（小太郎の出身地は箱崎であり、二人はそこに向っていた）。しかも、箱が辞書のような役割を果たしている点に注目しておきたい。なぜなら、箱を開けると、次々に言葉が繰り出されるからである。『康熙字典』を補訂した庭鐘にふさわしい。

第九「宇佐美宇津宮遊船を飾て敵を撃話」は南朝方と今川の合戦を描くが、「暗号」と「間道」の物語でもある。

烈しい戦闘のなかで役立つのが暗号と間道だからである。まず宇佐美勢の活躍がある。

…吹来る風諸勢の眼《まなこ》に入りて痛さすが如く眼を開きがたし。面々手を顔にあて痛を喚《さけび》て進かぬる所に、宇佐美が勢両方より出て究竟の歩《かち》武者切尖《きつさき》をそろへて切かかり、暗号《あいことば》を定て働けば、今川勢心ならずひらきなびき…

（第九）

烈しい風のなかで眼を開けることができないと記されているが、それは洞窟の暗闇を進んでいくようなものではないか。「良王《よしきみ》を大門山の南の間道より津島にすすめ奉り…藤綱百三十騎をしたがへて手配《てくばり》言合よくよくならし、敵間を見て間道を押行ける」というのは宇津宮勢の活躍である。祭礼の最中に敵をおびき寄せ撃退するのだが、泥の穴に陥る連中もいる。

…付入りにせんと進む三百余人、忽ち作りたる道陥りて深き泥の内にただよふ所を、大橋中務兵卒《へいそつ》を下知して熊手に引あげ綁《からめ》とる。半ばは泥の内に自殺して失せけるぞはげしけれ。

（第九）

漢文という洞窟に落ち込んだ作者自身もまた、目に飛び込んでくる無数の漢字と必死に戦っているのではないか。眼を閉じた作者に聞えてくるのは心地よい音楽であろう。

宮の御座所は年月に興旺し、南朝の余音《よゐん》猶此処に響て、台尻《だいじり》うつたといふことば拍子《はやし》物の名となりしも、久しき世の調べならん。

（第九）

台尻大角という武者を討ち取った声が壇尻囃子に聞えるとすれば、そこにこそ本小説の暗号がある。祭礼のなかの戦闘が再び祭礼へと展開する、そのためのキーワードが「台尻うった」にほかならない。暗号とともに庭鐘という鐘が鳴り響くかのようだ(5)。

ところで、『繁野話』の挿絵すべてに雲が描かれていることに注目しておきたい。雲のなかの塔（第一話）、雲のなかの内裏、雲のなかの飢人（第二話）、雲のなかの関所（第三話）、雲のなかの密談、雲のなかの殺人（第四話）、雲のなかの山道、雲のなかの夫婦、雲のなかの対決（第五話）、雲のなかの出船（第六話）、雲のなかの対面、雲のなかの雷鳴（第七話）、雲のなかの語らい、雲のなかの偵察、雲のなかの散財（第八話）、雲のなかの合戦、雲のなかの褒美（第九話）。単なる画法の特徴として片づけることもできるが、雲という気の動きのなかに浮かび上がるのが庭鐘の小説ではないだろうか。

二　英草紙を読む　〈寛延二年〉

次に第一小説集『英草紙』を振り返ってみたい。第一「後醍醐帝三たび藤房の諫を折く話」は亡命の物語といえるだろう。後醍醐天皇に三度退けられた藤房が行方をくらますからである（「竟に其の行く所を知らずなり給ひぬ」）。冒頭の歌は亡命について語っているかのようだ。

あづま路にありといふなる逃水《にげみづ》のにげかくれても世を過すかな　（第一）

この歌を非難した主人公は帝から叱責を受けて東国に下るが、興味深いのは、次のように語られる地形の描写である。

「あれは川にては侍らはず。あれこそ山峰に雲を出だすがごとくにて、地気のなす所、いつとても春夏の際、遠所《をんじよ》より見る所、水の流るるやうに見ゆれども、水にあらず、其の所に行けば見えず、行けども行けどもむかうへ行くやうなれば、むかしより逃水と名づけぬ」（第一）

水のごとく流れるけれども水ではない、行けども行けども逃げていく水、まさに雲のような幻影といえる。地形の上に浮かび上がる「気」の幻影、これほど庭鐘作品にふさわしいものはないだろう。「秦の始皇が儒者を埋め殺せしも、深き意あるべし」という後醍醐天皇の言葉も『繁野話』第七「望月三郎兼舎竜窟を脱て家を続し話」の転落と照らし合わせると、にわかに庭鐘的テーマにみえてくる。

第二「馬場求馬妻を沈めて樋口が婿と成る話」は出身地を離れて出自を隠そうとする点で亡命の物語だが、『繁野話』第七話のように、突き落とされたものが再び浮上する物語でもある。

…妻が思ひより無きをうかがひ、力を極めて一推《おし》に水中に推し落し、急に水手《すいしゆ》を呼びおこし、「肝要のことあり、快く船を開くべし。褒美をとらせん」といふに、何かはしらず、舟方共櫓《ろ》を取り、いそぎて一直《ひといき》に船を二十町ばかりやりぬ。（第二）

乞食の娘と結婚した男が後悔して妻を殺そうとする場面である。本話は突き落とされた女よりも、突き落とした男に焦点を当てている。「馬場心中九霄《きうせう》雲裡に登る心地、懽喜《くわんぎ》形容すべからず」。出世するために妻を沈め、樋口の婿になろうとする主人公はまさに有頂天である。しかし、この後、どん底に突き落とされる。海に沈んだはずの妻が再び目の前に現れるからである。「雲裡」に登った主人公は「雨点のごとく打たれて」落下するのだが、妻との和解に至る。「馬場と樋口と、両家由緒ある家と成りて、共に栄えぬと、かたり伝へたるとなり」。乞食の娘を海から救い上げ養子とした樋口家と馬場家はともに栄える。結局、ここから排除され亡命（ひかげもの）となったのは乞食の一統ということになる。乞食たちが風神払の出で立ちで乱入していたところなどは「雲」の作家にふさわしいものであろう。

第三「豊原兼秋音を聴きて国の盛衰を知る話」は亡命の物語である。主人公が別世界に入り込んでしまうからである。『雨月物語』を予告するような一節がみられる。

…偶然《おもはずも》風《かぜ》狂《くる》ひ浪湧き、大雨注ぐが如し。多時《たじ》ならずして風恬《や》めば、浪も静り、雨止みて雲開け、一輪の明月かかやき出づ。雨後の月其の光常に倍して、山に添ひ海に映じて、月色いふばかりなし。兼秋旅箱《りよさう》の中より琴の嚢を取り出だし、嚢を開き前に置き、先づ香を焚きて、琴を取り調子を掻き合せて、秘密の一曲を弾ず。

（第三）

気象の重要性はいうまでもないが、それは音楽の重要性と結びついている。旅の途中、主人公は音楽を介して知己を得るのである（箱にも注目しておきたい）。

…琴を撫する事一弄、樵夫賛めて云ふ、「琴声美なる哉。洋々たり。大人の意、高山に在り」。兼秋答へず、又神を凝して、再び琴を鼓《なら》す。其の意を海水に在らしむ。樵夫又賛めて云ふ、「美なる哉。湛々たり。志海水に

在り」。（第三）

音楽のなかに地形が浮かび上がる。そして音楽によって国の盛衰を知ることになる。音楽はいわば気の哲学を体現しているのである。「大都《すべて》皆世を避けたる隠遁の輩《ともがら》也」と語られる通り、ここに住んでいるのは亡命者ばかりであり、やがて主人公もここに戻ってくる。

…其の身は入道して世を見かぎり、四国は南朝心腹の国なれば、道の通路自由にて、折節は吉野の皇居へも参りけるとなり。（第三）

主人公が住み着く閉鎖空間も、しかし「通路」で繋がっているのであり、それが庭鐘作品の特徴なのである。ところで、医者でもあった庭鐘にとって医学とは音楽のようなものではないだろうか。「かかる漂白の身の故や、糸管の音さへ快く出でざれば、みづから操るに懶《ものう》く打ち過ぎたり」というように、音楽の不調は主人公の不調と関連しているからである。音楽のように反響し共鳴する身体を想定してみるべきかもしれない。

第四「黒川源太主山に入ツて道を得たる話」もまた亡命の物語である。結末で主人公が山に入り込んでしまうからである（「猶《なほ》山深く入りて、去る所を知る人なし」）。絶対に再婚しないと誓った妻を試すために主人公は養生の術を使って、死んだふりを装う。男が不在を装って女を試す話はオペラの『コシ・ファン・トゥッテ』を思わせるだろう。男の独善性と女性嫌悪があらわだともいえるが、不思議なユーモアがある。黒川源太主の妻、深谷は再婚するために途方もない手段に打って出る。

…棺の蓋を只一打に打ち破り、蓋を開くや否や、此の屍欠伸《あくびのび》してずつと立ち上る。深谷肝を化して、あつと飛びのき、妖怪の着きしにやと、よくよく見れば、面色生けるにかはらず。さすがの女房も戦《ふる》はれ、思はず斧を取り落しぬ。（第四）

斧を振るって夫の棺を打ち割り脳髄を取り出そうとするのだが、そこには目的と手段の間に途方もない乖離があって笑いを生み出すのである。文字通り「美女は命を断つ斧」となっている。

ところで、庭鐘の読本『義経磐石伝』では再嫁が繰り返し描かれ、名分論的話題であるという（稲田篤信による同書解題）。これは秋成などにはみられない庭鐘的テーマだが、庭鐘における再婚問題は翻訳問題と重なり合っているのではないだろうか。あるものを別の文脈に移植し亡命させるという点で、両者には共通性がみられるからである。「夫婦の間は…天合にあらず義合」だとすれば、それは原文と翻訳の関係でもある。「相義して合ひ、又相義して離るる事あり」というのは翻訳の過程に等しい（「再縁」に「さいえん」と振るのが天合だとすれば、「にどよめり」と振るのは義合である）。では、本話はどのように読むことができるのか。再婚はしないと言い張る妻は原文への忠誠を誓っていることになる。だが、再婚への欲望は抑えがたい。再婚＝翻訳は不可避なのである。その意味で、本話は原文（夫）が死を装うことで翻訳者（妻）を試そうとする物語である。最後に灰のなかから無傷で取り出される書物は原文の不滅性を示しているかのようだ。だが、なぜ庭鐘は再婚の物語を描き続けるのか。それは翻訳者の不安からであろう。どこまで原文に忠実でありうるのか。再婚が正当なものかどうか問われるように、翻訳者はいつも正当性に危うさをかかえているのである。しかし、そうした危うさがあるからこそ逆に、原文を翻案すること（すなわち、亡命させること）が翻訳者にとっては大きな喜びとなるにちがいない（義合を偽合すれすれまで持ちきたすことが本試論の企みである）。

第五「紀任重陰司に到り滞獄を断くる話」では地獄に落ちた主人公が裁判を行っているが、これも亡命といえる。興味深いのは「百年来の滞獄、未だ裁判決せざるものありて、地獄中の怨気立ち昇つて天庭を衝く」という点である。地獄は洞窟のようなところであろう。地獄の裁判を任された主人公は、次々に判決を下し、罪人を転生させる。安徳天皇は阿野廉子に生まれ変わり、源義経は新田義貞に生まれ変わり、源範頼は楠正成に生まれ変わり、畠山重忠は足利尊氏に生まれ変わる。江田源三は足利直義、吉岡法眼は高師直、北条時政は北条高時、大江広元は赤松円心、源頼朝は護良親王にそれぞれ生まれ変わる（『繁野話』第二話では物部守屋が「荻生翁」と名前を変えていたが、それもまた転生といえる）。本話で痛快なのは、荒唐無稽でかつ論理的な転生判決にほかならない。

彼の滞り迷ふことありて、空と一つに消化することあたはざる魂気は、凝り濁りて重き事あるがゆゑに、皆々地府に沈み来れ共、随次《せんぐり》に生れ往きて、其の内報応を散じ、解脱して天堂に昇るあり、又新たに冤恨を結び、長く因果を引きて流転するありて、暫くも地府に留る事なし。（第五）

気象と地形、これはもはや気の哲学の反映などではなく、庭鐘の小説技法とみなすべきであろう。本話の主人公は気の重さに任せて判決を下しているのであり、それが命名の由来にちがいない。紀任重は脇屋義介に生まれ変わるとされているが、庭鐘自身に転生するのではないか。作家庭鐘の転生した姿が、この任重だといってもよい。なお、「死に代りて海物となりても、鉤網鼎俎《こうまいていそ》の憂を免れず」という一節は秋成「夢応の鯉魚」を想起させるだろう。しかし、厳格な裁判形式をとるところに庭鐘の特徴を見て取ることができる。

第六「三人の妓女趣を異にして各名を成す話」は都産、檜垣、鄙路、三人の遊女の物語だが、それぞれの最期が興味深い。長女は墓に収まり、名簿に掲載される（「都産《みやこづと》が末期の望にまかせ、甲髪《つめかみ》を先隴《せんろう》の次《ならび》に葬り、印を建てて、我が家の霊簿に亡名《なきな》を写し入れぬ」）。次女は音楽とともに生きて死ぬ（「琵琶を操り、雛妓《すうぎ》と合奏に曲を弾じ、半ばにして琵琶をさしおき、儞《なんぢ》が四の絃調子呂《め》りたるぞやといひて、瞑然として絶えぬ」）。三女は「いづち行きけん影も見えず」という最期である。「遊女の終は跡を隠すを以て高し」と考えていた三女はいわば亡命するのである。「姉妹三人、各《おのおの》志の違《たがひ》あれども、概ね遊女の気性を出でず」と記されているので、本話はまた気性の物語といえるだろう。三女は恋人の仇を討つのだが、「とどめを刺して、水に推し落し、手なれぬ棹をとりて、雨しきり風さへつよく、棹のたて所《ど》もしらで漂ふ船を、辛労《からう》じて漕ぎつけ、岸に」とあるように、本話は水と女の物語系列に属している。水に落ちた女は助かるが、男は助からないのである。第五「紀任重陰司に到つて滞獄を断くる話」で安徳天皇が女性とみなされる理由もそのあたりにあるのかもしれない。

第七「楠弾正左衛門不戦して敵を制する話」は「間道」をめぐる物語である。

「…こよひ間道をめぐりて、大山の本城にとりかけ、東禅寺右馬介、義氏をうらむることありて、諸卒と共に謀反すと披露し、戦をいどみ、よいかげんにして引きとるべし」と、細かに云ひ含むれば、田川下知にまかせ、俄に東禅寺が旗印をこしらへ、みづから右馬介が体《てい》に出でたち、其の夜間道より出でて、大山の城へ押し寄せ、鬨をつくり…　（第七）

「間道をめぐり」敵に偽装するだけで、戦わずして勝つのである（「体《てい》」に見せかけている）。次の場合も秘かに工作し、戦うことはない。

ひそかに湯殿山の東につかはし、最上川の水上わづかに幅せばき所をえらみ、大木を斬つて倒しかけ、水をせきとどめ、山に添うて湛へ置き、敵の川を渡らんずる日の未明より、水せきの大木取り流せしかば、清川俄《にはか》に水出でて、一日の洪水を成す。（第七）

「ひそかに」進み、水を堰き止め洪水を引き起こし、敵の進軍を食い止めるのである。占いを用いた作戦もある。「禍をさくるの道、唯御座所を別所へ移してさけ給へ。今日をはじめとして、毎日四方二里の外に忍び行きて、心をすまし、安居し給へ」と占って、油断させた武藤義氏を討ち取るのだが、楠弾左衛門はいずれの場合も人に知られぬ「間道」を通って、作戦を実行し勝利するのである。なお、占いによる予言は次の物語に引き継がれている。

第八「白水翁が売卜直言奇を示す話」は命を亡くすという点で、文字通り「亡命」の物語である。死を予言された人物が実際に殺されてしまうからである。「体《てい》」に見せかけるところに注目したい。

…勒《し》め殺して井の中に隠し沈め、権藤太髪を披《ふりか》けて、面をかくし走り出で、橋の辺にいたりて、大石一塊を把つて、橋のうへより投げ下し、身を投げたる体《てい》にもてなし、其の身はかくれかへり、ひそかに小瀬と計りて、竈を井のうへにうつさせ、井を別所にうがちて、人の思ひがけなく、彼の家に入贅《にふぜい》して、夫婦となりしまで、二人の白状死罪のがれず。（第八）

「火下の水を開くべし」という夢告で事件は発覚する。昇る気と逃れる水の重要性からみれば、この言葉は庭鐘の小説すべてに当てはまるのかもしれない。井戸は洞窟のテーマと呼応しているだろうし、「白水翁」なる名前に注目すれば、占い師の名前自体が「水」を予言していたといえる。主人を殺した男女が「白状」する結末は「白水翁」を紹介する冒頭と呼応しているのである。(6)

第九「高武蔵守女を出だして媒をなす話」もまた亡命がからんでいる。主人公は何度も亡命状態に陥るからである。まず結婚に反対する父親から勘当される（「行衛《ゆくへ》しれずなり」）。戻ってみると恋人は高師直のところに差し出されており、父親なき後は没落する。

…さすれば人に知られたる此の国に住まんも面ぶせなりと、一族に長の別をなして、都にのぼり、西の京辺に仮住し、出身の便を窺ふあひだの経営《いとなみ》に、幼より覚えたる芸なれば、画工を業として口を送る。其の画人にすぐれて気象《きしやう》高かりければ、吹挙する人ありて、直義の御所に召され、画の業を以て日々伺公しける程に、いつしか近習に召しおかれける。（第九）

二度三度の亡命といってもよいが、出世しようとするところで、今度は海賊に出会う。「海賊に出であひ、多勢に敵しがたく、からうじて身ひとつのがれ、脚船《てんま》に乗りうつりて、陸《くが》に上りしが、金銭は元より、賜りし添文まで失せければ、進退すべきやうなく、袖乞《そでごひ》同前にして京都に帰る」。しかし、執事高師直の仲立ちがあって最後に幸福が訪れる。

…執事の媒《なかだち》ありし婚姻なることかくれなく、諸家より送り来る絹布財宝、宿の庭に充満たり。程なく執事より贈りきたる長櫃に、千貫の助資を盛り、備前への下し文、一個の文匣《ぶんかふ》にしたため入れたり。（第九）

亡命状態からカップルの誕生へ、こうして『英草紙』はめでたく閉じられる。興味深いのは「箱」の再登場である。これは庭鐘作品のいたるところに姿を現す箱と共鳴するものではないだろうか（晴れやかな「庭」の一字が注意される）。本試論が出典論に深入りしないのは、作品の外部に類似を探ろうとする出典論の視線が、作品内部の類似を見逃してしまうからである。本試論が重視しているのは、むしろ言葉の横滑りというべきものである。

三　莠句冊を読む　〈天明六年〉

次に第三小説集『莠句冊』を読み進めてみたい。第一「八百比丘尼人魚を放生して寿を益す話」冒頭を引用する。

寿福は人の庶幾《こひねがふ》所、養て保つべく招きて得べしとも先言あるよし。漢土に仙人と名あるは、家を離れ山に棲み、名山に入て薬を採《とり》丹を練り、雲物を慕ひ楼気を好む。（第一）

「雲物を慕ひ楼気を好む」とあるが、『繁野話』第一話でもっぱら「雲」を記していたのは「寿福」のためだったのかもしれない（庭鐘において幸福が地形に規定されるのに対して、天禄、冥福を重視する秋成において運不運ははじめから人間に備わっている）。庭鐘作品で「寿福」を得るのは、いつも「家を離れ山に棲」むような亡命者たちばかりである。本話は浦島伝説を踏まえており、庭鐘のペンネームの一つ大江魚人にふさわしい一篇である。しかし、持ち帰るのは玉手箱ではない、「是を喰へば気力常に復る」という人魚の肉である。人魚の肉を食した娘は「白比丘」と呼ばれ、不老不死の存在となる。人魚を助け、不良少年を海に引きずり込む本話は、明らかに女と水の物語である。しかし、最後に水と土石の対立が明らかになる。

「…此石能言ふ。其言に、『我此土地を興旺ならしめんと思ふに功徳の善因なし。我を舁去《かき》て小浜の掲渡《かち》りに架《わた》さば、そこはかの行人脚《あし》を湿《ぬら》さず、後来に限りなき利益あらん。左ある時は此処福地とならん』ときこえたり。諸人方便をめぐらすべし」といふ。（第一）

石を運び橋にすることで、女は土地の人々に貢献するのである。こうして土の要素がまさり水の要素が少なくなったとき、比丘（魚籠と同音である）は存在理由を失って消えてしまう。「此比丘の終りを知る人なく、其棲といふ窟窩の跡今もあり」。浦島伝説の女性版は秋成にもあるが（『世間妾形気』一の二・三）、従来の浦島伝説が個人的な問題にとどまるのに対して最後は社会奉仕に至っている。「水を放ち土を開き利益すること少からず」とあって『繁野話』第二話にも土木工事への関心がみられたのであり、後述するように、土木工事は『莠句冊』のテーマの一つといえる（この土木工事の基盤作業が『義経磐石伝』に繋がっているのであろう）。

第二「小野阿津磨踊戯に譬へて筆法を説る話」は、冒頭で仮名を讃えている。

草体《さうてい》の仮名国字となりて行《おこな》はるるや、其便宜《びんぎ》なること国の宝なるべし。（第二）

『英草紙』『繁野話』『莠句冊』、いずれも庭鐘の小説が「草」を強調しているのは「草体の仮名」の重要性ゆえであろう。筆法において重要なのは龍のごとき気の動きであるという。「其うごくや、頭のかたまがるかと見れば尾にうねり、伸る屈るの暫も息《やむ》ことなく、取定めがたき活物の妙所、工夫をせよ」と夢告があったからである。踊りに譬えて語られる本話は気象と筆法の物語なのである。

すべての字形美に偏れば筆勢脱《ぬ》け、醜に偏れば観を少《か》く。一字の内に美醜ありといふも辺を醜にし旁《つくり》を美になすにもあらず。美醜を互に争はせて筆法に従ひ字をなす。美は易しくして勢を失ひやすく、醜はなしがたくしてよく気象《きしやう》を養ふ。（第二）

庭鐘自身、書に堪能であったようだが、これは小説作法ともいえるのではないだろうか。庭鐘の小説において「美」と「醜」は競い合っているからである。実際、美のほうが容易であるけれども勢いがなく、勢いのある醜のほうが困難なのである（たとえば『繁野話』第五話の怪猿）。そうした筆法は踊る身体にも似ており、「重画にして字数多くとも、其始の右を指し左を指《さす》の所へ立ちもどりて、足踏なほす心なくしては字体退々しく、草書は迂闊にすれば、先に書たる字形に勢を定められて、立かへることなしがたき」と語られている。

あたかも失敗を恐れるかのごとく、筆法を語った主人公はたちまち姿を消してしまう。「阿津磨目をさまし、やがて素足にて後に出で、其あたりの竹藪の中に入り、影も見けしたり。藪の内を探れど目に見る所なし」。『繁野話』第三話でもそうであったように、「素足」は狐のしるしであろう（「白く小《ささ》やかなる足尖《あしさき》…」）。

第三「求塚俗説の異同冢神の霊問答の話」は明らかに地形の物語である。地形のことから書き出されている。「古来文人皆俗談に拠て藻《ことば》を作り、葦の屋のうなひをとめの奥掷と詠じたるさへ事古りて物語の柄《つか》となれり」とあって、この塚が物語の「柄」なのである（『英草紙』第四話も亡夫の墓を問題にしていたし、『繁野話』第二話も聖徳太子の墓を問題にしていた）。結末には「気こそわきていみじき物なれ。…心とむるも気なるべし」とあり、気の重要性が強調されている。塚は気が渦巻いており、そのために俗説の異同があり、様々な問答が生まれるのである。(7)

『日本古典文学大辞典』「莠句冊」の項目（徳田武）によれば、本話は『大和物語』一四七段、『水滸伝』『西湖佳話』『聊斎志異』などを出典にしているというが、塚において和漢が通じ合っているかのようだ。「此にたとへば宮《あら》基《かね》の土地より大八洲に及び、浮渚《うきにまり》を平地となして、田を開き、頓丘・畝丘・城塁・築積の土功まで、土の官を大なりとす。金は剣・鏡・鋤鉏・広矛・横刀・鐘官・銭廠是を専らとし、火は羽鞴・鍛煉・草焚・柴焼の業、非常の災を急とし、時節の火を改《あらたむ》は末なり。木は山林・伐木・宮室・楼台、高く太しき柱、広く厚き板、高橋・浮梁是を要とす。水に属する官、土に並て大なり」と庭鐘は気性についても詳しく記している。

第四「玉林道人雑談して回頭を屈する話」は一種の亡命論といえる。

　生土《せいど》を去て因縁の地に移るは、仕官芸林商賈あり。況《まし》て雲僧の樹下石上所定めざる、気概《きがい》人に背《そむけ》て、悪みを受《うけ》て厭はず、倚傍《よりそひ》がたきを却《かへつ》て慕ふ人も殊勝なり。（第四）

「生土」を去る者こそが庭鐘作品の主人公にふさわしいのである。もちろん、回頭和尚は最後に姿をくらましている（「居所を更《かふ》ることしばしば、世の静ならぬに隔りぬ」）。玉林道人こと細川持春も最後に出家し「幽棲」してしまうのだが、「霊帝の時長沙武岡山に深き大穴《たいけつ》あり。大小二ツの野干此に棲む。皆よく変じて美婦人となり、男子を誘ひ来て偶をなす」と語っている話も興味深い。穴のテーマが認められるからである。

第五「絶間池の演義強頸の勇衣子の智ありし話」は大坂の地形の物語である。挿絵には地図まで示されている。大坂は「水淫の地」であり、そこには様々な穴があり、獣がいるという。

　…其水道の水際に穴居せし陰獣、早くも巣を林下山渓にうつして、所を得かねたる狸の醜《たぐひ》、人家に食を窃み其霊妖を弄《つか》ひ、長人を現じ小児と変じ、小石を抛《なげ》うち、沙を撒《ちら》し、人を驚怖し、田畔《たのくろ》を踏み荒し、此に孩児《がいじ》を誘ひ匿《かく》し、彼《かしこ》に農婦を迷したぶらかす。（第五）

水害を食い止めるために必要とされるのは堤である。しかし、工事はなかなか成功しない。「王事に勉るの土功月を累《かさね》て成んとするに、彼両所の脱間《たえま》土沙とまらず淵となり、幾たびも空《むだ》に力を費す」。この「水淫の地」に堤を建設しようとするが、そのたびに穴を開けられてしまう。したがって本話は水と土の対立抗争であり、穴をめぐる物語なのである。「此後你《なんぢ》が類族をいましめ、此堤に穴することをゆるさず」と狸に迫るが、狸を追い出していたのは実は妖怪である。解決にあたっては「はこもの」が重要な役割を果たす。

…持たる金函の蓋を去て拝覧せしむ。衣子膝行《にじりより》て手にささげ見る。是便ち金字の山海経并《ならび》に図像あり。頃《このころ》雑人を畏《おど》さん為に出現せる異形は、皆此経の図に似たり。　（第五）

山海経の背紙には「水利の術」が記されており、衣子は「水学」を知る。「強頸《つよくび》の身はさながらの人柱衣子《きじ》に習はば沈まじ物を」と歌われるように、土木工事においては強頸の勇よりも衣子の智のほうが重要だったのである。

第六「吉野猩々人間に遊て歌舞を伝る話」は吉野という亡命の地を舞台としている。そこには「山気に育《やしな》はるる怪獣珍禽」が棲む。たとえば「雲を友とし風を食とせる青《しひ》といふ怪獣あり。撃て倒せば風を得て忽ち甦る」とあるが、これは「雲」の怪獣であろう。また「日蔵の笙の岩窟」など無数の穴が開いている。

霊洞奇窟は修験の九穴と数ふるのみならず、暗窟の難を避《さく》べき多く、漢土の離災城は物かは。凡そ洞窟の成るは土の穿《うげ》たるに起り、又金《かね》ある山は必ず塡《まぶ》あり。　（第六）

そんなところに閉じ込められていたのが南朝の護良親王である。

抑《そもそも》土の牢と申すは地を掘下して板びさし、月日の光見えばこそ。朝夕の湿気にいたはり足たたずよろばひ給ふを、思ひかけずも刺す刃を口に啣《くはへ》て咬砕《かみくだ》き、憤怒の焔を吐《はい》て薨じ給ふ。（第六）

南朝方に降伏してきた直義の真意を探るために、護良親王をめぐる歌舞が延々と演じられるのだが、いたるところに穴のある多孔質の空間こそ庭鐘作品なのである。そこには間道が走っており、間者が入り込んでいる。

時に高階の執事威権《ゐけん》都鄙に赫々たり。随従するもの、慶の局の容儀ありて妙舞なるを伝へ聞て、是を取て其輿に備へんとて、日比間者《かんじゃ》を南朝に紛れ入らしめ、いかにしてか盗み出しけん。是を打囲み舁《かき》て烬《たう》の山路の間道を急ぐに、吉野の武士逐来りて輿を遮れば、京かたにも迎ひの兵卒数増て、既に斯併《しへい》に及ばんとす。（第六）

ここで「慶の局」の正体が、実は「幽棲の君主を慰めんが為に此地に遊息す」る猩々であったことが明らかになるのである。猩々は性情と韻を踏んでいるが、歌舞を演じる猩々は筆法を語っていた狐と呼応する存在であろう。

第七「大高何某義を励し影の石に賊を射る話」でも重要なのは地形だが、それは騙し合いの空間となっている。「狐に化《ばけ》を教へるに似たれど、北方へ便りを求めて、此土地の構へるさまをあらあらに図しておくり、好き時節を得て、告知らすべき表裏にもてなして、身を全うする事是上策なるべし」などと智略をめぐらすからである。ここで鍵を握るのが「箱」である。

蔵寮《くらづかさ》に命じて鑰《かぎ》を執て開かしめ、「御蔵守磯辺兼政が一紙千貫の証文、一紙千俵の券子《てがた》数枚箱に充たり。此三宝《さんぼう》備らずしては良亮の才ありても戦ふことあたはず（中略）」とさとす…（第七）

もちろん、気象が重要な要素として出てくることはいうまでもない。

時に南朝の元中元年より、六十九年正月二十九日、日輪東に登りて二形《にけい》並べり。暫時にして一形は漸々に消失て一輪となる。（第七）

主人公は「凡日月《じつげつ》の徳は古今一ッなり。只其時の地気のそばへによりて望を異にす」と解説しているが、南朝滅亡の前兆なのである。主人公はまたしても身を隠すことになる（「我身は再び十津川の奥に隠れて遂に老を養ふ」）。賊は石の前で討たれる。庭鐘の小説には石がよく出てくるが、庭鐘が篆刻を嗜んでいたからであろう。

第八「猥瑣道人水品を弁じ五管の音を知る話」は、「かかる所にても、音を識るものもあるべし」とあった『英草紙』第三話のように、音楽の物語ともいえる。主人公は音の響きからすべてを探り当てようとするからである。

其滴《したたる》声を聞いて、呀《いぶ》かしげに、「是何ぞ中峡の水ならん。また下峡にもあらず。炉に上《のぼ》せ茶を試るに及ばず」と、壺を閣《さしおき》て申すやう、「彼《かの》上峡は瀧おほく水和らかに土気ありて重し。中峡は水労せずして、土澄て軽し。下峡は物滞り砂湧《わき》てますます重し…」（第八）

宇治川の水をたちまちに見分けている。庭鐘は水と土の関係について拘泥せざるをえない作家なのであろう。『英草紙』第三話では楽器製作に関して「上の一段を叩けば、其の声太《はなは》だ清みて軽きに過ぎたりとて、是を廃《す》て、下の一段を叩けば、其の声太だ濁りて重きに過ぎて用ひず。中の一段を取ツて是を叩けば、其の声清濁相済しく、軽重相兼ねたり」と記していたが、その三分割がここにも当てはまる。楽器製作に不可欠な比例と調和の関係がまさに挿話を越えて共鳴し合っているのである。庭鐘作品における音楽とは気性と地形の間で演じられる共鳴関係だといってもよい。しかし、音の響きだけでは人間の行為が見抜けないという。

猥瑣水音《すゐいん》を知り、政光木音《ぼくいん》を知る。其伝は一流にて真偽はよく弁じたり。但《たた》同調をば得て知らざりけり。（中略）水金木は定りたる無情の物、其音変《かは》る事なし。人は是活動智を用る物、未来の合《あふ》べからざることかくの如し。（第八）

音の響きから真偽は判別できるものの、そこには限界がある。水、金、木は無情のもので定まっているが、しかし人間は智を用いて活動し変化するからである。気性と地形のほかに人間の移動（すなわち亡命）が必ず関与するのである。

第九「白介の翁運に乗じて大に発跡する話」は土地をめぐる争奪の物語である。土地を賭けて相撲の取り組みが行われるからである。本話のもとになっているのは長谷寺霊験譚だが(8)（「鐘楼の石段に踞《しりかけ》て息を納る」とあって「鐘」の散種が注意される）、土地をめぐる話題がいたるところに出てくる。「其比鶴が岡に土を築《つか》るとて、鎌倉殿御自身に土をはこび給ひければ、東八ヶ国の諸家、人夫を率て自築かれける」。このとき「土地利用」の道具売買で利益を手にした白介が、「土地を得ばや」と考えるようになったところ、領主が白介の妻を奪い取ろうと相撲の勝負を申し込んでくる。

「…白介勝《かち》なば領地の半分、稲弐万束の地を永代与《あた》ふべし。領家勝なば米二万斛《ごく》を白介出すべし」と式を定む。（第九）

相撲の賭け事には従者雲蔵の活躍があって勝利する。雲蔵の活躍ぶりは庭鐘の「雲」への偏愛を示しているが、それはまた白への偏愛であろう。『莠句冊』第一話と第九話の主人公はいずれも「白」の名前を有しているのである。土地を手に入れた主人公は、しかし「此山国に住《すま》ば必ず気弛《ゆる》べて大志を遂《とぐ》べからず。土地を得れば安定を足《たる》として物の機《きざし》を失ふべし」と考え、土地を返還し交易に乗り出していく。

…「農家商人山林は衣食の原《もと》なり。是と互に貨《たから》を通ぜざれば、万物饒《ゆたか》ならず」と、五子を役して諸国に通船して交易するに、往《ゆく》ところとして利あらざることなし。（中略）白介が包る依《まま》の金銭銀銭通国《つうこく》に行わたり、家業《かげふ》月と日に盛んなること停《とどまる》所をしらずと記し伝へたり。（第九）

庭鐘作品における亡命はいまや交易となり、広がっていくのである。三つの小説集を辿ってみると、結婚（『英草紙』）、祭礼（『繁野話』）、交易（『莠句冊』）というのがそれぞれの結末である。

四　庭鐘と秋成の比較

五巻九篇という形式はもちろんのこと、上田秋成『雨月物語』が庭鐘の小説から学んだものは想像以上に大きいだろう。(9) それぞれの特徴を明らかにするべく、ここでは庭鐘と秋成の作品比較を試みたい。

『雨月物語』「白峯」は旅僧の登場という点では「雲魂雲情を語て久しきを誓ふ話」を想起させ（雲は白峰氏と呼ばれていた）、墓をめぐる物語という点では庭鐘のいくつもの小説を想起させる。しかし、「円位、円位」という無気味な呼び声こそ『雨月物語』の決定的な特徴であろう（「相模、相模」という呼び声もある）。「久しきを誓ふ話」の場合、旅の僧は呼びかけられたりしないからである。

また「白峯」は帝との論争という点で「後醍醐の帝三たび藤房の諫を折く話」を想起させる。藤房が「治世の期、吁やんぬるかな」と嘆いていたように、「白峯」も合戦の予感で締めくくられる。しかし、前者と後者における論争は全く異なる。後醍醐の論理が空疎な知性を振り回しているだけなのに対して、崇徳院の論理は熱い情念を帯びているからである（「指を破り血をもて」という崇徳院の情念は、指が不自由であった秋成自身のそれに感じられる）。

「菊花の約」は、男同士が交わりを結ぶけれども再会できないという点で「豊原兼秋音を聴きて国の盛衰を知る話」を想起させる。病気を契機とし学問を媒介としたホモソーシャルな交わりは、庭鐘と秋成のそれに近いのではないだろうか。全くの偶然だが、「豊原兼秋」には両者の名前が一字ずつ入っている。「いひもをはらず抜打に斬つくれば、一刀にてそこに倒る」という左門の身振りは、「帯釼を抜き出だし、琴を二ツに割り断れば」とあった兼秋の身振りに呼応する。いずれの場合でも、ホモソーシャルな交わりの正しさは破滅的な決断と切断によってしか証明できないのである（庭鐘の小説は読者に音を知ることを求めており、すべて知音の物語といえる）。

「浅茅が宿」は夫の帰りを待ち続ける妻を描くが、その点では「菊花の約」の男同士を男女に置き換えた物語になっている。「此の秋を待て」という主人公の台詞は秋成の小説すべてに通じる言葉であろう。(10)ここで注目したいのは、次の一節である。

…雷《らい》に摧《くだか》れし松の聳《そび》えて立《たて》るが、雲間《ま》の星のひかりに見えたるを、げに我が軒の標《しるし》こそ見えつると、先喜《まづうれ》しきここちしてあゆむに、家は故《もと》にかはらであり。（「浅茅が宿」）

「雷」にくだかれた松の木が夫婦の再会を導くかにみえる点が興味深いのである。これは「雷の声せし方格を求めゆかば必らず験あらん」とあって夫婦が再会を遂げた「白菊の方猿掛の岸に怪骨を射る話」を想起させる。しかし、庭鐘作品における「雷」はもっぱら知的なものにとどまっていた。「怪骨を射る話」で雷を予見していたのは老人の知力であるし、「望月三郎兼舎竜窟を脱て家を続し話」で雷について薀蓄を傾けていたのも老人である（「真竜の体は雷と表裡せしものにて…」）。それに対して、秋成作品における「雷」は女の存在と密接に結びついている。

「妬婦《とふ》の養《やしな》ひがたきも、老《おい》ての後其功《こう》を知ると、咨《ああ》これ何人の語《ことば》ぞや。（中略）いにしへより此毒《どく》にあたる人幾許《いくばく》といふ事をしらず。死《しし》て蟒《みづち》となり、或は霹靂《はたたがみ》を震《ふる》ふて怨《うらみ》を報《むく》ふ類《たぐひ》は、其の肉を醢《ししびしほ》にするとも飽《あく》べからず。

（「吉備津の釜」）

庭鐘作品における竜蛇が男性的存在であるのに対して、秋成作品における竜蛇は女性的存在なのである。それをもっともよく示しているのは「蛇性の婬」にほかならない。

古き帳を立て、花の如くなる女ひとりぞ座《を》る。熊檮《くまがし》女にむかひて、「国の守《かみ》の召《めし》つるぞ。急ぎまゐれ」といへど、答《こた》へもせであるを、近く進みて捕《とら》ふとせしに、忽地《たちまち》も裂るばかりの霹靂鳴響《はたたがみなりひび》くに、許多《あまた》の人迯《にぐ》る間《ひま》もなくそこに倒《たを》る。然《さて》見るに、女はいづち行けん見えずなりにけり。

（「蛇性の婬」）

「我を捕んずるときに鳴神響かせしは、まろやが計較《たばかり》つるなり」と語るように、雷を響かせているのは女たちである（「帳」に血が飛び散ると「血かたびら」になるだろう）。「怪骨を射る話」の場合は妖霧が晴れていくわけだが、「蛇性の婬」の場合は幻影を強めるのである。

「夢応の鯉魚」は「豊原兼秋音を聴きて国の盛衰を知る話」と対比してみるべき作品であろう。庭鐘が音楽家を描くのに対して、秋成は画家を描くのである。また「夢応の鯉魚」は「雲魂雲情を語て久しきを誓ふ話」と対比してみるべき作品であろう。魚に変身する興義は「籠の鳥の雲井にかへるここちす」と語っている。庭鐘にとって自由の境地が空にあるとすれば、秋成にとってはそれが水中にある。もっとも、「雲魂」の自由には落し穴がなく、雲は太平の世を語るばかりであった。しかし、秋成の自由には危険性が潜んでいるのである。(11)「黒川源太主山に入ツて道を得たる話」の蘇生がもっぱら養生術で計算されたものであるのに対して、魚になったため俎の上で切断されようとした興義の蘇生は間一髪で危機的なものといえる。「菊花の約」に「左門がある所を見れば、座上に酒瓶魚盛《なもり》たる皿どもあまた列《なら》べたるが中に臥倒れたる」と記すように、秋成にとって「魚盛たる皿」は危機のしるしであろう。『諸道聴耳世間猿』五の三には「絵師共見ゆる山水な医者」が出てきたが、興義は絵師であるとともに医者なのかもしれない。欲望についての知恵を処方しているからである。

「仏法僧」では鳥が「仏法、仏法」と鳴いているが、これは「白峯」における「円位、円位」という呼びかけに匹敵する瞬間であり、秋成の特徴にほかならない。

御廟《みべう》のうしろの林にと覚えて、「仏法仏法《ぶつぱんぶつぱん》」となく鳥の音、山彦にこたへてちかく聞ゆ。夢然《むぜん》目さむる心ちして…　（「仏法僧」）

御堂《みだう》のうしろの方に「仏法仏法《ぶつぱんぶつぱん》」と啼音《なくこゑ》ちかく聞ゆるに、貴人杯《さかづき》をあげ給ひて（中略）「それ召せ」と課《おほ》せらるるに、若きさむらひ夢然《むぜん》が方へむかひ、「召給《めし》ふぞ。ちかうまゐれ」と云。夢現《ゆめうつつ》ともわかで、おそろしさのままに御まのあたりへはひ出る。　（「仏法僧」）

「仏法、仏法」と鳥が鳴くたびに主人公に変化がもたらされるのであり、ついには向こう側から呼びかけられてしまうのである。本話にも「雲水」という言葉が出てくるが、「雲魂雲情を語て久しきを誓ふ話」では雲の語る話を聞いているだけで、呼びかけられることはなかった。しかし、秋成においては決定的な呼びかけがある。

淡路と聞えし人、にはかに色を違《たが》へて、「はや修羅《しゆら》の時にや。阿修羅《あしゆら》ども御迎《むか》ひに来ると聞え侍《はべ》る。立せ給へ」といへば、一座の人々忽面《おもて》に血《ち》を灌《そそ》ぎし如く、「いざ石田増田が徒《ともがら》に今夜も泡吹《あわふか》せん」と勇《いさ》みて立躁《さわ》ぐ。（中略）人々の形《かたち》も、遠く雲井に行がごとし。

（「仏法僧」）

これは「久しきを誓ふ話」の自由に対する批判のようにみえる。すべては修羅能のように宿命づけられており、「雲」のような幻影がいささかも自由を意味しないからである。なお、秋成が高野山の「毒ある流れ」に拘泥しているところも煎茶の人らしく興味深い。庭鐘であれば、水音について記すのではないだろうか。

「吉備津の釜」は占いという点で「白水翁が売卜直言奇を示す話」を想起させる。一方では釜、他方では竈がポイントになっている。墓を訪れる女という点では「黒川源太主山に入ツて道を得たる話」を想起させる。そこでは「斧」が笑いの焦点になっていたが、ここでは恐怖の焦点である（「斧《をの》引提《さげ》て大路に出づれば…」）。執念深く伸びる磯良の「我を指たる手」は崇徳院の執念を思わせる。「あなや」の呼び声が繰り返されるが、「釜」は流麗な音楽を奏でるのではない、不気味な不協和音をたてるのである。

「蛇性の婬」は恐ろしい妖魔が出てくる点で「白菊の方猿掛の岸に怪骨を射る話」を想起させる。両者ともに挿絵に山中の滝を描き人物を配するが、その構図がよく似ている。また庄司という人物が登場する点では「紀の関守が霊弓一旦白鳥に化する話」を想起させる。しかし庭鐘において女は蛇ではなく、狐なのである。

「青頭巾」は雲水が登場する点で「雲魂雲情を語て久しきを誓ふ話」を想起させるが、全く異なっている。「久しきを誓ふ話」では食ったり食われたりする危険性が全くない。しかし、「青頭巾」は食ったり食われたりする危険性を有しているのである（「夢応の鯉魚」も同様である）。[12]秋成にあって庭鐘にないもの、それは身体であり情動の次元かもしれない。「心放せば妖魔となり、収むる則は仏果を得る」という認識は、単に知性によるものではなく、身体を介在させたときはじめて生まれるものであろう（したがって、禅師は「初祖の肉いまだ乾かず」と賞讃されるのである）。「八百比丘尼人魚を放生して寿を益話」で人魚の肉を食して手にしたのは長寿であり知識であった。その意味で、庭鐘版女浦島の玉手箱に入っていたのは学識といえる。しかし、『世間妾形気』の秋成版女浦島の箱に入っていたのは性的な身体の欲望にほかならない（「三人の夫を喰殺してもみめかたちはもとより心の若々しさ」）。

「貧富論」は富貴を論じる点で「紀任重陰司に至り滞獄を断くる話」を想起させる。後者では「善人にして貧賤なるは、前生の慳吝にして、福田を種ゑざるゆゑ、来世必ず餓窮の報を見ると知るべし。天の尊きさへ高きにあれば、見る事久遠にして、応報の遅速あり。況や人間より天道の事を測り知らんや」と語られていた。金銭の問題と善悪の問題は、多少のずれはあるけれども対応しているという。見えざる手に導かれた予定調和の考え方を庭鐘には見て取ることができるだろう。しかし、秋成において金銭は「非情のもの」である。

我もと神にあらず仏にあらず、只これ非情《ひじやう》なり。非情のものとして人の善悪を糺《ただ》し、それにしたがふべきいはれなし。（「貧富論」）

我は仏家の前業《ぜんごう》もしらず。儒門《じゆもん》の天命にも抱《かか》はらず、異《こと》なる境《さかひ》にあそぶなり。（「貧富論」）

庭鐘においては金のダイナミズムが存在せず、金の気性がどこまでも金の気性であるとすれば、秋成においては変幻自在に動き回り変化するのが金なのである（自由そのものを体現しているはずの絵が実は「油扇の絵千枚画いて一匁五分」という現実のなかにあること秋成は知っている、『世間妾形気』四の三）。

金にも関連するが、『雨月物語』には「鐘」のテーマを見出すことができる。「白峯」では鐘の音が不在であり（「貝鐘の音も聞えぬ荒磯にとどめんもかなし」）、「青頭巾」でも鐘の音が不在である（「山里のやどり貝鐘も聞えず」）。しかし、「貧富論」の末尾で鐘が鳴り響くのである（「遠寺の鐘五更を告る」）。『雨月物語』は明らかに「鐘」の不在から「鐘」の響きへと至るが、それは庭鐘の響きを継承していることの秘かな署名ではないだろうか。

ところで、『新編日本古典文学全集』の解説（高田衛）がふれる通り、庭鐘と秋成の相違は何よりも一篇のタイトルに現れているように思われる。庭鐘のタイトルは長く、一文形式であり、秋成のタイトルは短く、一語形式である。仮に『雨月物語』の九篇に庭鐘風のタイトルを付けてみると、次のようになるだろう。「崇徳院西行と白峯にて争ふ話」「丈部左門赤穴宗右衛門と菊花の約を結ぶ話」「勝四郎が妻宮木浅茅が宿にて待つ話」「三井寺興義夢応の鯉魚と成る話」「夢然高野山にて仏法僧を聴く話」「井沢正太郎吉備津の釜で占はれたる話」「大宅豊雄蛇性の婬に魅入らるる話」「快庵禅師青頭巾にて僧を救ふ話」「岡左内黄金の精霊と貧富論を語る話」。しかし、秋成は庭鐘風のタイトルだけは継承しなかったのである。それはなぜか。タイトルは短くすると多義性を帯びる。一文形式のタイトルは説明的要約的であり、一語形式のタイトルは多義的象徴的である。秋成は後者の効果を狙ったのであろう。「白峯」の主人公は「円位、円位」と呼びかけられるまで、正体が不明のままでサスペンスを醸し出している。「崇徳院西行と白峯にて争ふ話」というタイトルではサスペンスの生まれようがない。庭鐘の「後醍醐の帝三たび藤房の諫を折く話」の場合、主人公は空虚な存在のまま三度機械的な反復を行うだけだが、それに対して「白峯」の場合、「円位、円位」という呼びかけを受けて決定的な個体化がなされるのである。

次に『春雨物語』の諸篇と庭鐘作品を比較してみたい。「血かたびら」は薬子の変を描いている。庭鐘が南北朝史に関心を寄せるのに対して、秋成は平安朝史への関心が強い。「血かたびら」は「此の血の帳かたびらに飛び走りそそぎて、ぬれぬれと乾かず」の一文によって記憶される小説だが、秋成には衣のテーマ系とでもいうべきものを見て取ることができる。「蛇性の婬」に出てくる袈裟、「青頭巾」に出てくる頭巾、そして「血かたびら」である。それに対して、庭鐘の場合は衣への関心が稀薄であろう。

「天津をとめ」も平安朝を舞台としているが、興味深いのは衣の歌がいくつも出てくることである。「山吹の花色衣ぬしや誰とへどこたへず口なしにして」「世をすてし苔のころもはただひとへかさねて薄しいざ二人ねむ」。これをみると、平安朝こそ衣にとって特権的な時代であるかのようだ。「あまつ風雲のかよひぢ吹きとぢよをとめの姿しばしとどめむ」の歌で目に留めるべきものがあるとすれば、華麗な衣裳にほかならない。

「海賊」には秋成晩年の志向が強く出ている。それは「放蕩乱行」な存在への憧れであり、釣り糸にかかった「夢応の鯉魚」がそれでもなお動き回ろうとする荒々しさである。

文よむ事博かりしかど、放蕩乱行にして、つひに追はらはれしが、海賊となりて、あぶれあるくよ。それはた渠儂《かれ》が天ろくの助くるならめ。さてなん罪にあたらずして、今まで縦横しあるくよ…　（「海賊」）

「放蕩乱行」とは矮小な規則からはみ出したアウトローということであり、しかも「天禄」を受けている点では天から愛されるようなイノセンスを有しているということである。人間世界の小さな「罪」に当てはまることなく、「縦横」に動き回る存在なのである（その意味では貨幣に似ている）。庭鐘であれば「紀任重陰司に到つて滞獄を断くる話」のごとく歴史に判決を下そうとするだろうが、「天津をとめ」に描かれるのは「冥福の人」と「命禄の薄き」

の対比である。「海賊」末尾の一節は興味深い。

是は、我欺かれて又人をあざむく也。筆、人を刺す。又人にささるれども、相共に血を不見。

（「海賊」）

欺いているのか欺かれているのかわからない、こうした不可知性が庭鐘には存在しない。欺いているか欺かれているかは明白である（たとえば『莠句冊』第六話）。また、庭鐘において筆は人を刺すようなものではないだろう。気の動きに連動するのが筆法だからである（たとえば『莠句冊』第二話）。刺すけれども血が流れない、切り刻むけれども血が流れない、こうしたエクリチュールの存在論的不思議さの発見こそ秋成の小説家としての命禄ではないか（血が「ぬれぬれ」として乾かないというのもエクリチュールの不思議さである）。

「家ゆたかにて、常に文よむ事につとめ、友をもとめず、夜に窓のともし火かかげて遊ぶ」と冒頭部にある「二世の縁」は、秋成がもっとも庭鐘を意識した一篇ではないだろうか。「鐘はとく鳴りたり」と記されているからである。

時々かねの音、夜毎よと、今やうやう思ひなりて、あやし。庭におり、をちこち見めぐるに、ここぞと思ふ所は、常に草も刈りはらはぬ隈の、石の下にと聞さだめたり。あした、男ども呼びて、「ここ掘れ」とて掘らす。

（「二世の縁」）

穴を掘るというのは庭鐘的テーマにもみえるが、庭から鐘の音が聞こえてくるところは明らかに庭鐘その人の名前を散種している。ここからは「黒川源太主山に入ツて道を得たる話」の蘇生場面を想起することができる。しかし庭鐘の場合、蘇生した人はその前後においていささも変調をきたしてはいない。秋成の場合は「夢応の鯉魚」でも「二世の縁」でも蘇生したとき、存在自体が変容せざるをえないのである。「此のほり出だせし男は、時々腹だたしく目怒らせ物いふ」、「牛むまにおとらず立ち走りつつ、猶からき世をわたる」とあるが、これが悲憤の人秋成の一面にちがいない。『胆大小心録』異文には「日々東西に走つて物学ぶいとまがない」と記している（家豊かで文読む男はおそらく定助前世の姿であり、庭鐘に相当する）。秋成が庭鐘を継承しているとしても、それは贋の縁でしかなく、奇妙にずれたものであろう。

「黒川源太主山に入ツて道を得たる話」のように庭鐘の笑いは論理を突き詰めた笑いだが、「目ひとつ神」には庭鐘にはないナンセンスな笑いがみられる。

「おのれはさか魚物臭し」とて、袋の中より大なる蕪根をほしかためしをとり出て、しがむつらつき、わらべ顔して又懼し。（「目ひとつ神」）

ここでは「夢応の鯉魚」への暗示と蕪村への呼びかけがなされているのではないだろうか。

神は扇とり直して、「一目連がここに在て、むなしからんや」とて、わかき男を空にあふぎ上る。猿とうさぎは、手打てわらふわらふ。木末にいたりて、待とりて、山臥は飛立。この男を腋にはさみて、飛かけり行。法しは、「あの男よ、あの男よ」とて笑ふ。（「目ひとつ神」）

ほとんどナンセンスでイノセントな世界である。[13]「一目連」には目を患った作者自身の姿が投影されているようだが、秋成が「目ひとつ」になって失ったものとは何だろうか。それは漢文への関心ではないか。読本作家秋成が一つの目を漢文に向け、もう一つの目を和文に向けていたとすれば、「目ひとつ」の作者はもはや片方にしか集中できないのである。それはもちろん和文のほうであり、「歌のほまれ」に向ってであろう（『胆大小心録』異文には「漢文をやめて…」とある）。

秋成の悪筆コンプレックスは能筆の庭鐘を意識したとき鮮明に浮上してきたと思われるが、「墨くろく、すくずくしく、誰が見るともよく読むべき。文字のやつしは、大かたにあやまりたり」と記す晩年の秋成は、むしろ無鈍着である。

「死首の咲顔」で描かれるのは、論理を重視する庭鐘にとっては全くありえない非合理な殺人事件といえる。本事件に関心をもったのは『西山物語』の建部綾足だが、秋成もまた独自な視点から関心を寄せている。

打ちゑみて、「よんべの夢見よかりしは、めで鯛と云魚得べきさがぞ」とて、庖丁とり、煮、又あぶりものにして母と兄とすすめ、後に五曹の右に在て立走りするを、母はいといとよろこぶ。（「死首の咲顔」）

この場面が不吉なのは、「夢応の鯉魚」の悪夢が頭を過ぎるからである。事実、これを契機として全く非合理な殺人事件に至っている。五蔵は宗との結婚を父親に反対され、宗は兄の元助に殺されてしまうのである。結婚に反対し理不尽なほど怒り狂う父親、「おにおにし」き鬼曾次が封建道徳の埒内にいるようにはみえない。「かねは我ふくの神のたまものなれど、おのれが家にけがれたるは何せん」と言って元助の金を受け取ろうとしない鬼曾次は単なる守銭奴ではない。「足ずりし手を上ておらびなくさま」は子供のようであり、「にくしにくし」と息子を打擲し、「おのれはいかで貧乏神のつきしよ。財宝なくしたれど、又嫁たらば、元の如くならん」と姿を消す鬼曾次は、むしろ捨石丸や樊噲のように規矩を超えた存在である（樊噲も「おにおにし」と記される）。「妹が首のゐみたるままにありしこそ、いとたけだけしけれと、人皆かたりつたへたり」というのが結末だが、殺された娘の笑みもまた非合理きわまるものであろう。

「捨石丸」で印象的なのは主人公の腕力と無垢の共存ぶりである（中上健次的といってもよい）。冒頭の酒宴は「目ひとつの神」のようにナンセンスでイノセントな酒宴であろう。主人公はあまりに無垢であるがゆえに人を殺めてしまうのだが、小さな石が転がって途方もない破壊力を持ってしまったかのようだ。その意味で、捨石丸の力は自らの小さな意図を超えたところにある。捨石丸は贖罪のため隧道掘削に生涯を捧げることになるが、その身体行為は小さな意図を超えた力を発揮しているように思われる。主人公は穴を掘ることを誰に命じられたわけでもない。人のためというより、むしろ自分のためであろうが、しかし自分の意図を超えたものと一体になっているのではないか。主体性を超えた盲目的な意志の力といってもよい。

「汝力にほこれども、かれは限あり。我わざ千変万化、汝がこし立ちて向ふとも、わらべをせいする斗たやすし」。丸ふし拝みて、「心奢りたるは愚也」とて、小伝次に、かへりて事どひし、学ぶ。かくて月日をへ、年をわたりて、凡一里がほどの赤岩を打ぬき、道平らかに、所々石窻をぬきて、内くらからず。（「捨石丸」）

自らの力を誇るだけの存在は童のようなものであろう。しかし、「躍たちて蹴ば石は鞠のごとくにころびたり」とあるほどの力をもった小伝次に対する捨石丸の態度は興味深い。捨石丸はいわば小さな自我を捨てているからである。「心奢り」を捨てた捨石丸にとって自己満足ほど無縁のものはない。隧道掘削は自然に即し技術に即した実践となっている。ところで庭鐘の「八百比丘尼人魚を放生して寿を益す話」も末尾で社会事業を描いていた。庭鐘において土木作業は知性の問題だが（白比丘は石の語る話を理解しただけである）、秋成においては情動的な力の問題なのである。「内くらからず」とあるが、捨石丸はルサンチマンの暗さを持っていない、むしろイノセントな輝きを発している。天禄の人であり冥福の人であるといってよい。

「宮木が塚」は、聡明な遊女が姦計に陥るけれども意志を貫き通し入水する点で「江口の遊女薄情を憤り珠玉を沈る話」を想起させる。相違しているのは「江口の遊女」が最初から遊女であるのに対して、宮木がそうではないところである。宮木は遊女になったことに後から気がつくのである（「物がたりに見しあそび女とは我が事よ」）。前者が遊女として意地をみせるのに対して、後者は人間として意地をみせるといってよい。『繁野話』の序によれば、「侠妓の偏性」を語るのが「珠玉を沈る話」の主眼だからである。「此の宮木が屍の波にゆりよせられしとて、ゆり上げの橋となん呼つたへたる」と記されるが、こうした柔らかさが庭鐘には皆無であろう。庭鐘において姦計をめぐらすのは海賊だが、秋成における海賊はもっと魅力的なキャラクターである。

「歌のほまれ」にも秋成のイノセンスへの憧れが見て取れる。

いにしへの人のこころ直くて、人のうた犯すと云事なく、思ひは述たるもの也。歌よむはおのが心のままに、又浦山のたたずまひ、花鳥のいろねいつたがふべきに非ず。ただただあはれと思ふ事は、すなほによみたる。是をなんまことの道とは、歌をいふべかりける。（「歌のほまれ」）

「歌のほまれ」とはいわばパッションの世界を体現することである。それは散文の世界とは異質なものにちがいない。秋成的人物の力がいつも身体をはみ出してしまうように、パッションはいつも物語をはみ出してしまうからである（「是をなんまことの道とは、歌をいふべかりける」という構文はいささか狂っている）。もちろん、庭鐘の知性は「歌のほまれ」などに与しないだろうし、庭鐘のパッションは整除された物語のなかに過不足なく収まってしまうにちがいない。そのことは五巻九篇という形式にすべてを統一した驚くべきスタイルに現れている。だが、『春雨物語』は五巻九篇には収まりがたいテーマを孕んでいるのである。

庭鐘には絶対書けない「樊噲」こそ無垢なるパッションの塊にみえる。その過剰な力が現実という枠組みのなかでは犯罪者になってしまう悲劇でありかつ喜劇である。樊噲の「脊」を蹴る武士との問答をみてみよう。

「…汝達は是に異なるか。乱世の英雄なり。されど治世久しければ、盗賊の罪科に処せられん。やめたりとも、大罪ならば終にとらへらるべし。あだ口いひて戯るるか」と云。はん噲にらみつけて、「力身に余りたり。既にもえとらへられざりし事度々ぞ。天命長くば、罪ありとものがれん」と云。　（「樊噲」）

樊噲は「乱世の英雄」だが、治世においては犯罪者でしかない。「あの盗人等は籠の鳥に似たり」と僧侶に指摘される通り、出家以前の樊噲は枠組みのなかでもがいているにすぎない。「力身に余りたり」とあるが、身体を超える力が問題なのである。[14]「樊噲」の末尾はよく知られている。「心納れば誰も仏心也、放てば妖魔とは、此はん噲の事なりけり」、ここでいう「心」は知性の能力というよりも情動の能力であろう。仏心と妖魔の二面性、こうした情動的認識が庭鐘にはない。はなはだ平凡な図式化になるが、庭鐘はロゴスの作家であり、秋成はパッションの作家である。[15]前者はロジックを行使し、後者はイノセンスに憧れている（「目ひとつの神」の場合、イノセンスはナンセンスに近づく）。

秋成の「安々言」に与えた序文で大江魚人こと庭鐘は「あし原田のいなつき蟹の、たけぐかひなけをしつつ横はしるをも、おのれは直路とやおもふ覧」と述べている。「直路」だと思い込んで「たかくかひなけをしつつ横はしる」というのが、秋成の姿なのである。(16)『藤簍冊子』四に「右府はまことにねぢけたる君なり」、「直き操を枉るわざして、しひて物とふな」と記すように、秋成は直きとねぢけに事のほか敏感な作家である。おそらく「横はしる」存在だけが、そうした「さが」を見て取るのであろう。

おわりに

最後に取り上げるのは、主人公が大陸まで亡命してしまう『義経磐石伝』（文化六年〈一八〇九〉）である。その序文によれば、「遺書をあだに函底に秘めおくべき事かは」と出版されたらしい。庭鐘の小説は箱から取り出されるものなのである。「洞は石門を通りて天日洞に幽深の地を言うべし。窟は横に入ツて室の如くなるをいふ。高くして階端の如きを岸といふ。両岸対ひ出て狭く水其中を流るるをししとびといふなめり。響巌は諸物の発声巌に応じて谷神の同ずる響の如く、響石も亦同じ」という冒頭部からは庭鐘のテーマをいくつも探り当てることができる。すなわち、鐘のごとき空洞と反響である。「仙洞に朝し」た主人公は、「逃るるに巣穴なし」として離散し、また「間道の難所にかくれ」る。とりわけ注目したいのは「義経脱危機入洞天」の場面である。「逃るべき間道なく、大に困窮し鑑石に至て護力を乞ひ祈る。石面忽ち豁開て洞窟の如し。義経追て洞中に入る」。袋小路と見えたものが突如、別の空間に通じているのだが、これこそ歴史のオルタナティヴを開く庭鐘小説の醍醐味ではないか。「此全篇専常盤に拠て談ずれば石に始り石に終る」と要約される本話の跋文で庭鐘は「往にしますら雄の、いさほしありてうづもれたる発明せるわざは、忠なる人のかざしなるべきか」と述べている。「うづもれたる」言葉を顕在化させる「わざ」こそ庭鐘の文業であろう。

さて本章では、気象・地形・亡命などの視点から都賀庭鐘の小説を読み解いてきた。庭鐘という名前に関連させてみると、庭は地形を表し、鐘はそこに満ちる気の動きを表している（庭鐘のあざなは公声である）。庭鐘はほかにも無数のペンネームをもつが、それは名前を失い名前を変更することでもある。それに呼応するかのように、庭鐘小説のいたるところに名前を失って亡命する人物が現れるのである（もっとも、あまりにあっけなく亡命ばかりするので、人間造型が稀薄で物足りないという批判があるかもしれない）。

庭鐘作品の読解には和漢の知識を必要としており、その読者は限られるだろう。狭い学識者のサークルに閉じられた作品といえなくもない。しかし、狭い洞窟が別の場所に通じているように、庭鐘の小説は百年後二百年後の読者にも通じている。著者が小説世界に亡命するとすれば、読者もまた小説世界に亡命するからである。

注

（1）中村幸彦、徳田武の注釈と解説に多くを学んでいるが、『中村幸彦著述集』一一（中央公論社、一九八二年）なども参照した。「義経磐石伝」「呉服文織時代三国志」の引用は稲田篤信、木越治校訂の『都賀庭鐘・伊丹椿園集』（江戸怪異綺想文芸大系、国書刊行会、二〇〇一年）による。なお、文献目録として『読本研究文献目録』（渓水社、一九九三年）があり、近年の研究史として近藤瑞木「前期読本研究の現在」（『読本研究新集』七、二〇一五年）がある。

（2）『繁野話』の物語を「歴史もの」と「伝奇、伝説もの」の二系列に分け、「日陰者のあるべき姿」と「異類の人間とのかかわり」を特徴として挙げる二川清「『繁野話』各話の主題等の共通性」（『都大論究』二九、一九九二年）も「亡命」の語に着目している。しかし、本稿では言語の潜勢力を顕在化させるべく、「亡命」の語義を極端に拡張してみたい。つまり「亡命」という語さえ亡命させたいのだが、庭鐘の小説はそうした亡命行為を促しているのではないだろうか。なお、高田衛「亡命そして蜂起へ向う物語」『江戸幻想文学誌』（平凡社、一九八七年）も参照。『垣根草』巻二や秋成「海道狂歌合」には「亡命かけおち」という用例がみえる。

（3）「気」の問題については佐藤深雪「都賀庭鐘の鬼神論」（『日本文学』一九八二年七月号）を参照。

（4）拙稿「将門記のメタファー」（『沖縄国際大学日本語日本文学研究』二〇、二〇〇七年）では将門と雷の関係について触れている。
（5）『呉服文織時代三国志』（一七八一年）には曹操の勅使「標挽軒」（だしだんじり）や「間道あないの反臣」などが登場する。もちろん、そこには暗号が仕掛けられており（「織発の記号の文字」）、「図籍の箱」の行方が問題となる。「タカイヤマカラタニソコミレバ、サテモミゴトニヌノサラス」とある布は『繁野話』第一話の「雲」の変奏ではないか。
（6）秋成の『文反古』には「何やかやとりあつめて、八十部ばかり庭の古井にしづめて、今はこころゆきぬ」とあるが、『背振翁伝』には「なかき夢見はてぬほとに我魂の古井に落て心寒しも」とみえる。すべてを井戸に沈めて安心しようとした秋成は、それでもなお不安なのである。こうした不安は庭鐘にはみられないだろう。
（7）墓をめぐる物語においては様々なものが交流する。すなわち生者と死者であり、和と漢であり、内と外であり、女と男であり、新しいものと古いものである。したがって、復古と創出に引き裂かれた時代を浮上させずにはおかない。墓は忌まわしいものを封印し、讃えるべきものを顕彰する二重の役割を備えている。ちなみに、本話に出てくる和歌を文脈からはずして解釈してみよう。「よろづの物はからにぞありけり」とあるが、これは万物が唐土にあることを示しているかのようだ。「玉なきからはかひなかりけり」とあるが、これは逆に唐土の限界を示しているかのようだ。「右といひ左といひて行く人の迷ひ」とあるが、これは筆法の行程を示しているかのようだ。コンテクストからシニフィアンを解き放つと、様々な意味作用が働くのである。
（8）『莠句冊』の出典考証については木越治『秋成論』（ぺりかん社、一九九五年）を参照。
（9）庭鐘と秋成の作品比較を試みた論考は山口剛「読本の発生」（『山口剛著作集』二、中央公論社、一九七二年）、重友毅『秋成の研究』（文理書院、一九七六年）、後藤丹治「英繁二書と雨月物語との関係」（『国語国文』一九五六年三月号）、松田修「雨月物語の評価」（『松田修著作集』八、右文書院、二〇〇三年）、尾形仂「中国白話小説と『英草紙』」（『文学』一九六六年三月号）、高田衛『上田秋成研究序説』（寧楽書房、一九六八年）、浅野三平『上田秋成の研究』（桜楓社、一九八五年）、徳田武『日本近世小説と中国小説』（青裳堂、一九八七年）、『近世近代小説と中国白話小説』（汲古書院、

二〇〇四年）、長島弘明『秋成研究』（東京大学出版会、二〇〇〇年）、稲田篤信『名分と命禄』（ぺりかん社、二〇〇六年）など少なくない。

（10）前章では攻撃と待機という視点から秋成作品を論じたが、待機の受動的状態こそパッションなのである。

（11）『花鳥山水画論』（全集一二）で「大名持、少名彦の神も、御手をむなしく見そなはし、大山つみもわたつみも、いくそたひここにかよはせたまふらん。さるは足をつからし、魂けなともせて、日々に玩ふ事のたのしさよ」と述べるように、絵画にはいわば神話的な自由がある。秋成が画家の呉春に関心を寄せ悪態を吐くは、そうした境地に対する羨望と嫉妬があるからだろう。もちろん、画家には死が待ち受けている（「腎虚して今は絵はかけぬにきわまつた」『胆大小心録』六五）。なお『胆大小心録』三二には「俎板をささげ、庖刃をもて細に刻む。血一雫も見ず」とあって、俎と庖丁が秋成において危機的で神秘的な一瞬を刻むのがわかる。

（12）秋成には食われるというオブセッションがある。たとえば『秋山記』の一節である。「大口の真神といふものなりけり。あなやといへど、人げとほければ、いかがはせむ。ただわななくわななく、しりへにゐざるを、袖ゆるすまじき眼つきして、くひつくとぞ見る」（『藤簍冊子』三）。秋成の狼と蕪村の狸は対比してみるべきテーマかもしれない。

（13）『癇癖談』の末尾に「駒王のからからとわらへば、百千とりどりにわらふ。うそひめもききとわらへば、山もわらひ野もわらふ」とあるが、そのナンセンスに近い。『日本書紀』などにみられる通り「目ひとつ神」が金属神だとすれば、「貧福論」同様に金属の不思議さは非人間的な笑いに通底しているのである。

（14）「父おどろき、馬にはねあがり」（「死首の咲顔」）、「おどろき、馬して、博奕の金百両を裸につかみ入れて、酒飲みて逃げ走りたり」（文化五年本「樊噲」）。こうした本文に関して日本古典集成（美山靖校注）は「驚き馬」と解釈している。その判断については留保するけれども、「驚き」と「馬」の強い結びつきだけは確認できるだろう。秋成的身体には奔馬のごときパッションが脈打っているのではないか。事実、「をどり上りて…立蹴に庭にけおと」す鬼曾次は馬のごとき身振りをみせる。「紅こそ色のつかさなれ」と断言する『ますらを物語』には「あを馬にきぬ笠おひかづかせたる、是なん神のやどらせ給へりと申す」とあったが、それが動き出したかのようだ。「躍り上りて、又酒のむ」「先にをどり出、しもと一もとぬきて、声をかけ馬の足をうつ」文化五年本の樊噲は馬以上の馬力を秘めている。「菊花の約」には「此の死馬は眼をもはたけぬか」という印象的な細部があるが、あたかも眼病の秋成を叱咤しているように聞える（これはもちろんアナクロニックな読みだが、晩年の秋成が旧作を読み返したならば、驚愕したにちがいない）。馬に拘泥していえば、秋成が目にしたはずの『古今著聞集』巻一一には金岡の絵に関して「件の馬の足につち付きて、ぬれぬれとある事たびたびに及びける」とある。「血かたびら」の乾くことのない血もまた芸術作品となって存在論的不思議さを帯びた血であろう。

（15）庭鐘をロゴスの作家と呼ぶのは議論と典拠の作家という意味である（音楽的な共鳴と比例の作家といってもよい）。議論と論証を重視する点では西鶴もロゴスの作家ではあるけれども、何よりも欲望の作家であろう。西鶴の本質は貨幣の無機的反復を体現しているところにあるのではないか。拙稿「近松と西鶴」（『沖縄国際大学日本語日本文学研究』一、一九九七年）では制度、論証、繰返しという観点から西鶴について論じたことがある。庭鐘は文字の無機的反復を体現しているといえるかもしれない。『藤簍冊子』六に「ふる言あながちに学べば、又そのかたの迷はし神のつくぞかし」と記す通り、秋成には「迷はし神」が取り付く。しかし、不思議なことに庭鐘には取り付かないようにみえるのである。高田衛『女と蛇』（筑摩書房、一九九九年）からは読本を特徴づける要素として女と蛇が浮かび上がってくるが、庭鐘は女と蛇に関連の薄い存在である。それに対して、「無腸」のペンネームをもつ秋成は蟹のように女＝蛇の分析を試みる作家であろう。

（16）『楠公雨夜かたり』（全集八）に「蟹か背に礫うちして、ついに背さけて死たりしを…疵口よりあまたの子ともはひ出て、もとの谷水にかへりし」とあるが、この蟹をめぐる一節は秋成における言葉の発生を示しているのではないだろうか。受難を受け入れることで倍加するのが秋成のエクリチュールだからである。

Ⅲ　三七全伝南柯夢・占夢南柯後記・青砥藤綱摸綾案を読む——盲目・接木・裁判

第一部Ⅲで馬琴の長編読本における「背」の巡歴を辿ったが、本章では中編読本に注目してみたい。すなわち、盲目の父親をもった三勝と半七の奇縁を描く『三七全伝南柯夢』（文化五年）、その続編でお花と半七の奇縁を描く『占夢南柯後記』（文化九年）、青砥藤綱の裁きを描く『青砥藤綱摸綾案』（文化八年・九年）である。そこには、「背」をめぐって興味深い形象を見て取ることができるだろう。演劇的趣向にとどまらず、主題論的アナグラム的な働きを示すからである。

なお、原文の引用は『馬琴中編読本集成』による。出典考証については同書、徳田武の解説が詳しい。合巻『諸時雨紅葉合傘』（文政六年）も三勝半七を題材としており、「はつ富士背中を掻い撫でて…」、「通太郎を背中に負つつ、お園・はつ富士と連れ立ちて…」という場面がある（改造文庫所収）。

一　盲目と背負うこと

『三七全伝南柯夢』〈文化五年〉

『三七全伝南柯夢』は大和の領主続井順昭に取り入って出世するため、楠の大木を切るところから始まる。「丁々はつしと斫程《きるほど》に、思はず斧の柄を脱て麓へ礑《はた》と落る折しも、伊賀路より大和を経て、山城へ出るにやあらん、脊《せな》に裹《つつみ》の袱《ふろしき》も、小妻木綿のやや破れし、檜の笠に竹の杖、木立いぶせき山路を、たどるたどる来る盲人ありけり」（一）。

大木を切ろうとして振るった赤根半六の斧が落下し、娘を連れ妻を探していた盲人の命を奪ってしまう。背中の荷物に入っていたのは三味線である（「わが脊負ひし袱包は、異国伝来の楽器にて…」）。丹波都と名乗る盲人は、三味線の撥が妻の形見だと語り、息を引き取る。それがどのような役割を果たすかを知ることのない盲人は、その意味で、自らが背負っていたものを実は知らないのである。半六も丹波都も自らの運命に盲目であるほかない。

「なからん後の心かかりは、半七おさんの事ぞかし、願くは箍篠《たがしの》が生の中に、妹脊の縁《えに》しを結して…」と語っているように、半六の妻は自分の息子と盲人の娘を結婚させたいと考える（二）。しかし、息子の出世を望む半六は、おさんを亡き者にしようとする。「旧の柴売」とあるが、柴を背負ってきた半六は、もはやそんな生活に満足できないのである。半六に唆された旅役者の笠松平三は、熊の皮を被っておさんを攫う。しかし殺すことはできず、そのまま京都に向かう。「やをらおさんを脊負ひつつ、夜に紛れて山を走せ下り、直《ただ》に華洛《みやこ》へ上りて…」とあるが、平三がおさんを背負っている点に注目しよう。背負うことを放棄してしまった半六との相違が際立つからである。

京都で、おさんは舞々の笠屋三勝として人気者となり、平三は「舞の衣裳」を背負っている。それが平三の喜びの形なのである。領主の息子、吉稚丸は全八郎と蝶九郎という二人の悪党に唆され、三勝に入れ上げる。半六の息子、半七は父親の勧める通り、家老蟻松の娘、園花と結婚する。しかし、厚倉友春の命令で三勝を攫うことになる（三）。三勝が実はおさんであることを知った半七は駆け落ちし、近江で娘をもうける。それがお通である（四）。

信濃沓掛で病気となり困窮しているところを平三に助けられ、浪速長町に舞い戻る。主人公は鬘売りになるが、鬘は隠すもの、とりわけ作品冒頭の切断を隠蔽するものではないだろうか（熊の皮と同様に）。半七は「隠蓑屋《かくれみのや》」と呼ばれているからである。そして作品結末においては鬘が三勝半七の生存を隠蔽するのである。

三勝を奪おうとして失敗した悪党二人は、その後、家老の息子、蟻松曽太郎に襲いかかることになる。「足を飛して丁と蹴倒し、手首背《そびら》へ捽胡《ねぢたふ》し、轎《かご》のほとりへ押し著けつつ、結び下げたる提灯の火光にて、はじめてその面を見れば、この轎夫《かごかき》は別人にあらず、往に南都を追放れたる、今市金八郎、布施蝶九郎なりし…」（五）。手首を背中に捻上げられるが、これは何も背負うものがない者の惨めな姿なのである。

三勝の身代金を弁済するため、半七は箱を背負って鬘を売っている。「仮毛《かもじ》の箱を脊負ひて、大和橋のほとりを過るに、客店《はたご》の二階より、障子を細やかに押ひらき、こなたを指さしつつ、あれ呼べといふ声する…」（六）。興味深いのは主人公が何かを背負っており、そのために呼びかけられるという点である。

幸運にも鬘は売れ、半七は「空擔《からに》を脊負て」帰る。家では三勝が待っており、「妹脊の水入らず」となる。平三は思いがけない大金に驚く。「掻よする金は茶靡《やまぶき》の、花ものいはねば面《ま》あたり、ぬしや誰とも問ふよしなく、共に呆るる三勝は、平三と面をあはし、思ひ惑へる油断を見て、縁頬《えんかわ》を踏み鳴らし…」。大金に視線を奪われたとき、突然、背後から急襲されるが、その呼吸がすばらしい。襲ってきたのは悪党の全八郎と蝶九郎である（「つと走り入り、火鉢をとつて投つくれば、行燈《あんどう》滅て発《はつ》と立つ、灰に咽て舅も壻も、意《こころ》ならず周章し…」）。

全八郎はお通を奪って逃げる。「三勝聽《やが》て走り来つ、諸手をかけて稚児を、とらんとするを全八は、背向《そがひ》になりて寄せも著ず」。背向になったとき、一気に情動が高まるのである。全八郎はお通を橋から落とそうとする。蝶九郎を追いかけてきた半七は、その背に斬りつける（「脊《そびら》を一太刀丁と砍《き》れば…」）。

行方不明になったお通の家に訪ねてくるのが、園花の母である。敷浪は半七を再び婿として迎え入れたいと告げる。「かき口説ば、三勝は堰かねて、涙の泉むすび果ぬ、妹脊の中も胸の中も、裂くほど苦しき浮世の義理に、何とゆうべの相合橋も、あはれぬわが子と夫にさへ、別れの櫛も膝に落…」。妹背の中は娘が橋から転落したことで途絶えようとしている。その意味で、この無慈悲な橋は冷たい「背」のような役割を担っているかにみえる。

「従夫《たとひ》は何ともいへ、思ひ絶にき妹脊の契り、互代《かたみがはり》の護身嚢を、この炉の中へ投入れて、願事復す産霊《むすびのかみ》の、庭燎《にはひ》とも見給へかし」と三勝が死を決意したとき、護身袋から三味線の撥が落ちる。それによって、敷浪が三勝の実母であったことが判明する。「道理めかしてわり口説、忠臣烈女の中をさく、おもへばわれは淫婦《いたづらをんな》、愛に溺れて又愛を、失ふ因果は忽地《たちまち》に、親子三すぢのいと迫て、天道の縛は、割符を合す罰と撥、面目なや、と身を投臥、声を惜ず泣母の、脊拊《せななづ》捺る三勝は…」とあるが、自らの身勝手さに気がついた敷浪を三勝がどのように慰めているか注目したい。盲人に背負われていた三味線のことを思い出すとき、背を撫でるというのが唯一の和解の身振りなのである。

半七は背門から入って、それを立ち聞きしていた。「われ嚮《さき》に背門《せど》より帰り入つて、一五一十《いちぶしじう》を審《つばら》に聞けり。みな是れ過世の讐敵《あたかたき》は、今親子となり、同胞となり、夫婦となりて、この煩悩をなすにこそ」と語っている。一連の繋がりが「背」に導かれてきたのは明らかであろう。

半七三勝は千日寺を死に場所とするが、すでに半六敷浪が自害していた。「跡に続て平三は、お通を背負ひ、園花を扶掖《たすけひき》、喘々追蒐来て、手に手にさし出す挑灯の、火光に照らす墳の後に、思ひもかけず敷浪と半六は、閒五七尺を隔て自害し、半七等を見て忽地《たちまち》に縡《こと》切たり」。半六夫婦が自害する一文の中に大勢の人物が書き込まれているのは、偶然ではない。お通を背負った平三の姿に希望が托されているからである。「半七等を見て」とあるが、死の間際に半六は背負う姿を見たことになる。

荷物を背負った盲人の死から始まった本作品において、すべてを見通した人物は誰もいない。作者もまた例外ではないと思う。続編の序に「既に全く局を結びて、絶えて一物を遺さず、これを続ぐとも労して功なし」と記す馬琴は、本作品の続編を書くなど夢にも考えなかったはずであり、背を向けていたといえる。もちろん、読者もすべてを知ってはいない。しかし、事の半分しか知らないことを奇貨として、闇雲に見ようとするのが読み手である。

信濃で死を決意した半七は娘に遺言を口伝えしていた。幼い娘は何も知らないで、言われたまま言葉を覚える。その無邪気な娘の姿からは悲痛なものが伝わってくる（京伝『昔話稲妻表紙』における死に瀕した子供の語りのように哀切である）。無知の活用は作者の手腕だが、無知なまま闇雲に見て取ろうとするところに読者の権利が存するのである（本作品では丹波都、おさん、三勝、平三、半六、半七、全八郎、蝶九郎、千日寺というように、数字が増えていくので、続編には四五六が登場することになる）。

二　接木と背負うこと

『占夢南柯後記』〈文化九年〉

続編に当たる『占夢南柯後記』をみていこう。大和の領主続井順昭はすでに亡く、嫡男の吉稚丸が順勝と称している。大内義隆の嫡男に嫁いだのは、その息女の槐姫である。お通は槐姫に仕えている。厚倉友春は槐姫とともに周防国に赴いたが、息子の隼人は行方不明となる。半七は半之進と改名しており、三人の息子が授かった。三勝との間に生まれたのが半七、平作であり、園花との間に生まれたのが陶五郎である。陶五郎は大内家の執権陶晴賢の養子になっている。笠松の養子となった平作と蟻松曽太郎の次女夏山の間には平太郎が生まれている。

続編は、前編の登場人物を追善供養する法会の場面から始まる。古物買いの全介が追善供養の銭や米を横取りするのだが、それは物語自体を攫っていくかにみえる。養母の晩稲は病気であり、「庇裏の櫰《たるき》落て、脊《そびら》を撃たれ苦《あつ》と叫び、息絶えなんとする」ほどの困窮ぶりである（一「詭偽の葬送」）。友達から工面してきたと母親に語っていたが、それはお布施を横取りしたものであった。そのため全介は母親とともに大勢の乞食たちに襲われる。

「四五六は、晩稲をやをら抱き起して、そのまま脊《せなか》に負はすれば、全介今はせんすべなく、走り去らんとしたりしが、又四五六を見かへりて、数回《あまたたび》歎息し…四五六やがてかけ隔て、向臑《むかすね》払つて二三人、地炕《ゐろり》の裏《うち》へほり埋むれば、茶釜転びて発《はつ》とたつ、灰に姿をかすませて、出てゆく子に負れたる、母もしばしば四五六を、見かへりてふし拝む…」（二「冬田の晩稲」）。仲間の四五六に助けられるところだが、背負って出て行く、そのとき背後を見るためには

振り返るしかない。背負われた者も、背後を見るためには振り返るしかない。火と灰の主題系が介入してくる点も

すばらしいが、見事な視線劇の場面であろう（不意に急襲された前編『三七全伝南柯夢』巻六の場面を反復している）。

半之進は、領主の順勝から木霊塚に埋められた宝刀を持ち帰るよう命じられる。「御辺は一言も諫まうさず、塚を発《あば》き宝刀を取る、おん使をうけ給はり、嬉し良《かほ》なるはこころ得ず。君とまうし御辺といひ、心神忽地《たちまち》入かはつて、ものを推、道理に背く、これも木精《こだま》の祟にて、余怨主従が皮膚にわけ入り、かくまでに狂はする歟《か》」と蟻松曽太郎に責められているが（二「遠山の夕霞」）、こうした背く動きもすべては「木霊の祟」だというのが本作品の趣向である。

半之進は祟りを鎮めるために自害することを決めており、木霊塚に向かう道中、わざと遅れる。家来の丹三は「背《あと》の樹間《このま》を只ひとり、たどるたどるも来給はば、艱苦に得堪ず便なかるべし、はや追ひも著給《つき》へかし」と心配している（三「雨後の月魄」）。あたかも、背後に気を付けよと語っているかのようだ。その丹三のかたわらを弾丸が掠めていく（「忽地背後《うしろ》に筒音高く、飛び来る鉄丸丹三が…」）。

全介は全八郎の息子であり、親の仇として半之進を討ち取るつもりであった。しかし、乗り物の中に倒れていたのは母親である。晩稲は全介の仇討ちを止めさせるために、自ら死を選んだのである。「病ても死なば冥土にて、姉姉夫に面を背《そむけ》、身の罪科に阿鼻焦熱の、呵責もいとどますべきに、惜しからぬ身を今茲《ここ》まで、存命《ながら》へたれば此宵今、こころよく目を瞑るかし」と語っている。

母親を死に至らしめた全介は自害しようとするが、制止される。「忽地背後《うしろ》に人影して、等《まで》よ、と一声呼も果ず、無手《むづ》と抱きとめしかば、全介は驚き怪み、身を反らし、頭《かうべ》を回らし、隈なき月に見かへれば、これ則別人ならず、去年の神無月六日の日、浪速にて別れしより、絶て音耗《おとづれ》せざりける、敗鉄児《ふるかねかひ》の四五六なれば、こはそもいかに、とばかりに、且《かつ》羞ていふところをしらず」（三「木末の点滴」）。四五六が背後から現れるのは、先ほどの別れの場面の

記憶が響いているからであろう。

「さる重荷を背撓負《せたらおふ》ては、路を走るに自在ならず」と言われ、全介は母親の亡骸を近くの墓場に葬る。そのため棺の中の亡骸が二つに増えたと噂されるのだが、逆に減ったものがある。それは木霊塚に埋められていたはずの宝刀にほかならない。

半之進の息子、半七と曽太郎の娘、初花は池の中島、弁才天堂で出会う。「背向《そがひ》もえせで面向《まきもく》の、ひのもの断《たち》に、塩断に、かけてぞ祈る結願の、今宵はからず、この御堂にて、おん身にあひしは弁財天の價《ひちび》き給ふにや侍らん…」（四「池の中嶋の下」）。しかし、密会しているところを見つかって水中に沈められる。二人は水門を潜って逃げ延びるのだが、それが宝刀探索のための旅立ちとなる。『弓張月』や『八犬伝』にみられる通り、水門を潜ることは馬琴において生存のため必須の過程なのである（『曙草紙』第一一で水門潜りを描いた京伝をあえて真似することで、その影響から抜け出そうとしている）。「池水に沈められ、たましひ自在に天外を飛び繞り」とあるが（四「浮名の嬬夫」）、これも『弓張月』に通じるものであろう。同じく魂を飛ばす秋成の「菊花の約」とは異なる馬琴の方法といえる。

追放された半七のことを気にしている三勝は、園花と夏山に冷笑を浴びせかける。「世にいふ親の泣聚《なきより》と思ひかへして許させ給へと勧解《わび》る健気さ怜悧さを、こころに誉む園花と、背《うしろ》あはせの三勝は、見向きもやらず冷笑ひ…」（五「秋雨の笠松の上」）。こうして「背あはせ」のとき、それぞれの情動が高まるのである。切腹を命じられた半之進に代わって、息子の平作が自害してしまう。もう一人の息子、陶五郎が逆臣の養子となったことを知り、半之進は周防に出立する。「涙を禁《とどめ》て三勝が、背《あと》より被《き》する肩衣も、晴れぬ思ひの晴小袖、見立る園花夏山は、痍負《ておひ》の為に経帷子、父は君所《みたち》へ、子は死出の旅…」。この「背」姿にはただならぬ決別の気配が漂っているのである。半之進は皆を「背後《あと》にして」出発する。

半七初花は新しい関所を通過するために、二人の尼が背負っていた幼児を笈の中に隠し、その手形を借りる（六

「羇旅の新関」)。二人の尼というのは顔が醜く爛れた園花と夏山であり、平作の遺児、平太郎を背負っていた。「撓げに笈を脊負あげ、同宿の女僧《あま》もろ共に、遽《いそがは》しく走り去しかば、半七も初花も、黄泉に仏にあへるが如く、しばし背《うしろ》影《かげ》をふし拝み…」とあるが、その背姿が神々しいのである。だからこそ、弁才天女にみえるのであろう。

半七初花は周防にある刀冶同樹の養子となる。同樹はかつて宝刀を研磨した人物である。初花はお花と名を改め、二人は同樹の家に辿り着く。そこに敗鉄の四五六が全介を連れて訪ねて来る。「ふりたる貲布《さよみ》の袱包《ふろしき》を、脊負たる市人が、侶《つれ》なる倭子《をとこ》の後れて来るを、いく度か見返りつつ、同樹が門なる障子に手を掛、瓦落瓦落《ぐわらぐわら》磤《はた》と引開くれば、同樹はいたく駭《おどろ》きて、倒《たふれ》んとする背《うしろ》へ手を突、やうやくに膝立なほし…」(六「暑の夏の花の下」)。同樹の驚きようは尋常ではない。全介の実母は同樹の娘であり、同樹にとって全介は孫に当たる。

「傍《かたへ》の袱包《ふろしき》の、端かいとりて脊負《せおひ》つつ、全介もろとも立あがれば、同樹は外面《とのかた》うち仰ぎて…やうやく身を起す、裾《すそ》に陶器《とくり》を反倒《はねたふ》せば、口より酒を吐ながら、滾々《ころころ》と転ゆくを、慌忙《あはてふため》き引起して、ひとり腹立眼を睜《みは》り…」。三人立ち上がろうとするが、同樹だけが出遅れる。この立ち上がる一瞬が見事であろう。「陶」晴賢の反逆と失敗が見て取れるからである。

同樹は宝刀を手に入れるため、槐姫によく似たお花を陶晴賢に差し出すことを言葉巧みに勧める。「一ツを得ぬれば一ツを失ふ、夫婦がこころを推量《おしはか》れば、只涙のみ先だつと、といひつつ背向《そがひ》に伏沈み、円《つぶら》なる目を揩赤《すりあかめ》て、心苦しきおももちすれば、半七お花は目を注《みあは》し、塞る胸と開く眉、いづれをよしと決《さだめ》かねて、又いふこともなかりし…」。同樹が「背向」になるのは、自らの企みが知られないためである。同樹はお花を売るつもりなので、何一つ失うものはない。しかし、夫婦にとっては「一ツを得ぬれば一ツを失ふ」ということになる。「背向」になって情動を高めることで、同樹は喪失を受け入れるよう迫っているのである。

お花を売ろうとした同樹の企みは失敗する。「捉つたる腕《かひな》を背《そびら》へ捩ぢ向、ちからにまかして衝飛せば、十歩あまり走りつつ、川辺に掛たる稲塚に、忽地《はた》と衝きあたれば、裏より晃りと閃く刃に、同樹は髃砍著《かたさき》られ、苦《あつ》と叫びて逡巡《よろめく》…」（七「天神川の淙」）。半七お花に同情するふりをして裏切っていた同樹は、その懲罰を「背」に受けるのである。

お通の話から、二人の尼の正体が明らかとなる。(1)「行脚《あんぎゃ》の女僧つくつくと、声を聞裡を見入れて、さいふものはお通ならずや、われは平作が母園花也、わらはは夏山に侍るかしと、いふ声はその人なれども、面影はその人ならず。後方《あとべ》なる女僧が脊《せなか》に、負れたる稚児は、平太郎にやあらんずらんと、思へども思ひ難《かね》て、応《いらへ》もえせずまもりてをり」（七「過去の庵主」）。平太郎を背負ってきた女僧は園花と夏山であった。声ではわかるけれども、しかし面影ではわからない。わざと顔を焼いてしまったのだが、これは背を向けているということではないだろうか。お通はいわば背を見ていただけなのである。槐姫が二人の尼の話を立ち聞きしたことも、お通は半七に語っている（「緈《こと》の趣を竊聞《たちきき》給ふ槐姫は忙しく、屏風の背《うしろ》より走り出…」）。

役人が半七を連行しようとすると、「姉御前は門と脊門《せど》をよく鎖て、半七が帰るを待給へ」とお通に伝え、槐姫を納戸に隠す。「門の扉を、瓦落離《ぐわらり》とあけて、脊《うしろ》さまに、磤《はた》と建たる…」とあるように、半七は背後を気にしつつ未練を断っている。

巻七「槐樹の手斧」では半七の留守に全介がお通を縛り上げる（「刃を戞哩《からり》と打おとし、怯む腕《かひな》を脊《そびら》へ揉揚…」）。「背《うしろ》に開《あく》る門の扉の音に佶《きつ》と見かへりて帰りしものは半七よな、と問せも果ずこの形勢《ありさま》に奮然と走り入」るのが半七だが、捕まって責め立てられる。「推取巻《おつとりまい》たる兵等が、揚る笞《しもと》に半七は、背肩《そびら》腰乱打《めつたうち》に、打悩されて倒れけり」。もちろん、半七は槐姫の居場所など白状しない。そこに武家装束姿の厚倉隼人が登場するのだが、実は四五六の正体が隼人であった。「某《それがし》嚢に背門《せど》より張ひ、その巣をばよくしりつ」という隼人の言葉で、槐姫が納戸に隠れていることが判明する。隼人はすぐさま槐姫の首を陶五郎に差し出す。

解放された半七は悪漢に襲われるが、船中にお花を発見する。「猿鑣《さるくつわ》といふものを被《かけ》られて、手さへ背《そびら》へ繋がれたる、こはわが姉にて在《をは》しけり…はじめてその顔を見れば、あな浅まし、姉にはあらで、おもひがけなき妻のお花にてありしかば…」（八「夜川の野航」）。後ろ手に縛り上げられた姿を半七が見て、お通と見間違えるのは当然かもしれない。お通がたった今、縛り上げられたところだからである。半七はお花の背をさすって労る（「よよと泣ば、半七頻に嘆息して、やをら背《せなか》をかい捺《さす》り…」）。

全介は半七を追っている。「夜を日に継て這奴等《こやつら》を追蒐、八千川の辺にて、その背影《うしろかげ》を見たれども、水一条を隔たれば、亦彼処にても撃漏らし、慥《たしか》にここへ来つらんと思ひしに…」（八「合歓の花桶」）。同樹は「逼《せい》ては事を失《あやまつ》ものぞ、汝はまづ彼処《かしこ》なる芭蕉の背《うしろ》に身を躱《かく》して、且《しばら》く便宜を窺へかし」と勧める。「お花が胸前、背《そびら》へかけてぐさと刺ば、槍は忽地発毀《はつき》と折れ、お花が姿は煙のごとく、滅《きえ》て跡なくなりしかば…」。全介はお花を槍で突くが、これは半七を納得させるための幻覚であろう。お花は槐姫の身代わりとなって、すでに亡くなっていたからである。「われは竊《ひそか》にお花を将て、背門口《せどくち》より潜び入り、槐姫をば何となく、納戸より出し奉りて、姫の衣裳をお花に被せ、お花が衣を姫に被せ…」と隼人は語っている。

半七は同樹から槍を奪って改心させる。「槍の穂を奪て、背《うしろ》さまに投げ捨れば…」とあるが（八「柴樽の雨笠」）、すべてを背後に投げ捨てるのである。もちろん、清算するべき過去には娘のことが含まれている。実は同樹の娘の名前が増穂であり、全介は領主続井勝が増穂に生ませた嫡男であった。

全介は続井順啓と名乗り、陶晴賢討伐の陣容が整う。「平太郎を、鎧の上に楚《しか》と負ひ、親に代て夭折せし、弟笠松平作が、再びここに存命て、忠義を演《のぶ》る四歳児《よつこ》の初陣、伯父もろ共に分捕させん…」。平作は犠牲になってしまったが、代わって息子の平太郎が背負われて出陣することになる。切断された大木はここに接ぎ木されたといえるだろう。それが背負う姿に形象化されているのである。背負うとは接ぎ木の方法にほかならない。

続編に不満があるとすれば、それは隼人がすべてを知っていたという点である。隼人にも盲目の点はないのか、読者はそれを考えることができる。槐姫の身代わりになったのはお花だというが、お通かもしれない。半七がを見間違えるほど二人はよく似ていたからである。結末を彩っているのはお通の歌の華やかさだが、その歌声はお通の犠牲を隠蔽しつつ誉め讃えているように思われる。

『青砥藤綱摸綾案』前編・後編〈文化八年・九年〉

三　裁判と盲目

次に、『青砥藤綱摸綾案』について論じてみたい[2]。犯人捜しをする本作品は推理小説であり裁判小説である。もちろん、犯人の行動は誰にも見えていない。では、誰にも見えていないはずの犯人の行動はどのようにして明らかになるのか。次の占い師の言葉を手がかりとしてみよう。「凡《およそ》溺死の人、水夥《あまた》呑たるを吐《はか》するには、牛の背上《せなか》へ横に臥せて、死人の腹を牛の背《せ》に合し、徐々《しづか》に牛をあるかすれば、腹中の水おのづから出るもの也」(「青牛の段」)。牛は、もちろん背中にあるものを見ることができない。しかし、牛が動くことで背中にあるものが徐々に明らかとなる。伏せておいても、「背」の動きを介して事態が解決に至るのである。『青砥藤綱摸綾案』前編と後編は、そうした作品群といえる。

「県井《あがたゐ》の段」は県井司三郎が盗賊の嫌疑を受け、藤綱が真犯人を見つける話である。旅僧が自ら犯人だと名乗り出るが、それは弟である司三郎を救うためであったことが明らかになる。この兄を「背」と呼ぶことができるだろう。その意味で、背の動きによって弟の行為が浮かび上がるのである。

商人から出世した金刺図書は、娘の十六夜と司三郎の結婚を認めようとしない。十六夜の母親は「屏風の背《うしろ》より」司三郎を見ており、司三郎は「金刺が第宅《やしき》の背《うしろ》」を通り過ぎる。こうして司三郎と十六夜の密会は「背」に導かれているのだが、娘の父親がそれに気づくことはない。二人の密会中に盗賊が入り込む。十六夜は「屏風の背《うしろ》に躲《かく》れつつ、密《そ》と闕窺《かいまみ》てをる」が、実は何も見ていない。荷物を背負った盗人を見ていたのは、旅僧である。冤罪を背負うという点で、「外面に立在たる盗賊、これを受とりつつ脊負…」とあった盗賊の動きを模倣することになるだろう。

娘から贈り物をもらっていた司三郎は犯人に疑われ、その「こころは背《あと》へ又向《まへ》へ」と揺れ動くが、これが本作品の動きともいえる。旅僧は自ら犯人だと名乗り出るが、自白だけで証拠はない。「一個《ひとり》は、賊にあらずと陳ず、然れども臓物《ぬすめるもの》あり、一個は言下に賊なりと名告る、しかれども臓物なし」という状況である。結局、別にいた犯人が発覚するが、この過程で娘をやると約束していた金剌図書の違約が明らかになる。「約に背」いていたのは金剌図書のほうであり、「背《そびら》に冷やかなる汗を流」す。

「青牛《さめうし》の段」は農夫茂曽八が兄殺しの嫌疑を受ける話である。藤綱は殺された茂曽七の妻、専女とその情夫、字平が真犯人であることを突き止める。ここでも兄弟関係が問題になっており、兄を「背」と呼ぶことができるだろう。その意味で、背の動きによって弟の無実が浮かび上がるのである。「さめをすて」という占いは青牛を捨てよではなく、妻を捨てよと解釈される。牛のせいにされてしまったが、すべては妹背の問題であったことが判明する。「壁の隙《ひま》より牛蓏屋を張《うかが》ふに、果して茂曽七が牽て来りし黄牛《あめうし》繋れてここにあり。これによりて茂曽七は汝に殺され、その骸は青牛《さめうし》に乗られて、海に沈られんとしたらんに、牛は却《かへつて》人に勝心《ますこころ》ありて、主の亡骸《なきがら》を負ひながら、帰り来れるよしを推量《おしはか》りつ」と証言するのは茂曽七に仕えていた字平であり、茂曽八を犯人に仕立て上げようとする。茂曽八の妻は、病気の父親を「夜となく日となく看病して、背門《せど》へ出たることだになき」と反論している。実際に「背後《うしろ》より走りかかりて」殺害したのは字平であり、牛の動きがゆっくりとそれを証明するのである。海のほとりで牛が性と死を顕わにするという点で、「青牛の段」は舩虫の最期に関係している。

「鍾馗《せうき》の段」は鍾馗の絵を得意とした鍾馗申介、年青の夫婦が根深由八、機白の夫婦に騙される話である。(3) 申介がいきなり寺の屏風に絵を描こうとすると、老僧は「遽《いそがは》しく法師們《ら》を屏風の背《うしろ》へ招き寄して」、それを許可する。由八は文字の形が似ていることを利用して申介の離縁状を捏造し、機白は嘆き悲しむ「年青《おもと》が背掻き捺り」親切を装っている。人の「言《こと》と意《こころ》は表裏」なのである。年青を売り飛ばし、鬼の仮面を被った由八は「申介が膂背《そびら》へかけて丁と砍る」。娘の小髭も殺されそうになるが、背後から現れた鍾馗に助けられる（「忽地《たちまち》小髭が背《うしろ》より、一道の赤気立ち昇る…」）。このように、「鍾馗の段」は一枚の屏風の前と後ろで起こる物語といえる。

後編を占める「二夫川《にふかは》の段」は蚕屋善吉が前妻お丑とその夫、昌九郎を殺した嫌疑を受け、処刑されようとする話である。昌九郎の父馮司とその後妻、遅也は善吉を訴えるが、藤綱は上台馮司、昌九郎の父子が真犯人であることを突き止める。実際に殺されていたのは馮司の攫われた娘、空蟬であり、遅也の逐電した息子、鵜太郎であることが判明する。図らずも馮司は実の娘を殺し、遅也は実の息子殺しに加担していたのである。

近江国二夫川に住む善吉は鎌倉に向かう途中、木曽に宿をとる。「遽《いそがは》しく走り来つ、背後《うしろ》より引く袂を、ふりも払はず見かへれば、年十三四なる少女也」。善吉は背後から少女に誘われる。「こなたへと、誘引れ、いなにはあらぬ稲塚を、うち繞りつつ旧の路へ、三町あまり立帰れば、山を背《うしろ》にせし家の、間口六七間もあるらんとおぼしきが、柱斜に簷《のき》傾き、瓦落て草を生じ、戸はゆがみて頓には開ず」（一）。こうして善吉は「山を背にせし家」に誘い込まれるのだが、少女は後に結婚することになるお六である。

鎌倉に出た善吉は遊廓の米搗き役として働く。遊女、空蟬のもとに遊びにきていた元二は、金のことで善吉にたしなめられ、「背《そびら》に汗を流して数回、嘆息」している。金を貯めて近江に帰る善吉は、荷物を背負っていたため追い剝ぎに付け狙われ、不審な男に同行を求められる。しかし美濃で、お六と再会し、「子二ツの比及《ころおひ》に、厠へ登《ゆく》おももちして、縁頬《えんがわ》をうち繞り、竊《ひそか》に背門《せど》へ出給へ」と指示され、宿を抜け出す。不審な男のほうは主人に見つかっている。「天は真夜中に候に、下女等にもしらせずして、ひそやかに行李《こり》を負ひ、背門《せど》のかたより出んとし給ふ、為体《ていたらく》こそこころ得ね」とあり（二）、実は見られていたのである。後に死体となって発見されるのは、この鵜太郎である。

二夫川に戻った善吉は、妻のお丑が村長の息子、昌九郎と密通していたことを知り、離縁する。「洗ひ流せし妹脊川」となるのである（三）。昌九郎に金を騙し取られるが、「今かくゆくりなく、背《うしろ》あはしになるまでに、事いで来しも皆金ゆゑ」と考えて手放す。密通を暴露され、「昌九郎阿丑等は、絶て一言をも得いはず、背向になりてゐたりし…」というありさまである。

善吉はお六と結婚し、村長に任じられる。村長を解任された馮司の心中は穏やかではない。息子夫婦が稼ぎに旅立つとき、馮司は「子どもらが背影《うしろかげ》の木隠るるまで目送り」している（四）。途中、賊に襲われたお丑は「夫を救んとしておそるおそる背後《あとべ》より」攻撃する。馮司は忘れ物に気づき後を追って、お丑を助けようとして女を殺し、昌九郎が殺してしまった男の首を隠す。男殺しの犯人として捕らえられたのは、善吉である。お六は「ひかるる夫の背影《うしろかげ》、見えずなるまで目送」っているが、ここには見送られる二つの背影が見て取れるだろう。一方は有罪であり、他方は無罪である。しかし、それぞれ自らの運命は見えないのである。

鞭打たれた善吉は「鮮血《ちしほ》滾々と流れて背《そびら》を浸し」ている。馮司は「わが蔭を蒙りながら、汝村長になりしより、面を背け物いはず、なほしうねくも昌九郎を殺して、ひとり世に立んと計較《もくろみ》たるは愚ならずや」と詰り、善吉を息子殺しの犯人に仕立て上げようとする。お六は「背門《せど》の枯木に常にゐる、烏の声を聞く毎に」善吉のことを心配している。「荘客《ひやくせう》と覚しきが、簑を脊負ひ笠を引提、二三人いそがはしげに醒井のかたへ過るあり」。これは善吉処刑のために駆り出された男たちである。背負った者は呼び止められるのである。少年たちが「今斬るを見せんずと呼びかけてゆく背姿」を見送るお六は、背姿に魅入られているといってよい。群衆のなか太刀をもった男が「罪人の背後《うしろ》に立ち」、今まさに処刑しようとするが、藤綱によって延期が告げられる。「踏みどころを忘れつつ、帰るも遺憾《のこりをし》ければ、人の背《うしろ》に躱ろひて」いるのは、馮司夫婦である。

「草履の背《うら》に血を浸して、巻石《とびいし》へ印《おし》たるを、善吉がその夜さり裳に血を蹤《ひき》たると、此彼暗合したるにこそ。裳に血を蹤《ひく》のみならば、疑るることもあらめ、巻石に血を印《しるす》こと、理においてあるべからず」と藤綱は分析する（五）。ここでは暗合によって別々のものが同一視されてしまったのである。一つは草履で押した印であり、もう一つは着物を引きずった跡である。すなわち押印と流れ、離散的な記号と一刷毛の痕跡にほかならない。ところで、これまでみてきた「背」は馬琴による押印だといってよいだろう。離散的な記号が言葉の流れのなかで別の意味を担い、暗合を生み出すわけである。

「曩《さき》に善吉は、姨遅也が往方をたづねて、これを飢渇の中に救ひ、又遅也が勧めにまかして、従母女弟《いとこ》丑を娶りつつ、一点《つゆ》ばかりも背ねど、彼等は却《かへつて》恩義を忘れ、よからぬ所行の発覚て、夫婦離別し母もろとも、馮司等に身を寄するにあらずや」と藤綱は推理する。善吉と違って恩義に背いたためであろうか、馮司たちは背を押されてしまう。「馮司等はとにかくに、胸中いよいよ安からず、とく退出《まかで》んとおもへども、弥《いや》がうへに人立こみて、背《うしろ》よりいたく推す程に、慭《なまじひ》前へ衝出されて、遂に躱《かく》るることかなはず、鈍《おそ》くもここへ来にけりとて、いとど悔しく思ひけり」。こうして馮司たちは群衆に背後から押し出されるが、まさしく推理によって犯人が確定する。

「元二はやがて二ツの頸を、袱《ふろしき》に包みて楚《しか》と背負ひ、遂に七郎に誘引れて、観音寺の城へ赴きけり」。背負われた風呂敷に入っていたのは空蝉と鵜太郎の首である。空蝉は元二の妻となっていたが、かつて攫われた馮司の娘にほかならない。図らずも父が実の娘を殺してしまったことが判明するのである。

人が見ているのは物事の半分であり、見えていない半分は「背」の動きによって明らかになるというのが『青砥藤綱摸綾案』の物語ではないだろうか。見ることのパラドクスといってもよいが、漫然と見ているとき実は見えていないのであり、見えていないとき実は見ていたのである。

前編にあった「六波羅の段」を振り返ってみよう。藤綱が三件の訴えを裁く話である。一件目では「加古非吾児家財悉与吾女婿外人不可争奪者也」という遺言書が問題になる。この遺言書はいわば見ているのに見えないものである。なぜなら、「加古非吾児《かこはあらずわがこに》、家財《かざい》悉《ことごとく》与《あたふ》吾女婿《わがむこに》」と読めば女婿に与えることになり、「加古非吾児《かこひはわがこなり》、家財《かざい》悉《ことごとく》与《あたふ》」と読めば女婿に与えないことになり、この遺言書は二様に読めるからである。

二件目では「今日上紅粱《こんにちのむねあげ》、願出千口喪《ねがはくはせんにんのほうむりをいださん》、妻在夫前死《つまはをつとにさきだってしね》、子在父前亡《こはちちよりさきにしなん》」という寿詞が問題となる。この寿詞にも見ているのに見えないところがある。なぜなら、妻や子が死ぬと考えれば不吉だが、家が存続すると考えれば吉祥だからである。

三件目では、借金を返却しない男を咎めるために瓜畑を荒らしてしまった老婆が問題となる。ここで見えているのは空間であり、見えていないのは時間である。瓜畑を荒らした老婆の違法行為は誰の目にも明らかである。しかし、老婆に借金を返却しない男の違法行為は誰の目にも明らかではない。

藤綱の提案する解決策は、男が借金を返却する間、畑を荒らした老婆の処罰を延期するというものである。その間、老婆の世話をしなければならないことに気づいた村人たちは老婆の処罰を考え直す。藤綱の提案によってはじめて、見えない時間が可視化されたのである。見て取れる違法行為も見て取れない違法行為も、違法行為という点では瓜二つであろう。藤綱が「不実な」と韻を踏むとすれば、そこには不法行為が折り重なっている。

おわりに――背向の形象論

第一部Ⅲでも馬琴の長編読本における「背」の巡歴を辿ったが、本章では中編読本『三七全伝南柯夢』、『占夢南柯後記』と『青砥藤綱摸稜案』について論じた。その結果、明らかになったのは、「背」をめぐる興味深い形象の数々である。背負うとき人は背後に対して盲目となるが、しかし、背負うことが接ぎ木として機能することにもなる。そうした盲目性を見分けるところに裁判小説が成り立つといえるだろう。人は何を背負っているかを実は知らないのであり、知らないからこそ情動を高めるのである。振り返ってみれば、『弓張月』の渦丸は、朝稚を背負ったために死に至っているし、『侠客伝』の小夜二郎は、得体の知れぬ荷物を背負ったために殺人犯にされている。何かを背負ってしまったとき盲目になるとは、そうした事態のことである。

最後に、背向の形象について触れておきたい。「そがひ」の用例は『万葉集』に遡るが[4]、見ることとの緊張関係を指摘できる（引用は角川文庫による）。

筑波嶺にそがひに見ゆる葦穂山悪しかるとがもさね見えなくに　（三三九一、東歌）

背向にあるとき、人は見えないことを意識させられるのである。「そがひ」が挽歌に使用されるのも、偶然ではないだろう。

わが背子をいづち行かめとさき竹のそがひに寝しく今し悔しも　（一四一二、挽歌）

愛し妹をいづち行かめと山菅のそがひに寝しく今し悔しも　（三五七七、挽歌）

背中合わせになったとき、相手は見えなくなってしまう。それゆえに情動が高まるのである（「わが背子」の歌と「愛し妹」の歌は背向に位置しているようにみえる）。「そがひ」の用例は旅の歌に多い。旅する人にとっては地形の位置関係が重要になるということであろう。

縄の浦ゆそがひに見ゆる沖つ島漕ぎ廻《み》る舟は釣りしすらしも　（三五七、赤人）
武庫の浦を漕ぎ廻る小舟粟島をそがひに見つつ羨しき小舟　（三五八、赤人）
…淡路を過ぎ粟島をそがひに見つつ…　（五〇九、笠麻呂）
…雑賀野《さひかの》ゆそがひに見ゆる沖つ島…　（九一七、赤人）

大伴一族は「そがひ」の位置関係に注意を向けているが、それは旅と無縁ではない。

…佐保川《さほがは》を朝川渡り春日野をそがひに見つつあしひきの山辺をさして…　（四六〇、坂上郎女）

これは尼理願の死去を悲しんだ挽歌であり、死という旅が描かれているのである。死者は川を越えて山のほうへ飛んでいく。次の家持の長歌は坂上郎女の挽歌に学んでいる。

…三島野をそがひに見つつ二上《ふたがみ》の山飛び越えて雲隠り翔《かけ》り去にき…　（四〇一一、家持）

鷹の帰還を願う長歌では、鷹が死者の動きを模しているといってもよい。馬琴は『万葉集』をよく読んでいたはずであり、こうした歌を参照することも必要であろう。「そがひに寝しく」は自殺した今様と朱之介の関係を想起させる（『美少年録』第三〇回）。

しかし、「背向」になるというのは歌舞伎における思い入れの身振りに由来する可能性が高い。それについては別途考証する必要があるが、[5] ここでは『雨月物語』の一場面に目を向けておく。

岩がねづたひに来る人あり。髪は績麻《うみそ》をわがねたる如くなれど、手足いと健《すこ》やかなる翁なり。此瀧の下《もと》にあゆみ来る。人々を見てあやしげにまもりたるに、真女子もまろやも此人を背《そがひ》に見ぬふりなるを、翁渠《かれ》二人をよくまもりて、「あやし。此の邪神《あしきかみ》、など人をまどはす。翁がまのあたりをかくても有や」とつぶやくを聞て、此二人忽躍《をど》りたちて、瀧に飛入と見しが、水は大虚《おほぞら》に湧《わき》あがりて見えずなるほどに、雲摺墨《するすみ》をうちこぼしたる如く、雨篠《しの》を乱してふり来る。（「蛇性の婬」）

見事な視線劇の一場面であることに注目したい。向こう側から来る人を見る、こちら側の視線がまずあり、向こう側から、こちら側を見る視線が次にある。その視線を回避しようとして背を向けるが、しかしなおも、それを見ている視線があるという構造にほかならない。さらに、飛び込むところを見ているうちに、一転して、それが見えなくなるという急激な展開がある。これが滝沢で起こっているという点にも注目してみるべきだろう。あたかも、馬琴はこの場面に魅入られたかのように、「背向」の場面を設定せずにはいられないのである。

女たちが「背向」に見て見ぬふりをしているもの、それは神の化身だが（「髪…如く…翁」と連なるところに神を垣間見ることができる）、運命と呼ぶこともできるだろう。あるいは因果と呼ぶこともできるだろう。見て見ぬふりをしても、摑みかかってくるものが運命であり、因果だからである。

注

（1）『美少年録』と同じく大内家を題材とする『占夢南柯後記』には、火の主題系をいくつも見て取ることができる。槐姫は火に飛び込んだとされるし、尼の二人は火で顔を焼いている。その炎症を消し去るのが、お通の歌によって降り注ぐ雨なのである。なお同作品の先行研究としては、稿本を論じた板坂則子「『占夢南柯後記』の成立」（『曲亭馬琴の世界』笠間書院、二〇一〇年）がある。

（2）本作品の先行研究としては石上敏「『青砥藤綱摸綾案』から『八犬伝』へ」（『都大論究』三一、一九九四年）があり、後集総目録の予告にみえる「千年洞」が『八犬伝』庚申山の挿話（第六〇回）につながることを論じている。なお菱岡憲司「『三七全伝南柯夢』論」（『福岡教育大学国語科論集』四二、二〇〇一年）もある。

（3）小説家である馬琴は、絵師の受難を描くことで厄払いしたかったのかもしれない。『青砥藤綱摸綾案』鍾馗の段に「その嗜む所中庸ならず、禄を辞し漂泊し、身を殺して始めて休む」と評される絵師が登場するが、勤勉な作家として馬琴はアウトローの境涯を恐れているように思われる。

（4）「背向」については、小野覚「「そがひに」考」（『論集上代文学』九、笠間書院、一九七九年）を参照。「朝日さしそがひに見ゆる神ながらみ名に帯ばせる白雲の千重を押し別け天そそり高き立山…」（四〇〇三、池主）とあるが、これは朝日に向かったとき背が浮かび上がる立山と考えることができる。また、「ここにしてそがひに見ゆる我が背子が垣内の谷に…」（四二〇七、家持）とあるが、これは後ろにある建物と考えることができる。そのほか『万代集』一首、『夫木集』二首、『壬二集』二首、『拾遺愚草』一首、「そがひ」の歌がみえる。

（5）松崎仁「評判記語彙考」（『歌舞伎・浄瑠璃・ことば』八木書店、一九九四年）は「顔にて思入れ」「目づかひ思入れ」などの用例を挙げている。背にて思入れの場合を探ってみたい。なお、人形浄瑠璃では背中を見せて情感を表現する「後振り」という手法があったという（倉田喜弘『文楽の歴史』岩波書店、二〇一三年）。

Ⅳ　旬殿実実記・松浦佐用媛石魂録・糸桜春蝶奇縁を読む――心猿・片目・双子

本章でも「背」に導かれながら、馬琴の中編読本を読み解いてみたい。すなわち、猿同しが登場しお旬と殿兵衛の奇縁を描く『旬殿実実記』（文化五年）、片目の人物を配し秋布と吉次の奇縁を描く『松浦佐用媛石魂録』（文化五年、文政一一年）、双子の姉妹と綱五郎、狭七の奇縁を描く『糸桜春蝶奇縁』（文化九年）である。ここからは、心猿と盲目、片目と演劇、双子と分離といった興味深い主題群が浮かび上がってくる。

なお、原文の引用は『馬琴中編読本集成』による。出典考証については同書、徳田武の解説が詳しい。

一　心猿と盲目

『旬殿実実記』〈文化五年〉

『旬殿実実記』末尾には「こころの猿」と題された一文が付されている。「心の猿は、小天地の間に孕れて、十月にして生る、獣猿はしからず…或は善にして悪に馴れ易く、或は悪にして善に帰す、喜怒哀懼、愛悪欲の七情、みな此ものに奮発せられ…」。「心の猿」とは主体がどうすることもできない心の動きを指しているのであろう。七情のもとにある根源的な欲動であり、リビドーといってもよい。それがあるゆえに、善人も悪に染まり、悪人も善に改心することになる。制御できないという点で、われわれは「心の猿」に対して盲目であるほかない。

「猿猴《てながざる》は小鼠に伏し、心猿《こころのさる》は名利に役せらる。閑に背《せ》を曝して、虱を捫《ひねら》んとすれども得せず、嘆息してみづから記し、みづから注し、もておのが誡とす」。背を曝すことさえ容易ではないという。そんな「背」に注目してみたい。「背」にこそ嘆息が記入されているはずだからである。われわれが盲目であるほかない「背」は何を語っているのであろうか。

本作品の登場人物は、いずれも盲点をもっている。たとえば、京都の呉服商井筒屋紀左衛門の義弟に当たる与茂平には後妻の兄の真実が見えていない。「洛中洛外なる、あしき友とのみ交参て、淫酒賭奕におもひを耽らし、夜をもて昼とすればとて、世の人地潜《ぢもぐり》と渾名《あだな》せしを、与茂平はよくもしらざりけん、桜木が兄なるに…」。この東三のせいで、幕進上の仕事に失敗し、与茂平は都を追放される。

「しばしが程は黙止せしが、東三の言を巧にして、信々《まめまめ》しく仕しかば、与茂平ますますこれを愛して、終に桜木が諌を用ひず…いく程もなく東三は、主傍輩の晴を冥して、不義の事どもいと多かり」とあるが、ここには「見ざる、聞かざる、言わざる」を指摘できるだろう。与茂平が商売に失敗することになった幕は、「見ざる、聞かざる、言わざる」の遮蔽幕だったのである。

大和檜垣本に移り住んだ与茂平は妻子の反対を押し切って、滝口早苗進のもとに出仕する。「比《ころ》しも十二月の下旬にて、目送《みおく》る妻子もゆく親も、顧あはぬ雪風に、招き尽せど枯尾花、煤けし笠も冬の胡蝶の翅に似たる背影《うしろかげ》、生て帰らぬ首途《かどで》とは、后《のち》にやおもひ合すらん、后にぞ思ひあはしける」。与茂平と桜木の別れの場面だが、「背」は決定的な場面を形作る。以上が巻一、華洛の巻である。

紀左衛門には過ちを犯した息子がいる。殿兵衛は意図することなく、乳母の子を殺してしまったのであり、本人にとってはいわば盲点であった。「背指さされては、家業繁昌すべからず」とあるが、その過ちは本人の知らないところで一生ついてまわるものであろう。それゆえ紀左衛門は殿兵衛を早苗進の養子とする。「早苗進斜ならず歓び、速に綷来《ことなり》て、面目このうへなし、今宵の契約、違背あるべからずといふに紀左衛門莞爾《につこ》として…」とある。この後、早苗進は殿兵衛とともに高取に移り住み、城主越智利之に引き立てられる。他家へ養子になったことで、すべてが解決するわけではない。殿兵衛の過ちは、思いもよらない形で反復されるからである。それは早苗進と斧城の娘、与茂平と桜木の娘の類似によって引き起こされる。すなわち、お筍とお旬の類似である。「筍の竹を除き去れば、旬となる、お筍お旬の悪因縁」、この差異をたちまちに見失ってしまう類似によって災いがもたらされるのである（盲目の類似と呼んでおきたい）。「そと背より眼を塞ば、殿兵衛大に驚きて、誰、無正事すな…」とあるが、一度過ちを犯した殿兵衛は再び盲目になることを恐れている。そうした事態をお筍が引き起こしかねないことを危惧し、「奴隷《しもべ》に宿直嚢を脊負して、生平《つね》よりもはやく出仕」する。

お筍と結婚するため、横淵頑三郎は殿兵衛の追放を企んでいる。城主から宝蔵の鍵を預けられた殿兵衛は、頑三郎が鍵の複製を作ったことに気がつかない。ここにも、盲点がある。その結果、猿の刻まれた宝剣が盗まれ、殿兵衛が疑われる。

宝剣を盗んだのは頑三郎であり、警護中の与茂平を殺していた。そのとき「心の猿」が文字通り、猿の姿になって現れたといえる。「貲布《さよみ》の袱包《ふろしき》を脊負たる癖者」の正体は東三だが、頑三郎は宝剣を受け取った東三とともに、猿の鳴らす音に驚いて逃げていたからである。以上が巻二、鷹取の巻である。

殿兵衛は早苗進に縛り付けられるが（「刀篠《さげを》をもて、殿兵衛が二腕を背《そびら》へ楚《しか》と括著《くくりつけ》…」）、このとき盗んだ犯人の背と無実の殿兵衛の背が対比されているといえる。頑三郎は殿兵衛を悪し様に罵るけれども、かえって城主から叱責され、「冬なれど背に汗」を流す。

行方不明となった与茂平が犯人に疑われ、檜垣本にいる桜木は嘆きを深める。娘のお旬は「背門に出て水を浴み、父母の恙なからん事」を祈る。「伏沈む母親より、泣喞《なきかこた》るる子どもらは泣じと袖を嚼締《かみしめ》て、やをら脊《せなか》を撫おろせば、やうやくに頭を擡げ、阿呀《ああ》われながら愚地なりし…」。お旬は背を撫でているが、それは母親を慰める唯一の身振りなのであろう。母親はかつて背負っていたものから慰められる。

「母親を逆さまに、脊負て背門《せど》より脱り出」と記されるように、桜木を助けるのは息子の与次郎である。束三はお旬を売り飛ばそうとするが、宝剣とともに鷲に攫われてしまう。「宝剣をお旬に背負し」ていたからである。「お旬が背《そびら》を無手《むづ》と摑み、虚空遙に翔《まひ》あがれば…」と描かれるが、お旬からは見えない力がその運命を鷲摑みにしている。

雪に埋もれ行方不明となっていた与茂平は、雪解けによって合い鍵とともに発見される。両者は見えざる死角に置かれていたわけである。「与茂平が枉死しつるにぞありける。右手の肋より、左手の背《そびら》へ刺れたる太刀痍あり」。傷を受けた背は、別れの場面にみえていた「背」に通じるものであろう。決定的な別離を表しているからである

（雪による欲情の隠蔽という点で『八犬伝』の夏引の挿話と一致する）。

「歳紀《としのころ》十七八なる壮佼《わかうど》が、その脊《せなか》を掻撫るに、老女は涙泉のごとく、只いかにせんいかにせんとて泣しかば…」という姿を見せるのは、桜木と与次郎である。「壮佼は母を脊負て」檜垣本に戻る。以上が巻三、檜垣本の巻である。

宝剣を求めて早苗進は山に入っていくが、そこには雌猿がいるらしい。「その群皆雌にして、匹偶ことなきによりて、男子に遇毎に、かならず負去て合んことを求む」という噂を耳にする。「件の山媼に負れたらば、いかにせん」とあるが、女たちの群れに連れ去られることを恐れている。かつて背負われていたものに連れ去られるのではないかというのが男の不安なのである。

山中で早苗進は、お旬を助けてくれた猿とは知らずに射殺してしまう。ここにも、盲点がある。「その箭猴の胸さかを、背《そびら》へ篦《の》ふかく移徹したり」とあるように、牡猿の亡骸は与茂平の亡骸と重なり合っている。「牝猴は有身侍るから、はや産月とおぼしきに、傷つけられたる夫を負て、慌忙き逃走りし」という場面は痛ましい。

与次郎と桜木は、牡猿のそばで自害している牝猿を見つけ、体内から子猿を取り出す。与次郎は思わず小指を傷つけてしまうが、そのとき短刀に二匹の猿が浮かび上がる。つまり、思いもかけない心の動きで現れたのが猿なのである。与次郎は行李の上に子猿を背負うようになる。

同時に桜木は目を病むが、それは猿殺しの挿話と無縁ではない。後で述べるように、眼病回復には猿の死がかかわっており、猿と眼病には関連があるといってよい。見えないとき、過ちを犯すのであり、また過ちを犯すことで、何かが見えなくなるのである（ここで「過ち」について定義を試みるとすれば、過ぎてしまったことが過ちであり、過ちとは過ぎてしまうことにほかならない）。以上が巻四、山手谷の巻である。

斧城がお筍とお旬の寝室を交換したために、悲劇が起こる。殿兵衛がお筍を斬り殺し（「背を一太刀礑《はた》と砍られて」）、斧城も自害する。早苗進は一挙に妻と子を失うことになったが、これは猿を殺した報いである。早苗進はお筍の代わりにお旬を娘とし殿兵衛と結婚させる。そして宝剣探索の旅費を手渡しするのだが、その暗闇の場面が興味深い。地下に潜んでいた頑三郎は暗闇を利用して、早苗進から五十両を受け取り、殿兵衛に小石を渡す。誰にも知られることなく、お筍を手に入れた頑三郎にふさわしい挿話といえる。以上が巻五、婚姻の巻である。

お旬、殿兵衛は京都加茂川の南堤に移り住み、猿回しをしている与次郎と出会う（堤は、猿回しの鼓と響き合う）。しかし、お互いの関係には気づかない。蛸に功徳をほどこした与次郎は老僧から眼病治癒の方法を授けられるが、それはまさに「猴を背負て立帰らん」とするときであって、「心の猿」との関連が見て取れる。

お旬の居場所に気づくのは、叔父に当たる東三のほうである。お旬は、「脊《そびら》へ手を合し」改心したふりをする東三に騙され、宝剣のために身を売ることを決意し、わざと殿兵衛に愛想尽かしする。「やをらその背をかひ撫」る東三は執拗であり、お旬の盲点を知っているかのようだ。以上が巻六、縁きりの巻である。

殿兵衛は見ず知らずの男に蛸を盗んだと因縁をつけられるが、ここでも、自らの関知しないことに巻き込まれているといえる。「罵《のり》もあへず、撃倒さんとしたりしかば、殿兵衛はや身を反り、水平が手首捉て背《そびら》へ捩揚…」。そして、殿兵衛の知らないところで、悪党の水平は捕まるのである。

お旬を手に入れようとして口論になり、五条河原で頑三郎は東三を殺す。そこに殿兵衛が追ってきて、頑三郎を殺す。「横淵ははや力衰へ、背《そびら》の肋乳の下まで、数箇処の深痍に、心ますます遽《あはて》つつ、打太刀も乱しかば、殿兵衛は身を閃して…」。活劇が終わった後、水飛沫でお旬が目を覚ます場面はすばらしい。お旬が何も知らず、無知のまま留め置かれているからである。「皃《かほ》見あはして、兄君ならずや、妹よ、恙なかりけり、と名告もあへず手を掖《ひい》て、猴も脊中《せなか》に主従同胞、闘諍《けんくわ》の歒手《あいて》を殿兵衛とは、後にぞしるやしら浪に、洗ふ沙《いさご》を踏かへし、堀河投《さし》て走去ぬ」。兄と妹が見合わすとき、もう一人の男は排除されてしまう。戦った相手が殿兵衛とも知らずに、与次郎はお旬を連れて逃げるのだが、ここにも盲点がある。以上が巻七、河原の巻であり、以下は堀河の巻となる。

桜木は与次郎とともに京都堀河の借家に住んでいる。「病て久しく見えぬ眼に、三年を夜の桜木は、なほつれづれと待ぞわぶ。生平《つね》にもあらで与二郎が、などて遅き、といとどしく、子ゆえの闇をさぞかしとて…」とあるが、まさに子供への愛ゆえに桜木は盲目なのである。

与次郎は困窮している。「背影《うしろかげ》を見て声をふり立、迯な迯な」と追いかけられ、「負たる猴をかきおろせば」借金取りが入ってくる（巻八）。殿兵衛を捕まえれば褒賞がもらえると唆され、「土俵の背《うしろ》より」聞いていたお旬は驚く。「お旬は背《そびら》をふし拝み、いよいよ身をぞ潜めける」。

桜木は「ふたたびお旬の背《そびら》をかい撫」ている。与次郎はわざと殿兵衛を悪し様に語るが、それは殿兵衛を匿っているのではないかという世間の疑いを欺くためであった。しかし、お旬にはその真意がわからない。「お旬は傍に聞《きく》も悲しく、涙声せじと、押す痞《つかえ》の、脊向《うしろあはし》て与二郎は小膝を拍《うつ》て感嘆し…」。背を向ける、そのとき何かを隠しているのであり、同時に何かが見えなくなるのである。

殿兵衛は与次郎の家に逃げ込み、捕り手が家を取り囲む。「外面には追捕《おつて》の兵士、今殿兵衛がこの家へ、入るを指し密語《ささやき》て、半は背門《せど》へ、と引わかれ」とあるが、殿兵衛の見えない部分に踏み込むのである。それはかつて犯した過ちにほかならない。

殿兵衛は再会したお旬を慰める。「祈りし神の償《みちび》きてや、恙なき容止を、見せ給はするぞ喜しきに、と携り付つよよと泣、理なり、と殿兵衛は、その背《そびら》をかひ捺り…」（巻九）。「神の償《みちび》き」とあるが、むしろ「背」の導きにみえる。桜木の眼病が治るのは、自害した子猿の生き肝によってである。その子猿が宝剣の「背」に浮かび上がる。「今この鞘《めぬき》を見るに、背《うら》なる牝猿の傍に、又一頭の雛猴《こさる》を副て、すべて猴は三頭となりぬ」（巻一〇）。こうして三匹の猿が揃うことで、「心の猿」は安定するのである。

三匹の猿、それは巻六冒頭に描かれた「見ざる、聞かざる、言わざる」であろう。見て聞いて言う人間は、しかし「見ざる、聞かざる、言わざる」一面を運命づけられており、それゆえ「心の猿」が動き始めるのである。そうした「心の猿」を主人公としたのが本作品ということになる。

殿兵衛は与次郎の妹お旬と夫婦になって武家の滝口家を継承し、与次郎は殿兵衛の妹小縫と夫婦になって商家の井筒屋を継承する。ここには無意識の交換を指摘できるだろうが、それが「心の猿」の動きにほかならない。「心の猿」が家族関係を操作していたのである。(1)

二　片目と演劇

『松浦佐用媛石魂録』前編・後編〈文化五年・文政十一年〉

次に、脊振山地の伝説を題材とした『松浦佐用媛石魂録』前編、後編を取り上げてみたい。(2) 盲目に近い片目の存在が登場するからである。鏡神社に子宝を祈願した瀬川夫婦は、「薪を負たる賎女」を側室とするよう告げられる。

それが玉嶋であり、松太郎、浦二郎の双子が授かる（一）。鎌倉に出て北条時宗に仕えた松太郎は、吉次と名乗る。望夫石近くで誕生し佐用媛の生まれ変わりとされた秋布は才学があり、時宗の母、南殿に仕えている（二）。

秋布に求婚して断られ逆恨みするのは、片目片足なえの鼠川嘉二郎である（三）。秋布の才学を妬んだ嘉二郎は長城野平太とともに、「門字の謎」など論争を挑むが、「頻に焦燥《いらだち》て、潜にその背《せなか》を敲て催促する」ありさまである（四）。その妨害をはね除けて、吉次と秋布は結婚する。しかし、吉次は九州に派遣されることになる（五）。牛渕清縄を軍師として太宰府の平経高が謀反を起こしたためである。秋布は別れを悲しみ（六）、関蓑七に手紙を託す（関は石と音が通じるが、門字の謎にかかわるかのようだ）。

手紙を預かった蓑七は、嘉二郎の差し金で勘八に襲われる。「まづその行裹《たびづと》を奪ひとつてこれを脊負《せお》ひ、しづかに刀を引抜て、蓑七が吭《のど》のあたりを、板子も徹れとぐさと刺ば…」（七）。喉に深い傷を受け、荷物は海に落ちてしまう。この荷物は流れ着いて時宗のもとに届いており（八）、本作品においては背負うこととともに流れ着くことが重要だといえる（実際、この後、吉次も浦二郎も海に流されて行方不明となる）。

清縄は名利を捨てれば長寿を全うできると予言されていたのだが、心ならずも経高に加担することになり、もはや「違背」することはできない（九）。吉次が清縄を追って辿り着いたのは、玉嶋の家である。玉嶋は清縄の姉であった。実の母、玉嶋、双子の弟、浦二郎と再会した吉次は清縄を討ち取るが、ここには双子にふさわしい水鏡の場面が用意されている。しかし、その水鏡が不吉な装置であったかのように、玉嶋も清縄も自害してしまう（一〇）。ここまでが前編である。

清縄の遺言は「八の弓人」すなわち「弟」が兄の身代わりになるというものであった（一一）。弟の浦二郎は許嫁の糸萩に別れを告げるため出立する。兄の吉次は鼠川たちに襲われ、太股を射られて海で行方不明となる。「加二郎兵太は征箭を背負て…」とあり、「兵太が頻りに射蒐る征箭に、背《そびら》を射られて俯すもあり」という激戦である（一二）。

秋布の父、博多弥四郎は、その願文が不忠であるとして咎められ、刺殺されるが、鼠川加二郎たちが「雖不」の文言を付け加え、罠に陥れたことが判明する。時宗の命を受けた秋布は、俊平とともに父の仇討ちのため京都に旅立つ（一三）。

清水寺で「藁包を背《そびら》に負ふ」少年に出会った後、秋布と俊平は寺に宿をとり、「背門《せど》の空房《あきべや》」に案内される。しかし、悪僧たちに縛り付けられてしまう。「腕《かひな》を背《そびら》へ捩揚《ねぢあげ》捩揚、思ひの侭に縛めて、引立来つつ、俊平と間一ト室を隔たる、柱に楚《しか》と繋ぎけり」（一四）。悪僧たちが俊平の背負ってきた荷物を調べており、腕をねじ上げられた俊平の背中には何もない。意外にも、清水寺で出会った少年に助けられるが（一五）、その藁包を背負った姿は二人への警告であったといえる（清水寺の場面は『曙草紙』第七を意識している）。

二人は浪速の天満に宿を定めた後、難波村に移り住む。二人の世話をすることになった老婆の輪栗は俊平の欲情を焚きつける。「播磨と備前の封彊《くにさかひ》なる大山巓《とほげ》の麓に来にけり。比は十二月の下浣《すゑつかた》、樹杪《こすゑ》の木葉落尽して、松柏の操を顕し、山川の流水半涸《なかばかれ》て、石背《いしのそびら》も渡《わたる》に堪《たへ》たり」（一六）。無名の少年は俊平に対して愛欲の念を諌めていたが、「松柏の操」はその厳しさを示すものかもしれない。しかし、「石背も渡に堪たり」とある通り、微かな回路が通じかねないのである。ここで秋布は病気が重くなる。俊平は秋布に思いを寄せはじめるが、その足を自らの太股で暖めて自滅に至る悪夢を見て、思いを断念する（加二郎が吉次の太股を射たのは、エロチックな嫉妬のせいだったのかもしれない）。「肌と膚、合せ鏡の二回、口より口へ移したる、水は妹背の盃」、そんな夢が覚めると、「腋下より背《そびら》より、冷やかなる汗の流れて、寝衣の裏を浸したり」というありさまである。輪栗は息子の棒太とともに、秋布を連れ出し売り飛ばそうとする。それを聞いていたのは、家主の店九郎である（「家主店九郎は背門《せど》にをり、縁由を洩聞て、呟きしつつ借家に来つ…」）。

俊平が追いかけると、棒太の相棒が「俊平が背後《うしろ》より頭を臨で撃つ息杖の閃く程に身を沈まして、左へ避れば勢ひ余りて、棒太が肩を礑《はた》と打つ」（一七）。まさに同士撃ちである。そこに関蓑七が現れ、輪栗を斬る。「身を天《そら》さまに筋斗《とんぼかへ》りて、首は背後《うしろ》に撲地《はた》と飛び、身は前に仆れけり」。輪栗の首は円を描き、あたかも自らの背中を見ようとするかのようだ。蓑七は自ら背負っていた荷物を失ったが、代わりに犯行の証拠となる勘八の荷物をもって舞い戻って来たのである。

秋布主従は、海から流れ着いたという異様な風体の乞食と遭遇する。足なえの乞食は次に登場する語黙斎を予告しているだろう。「序《ついで》に背門《せど》を鎖すべし、こなたへ来ませ、と先に立て、奥庭望《さし》てゆく母の後に従ふ糸萩も、盥引提ていそしげに、背門のかたにぞ赴きける。この日も既に暮れ初て、人皃《かほ》わかぬ王奔時に、仇人の所在を索当て、外面に立つ」（一八）。語黙斎こと根塚若二郎が片目片足なえであったため、秋布は鼠川加二郎と間違えて斬りかかる（一九）。両者は名前まで似ている。語黙斎の妻が手枕、その娘が糸萩である。前編にもあったが、「盥」の場面は人違いを招く不吉さを湛えている。手枕に脇腹を斬られた俊平が、実は手枕の異母弟であったことが判明する（二〇）。

そこに虚無僧姿の吉次と蓑七が現れる。もちろん、蓑七は荷物を背負っている。「却説《かくて》関蓑七は、若二郎夫婦と商量《だんかふ》して、俊平が亡骸を桶に斂めなどしつつ、その暁かたに擡出して、背門より一ト町ばかりなる、田の畔の墓所に埋めて、雛松《こまつ》を栽て表《しるし》とす」（二一）。亡くなった俊平は手厚く葬られるが、背負っていくのは蓑七の役割であろう（もとの名を「木瀬屋鑿吉」といい、名前に「瀬」を負っていたことが明らかになる）。

「背向《そがひ》になりてものいはず」緊張感を高めているのは糸萩である。糸萩は吉次が浦二郎その人ではないかと疑い、秋布と親しくするので激しく嫉妬する。「准備の短刀抜かけて、潜近づく巻石《とびいし》伝ひ、六七歩ゆく程に、能化寺よりかへり来て、背後に窺ふ父若二郎、糸萩等《まで》、と呼制《とむ》れば、吐嗟《あなや》、とばかりうち驚きて…」。飛び石伝いというところが官能的にもみえるのだが、嫉妬に凝り固まったとき盲点が生じる。そこを父親に突かれるのである。「准備《ようゐ》の早縄とり出しつつ、糸萩が双の手を、背《そびら》へ捩揚捩著て、はや犇々と綁《いましめ》て、背門の此方の老松の、幹に楚と繋留めて、嘆息しつつ…」。この「双の手」は双子に伸びている。

吉次夫婦は糸萩の怒りを煽り立てるかのように、目の前を出立する。「糸萩が綁《いまし》められたる、ほとりを過《よぎ》らでゆく路なければ、笠を翳し面を背けて、走りて母屋を遶りつつ、辛くして…」。このとき「跳揚跳揚、狂へば狂ふ心猿意馬」の姿を見せた糸萩は嫉妬の力で鎌を動かして追いかけるが、そんな嫉妬の鎌で死ぬことになる。

平経高の前に、「腫張《ふくだみ》たる全身は、蝦蟇の背《そびら》に異ならず」と評される異様な風体の乞食が引き出され、捕まった語黙斎夫婦、吉次夫婦、蓑七も引き出される（二二）。経高は「わが命に背かば先吉次を殺して勢ひを示すべし」と鞭打ちを命じるが、それは吉次の背が「蝦蟇の背」になることを強要しているといってよい。この後が、いわゆる琴責めの場面である。

異様な風体の乞食は潮毒のせいで腫れあがっていた浦二郎であったが、糸萩の血で回復する。「背《うしろ》に立たる浦二郎を、斬んと見かへる敵の透間を、秋布得たり、と薙刀を振閃して丁と砍《き》る」（二三）。吉次、浦二郎の瀬川兄弟が龍神の化身であった姥口歌二郎の手助けで、平経高を討ち取るというのが結末である。

片目の人物が二人も登場してくるが、本作品における盲目とは何だろうか。それは博識がもたらす盲目だと思われる。確かに秋布は博識である、しかし博識ゆえに見えないものがあったのではないか。秋布は自らの「生才学」「博士態」を後悔していたのである。馬琴もまた博識である。しかし、自らが過ちを犯したことを苦々しく記している（『燕石雑志』「佐刀禰」の条など）。片目の人物とは加二郎と語黙斎のことだが、一方は悪をなすがゆえに盲目であり、他方は知識があるがゆえに盲目である。

博多弥四郎の娘、秋布は佐用媛の生まれ変わりとされていたが、それは知識によって思い込まされていたにすぎないといえる。それに対して、欲深い乳母、輪栗は自分の娘だと語っていた。しかし、これは信用できる話であろうか。金がほしいので出任せを口にしただけともいえる。高貴な出自なのか卑賤の出自なのか、どちらともわからない。学問のある男の言葉、欲深い女の言葉、いずれにも盲点が存するからである。

本作品には吉次、浦二郎という双子が登場する。加二郎と語黙斎も、片目の共通点があり双子に近い。一方は実の双子であり、他方は片目を瞑ったとき見えてくる虚の双子である。こうした視点に立ってみたとき、本作品の末尾にある実場と虚場の区別は新たに捉え直すことができるのではないだろうか。

本作品の末尾で、馬琴は「大約《およそ》小説に実場あり虚場あり。虚場は所云《いはゆる》、乾坤丸船舶中の䋎《こと》の趣、又村山俊平が夢寝の一段、即これ也。実はよく情態を写すをいふ、虚は猶仮の如し、虚実の二場を弁するものを、よく小説を観るといはまし」と述べる。「乾坤丸船舶中の䋎の趣」とは歌二郎が出現させる歌舞音曲のことである。しかし実場も虚場も、言葉という同じ素材から成り立っている点に注目してみなければならない。虚場を象徴する物は、たとえば歌二郎の吹く笛である。「一孔《ひとつのあな》は背《うしろ》に出て、今の尺八によく似たり」とあったが（後編巻二）、そこには「背」の一語が見て取れる。見えない穴を手探りで見つけ出す、それは確かな実の動きであろう。ここに一つの逆説が生まれる。

「第廿二回、吉次呵責の段なる、音曲合奏の趣は頗《すこぶる》雑劇の脚色に似たり」と記すように、馬琴は虚場が演劇に似ることを認めている。その意味では虚場のほうが芝居という現実に近い。逆に、馬琴が実場とするところこそ創作であり虚構なのである。双子を分離させて活躍させたように、実場と虚場を分離することで、馬琴は新しい創作方法を作り出したというべきであろう。加二郎が実場の存在だとすれば、同名に聞こえる歌二郎は虚場の存在にほかならない。見えない「背」を押さえたり離したりすることで、馬琴は音楽さえ奏でるのである。

巻末に実在の歌舞伎役者への言及があり、本作品は俳優に捧げられている。瀬川兄弟は異様な「背」の皮をもつことになったが、ここから演劇への示唆を見て取ることができるだろう。それは異形の仮装としての演劇という考え方である。役者とは現実を半分無視した片目の存在といえなくもない。現実を半分無視したところで成り立つ演劇とは、片目の芸術であろう。さらにいえば芸術とは本来、片目の存在であり、片側で見えない何かを見せているのである。一つ目という欠如は過剰を生み出すのではないか。そんなことを考えさせるところに本作品の意義がある(3)。

三　双子と分離　『糸桜春蝶奇縁』〈文化九年〉

次に、『糸桜春蝶奇縁』を取り上げてみたい。本作品にも片目の要素がしばしば登場するからである。すなわち、二つ組のものが片割れになる事態である。冒頭の挿話をみてみよう。東六郎は合戦で功績をたてるが、しかし褒賞に与らない。本来二つ組であるべき功績と褒賞は分離している。他人の陣羽織を着用して戦ったため、その功績が見えなくなってしまったのである。その意味で、一文字の陣羽織は分離の目印といえる。

鎌倉から出奔した東六郎は、賀茂川で無理心中を迫る男を見て、女だけを助ける。「牡《をとこ》は左に、牝《をんな》は右に」とあるが、川に流されて男の姿は見えなくなるのであって、残されたのは二つ組の片割れである。「おん身が彼に背くにはあらず」と諭し、東六郎は越後蒲原出身の遊女、曙明と夫婦になり、双子をもうける（第一段）。亡くなった男の命日でもあるのだが、「袴を着せ、衣の背《うら》紐を釈《とか》する」という子供の誕生祝いの日、東六郎は曙明が男と密会しているのではないかと疑う。「背《うしろ》より走り出、奸賊等《まで》、と呼びかけ」た、しかし男は消えてしまう。この一八の怨霊のせいで、夫婦は別れるのである（第二段）。

曙明は次女の止以子を連れて家を出る（「左に止以子右に笠」）。荷物を背負った若者と老女の二人連れと知り合い、天竜河で母子は別々の舟に乗る。老女が娘を背負ってしまったためである（「脊負《せおふ》たる止以子《といこ》を揺揚《ゆりあげ》…」）。曙明の乗った右の舟は助かるが、止以子の乗った左の舟は行方不明となる。残されたのは二つ組の片割れである。癖者が「背《うしろ》より抱留」るが、曙明は兄の十兵衛に助けられる。武蔵豊島にある糸屋に行き、名を旦開と改め、その主人、十十作と再婚する。十十作は一八の弟であり、一八の妻、阿或、その子、綱五郎もいる（第三段）。

東六郎は長女の小草を連れて鎌倉に帰ろうとする。船中、遠州灘で海神の生け贄になるとき、「小草が背《せなか》へ楚《しか》と負」したのは大切な陣羽織である。無情にも船客たちは「背《あと》より携《すが》りて」二人を引き離す。東六郎は海に沈むが、小草だけ助かる。東六郎の姿は見えなくなり、残されたのは二つ組の片割れである（第四段）。

心中する二人が別々になったところから始まって、それ以後はすべて一八の祟りのせいなのだが、双子が別々になること、二艘の舟が別々になること、同じ海に沈んだ二人が別々になることなど片目の事態というべきものを指摘できるだろう。

行方不明の十以子は、老女に攫われ、小糸と名づけられていた。「女の童を脊に負ひ」逃げたのは残忍毒悪の老女である。鎌倉の神原矢所平は息子の狭五郎を小草と結婚させるはずであったが、東六郎が到着しないので責任をとって自害する。「主君の仰に背かば、天高とも、地は厚とも、身を容るるに所なし」と誓う狭五郎に、主君の山内憲政は「辻町の尽処《はづれ》にて、儔罕《たくひまれ》なる美女を見たり。彼は背棋《うらこま》といふ孀婦《やもめ》が女児《むすめ》に、小糸と呼るるものなりき」と語り、小糸を連れて来るように命じる（第五段）。小糸を攫った女の名前には「背」が刻み込まれているのである。扇谷家との婚礼を控えた主家のため、狭五郎は小糸を差し出さないように懇願するが、欲に目がくらんだ背棋は「背向《そがひ》になり」承知しない。矢で狭五郎の「背《そびら》胸前嫌ひなく、つづけさま」打つに至る。そんな背棋に斬りつけた狭五郎は小糸とともに逃げ、夫婦になろうと考える（第六段）。

海で行方不明になった小草は、尼に助けられ、大総と名を改めていた。木嬰尼は一八の妻であり、鎌倉に連れて行くことを約束する。「大総が長き黒髪を、半剪《きり》て垂髪女僧《たれあま》に打扮せ、笈《おひ》を脊負ひ、錫《しやく》を衝鳴らし、草庵を住捨て、三月廿一日の朝まだきに啓行《かしまだち》して…」。尼が亡くなると、大総は一人で出発する。「一文字の陣羽織を包たる、行袱《たびふろしき》を脊《せなか》に負ひ、白骨の壺を項《えり》に掛、心ほそくも只ひとり、武蔵のかみ田を心あてに、東を望《さし》てゆく…」。

背中の荷物に入っていたのは陣羽織だが、それを奪われてしまう。「見れば行李もおもげなり、袱包を脊《せなか》にして、胸にも物を掛たれば可惜女子の直《ね》がおちる、竹輿《かご》に乗ずば負れ給へ、まづその行李を、と遽《いそがは》しく竹輿かきおろすその隙に、迯んとするを遣りも過さず、かひ爴て引よする…」（第七段）。この弾みに大事な陣羽織は投げ上げられて、背棋の甥に当たる黒平の手に落ちる。かつて荷物を背負っていた若者だが、そこに転がり込むのは「背」の必然ともいえる。大総は十兵衛と知り合い、糸屋に連れて行ってもらう。

大総が自分の娘であることに気づかないまま迎え入れた旦開は、綱五郎と夫婦にすることを考える。家業を嫌う綱五郎は翻蝶丸を名乗る任侠だが、黒平を踏みつけようとして、その片足がしびれたことから、陣羽織の在処がわかる。これは一文字の片面効果なのであろう。陣羽織がなければ、平然と黒平の「背《そびら》を楚《しか》と蹂躙《ふみにじり》」、俵を「背《そびら》の上へよせかけ」ることができるからである（第八段）。

逃げてきた狭五郎は綱五郎に助けられ、弟分として狭七を名乗る。黒平は山賊と手を組み、綱五郎を生け捕りにしようとする。「背《そびら》へ左右の手をまとはし、頭を低《たれ》て」というのが和睦を装った山賊の姿である（第九段）。山賊は「綱五郎が背に跟《つき》」従っている。綱五郎は山賊に捕まっていた小糸を救い出すが、扇谷家に敵対する形になる。「背《うしろ》手《で》に綁《いましめ》られて、地の上五六尺」の小糸を見て、綱五郎は「嘆息」している。「背」から「嘆息」へ、これが馬琴の筆法にほかならない。十兵衛は小糸を「背門《せど》へも出さず」匿う（第一〇段）。

綱五郎は家業に迷惑をかけず陣羽織を探すため、狭七と大総を結婚させようとする。「ともかくも宣ふよしを、背き侍らじ、と応《いらへ》しかば、綱五郎はふかく歓び、善はいそげといふ事あり…」。これは綱五郎が大総を説き伏せるところである。しかし、大総は納得がいかない。「旦開《あさけ》がはやす生盛膾の、背腰《せこし》の鯵は鮮《あさらけ》く、生るがごとく見ゆれども、死を決たる新婦は、精進かための花松魚…」。婚礼の準備が進むが、そこには不吉なものが忍び寄る。「浮ぬ狭七は迷惑と、座席の芥かき払ひ、物おもふ身は暮かかる、空を瞻仰《ながめ》て背門《せど》へ出…内より走り出る女子を、見かへれば小糸なり」。狭七は隠れていた小糸に気づき、驚く。「旅寝に結びし妹伕の奇縁、楊貴妃小町も何かはせん、怨らるるはこころにず、しばしが程ぞ、忍び給へ、と背《そびら》を拊《なで》ていひ諭せば…」と慰めているが、二つ組はなかなか揃わないのである（第一一段）。

狭七と大総の婚礼が執り行われる。「綱五郎が誠心《まこころ》に背くことなく、夫婦力を戮《あは》しつつ、昵《むつま》しう給はば、活業《なりはひ》是より繁昌せん」と旦開は説教し、背戸屋十兵衛も語る。「縡《こと》の本末をしらぬ阿総は沈吟じ、背戸の小父公《をぢご》がこの盃に、類《あやか》れと宣ひしを、心にかけて謎々歟《か》、釈《とけ》ども釈ぬ化《あだ》むすび…」と大総は納得できない。旦開は、困惑する小糸の「背《そびら》をかい捺」っている。大総が自害しようとするので、狭七はその小柄を取り上げて「背門《せど》より」逃れ出る。「屏風の背《うしろ》」にいた小糸は嫉妬の炎を燃やし、狭七の後を追いかける。「背《うしろ》に刀を抜」く山賊に襲われた綱五郎は「背《うしろ》のかたに人あり」と十兵衛に気づき、山賊を追い散らす（第一二段）。

狭七と小糸は小石川に隠れ住む（第一三段）。狭七が大総の小柄を返すよう小糸に頼むが、小糸は渡さない。「小靹《つか》を吾儕《わなみ》に領給《あづけ》へといひつつ軈《やが》て出す手を、かき払ひて背後《うしろ》へ隠し、阿総に念残《こころ》さぬ、と宣ふが実事《まこと》ならばなどて又彼人の、手にふれたりし小靹をば、いと惜み給ふぞや…」（第一四段）。小糸は大総に嫉妬しており、それを背後に隠しているのである。それゆえ、狭七は背中を撫でて、小糸を慰める（「果敢なきものは女子也、といひかけて伏沈む、背《そびら》をやをらかい拊て…」）。だが、「背向《そがひ》になりて伏沈む」小糸に向かって、十兵衛は「恩義に背く狭七が逐電、其をそのかせし和女郎が淫奔《いたづら》」と罵る。

大総はすべてを失った悲しみで失明するが、薬の入っていた印籠から、旦開と大総、小糸の母子関係が明らかになる（この薬は家族を結びつけるものであり、滝沢家の薬と同じ役割を果たすのであろう）。これまで見失っていた家族を改めて見出す。だが、まさに、そのとき母親の命が奪われるのである。黒平は狭七を刺そうとして、旦開を刺し殺す。「いたく病眼に閉られて、今般《いまは》の母を見ることかなはず…」という大総と「目をひらき、うち見たるのみ応《いらへ》は得せず」とある旦開の対比に注目しておきたい（第一五段）。語るものと見る者の対比である。

綱五郎が現れると追っ手が取り囲むが、背後から次々に矢が飛んでくる。「捕手の兵士三四人ン、脱さじと閲《ひしめ》きたる、背後《うしろ》に響く、鏑矢に、一個の兵士背《そびら》より、胸前《むなさき》へ射徹され、その矢あまりて又一人ン、おなじまくらに仆《たふ》れしかば…」。これら背後からの矢は、知られざる過去から飛んでくるものであろう。一挙に過去が開示されるからである。大総の眼病は一文字陣羽織のおかげで治るが、それは再び二つ組が戻ってきたということにほかならない。旦開が死に、一八の祟りは消え失せることになる。

綱五郎、大総の夫婦は武家を継承し、狭七、小糸の夫婦は糸屋を継承する。『松浦佐用媛石魂録』には実と虚の二重性がみられたが、この『糸桜春蝶奇縁』には武家と商家の二重性を指摘できるだろう。『旬殿実実記』と同様である。

曙明が一八と東六郎の願いをともに叶えることはできない。しかし、双子をもうけることで両者の家の願いをともに叶えることになったのである。さらに神原の家の願いを叶えることにもなったといえる（結ばれたのは蒲原出身の遊女の娘と神原氏の息子である）。小柄には三つの蝶が付いていたが、三つのものをどのようにして二つに組むかが本作品の主題なのかもしれない。翻蝶丸を名乗る綱五郎は、その翼のごとき二つ組を求めていたのであろう。それは和綴本という双蝶でもある。

おわりに——盲目の存在論

人は盲目であるほかない、これはギリシャ悲劇『オイディプス王』に遡る存在認識だが、馬琴にも、そうした存在認識を見て取ることができる。馬琴のいう因果は、背向にしか見えないものだからである。もちろん、粗削りの本試論は様々な盲点を抱えているが、以上の論述を通じて多少なりとも明らかになったであろう。馬琴を読むとは、自らの盲点に気づくことであり、そこから再び何かを見出すことなのである。近松門左衛門の『大経師昔暦』上巻に「背中に目のないうたてさよ」とあり「目は明きながら盲目の杖を失ふごとくにて」とあるが、馬琴もそうした認識を共有している。読本の執筆は盲目を代償としており、当たるか当たらないかは作者自身にもわからない。合巻『十三鐘孝子勲績』（文化六年）の冒頭は目隠し遊びの危険性を示しているが、それは不可避である。

西行の『残集』に「秋のことにて肌寒かりければ、寂然まで来て、背中を合せてゐて、連歌しにけり／思ふにもうしろ合せになりにけり／この連歌、異人付くべからずと申ければ／裏返りたる人の心は」という一節がみえる（岩波文庫）。背中合わせになったとき、人は相手のことを思っているのかいないのかわからない。そんな事態に西行もまた敏感なのである。

『八犬伝』に登場していた怨霊は自らの盲点に気づかない存在であり、俳優は自ら盲点を仮装する存在であったといえる。さらに、共同体とは盲点を共有し合うもの、王権とは盲点の共有を強制するものという定義も可能であろう。

『頼豪阿闍梨恠鼠伝』末尾に馬琴は次のように記している。「世に伝ふ悪七兵衛景清、頼朝卿を狙撃《ねらは》んとするに事ならず。頼朝卿、その精忠を憐み、これに狩衣を給はりて、晋の予譲が故事に擬す。景清空衣を刺、目玉をくり出し、日向国に退て住ぬ。世にここを日向勾当と号するよしいへり。しかれどもその事何の書にも見えず。按ずるに東鑑に、建久三年正月廿一日、平家の侍、上総五郎兵衛忠光、魚の鱗を眼上に覆、左の眼、盲るごとくにして、前幕府、頼朝を狙ひ打んとす。事あらはれて、これを六連の海辺に梟首す、といふ事見へたり。景清が事はこれに因て作り設たる根なし言なり」。

盲目を装っていた人物は実在するが、盲人の実在は確かではない。これによれば、盲目は決定不可能な事態といえる。実際に盲目であったかどうか判然としないからである。むしろ、盲目とは虚構だというべきかもしれない。何かを狙い定めるための仮装の役割を果たしているからである。盲目は本質というよりも、むしろパフォーマンスであり、明察に至る方法なのである。自分の背中を見ることができないという点では、誰もが半分は盲目である。しかし虚構によって、その盲点を明らかにできるだろう。

江戸の社会において馬琴の原稿は交換の対象であり、馬琴はしかるべき原稿料を受け取っていた。しかし現在、その作品は交換された以上の価値を与えてくれる。様々な喜びを与えてくれる馬琴の読本は、馬琴からわれわれへの盲目の贈与なのである。

注

（1）『曲亭馬琴日記』文政十一年九月六日に「宗伯赤銅鍔之大小刀之方、目貫走馬ニ猿三疋也。刀剣ニ猿有之候へば、不宜よし」とあり、家族が問題になっている。

（2）本作品の先行研究としては髙木元「『松浦佐用媛石魂録』論」（『江戸読本の研究』ぺりかん社、一九九五年）があり、構想、典拠、前後編の相違を論じている。また湯浅佳子「『松浦佐用媛石魂録』における忠義と情愛」（『読本研究新集』四、翰林書房、二〇〇三年）がある。

（3）片目片足の先蹤は近松作品にみられる。「足はちんばで遠道ならず、片目はかんだで見る事不自由、背小そふて棚な物下ろすも、間に足らぬ山本勘介」である（『信州川中島合戦』）。もちろん、上田秋成『春雨物語』には短篇「目ひとつの神」が存する。柳田國男は一つ目を「生け贄」の痕跡とみなしたが（『一つ目小僧その他』一九三四年）、片目を失うことで何かを得ているともいえる。

Ⅴ　馬琴の中編読本を読む――背の署名

いささか偏執的に馬琴の読本における「背」の主題系を探ってきたが、様々な広がりと強度をもった「背」は馬琴の署名といえるものではないだろうか。なぜなら、馬琴読本の決定的な場面に「背」が刻みつけられているからである。『月氷奇縁』から『皿皿郷談』に至る馬琴の読本は切腹の物語である以上に、背負う物語なのである。そのことを山東京伝や柳亭種彦、為永春水、式亭三馬などと比較しつつ論じてみたい。馬琴の「背」を介して『刺青』の谷崎潤一郎や『熊野集』の中上健次に辿り着くことができるのではないかというのが、本試論の見通しである。

なお、原文の引用は『馬琴中編読本集成』（汲古書院）による。出典考証については同書、徳田武の解説が詳しい。また『馬琴・京伝中編読本解題』（勉誠出版）を参照した。

一　山東京伝との比較――模倣と競合

背負う形象は京伝の読本にも見て取ることができる。したがって、馬琴は背負う形象を京伝から引き継いでいるのだが、京伝の形象は馬琴とは異なるところがある。様々な「背」のテーマ系を探りながら、その点を検討してみたい。黄表紙『甘哉名利研』（寛政十二年）に「背中は文覚上人の背中を授かりし故に、滝に打たせて、肝心の腹は御留守になり、どうしても熱さは耐へず、これぞ彼の背に腹は代へられぬといふ諺に等しきことなり」と記す京伝が腹と背の違いに敏感であることはいうまでもない。以下、原文の引用は『山東京伝全集』（ぺりかん社）による〔ただし特殊な漢字は置き換えた〕。

『忠臣水滸伝』（寛政十一年）

本作品は『忠臣蔵』に『水滸伝』を重ね合わせた作品といえる。[1] 高師直に恋慕された貌好を助け「小衛内《わかぎみ》を脊背《せなか》におひ、夫人《おくがた》の手を挽て後門より逃れ出る」のは、郷右衛門である（前二）。しかし、「おもひがけざる背後《うしろ》より」襲われている。その結果、郷右衛門は「背より高生《たかくおひ》のぼりたる、蘆葦《よし》のしげみ」の中をさ迷うのである（三）。「小人《それがし》は夫人を背おひまゐらせてともに走るべし」と語る郷右衛門は背負う人物の原型であろう。

「抑々這龍馬《このりうめ》は其色都《すべ》て雲よりも白、頸は鶏のごとく背は竜に似たり」と蘊蓄が傾けられているが、読本とは必ず龍の背に言及するジャンルだと定義できなくもない。あるいは雷鳴が轟くジャンルといってもよい。

将軍に献上するため長韓櫃を背負わせて出発するのは、賀古川本蔵である（四）。しかし、「忽然として背後《うしろ》の大樹の松の洞より」襲われる。盗賊は「霧《もや》のうちを繞《めぐり》本蔵が背後《うしろ》にあらはれ出て」斬りかかり、長韓櫃を奪ってしまう。

「汝が脊梁《せぼね》を打砕ずんばなどて我這熱腸《わがこのねつちやう》をさますべき」とお軽を鞭打つのは、継母である。「這花枝的女児《このはなのごときむすめ》、緑の髪を乱し雪の肌をあらはし朱にそみて伏たるは、恰も新到的罪人《あらたにきたれるざいにん》の奪衣鬼娘々《だついきちやうちやう》のために呵責せらるるに似て、地獄変相にも写とりがたき光景《ありさま》見る目も当かねたり」。この虐待場面には浄土変相図的イメージが見て取れるが、それが京伝の特徴にほかならない。

お軽の父親、与一兵衛も殺されてしまう。「其屍を火葬して、背後《うしろ》の山中に葬、遂に踪跡《あとかた》なくぞしたりける」。だが、与一兵衛を殺した老婆も撃たれる。「忽《たちまち》背後に鳥銃《てつぽう》一声撲的《いつせいぽんと》ひびき」、老婆の背中に命中するのである。猪と間違えて撃ったのは早野勘平である。「野猪の背後《うしろ》に躍出」て、野猪を仕留めるのは千崎弥五郎のほうである。弥五郎は「山の背後《うしろ》に繞出ける」とき、野猪と見間違え勘平に再会する（五）。

本蔵の妻、戸難瀬は娘の小浪とともに死を覚悟するが、そこに虚無僧が現れる。「明晃々たる刀を把、小なみが背後《うしろ》に立まはる折しも、門外に一箇の梵論《ぼろぼろ》ありて、尺八の笛を大声に吹あげたり…背上《せなか》に包裹をおひ、手中《てに》竹笛を把ぬ」。実はこの虚無僧が本蔵である（後三）。「背上《せなか》におひたる包裹をとりて、彼台上《かのさんぼう》に放在《すゑおく》」。長韓櫃を盗んだ鉄貞九郎の首を取ってきたのである。

もとの名前が「山背助《やましろのすけ》」というのはいかにもふさわしいが、「白満々地肥《はくまんまんとこえ》て銀板のごとき背上《せの》に刺《ほり》し、雲龍の花繍《ほりもの》をあらはして」周囲を威圧するのは、天川屋義平である（後四）。この義平が長韓櫃に貌好夫人を隠して助けることになる。「おもはざりき背後《うしろ》に又、簑笠をきたる大漢《おほをとこ》手に榔槌《おほづち》を提たるが仁王立にたち、鷺坂を睨て大喝一声《おほいにたけり》…」（後六）。こうして大星父子を殺そうとした鷺坂伴内も討ち取られるのである。

『復讐奇談安積沼』（享和三年）

本作品では二つの筋が交錯している。一つは小平次の亡霊譚であり、もう一つは山井波門の仇討ちである。小平次を殺した左九郎は、その亡霊に怯えている。祝部は「病人の背上《せなか》にもろもろの神号をかき、又懐より朱をもて書たる神符あまた取出してあたへ」るのだが（第八条）、皮膚に文字を記すところは表層の変化に敏感な京伝にふさわしい。

山井波門は「鏡をとつて行裹《づだぶくろ》におし入、衣服のうちにつつみて、帯を以て、両刀《ふたこし》とともに脊上《せなか》にしかとくくりつけ」水に飛び込み、人を助けようとする（第九条）。しかし助からないのであり、そこに沼の恐ろしさがあるといえるだろう。

『優曇華物語』（文化元年）

『優曇華物語』は馬琴の『稚枝鳩』と同時期の作品であり、一方には洪水、他方には地震という対抗関係がみられる。本作品は金鈴道人の予言に導かれている。道人によれば、大洪水が起こるが、誰も助けてはならないという。しかし兵衛は禁止を破って、一人助けてしまう。それが大悪人の大蛇太郎となり、兵衛夫婦は殺される。網干兵衛の息子、望月皎二郎は親の仇を探すことになる。

笈を背負った修行者もまた重要な役割を果たす。「六十六部の妙典をさむる、回国の修行者笈《おひ》をせおひ、拄杖《しゆぢよう》をつき、鉦《かね》を打ならしてあゆみ来つ」（第五段）。修行者の手首には老婆の指が食い込んで離れないのだが、欲深い蛇のようにみえる。これは、大蛇太郎に殺される渥美左衛門の挿話を先取りするものであろう。渥美は大蛇に仮装した盗賊たちに襲われ、献上品を奪われるからである。

渥美の養女、弓児は家来とともに信濃に落ち延びていく。「衛守は両刀を藁包のうちにかくし、包とともにせおひ」、善光寺参りに仮装するのである（第六段）。しかし衛守は凍死し、弓児は自害を覚悟しなければならない。「やがて吭《のんどぶえ》につきたてんとしたる折しも、背後《うしろ》の方の巌の上に、簌々《さやさや》といふ音ひびく。此音は何等の音ぞ。後の物語を待得てしるべし」（第六段）。緊迫したところで巻を閉じるのは、効果的な技法といえる。そして再び緊迫したところで巻が開かれる。「其時弓児、巌の上の物音を聞つけ、人の来るにやあらん、折あししと、手をとどめて、背後《うしろ》の方をあふぎ見れば…」（第七段）。

弓児は熊に襲われ、「笠をとりて脊《せなか》におひ」逃げようとするところを皎二郎に助けられる。皎二郎は「熊の背後《うしろ》にめぐり出」、「弓児を背後《うしろ》にかこひ」守ろうとするのである。「一箇《ひとり》は弓児を脊《せなか》に負、一箇《ひとり》は皎二郎に樏《かじき》をはかしめ、行李《にもつ》をとりてせおふ」（第七段）。盗賊に襲われると、皎二郎は弓児を背負って脱出する。「いそがはしく身づくろひし、うしろの壁を破りてくぐり出、橇を穿、弓児を背《せなか》に負、月の光りに乗じて走り行ぬ」（第八段）。

信濃に住むのは衛守の弟、健助だが、病中である。妻を殺され、健助は息子の「小松が脊《せなか》をなでて」自害しようとする（第一〇段）。「氷なす刀をぬきて、小松が背後《うしろ》に立まはりけるが、恩愛切なる悲み」にためらう。このとき、皎二郎に助けられる。

懐妊中の真袖は殺され、大蛇太郎の眼病治癒のため胎児を取り出されていた。「まうしまうしとよばふ。こは怪やと背後《うしろ》を顧れば」、そこに妻、真袖の亡霊がいる（第一二段）。

「灯籠の下をすぐる時、背後《うしろ》の方に人ありて、弓児が襟をひしとつかみ」とあるが（第一一段）、かつて鷲に攫われた弓児は再び、それを繰り返しているかのようだ。大蛇太郎に監禁されるが、皎二郎が大蛇太郎を討ち取る。「背上《せなか》に鷲の爪の痕ある女こそ汝が女児《むすめ》なれ」と観音に告げられた実母が娘を訪ねてくる（第一五段）。こうして背中の痕跡が重要な役割を果たし、優曇華の花が咲くのである。

『桜姫全伝曙草紙』（文化二年）

本作品には民俗信仰的、芸能史的要素が活用されているが[2]、京伝の神経症的な感覚がもっとも顕著である。「手ばやく口に手巾《てのごひ》をはませて声立てさせず、鎧櫃の裏におしいれてしかと負《せおひ》走出んとせしが、大事を忘れたりとこころづき、懐中よりかの蝦蟇をとり出してすておき…」（巻一）。兵藤太が鷲尾義治の妾、玉琴を攫う場面だが、この手早さは京伝の手馴れた文章に呼応している。盗賊の犯罪にみせかけるため商標を残す手抜かりのなさも見て取ることができる。

兵藤太は攫ってきた玉琴を義治の正妻、野分の方に差し出す。「兵藤太うしろより指を以て背中をつき、とくとくよりねといふもなほくるしければ、とかくあとへのみさりぬ。野分の方気をいらち…」とあるが、指で背中を突き苛立つところに京伝らしさがうかがえる。このように過敏な身振りは馬琴にはみられないからである。

玉琴が惨殺される場面はまさに神経症的といえる。その死体を背負って捨ててくるのは兵藤太である。「一袋の金を出して見せければ、貪欲深き兵藤太すずろに喜び、手ばやく屍を櫃におし入れて負《せおひ》、後門《うらもん》より出て大江山へと急ぎ行ぬ」という手早さに注目しておきたい。「おもひかけざる背後《うしろ》より野分の方長刀をおっとりのべ、兵藤太が右の脇の下をしたたかにかけたれば、呀と一声さけびながらうつぶしに伏を、すかさず長刀をくきみじかにとりなほし、飛かかりてはたときれば、首は前にぞおちたりける。野分の方まくり手に鮮血したたる首を提…」。役割を果たすと兵藤太はたちまち葬られてしまうのだが、この滑らかな切れ味が京伝の文章の特徴であろう。それによって、高貴な女性が鮮血したたる首をもつという鮮やかなイメージが定着されるのである。

巻二の冒頭には修行僧が登場してくる。丹波国鷲尾家の家臣で、殺生禁断を破って追放されていた真野水二郎である。「さてもかの弥陀二郎は、仏堂建立の為笈《おひ》を負《おひ》錫杖をつき、回国修行者に打扮《いでたち》て、山陰山陽の国々をめぐり、旅中に於て年をかさね、已に建久二年の春の半にいたり、帰路にのぞみて丹後の国につきぬ」。笈を背負った修行僧の形象は馬琴も活用することになるが、この弥陀二郎が玉琴の死体から嬰児を救い出す。

捨てられた死体は浄土変相図のように変化し、肉の腐敗がもっぱら神経症的に描かれる。馬琴の場合は律儀に火葬するのだが、京伝の場合は違う。京伝においては腐ったもののカテゴリーが重要であり、感覚的な変化のイメージが京伝の文章の特徴なのである。事情を語らせるために、京伝はもう一人の修行者を用意している。それが「竹篋《あじろのおひ》を負たる雲水の僧」常照阿闍梨である（巻三）。

肉のイメージは蛇に繋がっている。「何方ともなく一条の蛇《くちなは》いで来り、石の地蔵の背後《うしろ》に入り…二郎怪み、蛇を追やり、かの蝦蟇をとりて見るに、長き尾ある蝦蟇にて、尋常の物にあらねばますますあやしみ、石仏のうしろをうかがひ見るに若き旅侍熟睡の体なり」。こうして修行僧は若い侍、篠村公光と出会い、ともに主家のために力を尽くすことになる。「背後《うしろ》より組つくを彼侍総身の力を肱にあつめ、呀《あ》と一声叫て肱おとしにおとしければ、二郎堪ずして手をはなしぬ」。石碑の背後は馬琴も活用する形象の一つである。

野分の方は義治との間に桜姫をもうける。しかし、桜姫の縁談を断って義治が攻め滅ぼされると、盗賊と懇意になる。人を水に引き込んで殺す蝦蟇丸はその滑らかな動きにおいて蝦蟇に近いが、野分の方という蛇に睨まれることになる。「折しも背後《うしろ》に嗽の声す」、この直後に蝦蟇丸は盲目の小萩を打擲する。「あくまで邪見のがま丸も、少し心たゆみけるが、野分の方そのいろを悟り、がま丸が背中をつき、めくはしすれば、がま丸うちうなづき…」（巻四）。野分の方は油断しそうになる蝦蟇丸の背を突いている。背を突くことで残酷さを唆すのである。

この神経症的な身振りを契機として、盲目の小萩は惨殺され、その娘たちも虐待される。「こはいかにせんいかにせんといひて哭きければ、松虫妹が背を撫でつつ」慰め合うが、酷使されている。「両人ともに柴を負《おひ》、腰もたたぬばかり重《おもき》をたへしのびて家にかへりぬ」。「おふせそむき侍るまじ」と誓い、重い柴を背負う娘たちは、背を撫でることで慰め合っていたことになる。惨殺された小萩の肉体は「九相の詩」のように腐敗していく。

弥陀二郎に救われた嬰児は成長して清玄となり、一目見た桜姫に恋着し続ける。「背後《うしろ》の大樹の蔭より、一箇の美男子明晃々たる刀を打ふりてをどり出、追手等を散々に斬立ければ…」。これは桜姫が襲われるところだが、公光に助けられる。しかし、桜姫は衰弱し絶命する。その死体を抱きしめる清玄は「九相の詩」を実践するかのようだ。清玄の涙で桜姫は蘇り、弥陀二郎が助け出すが、清玄の妄執は凄まじい。「清玄が姿柳の梢にあらはれて、なほもやらじとうしろ髪を引戻す。二郎はいかりをなし刀をあげて切払々、姫を背負て、やうやうここをのがれゆきぬ。誠に危き事なりけり」。背負って助け出すというのは、馬琴も活用する形象である。

桜姫は伴宗雄と結婚するが、怪異が起こる。玉琴の怨念のせいで離魂病となり二つの姿に分裂するのである。

「こひねがはくは安養浄土に引導したまはれかしと云て、やや得道の体なれば、阿闍梨喜び、十念をさづけ玉ひて後身を起して二人の姫のうしろに立、声をはげましてのたまはく…」（巻五）。阿闍梨が二人の桜姫を教化しているが、一方に肉があり他方に骨があるというのが京伝の二元論であろう（もちろん秋成の「青頭巾」に学んでいる）。肉の神経症的イメージ、浄土教的イメージを描く、それが京伝の華麗な文章の特徴といえる(3)。

桜姫は二つの姿に分裂する。これを京伝は「一体二身」と呼ぶ。それに対して、馬琴には「二体一身」がみられる（『弓張月』の白縫＝寧王女、『八犬伝』の浜路＝浜路姫）。二身に広がるイメージが京伝にはあり、馬琴には一身のうちに圧縮された強度がある。

『善知安方忠義伝』（文化三年）

立山で鷲沼則友は妹の夫に当たる善知安方の亡霊と出会う。「背後《うしろ》の方にいとかすかなる声ありて、往事渺茫として、総て夢に似たり、旧遊零落して、半泉《なかば》に帰す。閻浮の人の恋しさよ、まうしまうしと呼《よぶ》ものあり」（五）。平将門の娘、滝夜叉姫が復讐しようとするのを諌めた安方は殺されていたのである。

陸奥の地で妹と再会するが、錦木もすでに亡霊である。「目はおちいりたるるやうに、あげたる髪も背にかかりて、故人とは思はれねど、まぎれもなき妹なりければ…」（七）。この「背」が不穏な空気を醸成しているが、錦木は医者の老態に虐殺されていたのである。「引立梯をよこたへてその上にくくしつけ、蚊やりの器をとり出して、杉の青葉を打くべ、梯の下にさしつけて、団扇を以てあふぎたて、いぶし責にせめけるにぞ、黒烟錦木が目口鼻にいり、息つまりむせかへりて声だに出ず。手足を動し身もだへて苦む形勢、これや捺落の罪人が、焦熱地獄の鉄火の裏におちいりて、身をやかるるに異ならず」というのが虐殺の場面であり（六）、浄土教的イメージが活用されている。

頼信に仕える大宅光国の背後もまた不穏である。「背後《うしろ》の方に狼の吼る声こだまにひびきてすさまじく聞ゆ」。「月の光りに乗じて背後《うしろ》を顧れば、数十の蛇かま首をたてゝつらなり、川を渡りてこなたへつきぬ」（一〇）。光国が蹴ると老熊は「背後《うしろ》の方へころころと転て」落下する。こうした不気味な闇の中から、光国は唐衣を「背におひ」助け出すことになる。

常陸に帰った光国は不吉さを払い除けるかのように、父親の背後に回り込んでいる。「光国いそぎ背後《うしろ》にまはり、背を撫て介抱す」（一一）。こうして光国は、頼信の放埒、それを諫めた藤六夫婦の死を報告し、父親を介抱するのである。

「九四郎が背中より、腹までぐさとつきとほし」、復讐に燃えているのは如月尼と呼ばれる滝夜叉姫である（一二）。弟の良門も謀反を決意し、「そもそも竜は背に八十一の鱗ありて、九々の陽数に具とぞいふなる。変化竜のごとくにあらずんば、いかでか天下に飛動する事あたはんや」と考えている（一三）。そのとき、力を合わせるのが、藤原純友の旧臣である。「先汝が実の姓名を聞て後、我素姓を語るべしとて、刀を背後《うしろ》になげやりければ…」とあり（一五）、良門は伊賀寿太郎と知り合うことになる。「汝同心なくば我一人はせむかひ、頼信が輩を皆殺にしてくれんずと、あれにあれて、已にはせいでんとしたる背後《うしろ》の方に、やれはやまるな良門しばしばしといふ声あり」（二〇）。こうして良門は背後から力を得るのである。それを諫めるのが安方夫婦の亡魂である。

本作品は馬琴『四天王剿盗異録』への対抗作とみられるが、前者では平将門、後者では袴垂保輔が悪として呼び出されている。本作品は未完であり、未完のまま背負っていたものを投げ出すところは馬琴にも受け継がれるだろう。

『昔話稲妻表紙』（文化三年）

本作品はお家騒動物である。大和の領主佐々木判官貞国には先妻の子、桂之助と後妻の子、花形丸がいる。桂之助に命じられた名古屋山三郎は、「いかでか違背仕るべき」と答え、不破伴左衛門を草履で打つ。そのため伴左衛門の父、道犬の陰謀で、桂之助は佐々木家から追放される。また、忠臣の佐々良三八郎は桂之助の愛妾、藤波を殺す。「あはれむべし藤波、たまきはる声とともに、のけさまになりて、背後《うしろ》なる杉戸はづれ、おしになりて撞と倒る」（二）。これ以後、藤波の亡霊とともに「背後」がまとわりつくのである。「素足なれば道ぬめりて心のみ前に走り身はあとへ引るるここちし、おぼえず背後《うしろ》を顧みれば、怪哉心火ぱつと燃上り藤波が姿かげろひのごとくあらはれて、行をやらじと引とどむ」。こうしたイメージの鮮明さこそ京伝の持ち味であろう。素足の「ぬめり」まで描かれている。

三八郎夫婦はイメージから逃げていく。「茂林のうちにいり、夫婦背上《せなか》より両人の子をおろして岩の上に尻かけ濡衣をしぼり、清水に咽をうるほしなどして権《しばし》やすらひ居たる…」、背負っていたものを下ろすとき、安堵が生まれるのである。しかし、イメージから逃れることはできない。「鏡のうちに藤波が顔ありありとうつりて、おそろしきさまなれば、あなやといひて背後《うしろ》をかへり見れば、毬のごとき心火窓をこへて飛さり家のむねのあたりにて、からからと笑ふ声す」（五）。このため三八郎の妻は絶命する。

藤波を殺した三八郎の息子、栗太郎は盲目となり、娘、楓の腹には小蛇がまといつく。「兄弟の子どもあはてふためき、左右よりとりつきて、背を撫さすり、共に涙を落しつつ介抱するに、いとど悲しさまさりけり」（六）。これは「背を撫でさする」ことで、怨念を鎮めようとしているかのごとくである。

山三郎の父は伴左衛門に殺される。「伴左衛門その太刀音を心あてに、抜足して背後《うしろ》より、勢ひこみて切りつくる刀、あやまたず、三郎左衛門が肩尖《かたさき》、七八寸切こみぬ」（八）。伴左衛門は、かつて桂之助の命で山三郎が草履打ちにした男である。「大殿のおふせを背く不忠者」として攻撃されるが、山三郎は桂之助の妻を「せおひ」逃げる。乳母に背負われた若君の月若は捕まってしまう。

三八郎は出家し修行者となり、南無右衛門と名乗っている。「なむ右衛門つと立上りて、人を蹴倒し、若君を奪かへして背後《うしろ》にかこひ、仁王だちに立たるは、ここちよき形勢なり」（一〇）。このとき、若君を奪い返す三八郎は藤波を殺したことを償おうとしているかのようだ。

三八郎の息子は盲目である。「盲児の文弥、財布のうちより、あまたの小判を取いだして、手探りにかぞへ居たるが、紙門のあく音におどろき、手ばやく背後《うしろ》にかくしたり」（一一）。この「背後」を契機として、三八郎は金を盗んだと誤解して息子を殺すことになるので、「背後」に祟られているといえるだろう。若君の身替わりになるため、文弥はわざと殺されたのである。

「思ひかけざる背後《うしろ》の方のかり屋のうちより」躍り出て虚無僧姿の桂之助を助けるのは、山三郎の家来、鹿蔵の弟猿二郎である（一三）。「笈をせおひ錫杖をつき」修行者となった三八郎は、藤波の兄、又平と出会う（一四）。湯浅又平は絵師であり、画中の蟹のおかげで楓の腹の小蛇は退治される。

「背をおしむけて老母を負、住家の方を問つつ走行けり」というように（一七）、桂之助は梅津嘉門の母を助け、自らの母が何者であったかを知る。「老母若者の背よりをりたち」、嘉門の姉が桂之助の母であったことが判明するのである。

山三郎が見る盂蘭盆会の夢は浄土教的雰囲気に満ちている。「蜉蝣の一期朝露の命、泡沫無常老少不定の世のならひ、皆かくのごとしと、一度は歎きてたたずみける所に、背後《うしろ》の方に、山三郎山三郎とよぶ声、虫のなく音に異ならず。山三郎身をひるがへしてこれを見れば、正しく亡父三郎左衛門なれば…」。ここには、背後から斬られた父の記憶が響いているのであろう。

遊女葛城をめぐって山三郎と伴左衛門の鞘当てが起こるが、伴左衛門と葛城が兄妹であることがわかり、ともに討たれる。管領職の軍師として迎えられた嘉門は、執権不破道犬の陰謀を暴く。「大勢ひかへたる背後《うしろ》より、名古屋山三郎礼服を着し、修験者頼豪院を高手小手にくくりあげ、鹿蔵猿二郎両人に縄とらせて庭上にひきすへたり」(二〇)。背後から悪人が連れ出され、道犬や頼豪院の陰謀が発覚している。

『**梅花氷裂**』(文化四年)

本作品は金魚の因果譚であり、美の怪異譚である。「あたり近き下水の流れにそひて、一向かの虫をすくひ、纚網《さで》にかかりたる芥をとりて背后《うしろ》の方へなげたるが、あやまりて往来の人の袖にかかり…」(一)。これを契機に数右衛門は堺の浪人十郎左衛門から金魚を購入する。数右衛門が仕えるのは信濃国守護職の家臣唐琴浦右衛門である。浦右衛門は金魚を献上し、名刀を拝領するとともに、藻の花を妾として抱えることになる。しかし鎌倉に出立した浦右衛門の留守中、妻の桟に嫉まれて惨殺される。旧鳥蓑文太が桟を唆したせいだが、「仮山の背後《うしろ》、隣家の堺のまばらなる垣」を飛び越える猫を仕留めた男の残忍な身振りはそれを先取りしている。「藻の花が吐たる血、金魚槽のうちに流れ入て、水にまじはると見えしが、たちまち一陣の冷風さつとおとし来て、庭木の梢を吹ならし、水槽の水ざはざはとなりうごき、怪哉、藻の花が吐たる血あまたの金魚の身にしみこみ、斑の紅魚すべて人血の色に変じ、一しほ濃紅の色となり…」(三)。これが乱中と呼ばれる金魚になったというのだが、イメージは不吉なまでに鮮やかである。明らかに京伝の色彩は商品としての鮮やかさを帯びている。

「背后」の言葉に導かれるようにして、浦右衛門は鎌倉で藻の花の死を知る。「痩衰たるさまなれども、妾の藻の花に疑ひなければ、大にあやしみ、ことばをかけんとちかづくひまに、かの女は地蔵の背后《うしろ》にかくれ入ぬ」(四)。これは藻の花の亡霊であった。仇討ちをしようとするが、桟と密通し名刀を奪った蓑文太から返り討ちにされる。

「浦右衛門が背后《うしろ》より、だまし打に肩尖にしたたかにきりつけたり」(五)。こうして浦右衛門は一貫して「背后」に祟られている。「后」という語が暗示的だが、妾をもらったばかりに次々と不幸が訪れるのである。

金魚を売った十郎左衛門は、誤って数右衛門を殺してしまう。十郎左衛門には孝行息子がおり、病気の母親沖津を看病している。「長吉あはてて背中を撫、さまざま詞を尽して母の心を慰る心のうち、思ひやられて哀なり」(六)。浦右衛門の弟、滝次郎は兄の仇を討つために「古郷の霧を背后《うしろ》になし」旅立つ(七)。

浦右衛門の息子、与四兵衛は沖津の連れ子、小梅を妻としており、十郎左衛門を許そうとするが、長吉が笈の葛籠に入っていたことを知らずに斬りつける。父の代わりに子供が受難に遭うのである。「葛籠をかりの棺となし、与四兵衛これをおひて立出れば…」とあり(一〇)、葛籠がそのまま棺となる。京伝はもっぱら意外な効果を重視したわけだが、長吉の死について『近世物之本江戸作者部類』は勧懲正しからずと非難する。馬琴における「笈」の活用方法は京伝と異なるであろう。

『浮牡丹全伝』(文化六年)

『近世物之本江戸作者部類』によれば京伝は遅筆で挿絵から先に手をつけたというが、本作品を導いているのは絵である。冒頭で絵巻物が焼かれ、そこから妖怪が出現するからである。妖怪退治に乗り出したのは名和家に仕える瑤島豹太夫と浪人大鳥嵯峨右衛門だが、二人は互いに争う。「豹太夫背後《うしろ》さまに手探りして、駕籠の裏なる白木の箱をとつて、嵯峨右衛門に打付たるに、箱の裏より数多の蛇出て、嵯峨右衛門が懐に入、或は手足に纏縁《まとひつき》けるにぞ、あつと叫び気絶して、地上に撲的《はたと》倒れたり」(巻二)。

豹太夫は嵯峨右衛門に撃たれ、牡丹の香炉を奪われる。そのため家族は追放され、「故郷の雲を背後《うしろ》になし」丹後国に住む水草を頼っていく。従者が娘の八重垣を「背負」、牛の背に乗る妻の八雲は懐妊中である。「しほらしく、愛の溢る額髪かきなでつつ背後《うしろ》にまはりて、背中を撫てぞ居たりける」（巻三）。娘が母親を介抱しているが、ここでも妊婦が苦しむのである。「八重垣水草いそがはしく、背を撫、薬を与へなどして介抱しける…」。

天橋立という殺生禁断の地での漁を疑われた水草は「背」を鞭打たれる。「連打《つづけうち》に打ければ、憐むべし水草は、髻きれて乱髪、木櫛も砕て飛散つつ、腕はしびれ背は腫あがりて苦痛に堪ず、打倒れたる為体《ていたらく》」。そこに当地の判官が登場し、殺生禁断の解除を告げる。「一合の長唐櫃を従者にになはしめ、明松《たいまつ》を前にたてて此の家に到りければ、捕手の輩はこれを見るとひとしく、下座をなしてひかへたり」。長唐櫃からは宝器が出てくるが、この唐櫃は蛇が出てきた箱と対比するべきものであろう。

このとき、ようやく出産を迎える。「八雲は、あな苦しや堪がたやとうめきさけびつつ、のけさまに倒れかかりて、背後《うしろ》にたてたる明障子を、瓦落々々と打倒したるに、一目に見渡す橋立の、空も海も一面に、赫奕と光りわたりて、見る目もまばゆき許りなり」。難産の末に出産する場面には、屋台崩しのような鮮やかな効果がある。こうして絵巻物から始まって「極楽浄土の荘厳」が出現するのだが、本作品はいわば出産の物語にほかならない。絵巻の妖怪は男たちの「懐」に入っており、その意味で男たちもまた懐妊している。懐妊の諸相を描く京伝は「背」の作家ではなく「懐」の作家と呼ぶことができる。

『本朝酔菩提全伝』（文化六年）

『曙草紙』とともに、最も浄土教的イメージを有するのは『昔話稲妻表紙』の続編に当たる『本朝酔菩提全伝』である。「乳房したふて這よれば、影は忽消うせて、水は炎と燃あがり、其身を焦して倒つつ、たへ入事は数しれず」と説経者が語っているが（序品）、イメージの鮮やかさこそ京伝の特徴なのである。浄土教的なイメージの世界といってもよい（これに対して、馬琴の特徴は儒教的観念にあり、乳房のイメージは排除される）。説経者によって香晒の胎児は助かるが、誕生と同時に捨てられる。こうした子供の受難は馬琴にも受け継がれるだろう。

梅津嘉門は討ち死にし、妻の此花は盗賊に殺される。「刀を抜て此花が肩尖を、二三寸ばかり斬こみければ、あなやと叫てのけさきになり、山守の小童等がつくりたるにや、背後のかたにある五六尺斗なる雪の達磨のあるに倒寄れば、血しほさつとほどはしりて、達磨の身にぞかかりける」（第四）。血の赤と雪の白の対比が鮮やかである。『曙草紙』で肉の変相図を描いた京伝は、本作では凍りついた姿を描く。これは一休に代表される禅宗を意識しているのかもしれない。「やれはやまるなしばしばしと声かけて、雪の達磨の背後《うしろ》より、蓑笠を著て立出たる人を見れば、乃是一休和尚にぞおはしける」。息子は一休の弟子になる。しかし、二人の姉妹は行方不明となって、受難に塗れる。

盗賊の妻、岩芝は「つと走り出て、背後《うしろ》より」組み付かれていたが（序品）、その後「皮もすりむく斗に洗ひければ、痛さに堪ず、ほろほろと涙をこぼすを、突やりて背後《うしろ》を顧み」口早に喚き、「砧の槌をおつとりて、背骨をかけて打」虐待している（第五）。妹が醜くなった姉を介抱する場面は扇情的でさえある。「緑児は彼が身の汚穢げにて、あしき香のするをもいとはず、抱き起して、背を撫、腹を捺などして労ける、心の裏こそやさしけれ」。妹は背中を撫でて労るのである。「背後《うしろ》の坂道より」帰ってきた老女は、「わしが頼おきて、しばしの内背中擦りつてもらひしなり」という姉の弁解にもかかわらず、妹を縛り付ける。姉は亡くなるが、緑児を『背に負て』助け出した旅人は幸運を手にする。「家の背後《うしろ》に年経りたる榎あり」、この木の下にお金を見つけるのである。

妹は遊女の地獄大夫となるが、一休のおかげで救われる。「ぐはらぐはらと嘔吐をなし給ひけるに、不思議なるかな其きたなき的《もの》、池の上に落るとひとしく小鯉と化し、いくつとなく水中にをどり入、活潑《ひちひち》とはねまはりて水底にかくれけり。地獄此ありさまを見て大に驚き、世の人こぞりてこの師を活仏なりと尊敬するも、実にうべなりと信心いやまさり、背を撫て介抱し…」（第七）。汚穢がまさに美に転じているのだが、もちろん、ここは秋成の「夢応の鯉魚」に導かれているのであろう。

佐々木照満（月若）の妻、折琴姫は、家臣の前司太郎に助けられる。「かの深編笠の武士背後《うしろ》より飛入て、侍女どもを踏倒し、姫を小脇にかいはさみて、いつさんにはせゆきぬ」（第一一）。この武士は折琴姫に横恋慕する金藤太である。「彼の曲者の腕くびをとらへ、且づ姫をとりかへして背後《うしろ》にかこひ」、「前司太郎はいそがはしく、姫を背中に負ひまゐらせ、侍女等を引連れて、麓の方へ馳せ行きぬ」。折琴姫は、山三郎の下僕同助に背負って助けられる。「僕同助折琴姫を背負て此処にかけつけ」、「同助は姫を背負て、大勢を相手に戦《たたかひ》々おちてゆく」。「同助は姫を背負て、伊賀の方へおちゆきけり」。背負ったまま巻が閉じられる、こうした点も馬琴に受け継がれている。

執権となった名古屋山三郎は急襲されて自害し、妻の八重垣は殺される。「月にきらめく氷の刀を、すらりと抜て背後《うしろ》より、八重垣が肩尖を四五寸ばかり斬こめば…」（第一二）。この「すらり」というところがいかにも京伝の文章にふさわしいだろう。息子の小山三は乳兄弟の亦六を頼ることになる。

一休が見ているのは、たとえば次のような現実である。「語る背後《うしろ》に青物屋の菜左衛門、何をてんがうするかと見れば、囲炉裏に焼さしの藁を抜、銭索子《ぜにざし》になひては懐へへしこみける。口をたたく者どもより、結句油断はなかりけり」（第一五）。西鶴の浮世草子の一節に似ているが、一休はこうした欲望の世界を説き明かすのである。

酒売亦六は於三輪と夫婦になっている。「剃刀研ぎて亦六が背後《うしろ》に立ち、髭を剃て居たる折しも、竹林のあたりにて雉二三声鳴とひとしく、少の地震ゆらゆらとふるひけるが、於三輪はかねて地動《なゐふる》をきらひければ、あなやと驚きあやまちて、亦六が吭《のんど》のあたりへ、剃刀を切りつけたれば、たちまち鮮血淋々《たらたら》と、むかふ盥に流けり」（第一六）。剃刀と地震という神経症的イメージ、これこそ京伝の独壇場であろう。亦六は誤って竹斎を殺し、その娘、於三輪と夫婦になったので、この鮮血は因果応報ということになる。しかも、亦六の父を殺したのは於三輪の兄、提婆仁三郎だったのである（「笈の皮籠を取て見れば、背の方の木札に、河内国の住人猟師亦助と書きつけたり」第一二）。岩芝は道犬の妾で仁三郎を生み、竹斎の妻となっていた。

そうした因果の世界を教え諭すのが一休である。「一休手をもつて雉の背をかきなで給ひ、汝も二体の仏をうらやみ成仏をねがふかとのたまひて、またお三輪にむかひてのたまはく、此雉は乃是《すなはち》汝が父竹斎が再生なり、かため盲たるは其の証ぞかし…」。奇形的なイメージが鮮やかであろう。だが、神経症的なイメージをかき立てていた剃刀によって、最後に得度がもたらされるのである。「喝と一声さけび給ひ、払子《ほつす》をもつてかの首を打ちたまへば、不思議なるかな首の皮肉、朝霜の消る如くに解流れて、忽一つの髑髏《しやれかうべ》となり…」。肉から骨へ、これが京伝の文章の歩みといえる。ただし、京伝の骨格が馬琴に比べると弱いことは否定できない。

『隻蝶記』（文化十年）

本作品もまた産婦の願望と恐怖から出発する。「産婦息もたゆげにいとなやましき体なれば、貞直はかなたを聞さして、産婦の背中を撫さすり…」（一）。落城の混乱のなかで大仏貞直が妻の更級を介抱しているところだが、出産をめぐる願望と恐怖こそ京伝の読本の核心にあるといってよい[4]。京伝は、そのイメージを撫で擦っているのである。敗北し川に身を投じる貞直のイメージは荘重だが、次節の「背中にどつさり手はぶらぶら」の亡者には京伝の喜劇的センスがうかがえる（二）。「彼老女もやがて身を起、腰をのしつつ笈を背おひ、笠をたづさへ竹杖をつき稲村が崎の方へ去ぬ」（三）。指先が蛇となったと因果話を語る老女は更級であり、京伝が演劇的な仕掛けを施していることが予想される（悪しき指が蝶になるというのが作品イメージかもしれない）。

更級の生んだ子供を引き取ったのは鎌倉小動の駕籠の塵兵衛だが、大金が盗まれると、その背後が調べられる。「塵兵衛を押伏せて、両手を背《そびら》へねぢかへせば、娘はかなしく走りより、のうゆるしてとささゆれば…背後《うしろ》にありし方燈《あんどう》とともに、撲地《はたと》かしこへ倒けり」（四）。盗まれた軍用金弁済のため塵兵衛の妻の連れ子、小蝶は身を売り遊女の吾妻となる。

塵兵衛の養子は動之助と名乗り、玉兎之助に仕えていたが、玉兎之助が恋慕する白拍子の都が殺される。「背後《うしろ》あはせにつきあたれば、いそがはしく身をひるがへして、阿吽の呼吸を心あてに、めつた切に切刀、おぼえず互に打あはし、丁々しとと切むすぶ」（五）。これは軍用金を盗んだ曲者と白拍子を殺した浪人が斬り合うところであり、「背後あはせ」が緊張感を高めている。

山咲庄司の息子、余吾郎は遊女の吾妻に恋慕する。「担《に》をおろして母の背後《うしろ》につい居つつ、はづかしげにさしうつふきて詞なし」（六）。因果話の老女を母親に仕立て、その「背後」に控えているのが油売り姿の余吾郎である。余吾郎は、二つの蝶に不吉さを感じる吾妻の「背を撫捺さすりて」労っている。船尾賀堂左衛門と張り合って金を使い果たした余吾郎のために、名刀を売った家来の南方十字兵衛は自害してしまう。客を取らぬ吾妻は雪責めされるが、何者かに「ものをもいはず背におひて」助け出される（八）。余吾郎は「背中をさすりて」労るばかりである。余吾郎は「背後《うしろ》」から「気ちがひ」と呼ばれながら、名刀を探し求める（九）。

白拍子の都を殺したのは、竹右衛門と名乗る余吾郎の異母兄、余字兵衛である。主君の玉兎之助を守るためであったが、都の幽霊に祟られている。「すつくり背後《うしろ》の方に、緑の髪をふり乱し色青ざめたる女の幽霊、髣髴とあらはれ出、竹右衛門を外眥《まじり》にかけてさも怨めしげなる顔色なり」（一〇）。この「すつくり」が印象的である。都に小指を食いちぎられた竹右衛門は、後に俳諧師の山咲窓閑となる。吾妻を背負って逃げたのは、この余字兵衛である。奉公人の露助は都の弟、その妻お関の兄、二見鰊松が堂左衛門であり、塵兵衛のところから大金を盗んだ犯人であった。

自害した十字兵衛の息子、余兵衛は「抜躬《ぬきみ》を背後《うしろ》にかくしていそがはしく」借金返済の猶予を商人に訴えているが（一二）、突然の雷鳴に救われる。背後で黄金が降ってくるからである。吾妻が手に入れた名刀のおかげで、余兵衛は家の再興がかなう。「庄司が背後《うしろ》を伏拝み、感激の涙に」くれているのは余吾郎である。

觜元渋右衛門と名を改めた塵衛門は何者かに射殺されてしまう。動之助は修行者に扮し養父の仇討ちに出て、越中蛭牙山の麓に立ち寄る。「此背後《うしろ》の岩陰にしのぶべし、よき時分これを吹て合図を」と昼狐の髪四郎は篝火に言い寄るのだが（一五）、篝火が「背後《うしろ》ながらによりそひて、いとはづかしげに」言い寄るのは動之助のほうである。二人は石の枕で結ばれる。養母の雲根に殺されないように、篝火は髪四郎を誘い込み、その間に動之助は「包を背負て」脱出する。前面を照らすのは蛍砂と夜光石だが、「忽背後《うしろ》の方に磬石の音ひびく」空間で事件は起こったのである。「背後」に導かれて辿り着くのは篝火の正体であり、塵兵衛を殺した閑作の正体である。

鵜飼の閑作のもとを訪れた雲根は、あたりに漂っていた香気のせいで「家の背後《うしろ》にめぐり去」。雲根は更級の後の姿であり、動之助の実母である。息子の焚いた香気に気づいたのである。そこには心太商人が来合せる。「或背後《うしろ》さまに突て肩を越させ、或突て股をくぐらせ、或は突上て落る処を箸をもて挟みなどし、いろいろさまざまに曲を尽して見せければ…」（一六）。この心太商人の舞踊は、そのまま「抜刀を背後《うしろ》にかくしてねらひより」という凶行に至っているが、舞踊から凶行への移行は見事であろう。

動之助は閑作が養父の仇であることを知る。しかし、それは実父の貞直であった。「修行者は隙間を見て、背後《うしろ》抱にむずと組を、腰をひねりて振ほどき、襟首摑てうごかさず」。貞直は渋右衛門を動之助の養父とは知らず殺したのだが、自責の念から自害する。「万夫不当の勇将も、恩愛といふ大敵には、背後《うしろ》を見せて泣居たり」。誰もが恩愛に対しては無防備にならざるをえない。篝火は貞直の娘ではなく、鷹に攫われた庄司の娘、小雪であった。「恋の重荷を身に負て」石の枕で結ばれたのも過ちではなかったことになる。だが、動之助も貞直も更級も自害してしまう。京伝は背負うことを放棄したかのようだ。

自序で京伝は「此草紙を婿をたづぬる嬪にたとへて見るに、絵は則《すなはち》顔姿なり。作は則意気なり。板木彫は紅白粉なり。摺仕立は嬪入衣裳なり。板元は親里なり。読でくださる御方様は壻君なり。貸本屋様はお媒人なり」と述べているが、この低姿勢ぶりは馬琴と正反対のものであろう。馬琴の場合、作者と作品と資本の間に激しい緊張関係がみられるからである。蝶々の軽やかな動きが京伝の持ち味であり、軽薄で変幻自在である（馬琴の『糸桜春蝶奇縁』のほうははるかに堅固で形式的といえる）。

短編読本の確立は庭鐘、秋成によるが、中編長編の読本を確立したのは京伝、馬琴である。それは背負うという形象と密接に結びついている。背負うことで読本は中編化長編化しているようにみえるからである。明らかに背負う形象を馬琴は京伝から引き継いでいる。しかし同時に、それは京伝と競い合うことを意味する形象でもあった。競い合うことで、両者は何かを交換し合っている。

たとえば、京伝と馬琴の読本の共通点として指の切断を挙げることができる。それが書くことの不安と関連しているのではないかという点についてはすでに述べた。もう一つ京伝と馬琴の読本の共通点として盲目のテーマを挙げることができる。おそらく盲目は崇高に通じている。表象不可能なものに触れることが盲目だからである。『優曇華物語』で「かれもし盲目とならば、復讐のかひなかるべし、盲人を打て仇を報るは本意にあらず」と語られているが（第二段）、盲目になるとは制約から解き放たれることであろう。自然災害も蛇も龍も崇高にほかならず、実は目に見えないものである。京伝と馬琴の読本で頻繁に轟く雷もまた表象不可能なものを示している。雷鳴が轟き、盲目となる、それが読本というジャンルなのである。

指、雷鳴、盲目の先達はもちろん上田秋成にちがいない。秋成の読本にも背負う形象がみられるが、そこには笑いがあり軽快さがある。「頭に紺染の巾を帔《かづ》き、身に墨衣の破れたるを穿《き》て、裹みたる物を背におひたるが…なあやしみ給ひそといふ。荘主《あるじ》枴を捨て、手を拍《うつ》て笑ひ…」。この「青頭巾」で重要なのは背負っていたものではなく、被っていたもののほうである。「目ひとつの神」における「袋とりて背におひ、ひくきあしだ履て、ゆらめき立たるさま」も飄逸といえる。「人なれど、妖に交りて魅せられず、人を魅せず」と続くが、この毅然たるさまは秋成にふさわしい。逆に、あまりにたやすく魅せてしまうのが京伝の限界なのかもしれない。

文化五年本「樊噲」の父親は軽い印象であり（「やらじ、やらじとて、背に追ひつきてぶらさがりたれど、事ともせず、父をうしろざまに蹴て行く」）、樊噲は重い荷物を厭っている（「空しくば人の宝取らん、数多くは煩はしとて納めず。ともにわら苞にして、背に負ひて行く」）。典拠に縛られることなく蹴り倒す秋成の姿を見るかのようである。浮世草子の気質物に分類される秋成の『諸道聴耳世間狙』には「嬶は大森に出くわした楠の亡魂のごとく背中からわめき付」とあって賑やかだが（一の二）、「善次郎を脊に負て闇路をとぶがごとくにはしり行」ところはまさに読本の世界に近い（五の二）。

西鶴の浮世草子における「背」の用例は非常に少ない[5]。『好色一代男』巻七には「しべ箒にて禿《かぶろ》に背《せなか》をたたかせ」る遊女の姿、『武道伝来記』巻六の四には「心もとより我《わが》背中迄、貫て死したり」とある武士の姿がみえる。「うるさき女」の表裏、男同士の心中を描くのが西鶴の文体といえる。しかし、『嵐無常物語』下巻の「抱てねるがいやならば、せなかに成とも、ねさせてくださりませい」という一節によれば、背中は二次的な役割しか担っていない。『諸国ばなし』巻五の五では「背中に鍋炭の手形」が犯罪の証拠となるが、夫婦は死ぬほかない。『日本永代蔵』巻二の背美鯨は巨大な資本の形象である（「千味《せみ》といへる大鯨、前代の見始め、七郷の賑ひ、竈の煙立ちつづき、油をしぼりて千樽の限りもなく、その身、その皮、鰭まで廃《すた》る所なく、長者になるはこれなり」）。同じ巻の「かかる浦山へ、馬の背ばかりにて荷物を取らば、万《よろづ》高直にして、迷惑すべし。世に船程重宝なる物はなし」という一節によれば、船は「馬の背」に代わって物資を流通させる「背」なのである。

近松についても触れておきたい。西鶴に比べると近松における「背」の用例は多様である。「面向不背の玉」、あらゆる面から見ても背くことのない『大職冠』の玉こそ近松の理想とするものであろう。「熊主が背骨はつしと折れ」、「入鹿をはたと蹴倒し背骨《せぼね》にどうど乗掛か」るのは裏切り者への懲罰にほかならない。『天神記』には「目だに覚めたら背《せな》にきつと背負ふて、ののへ参らふ参らふ」と歌う場面があるからこそ、「背《せなか》に産子を負ながら」殺された女の悲劇が際立つのである。

「今日の逢瀬は背中《せなか》同士泣くより外のことはなし」と語られるのは、近親相姦を犯したと思い込んだ『津国女夫池』のカップルである。『信州川中島合戦』の使者が「荷造り背中《せなか》に負はせ」て帰されるのは、「親の許さぬ妹背の中人目を忍ぶ者」の関係があるからにほかならない。『関八州繋馬』は「蜘の背《せ》にまたがつて動かせず」というところで最後を迎える。

「千はやふる御威勢、背《そびら》に千箭の靫と五百箭の靫を負ひ…」と勇壮に始まる『百合若大臣野守鏡』は、むしろ武具の冷徹さを厭う作品といえる。「具足とやらいふ物を手に触れたは今が初、堅い冷たい強ばつたどこから肌へ手を入れふ、背中搔くにも掻かれまい」と語られるからである。『丹波与作待夜の小室節』における「お乳の人の背中をとんとんとぶたしやんして」機嫌を損ねる姫君と『女殺油地獄』における「肩骨背骨うんうんうんと踏み付くる」放蕩息子は共通する言語形象を有している。『平家女護嶋』における「背中に潮をきよめの垢離、法皇を肩に負ひ奉り、足に任せて落ち行きける」有王の姿や『女殺油地獄』における「父親肩車《くま》に、のりの教へも一つは遊山、群聚をわけてぞ急ぎける」姿は、『開巻驚奇侠客伝』の先蹤にちがいない。

そのほか浄瑠璃に目を向けると、『芦屋道満大内鑑』第二には「六の君の御手を引キちり打チはらひ、せなかさし向ケ負《おい》奉り、足に任せて一さんに行キ方タ、知ラらず成リにけり」とあり、『菅原伝授手習鑑』第一には「恥を背負て帰りける」とある。『義経千本桜』第三では「包背負《せおひ》、御縁あらば重《かさね》てと、いふて其場を行過る」とあって取り違えが起こる。京伝や馬琴は時代浄瑠璃に学んでいるのであろう。『義経千本桜』道行には「おくればせなる忠信が旅姿、背《せな》に風呂敷をしかとせたらおふて…」、『伽羅先代萩』道行には「建立箱背《せな》におひ」とあり、道行の一つのスタイルともいえる。『絵本太功記』尼ヶ崎の段には「風呂敷キ背にいつきせき」とある。(6)

二　合巻・人情本・滑稽本との比較——読本の特質

ここでは、まず柳亭種彦の合巻『偐紫田舎源氏』（文政十二年〜天保十三年）について検討してみたい。なお、本作品については別稿「江戸時代の源氏物語」（『解釈と鑑賞』二〇一〇年一〇月号）で論じたことがある。引用は新日本古典文学大系による。

次の場面は空蝉巻に相当する。「川次郎が様子を見れば、そちが母の空衣《からぎぬ》も、此辺りに臥したるならんが、たとへ母が聞いたりとも、主なき女にその主が、慕ひ寄るのをあながちに、不義者なりとも叱るまじ、さアさアどうぢやト背《せな》うち叩き、いよいようちとけ給ふ…」（三下）。光氏が空衣の継子に話しかけるところだが、うち叩く軽快さが印象的である。古典の背を叩き親しむこと、それが種彦の姿勢なのであろう。

次の場面は紅葉賀巻に相当する。「愛嬌は溢るるやうにて、尻目にこなたを見やりながら、光氏の今朝よりして、訪れざるをうち腹立ち、背《せな》さし向けて物をも言はず」（一一上）。紫の君は背を向け拗ねている。「障子を一間おし開けて、それに背中《せなか》を凭せ…片撥の音色仄かに、弾きゐたるは水原なり」（一一下）。楽器を演奏しているのは源典侍に当たる水原だが、そちらに関しては愛らしい「せな」という語が用いられていない。

次の場面は関屋巻に相当する。「空衣は恐しく、誰も居らぬか居らぬかと、呼ぶにも声の出でやらず、身を揉みあせる背《せ》をほとほと、打ち叩いて、母様母様、お魘されあそばすと、揺り起こすのは村萩なり」（二六下）。川次郎の亡霊に迫られるところだが、空衣のまわりでは背を叩く仕草が繰り返されているのである。

次の場面は薄雲巻に相当する。「此膝に、もたれて眠るを御覧なされ、寝かしてやれの仰せが出て、抱いて寝てやる時ばかり、私にはあやまります、と背《せな》打たたき顔うち眺め、かれも愛するその様…」（二八下）。明石姫の遊び相手の素性が語られるのだが、軽く背を叩く仕草が印象的といえる。

次の場面は常夏巻に相当する。「仰せに皆々はつとばかり、お受けはすれどこれぞとて、聞えんことも覚えねば、涼しき手摺へ背《せ》を押し向け、慎みてこそ居たりけれ」（三五下）。光氏は暑さを避け水辺で涼みながら、若者たちを集め高直の様子を探り出そうとしている。愛らしい「せな」という語は用いられていない。

次の場面は行幸巻に相当する。「氏仲は、小毬が背《せ》をうちさすり、涙に暮れておはししを、光氏は目で止め、昔今の物語、集め聞えてさまざまに、小毬が気を慰め、やうやうに歎きを止め…」（三七上）。光氏の息子が祖母を慰めているところである。

次の場面は真木柱巻に相当する。「うち背きたるその姿、小さやかなる生れの上、年ごろ悩みに痩せ衰へ、手足はなほさらかぼそにて…」（三九上）。汜廉と玉葛の噂を耳にした賤機が、夫の汜廉に対して不満を口にしているところである。汜廉は鬚黒に相当し、蛍宮に相当するのは正尚である。「こなたの方に背《せ》をさし向け、つい居し女の風俗は、玉葛によく似たり。此頃噂を聞きたるが、さてはそれかと目をとむれば、袖の香もその傍らに、ありて何やらうち笑ひ、こなたに心づかざる有様」（四〇）。玉葛が汜廉と結婚してしまい、正尚が目にするのは、その後ろ姿ばかりである。

このように、種彦の合巻に背負う姿はほとんど見当たらない。[7]「唐櫃」も「袱包」も出てくるが（第二編、第二三編）、それらは何ら活発な動きを示していない。『邯鄲諸国物語』近江巻（天保五年）には「背中叩けばつんとして」とあるが、それが種彦による署名にみえる（引用は家庭絵本文庫による）。

『馬琴草双紙集』（叢書江戸文庫）などを見る限り、馬琴の黄表紙や合巻においても、背負う形象はほとんど出てこない[8]。したがって、背負うとは京伝を引き継いだ読本に特有の形象といえる。いかに多くのものを背負っているかがテクストの豊かさだとすれば、それが稀薄なテクストは退屈である。為永春水の人情本には、そんな批判が当たるのかもしれない。まず『吾妻の春雨』（天保三年）をみてみよう。源次郎と恋人おみつ、おまさを描く。

おみつは泣出しわつと一こゑくるしげに身をもだゆれば、ゆりおこすおまさはおみつが脊《せなか》をなで…
（引用は古典文庫による、『吾妻の春雨』初編中）

アレこわいよト抱きつく。源次郎もしつかりと、ひざにかかへて脊中をさすり、なに遠くだからこわくはないよトいへどおみつは物いはず…　（初編下）

背中をさするところが印象的である。東海道で大男が「かわいそうにどれどれおれが脊肩《おぶつ》てやらう、と近よれば、お満ははつとびつくり」しているが（二編中）、危うく助けられる。「かくまで身をしたはるる心の程のうれしさは何にたとへんものもなく、おみつが背中をさすりつつ、イヤハヤとんだことがあれはあるものだ…」と源次郎が慰めている（二編下）。「梅暦発端」と記された『春色恵の花』（天保七年）にも「半次郎は気のどくになり、右の手にてお糸が脊中をさすり…」とみえる（第四回）。

次は『春色梅児誉美』（天保三・四年）である。丹次郎に惚れたお蝶、米八、その姉の女髪結お由を描く。

…ト梅次と米八へ一度にあいさつして、二階を下《をり》る。丹次郎もつづいて上り口へ行《ゆく》を、米八はうしろから背中をひどくつめり、眉毛をあげてにらみながら元の処へすはり、はやくお帰り、にくらしい…

消《きえ》て除《のく》寒さもありて梅の花、開くや笑《えみ》の眉のあと、春の霞の青々と、蕾の花に猶まさる、お由の側へ寄添て、背中をさすりながら…

（引用は日本古典文学大系による、『春色梅児誉美』巻四第七齣）

（巻九第一七齣）

二階への上り下りが春水らしさといえるかもしれない。そこに背中をつねったりさすったりする世界が出現するからである（媚態を示す「眉」が強調される）。お由、此糸、米八、お蝶、すべてが姉妹同然の世界といってもよい。ただし、丹次郎の騙された挿話だけには読本的な活劇が見て取れる（「いづれまた明朝までに此方へ参ります、ト風呂敷脊負ひ、出かける門口、お蝶が方をたづねつつ、爰へ来かかる丹次郎、五四郎と突当り…」巻一〇第一九齣）。次は続編に当たる『春色辰巳園』（天保四〜六年）である。丹次郎をめぐる恋敵、米八と仇吉を描く。

そりやアそうとおめへ二階へ行ねへかナ、アア、ト立かかりて、何か増吉が耳にささやく、ウウしようちしようち、さふか米八さんのか、そうか、おいらアはじめて見たヨ、イイ男だの、ト仇吉が脊中を一ツたたく…

（引用は日本古典文学大系による、『春色辰巳園』巻二第三回）

腹立まぎれに立出る、帯背《おびせ》をとつて仇吉が、うしろの方へ引手《ひくて》をば、二足三足小戻りし、払ふ手前《てさき》は米八が、さそくのはづみするどくして、よろめく仇吉爪づく米八…

（巻七第二條）

跡には静に米八が、仇吉の側へすり寄、仇さん、さぞ私《わちき》が今のしうちを、出過た仕方とお思ひだらふが堪忍《かんに》してマアお聞ヨ、そして、たんとせつないかへ、トそろそろと脊中を撫て…

（巻一一第一〇條）

『辰巳園』巻九第五條に「女八賢志といふ絵本を、狂訓亭《さくしや》は丹誠して、八犬伝といふよみ本にならつて、その始末《すじ》に似ないやうに、そのおもむきの似るやうにと、大ぼねをおつてこしらへたら、八犬伝に似せてかゐたと言て、わるく評判する看官《けんぶつ》があるといふが、作者はおなじ事にならねへよふに、おもむきの似る様に似る様にとこしらへる苦心をおもはねへで…」と記す春水は、馬琴とは異なるものを狙っている。帯背を取る意気地もあるが、それは意志的に背負う世界ではなく無意識に背中を撫でる世界である。だからこそ、幼児を「脊中におひし一人の女」が登場すると作品は閉じられるのである（巻一二第一二條）。それは丹次郎の種を宿したまま消息を絶っていた仇吉にほかならない。仇吉が地獄の夢を見るところは京伝の読本のようだが（巻一〇第八條）、母になる兆候だったといえる。

次は「梅ごよみ拾遺別伝」と記された『春色英対暖語』（天保九年）である。岑次郎に惚れたお房、紅楓（お粂）、宗次郎に惚れた柳川（お柳）、増吉を描く。

…ト笑ひながら、脊後《うしろ》を見せてやうやうに寝入りし様子、岑次郎は倩《つくづく》と、お房の言葉を考へ見るに、白昼《ひる》はなれ座しきにて、紅楓《もみぢ》と内々物がたりをなして居たるを、風呂より上りて庭に立出《たちいで》、障子越に透見《すきみ》をせしものなるべし…（引用は岩波文庫による、『春色英対暖語』巻七第一四章）

…他人《ひと》が私《わちき》に脊後指《うしろゆび》をさして噂をするから、何卒《どうぞ》その人達の皃《かほ》を、見返す様にしたひと思ひ込で、お前に話すのだはネ…（巻一三第二六回）

岑次郎に対するお房の気遣い、宗次郎に対する柳川の気遣いがうかがえる。そこには意気地が潜んでいるのであろう。宗次郎が襲われるところは読本ふうだが（「脊後《うしろ》にかかりし一人が、何とかしてや足をすべらし傍《かたへ》の溝へ踏込ながら、猶も帯脊《おびせ》を放さぬ強気《がうき》、宗次郎は一生掛命、逆業ながらも脊後《うしろ》の方を突ば…」巻一四第二八回）、増吉母子のもとに逃げ込んでいる。それは同衾する二人を気遣うような母の世界である（「アイ、の返事を脊後《うしろ》に聞て、裏口いづる母親の、洒落たる慈悲といふべきか」巻三第五回)。

次に「梅園英対の拾遺」と記された『春色梅美婦禰』(天保十二年)をみてみよう。岑次郎に惚れたお房、お京、判次郎に惚れたお園、此糸を描く。

お脊中をさすりませう、ト岑次郎の脊後《うしろ》へまはり肩へ手をかけ、身をすり寄せて、脊《せな》を撫にかかる。

(引用は岩波文庫による、『春色梅美婦禰』巻二第三回)

それじやアお園さん、早く来てお呉なせへヨ、ハイ只今直《すぐ》に上りますヨ、トいふ声脊後《うしろ》に聞なして、がやがや騒ぎ出て行《ゆく》。

(巻八第一六回)

…膝へすがり付、身をふるはして泣入れば、判次郎はお園の脊中を撫て介抱をしながら…

(巻九第一七回)

お粂とお房の夢に魘された岑次郎をお京がさすり、身を震わせるお園を判次郎がさすっているが、ここにあるのは、ひたすら背中を撫でられる世界にほかならない。「其身《てめへ》こそ此身《おゐら》を先へ歩行《あるか》せて、ぶるぶるふるへながら此身が脊後《あと》に跟《つい》て来たじやアねへか、ハハハハ…兎ても脊後《あと》のほうへは帰られないから、狼に誤《あや》まつて通らうと相談極めて…」という場面は、狛犬を狼と見間違えただけであった(巻七第一四回)。「脊後」が強調され活劇の気配が漂っても、何事もない。お粂も無事であった(「憎ひ女《あま》だア、盗人めが、ト言ながら欠出《かけだ》し行《ゆく》、脊後《あと》見送りて壮年等《わかいしゆたち》が、娘を隠せし路次に入《いり》、小声になりて信切に…」巻一一第二一回)。『春雨日記』(天保六年)の第五回には「兼吉はもどかしくお春を脊中にしつかりと脊負ひてはしる」とあるが、堀に落ちて頼りにならない(引用は古典文庫による)。

次に『春告鳥』(天保八年)をみてみよう。これもまた背中をまさぐる作品である(「コウ脊中をかいてくんな、コレサ袖から手を入れてヨ、ハイト左りの手を、鳥雅の脊中へまはして、ならぶ姿、看《みる》ものあらば羨しかるべし」巻三第六章)。他愛ない笑いの世界といってもよい（「脊丈《せい》が届かねえから、座敷の双六盤を、ふみ台にしたのかへ、ホホホホ、ホホホホホ、ヲホホホホホ、果《はて》は三人笑ひとなり…」巻四第八章）。主人公の鳥雅はお民（芸者お花）と結婚するが、「第一祖母の慈愛にて、貰はんといふ嫁を違背もならじ」というように、すべては祖母の権力が支配している（巻一五第三〇章）。興味深いのは、次のような登場人物である。

風呂敷包を脊負《せおひ》し小僧、摺違《すれちが》ひしが立ちどまり、過行《すぎゆく》唄女の後影、倩《つくづく》と見送りしが、後を慕ひて唄女《げいしや》の帰り宅まで見とどけ…（引用は日本文学古典全集による、『春告鳥』巻七第一四章）

隔てられたる朧月、小僧は脊負ひたる風呂敷を、大事にかけて、ちやうちんの、消たを其儘、くらやみを走りて去れば…（巻一二第二三章）

風呂敷包を背負う小僧は階級的なキャラクターにほかならない。「近来の流行《はやり》ことばに嫉妬をやくことをじんすけといふことは、遊所《ゆうしょ》の隠しことばなりしを、今は荒麻《さいみ》の風呂敷を脊負つて使にありく上出店《おたな》の小僧の詞となり…」（巻九第一七章）という一節によれば、風俗小説の作者はそれにふさわしい階級的視点を備えているからである。

次は『春色袖の梅』（天保八年）である。

小僧の背負風呂敷包を取《とり》にかかれば、小僧は其手にしがみ付て、声を上て放すまじと争そふを、彼《かの》大男はさも怖しき顔色にて、腹立しく小僧を其所へ打倒し、風呂敷包を引たくり、背後《あと》をも見ずに欠出《かけいだ》す。お稲は呆れて言葉も出ず。（引用は古典文庫による、『春色袖の梅』一七回）

さて、お稲と小僧は盗まれし包の中の物は僥倖《さいわい》に助力《たすけ》の人の蔭にて取かへしけれども、金を入《いれ》たる懐中ものはかへらざりしを、詮方なき事とおもひ、又怖気《こはげ》だちて其場を去りけるに、三四丁ほど過て背後《うしろ》を看れば、娘と侍は近く来り…　（同）

「背」が出てくるので、かろうじて責任の意識を探ることができる。『春色袖の梅』は読本の伝奇性を取り入れた人情読本とも呼ばれるので、読本に近づいている。同じく人情読本とされる『春色恋白波』（天保十・十二年）にも、「源五郎の後背《うしろ》をつけて伺《うかが》ひ行《ゆく》とも、神ならぬ身は露ほども知らずして…」という活劇的な場面がみられる（第一二回）。しかし、「背後《うしろ》姿に見惚《とれ》て、お客の来たのも不知《しらず》に居る」という陶然たる姿こそ春水の持ち味であろう（第一回）。「今は背負《せおひ》て歩行《あるき》かね、荷を持《もつ》ものを二人まで供に連《つれ》…」と記された主人公の姿には代作者を抱えた春水の余裕がうかがえるかもしれない（第一〇回）。

『花名所懐中暦』（天保七・九年）の「振袖で京都《かみがた》舞子のように衣裳皮籠《つづら》を供の者に脊負《しょハ》せて座しきへ出してへのだけれど…」（第一〇回）というのも、そんな余裕の言葉であろう。「顔ハ温くなつたけれども脊中の方ハかへつて今さむく成ましたハ、ドレ温てやらう」（第一八回）。一人で背中を温めることはできず二人で背中を温める、これが春水の世界である（引用は人情本選集による）。

さて、春水が師事した式亭三馬の滑稽本もみておこう。「あついといへば水をうめ、ぬるいといへば湯をうめる、お互に背後《せなか》をながしあふたぐひ則《すなはち》信也」（文化六年『浮世風呂』大意、引用は新古典大系による）。滑稽本において無意識は背負われたり抱え込まれたりすることなく、洗い流されてしまう。「サアお撥《ばち》さん、脊中《せなか》を出しなせへ、トあらひかけ」（二編上）、「背中をこすつてやらうから、跡でおれが背も引ツこすりやがれ」と啖呵をきるのである（二編下）。「コウコウお雪さん、おまへは脊《せい》が高いから、先駈《さきだち》ぢやア見つともねへ、中央《なかだち》にお並び」と子供を叱る威勢のいい声が流れてくる（四編上）。

「雨でづくぬれになつたアから糊目が、べヱろべろ離て脊筋《せすぢ》へ裏地が出た」（文化三年『戯場粋言幕の外』上）ところを見ると、背中が流される必然が理解できるだろう。「お前の背中は猫背中だから、鼠の糞のような垢がよれます」という『賢愚湊銭湯新話』（享和二年）の一節は『浮世風呂』にそのまま取り込まれており（二編上）、京伝が三馬の先駆者であることを証明している。だからこそ、「チヨツ、はづみになつて高い物脊負込《しょひこん》だはい、あほらしい」と愚痴るのであろう（四編中）。「負《おぶっ》た子より抱《だい》た亭主だはさ、脊は腹に換《けへ》られねへ」とある通り、背よりも腹が大事らしい（二編下）。

文化十年『浮世床』二編上の冒頭には「浮世床に会《つど》ひ居る人々、背門《うらぐち》なる小牕《こまど》より、隣の家をさし覗けば、巫女《いちこ》は、市女笠あがりくちにとりおきて、正坐になほり、裏包おのが前にひかえて、目を閉ぢ、洟《はな》うちかむいとまには、舌もて脣を嘗まはし、梓弓ひきもきらず、何やらん呟《うめ》き居たり」とあるが、洗い流された無意識はこんなところに蟠っているのかもしれない。瀧亭鯉丈の手になる『浮世床』三編上では「心なく障子へよりかかり居る所を、外より、ぐわらりと明ければ、脊中ハはづれて、あをのけに外へたふれる」という不注意ぶりが描かれる。

『腕雕一心命』（文化七年）では「背中に目が無くて仕合せだ」といって勝手に彫り物が現れたり消えたりする。彫り物の人物はあたかも水風呂でもあるかのように背中に「飛入る」のである。「あるときは出来合の三味線弾《つるかぢり》となり、ある時は箱を背負つてお供などといふ、しがなき七役を勤居る内、あつちこつちの引ぱりで野幇間同然の境界」と記す『古今百馬鹿』（文化十一年）は滑稽本にふさわしい気楽さを示している。『阿古義物語』では「炙背《ひなたぼこり》しながらながめ居たる…」と京伝や馬琴に学びつつ（前編二第三齣、文化七年）、「忽地後に人ありて、背《そびら》よりしかと抱き留むるを、誰ならんと顧みれば、是れ別人にあらず…」と読本的な活劇が仕組まれている（後篇一第一齣、文政九年、春水による補綴）。

十返舎一九の滑稽本はどうか。(9)『東海道中膝栗毛』（享和二年～文政五年）をみてみよう。「サアそんなら、おぶさりなさろ、トせなかをいだす」盲人に背負われ、川の中で北八は放り出されているが（三下）、背負ったりする責任はどこにもない。「コレ背中《せなか》をながして下せへといつたら、ハイとこいて六十ばかりのばばアめが、たはしをもつてきやアがつて、おせなかを、あらひませうかとぬかしやアがる」（五上）。滑稽本において背中は流すためにある。「米櫃背負《しょっ》て出でざれば、鼠追ふせはもなく」（六上）、何一つ背負うことのない無責任な旅が滑稽本の持ち味であろう。「おうしろへまはつて見よふ、ヲヤお背中に窓があいてゐらア」と京都の大仏に無邪気に驚き（六下）、「きた八、手めへのきものを見や、背中のよこちよに、大きな紋所が、くつついていらア」と古着屋に容易く騙されてしまうのである（七上）。背負っているものがあるとしても、ほんの少ししかない（「少しの包を脊負来るが詞をかけて…」『続膝栗毛』四下）。

ちなみに洒落本『傾城買二筋道』（寛政十年、三馬序、谷峨作）は遊女にふられる醜男を「脊中に縁のある顔」としており、洒落本が背中を回避するジャンルであることがわかる。

以上、背を叩く合巻、背を撫でる人情本、背を流す滑稽本をみてきた。それに対して、読本は背負うジャンルといえるだろう[10]。それぞれ有益な先行研究が備わるが（『人情本事典』〈笠間書院、二〇一〇年〉『読本事典』〈同、二〇〇八年〉など）、ここでは「背」の身体形象というミクロな視点から文学史を捉え返そうと試みたわけである。最後に馬琴の中編読本を、「背」を主題とするテクストとして読み解いてみたい。

三　馬琴の中編読本を読む

『月氷奇縁』（文化二年）――兄妹の結婚

兄妹の結婚を描いた本作品では、「背」が重要な働きをする。「玄丘と号す、背《うら》に蘭菊を鋳たり」という鏡が登場してくるからである（第二回）。そこに「分鏡《いもせ》の契り」と表記されている点に注目してみたい。猿が人を模倣するのも、鏡に導かれているのではないか。「手を抗げて猴をまねけば、猴もまた手を抗て人を招、倭文《しづへ》これを見て心に一計を生じ、身辺《こし》の中刀《わきざし》を抜きて、仮にその指を切るかたちをなして見せければ、猴も又かの白刃をもてみづからその指をきるに、忽地《たちまち》指三ツ二ツ刀にしたがひて班々《はらはら》と墮《おつ》」という場面は印象的であろう（第五回）。

兄妹が夫婦になる、そのトリックが本作品の眼目にほかならない。倭文が兄だと告げる「背影」を見送った玉琴は「言語同断《おもひきや》兄弟夫婦にならんとは、天上月老も頼み難く、地下の氷人も何かせん」と嘆いているが（第六回）、重要なのは天上でも地下でもなく平面だといえる。確かに、熊谷倭文も玉琴も三上和平・祖女夫婦の子供と位置づけられる。しかし、倭文は永原左近・唐衣夫婦の息子、源五郎である。二人は義理の兄と妹であるにすぎず、実は結婚可能なのである。

「鏡の影へだつらむ」は結婚不可能の歌だが、その「短冊の背《うら》」には「妹が待ちつつあらむ」という結婚可能の歌が記されている（第八回）。裏返すことで、不可能が可能になるのである。それとともに井戸の中から鏡が再発見される（「背面《うら》に玄丘の両字あり」）。結婚すると盲目となった倭文も回復するが、[11] それも鏡の効果なのかもしれない。裏側が不透過になっているのが鏡の原理だからである。見えなかったものも裏返すと見えてくる。

『石言遺響』（文化二年）——姉弟だけの家族

本作品の姉弟は父母との関係が薄い。万字前に騙された日野良政は、妻子を捨ててしまうからである。家来の主税は月小夜とともに子供たちを連れて逃げる。「とくいそぎ給へと促せば、主税《ちから》は小石媛を脊《せなか》に負ひ月小夜は香樹丸を懐に抱きつつ、暇乞さへいひかねてなくなく走り去給へば、主計介遙に後影を見おくりつ」（第四編）。こうして背負われていた小石媛も成長する。「弟の脊《せなか》を丁とうち、目覚し給へ香樹丸、何程昼の労れありとも、父母の御為にもと、苅たる萱は把ねもやらず、まだき甲夜《よひ》より睡れるは、こころ鈍《おぞ》やと叱られて、香樹丸は回答《いらへ》もせず、只潜々《さめざめ》と泣給へば…」（第五編）。いまや姉が母のように愚鈍な弟を鼓舞しているのである。

諸国修行の旅に出てしまう母親も、子供を捨てたといえる。代わって子供たちを育てるのは家来の主税すなわち春木伝内だが、影は薄い。伝内と結婚した小石媛は殺され胎内から赤子が取り出され、その埋葬場所からは砂金が取れるのだが、すべて小石媛単独の力にみえる。

伝内の仕事は玉琴とともに赤子を養育することであり、砂金で鐘を作ることである。赤子の誕生自体にかかわっているようにはみえない。隈高業右衛門は盲目の息子、八五郎を殺し、鏨（万字前）は娘の枝折を殺してしまう。本作品に描かれているのは、父母とともに生きる子供たちの姿ではない。父母から切り離されて孤独に生きる子供たちの姿である。なぜか父の良政も母の月小夜も無傷なのである。馬琴小説において重要な施餓鬼の場面が出てくるが、その意味で「石言遺響」の響きは馬琴小説のいたるところに鳴り響いている。

『稚枝鳩』（文化二年）——蛇、鷹、馬

本作品は動物に導かれた作品といえる。まず両頭の蛇が出てくる。娘は不吉な蛇をすぐさま殺してしまうのだが、地震が起こるのはそのせいではないだろうか。蛇は大地に属する生き物だからである。娘の名前を息津という。次に出てくるのは鷹である。「愛するところの鷹それて行かたをしらず、抑《そもそも》この鷹はその脊《そびら》雪より白く、その腹うす墨のごとくなれば、これを時雨鵃《しぐれがへり》と名づけて主君の鍾愛よのつねならず」（巻一）。主君鍾愛の鷹がいなくなり、それを探すのが楯縫所大夫であり九作である。

「鎌倉鍛冶が判《きたひ》たる鏃の、五分鑿ほどなるを束て脊《せなか》に負び、頻藤の弓のよく手狎たる真中を握り、所《しよ》大夫とともに天城山にわけ入て、彼鷹をぞ索ける」（巻二）。こうして九作が鷹を捕らえたので、所大夫は九作の娘である息津

を息子、勇身の嫁にする。

「むかし腰越の地震《なへ》に、わが夫婦二人の子どもを脅おひ、からうじて鎌倉まで迯《にげ》のび…」と福六は地震の際に、九作の息子、呉松を連れて逃げたことを語っている（巻三）。呉松は福六の娘である音羽と夫婦になる。

勇躬は指に傷を負ったことから、盗みの疑いを受け獄中で亡くなる。本当に盗んだのは弾八であった。「おき津はやくその身をひねれば、木工七が刀いたづらに空を切り、ちからあまりて長《おさ》が上に倒れかかり、菜刀それてその背《せなか》を截割ば、長は噫《あつ》と叫て斃く…」（巻四）。こうして息津は弾八を討ち取るが、その際、茶挽の長という老婆も巻き添えになっている。

最後に登場するのは馬である。「背《そびら》は龍に異ならずして、四十二の辻毛巻て背《せなか》に連り、毛の色は雪より白く、蹄は鉄のごとくにて、無双の駿足なりければ…」（巻五）。馬の体は白く足は黒いが、これは「脊雪より白く、その腹うす墨のごとく」とあった鷹の姿に似ている。二色の動物は、両頭の蛇に対応しているようにもみえる。とすれば、『八犬伝』における斑の犬とは両頭の蛇の変形といえなくもない。両頭の蛇、それは善と悪、幸いと災いに伸びていく言葉そのものであろう。

呉松は、この駿馬に乗って姉の息津を訪ねる。路費のため人胆屋に体を売って割かれた音羽は経文の功徳で蘇り、死んだと思われた勇躬も匿われていて無事であった。不吉なのか吉兆なのかわからないのが、両頭の蛇の効果といえる。

『三国一夜物語』（文化三年）——腹と背の論争

本作品は腹と背の葛藤を主題としているのではないか。「人は只その腹を見て、背《せなか》を見ずといへども、なほその背ある事をばしれり。其許《そこ》の論はそれにも齟齬し、腹のみを見て、背あるをしらざるもの歟《か》」と浅間左衛門照行は富士右門知之に反論しているが（巻二）、論争に敗北するのは浅間のほうである。その意味で、浅間は背を見ていないのである。楽人の間で起こる論争なので、楽器の腹と背が問題になっているようにもみえる。

南朝の大将の娘、桜子は村主兵助夫婦と旅をしているが、攫われる。「荒男は大に怒り、氷なす刀を抜て、老曽《おいそ》が向背《そびら》を丁と砍れば、噫《ああ》と叫びて仆《たふ》るる…」（巻二）。これは兵助の妻、老曽が斬りつけられるところである。しかし、老曽は死ぬことなく、信徳尼として再登場する（「向背を一刀切られたるが、そのに瘢《て》にもよはらず…」）。富士父子に助けられた桜子は、太郎と結婚し、息子の叡太郎をもうける。

桜子は息子を背負って夫のもとに向かうところを、狼に襲われる。「背向《そがひ》にも避逃れず、ゆくべき路に立ふたがり、口に仏菩薩の御名を唱へつつ、持る念珠を投つけしに、諸仏の衛護やおはしけん、この児の運命やつよかりけん、狼はこれに驚て、稚児を地上に捨おき、雄手《ゆんで》の坂を跳越て去りしかば…」（巻五）。叡太郎を助けるのが信徳尼である。「信徳尼、二才ばかりなる稚児を背負ひ」と続くが、信徳尼は大事な「背」のような存在といえる。

富士太郎と桜子の夫婦は海中に身を投げ、亀の背に救われて無人島に至る。そこに流れ着いた浅間を討ち取ると、再び亀の背に乗って、信徳尼のもとに向かう。本作品は「背」に助けられる物語なのである。

『四天王剿盗異録』（文化三年）——悪を背負って

本作品は悪を背負う物語というか、背負っていたものが悪に成長してしまう物語である。六郎二が背負い（「六郎二すなはちこれを脊負て、元の山路にかへり去らんとする折しもあれ、一道の黒気陰々として、桟《かけはし》の下より立登り、朧丸が頂に覆ひかかると見えたる…」第三綴）、節折が背負う朧丸（「節折も朧丸を脊《せなか》に負ひ、後《しりへ》に引そひ走りけり」第四綴）、正体不明の女が背負う弥介（「三ツか四なる稚子を脊負たる一個《ひとり》の女子、六郎二が門ほとほと打敲て…」第五綴）、それが成長して盗賊の袴垂保輔となるからである。「とくその子を負ゆきて、それが母に逓《わた》さずは、帰り来ることなかれ」と罵られており、不吉な厄介者といえる。「一日《あるひ》弥介背門《せど》に立出たるに、一隻《いちは》の烏、何やらん銜《ついば》み来て、土のうちに埋めおくを見て、つらつら思ふ…」とあるように、たちまち残酷な怜悧さを身につけている。

　悪少年に対して、善少年はどのように描かれるか。「夜すがら看病し、母の背《せ》を撫腰を捺」っているのは、孝子荒太郎、後の貞光である（第七綴）。姫松を助け、結婚するのは、季武である。大事な鳥を逃がし、「姫松は液《つ》を呑、背《せなか》に汗し、瞚《まじろき》もせずこれを瞻《み》る」。鳥を捕まえてくれた季武に、姫松は「鏡の背《うら》には五鬚の松を鋳たるをとり出て」贈る（第一二綴）。この場面などは「背」に導かれているのであろう。「むかひてこれを見れば仰《あほぐ》がごとく、背てこれを見れば俯《ふす》がごとし」と描かれるのは、怪童丸、後の公時である（第一五綴）。

　このようにみると、本作品もまた悪少年と善少年を描いた美少年録といえる。(12)

『勧善常世物語』（文化三年）——背負う資格を試されて

　本作品は継子苛め譚である。常世の母、真萩は「妹脊もうすき縁にしかな」と言い残して亡くなる（巻一）。常世の継母となるのが手巻だが、誘いにのらない常世を厭うようになる。「手巻を蜂に螫《ささ》せじと、走りよりて脊《せなか》をうち、その袖を払へば、手巻声高やかに、まさなき事し給ひそと、気色あらく訇《ののしり》つつ、奥の方に逃入けり」。これは、常世の手が手巻の背に触れ、父親が息子と妻の関係を誤解するところである。息子はかつて白らを背負ったかもしれない背中に対して好意を示している。しかし父親からみると、息子が先祖伝来の鎧を背負う資格を有しているかどうかの試金石となるのである。

　父親の誤解がとけた常世は先祖伝来の鎧を背負う。それに対して、義弟に当たる源藤太が背負うのは、自らの悪報にほかならない。源藤太が諸鳥との間にもうけた息子を背負うとしだいに重くなり、そのため息子を斬り殺してしまう（巻四）。腰元たちは諸鳥の「脊《せ》をかい捺《さす》り」慰めている。

常世は零落した手巻を「脊負《せおひ》つつ、元の家路に」帰ってくる。しかし、ほどなく手巻も亡くなる（巻五）。「夫婦が布子と、古たる葛籠、破たる紙格やうのものをも、みな馬に負せつつ、これを牽て山本の里に赴きける」と続くが、常世は先祖相伝の鎧を背負って、妻の白妙とともに帰郷するのである。改心した手巻が馬に転生したというのは、背負うことのなかった手巻の贖罪の形であろう。北条時頼が常世を取り立てるのは常世が手巻を背負った後であり、あたかもそれに応えるかのようである。

『新累解脱物語』（文化四年）――背の重なり

本作品は「背」が重なり合った因果譚にほかならない。下総国羽生村の累は与左衛門、珠鶏夫婦の娘だが、他人に宿を貸したばかりに家族の運命が一変する。

…あるじ与左衛門は、わが身の丈より一嵩高く、苅草を負て立かへるに、珠鶏《すけい》忙しく出迎て扶《たすけ》おろさし…

（引用は大高洋司編、和泉書院版による、第一）

背負ってきたものを支え合うところに夫婦の信頼関係がうかがえる。しかし、夫は妻の背を激しく叩くようになるのである。

…拳を握り堅めて走りけり。脊《そびら》三ツ四ツ打ほどに、累はこれに驚き怕《おそ》れて泣出すを、玉芝かき抱きて背門《せど》に出れば、与左衛門も引つづきて立出たり。与左衛門玉芝は、背門方なる草の花を摘て累を賺《すかし》こしらへ、且《しばらく》して裡に入れば…

（第一）

与左衛門は一夜の宿を貸した玉芝に夢中になり、妻を入水に追い込んでしまう。だが、浮気な玉芝は医師の玄冬と駆け落ちする。

…一声の鳥銃《てつほう》たかく響《ひびく》とひとしく、只今引組だる沼太郎が背《そびら》より、鵬五郎が腨《あばら》へ打ぬかれ、左右へ撲地《はた》と倒れつつ、血けふり立て死したりける。玉芝はこの景迹《ありさま》を見てわが身又打殺さるるとおもへど…　（第二）

玉芝は悪漢に襲われるが、千葉惟胤に助けられる。玄冬は権之丞と名乗り惟胤の娘、田糸姫と結婚する。だが、二人は謀って姫を殺し、玉芝は惟胤の側女となって金五郎を生む。金五郎は惟胤の息子、正胤の近習となるが、その愛妾、苧積の嫉妬によって、醜く変貌した累と結婚させられ、与右衛門と名乗る。苧積は累を殺し、与右衛門と結婚し、娘をもうける。しかし、娘に生じた人面瘡が珠鶏や累の恨みを述べるので、狂死する。

玄冬は姫の怨霊と間違えて玉芝を殺し逃亡していた。与右衛門が救いを求めた烏有和尚の導きで、玄冬と与左衛門は遭遇する。

回国の修行者、笈高やかに脊《せなか》にて、鉦うちならし打鳴らし、河原にそふて来る向ひより、これもおなじ扮装《いでたち》なる修行者、庵のほとりにて礑《はた》と行あひ、互に不審やありけん、是首《こなた》より笠の裏をさし覗んとすれば、彼方は見られじと背向《そがひ》に避、又彼方より見んとすれば、是首も見せじと笠を傾け、とさまかうさまくねりあひて、二歩三歩行ちがひつつ…　（第一〇）

これは行者姿の二人が戦うところである。徹底的に背き合っているが、いずれも愛する者を自ら滅ぼした存在であり、ともに正胤に成敗される。「背」を重ね合わせることによってしか解脱することはできない。これが馬琴小説の主題であろう。

『敵討裏見葛葉』（文化四年）――裏を見る、背を見ること

本作品は信田妻伝説を題材としている。清原定邦の寵愛を受けていた美少年、千枝丸は悪右衛門のせいで殺されてしまう。「保名葛の葉もろともに、脊《せ》を撫おろして湯をまゐらせ、母の歎を推量《おしはか》る」とあるが（巻四）、千枝丸が母親の捨てた子供で、自らの弟であったことを知り、安部保名は母親を慰めている。悪右衛門は、陰陽師となり芦屋道満と名乗る。保名と葛の葉の間に童子が生まれるが、道満のもとに連れ去られる。「道満が走らせたる識神《しきじん》童子を誘引て一瞬の間に洛《みやこ》に到る真葛葛の葉これを逐ふに終に及ばず」と記された挿絵には、童子を背負って逃げる識神が描かれている（巻五）。その童子がやがて晴明となるのである。

母親が狐であることを知った童子は、母親と別れるほかない。童子は母親の背中を追い続けることになるだろう。本作品が馬琴において重要だとすれば、裏を見ること、すなわち背を見ることを教えてくれた点にある。それを「裏見」の技法と呼ぶことができる。箱の中を当てる術が出てくるからである。

『墨田川梅柳新書』（文化四年）――亀の背に裏切られて

本作品は『三国一夜物語』と比較するとよく理解できる。ともに謡曲を題材としているが(13)、前作が亀の背に助けられたのに対して、本作は亀の背に裏切られるからである。焼かれた亀の祟りとして、様々な惨事が起こる。盛景、その息子の惣太、娘の亀鞠が悪事に走るのも、亀の祟りということになる。亀鞠が後鳥羽院に父を武家の棟梁にするようねだったところから合戦が引き起こされるが、承久の変は亀の祟りとして解釈されている。

巻二第五で亀鞠は盗人に襲われる。「件の賊僧一人は亀鞠を小腋に抱き、一人は平九郎が行李《こり》を脊負ひ、飛《とぶ》が似《ごとく》に彼の山へ走り登る…」。父の平九郎盛景がそれを奪い返そうとする。「亀鞠は父がいと危かりつるを見て、只《ひた》と脊《せなか》に汗を流し、彼此《をちこち》を走り繞りつつ、せんすべなげ也」。亀鞠は顔に血を塗って仮装し、盗人を撃退する。「盗《ぬすま》れたる行李刀なども、賊が脊負て陥たれば、とり復《かへす》に由なき事」を亀鞠は語っているが、それを見ていた男が襲いかかる。盛景は娘を助けようとして、男と格闘するが、持ち物から相手が息子の惣太であることを知る。惣太のほうも持ち物から相手が父親であることを知る。父と子は互いに背負っていた荷物を交換して別れるのである（「わが身は笈を脊《うしろ》にして…」）。

巻三第八で亀鞠は「今宵近隣に失火あるをもて、父盛景わらはを葛籠《つづら》に扶入れ、みづから脊負て走り出でたる」と語っており、葛籠に入って背負われてきた。その葛籠の上に腰をおろすのが後鳥羽院である。吉田惟房に背負われてきた後鳥羽院は、葛籠の縁で亀鞠と結ばれるのである。

盛景（行稚）は、斑女（花子）にとっては腹違いの兄に当たる。「こはゆくりなし浅ましとて、夢とも更にわきまへず、斑女前は殊さらに、恩に背き義にたがふ悪人の妹をも、妻としめぐみ給ひぬる、忝さを思ふ程、面目なきはこの身也」と語り（巻四第一〇）、自らの兄が悪人であることを知った斑女は自害しようとするが、押しとどめられる。盛景、惣太、亀鞠の悪事を受け止めるのは、斑女、その夫に当たる惟房、息子の松稚、梅稚である。いわば墨田川の両岸に亀の系列と梅の系列が立ち並んでいるのである。

「門の戸引あけんとし給ふに、外面より鎖したればえ開くべうもあらず。背門《せど》も又かくてあれば、正に是網の魚、筎《かご》の鳥に異ならず」（巻五第一三）。こうして梅稚は追いつめられる。「梅稚の襟上かい爬みて仰けざまに」引き倒すのは、惣太である。

『標注そののゆき』（文化四年）――小町伝説を背景として

本作品は『薄雪物語』の人名を借りているが、主に小町伝説を題材としている。小町と薄雪を結びつけたところに、馬琴の眼目があるのだろう。小野秋光と滋江前の間に生まれた実稚丸、秋光と玉の枝の間に生まれた虚子がいる。薄雪姫と呼ばれる虚子は小町の後身であり、むしろ実の存在であろう。虎の夢で生まれた実稚は小町に捨てられた男の後身とされるが、悪に傾く虚の存在といえる。

「顔うち背《そむけ》つつ窺に見れば、洛にも又稀なるべき美男也」という視線劇を介して、薄雪は、深草少将の後身である園部頼胤と「妹脊の契り」を結ぶ（巻二）。しかし、他の男たちは薄雪を手に入れようとして止まず、背門のあたりで攻防が繰り広げられる。「背門方《せとべ》にうち繞り、玉の方親子の隠宅にまゐりて、かかることあり、いかにかつかまつるべうもやといひもあはざるに…」（巻三）。「背門方に出前より生垣のあなたにて、おちもなく立聞し…」、「二人の轎夫《かごかき》も、又背門より打繞り…」。薄雪を横取りされた男たちは、その母親を人質にしようとするが、すでに逃げられた後である。「只今逃去しとおぼしくて、物あらはに引ちらし、背門《せど》の遣戸も倒れたり…」（巻四）。薄雪は熊に背負われ運ばれている。「件の荒熊走り来て、薄雪を背《せなか》に乗し、須臾にして山の半腹《なから》に到り、ここより下して旧の高峯に帰りければ…」。

もう一つの物語は佐二郎を中心とした継子譚である。佐二郎の父は「大なる蛇に腹を喰裂れ、蛇は腹より入りて背《そびら》に頭をさし出しながら、もろともに死して」発見される（巻一）。その後、村長を継ぐのは継母の朝坂が引き入れた男、渋九郎であり、「腹より背へ」というのは仕組まれた罠だったのである。

十数年経ち、佐二郎が実家に戻り歓迎の宴が開かれると、乞食たちが乱入してくる。「外の方に下立て、草鞋穿しめなどすれば、朝坂も渋九郎も、ふたたび留かねて一嚢の米を奴隷《しもべ》に負せ…」（巻五）。佐二郎は継母とその密夫が止めるのも聞かず立ち去るが、盲目となる。実は継母に毒を飲まされていたのであり、乞食たちはそれを阻止しようとしていたのである。ここでも「腹より背へ」は仕組まれた罠といえる。

薄雪の物語と佐二郎の物語がどのように重なるのか、本作品は未完結なので不明となっている。もしかすると、佐二郎の背に薄雪が乗ることがあるのだろう。だが、本文の上に乗った「標注」の効果が判然としないように、不明のままである（「標注」は原作となった仮名草子『薄雪物語』の啓蒙性と実用性に感化されているのかもしれない）。

『雲妙間雨夜月』（文化五年）――背を利用して

歌舞伎の「鳴神」を題材とした本作品は、背を利用する物語といえる。僧の西啓は鹿の声を聞いて堕落し、遊女の蓮葉と知り合う。無住の歌「聞くやいかに妻よぶ鹿の声だにも皆与実相不相違背と」が引用されているが、「妻よぶ鹿の声」は「背」に至る。

西啓が騙し取った牛を買ってしまったことから、武章は仲間とみなされ、妻の元江が殺されてしまう。「一人の兵士走りかかりて、元江が背《そびら》を丁と打ば、阿呀《ああ》と叫びて仰けさまに、倒るる…」（巻一第三）。「背」は誤解を増幅させるのである。

妻を失った武章は兄のもとを訪れる。「湯もわかして侍り、まづ足を洗ひ給ひね、と信《まめ》だちて、背《そびら》の雪を打ちはらひなどするを、武章はかたく辞退し…」（巻二第四）。兄の後妻となった蓮葉は背の雪を払おうとするが、武章はそれが誘惑の身振りであることを敏感に察知しているのである。「しばしば芙蓉の眼尾をかへして、武章を見るに、武章は面を背向《そがひ》にして声をもなさず、蓮葉は既に酒気を帯びて、欲火禁ずる事を得ず」とあり、武章は「背向」になってできるだけ目を合わせまいとしている。

西啓は寺を乗っ取ろうとする。「われ今夜彼処《かしこ》に止宿して、その為体《ていたらく》を試んとおもふに、しるべし給へ、といひかけて、はや行裹《づだぶくろ》を脊負ひ、錫杖を引提つつ出んとすれば、主人《あるじ》大によろこびて、猛《にはか》に松明をふりてらし、先に立て誘引《いざなひ》ゆく…」（巻三第六）。西啓は周囲を欺き雷神法師と名乗るが、その背姿も誘惑に満ちているのである。

「雷神はこのときまでも、屏風の背《うしろ》に躲れ居て、息もせざりしが、蓮葉が阿と叫びたる声にて、既に砍《きり》伏せられたるは、彼の婦人なるべしと猜して、大に望を失ひ、武章は黒雲を追蒐けて、外面へ走り出しかば、この隙にとて忙しく、脱れ去り…」（第七）。武章に襲われても「背」を利用して逃げ去っている。武章は誤って蓮葉を斬り殺してしまう。悪僧たちは「衣服賽銭を拿《とっ》て、これを脊負、いづ地ともなく」逃げ去る。

「近年六月十日暴雨に、農夫野外を迯はしるに、雷光一発し、いかづち耳もとにひびき、二人の間に落るものあり。さきなる背《せなか》に飛びつき、肩を踏で騰らんとする…」（巻四第一〇）。天から落ちてきた雷獣は、「背」を利用として駆け上がろうとする。しかし、失敗して西啓に利用されるのである[14]。

西啓の父が経の声で導いて鹿を殺したのに対して、西啓は鹿の声に導かれて経の世界を離れた。両者はともに声で身を滅ぼすのだが、それが最後に雷鳴の轟きへと至るのであろう。武章の父には殺された鹿の皮を買った罪科があり、殺された鹿は蓮葉に転生したという。武章と蓮葉のやりとりには、そうした背景が息づいている。牛小屋に落下する雷神にはエロチックなイメージがある（巻五第一一）。

『俊寛僧都島物語』（文化五年）――背負って戻ること

もとの場所に戻ると状況が一変しているというのが本作品の主題ではないだろうか。俊寛は秘かに帰京するのだが、すべてが変わっているからである。そのとき背負うことが重要な役割を担っていることを一瞥しておきたい。

「吾們《わがとも》全く櫃の中に人あることをしらず。はじめ先走の武士に追はれしとき、櫃を舁もて退くに遑なく、木の下に捨おきて瀧の背《うら》に躱《かくろ》ひ、やや人音静やかになりて旧の処へ来て見るに、誰とはしらず…」と語っている（巻二第三）。もとのところに戻ると、櫃には牛若丸が入っているが、誰も気がつかない。俊寛は娘、鶴の前を牛若丸に嫁がせようとし、牛若丸は俊寛に陰謀を中止させようとする。

陰謀が発覚した俊寛は島流しとなる。「嶋にて父はうしなはれしと、聞く同胞は夢の中に、夢見る如く身を震はし、泣んとするに声出ず、脊《せな》かい拊る安良子も、安からぬ身の物おもひを、慰めかねし袖の露、共に消ぬべき心持せり」（巻三第八）。俊寛が亡くなったと聞かされた子供たちを、蟻王の妻は慰めている。その子供を背負うのは蟻王である。子供を助けようとした安良子は「袖もろともに臂を破《はた》と斫《きり》、背《そびら》をいたく蹴」られて、海に落下している（巻四第九）。

巻四第一〇の冒頭をみてみよう。「蟻王は浦曲にそふて、逃る悪棍《わるもの》を追ふこと、五六町許にして、終にこれを砍《きり》仆《たふ》し、やがて徳寿丸を脊負ひつつ、旧の処に走り帰るに、絶て人けなし」。蟻王は徳寿丸を背負って助け出すのだが、もとのところに戻ると情勢が一変している。鶴の前と安良子の姿が見当たらない。大章魚の足を切ったところ、女性の片袖が出てきて、二人の死を知る。蟻王が島人に捕まると、「もろともに縛よとささやかなる手を背《うしろ》にして」涙を流していたのは徳寿丸である。俊寛に再会した徳寿丸は魚を「背《うしろ》さまに投捨て」名乗ろうとするが、名乗れない。

俊寛が亡くなったことを確認した蟻王と徳寿丸は、帰京する。徳寿丸が湛海に攫われると、蟻王は追いかけて井戸に転落する。「面《まへ》より脊《うしろ》より手を捉、髻を掴み」というありさまである（巻五第一三）。「刀の脊《みね》」で紙燭が打ち落とされ、全くの闇となる（巻六第一四）。だが、その後、すべてが明るみに出る。「牛若は徳寿丸をちかく侍らして、その脊《せなか》をかい捺《さす》り」、事情を語る。牛若丸は虎の巻を求めて、鬼一法眼の娘、舞鶴姫のもとに通っていたのである。背を撫で擦るのは様々な「背」の試練を受けた徳寿丸への慰めであり、牛若丸は湛海の背を攻めるだろう。巻一で「鳩尾骨割て、背《せなか》へぐさと突徹」して殺された鎌田正親は、そうすることで牛若丸を試していたともいえる。

「牛若早く身を反《ひね》り、衝《つ》と入りて湛海が、真額臨て扇の骨も、砕《くだ》けよと続さま、丁々と打伏せて、怯むところを腕とつて、脊《そびら》へ高くねぢあげつ」（巻七第一五）。湛海の正体は亀王であり、牛若丸に討たれるところである。舞鶴姫に代わって鶴の前の魂が現れ、牛若丸と妹背の契りを結ぶ。虎の巻をもつ鬼一法眼の正体は俊寛であり、実は秘かに帰京していたのである。

『頼豪阿闍梨恠鼠伝』（文化五年）——背を鼓舞すること

盲目・仮装・音楽が本作品の主題といえる。主人公が盲目に仮装し音楽を奏でているからである。そうした物語を鼓舞するのが「背」の役割ではないだろうか。その点を一瞥しておきたい。猫間中納言の家臣竹川正忠が義仲の無礼を罵ると、「義仲これを背向《そがひ》に見て」怒りを顕わにするが（巻一第二）、「背」は緊張を高めていく。

木曽義仲は討たれ、その息子義高が残される。「かばかりの技を熟《おぼゆ》るこころなくば、何をもて行末口を餬《もら》ふべき、あな鈍《おぞ》ましや、と罵《のり》もあへず、壁に掛たる胡弓をとつて、背《そびら》を丁とうつ程に、大太郎は、許し給へ許し給へと泣きまどひ、掻撈りつつ逃退《にげのく》に、唐糸はなほ打んとて走りかかる…」（巻二第四）。乳母の唐糸は大太郎が自らの息子ではなく、実は義高であることを知っている。にもかかわらず、背を叩くのである。そこに偽の義高、すなわち本物の大太郎が現れて再会するが、唐糸はそれを招き寄せていたともいえる。残酷にみえるほど母親は何事かを鼓舞する存在なのである。

妻の葎戸と別れた竹川正忠は、子供を連れ旅芸人として過ごす。「痛しきかな鈴稚は、駅路に病て竹川が脊《せなか》にかかる患難に、正忠は路費も竭《つき》て、千江松に舞々さし、露命を繋ぐ…」（巻七第一五）。「紛ふべくもあらぬ夫の脊《せなか》に、負れ給ひし鈴稚は、いといたう憔悴《やせおとろへ》、見しには変る面影…」。妻と再会する場面だが、苦難は背中にかかっていたのである。

本作品において音は重要である。人形が双六を打ち続ける音にまぎれて、義高は逃亡している。唐糸は行氏、桟橋を結婚させ、同時に毒酒を呑ませるが、そのときも音が鳴り続ける。「姑なり媒なり、叔母が手酌に、妹と背の千年を祝き侍るべし」と唐糸は誘い、「思はれ思ふ妹と背の、縁祝く杯が、命を縮むる毒酒とは、産霊も知り給はじ」と明かしている。義高に扮した大太郎が殺され、大太郎に扮した義高が真の姿を現すのは、そのときである。毒酒は文字通り不吉な祝い酒といえる。

頼朝への復讐を断念した義高は自ら目玉を抉り出し、音楽を演奏する。その意味で、音楽は盲目を代償として可能になるのである。(15)

『松染情史秋七草』（文化六年）――背に助けられて

お染久松を南朝に移し替えた本作品は「背」に助けられる物語といえる。兵衛と豊浦の間に生まれた染松は悪事に染まっていくが、最後に、その背でお染久松を助けるのである。お染とは和田正武の娘、秋野姫であり、久松とは楠正元の息子、操丸である。登場人物は武家としての名と町人としての名を二つもつ。

正元に仕えていた雑居兵衛は兵書をめぐって百済義包との行き違いがあり、追放される。「物あまた馬に負し、みづからも脊負などして五七人の男出来れり」というのが、その追放場面である（第二）。追放された丹五兵衛は、油売りとなる。「得たりと朸《あふこ》を引提げて、走りかかりて打ほどに、太郎犬も二郎犬も、肩を折《くぢ》かし背《そびら》を腫らし、ゆるせゆるせとばかりに高吠してぞ逃去りける」（第五）。豊浦は秋野姫に仕え、夫とは離れ離れになっていたが、棒を振り回す兵衛に助けられるのである。

将軍の義満は田楽を興行しようとする。「汝達、棟梁の武臣として、われに対して、かくまでに女々しき事をいふは意を得ずと気色あしくいひ懲らし給へば、衆皆《みなみな》再て諫むるに言語なく、背《そびら》に汗を流して退出《まかで》し…」（第六）。家来たちは田楽の興行を諫めるが、義満は聞き入れない。そこに山伏に扮した正元が現れる。「網代の笈を背負つつ、金剛杖を衝鳴らし、仮山伏《つくりやまぶし》となりて…」というのがそれである。「癖者ぞと騒ぎ立て、背《うしろ》より、面《まへ》より、組み留んとて鬩くを物ともせず、金剛杖をとりなほして、当る随に打倒し、桟敷を佶《きつ》と見わたせば…」。義満を討ち取ることなく、正元は討ち死にをする。ここでも、棒状のものを振り回している点に注目しておきたい。

正元の首を持ち去るのは、家来の久作（津積窪六）である。「石の地蔵の背《うしろ》より年齢六十に近き巡礼の修行者、綷のやうを闚窺《かいまみ》みたりけん、つと出て、正元の首級をかき抱き、後方も見ずして走去れば…」（第六）。続く第七では「石の地蔵の背《うしろ》に身を潜まし、野伏の兵等が隙を窺ふ程に、更闌けて誰とはしらず、われに等しく、正元の首級を奪ひとらんとて、竊びよるもの二人ありけり」とみえるが、視点を変えて、再び同じ出来事が記されるのである。「背」をめぐる視点の交換、これは興味深い事態であろう。悪党出九郎のせいで久作は逮捕され、「千行《ちすぢ》の涙を拭んにも、苦しき胸を撫んにも、索は背《うしろ》へかかる手のとどかぬ思ひに」身悶えしている。

「本堂《ほんぞん》の厨子の背《うしろ》に身を屈《かが》め」た出九郎の計略で、父を助けるため身を売ることになった久松は男色を命じられるのだが、「およそ男色を衒るものは、京浪華に限れり」と拒み続ける（第八）。そんな久松を助けるのが兵衛である。「この川水を死《しに》ところ、禁《とど》めず殺して給ひね、といひつつ涙を拭ひもあへず、又跳り入らんとするを、丹五兵衛は背《そびら》より、抱きとめたる手を放さず」。

土蔵に閉じ込められたお染久松は、南朝方の盗賊に助けられる。「ここへここへと手をとりて、自が脊《せなか》へ踏みのぼし、輙《たやす》くいだす外面は、雪白妙に降積みて、吹く風寒き如法夜は、見かへれどもその面を見ず」（第一〇）。盗賊の誠心に感嘆しているが、久松を救ったのが染松である。染松と久松は土蔵の中で入れ替わり、お染久松は無事に助かるのである。久松は「背後《うしろ》に閃く棹棒《よりぼう》を打《うた》しも果ず身を沈みて、右と左へ打ちがはし」て切り抜け、悪党是非八のほうが南朝方の人物に捕まって水に沈められる。それが、「掛藁の脊《うしろ》に人ありて」と語られる楠の近臣百済義包であった。

なお、同じ馬琴の手になる合巻『膏油橋河原祭文』（文政六年）もまたお染久松を題材としており、背負う場面がみられる（第五回）。

『常夏草紙』（文化七年）――競って背負うこと

本作品はお夏清十郎を題材にしているが、巻四に至るまでお夏清十郎は登場してこない。この点が馬琴の苦心であり、眼目であろう。「この書第一巻より、第三巻に至て、未嘗お夏清十郎が事を演《のべ》ず、只鳥田、藤坂、稲城等が事の顛末を述て、もて奇遇の張本とす」と馬琴は巻三巻末に記している。稲城治部平が殺され、息子は父の仇として鳥田時主を狙うが、実際の犯人は藤坂春澄（榧蔵）である。長男の補二郎は時主の娘、撫子とカップルになり、次男の清十郎は春澄の娘、常夏とカップルになる。前半で、お夏清十郎の代わりを演じているのは撫子補二郎である。巻五に至ると、お夏清十郎は韓姫興稚丸の代わりに死ぬ。三つのカップルが交代していくのだが、そのたびに背負われる。競って背負われること、それが本作品の主題ではないだろうか。

「大刀抜翳して砍らんとするを、時主は背《うしろ》さまに、扇をもつて受ながし、蹴かへす障子を盾にて、亦撃太刀を遮り留…」（巻二第三）。補二郎が父の仇として時主に斬りかかるところである。しかし補二郎の父を殺したのは、春澄である。「治部平主従を砍《きり》ふせて、大月形の大刀をとり復《かへ》す折、忽地背《たちまちうしろ》に人ありて、癖者と、呼びかけたり」（巻二第四）。治部平を斬った後、春澄は背後から呼びかけられたと語るが、「背」が二つの場面を繋いでいる。補二郎は自らの父が師に背き軍用金を奪ったことを知り、自害する。

時主の屋敷に忍び込み、櫃を背負って盗み出したのは春澄である。しかし、その中に人が入っていたことには気がつかない。「わが櫃に、鎖のさしたるを見てこの内に、人のありとはしら波が、負木の索《なは》に肩を入れ、脊負ひ出す…」（巻三第五）。櫃の中に入っていたのは、自らの妻で乳母として働いていた挿頭である。春澄の思惑とは別の方向に事態は進行していく。「威さば声を得もたてじ、と走り蒐《かか》りし刀の脊打《みねうち》、脱れぬ因果歟《か》手がまはりて、只一刀に砍ふせたり」。殺さぬよう「背打」にしたけれども、時主の妻、瓦井を殺してしまう。その意味で、「脱れぬ因果」を司っているのは「背」である。

時主の屋敷に忍び込んだのは金を返してもらうためであり、櫃を持ち出したのは興稚丸を探す資金にするためであった。そう弁解する春澄に対して、「威さん為の背打《みね》に、手がまはりし、といひこしらへ、その身の罪を軽くせんとて、はかるとも謀られんや」と時主は反論しているが、自らの非を突きつけられる。「棒を背《うしろ》へ推かくし」嘆息し自害しようとする。それを押し止めるのが娘の撫子であり、「背影《うしろかげ》を目送」っている。「補二郎ぬしを先たてて誰をよるべに存命《ながらへ》ん、許させ給へ、と口説もあへず、刃を取て胸上より、刀尖背《そびら》へつき出し、忽地《たちまち》撲地《はた》と俯すほどに、鮮血《ちしほ》さつと濆り、下に折布《をりし》く夏草を秋の錦と染なしたり」（巻三第五）。撫子は補二郎を追って自害するのである。時主は「笈を脊負」って旅立つ。

巻四からはお夏清十郎の物語となるが、剣術師と知り合った清十郎が乞食の一党と「道頓堀の背田圃《うら》」で争うことに注目したい（巻四第八）。補二郎の物語と同じく清十郎の物語も「背」が導いているのである。天満の社頭も「背」で賑わっている。「いそぢあまりの専が背《あと》に、渋染の葛籠負たるは、古衣商ふものなるべし」（巻四第九）。これは丹島屋の後咲婆であり、興稚丸を匿っている。「丹嶋屋の向背《おもて》うら、心をつくして張へば、思ひもかけず、年ひさしく音耗《おとつれ》せざりし、わが姨《をば》の家なりき」と語るように、乞食頭、土舟の櫓介の姨に当たるが、櫓介はかつて時主に仕え不正を働いた鷺介のことである。

出家して冥空と名乗る時主は、興稚丸の入った櫃を背負う。「身は老たれど捷《すくよか》に、そがまま櫃を脊負揚、勧化の布牌衝立て、大路を斥て走去けり」。

剣術師、坂逸八郎と名乗る春澄は、後咲婆が残した葛籠に韓姫を隠す。しかし、後咲婆が背負おうとすると、雀八が背負って逃げるのである。「後咲は、本社のかたより帰り来て、浄手盤の背《うら》に身を潜まし、葛籠の内に物あるを掻窺《かいまみ》て、こころの中にふかく歓び、結びし索《なは》に肩入れて、脊負揚んとする折から、板裂古手の雀八は、そこらの応主《とくゐ》巡り果て、葛籠とらんとて帰り来つ」。「雀八慌忙て、葛籠を楚《しか》と脊負ひつつ、足に信《まか》して走去れば…」、「般若櫃を負入れて…」と続く。

時主法師がお夏を口説くのは、清十郎をおびき寄せるためである。「冥空やうやく甦生《いきいで》て、左見右見《とみかうみ》つつ息をつき、額の汗を押拭へば、お夏も安堵《おちゐ》て、背《そびら》を撫…」（巻五第一〇）。「背」を撫でたのを合図とするかのように清十郎が登場する。「驚く背後《うしろ》の襖を蹴ひらき、その故云ん、と清十郎は刀を引提躍り出て、時主法師を疾視立《にらまへ》」。治部平を斬った際、背後から呼びかけられたと春澄は語っていたが、再び、そうした状況になるのである。

清十郎は「道頓堀の背田圃」で争ったのが土舟の櫓介であることに気づく。二人は闘おうとするが、そこに後咲婆が割って入る。「左手右手に、背《そびら》太脛嫌ひなく打ては獲る焦燥声に、夫婦はいひとくよしもなく、身の誤と親に勝、理なければ手を束ね、いとど頭を擡得ず」。清十郎を人殺しと罵り、お夏には身を売るよう打擲する。この場違いな怒りが一挙に解決を招き寄せる。お夏清十郎は韓姫興稚丸の身代わりとして殺されるのである。

「背門《せど》より入て竊聞《たちきく》に、春澄ぬしはお夏が父にて、清十郎には仇人《かたき》なり」と清十郎の伯父が事情を語っている（巻五第一二）。興稚丸も韓姫も無事である。「興稚丸にをはすべし、と猜せしかば、般若櫃に潜して、この処へ負来れり、といふに春澄大きに歓び…」とあるように、時主が背負ってきた般若櫃に興稚丸は入っていた。「韓姫《からひめ》のうへはおんこころ安かるべし、向《さき》に天満の社頭にて、衣葛籠《きぬつづら》の内に潜びてをはせしを、古衣《ふるて》商人の雀八といふもの、これを脊負て帰りし…」とあるように、雀八が背負ってきた葛籠に韓姫は入っていた。「雀八が、はからずも韓姫を負て、その危窮を救ひたりし」とあるが、「はからずも」という点に注目したい。何が入っているかわからないものを競って背負う、それが本作品の基本イメージなのである。「件の櫃を脊負つつ、傍の壁に数ヶ字をきり著、庭門より走り出」とあったが（巻三第五）、馬琴もまた何か背負い何かを書き付けている。

『昔語質屋庫』（文化七年）——背負われたものと背負うもの

本作品は質にとられた品物が身の上話をするものである。すなわち曽我十郎の小袖、諸葛孔明の陣太鼓、俵藤太の弓袋、石堂丸の脚絆、平将門の装束、眉間尺の髑髏杯、橘逸勢の一行物、紀名虎の犢鼻褌、袈裟御前の袿、九尾の狐の裘などが自ら語っている。興味深いのは、いずれの品物も評判と真実の違いを訴える点である。つまり、自らが背負ってしまったものと自ら自身の相違について語らずにはいられないのである。背負われたものと背負うもののずれといってもよい。馬琴は様々な知識を収蔵し、そこにずれを発見し創造している。

『夢想兵衛胡蝶物語』（文化七年）——背と目と虚構

馬琴は巡島記を得意とする。すなわち源為朝、朝夷義秀、そして夢想兵衛の巡島記である。「その身は紙鳶《たこ》の背《うしろ》にしがみつき、風のもてゆくを待折《まつをり》から、東風そよそよと吹くままに、不思議やその紙鳶、夢想兵衛を乗せて、空中を閃き升り、雲を霞とのす…」とあるが（前一）、馬琴の主人公はまさに紙を背にして虚構へと上昇するのである。

本作品において重要なのは前編と後編にみられる次の一節であろう。「背《せなか》に眼のないを不足して、ひらめを羨むこころでは、灸治せぬにははるかに劣れり」（前二）。人間の背中に目はない、したがって、背中に目を望むのは不可能ということになる。「鰈《かれい》の背《せなか》に目の著《つい》たは、親を睨《にらめ》た報ひにて、にらめといふを連声にて、ひらめといふとは不孝の子共を、懲さふ為の古俗の欺詐《うそ》。虚談でなければ世はわたられず」（後一）。懲罰のせいで魚の背中には目がある。しかし、それはにらめ、ひらめの言語遊戯にほかならず、子供のための虚構だという。こうして背と目の間で欲望が生まれ、懲罰が下され、虚構が発生するのだが、馬琴の小説論にとって決定的な一節にほかならない。「人目を閉て日に背けば、その影まへにあり、しかれども、その影を見ざるものは、いまだ心の至らざるなり」と序文に記す馬琴は目と影と心に拘泥している。

では、なぜ背中に目を望むのか。それは盲点をなくすためである。「文盲也とて腹たち給ふ、おん身こそ文盲なれ」と罵られているが（前四）、文盲のパラドクスに囚われ続ける馬琴は、それから逃れたいのである。

夢想兵衛は老夫婦を助けようとする。「年老て養ふ子もなく、飢渇に逼りし老夫婦、捨身するに疑ひなし、憐むべし憐むべしといひもあへず、背《うしろ》より遽しく、ふたりが腰を引きとどめ」るのだが（後二）、それは誤解であった。「腹はたてども脊《せ》は屈む、商売しらず本銭《もとで》もなし」と語る老夫婦と夢想兵衛の間で舌戦が続く。しかし、いかに生きるべきかについてはともに盲点を抱えている。

「夢想兵衛は、背《そびら》に汗して得も進まず、警蹕の声と共に、国王屏風の背《うしろ》より繞り出て、高座に著座あり」（後四）。ここには緊張と余裕がみられるが、「背」を介して夢想兵衛と国王の対比が明らかであろう。博識を披露する国王の申し出を断った夢想兵衛は、紙鳶を背にして帰ろうとする。しかし、童子の戯れによって帰還の手段が失われる、そのとき目が覚めるのである。「全身《みのうち》より冷汗ながれ、神奈川なる本目の漁舟の中に臥たるが、なほ夢のここちして、枕にしたる楫をちからに、やうやくに身を起しつつ、まづ汗を拭ひ去り、遙に西を見かへれば、その日もいまだ没果《くれはて》ず…」。主人公はその夢想を書物に記すが、書物は盗まれてしまう。そこにも盲点が仕組まれている。「小説を作る者は、盗《ぬすむ》こと又多かり」と馬琴は記すが、誰もが盗んだり盗まれたりしている以上、盲点は不可避なのである。

「舌は歯の用をなさず、歯は舌の用をなさず」（前三）という通り、背と目もそれぞれ別のものである。しかし、馬琴には本来別々のものを強引に使用したいという欲望が備わっているのではないだろうか。その不可能な形象が見えない目であり、見ようとする背である。

『美濃旧衣八丈綺談』（文化十年）――背負ったものがことごとく失われる奇談

本作品は背負っていたはずのものがことごとく失われる物語といえる。諸平は息子の諸太郎を背負って、才作の家に柴売りに来ていた（「諸平はをりをり薪を脊負ひ、諸太郎さへにかき乗して…」巻二）。その後、諸平は白木屋を起こし繁盛するが、背負っていた息子を失うのである。

「鍱松が背《せなか》に被《かく》りて河原に出《いで》、彼をこせ、此をとれ、と起居隙なく」使うというのが諸太郎と使用人の関係である（巻三）。「鍱松をいたく縛め、背門《せど》の鴨柄に釣揚て、刀子鉞といふものを臀へ突立て、いと苛くも責しかば…」という場面から次の場面へと読み進めてみよう。「背門《せど》の槐に日影傾き、雀も塒《ねぐら》餌《ゑ》求食《あさ》る比…無慚やな諸太郎は、置餌の鮒魚をかい掴み、弾罠《はぢきわな》に弾れて、咽より項まで、箭につらぬかれ血に塗れ、足をそらさまにして倒れたり」。使用人を虐めた報いで諸太郎は死ぬ。その関連性を証言しているのが「背門」の繋がりなのである（「背門の折戸を鎖《とざす》ときに、はじめてここに諸太郎が死たるを見てしかば…」）。「常世の竹は背門《せど》にあり」というが、結婚を急かされた岐蔵と澳水の運命も不吉である（巻五）。

諸平は前妻との間に生まれた子供を捨てており、才作がお駒として育てていた。お駒が生まれたとき手を開かないので、才作は因果塚の土で直そうとする。(16) そこで見つけた硯には在原行平の歌が記されており、行平伝説が背後にあることが示されるが（「件の硯を洗すれば、果して背《うら》に文字顕れ…」巻二）、お駒は才作の息子、才三郎に思いを寄せる。捨てた子を取り戻すべしとする命令に従って、諸平はお駒を取り戻すことになる（「守の命《おふせ》は背きがたし」巻四）。しかし、財産の乗っ取りを企む丈八と斧はお駒を邪魔にする。お駒が才三郎に書いた手紙を岐蔵に渡し、岐蔵をその気にさせる。気がふれた澳水は川に身を投げ、才三郎に裏切られたと思い込んだお駒も川に身を投げる。二人とも八丈絹の袿を着ており、そのため澳水ではなくお駒のほうが亡くなったと思われる。

丈八は諸平を亡き者にしようと画策する。「詰朝《あけのあさ》丈八に、彼《かの》銭を脊負せ、一個の小断《もの》に割籠を擔せ」とあるが（巻五）、ここでも背負っていたものが失われる。丈八は諸平ではなく斧のほうを突き落とし、背負っていた銭を穴に落としてしまうのである。

「お駒が疲労《つか》るれば、脊《せなか》に負て」進むのは岐蔵である。しかし、お駒は盗賊と見誤って、後を追ってきた岐蔵に斬りつけ、自らに思いを寄せる者を殺してしまう。「おもはず登る在明の月を背《うしろ》に影寒き、障子のこなたに立在《たたずめ》は、はや暁方の鐘の声、かうかうとして寂寞《ものさび》たり」。このとき才三郎は障子にうつった女の影を見て幽霊と思い込み、お駒に斬りつける。つまり、才三郎もまた自らに思いを寄せる者を殺すのである。「夫殺しの天罪は裙《すそ》に襁褓《むつき》の綴衣、摸様の駒の脊《せ》に乗せられて、巨刃の槍の鋳となる、冥土の首途かくばかり…」（巻五）。この「摸様の駒の脊」のせいで、お駒は命を失うのであり、その意味で「背」の模様が本作品を彩っている。

『皿皿郷談』（文化十二年）——背中合わせになった二つの物語

本作品は『繁野話』第六篇の設定と『落窪物語』の設定を繋ぎ合わせたものである。したがって、前者にかかわる挿話が先妻の子、後者にかかわる挿話が後妻の子という見立ても可能であろう。前者の設定が優位に立ったり、後者の設定が優位に立ったりするのである。とすれば、二つの物語の接点にあたるのが「背磨《うら》たる銭」の挿話（第五）ではないか。

それは、大事な刀を奪われた素大夫のために丁七が「背磨たる銭」を背負って神社に奉納し盗賊をおびき寄せる挿話である。「背磨たる銭」を使って博奕していたので盗賊であることが発覚するのだが、片面に細工を施すことで、次の挿話へと繋がっていく点がはなはだ興味深い。すなわち、金剛神との博奕に勝って大力を手に入れた畳六の挿話である。畳六は悪事を働き、そのため身を滅ぼすことになる。「洲之助はこころ得果て、彼一通を受とりつ、袱き包を脊《そびら》へ投掛…」（第八）。この洲之助の正体こそ畳六であったのだが、素大夫の手紙を預かった洲之助は丁七に殺されてしまうのである。

第七で語られる二人妻の挿話も興味深い。「杼二郎平は、前妻羽生が墓の背《うしろ》、榛樹の蔭に躲れて、彼冤鬼《ゆうれい》の顕るるを、今か今かと俟つつをり」とあるが、片面に隠れていることが、後妻殺しに繋がっていくからである。

第一には「素二郎は遽しく、唐草を背《そびら》に負ひ、片埦は紅皿を懐にかき抱き…」、「背後《うしろ》を見かへるに、片埦は逃迷ふ荘客們に抑留せられて…」、「矢庭に素二郎を拳倒し、背《そびら》より滾落たる唐草を小腋《こまた》に抱て…」、「素二郎慌忙て轉輾《ふしまろび》つつ泣稚児を掻取、はやく脊《そびら》へゆりあげ、命を限りと逃走れば…」とあった。しかし、父親の素大夫は背負うという役割を放棄してしまう。だから、背から冷や汗を流すのである（「素大夫は次の房なる、楓や聞ん渡鳥が、うたてくや思はんと、彼に面なく、此に鬱悒《いぶせく》、背《そびら》を浸す冷汗は、身を締るる心持して、声立られぬ呵責の苦しみ、是も過世《すくせ》の悪報か、とひとり念じて…」第一二）。

姉妹の「脊長《せたけ》伸る」とともに出費が嵩むことになる。欽皿を背負って盗み出す天目法印は、素大夫の代わりを果たそうとしているのかもしれない。「身さへ齢は傾けども、膂力《ちから》は今に衰へず、いと軽かに脊負揚たる」（第一四）。しかし、渡鳥に妨げられる。「老の脊中に重荷、引かへされてよろよろと、俊僜《よろめき》ながらふり返り、払へば退き、引ばつけ入り打つ打れつ…」。皆が「思はず第《やしき》を背《あと》にして」新利根河原に向かっている。

素大夫の代わりに、背負う役割を担うのは丁七や渡鳥である（「渡鳥のみ人目を竊て介抱のゆき届まで脊を捺て薬湯あたえ…」第一二、「継母が毒手に失れん、と思へばやがて惜字紙《ほぐ》葛籠へ、わりなく納《いれ》て脊負出す…」第一五）。継母の片埦に邪慳にされても、欽皿に仕える丁七や渡鳥が助けくれる。夫となる左金も欽皿の背を撫でることで、その役割を担おうとしている（「左金はやをら欽皿が、ほとりに寄て脊《そびら》を拊《なで》」第一三）。「背」との関係が、紅皿に対する欽皿の優位を示すのである。施餓鬼を大団円とする馬琴の小説は背と子供の関係を教えてくれる。

注

（1）　本作品については石川秀巳「『忠臣水滸伝』における〈付会の論理〉」上・下（『国際文化研究科論集』九、二〇〇一年）が詳しい。なお京伝読本の先行研究としては本多朱里「『善知安方忠義伝』攷」（『読本研究新集』二、翰林書房、二〇〇〇年）などが備わり、『文学』（二〇一六年七・八月）は最新の特集号である。

（2）　京伝と民俗信仰のかかわりについては、佐藤深雪「『桜姫全伝曙草紙』論」（『文学』一九八三年八月号）、同「『稲妻表紙』と京伝の考証随筆」（『日本文学』一九八四年三月号）、井上啓治『京伝考証学と読本の研究』（新典社、一九九七年）を参照。京伝の読本が芸能史を踏まえることも指摘されている。

（3）　馬琴の『八犬伝』に関して論じた怨霊、仮装、王権の主題は京伝の『曙草紙』にも見て取ることができる。しかし、王権を確立する前に審美的に完結してしまうところが、京伝の弱さであろう。馬琴は資本も含めて王権のもつ様々な問題を描く。ただし、京伝にみられた腐ったもののカテゴリーは馬琴に縁遠い。京伝の湿った浄土教的想像力を馬琴は儒教的な徳目によって乾燥させるのである。

（4）　京伝の読本には女性の願望と恐怖が描かれているという指摘がある（佐藤深雪『山東京伝集』解題）。京伝に母性神話があるとすれば、それは神経症的イメージに支えられているのである。黄表紙『敵討両輌車』（文化三年）の台詞「母様、これは怪しからぬ物を産ましやつた」は京伝作品すべてに通底する。なお、黄表紙『人心鏡写絵』の一節「極楽の体相が写るかと思へば、地獄の有様と変はり、人毎に心の内を覗いてみれば、表の看板は皆偽りなり」を考え合わせると、京伝の想像力は「覗機関」に依拠しているといえるかもしれない（板垣俊一『江戸期視覚文化の創造と歴史的展開』三弥井書店、二〇一二年を参照）。少なくとも『人心覗機関』を書いた式亭三馬よりも映像的である。

（5）　平林香織『誘惑する西鶴』（笠間書院、二〇一六年）は西鶴における背負う図像を取り上げているが（第三部第二章）、羅列された図像は乾いた印象を否定しがたい。それに対して、狂言で背負う場合は親愛が伝わってくる（『鎌腹』など）。

（6）『摂州合邦辻』下巻には「背《せな》撫《なで》按《さす》り介抱す」とあり、『魁鐘岬』第二には「木太刀追ッ取脊中をぴしやりアイタタタ…あの様な蛙蜂《あほう》つかふは人ン形遣カふよりやつと気苦労」とある（『菅専助全集』二、勉誠社、一九九一年）。人形浄瑠璃が苦手とするものがあるとすれば、それは背中への密着であろう。したがって、移動の手段としては背負うよりも駕籠に乗るほうが多いのである。一本の棒が背中への密着を防止するという点については柳田國男「棒の歴史」（『村と学童』一九四五年）を参照。

（7）種彦の読本『浅間嶽面影草紙』（文化五年）には「しかと抱きつけと背《せな》におひ、姉娘の手をひきて、是も又逃げ去りぬ」、「葛籠を背おひて立出るは、猿田彦の面に似たり」とあり、『捩手摺昔木偶』（文化九年）には「脊負ひし櫃に我が子の泣声…」とある（巻五）。また『正本製』（文化十二年〜天保二年）には「かくともしらず久兵衛は、葛籠を背負はしりきたり…」とみえる（八編）。「葛籠をせおひて二三丁でると葛籠のその軽さ、合点ゆかぬとおもつた不審もいまやうやう晴たれど、まんざらなかから葛籠にしてはなにやらまだ重みが、トいひつつ…」と続くのは種彦作品の特質を言い当てているのかもしれない。馬琴ほど重くはなく、しかし全く軽いわけではないからである。「お豆はせな差むけ、物をもいはず煙草ばくばく」（九編）というところは背中で演技しているのであろう。しかし、馬琴の「背向」のほうがはるかに緊迫感が漲っていたように思われる。『浮世形六枚屏風』（文政四年）には「男は背《せな》をなでさすり…」とあり、人情本『縁結月下菊』（天保十年）には「いかな大きな包を背負て、そりやア何で御座います、どこぞへあづけてお置きなされば、明日とりにやりますものを…」（四）とあるが、おそらく種彦は大きなものを背負うことを回避している（引用は帝国文庫による）。なお、種彦の読本については、その演劇性を論じた本多朱里『柳亭種彦』（臨川書店、二〇〇六年）が備わる。

（8）ただし、『女護嶋恩愛俊寛』（文化一二年）には「そのまま葛籠へ投げ入れて背《せ》負《を》ひ上ぐる…」とみえる。そのほか馬琴の黄表紙『画本武王軍談』（享和元年）には「山くわの弓をせおひ」とあり（大惣本稀書集成）、読本『曲亭伝奇花釵児』（享和四年）には「包背負ふていきせきと、たちかへる若党軍蔵」が登場する（新古典大系）。『小説比翼文』（享和四年）には「小紫を負て路十町ばかり来りし」とあり、合巻『牽牛織女願糸竹』（文政十年）には「梱《こり》と風呂敷つゞみを上に付け肩押しいれて背負ひ上ぐる」とある。『松株木三階奇談』（文化元年）の「此国にては切られると赤い綿の血が出る。もつとも其血は肩先背中の他は出ず。脇腹をゑぐられたり、首を切らるる時は血といふものは一向出ぬ体なり」という一節をみると、馬琴が演劇的様式性を嘲笑していることがわかる（叢書江戸文庫）。『殺生石後日怪談』（文政七年）では背負われた体験をもつ主人公の広嗣が人を背負うことになる。長編の合巻が背負う形象を必要とする点については本書の補論二を参照。

（9）一九の黄表紙『心学呰計算』（寛政七年）は遊女の手管を記したものである。「この客、背中に目が付いて、残り惜しさふに後の方ばかり見ながら行く」という一節は興味深いが、「あいつが背中は目薬の看板ときている」と茶化されている。「この里にては遠ざかつたる客を呼びたひ事のある時は、紙にて蛙を拵へ、その背中へ客の名を書き付け、針を一本背筋へ刺しておく」とある通り、背中は商売と無縁ではない。「十悪の立並びたるその中に貪欲殿の背の高さよ」と評される世界なのである（叢書江戸文庫）。なお、黒本『狸の土産』には「数多の手下を茶釜の内へ隠し、せをひて金時を謀りし」狸が描かれ、中島中良の黄表紙『色男其所此所』（文明七年）には「後光をしよつて」遊びに出る色男が描かれる（新古典大系）。読本『凩草紙』（寛政四年）巻三には「件の狸ともに此家の家財を引くわへ、又は背《せな》に負つれて山手をさして運び退させ…」とある（叢書江戸文庫）。

（10）石川雅望、小枝繁の読本にも触れておきたい（引用は叢書江戸文庫による）。「老母をいたはりて、背《せ》をなでさすりて、あつかひ物す」という結末をもつ『近江県物語』（文化五年）には「さてかのもらひえたる包、背《せ》におひて、思ひけるは、人の頭をとりてこと、いひつけたれど、いかでさる物の、手に入るべき」とみえるが（巻三）、何を背負うのか考えるのが読本作家の仕事であろう。その結果、『更級日記』の背負う挿話を題材として『飛騨匠物語』（文化六年）を考え出すのである（「母を背におひて…」巻二、「法師が背におひし衣とりて…」巻五）。小枝繁の読本『絵本璧落穂』には「母を扶《たすけ》脊梁を摩挲《なで》ていふ」（前編巻三第五編、文化三年）、「背梁《せなか》を摩挲《さすり》ていへりける」（後篇巻三第一六編、文化五年）とあり、『松王物語』（文化九年）巻三第五綴では「帊袱包《ふろしきづつみ》を背負し商人めきたる男」が登場している。

(11) 指の切断と盲目の病は馬琴が京伝に学んだものであろう。京伝の場合、それは審美的な効果にとどまる。だが、強烈な負い目の意識をもつ馬琴の場合は道徳的な効果をもたらすのである。二人の比較については、大高洋司『京伝と馬琴』(翰林書房、二〇一〇年)を参照。

(12) 先行研究としては石井洋美「馬琴と京伝」(『岡山大学国語研究』四、一九九〇年)、大高洋司「『四天王剿盗異録』と『善知安方忠義伝』」(『京伝と馬琴』前掲)があり、それぞれ作品の位置について論じる。また崔香蘭「『四天王剿盗異録』における『水滸伝』の影響」(『馬琴読本と中国古代小説』溪水社、二〇〇五年)がある。

(13) 本作品の先行研究としては稲田篤信「『墨田川梅柳新書』試論」(『読本研究』五上、一九九一年)、松下静恵「『墨田川梅柳新書』論」(『読本研究』六上、一九九六年)があり、出典と構想を論じている。

(14) 雷のイメージについては、『烹雑の記』(中)に「明清の俗、画工、雷公を図するを見るに、力士のごとし。鳥の喙にして二つの翼あり。しかして連鼓を背上に負へり」とある。ちなみに、『玄同放言』三七では「青苔如衣負巌背」という漢詩の一節を『江談抄』から引用している。

(15) 本作品の先行研究としては石川秀巳「『頼豪阿闍梨恠鼠伝』論序説」(『山形女子短期大学紀要』一八、一九八六年)、同「『頼豪阿闍梨恠鼠伝』論」(『読本研究』一、一九八七年)があり、出典と構想を論じている。

(16) 生まれつき手を開かない子供といえば『八犬伝』の親兵衛だが、やはり穴に落ちたり、馬に縁があったりする。

Ⅵ　傾城水滸伝を読む——馬琴の小説手法

馬琴の合巻『傾城水滸伝』(文政八年—天保六年)は『水滸伝』の人物を日本女性に置き換えた長篇の翻案物である。『八犬伝』ほど高く評価されないのは、主要人物を女性に置き換えただけの安易な作品とみなされているからであろう。馬琴は明らかに合巻よりも読本に力を入れていた(天保三年二月一九日、篠斎宛書簡で「合巻は実にいやに候」と記す)。しかし、本作品は馬琴小説の基本構造を探るとき、はなはだ興味深い観点を提供してくれるように思われる。

板坂則子『曲亭馬琴の世界』(笠間書院、二〇一〇年)は『傾城水滸伝』が『偐紫田舎源氏』と並ぶベストセラーだったと述べ、リバーサルジェンダーの視点から本作品の魅力を指摘する。別の合巻『殺生石後日怪談』(文政八年—天保四年)でも女子が男装し、男子が女装しているので、合巻は性的越境が容易なジャンルといえるが、ここではもっと言語形象に注目してみたい。馬琴小説の基本構造を探りつつ、『傾城水滸伝』の魅力をできるだけ浮き彫りにするというのが本章の課題である。また『曲亭馬琴日記』(中央公論新社、二〇〇九年)を参照し、執筆の状況にも触れてみたい。

なお、本作品の引用は初編、第二編のみ江戸戯作文庫(林美一校訂、河出書房新社、一九八四・六年)によった。それ以降は架蔵の板本等によるが、帝国文庫も参照した。

一　言葉の張力　〈文政八・九年〉

文政八年一月に初編が仙鶴堂から刊行された『傾城水滸伝』は、鳥羽院の妃、美福門院が立木局を那智に派遣するところから始まる。

立木の局は、心細くも唯一人、右手《めて》には手香炉をくゆらせて、左手《ゆんで》に水晶の珠数をつまぐり、口に六字の名号を、間なく時なく念じつつ、つづら折なる山道を、たどるたどるものぼる程に…（初編上）

この冒頭の挿話は『弓張月』第一回の「矢声をかけて切て発つを、為朝雌手《めて》に丁と取る…是をも雄手《ゆんで》に受とめたり」という場面を想起させるだろう。右手と左手、そこに張力が生まれるというのが馬琴の文章なのである。そう考えると馬琴の小説に泳ぐ場面が頻出するのも理解できる。「左手《ゆんで》にて浪を切り、右手《めて》を高くさし揚げて」というように、馬琴において泳ぐとは右手と左手の関係を調整することだからである（『弓張月』第七回）。那智の仙女、無漏海に案内された立木局の前には傾城塚が現れる。

世に名だたる傾城の、人の妻と得ならずして、苦界の中にて果てたるものの、亡き魂の宙宇に迷ふを、ことごとく封じ込めて、一の塚に築かせ給ひぬ。されば世上に此塚を、傾城塚と呼びなしたり。（中略）幾條ともなく光を放ちて、四面八方に飛び去りぬ。（初編上）

傾城塚の碑文には「遇斧而開」とあり、「斧を呼びてたつ木」によって開かれることが示されていた（それゆえ接ぎ木が主題となるだろう）。立木局が傾城塚を暴くと、光が四方八方に飛び、勇婦烈女が出現する。『八犬伝』発端と全く同じである。しかし、傾城塚に封じ込められていたのが怨念だったとすれば、それは玉梓の怨霊に対応しているともいえる。玉梓に相当するのは後鳥羽院の寵姫で女武者所の別当、もと白拍子の亀菊である。『水滸伝』の王進に当たる女武者の綾梭は、亀菊に憎まれ信州に逃れる。

明朝はつとめて、予てより、こころざす方へ立んとて、泥に汚し我が脚絆を、洗はばやと思ひつつ、背戸の方に立出て、と見れば傍の空地にて年十七八と見ゆる女子の、男めきたる装ひして、独り武芸の稽古をしつつ、木太刀を使ふてゐたりけり。綾梭しばしこれを見て…（初編上）

男装する女性は、女装していた犬塚信乃に対応するのであろう。綾梭は、この衣手を武芸の弟子とする。『水滸伝』の史進に当たる衣手は戸隠の山賊と知り合い、老僕を使者として遣わすが、酔った老僕は手紙を奪われてしまう。

独りよろよろひよろひよろと、麓の裾野を過る程に、松の株につまづきて、忽ちはたと転びけり。酔ふたる者の癖なれば、すでに一度転びては、再び起ること叶はず。その儘そこに眠りこけて、前後も知らず臥したりけり。かかる所に木樵横七は、麓の小芝、刈り暮らして、家路をさして立帰るに…（初編下）

後で述べるように、切り株は本作品の重要な道標といえる。それを辿ることによって「前後」が理解できるからである。切り株で眠り込むと、決まってそれは事件の契機となるのである。手紙のせいで山賊の一味とみなされた衣手は目代に追われて甲斐に赴く。そこで、大女のお達と知り合う。「異風の出立したる者、この茶店に立寄りて床几に腰をかけしかば…」とあるが、この床几も切り株の一つかもしれない。お達の知り合いが居合師の人寄友代である。お達は美少年の母子を助けるために殺人を犯し、甲斐から逃げ出し大津に赴く。

忽ちうしろに人ありて、お花女郎うかうかと何してござると呼かけながら、背中を叩く者ありけり。お達はこれに驚きて忙はしく見返へれば、この人はこれ思ひかけなき優之介が母親葉山也。（初編下）

お達は百倉長者のもとに身を寄せていた美少年の母子と再会するが、背中を叩くというのが馬琴的人物の合巻にふさわしい合図にみえる。(1) 背負うことを促しているかのようだ。長者の紹介で白川の尼寺に入ったお達は剃髪し、妙達と名乗る。『水滸伝』の魯智深に当たる。

文政九年一月に刊行された第二編は、妙達が鍛冶屋に鉄杖を注文するところから始まる。妙達は特注の鉄杖を振り回し狼藉を働き寺から追放される。再会した友代のところからも逃げ出し、信州に赴く。

なだれに従ひすべり落つるに、ところどころに柴生茂りて、砂まじりなる崖道なれば、いささかも身を破ることなく幾千丈なる麓路へ、忽ちすべり着きければ、先に落せし杖を突立て、風呂敷包を背負ひつつ東をさしてぞ急ぎける。（第二編上）

滑り降りると杖を突き立て荷物を背負う、それは全く馬琴の手慣れた手腕であろう。馬琴にとって本作品を書くことは、なだらかに滑り降りるような営みだったと思われる。(2) 妙達が知り合った桜戸は女武者所の長であり、『水滸伝』の林冲に相当する。夫の軟清は美僧ゆえに亀菊に迫られている。

前後左右に立掛りて理無く手を引き、そびらを押しつつ、辛くして亀菊がほとり近く引寄すれば、亀菊は檜扇もて面を覆ふて、なよよかに白き腕を差伸べて…（第二編下）

背を押され、背に負う、そうした身振りが本作品でも目立つ。軟清は葛籠に閉じ込められ、背負われる。「怪しき葛籠を背負ふたる曲者に出で合ひしに、葛籠の蓋の間より垂下りたる帯の端は見紛ふべくもあらざりし、おん身の帯に似つるにより、曲者待てと引止めて、いどみ争ふ…」。こうして桜戸によって救出されるが、軟清は亀菊のもとに拉致されるところだったのである（「我等を葛籠へ打入れて、此宵闇に背負ひ出せしは、人知れず亀菊殿の局へ伴ふ為なるべし」）。さらに「せなかにおひしふろしきづつみ」に目を留めたばかりに、鏡を盗んだ疑いを受けてしまう。

亀菊に陥れられた桜戸は佐渡に流される。「罪の趣を云ひ言渡し、縛めの縄を解き許して、そびらを二十杖鞭打たせ、更に首枷をかけさせて、足高蟜平、戸蔭の土九郎といふ、二人の走卒をもて、佐渡国へぞ送り遣はしける」。背を鞭打たせるのは、軟清を背負い出せなかったことへの返答であるかのようだ。妙達は「此痴者共、桜戸殿を背負なりとも手を引くともして随分といたはり助けて、我に続きて疾く疾く来よ」と命じ桜戸を助けるのだが、それ以来、二人の男はすっかり従順になっている。佐渡に着いた桜戸は、山苧倉で火に焼かれるところを反撃する。「手槍をひらりと取直し、艫太夫が持つたる刃を叩き落して、胸板をそびらへぐざと刺し貫けば、あつと叫んで死んでけり」。こうして第二編における「背」の物語は閉じられる。なお、馬琴の随筆『烹雑の記』（文化八年）には佐渡についての考証がある。

二　書き手の受難

〈文政十・十一年〉

第三編は文政十年一月に刊行された。その序をみてみよう。

近江州伊香郡に、一座の山あり、俗にこれを、志津嶽と呼做したり、この山や、琵琶湖を面にして、余呉湖を背《うしろ》にしたり。（第三編序）

建部綾足『本朝水滸伝』に倣って、本作品における梁山泊は琵琶湖の北岸に設定されているのだが、「背」の重要性をよく示している。「背」にあるものを記すのが馬琴的地理学といえる。『水滸伝』の柴進に当たる節柴の助けを得て、桜戸は佐渡を脱出し近江の志津嶽に辿り着くのである。そこには山賊の大糸、杣木、真弓がいる。筑紫探題の小武信種は、試合をさせて女武者を採用する。「うへにはおのおのくろききぬを着て、玉たすきをせだかにむすびあげ、九しやくのやりを引さげたるが、やりのほさきをぬきとりて、あさのきれに石ばひをつつみ、まろくまりのごとくにしたるをひるまきのうへにつけたり」というように、試合は白と黒によって判定されるものであり、書記のテーマ系に連なる（青面獣楊志が登場する『水滸伝』では青旗と赤旗の試合である）。流人の青柳は女武者として採用され、源頼家遺児、三世姫の護送に当たることになる。同時に宝剣も護送される。「くり太夫はほうけんをせおひつつ、ゐもん太ももろともに、みなのり物に引そふて、ひがしをさしてたちいでけり」。摩耶山道で痺れ薬入りの酒を飲み、奪われてしまうが、それは天王寺村長の小蝶、女学者の呉竹たちの計略である（『水滸伝』の呉用に相当する）。

第四編は文政十一年一月に刊行された。執筆の状況を日記から一部、抜き出しておく。文政十年三月七日「昼八時比、鶴や喜右衛門来ル…水滸伝四編稿本さいそくせらる。且、雑談後帰去」、四月二日「今日、冷気。草堂閑寂、翻刻本水滸伝十六回より廿回迄披閲、消日了。けいせい水滸伝四編め著述の為也」、同三日「今日閑寂。水滸伝六編稿案、消日了」、同四日「予、感冒悪寒ニ付、夕方より服薬。但、当分之症也。水滸伝四編一・二の巻の内、少々稿之」、同六日「つるやより、唐本水滸伝壱部、被差越。然ル処、李卓吾本ニて、用立かね候ニ付、返之」、同七日「予、水滸伝四編壱の巻初丁本文少々かき入、昼後より、他事ニて消日」、同十二日「予、水滸伝四編壱の巻本文、少々稿之。多用ニ付、未満一丁」、五月廿日「今日より、けいせい水滸伝四編一・弐の巻本文、書入はじむ。纔ニ壱丁余出来」。

護送に失敗した青柳は、桜戸の門人であるお剛の世話になり、また妙達と出会う。

いろくろくかたち大きく、こえふくだみたるあんぎやのあま、くひぜをまくらにうたたねしたるが、たちまちに目をさましけん、まぢかく来つる青やぎを見るよりはやく、身をおこして、まくらにたてるくろかねのぼうおつとつて、こゑたかく、ひるねのすきをうかがふて、ものとりに来るひるとびめ、日にもの見せんとののしつて、ぼうひらめかしてうたんとす。（第四編上）

ここでも道標となるのは「くひぜ」（帝国文庫は「杭背」を当てる）であり、青柳は金剛山の山賊を退治して山塞に入る。

天王寺の隣村には女右筆の大箱が住む。「大はこどのは、天生ものかくわざにさかしく、おやのゐまそかりし日に、そのつとめをすら見ならふて、おおやけざまの文筆は、をとこにもますことあり」。女性が書くというのは馬琴において付随的なものではなく、本来的なものである。『八犬伝』を書く嫁の先駆といえるだろう。

難波の女武者所には稲妻とともに、朱良井がいる。『水滸伝』の朱武に相当するが、三世姫略奪に加担していた小蝶をわざと逃がす場面ははなはだ興味深い。稲妻が「わらははは背門より進み入りて、ひとりももらさずいけとるべし」と主張すると、朱良井が「わらは背門よりむかひはべらん」と反論し、稲妻が「背門よりむかはんもの、わらはがほかにたれやある」と主張すると、「なんぢはせどよりむかふべし」と認められる。誰もが背門に拘泥しているのである。

背門のかたよりはしりいづるを、まちまうけたるいなつまが、ソレにがすなと口にはいへど、からめんとするぎせいもなく、みちをひらきてとほすにぞ、小てふは得たりとあぢかももろとも、ちかづくてきをきりたふし、又かいつかんでつぶてにとり、人なきさかひに入るごとく、ふな場のかたへおちてゆく。（第四編上）

こうして小蝶は脱出し、三世姫を志津の山塞に迎え入れ、鎌倉将軍の正統として頂くことになる。山塞は江鎮泊と呼ばれる。

第五編も文政十一年一月に出版された。執筆の状況を日記から一部、抜き出しておく。文政十年八月八日「夕方より水滸伝御読書、女水滸伝五編目為御稿也」、同九日「昼後、傾城水滸伝五編壱之巻画割、被為御遊稿了」、同十

日「昨昼後より、傾城水滸伝五編御画割被為遊、三冊御画割稿了。壱之巻本文壱丁半・弐之巻過半、御書入、御稿被為遊候」、同一一日「今日、傾城水滸伝五編弐之巻詞書、朝、被為遊御稿。其後、三之巻本文、詞書共、薄暮、全稿成。夜ニ入、四之巻画割、被為遊御稿」、同一四日「今日、水滸伝五編五之巻御画割、被為遊御稿。昼後、本文・詞書五丁共、御稿成。夜ニ入、六之巻御画割五丁、御稿了」。

第五編の序で馬琴は「傾城水滸の一書も、亦其手段接木に等しく羅氏の水滸を台にして、作者の趣向を接合し、兎園冊子の小盆に栽て書斎の室に養ひ立たる」と述べる。接ぎ木された『水滸伝』はもはや羅貫中の作品ではないが、かといってすべてが馬琴の独創ではない。接ぎ木の手法は主体性を破壊し、作り換えている。読むこともまた、そうした接ぎ木の行為であろう。

女右筆である大箱の受難を描く第五編はまさに作家の受難を描いているようにみえる。『水滸伝』の宋江に相当するが、ちょっとした善意を見せたばかりに朧魚婆の執拗な言葉を逃れることのできない大箱は、結局、そこで一夜を過ごし、殺人まで犯してしまう。義太夫節を語る息子の義太吉は、馬琴における義太夫節の執拗な誘惑を示すものかもしれない。江鎮泊からの手紙を処分しなかったために、大箱はそれを義太吉に見られ、殺さざるをえなくなったのである。書かれたものは残る、それが作家の栄光であると同時に不安の源である。火で焼いてしまうのが、最も完璧な消去の方法かもしれない。大箱は母と別れる道を選ぶ。

たびよそひをいそがして、そのあかつきに立いづれば、その喜代はたぶさをきり、をとこのごとくこしらへて、とも人にいでたちつ、ふろしきつつみをそびらにおふて、あねのうしろに引そふたり。（第五編上）

これは大箱が妹の其喜代とともに旅立つ場面だが、連座を恐れて事前に親子義絶していたというのは作家の強い決意を示すものである。大箱は佐渡の節柴を頼ることになり、そこで女行者の竹世と出会う。瘧を患っていた竹世は、大箱のおかげで回復し、上州に帰る途中、碓氷峠で虎を打ち殺す。『水滸伝』の行者武松に相当するが、馬琴の描く虎の場面には必ず「目」のテーマが介在している。

荷につけたる、ぼうをかいとりて立むかひ、かけへだてかけへだて、いくたびとなくかけなやませば、とらはやうやくいきおひおとろへ、たがひにすきをうかがふたる、たけ世がいらだつてうつぼうを、とらもめはやく身をかはせば、松のくひぜにうちあて、ぼうははつしとをれたりける。（第五編上）

ここでまたしても、「くひぜ」がテクストの道標となるのである。しかも、棒は折れることで接ぎ木の手法を際立たせている。虎を描くことは馬琴最大の作家的野心であると同時に、馬琴の作家としての自己同一性が最も不安に曝される点ではないだろうか。

竹世の姉、豕代が夫とその愛人に迫害されるところは『金瓶梅』へと展開する内容である。背負う姿に注目したい。

むしよりほそき呼吸のおとろへ、かくてあるべきにあらざれば、まづはやしゆくしよへかへさんとて、きれ介はやうやくに、ぶた代をかたに引かけて、せどのかたよりしのびやかに、しゆくしよへかへりておうばもろとも、ぶた代を二かいへせおひあげて、ふとんをしきてうちふさせ、夜着を引かけなどする…（第五編下）

ついに豕代は金蓮助と西門屋お啓に毒殺されるのだが、これは『金瓶梅』が『水滸伝』を乗っ取る展開ともいえる。

第五編の末尾で馬琴は無断出版に対し怒りを顕わにしている。「予が名ありと雖も、予が校合を経ざる者なれば、予が作にして予が作に非ず」。馬琴が校合しなければ馬琴の作品ではないという。しかし、実は読まれるたびに馬琴の作品は読み換えられているのではないだろうか。読みの時空においては、いつでも「予が作にして予が作に非ず」という事態が生起するように思われる。

三　背負う形象

〈文政十二年〉

第六編は文政十二年一月に刊行された。執筆の状況を日記から一部、抜き出しておく。文政十一年正月二九日「今朝より水滸伝六編、被為興御稿、一之巻、被為遊御画割候」、晦日「傾城水滸伝、被遊御稿」、二月朔日「傾城水滸伝六編、被為遊御稿候」、同二日「傾城水滸伝六編、被為遊御稿候」、同三日「傾城水滸伝、被為遊御稿候」、同四日「傾城水滸伝六編、被為遊御稿候」、同五日「水滸伝六編、被為遊御稿候」、同六日「傾城水滸伝六編、被遊御稿候」。

なお、文政十一年八月二日「水滸伝六編の六の巻、紫苑が竹世をすくハんとする段、口より三丁程之文言に、賄賂の事有之、耳立候故、綴かへ見せ候様、改名主和田源七申候よしニて、稿本持参…其後、右六編禁忌の段、三丁程、少々文言の中綴りかえ」、同一三日「過日、改名主和田源七故障申候、水滸伝六編之内の直し、尚又ひとやへ衣食をおくるなどいふ、不直旨申由ニて、直しくれ候様、申之、右稿本持参。愚なることなれども、渡世の為なれバ不及是非、其くだり少々直し、且、昨日校合いたしおき候」とみえる。

竹世は姉のために金蓮助とお啓を殺し、出羽へ流される。途中、客を殺して金を奪っていた青芝夫婦を改心させ、牡鹿島に到着する。「此しまのおきてあり、およそはじめてながされ来つるるにんどもは、そびらを一百むちうちて、そのきやう後をこらさせ給ふを、殺威棒となつけたり」。ここに再登場する「殺威棒」は見事な接ぎ木の一つであろう。しかし島守の娘、紫苑のおかげで竹世は鞭打たれることなく、かえって背中を労られる。流人たちが流木を「せおふ」中で、僕介に「ちとおせなかをながしませう」と声をかけられるのである。

紫苑のために野衾を懲らしめた竹世は、湯本に赴いて捕縛される。領主の母親とその情夫のもとに野衾がいたせいである。

たけ世は法六がなさけにより、ごくそつら心してそびらをかろくうちしかば、しもとの苦つうなかりけり。この日ふたあゐの紫おんは、しもべぼく介にふろしきつつみをせおはせて、いでて町はづれなる茶店にをり、竹世がよぎるをまちつけて、いそがはしくはしりいでて、なごりをおしみなみだをそそぎて…

（第六編下）

背を鞭打たれた後に、背負っていた風呂敷包の金を渡されるという連なりには「背」のテーマを見て取ることができる。「むなさきよりそびらまで、たちまち篦ぶかにいぬかれて、あなやと一トこゑさけびもあへず、のけぞりたほれていきたえけり」。野衾の一味が同士討ちになるところにも「背」が登場している。

青芝夫婦に再会した竹世は虚無僧に扮装し、金剛山をめざす。

今のあを入道が、わがせおひたるたびつつみに、まなこをつけていく度となく、見かへりたるもいといぶかし。もしわれを引とめて、くるるをまちてひそかにころして、路銀をとらんとほりする事の、たくみもそこにならずやは…

（第六編下）

風呂敷を背負って、付け狙われるが、「背」と「目」の関係が馬琴の小説を形作っているといってよい。

第七編も文政十二年一月に刊行された。執筆の状況を日記から一部、抜き出しておく。文政十一年三月八日「今朝より傾城水滸伝七編、被為興御稿」、九日「傾城水滸伝七編、被為遊御稿候」、十日「傾城水滸伝七編、被為遊御稿候。御風邪御順快」、一一日「傾城水滸伝七編、被為遊御稿候」、一二日「傾城水滸伝七編、被為遊御稿候」、一三日「八犬伝七輯壱之巻弐番校合・石魂録後輯下帙五之上巻、御校合被遊候後、傾城水滸伝七編、被遊御稿候」。越後春日山で酒を飲んで暴れ、「たびづつみをそびらにおふて」逃げ出した竹世は、大箱と再会する。大箱は越中仏ヶ原で、鎌倉方を恨む三勇婦に出会い、源頼政の孫、花的と出会う。しかし黒部の小姓、桂之介のせいで捕縛されてしまう。

思ふには似ぬわか衆かな、わが一言のまごころもて、救ひて事なく帰したる恩をあだなる非道のしひこと、げに直からぬ心やと、いはせもあへず組子らは、大はこを押伏て、そびらをいたくうちしかば、皮やぶれ肉あらはれて、ちしほはしもとをそめにけり。（第七編上）

宥和の手紙を引き裂かれた花的は黒部篤政の屋敷に乗り込み、大箱を救出する（「いたみはそびらのみにして、足にはさせる疵もなし…」）。女武者たちは富山城主茂孝が派遣した秦名を味方につけ、江鎮泊に赴く。

第八編も文政十二年一月に刊行された。執筆の状況を日記から一部、抜き出しておく。文政十一年五月一二日「つるやへ宗伯大病ニ付、水滸伝八編著述、やくそくより及延引候趣、伝言たのミ遣ス」、同一三日「鶴や板水滸伝八編、今日より稿之。壱の巻本文一丁半書画出来、二の巻五丁絵わり出来、本文半丁、稿之」、二四日「水滸伝八編二の巻、筆工かき入ことばがきとも五丁、稿之了」、二五日「水滸伝八編三の巻画わり五丁、併二一の巻口絵画わり三丁、稿之」、二六日「水滸伝八編一の巻序文・口絵等、稿了」。

第八編の序で馬琴は「宋史に載たる宋公は、逆賊にして降りしもの也、かくて水滸伝を作りしもの、這賊の字を反覆して、宋江をもて忠義とす、よりて彼稗史なる宋江は初は循吏、中は反賊、後に至ては忠臣たり」と述べている。忠義とは何か、それは単にイデオロギー的な原理ではない。むしろ、拡散した事態を収束しようとするテクストの原理であろう。宋江が「一身にして二心あるに似たり」というのは、記号に負荷をかけ強度化しているからである。

病気の母親のために故郷に戻った大箱は、義太吉殺しの罪で捕縛される。上総に流される途中、「旅包をそびらにおひ」宿所を飛び出し、墨田川を渡る。

ふろしきづつみを、どさりと舟へなげ入れて、おしつづきてぞ飛のりける。さればくだんの舟人は、たくましげなる女也、今幾兵衛らがなげ入れたる、ふろしきづつみの重やかにて、いたこにあたりにあたりて音せしを、只じろじろと見かへりながら、さほとりつめておしいだせば、幾兵衛と紀太郎は、もちたるぼうをとりのべて、きしを一トつきつくほどに、舟はたちまちなぎさをはなれて、おきの方へぞ出にける。（第八編上）

包みの重みでにわかに現実感が増し、棒の一突きでテクストは前に進むのである。この棒もまた接ぎ木として機能しているというべきであろう。

上総九十九里浜に辿り着いた大箱は、背を打たれようとするが、たちまち流人預かりの夏目と親しくなる。「はじめて来ぬる流人には、さつゐ棒のおきてあり。只今そびらを一百うたせん、かくごをせよといきまけども、大はこさわぐけしきもなく…」。殺威棒で打たれる場面は、決まって遭遇の瞬間なのである。夏目の妹分が力寿である。

力寿も水をおよぐことは、人なみに得たるものなれども、水中の働きは、かなふべくもあらざりけり。一人ははだへ墨のごとく黒く、一人ははだへ雪ににてしろし、両人水中にありて、浮つ沈みっ争ふ程に、白き女は黒き力寿を、おししづめては水をのませ、又引あげては息をつかする。（第八編下）

これは力寿と下貝が争う場面だが、鮮やかな黒と白は白紙に墨で書くという営みを示しているようにみえる。この後、大箱は酒楼の壁に詩歌を記すが、亀菊を呪う証拠となり捕縛される。「しもとをもてつづけさまに、そびらをいたく打つほどに、大箱はなほしばらく、苦痛をしのびてはじめのごとく、狂ひののしりたりけれども、かはやぶれにくあらはれて、血しほそびらを浸せしかば、つひに苦痛にたえずして、はくじやうつかまつらんと叫ぶ…」。亀菊の従兄である上総国司は、大箱を謀反人として処刑するため、女韋駄天の夏目を都に遣わす。

四　火の活用術　〈天保元年〉

第九編は天保元年一月に刊行された。執筆の状況を日記から一部、抜き出しておく。文政十二年四月一八日「昼前、鶴屋喜右衛門来ル。傾城水滸伝稿本催促也。雑談後、帰去」、同二四日「傾城水滸伝八〔九？〕編著述の為、和漢人物姓名等見合せ、入用書抜、其余、下拵ニ取かかりおく。明日より右著述の為也」、同二五日「傾城水滸伝壱・弐の巻、絵わり。但、壱の巻ハ五丁之内一丁半、絵わり筆工も稿之、弐の巻の口半丁、筆工稿之。終日也。今

日、雨天閑寂。外ニ、所用并ニ来客・来書なし」、同二六日「傾城水滸伝九編壱之巻本文書画共壱丁半、弐之巻五丁、稿了」。

近江路で夏目を捕まえた赤西は、偽書を持ち帰るよう提案する。

かめきくはそのはじめ、うたひめでありしころは、悪筆ではべりしを、なりいでしよりしのびしのびに、だいし師やうをならひしかば、今では能書の聞えあり。しかるに今大津のしゆくに、やまと文字うゐ梨といふをんなの手かきあり（中略）又篆刻をよくするものは、これも亦大津のしゆくに、ひじり小かたなゐり妙といふをなごあり。（第九編上）

書くことは偽作の問題と結びつく。書かれたものにはいつも偽書の可能性が残るからである。書家の植梨と篆刻家の鐫妙に亀菊の偽書を作らせようとしている。

真弓と腐鶏は二人をおびき寄せて、小蝶のもとに案内する。

まゆみはわざとうちまけて、はしるをやらじとうゐ梨、ゐり妙、一トまちあまりおふほどに、木たちふかきところより、あらはれいづる一ト手の大将、これせなやりのくだかけなり。はや両人をさへぎりとどめて、まつしくらにかけんとすれば、まゆみもはやくとつてかへして、ひしひしととりまきつ。（第九編上）

わざと背中を見せて、迎え撃つというのが作戦なのである。しかし、呉竹の指示のもとに作られた偽書は致命的な欠点があった。国司の医師、坂根一犬に見破られて偽書が発覚し、大箱と夏目が処刑されようとするところに、力寿、小蝶たちが駆け付け救い出す。大箱は江鎮泊に母と妹を迎えて、ともに暮らすことになる。

一犬の家を焼き尽くすところには、悪の苛烈さがうかがえる。(3)「いつ犬が家内のものをみなころしにして、その死がいをあらため見るに、あるじいつ犬のなかりしかば、のこりをしく思ふのみ、いへさへやきうしなふたれば、外にかくるるくまもなし」。力寿が人を殺し家を焼き尽くす場面にも、その苛烈さがうかがえる。「りき寿はゐろりの火をかけて、このひとつやをやきすてつつ、ももつゐ村をさしていそぐ程に、兄のしゅくしよにつきにけり」。力寿は兄のもとにいた母親を背負って連れ出す。しかし、母親は山犬に食われてしまう。一匹ずつ増えていく山犬は不気味だが、「みちなきみち」を背負ってきた母親が食われてしまうところは、力寿自身の苛烈さに呼応するものといえる。母の腕を「ふろしきにおさめせおふて」帰還する力寿は、母親を無事に迎え入れた大箱と対照的である。

第一〇編も天保元年一月に刊行された。執筆の状況を日記から一部、抜き出しておく。文政十二年八月一九日「夜ニ入、傾城水滸伝十編め壱の巻本文〔壱〕丁半、稿之。但、書おろしのミ、詞書未稿也」、同二十日「傾城水滸伝第十編二の巻本文二丁半余、稿之。但、書おろしのミ也。今日、来客・使礼并ニ雨中机上くらく、依之、不得多稿。右十編四巻め迄廿丁ハ、四月中画稿出来。依之、此節稿するハ四巻め迄、筆工のミ也」。同二一日「傾城水滸伝第十編二之巻本文五丁、稿了。詞書、弐丁半遣ル」。

夏目は夏楊、岩檗とともに近江へ赴く。途中、早潮と知り合う。

つらつら見るにかれは手ながえびの早しほとよばれたる、をんなの手つまつかひ也、としころそのわざをもて、奈良、五でふ、たふのみねなんどをうちめぐり、世をわたるものなりければ、とつとりへも折々来て、夏やぎ

らにもしられしもの也。（第一〇編上）

早潮は『八犬伝』の毛野に相当する女手品師であり、馬琴における仮装の重要性を示している。注目するべきは、その料理場面である。

こよひはさむきにいざさらば、たまござふすいしてあたたまらんし、いふに早しほこころ得て、くだんのたまごをうちくだき、なべに入れみそとともにかきまぜて、ときのまにざふすいをたきおろし、みなもろともにたべけり。そのときあるじはふたたび来て、うちくだきたるたまごのからを、見いだしておどろきいかり、ぬすまれしとすいせしかば、だみこえたかくがやがやと三人の勇婦をののしりけり。（第一〇編上）

美食のピカレスクといってもよいが、悪漢小説の魅力とはこうした破壊や混沌や美味であろう。悪が定位されるのは所有が問題となるときにすぎないのである。早潮が盗みの嫌疑を受けて祝部家に捕えられると、女武者たちは早潮を奪い返すため潜入する。

いはひばは又いぬるころ、やまとにてしにたる、いとはりをうるをなごにいでたち、ふろしきにつつみたるはこをせおひ、きやはんをはきてもすそをたかくつぼおりつつはふりの庄へおもむく…（第一〇編下）

読むことは接ぎ木の手法だと述べたが、だからこそ切り株に注目する必要がある。夏楊が渡橋とともに進む場面をみてみよう。

大やなぎなみ木をば、てきことごとくきりすてたれば、しおりにせんものなくなりたり。そをいかにしてよからんやと、とへばわた橋ほほゑみて、よしややなぎをきりつくすとも、くひぜはかならずのこりてあらん、そのきりかぶをしおりにして、ひるのみいくさをすすめ給はば、みちにまよひは無かるべし…　（第一〇編下）

「くひぜ」すなわち切り株こそ栞となり、道標となる。次の場面も同様であり、祝部家に向かう出陣の挿話から、熊を打ち倒した女武者の来歴へ展開するのも必然なのである。

三くに山にわけのぼるに、いづべき月のいまだいでねば、はらからくひぜにしりをかけ、かたみにそびらをうちあはせて、しばらくまどろみたりけるに、たちまちつるおとのしてければ、はらからひとしくおどろきさめて、あたりをきつと見かへるに、いと大きなるあらくまの、どくやに手おひぬとおぼしきが、こなたをさしてはしり来つ。（第一〇編下）

切り株での休憩は『八犬伝』における親兵衛の挿話を想起させる。「舵九郎は見かへりつつ、朽樹の株《くひぜ》に尻うちかけて、肱腋に抱きし稚児を、弄《て》玉のごとく投揚げて、地上へ撻とうち落せば、息も絶べく哭叫ぶ」（第四〇回）。幼い親兵衛が切り株に腰をおろした悪人に苛まれている場面であり、この直後、親兵衛は行方不明になってしまうのである。したがって、切り株は馬琴小説において最も大切な道標にほかならない（『弓張月』第三回、『巡嶋記』第二など）。

五　未完の反復　〈天保二―六年〉

第一一編は天保二年一月に刊行された。越後の幸目、狩倉の姉妹は、熊を仕留めたものの、脛坂毛太夫親子に逆らって捕縛される。その二人を救出するのが古雛と雛形であり、越後から参戦するのである。

たたかひたけなはなりしころ、時こそよけれとふるひなは、ひながたに目をくはして、かの斧をもてはりこしを、うちまもりをるざふ兵のかうべを、みぢんにうちくだき、あるひはかたさき、そびら、ゐさらい、あたるにまかしてきりふせきりふせ、かの七人のはりこしを、ひとつものこらずうちやぶれば…　（第一一編上帙）

主君天野判官の怒りを買った稲妻は脱出して、江鎮泊をめざす。「まづいなづまがくびかせを、てばやくはづしてよういのろようを、かみにつつみてわたしけり。いなづまはそのきんすをうけいただきつ。おやとこがふたたびいくる、こうおんのそのよろこびをのぶるまもなく、ははをせおふていそがはしく、うらみちよりにげいでて、ごうちん泊をさしてはしりけり」。稲妻母子を逃がした朱良井は、そのため佐渡に流される。しかし領主から若君を背負うよう命じられている。

わか丸をそびらにおふて、門外にはしりいで、あるひはのぼりはなどうろう、あちこちのかざりものを、あくまでに見する程に、はや夕ぐれになりしかば、立かへらんと思ふ折、うしろのかたに人ありて、あから井がたもとをひきけり、あから井これにおどろきて、急にあとべを見かへるに、これすなはちべつ人ならず、思ひが

けなきいなつまが、ひそかにたづねて来つるなり。（第一一編下帙）

朱良井のもとを稲妻が秘かに訪ねるのだが、あたかも背負っているのを目印に訪れてきたかのようである。こうして朱良井も江鎮泊に身を投じる。

第一二編は天保三年一月に刊行された。執筆の状況を日記から一部、抜き出しておく。天保二年六月四日「予、唐本水滸伝五十一回より五三回迄、披閲。近々、傾城水滸伝十二編、稿本創し候によりて也。今夕、四時就寝」、同七日「水滸後伝国字評、正誤幷ニ追考二丁、稿之。其後、傾城十二編人物姓名等、稿案。いまだ筆硯に不親故に、不果」、同八日「水滸後伝国字評遺漏一条、今朝稿之。爾後、傾城水滸伝十二編稿案、画わりを励む。然ども不果」、同九日「予、傾城水滸伝十二編壱・弐の画稿に取かかり候へ共、未親筆硯。依之、わづかニ壱丁許、稿之。その間読書。今夕、四時就寝」。女勇者たちは亀鞠の勢力と戦うが、馬琴が戦っているのは『水滸伝』という巨大なテクストである。(4)

越前に赴いた節柴は、目代を殺した力寿を逃がし、捕らえられる。

第一二編下帙は天保四年一月に刊行された。執筆の状況を日記から一部、抜き出しておく。天保三年五月一二日「傾城水滸伝十二編の事、著述当年ハおそくなるべきよし。嘉兵衛ニ申聞おく」、八月八日「薄暮、鶴や喜右衛門代嘉兵衛、傾城水滸伝十二編下帙、廿一丁ほり立、初校ずり一綴持参」。

大箱たちは節柴を救出するため越前に集結する。越前国司綾重は亀菊の従兄で、天狗から伝えられた妖術を使う。大箱は大和から幻術を操る著を呼び寄せ、綾重を破る。

めどぎは小たかきところにのぼりて、四方にまなこをくばりつつ、今あやしげがじゆつをもてのがれんとせしを、きつと見て、手にほうけんをぬきもちてそなたにむかひて、きりはらへば、あやしげ又々じやじゆつやぶれて、おこせしくもにのるを得ならず、たちまちだうとおつるところを、いなつますかさず手ほこをもて、そびらをぐさとさしぬきて、くびをとりてぞさしあげける。（第一二編下）

これは著と稲妻が綾重を討ち取るところだが、背中が狙われていることに注目しておきたい。まさに幻術の盲点であろう。

馬琴は読本と合巻の相違について記している。読本が文章を中心にするのに対して、合巻は絵を中心にするという。

がふくわんのゑさうしは、いつちやうごとにゑがきあらはすをもて、さてはゑぐみにおなじやうなるとかさなりて、いとなしかたきところおほかり。これらはみるひとのこころつかざる、さくしや大こまりの場所也。よみ本はさしゑなれば、文をもてともかくも、つづるとならばつづりもせん、がふくわんは文をりやくして、画をむねとするものなるに、たたかひのだんのつづくにいたりて、ひとつひとつにはゑがきがたく、よしやゑかきたりともすでに右にいへるごとく、おなじすがたのおほくなりては、なかなかにうるさし。（第一二編下）

馬を連ねて攻め込む連環馬について語った後、馬琴は合巻の特質について述べる。とすれば、馬を連ねた連環馬とは冊子を重ねた合巻のようなものではないだろうか。馬琴の合巻は、まさに連環馬の解体を描いたところで途絶してしまうのである。

第一三編上帙は天保六年一月に刊行された。執筆の状況を日記から一部、抜き出しておく。天保四年四月一九日「昼後、鶴や喜右衛門来ル。予、対面。右ハ傾城水滸伝十三編め稿本催促」、八月二日「予も庭のかた付もの手伝、昼後、月代いたし、けいせい水滸伝、画組壱弐枚、下画つけ候へども、久々休筆ニ付、出来かね候間、そのまま差置」、同三日「予、今日、けいせい水滸伝十三編め上帙、廿二丁之内、画わり四丁、稿之。四時、如例、一同就枕」、同四日「予、昼の間、けいせい水滸伝十三編め、上帙の内、画稿三・四丁、稿之」。

亀菊は京家の女武者所の芍薬、韓藍、沢蟹たちの追討軍を派遣し、連環馬によって江鎮泊の軍を苦しめる。京軍はさらに石火矢の術をもつ打出を加えるが、大箱は打出を捕虜とし味方に引き入れる。連環馬を破るため鎌槍を用意し、その使い手である院の御所の女武者を誘い出す。早潮、柚花、夏目の連携プレーをみてみよう。

はやしほは、かぶとをせおひぬすみかへりて、よんべのしゆびをかやうかやうと、ゆのはなにささやきつげて（中略）くだんのかぶとのふろしきづつみを、せおひあげつつゆのはなに、わかれていでてゆきにけり。（中略）なつめはひたすらはやしほのはたらきをほめてかぶとをうけとり、べつのふろしきにおしつつみ、せおうふてやがてはやしほにわかれて、ごうちん泊へかへりけり。そのときはやしほはかぶとのからばこを、もとのごとくにふろしきにおしつつみつつ、そびらにして、あちへへ立より、こちへも立より、あるひはさけをのみいひをくらひて、人の目につくごとくにしつつ、ひとりゆうゆう寛々と、大津のかたへおもむきけり。

（第一三編上）

わざと人目を引くこと、それが罠なのである。読者もまた空箱に釣られて読み進めるのであって、小説テクストとは一種の空箱といえるかもしれない。空箱をめぐって反復が繰り返されるからである。

ひとりのをんな、はなだにささりんだうのもんつきたる、ふろしきつつみをせおひつつ、むかひのよこまちのほとりより、こちねんといでて来つ、ひがしをさしてはしりゆくを、こなたのふたりはきつと見て、まがふかたなきふろしきつつみは、かぶとのぬす人也けりと、とはでもしるき心のよろこび、まつしくらにおつかけて……（第一三編上）

こうして早潮は、鎌槍の使い手である除夜を誘い出して味方につけ、馬の足を薙ぎ払って連環馬を破ることになる。信州に落ちのびた芍薬は、山賊となった友代たちに名馬を奪われるが、国司の勢力を借りて山塞を攻撃しようとする。「そのあけがたにいひをかしぎて、はやくしやくやくにすすめしかば、しやくやくはかみをとりあげすがたをつくろひ、さてあるじにはやどせんと、やとひちんさへおほくとらせ、よろひをせおはせなぎなたをもたして、めごめの城へおもむきて、やどのあるじをかへしけり」。友代に加勢を求められた金剛山の妙達たちが信州に赴くというところで、本作品は未完となっている。

おわりに

以上、『傾城水滸伝』を概観してきたが、馬琴の小説手法が多少なりとも明らかになったのではないかと思う。それは言葉の張力であり、書き手の受難であり、背負う形象であり、火の活用術であり、未完の反復であった。切り株を繋いでいく接ぎ木の手法と呼んでもよい（児孫のため同心株を買い求めた馬琴の姿が思い合わされる）。諸々の反復が書物の生産や流通など社会的な広がりをもつことはいうまでもないだろう。

天保五年十二月三日の日記に「予、眼病ニて、けいせい水滸伝、作不出来故、未及其義、水滸伝十三編下帙ハ来年つづり可申、その後の事ハ、可及断存候趣等、略文ニて申遣し…」とあり、馬琴はある程度書き継ぐつもりでいたようである。嘉永元年九月一一日「おミち代筆、雑記之内、壱ケ条記之。其後、傾城水滸伝十三編上帙読かけ、半分にして、未果」、同一二日「おミち代読、傾城水滸伝十三編上帙、今日、不残、読畢」とみえる。馬琴は続稿を書き継ぐため女性の協力を得ているのだが、まさに女勇者たちと同じ境遇にいる。

ところで、『烹雑の記』中巻には馬琴の見た夢が記されている。高田衛『江戸幻想文学誌』（平凡社、一九八七年）にも言及があるが、その冥界訪問譚は馬琴の責任論を考えるとき興味深い。「身長六尺あまりなるいとおどろおどろしき盲法師が、嚮《さき》に予を誘引《いざなひ》来れる忘友をうつ俯《ぶし》に踏すえ、汝何の為に陽人を伴ひ来れる。今もしこれを忽《ゆるがせ》にせば、必地府の制度《さた》を乱さん。とくいへ。いはずやと罵つつ打懲すにぞありける」。盲目の法師が踏みつけているのは友人の背中である。しかも、馬琴は背後から呼びかけられる。「忽地、袂を引ものありけり。驚つつ見かへれば、外姑なり。声をひくめて、よからずよからず汝速に帰るべし。もし帰らずば、彼友ますます笞をうけん。人を苦むるは善根にあらず。とくとくといそがしたり」。自ら罰を受けるのではないが、罰を受ける友人の姿に馬琴はそれ以上の衝撃を受ける。馬琴は友人の責任まで背負っているといってよい。あたかも自らの読本の一場面のようであり、馬琴の重苦しい冥界譚は秋成の「夢応の鯉魚」に見られた自由な境地とはなはだ異なるだろう。

拙稿「自然とテクスト」（『日本文学』二〇一三年五月号）では「震災ユートピアの文学」と呼んでみたが、馬琴小説は悪夢を生き抜くサバイバルの文学と呼ぶこともできる。八犬士はまさに戦乱、暴力、虐待を生き延びていたのである[5]。結論としていえば、馬琴小説とは因縁や物語を背負って生き延びるテクストであろう。馬琴の苛烈さとは火の苛烈さであり、馬琴の重苦しさとは背負う重苦しさにほかならない。

続く補論は、同じ馬琴の手になる『新編水滸画伝』初編、『風俗金魚伝』、『金毘羅船利生纜』、『新編金瓶梅』について論じたものである。

注

（1）古井由吉、あるいは中上健次と金井美恵子といった対照的な作家が、「背」に対して意識的にみえる点で類似しており、この言語形象の重要性を指摘できるのではないかと思う。背負うことについては拙稿「交通・移動・運搬」（『物語とメディア』有精堂出版、一九九三年）も参照されたいが、『さんせう太夫』には厨子王を金焼地蔵に見せかけ背負って運ぶ挿話がみられる。尾崎紅葉『恋山賤』（一八八九年）は男が女を背負う点で明治版伊勢物語というべき小品である。馬琴の影響をうかがわせる用例としては嵯峨の屋おむろ『くされたまご』（一八八九年）に「若き女背向になりて熟睡せり」とあり、泉鏡花『歌行燈』（一九一〇年）に「背向に成つた初々しさ」、『天守物語』（一九一七年）に「身を捻つて背向になる」とあるのが注目される。しかし、『夢十夜』（一九〇八年）の「第三夜」を描いた漱石が馬琴の後継者であることは確実であろう。『明暗』（一九一六年）には「彼らの背後に脊負つてゐる因縁は、他人に解らない過去から複雑な手を延ばして、自由に彼等を操つた」とみえる（一〇七）。漱石と同じく多くのものを背負った作家は島崎藤村であり、また『念珠集』（一九二六年）の斎藤茂吉である。

（2）京伝、馬琴の読本を扱った前章では、それぞれの合巻について論じることができなかった。ここで少しだけ京伝の合巻の「背中」に言及しておく。「連尺を付けて一人にて背負ひ、磨針峠を何の苦もなく打返越しければ、これを見る者、よも人間にてはあらじ、天狗の業なるべし、と評判しけり」（文化四年『於六櫛木曾仇討』）。「古葛籠の内に姫の井を押入れ、少々の貯へも共に入れて、背負ひ、信濃の国をこころざして…」（文化四年『敵討岡崎女郎衆』）。「柿太郎を助けばやと、背中に負ひて逃げたれども、前の世の約束事にや、柿太郎は突殺され栗松は恙なし」（文化五年『侠侠双蛱蜨』中）。「浪花は背中を叩きつけ、もふお睡気の出る時分、ちとの間、ねん寝遊ばせ、賢ひお子じや、よいお子じやと言ひつつ、立ちて揺上げ…」（文化五年『八重霞かくしの仇討』二）。「葛籠の内に、月若を押入れて背中に負ひ、備後の方へ急ぎける」（文化五年『敵討天竺徳兵衛』前編）。「捕へて手拭の猿轡を嵌ませ、葛籠の中へ押入れて背中に負ひ、何処ともなく走行く」（文化六年『松梅竹取談』八）。「わしと一緒に行き候へとて、なでしこが死骸を葛籠に入れてしつかと背負ひ…」（文化六年『累井筒紅葉打敷』四）。「背中の彫物を見て、さても姉様の顔によく似たと思ふ」（文化六年『志道軒往古講釈』五）。「背骨を撃抜き、さしもに猛き十兵衛、後ろへはたと倒れたり」（文化八年『暁傘時雨古手屋』）。背中、葛籠、死骸は密接に関連しており、京伝の合巻ははなはだ読本の世界に近いのである。「姫を背中に負ひ参らせ…旅館へと帰行く」のは『咲替花之二番目』（文化八年）であり、「姫を背負ひ館を立退く」のは『今昔八丈揃』（文化九年）である。

（3）第二編の結末、「火はみな雪に打消されて、灰さへ冷たくなりにければ、僅かに心を安くしつ」から「山芋倉の方に当りて火焔、天を焦がして燃え出でければ、ここに再び驚きて」に至る切迫した場面を忘れてはならない。燃え上がらせるのは悪である。『新編水滸画伝』初編は馬琴の手になるが、巻七に「魯智深瓦罐寺を火焼く」の章、巻一〇に「陸虞候草料場を火焼く」の章がある。

（4）天保三年十一月二八日の日記に「つるやニて、すいこ伝十二編七通り・金瓶梅二へんの下七通りとりよせ畢。右ハ、過日荻生惣右衛門取次のよしニて、同人頼之薩州おくより、琉球人江みやげニ被遣候よし也」とある。『弓張月』で琉球から多くを受け取った馬琴は、こうして琉球に何がしかを返したことになる。

（5）江戸時代後期について考えるとき、コーネリアス・アウエハント『鯰絵』（小松和彦ほか訳、岩波文庫、二〇一三年）ははなはだ興味深い。八犬士は江戸時代の鯰と相同的に捉えることができるのではないだろうか。いずれも、破壊者であり救済者だからである。「子供衆は、此世界は鯰の背中にあると思ふ、さにあらず」と京伝の才気は否定しているが（『三歳図絵稚講釈』）、鯰絵によれば誰もが揺れる背中に乗っていることになる。馬琴の随筆類には災害の記述が少なくない。

補論一　『通俗忠義水滸伝』と『新編水滸画伝』初編の比較

『通俗忠義水滸伝』は『水滸伝』の翻訳であり（上編宝永七年、中編安永元年、下編天明四年）、読本に大きな影響を与えたとされる。とりわけ山東京伝の『忠臣水滸伝』はその訳文を多大に利用したという（徳田武、『日本古典文学大辞典』）。だが、初編のみ馬琴の手になる『新編水滸画伝』（文化二・四年）は同書に拠らなかったらしい。挿話の順番や表現の細部が異なるからである。本作の出典については神田正行『馬琴と書物』（八木書店、二〇一一年）の第二部が詳しいが、ここでは「背」の表現をめぐって両者を比較し馬琴の特異性を探りたい。まず巻頭の「訳水滸弁」で馬琴が述べているところに注目してみよう。

水滸伝に十三箇《か》の文法あり。所謂《いはゆる》倒挿法、夾叙法、大落墨法、綿針泥刺法、背面鋪粉法、弄引法、獺尾法、正犯法、略犯法、極不省法、極省法、横雲断山法、鸞膠続絃法、これなり。この事金聖歎が外書に舒《のべ》て詳《つまびらか》なり。和漢《わかん》文章を異にすといへども、纔《わづか》にその意を受てこれを訳せり。（『新編水滸画伝』の引用は有朋堂文庫による）

馬琴自身の稗史七則と比較が可能だが、とりわけ「背面鋪粉法」は注目される。馬琴が「背面」に拘っていることがわかるからである。以下、『通俗忠義水滸伝』（汲古書院、一九八七年）と比較しながら『水滸画伝』初編をみていきたい。また参考のため、一二〇回本を底本とした幸田露伴訳『水滸伝』（『国訳漢文大成』）を掲げておく。

前にすすみし一人は、十七八歳の女子《をなご》にて、背後《うしろ》に従ふ一人は、五六十歳の老児《おきな》なるが、手には串柏板《びんざさら》をぞもてりける。（巻四「魯提轄拳して鎮関西を打つ」）

魯達之ヲ看《ミル》ニ十八九歳ノ女ト。六十有余リ老翁ナリ。（『通俗』巻二上）

前面一箇《ひとり》の十八九歳的の婦人、背後には一箇の五六十歳的の老児、手裏に一串の拍板を拿《と》り、都来《みな》つて面前に到る。（『国訳』第三回）

『画伝』では「前にすすみし一人」と「背後に従ふ一人」の対比が注目される。『通俗』にはそれがみられない。

魯達が猛威《いきほひ》に懼怕《おぢおそ》れて、勧解《あつかは》んとするものもなく、彼店二《はたごやのこもの》も、この光景《ありさま》に驚き呆れて、人の背後《うしろ》に躱《かく》れけり。（巻四「魯提轄拳して鎮関西を打つ」）

鄭屠カ家僕并ニ隣家ノ者トモ。魯達カ兇猛ニ怕《ヲソ》レシカバ。勧解《トリアツカヒ》ヲスル者一人モナシ。（『通俗』巻二上）

小二扒将起来し、一道の烟と走つて店裏に向ひ去つて躱了《かくれをは》る。（『国訳』第三回）

『画伝』は「背後」を強調している。『通俗』にはみられないので、馬琴の筆法であろう。

忽地《たちまち》魯達が背後《うしろ》のかたより、張大哥、などてここに在《おは》すや、と呼びかけて、その肩を拍《たた》くものあり。畢竟《ひつきやう》この人は是いかなる人ぞ。そは次の巻を読得てしらん。（巻四「魯提轄拳して鎮関西を打つ」）

後ニ人在テ魯達カ背脊《セナカ》ヲ拍《タタ》ヒテ詞ヲカクル者アリ（『通俗』巻二上）

畢竟《ひつきやう》魯提轄を扯住する的《もの》は是甚人《なにびと》ぞ。且《かつ》下回の分解を聴け。（『国訳』第三回）

誰かが背後から呼びかけるところで章段を閉じ読み手の興味を掻き立てる手法である。『通俗』では別のところに「背後《ウシロ》ニ人アツテ。李逵カ肩ヲ打テ云ケルハ。張大哥ハ此ニ在テ何ヲナスヤ。李逵急ニ頭《カフベ》ヲ回シテ。其人ヲ看ルニ…」とあるが（巻二一「假李逵剪径劫単人」）、馬琴はそれらを活用しているのであろう。『傾城』ではお達が背中を叩かれるところである（初編下）。

監寺《かんす》は魯智深を、師兄師弟《すひんすてい》の衆僧に相見《ひきあは》せ、やがて誘引《いざなひ》て、僧堂《しよけれう》の背後《うしろ》なる、叢林《はやし》の中の選仏場に住はせける。

（巻五「趙員外重て文殊院を修す」）

都寺《トス》。魯智深ヲ引テ。諸ノ師兄師弟ニ相見セシメ。直《スク》ニ僧堂背後。叢林裡選仏場ニ来テ。魯智深ヲ。此処ニ住セシム。

（『通俗』巻二上）

真長老便《すなは》ち道《い》ふ、且請ふ員外方丈に茶を喫《こ》せよと。趙員外前行す、魯達跟《つ》いて背後に在り（中略）都寺《つうす》魯智深を引て衆師兄師弟を参拝了し、又僧堂背後の叢林裏の選仏場に引去つて坐地せしむ。

（『国訳』第四回）

「やがて誘引て」というところが馬琴の工夫かもしれない。「背後」の一語は後で活かされる。

魯智深はその後影《うしろかげ》を目送《みおく》りて、呵々《からから》とうち笑ひ（中略）酒いよいよ湧上《わきのぼ》り、大に酔《ゑひ》て足の踏《ふみ》どころをしらず、直裰《ぢきてつ》を把て褪膊《はだをぬ》ぎ、両隻《ふたつ》の袖を腰の間に纏著《まきつけ》て、脊上《せなか》の花繡《いればくろ》を露出《あらは》しつ、やがて山に登り来る…

（巻五「趙員外重て文殊院を修す」）

魯智深ハ。一桶酒ヲ飲テ大ニ酔。褪膊《ハダヲヌイ》テ両袖ヲ腰ニ纏ヒ。刺《イレズミ》シタル背《セナカ》ノ花綉《クハシウ》ヲ露シ。大踏歩《ヲホアシフミ》テ。山上ニ回リ来リ…

（『通俗』巻二上）

智深早直綴を把つて、膊《はく》を褪し下来し、両隻の袖子《しうし》を把つて纏して腰裡《えうり》に在り、脊背上《せきはいじやう》の花綉《くわしう》を露出し来り、

両箇の膀子を扇着して山に上り来る。　（『国訳』第四回）

後姿を見送る、これは馬琴独自の表現であろう。『通俗』にはみられない細部だからである。もちろん、馬琴は『水滸伝』の刺青を大いに学んでいるにちがいない。

潜《ひそか》にその背後《しりへ》にありて、彼が為《なす》ところを張望《うかがへ》ば、魯智深仏殿の後《うしろ》にゆきて屎《くそ》を撒《たれ》けり。（巻五「趙員外重て文殊院を修す」）

後《アト》ヨリ出テ看タリケレバ、魯智深仏殿後《ウシロ》ニ在テ。屎《シ》ヲ撒《タル》ル。　（『通俗』巻二上）

外に赶《はしり》出来り尋ぬる時、却て走つて仏殿後に在つて屎を撒す。　（『国訳』第四回）

『画伝』のほうが「背後」を強調している。糞尿譚はスサノヲ的細部ともいえるが、『傾城』にはみられない。

丘道人背後《うしろ》より前《すす》み来つ、朴刀《ながかたな》を抜欹《ぬきそばめ》て、大踏《おほまた》に歩みよるを、魯智深は背後《うしろ》に脚歩響《あしおと》するを聞けども、見かへるに遑《いとま》なく、既にその人影ちかづくを見て、暗算《やみみち》的《の》人《ひと》ありと叫ぶ……　（巻七「九紋龍赤松林に剪逕す」）

人音更ニナカリシカハ。又厨《クリ》ノ背後《ウシロ》ニ転出テ。此処ヲ看ニ一間ノ小屋アリ。　（『通俗』巻三）

智深正《まさ》に闘ふの間、忽ち背後の脚歩の響を聴き、却て又敢《あえ》て頭《かしら》を回《かへ》して他《かれ》を看ず、不時に一箇の人影の来るを見、暗算する的の人有るを知道し、一声著と叫ぶ。　（『国訳』第六回）

『画伝』は短い一節でサスペンスを醸し出す。『水滸伝』に従っているようだが、背後に近づく足音を描くところが冴えている。

史進は逃さじと赶《おひ》かけつつ、一條《ひとすぢ》の朴刀《ながかたな》、背《そびら》の上に撲地《はた》と響《ひびけ》ば、道人が首地上に落て、軀《むくろ》も倒れて血に塗《まみ》る。憐《あはれむ》べし崔道成丘小乙、化して南柯の一夢となりつ。正是従前過事《まさにこれじうぜんあくじ》を作《なす》ときは、無幸一斉《わざはひひとしく》来るとは、今この二人がうへにぞありける。（巻七「九紋龍赤松林に剪逕す」）

一朴刀す。撲地《はた》と一声響き、道人倒れて一辺に在り。史進《ししん》踏入去り、朴刀を掉転し、下面を望んで只顧《ひたすら》肐肢肐察的に搠《つ》く。智深橋を趕下《かんか》し去り、崔道成の身後を把つて一禅杖す。憐む可し両箇の強徒、化して南柯の一夢と作《な》る。正に是《これ》従前作過せる事、無幸にして一斉に来る。（『国訳』第六回）

この部分は『通俗』にみえない。章段はここで閉じられており、印象的である。勧善懲悪的な一文も『水滸伝』に従っていることがわかる。史進は『傾城』の衣手に当たる。

やがて包裏《ふろしきづつみ》を索《たづぬ》るに、なほ就裏《そのまま》にてありし程に、魯智深はこれをとりて旧《もと》のごとく背負《せお》ひ、角門《くぐりもん》の裏《うち》に入りて、彼擄《とらは》れ来りし女子《をなご》を素《もとむ》るに、これも井《ゐ》に投《しづみ》て死にけり。（巻七「魯智深瓦鑵寺を火焼く」）

智深又方丈ノ後《ウシロ》ニ至リテ彼ノ女《ムスメ》ヲ尋ヌルニ。女モ同ク頸ヲ縊テ死畢ヌ。智深ハ遂ニ包袱包《フロシキツツミ》ヲ尋ネ取《トリ》…（『通俗』巻三）

魯智深、包裹有り了《れう》するを見、原《もと》に依つて背了し、再び裏面に尋到る。（『国訳』第六回）

背負う身振りに対する馬琴の拘りを見て取ることができる。『傾城』では妙達が風呂敷を背負う場面になっている（第二編上）。背負うイメージは『通俗』にも「包袱包ヲ背《セナカ》ニ背《ヲフ》テ家ヲ出」などとみられるが（巻二二「石秀智殺裴如海」）、馬琴はそれらを活用しているのであろう。

両箇《ふたり》の潑皮《あぶれもの》は、やがて池水に身を浸して洗ひ了《をはり》しかば、破落戸等《いたづらものら》衣服二つを脱て二人に被《き》かへさせ、魯智深が背後《しりへ》に跟《つき》て、みな廨宇《やくしょ》の裏《うち》に来れり。（巻八「花和尚倒に垂柳を抜く」）

智深カ曰。我汝等ト説話《セッハ》センニ。我ニ随《シタカツ》テ来レトテ。便《スナハ》チ衆人ヲ引テ。廨宇ノ内ニ帰リケリ（『通俗』巻三）

両箇の潑皮洗了する一回、衆人一件の衣服を脱して他《かれ》両箇に与へて穿了せしむ。智深叫道《よびい》ふ、都《すべ》て廨宇裏に来りて坐地せよ、説話せんと。（『国訳』第七回）

『画伝』のほうが「背後」を強調している。また、洗う、着替えるなど細部が詳しい。花和尚こと魯智深が『傾城』の妙達である。

彼漢《かのをとこ》その背後《しりへ》に跟《つき》て歩み来つ、惜《をしむ》べしこの宝剱《はうけん》、遂に識者《しるもの》なし、といふ。林冲これをば耳にもかけず、なほ魯智深と打《うち》つれだちて、やうやく巷《まち》に入りしかば、彼漢その背後《しりへ》にありて、かくひろき東京《とうきん》に、軍器《うちもの》を識る人の、たえてあらざるこそうらみなれ、と二たび三たび独言《ひとりごち》ければ…（巻八「豹子頭誤て白虎堂に入る」）

一人ノ大漢《ヲヲヲトコ》手ニ一挺《フリ》ノ剱ヲ持テ独言《ヒトリコト》ニ云ケルハ。未タ我《ワカ》此宝剱ヲ識者有ス。若能《モシヨク》此宝剱ヲ識者アラハ。我是ヲ売ン。林冲之ヲ聞テ怪シミナカラ智深ト談話シテ已ニ二三十歩計リ行過ケルニ。彼漢子《カノ》復《マタ》林冲カ後ヘニ随ヒ来テ。只顧《ヒタスラ》嘆シテ云ケルハ…（『通俗』巻三）

那《か》の漢跟《つ》いて背後に在りて道《い》ふ、好一口の宝刀、惜む可し識者に遇はずと。林冲只顧《ひたすら》智深と走着し、説得て巷

に入る。那漢《かの》又背後に在り…　（『国訳』第七回）

これは豹子頭林冲を陥れて、その妻を奪おうとする高俅の企みである。ここでも『画伝』のほうが「背後」を強調している。『傾城』では亀菊が桜戸に鏡を盗んだ嫌疑をかけ軟清を奪おうとする挿話に相当する（第二編上）。

林冲を呼出して、長枷《なかきかせ》を除了《とら》せ、背《せなか》を打事《うつこと》二十杖《つゑ》、そののち文筆匠《いれずみし》に命《おほせ》て彼が面頬《ほほ》へ刺《いれずみ》させ、地方《ところ》の遠近を量《はかり》て、滄州《さうしう》の牢城へ配《なが》すべしとなり。（巻九「林教頭刺されて滄州道へ配さる」）

林冲ヲ策《ムチウツ》コト二十杖ニシテ。頬《ヒタイ》ニ刺《イレスミ》ヲシテ流人《ナカシモノ》ノ罪ヲ印《シルシ》（中略）滄州ニ流シケリ。（『通俗』巻四）

林冲を叫《よ》びて長枷を除了し、二十の脊杖《せきぢやう》を断了し、箇《こ》の文筆匠を喚《よ》びて面頬に刺了し、地方の遠近を量りて、滄州牢城に配するに該《あ》つ。（『国訳』第八回）

『画伝』は「背」を強調している。『通俗』にはみられないところである。『傾城』では桜戸が背中を鞭打たれ、佐渡に流罪となる（第二編下）。

老のくり言はてしなく、なごりをしげに見えければ、林冲とかうの言語《ことば》もなく、伏拝つつ衆《もろもろ》の、隣舎《となりびと》にも別《わかれ》を告《つげ》て、包裹《ふろしきづつみ》を背《せなか》に負ひ、やがて東西にわかれ去ぬ。（巻九「林教頭刺されて滄州道へ配さる」）

張教頭及ビ諸ノ隣家ニ辞別シテ。包裹《フロシキ》ヲ脊背《セナカ》ニ背《ヲヒ》。遂ニ二人ノ下官ニ随テ。酒店《サカヤ》ヲ出シカハ…（『通俗』巻四）

林冲身を起して謝了し、泰山并《ならび》に衆隣舎に拝辞し、包裹を背了し、公人に随着して去了す。張教頭、隣舎と同《とも》に路を取つて家に回《かへ》る。（『国訳』第八回）

背負う、惜別する、章段が閉じられる、この一連の流れは馬琴独自のものであろう。『通俗』では章段途中にある目立たない身振りにすぎない。

林冲も脊負《せお》ひ来りし包を下《おろ》して、彼等が口を開《ひらく》を等《また》ず、包裹《ふろしきづつみ》より所持の碎銀両《こだまぎん》をとり出し、店小二《みせのこもの》を央《やと》ひて、些《ちと》の酒殽《さけさかな》と、些の米とを買ひ、盤饌《ぜんぶ》を安排して董超薛覇に喫《くは》せ、われもうち喫《くひ》て、枷《くびかせ》をかけられたるままに倒れ臥しけり。　（巻九「魯智深大に野猪林を閙す」）

只傍ラニ倒レテ打臥《ウチフシ》ケリ。（中略）早ク路ヲ急ゲトテ。彼棒ヲ以テ。只顧《ヒタスラ》林冲カ背脊《セナカ》ヲ搠《ツキ》ケレハ。林冲尚《ナヲ》潸然ト流涕シテ…　（『通俗』巻四）

包裹を解下す。林冲也《また》包を把つて来り解了し、公人の口を開くを等《ま》たず、包裹より些《さ》の碎銀両を取つて、店小二を央《たの》み些の酒肉を買ひ、些の米を糴来り、盤饌を安排し、両箇の防送公人を請《こ》うて坐了して喫せしむ。　（『国訳』第八回）

林冲の背中を突くイメージは『通俗』のほうが明解だが、『画伝』はもっぱら背負う姿を強調している。

当時《そのとき》董超薛覇の二人は、手に棒を挙起《ふりあげ》て、林冲を打殺さんとす。浩処《かかるところ》に松の樹の背後《うしろ》にあたりて、雷《いかづち》の鳴《なる》がごとく、一声《ひとこゑ》高く吼《ほゆ》るとやがて…　（巻九「柴進が門に天下の客を招く」）

薛覇已《ステ》ニ棒ヲ揮《フルフ》テ。林冲カ眉間ニ劈《カザ》シテ。打テカカル所ニ。俄ニ松ノ樹ノ背後《ウシロ》ニ。雷ノ如ク吼《タケ》ル声アツテ…　（『通俗』巻四）

只見る松樹の背後に、雷鳴也《また》似たる一声し、那《か》の一條の鉄禅杖飛将し来り…　（『国訳』第九回）

背後から魯智深が現れるところであり、『画伝』はここで章段を新しく始めるのが印象的である。

包裹《ふろしきづつみ》と水火棒《せいばいぼう》を提《ひさ》げ、林冲が包をも、かはりてこれを背負《せお》ひ、四人斉《ひと》しく林子《はやし》の裏《うち》を走り出で、ゆく事三四里にして、村口《むらのいりくち》に小々《ささやか》なる酒店《さかや》ありしかば、四箇《よたり》の人はこの店にやすらひ…（巻九「柴進が門に天下の客を招く」）

郷稍《サトハズレ》ニ一間ノ酒肆《サカヤ》アルヲ見テ三人斉《ヒトシ》ク酒肆ニ入テ。坐ヲ列《ツラネ》リ。（『通俗』巻四）

前に依りて包裹を背上し、水火棍を提了し、林冲を扶着し、又他《かれ》の替《ため》に包裹を拕了し、一同林子を跟出し来る。三四里の路程を行得て、一座の小小《せうせう》の酒店の村口に在るを見る。（『国訳』第九回）

『画伝』は背負うイメージを強調している。『通俗』にその様子はみられない。とはいえ、『通俗』の「去来《イサ》某背ヒ奉テ。馳行ントテ。遂ニ盧俊義ヲ背《セナカ》ニ背《ヲ》ヒ」などに馬琴は学んでいるのであろう（巻二八「劫法場石秀跳楼」）。柴進に当たるのは『傾城』の節柴である。

朔風《さむかぜ》に背著《そがひ》、歩《あし》に信《まか》せてゆくゆく、いまだ二三町ならざるに、只見《とみ》れば路《みち》の傍に一箇《ひとつ》の古廟《ふるやしろ》ありけり。（巻一〇「林教頭風雪山神廟」）

朔風《サクフウ》大ヒニ起リシカハ。草堂ノ東南ノ柱風ノ為ニ吹動サレテ。（中略）ヒタスラ東ノ路ノ雪ヲ踏開テ。足ニ信《マカ》セテ往《ユキ》ケルカ北風大ヒニ雪ヲ満天ニ飛《トバ》セテ…（『通俗』巻五）

北風を背着して行く。那《かの》雪正に下《ふ》り得て緊《きび》しく、半里多路に行き上《のぼ》らず、一所の古廟を看見る。（『国訳』第一〇回）

「そがひ」の強調、これこそ馬琴の独自性であろう。『通俗』には全くみられない細部だからである。『傾城』でいえば、佐渡に流罪となった桜戸の挿話に当たる。

『通俗忠義水滸伝』に比べると、馬琴の『水滸画伝』には「背」に対する拘泥ぶりを見て取ることができる。前章で述べた通り、これが馬琴の署名なのである。以上の比較は『傾城水滸伝』（文政八年―天保六年）を読むとき、多少の参考になるであろう。なお、『画伝』は『国訳』に近いので、一二〇回本に拠っていたと推測される。高俅自身、背中を鞭打たれた無頼の人物であり（第二回）、宋江は「背瘡」を患う人物だが（第六五回）、第一三回に「背後に人を看るは最も難し」とある虎こそ馬琴が『水滸伝』から学んだ最大のものかもしれない。

補論二　馬琴の合巻――『風俗金魚伝』『金毘羅船利生纜』『新編金瓶梅』

馬琴の合巻『童蒙話赤本事始』（文政七年）は「かちかち山」を脚色したもので、背中を火で焼かれているが、背負う形象を見て取ることができる。「背負《せお》ひ来りし葛籠《つづら》の物を打開けて阿狗《おいぬ》を入れ、更に背負ふて急ぐ程に、道にてまが田に出《で》つ交《くは》せ、挑み争ひ気を失ふて、これかれ二つのその葛籠を、取り替へられしも知らずして、その明け方に開きて見れば、阿狗は内にあらずして、思ひがけなき雀姫《すずひめ》也」（新日本古典文学大系）。背負う形象がたちまち交換へと展開していくところが興味深いが、ここではもっと長篇の合巻を取り上げて論じてみよう。長編の合巻は背負う形象を必要としているからである。

一　『風俗金魚伝』を読む　〈文政十二年―天保三年〉

馬琴の合巻『風俗金魚伝』は中国小説『金翹伝』の翻案物だが、未完のまま中断された（文政十二年―天保三年）。足利時代の末、摂津国難波村で異国伝来の金魚を商う浪人の娘、魚子が主人公であり、無実の両親を救うため身を売る。店の主人からは「そびら」を激しく打たれている（第一）。

つづらのうちなるなきがらをいだして、うを子のうは着をはぎとり、てばやくつづらへおしかくして、くだんの女のなきがらに、うを子がきぬをうちきせて、はやおちこちに火をはなち又、かの女のなきがらを、けむりのうちへなげすてて、うを子を入たるようゐのつづらを、いぬ平にせおはせて、みなとをさしてぞにげさりける。（引用は大阪府立中之島図書館所蔵の板本による、第二）

これは岸に流れ着いた死骸に魚子の衣服を着せ身代わりとし、魚子を背負って誘拐するところである。攫われた魚子は長門国赤間の遊女となり、赤穂の御用商人東太郎に身請けされる。しかし、本妻の鶉橋は実母の計井と謀って赤穂に連れ帰り、下女として酷使する。

うを子がゐりがみ、かいつかみ引たてて、しようじのひらきしえんがはより、地上へだうとつきをとし、おきんとするをおこしもたてず、しもとをあげて丁々はたと、そびらゐさらい用捨なく、つづけさまにぞうちこらす。（第二）

計井に続いて、鶉橋の虐待が待ち受ける。「うのはしはいふがひなしと、いらだちながらうしろより、うを子がそびらを丁とつく。つかれてうを子はけとんで、ねこのくはえしへびのほとりへ、うつふしにたふれけり。これにぞねこはおどろきて、へびをはなちてにげさりつ。へびもまたにげまよふて、まろびしうを子がふところへ、はひ入らんとしたりしかば、うを子は一トこゐあなやとさけびて、たちまちにいきたえける…」。

さらに魚子は琴と歌を強制される。「つかたらうは今このうたを、きくにむねまづふたがりて、なみだのやるせなかりしかば、ゐひたるさまにもてなして、そがひになりてふしてをり」。魚子の存在は鶉橋を虐待へと駆り立てる。「うのはしいたくいきまきて、うを子がえりかみかいつかみ、いとながやかなるきせるをもて、そびらをうつことしきり也」。計井と鶉橋による虐待を知った東太郎は背中を慰める。

写経のふでをなげすて、すがりつきつつよよとなく。なみだはさながら夕たちあめに、ながるるひぐちにことならず、つかたらうも目をしばたたきて、やをらそびらをかいさすり…（第三）

二人はほとんど盲目になっているかのようだ。写経を強制して虐待する点も興味深いのだが、東太郎は銀器を与え、尼寺に逃げ込むよう教える。

ぢぶつだうなる銀器のものを、しのびやかにとりおろして、ふろしきにおしつつみ、しかとせおふてしのびいで、からくしてうら手なる、つきかきをのりこえて、外のかたへのがれいで、つかたらうがおしへしままに、ひがしをさしてゆく。（第三）

背負ってきたものこそが試練と受難を生み出し、物語を展開させていく。銀器を預かった尼君は、盗みを疑われてしまうからである。

ふぢまきのしのをとりあげて、はや覚えんをおしふせて、そびらをうたんとする程に、あやむべし覚えんの身のうちより、かくやくとひかりをはなつとみえたるが、たか介いぬ平アツとさけびて、しもとをすててふしまろびたる、ひびきにせうじはばたばた、たふれて内なるはから井と、うの橋ももろともに、ひとしくだうとのけぞりて、しばしはおきもえざりけり。（第四）

笞を振り上げると相手は光り輝く。その意味で、背を打つことは宗教的な顕現にも連なっているのである。（1）後に魚子はこの尼に導かれて、前世の悪縁から脱することになる。

二　『金毘羅船利生纜』を読む　〈文政七年―天保二年〉

馬琴の合巻『金毘羅船利生纜』は中国小説『西遊記』の翻案物だが、未完のまま中断された（文政七年―天保二年）。以下の引用は大阪府立中之島図書館所蔵の板本による。

金毘羅参詣の船中で、金毘羅神の本地が語られる設定である。神代、イザナギが火の神カグツチを斬った血が固まって二つの石になったという。一つは讃岐の象頭山であり、もう一つから岩拆神が生まれる。すなわち孫悟空に相当する。役行者に弟子入りし岩拆のかびら坊と呼ばれ、竜宮で手に入れた伸縮自在の金箍棒を持って暴れ回る（第一編）。

アマテラスに従わず、出雲大社やツクヨミの月宮殿を荒らす。ヤマトタケルに抵抗し、その孫である八幡大菩薩が観世音の助力で捕らえ、釈迦如来がその背中に大盤石を載せて押さえ付ける（「大ばんじゃくを岩さきがそびらのうへになげ…」）。三善清行は鶴の卵から生まれた子供を育てる。それが役行者と弘法大師の生まれ変わりで、出家して浄蔵と名乗る（第二編）。清行は道真左遷とともに追放されるが、醍醐帝の病気を治し、朝廷に復帰する。帝は地獄巡りをして蘇生し、道真のため太宰府に天満宮を建てる。道真の子供を預かった竹田日蔵と世居の夫婦は、金策に悩み、ともに自害する（第三編）。

延喜十年九月、韃靼船に便乗して、浄蔵法師は金毘羅神主を迎えるため天竺に旅立つ。韃靼との国境、両界山で、岩拆のかびら坊が浄蔵の弟子となり、竜宮の金鱗が竜馬となって浄蔵を乗せる（第四編）。熊の妖怪黒風大王の難を切り抜け、羽悟了と出会い、八戒と名づけ従者とする。鎌鼬の妖怪黄風王の悪風に苦しむが、天竺流沙川で鵜悟定と出会い、沙和尚と名づける（第五編）。岩拆が五庄観で仙果を盗み食いしたため、浄蔵は「そびら」を打たれるようとする。ついに八戒の讒言で岩拆は浄蔵から勘当される（「いなみそがひになりてうちむかふべくもあらざれば…」）。その間に堕落した牽牛星、波月洞の黄袍老怪に浄蔵は捕らえられるが、戻ってきた岩拆が、黄袍の妻である織女星の沈魚に変身して救い出す（第六編）。

稲花洞の玉面魔王、銀面魔王は山を移す術で、富士山を載せて岩拆を押さえ付ける。しかし、宇賀の御魂の神に救われる（第七編）。浄蔵は三輪山大明神の助けを借りて、烏鶏国王を殺した道士全真を退治し、もとの獅子の姿に戻す。岩拆は井戸の中にあった国王の死体を八戒に背負わせ、蘇生させる。さらに火雲洞の魔王で嬰児に変身した赤孩児が浄蔵を捕らえ、岩拆を火焔の術で追い詰めるが、観世音の助力で降伏させる。それが善財童子となる（第八編）。

本作品では背中に岩を乗せられていた主人公が、その重石から解放されて活躍する点に注目しておきたい。主人公が危機に陥るのは山を背負わされるときであり（「岩さきがそびらにおしかけ…」第七編二）、嬰児を背負うときなのである（「くだんのへんげをせおひあげてすこしおくれてゆく程に心のうちに思ふやう…」第八編三）。自ら背負うことなく、誰かに背負わせようとするのは危機を回避するためであろう（「かのなきがらをせおひつつひかれて井戸よりいでにけり」第八編二）。鶴屋南北の合巻『金比羅利生敵討乗合噺』（文化五年）に背中の強調はみられない。

三　『新編金瓶梅』を読む〈天保二年—弘化四年〉

馬琴の合巻『新編金瓶梅』は中国小説『金瓶梅』の翻案物である（天保二年—弘化四年）。本作の出典については神田正行『馬琴と書物』（前掲）の第三部が詳しい。室町時代、山城国矢瀬の村長文具兵衛の弟、武具蔵は妻の折羽、息子の武太郎、武松とともに鎌倉に下り餅店を任される。父母が亡くなった後、武太郎一人故郷に帰るが、田畑財産を文具兵衛と山木の夫婦に横領されようとしていた。それが発覚する場面である。

…激しき下知に雑兵等は、承りぬと応《いら》へも果てず、走り懸かりつ、文具兵衛と山木を、やにはに押し伏せて笞《しもと》を上げて鞭打つ事、早一百に及びしかば夫婦、背《そびら》の皮、肉破れて血潮は胸迄流れけり。

（引用は若山正和編『新編金瓶梅』下田出版による、第一集）

ここでも馬琴の小説は「背」を打たれることで始動するのである（舞台は山背国の「八背」とも読める）。背を打たれるのは、真相が明らかになる瞬間にほかならない。妹婿の九郎五郎（黒五郎）の力添えで、文具兵衛夫婦は追放される。

妻子と別れた文具兵衛は堺で土を買って、埋められていた大金を手にし、生薬屋となって成功する。それが西門屋文字八である。

…背戸《せど》の内にささやかなる築山のありけるを見出して、ここは究竟《くつきやう》なる土にこそあれ、頼りを求めて買ひ取らばや、と思ふ…

（第一集）

「背戸」は隠されたものがあることを予感させるが、大金は九郎五郎が愚直な武太郎から騙し取ったものであった。「堺に住処を求めし頃、背戸にささやかなる築山あれば件《くだん》の金、八百両を密かに瓶《かめ》に納めつつ山の半腹《なかはら》を掘り穿ちて埋め置きたる事の由」を語る通り、金と瓶と梅（埋め）という本作の三要素が揃っている。大金を失った九郎五郎は乞食に身を落とすが、息子の黒市は西門屋の養子となる。本作の主人公、啓十郎であり、好色淫蕩で本妻のほかに妾をもつ。

啓十郎に許嫁の刈藻を奪われた空八は、西門屋に乗り込むが、返り討ちに合う。

しばしば拷問せられしかば、空八、苦痛に耐へずして刈藻《かるも》に恋慕したるにより、かれを取り返さん為に、無き事を言ひかけて狼藉に及びし由、無実の白状してければ、日を経て、罪を定められ、背《そびら》を一百打たして、やがて追放せられけり。（第二集）

「背」への打擲が啓十郎の悪を際立たせている。啓十郎を殺そうとして、誤って許嫁の父親を殺した空八は自害に追い込まれる。啓十郎は空八の許嫁を手に入れて妾とする。

文具兵衛の娘は阿蓮と名乗り、武太郎の後妻となるが、夫を裏切っている。

六十四郎は我が休息所の為にとて武太郎に金を取らせて背戸の方に二階造りの小座敷を設《しつ》らはせ、その身の京より来る毎に、ここにて阿蓮と酒打ち飲みて淫楽をのみ事とす…（第二集）

「背戸の方」が隠し事の場であり、淫楽の場なのである。啓十郎もまた「背戸」を隠し事に活用している。

その夜さりは啓十郎も忍び来て、背戸の内に隠れて居り。その時、妙潮は人目を窺ひ立ち出て、啓十郎を行灯部屋へ引き入れて隠し置き、小夜更けて瓶子が閨《ねや》へ忍ばする事しばしばなれども、初めの程は心腹の腰元の他に知る者なし。（第三集）

比丘尼茶屋の主、妙潮はかつて鎌倉の餅屋の女房で不義密通を犯した女だが、その手引きで徒花屋の女房、瓶子と密通するのである。ともに「背戸」を活用する二人がいっしょになるのは必然であろう。武太郎を殺害した啓十郎は阿蓮を妾とする。

三好家の執事である船館幕左衛門から、息子の苫四郎を連れ戻すよう依頼された啓十郎だが、二人とも投獄されてしまう。「苫四郎が草履取り節内といふ者をも進めて、共に逐電しつつ金銀荷物を分かちて、背負ひ多気の城下を離るる事」を九郎五郎たちも知ることになる。

此日、七つ下りに国司の雑兵五六人、手に手に割竹六尺棒を突きならして苫四郎と啓十郎を此所まで追つ立て来て、即ち掟の条々をいと厳めしく言ひ渡して、縛《いまし》めの縄を解き許し、割竹を以て二人が背中を三つ四つ五つ打ち叩きて、やがて多気へぞ帰りける。（第四集）

背負うことが強調されているので、「背」への懲罰は不可避であろう。草履取りの節内が「脊」を踏みつけられるのも必然といえる。

倒れ伏したる穴市《あないち》に、忽ちはたと躓きて、消し飛ぶ弾みに節内が脊《そびら》を強《したた》か踏みにじれば、うんと呻きて息吹き返へす。二人の手負ひは血刀杖に身を起こす、程しもあらず、木立ちの陰より出て近付く九郎五郎《くろごろう》が提灯はたと斬り落とせば、あなやと叫ぶ蔦平が声、諸共に穴市、節内、眼《まなこ》眩み心惑ひて敵も味方も見分かざりけん、双方等しく一味斎《いちみさい》を討たんと激しく閃かす刃に…（第四集）

楠一味斎の小柄を盗んだ穴市など盗賊たちと争い苫四郎は亡くなるが、啓十郎だけは不死身である。淡路の材木伐採の入札で幕左右衛門と結託し巨利を得た啓十郎は、その娘、野梅と通じ浪花に連れ帰る。阿蓮は野梅の許嫁、帆九郎と通じるが、邪魔になると毒酒を飲ませて殺害する。

　予て示し合はせたる秘事松《ひじまつ》は、時分を計りて、忍びやかに、ここに来つ。流れし穴蔵の血を拭ひなどして夜更けて帆九郎《ほくろう》と野梅《のうめ》が亡骸を密かに背戸より背負ひ出して、上着の褄を結び合はせて井戸の内にぞ沈めける。
（第七集）

「背戸」が、隠された行為であることを印象づけている。亡骸を背負う秘事松は忠義な存在といえる。

　掛けたる罠に足を取られて忽ち、どうと仰けさまに、そびらを打たせて倒ふれしかば、屏風の後ろに隠れたる、秘事松すかさず走り出て、上《のぼ》しかかりて啓十郎が両手を押さへて動かせず。
（第七集）

邪魔になった啓十郎を殺害するために、阿蓮に協力するのも秘事松にほかならない。[2] 毒酒を飲まされた啓十郎はもがき苦しみ、醜悪な廃人となる。

　…背《そびら》を掻かせ手足を擦《さす》らするに、その膿血、掻く者の手に粘り着きて且、痒く且、臭き事の耐へ難ければ、瓶子、阿弐は今更に色も恋も醒め果てて耐ゆべくもあらねば、怖れて、その後は寄り付かず。（中略）夜着、掻い遣りて逃げんとするに、啓十郎は腰抜けたれども、力強ければ抱き留めて放さねば、皆、諸共に泣き叫ぶのみ、

更に詮方無かりけり。（第七集）

膿血の粘着性はそのまま啓十郎の粘着性であり、悪の粘着性といってもよい。毒酒のせいで半身不随となった啓十郎を背負うのは、鳶の飛蔵である。

…さて白市を賺し拵へて、件の革籠に打ち入れて又、風呂敷に引き包み、元の如くに背《そびら》に負ほて又、啓十郎をそが上に打ち乗せて、やと背負ひ上ぐるに五十路に余る鳶なれども、人に優れて骨逞しく力、猶、余りあれば、斯かる重荷を物ともせず、またまた呉服を助け引きて暗峠に指しかかるに既にして日は暮れけり。（第八集）

戦乱のため西門屋は炎上し、本妻の呉服は夫と息子を伴って逃げるが、暗峠で盗賊に襲われてしまう。谷底に突き落とされた啓十郎は、かろうじて助かり乞食となる。武庫山の賊主、暴九郎に拉致された末、山塞を奪って破滅した阿蓮と再会するが、二人とも病を受け斑模様である。

武二郎と改名し諸国修業に出ていた武松は、阿波の一味斎に学び、三好家に仕えたものの、盗賊の嫌疑を受けて淡路へ流される。難破の末、竜宮城に赴き、悪路王を退治して歓待される。

…大亀はいざ疾《と》く疾くと急がすにぞ、武二郎は且、感じ且、喜びを人魚に述べて、亀の背《そびら》に打ち乗れば、身も諸共に浮き上がりて行くとも知らず、来るとも覚えず千鳥鳴くなる淡路島元の浦辺に着きにけり。（第八集）

毒酒を飲まされて背負われる啓十郎と歓待を受けて背負われる武二郎は、きわめて対照的といえる。病気のため斑模様であった啓十郎、阿蓮は回復することになる。挿絵ではともに頭髪を剃っていて印象的だが、あたかも実母、陸水の尼や息子の白市が二人を白色化してくれたかのようだ。兄を殺された武二郎はようやく仇とめぐり合い、討ち取る。

…武二郎も又、眼《まなこ》早く阿蓮をちらりと見たりしかば、ここなるべしと心勇みて打ち入る背戸の辺《ほとり》に出会ひ頭に啓十郎と面を合はせ、きつと見て、珍しや啓十、阿蓮、今こそ返す兄の仇《あだ》、年頃欲せし優曇華の手向けは即ち怨みの一ト太刀、受けても見よやと呼ばはれば…

（第九集）

「背戸の辺」にいるのがいかにも啓十郎と阿蓮にふさわしいが、二人は尼崎の妙潮のもとに隠れていたのである。このとき突然、「背戸の方」の乗り物から手裏剣が飛んでくる。投げたのは武太郎の娘、琴柱であり、次のように語っている。

…背戸の方に乗物を立てさせて内の様子を漏れ聞くからに、いと悦ばしき御身の仇討ち阿蓮、啓十を打ち倒ふして又、悪比丘尼、妙潮を押し捕へんとし給しに、妙潮、予て巧みにけん御身の年期証文と十五貫文の負ひ目の事を言ひ出つ窘《たしな》めて身を逃れんとしたりしかば…

（第一〇集）

「背戸の方」は一貫して隠し事を印象づけるのだが、妙潮は舩虫のようにしぶとい。「十五貫文の負ひ目」は妙潮がかつて餅屋の女房だった頃、夫の五紋次が銭を用立てしたと言い張り、それを武二郎の「負ひ目」にして逃れようとする。なぜ、悪はかくも執拗なのか。阿蓮は武庫山の賊主の妻となったので国賊とされるが、暴九郎や秘事松が滅んでも、生き延びてきた。逆に、なぜ善人ばかりがあっけなく死を遂げるのだろうか。

…鎌倉なる望月五紋次、壇之浦平次左衛門、この男女四人《よんたり》は悪人ならずして、儚く世を去りし者なり又、悪人には西門屋《にしかどや》啓十郎、多金の阿蓮《おれん》、尼妙潮、遣らず小僧秘事松《ひじまつ》を初めにて啓十郎が側妾《そばめ》…　（第一〇集）

善人は滅び、悪人は生き延びる。第八集の巻頭には「蓋蚕《けだし》は絲を吐き。蜘蛛も亦《また》絲を吐く其《その》吐く所の物。異ならねども。蚕は絲に作り綿に為《な》り絹に為《な》る。（中略）蜘蛛の行ふ所。其絲をもて網に作《す》りて。小虫を係《かけ》て啖《くら》ふのみ。然《され》ば大廈《いか》高楼の櫨《のき》も竹垣に籬の坦《なだらか》なるも。久しく帚《はは》せざるときは。此が為に汚されて。其《その》本色を失《つく》へり。儻《もし》膳中に入るときは。人を殺すの大毒あり。恬《かか》ればこの策子《さうし》に見《あら》はしたる。武松琴柱《ことぢ》は蚕に似て。阿蓮啓十は蜘蛛にも如《しか》ざる」とあった。これによれば、善人は死ぬほかない蚕であり、悪人は不死身の蜘蛛ということになる。結末近くには次のような場面がある。

…その日も既に暮れしかば皆、諸共に立ち掛かりて瓶子、寒八、意安、念蔵を門口へ引き出し、背《そびら》三ツ四ツ、打ち悩まして、叩き放しにしたりける。　（第一〇集）

「背」を打たれ追放されることで始まった物語は、「背」を打って追放することで閉じられる。しかし、テクストは開かれている。かつて追放された文具兵衛が成功を収めたように再び展開がないとも限らない。なぜなら、悪は執拗だからである。文具兵衛が埋められていた瓶に助けられたように、宝が埋められていないとも限らない（武二郎は亀に助けられていた）。なぜ、文具兵衛なのか。それは文具が宝を引き出すからではないだろうか。『新編金瓶梅』

を書くことで、馬琴は中国小説『金瓶梅』から埋められていた宝を引き出すのである。

注

（1）いささか場違いだが、蕪村における「背」に注目しておきたい（引用は古典俳文学大系による）。『新花摘』に「狸ノ戸ニオトヅルルハ、尾ヲモテ扣クト人云メレド、左ニハアラズ、戸ニ背ヲ打ツクル音ナリ」とあるが、これは直後の挿話に繋がっていくように思われる。「おびも結ひあえず、ころもうち抜きつつ、ふくらかなる睾丸の米嚢のごときに、白き毛種々とおひかぶさりて、まめやかものはありとも見えず」。ここで強調されるのは棒状のもの（尾・男根）でなく、球体状のもの（背・睾丸）であろう。筈ではなく、球体のユーモアが蕪村を特徴づけている。「炎のない背中流すや夏はらへ」は軽やかで、清冽である。それに対して、芭蕉を特徴づけているのは重みと緊張感かもしれない。『笈の小文』の一節「物に包て後に背負たれば、いとどすねよはく力なき身の、跡ざまにひかふるやうにて、道猶すすまず」には旅の苦難がうかがえる。その「背をおし」ていたのは西行、宗祇を貫道するものにほかならない（『幻住庵記』三）。ただし、興味深いのは芭蕉が最終的に「背」を払い捨て消し去る点である。「一つ脱でせなに負けり衣がへ」は「一ツぬひで後に負ぬ衣がへ」となる。「秣負ふ人を枝折の夏野哉」という句も『おくの細道』からは消えている。「乞食袋首かけて、小風呂敷せなかに負ひたれバ、影法師ハさながら西行らしく見えて殊勝なるに、心ハ雪と墨染めの袖と、思へば思へば入梅晴のそらはづかしき…」と記す一茶は芭蕉の奥州紀行にあこがれるが、娘の死に引き留められている（『おらが春』）。一茶にはさらに不吉な事態が続く。「朝とく背おひて負ひ殺しぬ」とあるように、息子もまた奪われるのである（「石太郎を悼む」）。だから、「脊から児が声かける茸哉」の句は痛々しい（『七番日記』）。

（2）『金瓶梅』の西門慶が死ぬのは媚薬の飲み過ぎによってであり（第七九回）、『金瓶梅』は媚薬が毒薬になる作品といえる。逆に馬琴の『新編金瓶梅』は毒薬が媚薬になる作品ではないだろうか。たびたび使用される毒薬が作品の反復的リズムを作り出しているからである。愛欲にまみれ邪魔になると殺害する、それが繰り返されるのである。

補論三　八文字屋本の身体表象——背のはげたる者と背負う者

『八文字屋本全集』全二三巻（長谷川強ほか、汲古書院、一九九二〜九年）という労作が刊行されているので、そこから背負う形象を中心とした「背」のテーマ系を取り上げてみたい。馬琴におけるそれと比較するためである。なお、引用に際しては読みやすく読点を句点に変更した。成立年代については同全集に従う。

全集一からみていく。『けいせい色三味線』（元禄十四年）の序に「艶顔をすこしそむけて紅舌《こうぜつ》のうごく有さま、月雪花にかへられたものでなし」と記された「紅舌」こそ欲望の象徴なのかもしれない。自然よりも人間の欲望が際立つからである。遊女たちは「紅舌」を万客になめさせる。

江戸之巻一は狐の話だが、「何ほどつかふても尾の出ぬほどの身躰になりて、背のはげたる女郎買、鳥井を越《こへ》し粋《すい》こつひと、世の人のうらやましがるほどになしてたびたまへ」と祈っている。八文字屋本には「背のはげたる」が頻出する。『日本国語大辞典』（第二版）によれば年功を積み、老獪になることだが、欲望の手練手管にたけたということでもあろう。「汗にぬれて、日当りに背中ほすてふ、あまのかく山…」とあるが（鄙之巻三）、こうしたパロディ的な欲望の充足が浮世草子の特質である。「こりや惣市素人《しろふと》が腹をさすればわるい、背筋《せすじ》をそろそろさすつてやれとあれば、畏てうしろへまはるを、イヤもうようござんす、辰弥爰《ここ》へ来て背中《せなか》をさすつてくれよと禿《かぶろ》をよばるれば…」（宝永六年『遊女懐中洗濯』江戸之巻一）。これによれば、背中もまた欲望の身体器官になっている。

次は全集二に収められた『けいせい伝授紙子』（宝永七年）である。「背中をさすりていわるれば、尾をふりて表の方へかけゆきしが、しばらくありて又来り」（二の二）。犬に手紙の使いをさせるところだが、欲望を満たし手懐けている。だが、時代物ふうで読本的にみえる場面もある。「蜜書をちいさき紙にしたため、こよりにひねりて人形筆の中にさしこみ、小間物箱の内へ入て、又船右衛門に背負《せおは》させてやりければ…」（五の四）。

『野白内証鑑』（宝永七年）巻二に「ことさら左の中々《たかたか》指のないはくせものなり」とあるが、『傾城禁短気』（宝永八年）の一節は指の恐ろしさを語る。「女郎の指はおそろしい物でござる、切レてはなれた指先の力で、持つたへた野山竹木迄かきよせられ、今は在所の住居もならず…」（二の四）。遊女の真心を示すはずの指が死人の指を買い取ったものでしかないことが暴露されている。本作で「紅舌をうごかし」述べられるのは戯言経である（五の一）。

『野傾旅葛籠』（正徳二年）には濃密な場面がある。「うしろより手をまはし、じつとしめつけたまふ所へ、家来の木工平葛籠《つづら》を背負《せおひ》、やうやう来り…」（二の一）。これは背負う者の介入によって、同性同士の情事が終わりを迎えるところである。「昔から背中《せなか》に腹はかへぬといひしは、女色好の詞とおぼへり」とある通り（三の一）、背中より腹の欲望を描くのが浮世草子の伝統ということになる。


全集三をみてみよう。「背中《せなか》をなでていはるる、是はふしぎなあいさつとおもひながら、のりかかれば…」（正徳二年『魂胆色遊懐男』三）、「手など自然と男の背中《せなか》へまはされ、尻もいつとなくうごき出て、よいきみなるやうす」（同四）。八文字屋本においては背中もまた欲望の器官である。だが、乱闘を予感させるところは読本への先駆けにもみえる。「似せ師直の背中につきて道をいそがせ見むきもせずに行中に、大森彦七とて安狂言師の素人《しろと》末社…背中に負《を》ふてまいらせん所の人と見申せば、くどふは申さぬ負賃《おいちん》の情《なさけ》おがつてんでござらふといへば…」（正徳二年『忠臣略太平記』四）。しかし「背中におふて半町ばかりゆけば…ふりあふのきて顔をみれば、声色《こはいろ》とはかくべつ世界の悪女」と続くのであって、乱闘の予感は滑稽へと転じている。

全集四の『西海太平記』（正徳三年）に「銀《かね》の行衛ほど定がたき物はあらじ、はるかなる雲の上人より出て下《しも》ざまの手へくだり、都にあるかとすれば田舎へまはり、関東へ下る銀箱《かねばこ》馬の背《せ》をくぐめ…」（三の二）とあるように、背は欲望の度合いを計る器官になっている。

全集五はどうか。「黒土ふまぬ女郎の中々一足もいけず、必定追手《おつて》はかかるべしこはいかがとあせり、やうやう業平の背《せな》に負《おひ》て芥川といふ所を出行ける…」（正徳四年『女男伊勢風流』二の一）。これは業平をまねた色好みの姿である。

「清盛入道、松のまへに幻《うつつ》をぬかし、味もなふ恋を仕かけ背《せなか》をほとほとたたいて…」（正徳五年『風流誂平家』三の二）。ここで背中を叩くのは恋の身振りとなっている。しかし、背負うのは戦うためであり、背負う形象は戦いと結びつく。「さらば両人は表の口と背戸口《せとぐち》に待臥《まちぶせ》し給へ…」（四の二）。「ひとつにたばねて脊負《せおい》けるより、弁慶が七つ道具とて…」（五の二）。次の用例も同様である。「忠信が背負箱《せおいばこ》の中より、一升入のさし樽取出し冷《ひや》でござりますがと持出れは…」（正徳五年『義経風流鑑』一の四）。「矢は継信が胸板を抜て、後にまします大将の着背長《きせなが》にはつしと立…」（四の一）。だが、「枕ざうしの端本、灸《やいと》の膿付たる背当《せなかあて》、色比丘尼の文…更に御用を仰置れたる御書《ごしよ》らしき物はなかりき」というところは欲望に塗れた物を列挙する点で浮世草子に近い（一の二）。

全集六に収められた『分里艶行脚』（正徳六年）の姉妹は「背負《せおい》たる物」欲しさに男を殺すが、突然出家する（四の二）。あっけなく出家するところも浮世草子に近いだろう。また次の一節は指のテーマについて教えてくれる。「しらせ申為にとて団三郎ゆびくい切て、其血にて委細を書したため…」とあるが（正徳二、三年頃『当流曽我高名松』五の三）、指は書くことと密接に結びついている。「ふたりが命をかけて二世迄かはるなかはらじと、互に小指を喰切《くひきり》、其血をひとつに絞り出し、娘は男の肌着に誓詞をかけは…」（享保二年『世間娘気質』四）。このように指を切ることは、きわめて近世的な身振りにほかならない。

「今更我をにくからぬ心中ならば、指を切《きれ》といひ出す」（『けいせい色三味線』大坂之巻一、全集一）、「私浮気《うはき》で申ませぬ証拠をお目にかけませんと、紙入よりさすが取出し、指枕《さしまくら》に季指《こゆび》を当て切らんとする…」（元文三年『御伽名題紙衣』一の二、全集一四）、「心の誠をいひふくめて、二世も三世も変らぬといふ証拠のため是見られよ、此脂《ゆび》は陸奥が我らに切てくれし小脂《こゆび》…」（寛保二年『刈萱二面鏡』二の二、全集一六）とあるように、指を切ることは象徴的な行為といえる。『椿説弓張月』の白縫が裏切り者の指を切断するのは、約束を守らせようとする意図があったのかもしれない。

全集七に収められた『義経倭軍談』（享保四年）は背後の恐怖について教えてくれる。「かつらの前は兵法指南の息女ほどありて透間《すきま》を見て早若《はやわか》が腰刀の柄《つか》を取て引ぬきうしろさまに背中をぐつとさしとをさる…」（五）。また、全集八に収められた『役者色仕組』（享保五年）は背中が何かを隠していることを教える。「背中をみて少も疵のあるは、何となく出所を尋ねしに…」（巻二）。背後は不安の空間であり、盲点となるのである。

『風流宇治頼政』（享保五年）に「其父薪を折《さく》、其子負荷《おいにな》ふことあたはず、おほくは世間かくのごとく、四民ともに親の跡をふまへて、親の代より増るは稀にして、仕崩すやからはおほかりき」とあるが（一の二）、欲望の世界においで背負って持続することは困難といえる。『国姓爺明朝太平記』（享保二年）巻四でも「其父薪を折《さく》其子負荷《おいにな》事あたはず」と語られていたところであり、娘が「接ぎ木」されている（全集六）。馬琴は、この困難な仕事に一生を費やしたといってよい。

「お客の脊中《せなか》へかぶりついて」離れぬ遊女がいて、「せなかは血みどろに成とても、背《せ》に腹はかへられぬ、くるしうないねてかへらふといいぢばる客」がいる（享保六年『日本契情始』四の二）。欲望の世界においては「背」より「腹」のほうが重要なのである。「お腰のしはをのばし背中《せなか》をたたきて今此里へ通ひ男其数をしらず」（享保七年『商人家職訓』二）。老人もまた欲望の世界に通うのである。

全集九はどうか。「やがて老母をおこし参らせ、おいたみはなされませぬかと、かきいだき背中《せなか》をさすつて参らすれば…」（享保七年『桜曽我女時宗』三の二）。老母の背中が情愛を促している。それに対して、男の背中は仇討ちへと結びつく。「父が討れし十三年忌、念力とどきて湯あがり背中《せなか》をふいて見とどけし、右の肩の大疵《きず》は、まぎれもなく親の敵」（享保十一年『出世握虎昔物語』一の三）。

また背負う形象は下人のイメージになっている。「お羽《は》打からせし浪人とみへて、破れ紙子《がみこ》に朱ざやの大小指たる男、痩つかれたる下人に古つづら脊負《せおは》せ来り…」（享保十二年『女将門七人化粧』四の一）。こうして盗んだ物を返却するのは武士の矜持を示し、仇討ちへと繋がっていく。

『頼朝鎌倉実記』（享保十二年）には「六十六部の背負箱《せおひばこ》を負《おひ》たる廻国の修行者」が登場し（四の二）、背負箱から娘が出てくる。「老人夫婦は背《せな》に負《おい》つれまいれと、夫婦を下人が背中におはせ、飛《とぶ》がごとくに六波羅の館へ帰りぬ」（同四の二）というところは下人の役割と老夫婦への労りを示す。『大内裏大友真鳥』（享保十一年）では「背負《せおい》し三味線の箱の底」から刀が出てくる（二の二）。

全集一一に収められた『風流東大全』（享保十六年）では背負っていたものからドラマが生まれる。「泊番の役人の、番葛籠を背負たる中間三人内より出、欠《あくび》まじりに寝のたらぬ、跡の中間うつつにて、彼《かの》さふらひに行あたり…背負ひしつづらの底をなでてみれば、手は紅に染《そみ》てげり」（一の一）。

『けいせい哥三味線』（享保十七年）は欲望の在処を教えてくれる。「都の女中は物見だけく、けいせいといふものは、人にかはつて背中に穴もあいて有やうに思ふて…」（二の三）。傾城の背中に開いているという穴こそが欲望を掻き立てるのであり、それによって歌三味線を響かせるのである。「脊中《せなか》ながして進ぜふとしなだれかかれば…」（享保十八年『風流友三味線』三の三）、この展開は滑稽本に流れ込むものであろう。

全集一二の『鬼一法眼虎の巻』（享保十八年）は不可視の空間について教えてくれる。「広盛が脊中から胴腹へ芋さすやうにつきぬかれ…」、「ふすまごしに力にまかせてぐつとさせば、むざんやな飛鳥が脊《せ》より乳《ち》の下へ、鐺さき通りあつと計に絶《たへ》いれば…」（三の三）。「背」は不可視の空間、盲目の空間を出現させるのである。

全集一三をみてみよう。「あいごの若を背《せなか》に負まいらせ、立帰らんとする…」（享保二十年『愛護初冠女筆始』三の二）、「廿ばかりの女、風呂敷包背《せなか》にわゆがけ、鉢巻して抜刀さげて息切て走来て、ごぜの内へかけこめば…」（三の三）。何かを背負った人物が現れると、それだけで事件が起こる。「つづらに細引かけて背負《せおい》出んとせらるる所を、三郎引とめ…」（享保二十年『咲分五人媳』四の二）、「対王丸《つしわう》を其儘つづらに入て、およつをつれて葬礼のどさくさ紛れに背負《せおふ》て出る…」（五の一）。何かを背負っている、それだけで十分に怪しいのである。

全集一四に収められた『御伽名題紙衣』（元文三年）は指のテーマについて教えてくれる。「今あふ伊予の大臣へ指切て、のぼしておいて五十両もらふて、助六どのへ進ぜました」（三の三）。指を切るとはきわめて象徴的な行為なのである。

『善悪両面常盤染』（元文三年）をみてみよう。「源氏の郎等波多次郎《はだの》に、姫の着替の入たる葛籠を負《おは》せ、供に付て父師仲卿の御きげんのなをる迄は、次郎にしたがひ暫く何方に成共、御立忍びなさるべし」（二の二）。荷物を背負った人物を側に配すること、それが姫君の形象になっている。

全集一五の『花襷厳柳嶋』（元文四年）には興味深い一節がみえる。「大夫亮殿は又もとの如く、一幅を背《せ》にはさみ、屈背《せむし》と成て座し給へば…」（三の一）。背が曲がっているのは背中に宝物を隠していたからなのである（「家中に悪人あると見付しよりゆだんなく、常に背《せ》にかくしをくゆへ」）。

『龍都俵系図』（元文五年）は流行の遊女について教えてくれる。「当世顔《とうせいがほ》背高く、おしたてすぐれし前帯、盃のせりふ功者、相手をもつてもりつぶす」（二の二）。これは小藤次を討ち取ろうとする遊女の姿だが、「背」はある種の力を感じさせる。「権蔵が勢は、禁庭の威を背《せなか》に負《おふ》て、心づよくはたらくゆへ、若党残ずくなにうたれ、小藤次かなはじとにげ出す…」（四の二）。権威を背負った者に追いつめられ、小藤次は竜宮に赴くことになるが、それによって改心する。

全集一六に収められた『名玉女舞鶴』（寛保二年）の冒頭をみてみよう。「寡は衆に敵すべからず、弱は剛に勝ずといへ共、水能《よく》千万の舟を負《お》ひ、柳かへつて大風の強《つよき》をしのぐ」（一の一）。これは「曽て先賢の詞を閲《みる》に、人の性は善にして不善なしと、是によつて是をみれば、悪も亦《また》悪にあらず」という序文に対応しているのであろうが、柔らかに背負うイメージが女の活躍を導き出している。

『女非人綴錦』（寛保二年）には「念仏となへて見る内に、氷のきつさき徳松が、脊骨《せぼね》をかけてつき通せば、わつと一声其儘息は絶《たへ》にけり」とある（四の二）。こうした幼児の虐殺は、背負うことへの裏切りにほかならない。それに対して、次の一節は安心させようとする身振りになっている。「取持して、逢せてやりましよ悦び給へと背中《せなか》をたたけば与茂太郎は、天へも上る嬉しさ」（寛保三年『薄雪音羽滝』四の二）。

全集一七の『弓張月曙桜』（寛保四年）は源氏を主人公にしており、馬琴の『椿説弓張月』（文化五年）につながる可能性がある。次の一節が注目される。「有やうに申上よ、少《すこし》にても偽らば此上には、水責か火責か牛ざきといふ恐ろしい責もある…背骨をしたたか打のめせば、はつとおどろき目をさませども、元より心気のつかれたる事なれば、又ふらふらと眠り半分現《うつつ》心に目をひらき…」（三の一）。もしかすると、拷問場面は馬琴に影響を与えているのかもしれない。この背骨こそ「弓張月」という題名をもつ作品の骨格であろう[1]。

背骨が押さえられると、身動きができなくなる（「万九が助太刀はかなはぬぞ、勝手次第に汝とぶん蔵両人立合勝負せよ、某爰《ここ》にて見物すると、万九が背中に尻うたげして眼《まなこ》をくばつてゐたりぬ」寛保三年『雷神不動桜』三の三）。ついには死に至る（「指添《さしそへ》をぬいて腹にくつとつき立、背骨をかけて引まはせば…」『百合稚錦嶋』三の二、全集二〇）。背負って逃げたほうに勝ち目がある（「玉の井を背《せなか》に負ひ飛がごとくに急ぎける」延享二年『阿漕浦三巴』三の二）。

全集一八の『今昔出世扇』（延享二年）の冒頭には「眼耳鼻口《がんにびかう》は人の大要、片時も自由ならねばかなはず」とあるが、身体の自由が浮世草子の特質をよく示している。だが、背が高くなると不自由になることもある。「もはや背《せ》も高ふ成たれば、寺子屋通も止《やめ》にしやと留ければ、此娘糸屋の息男《むすこ》にあはれぬ悲しさ…」（四の二）。背が高くなるとは実際に成長することである。だが、芝居の世界では身長が伸び縮みするだろう。「終《つゐ》に朝比奈を見た者もなく、少将が背が高かつたやら卑《ひく》かつたやら、知た者は壱人もなし」（五の三）。

次の一節をみると、姫君の基本イメージがわかる。「父のなさけをおがむばかり、さあつれてのゐて下さんせといふを心へ、咲之助背中《せなか》にしつかとをひかぜに袖のとめ木のはつとちる…」（延享四年『彩色歌相撲』四の二）。背負われるというのが姫君の基本イメージなのである。また姫君の側には何かを背負った男がいなければならない。「大ふり袖の麻帽子下男《しもおとこ》に箱背おはせ道のかたはらに待受る…」（延享四年『物部守屋錦輦』二の一）。

全集一九の『教訓私儘育』（寛延三年）では磁石を集めるため鉄を背負って山に入る。「多くの鉄を人歩共に背負《せおは》せ、かの三枝山の峠にのぼり、真中につみ重ねさせ番をつけおき、是にては生磁石が飛で来る道理と、四五日仮屋《かりや》を建て、見あはせ共、いづれの谷からも石のとぶ事はさておき…」（四の二）。背負う者たちは何かを探索しているのだが、虚しく失敗する。主人公は鉄を嫌う男である。風呂屋なのに風呂が嫌い、刀磨なのに刀が嫌いというのが「我が儘」なのであろうが、そうした皮肉が浮世草子の特質にほかならない。

全集二〇に収められた『優源平哥歌袋』（寛延四年）からは背負われる者と背負う者のイメージがうかがえる。「姫君を車より出しまいらせ、背《せなか》にしつかとおひいづくともなく落行ける…」（二の一）。背負われる姿は姫君の基本イメージである。「背《せい》のたかいは棚のものおろすに勝手よく、せいのひくいは俄あめにおそふぬれるも調法なり」と品定めするのは女の出自を確かめようとしているのかもしれない（二の二）。

それに対して、葛籠を背負う姿は探索者のイメージといえる。「是より某《それがし》は御暇給はり、又々都へ上り、宝剣の詮議仕らんと、葛籠を背《せな》に負て立出ける」（五の一）。実は葛籠に死体が入っていたのである（「手ばやく死骸を葛籠におしこみ、背《せな》におひ…」）。

全集二一の『風流川中島』（宝暦四年）は近松の『信州川中島合戦』（享保六年）にもとづくものである。「あれが山本勘助といふものか、背《せ》はちいさく片輪者似せ物に極たりと思はるるれども…」（『風流川中島』五の二）。背が小さいというのは力自慢の武者ではなく、知略にたけた軍師のイメージであろう。同じく全集二一の次の場面も興味深い。「背《せ》おひ荷のおおひをとれば、内にはみちつまったるたばこ入、はな紙いれ帯地人形…」（宝暦七年『花色紙襲詞』二の三）。背負われていた荷物に騙される設定は馬琴がしばしば試みるものにほかならない。

おそらく、八文字屋本の身体表現は演劇に由来するものであろう。「細首をつかんで投とばし、背骨《せぼね》にどつかと打跨つたるをよく見れば、主馬判官盛久なり」（宝暦五年『頼政現在鵺』三の三）などをみるとよくわかる。

全集二二でも老母は背負われている。「母を駕籠よりおろし、背中《せなか》におひたてまつり、けんそ峨々たるいはほをのぼりゆく所に、母はおはれながら背中より手をのべて、道のほとりの篠をおりかけ松柏を手をりて…」（宝暦九年『契情蓬莱山』三の二）。つまり、姫君や老母は背負われる存在ということになる。

次の一節は来るべき読本にとって示唆的である。「今天下わけめの軍半に、盛行もしなき者とならば、偏に盲目《もうもく》の杖を失ひたるがごとく、氷上皇子へ天下をうばはれん事必定なるべしとて…」（宝暦十年『今昔九重桜』五の一）。杖を失った盲目の状態こそ読本にとっては不可欠の要素ではないだろうか。知力を競う読本は逆に絶対的な無知を基盤にしなければならないからである。「その声のかはゆらしさ、みぬ内からせなかをつかみたてるやうになつて…」（宝暦十一年『哥行脚懐硯』一の二）とあり色欲は主人公の危機となるが、「先年亡びし母のかたみ、是をすぐに脊《せな》にかけ、順礼に身をやつし…」（宝暦十三年『風流庭訓往来』二の一）とある敵討ちなど読本の世界に近い。

最後に全集一三の一節に注目しておく。「太郎助今はたへかねて畢竟《ひつきやう》町の礼儀も脊中《せなか》に腹のせつなさ、何とぞ此親父をはづしてともかふも此飢を助らんと思ふ…」（明和四年『当世行次第』二の三）。背に腹は替えられないという欲望の論理が当世の論理、浮世の論理なのである。

浅井了意『浮世物語』巻二の七に「背中のはげたる狐」とあり、西鶴『好色二代男』巻二の三に「背のはげたる末社」とあるが、八文字屋本でも「背のはげたる」者が幅をきかす。用例を拾うと、全集二の『傾城禁短気』五の三に「中々こちらへ顔もむけぬ男は、背のはげた睟《すい》と心得て…」とあり、全集三の『渡世商軍談』（正徳三年）に「手代は背の脱《はげ》た鼠の忠のもの」（巻二）、「買手世智《せち》がしこく立まはれば、売手謀計《てだて》を以て、大キにかづけるこんたんをするは、背のはげし商人《あきんど》のならひぞかし」（巻四）とある。何か企むのが「背のはげし」者にほかならない。また、全集八の『日本契情始』二の三には「背のはげたる狐」とあり、狐に化かされる話も多い。全集一〇の『記録曾我女黒船、後、本朝会稽山』（宝暦十三年）九の二には「背のはげた虎さん」とある。全集一一の『風流友三味線』（享保十八年）五の二には「紅舌《こうぜつ》万客ニなめさせ、世界の男を手に入た、恋の道には脊のはげた女郎の果と、親の手より外をしらぬ懐子《ふところご》の娘と、れんぼのせり合…」とあるが、剥き出しになった背と包まれた懐が対比されている。全集一三の『咲分五人媳』四の二には「わるい事に脊のはげた狸住持がさし合せて」とあり、全集一五の『忠孝寿門松』(元文三年)五の三には「背のはげたる男哆《たら》しの古狸の、けいせいに化されて…」とあり、全集一八の『賢女心化粧』(延享二年)五の一には「背のはげた遺女」とある。八文字屋本の一方は背のはげた欲望の世界であり、他方は背負う敵討ちの世界といえる。

これまで八文字屋本は西鶴の模倣が多いと強調されてきた。しかし、背負う形象を検討すると、読本を準備するものであったと指摘できるのではないだろうか。改めて再評価されるべきである。(2)

裕福な旦那として八文字屋本を代作し、窮迫すると利益をめぐって八文字屋自笑と確執を起こす江島其磧の軌跡は、そのまま浮世草子の世界を模倣するものであったといえる(西鶴の浮世草子は家の形象が稀薄である)。だが、八文字屋は代々続いていくので、さながら時代物や読本の世界に似てくるのである。八文字屋本の代作者となった多田南嶺は、数多くの名前をもつ神道家、故実家であり、読本の登場人物のようにさえみえる。

家の形象が弱い浮世草子において人物は漂うだけである。(3)しかし、家の形象が強い読本において人物は構造化される。だからこそ、異なった名前で同一人物を指し示す事態が頻出するのである(「実は」と正体を明かす歌舞伎的、時代物的手法でもある)。

注

(1) 西沢一風に『身替弫張月』(享保十年)という浄瑠璃がある。馬琴に影響を与えているかどうか不明だが、身代わりという点だけは共通している。なお、一風における背負う形象は乏しく、「重荷につかれて、滝の流をすくひのみ」するくらいである(元禄十五年『女大名丹前能』八の一)。

(2) 『燕石雑志』五で「戯作の才は西鶴殊に勝れたり。但その文は物を賦するのみにして、一部の趣向なし」と馬琴は評している。長谷川強『浮世草子新考』(汲古書院、一九九一年)が指摘する通り、そこに「一部の趣向」を取り入れたのが八文字屋本ということになる。逆にいえば、「物に賦する」点に西鶴の圧倒的な強みがある。八文字屋本については『国語と国文学』の特集号（二〇〇三年五月）、佐伯孝弘『江島其磧と気質物』（若草書房、二〇〇四年）、宮本祐規子『時代物浮世草子論』（笠間書院、二〇一六年）などがあるが、西鶴における欲望の問題については拙著『枕草子・徒然草・浮世草子――言説の変容』（北溟社、二〇〇一年）を参照されたい。

（3）北条団水『男女色競馬』（宝永五年）の「久しぶりにて背中を流させ申さん」という一節は滑稽本を予告するかのようだ（巻三の二）。また、同『武者張合大鑑』（宝永六年）の「久しく物を喰ねば臑たちがたし、おのれ背負て帰れと申されしかば…」という一節は欲望を描く浮世草子にふさわしい形象である（巻四の一）。だが、時代物になると、やつしの力学が働く。錦文流『仁徳天皇萬年車』（正徳三年）には「あやしげなるかろうとに尊を忍ばせ奉り、かいがい敷も背《せな》にをひ賤かすがみの身にまとひ…」とみえる。引用はそれぞれ『北条団水集』（古典文庫）、『錦文流全集』（古典文庫）によった。

主要文献案内

都賀庭鐘関係

『英草紙』は日本古典文学全集（中村幸彦校注訳、小学館、一九七三年）、新編日本古典文学全集（同、一九九五年）、『繁野話』は新日本古典文学大系（徳田武校注、岩波書店、一九九二年）、『莠句冊』『義経磐石伝』『四鳴蝉』『呉服文織時代三国志』『過目抄』は江戸怪異綺想文芸大系（木越治、稲田篤信校訂、国書刊行会、二〇〇一年）、『医王耆婆伝』は大惣本稀書集成（臨川書店、一九九四年）に収められる。

上田秋成関係

『上田秋成全集』一～一二（中央公論社、一九九〇年～）があり、『雨月物語』『春雨物語』『胆大小心録』は日本古典文学大系（中村幸彦校注、一九五九年）、『藤簍冊子』は新日本古典文学大系に収められる（中村博保校注、一九九七年）。『雨月物語』『春雨物語』は日本古典文学全集（高田衛、中村博保訳注、一九七三年）、新編日本古典文学全集（同、一九九五年）にも収められる。そのほか『雨月物語　癇癖談』（浅野三平訳注、日本古典集成、新潮社、一九七九年）、『春雨物語　書初機嫌海』（美山靖訳注、日本古典集成、一九八〇年）、『雨月物語評釈』（鵜月洋訳注、角川書店、一九六九年）、『雨月物語』上下（青木正次訳注、講談社学術文庫、一九八一年）、『雨月物語』（高田衛、稲田篤信訳注、ちくま学芸文庫、一九九七年）など。

曲亭馬琴関係

『椿説弓張月』上下（後藤丹治校注、日本古典文学大系、一九五八年）、『南総里見八犬伝』一～一二（濱田啓介校訂、日本古典集成、二〇〇三～四年）、『朝夷巡嶋記』（続帝国文庫、博文館、一八九八年）、『近世説美少年録』一～三（徳田武校注訳、新編日本古典文学全集、一九九九〜一年）、『開巻驚奇侠客伝』（横山邦治、大高洋司校注、新日本古典文学大系、一九九八年）、『馬琴中編読本集成』一〜一六（鈴木重三、徳田武編、汲古書院、一九九五〜〇八年）、『馬琴書翰集成』一〜六（柴田光彦、神田正行編、八木書店、二〇〇二〜四年）、『中型読本集』（高木元解題、叢書江戸文庫、国書刊行会、一九八八年）、『馬琴草双紙集』（板坂則子解題、叢書江戸文庫、一九九四年）。

『馬琴中編読本集成』から中篇読本のタイトルを掲げる。第一巻『月氷奇縁』（文化二年）、『石言遺響』（文化二年）、第二巻『稚枝鳩』（文化二年）、『三国一夜物語』（文化三年）、第三巻『四天王剿盗異録』（文化二年）、第四巻『勧善常世物語』（文化三年）、『敵討裏見葛葉』（文化四年）、第五巻『隅田川梅柳新書』（文化四年）、『標注そののゆき』（文化四年）、第六巻『旬殿実実記』（文化五年）、第七巻『雲妙間雨夜月』（文化五年）、『三七全伝南柯夢』（文化五年）、第八巻『俊寛僧都嶋物語』（文化五年）、第九巻『頼豪阿梨怪鼠伝』（文化五年）、第一〇巻『松浦佐用媛石魂録前編』（文化五年）、『松浦佐用媛石魂録後編』（文政十一年）、第一一巻『松染情史秋七草』（文化六年）、『常夏草紙』（文化七年）、第一二巻『昔話質屋庫』（文化七年）、『夢想兵衛胡蝶物語』（文化七年）、第一三巻『青砥藤綱摸綾案前集』（文化九年）、『青砥藤綱摸綾案後集』（文化九年）、第一四巻『糸桜春蝶奇縁』（文化九年）、第一五巻『占夢南柯後記』（文化九年）、第一六巻『美濃旧衣八丈綺談』（文化十年）、『皿皿郷談』（文化十二年）。なお『新累解脱物語』（文化四年）は和泉書院版が刊行されている。

『日本随筆大成』（吉川弘文館）から馬琴の随筆タイトルを掲げる。第一期第一巻『羇旅漫録』（享和二年）、第五巻『玄同放言』（文政元年〜三年）、第一〇巻『著作堂一夕話』（享和四年）、第二一巻『烹雑の記』（文化八年）、第二期第一巻『兎園小説』（文政八年）、第三巻『兎園小説外集』（文政九年〜十年）、第四巻『兎園小説別集』（文政八年）、第五巻『兎園小説余録』（天保三年）、『兎園小説拾遺』（天保三年）、第一九巻『燕石雑志』（文化七年）。

あとがき

本書第一部「神話と小説」では、曲亭馬琴の五大長編読本を様々な観点から読み解き、神話と小説の関係について考察した。第二部「庭鐘、秋成、馬琴」では庭鐘、秋成の短編、馬琴の中編読本を論じ、身体表象の観点から近世小説史を試みた。庭鐘をロゴスとコードの作家、秋成をパトスとメッセージの作家、馬琴を神話と反復の作家と呼んでみたが、本書の考察から多少なりとも明らかになったのではないかと思う。もちろん、粗削りの試論であることは自覚している。

前著『現代詩八つの研究』では「余白の詩学」という概念を提出してみたが、「分身の詩学」と呼ぶべきものかもしれない。余白が分身を招き込み、そこに新しい何かが誕生するからである（拙著『源氏物語のテマティスム』と『源氏物語のエクリチュール』も分身関係になってほしい）。実は本書を構成する論文は前著の論文と交互に書き継いだものである。互いに関係のない馬琴と現代詩が分身状態になる、そんなことを夢想する。

もちろん、本書においても古典にかかわる知や文化的コードは尊重している。しかし、できるだけ抑制した。いわば古典知や文化的コードを括弧に入れて、非文化的テクストへの還元を試みたのである。出来映えはともかくとして、本書は、そうした白紙還元のようなものをめざしている。

初出は以下の通りだが、加筆訂正を施した。「椿説弓張月を読む――言葉の張力」（『沖縄国際大学日本語日本文学研究』一七、二〇一一年三月）、「朝夷嶋巡記全伝を読む――背の巡歴」（同一九、一二年三月）、「近世説美少年録を読む――怨火・卵・石」（同一六、一〇年一〇月）、「開巻驚奇侠客伝――髑髏と飛行」（同一七）、「南総里見発見伝を読む――怨霊・仮装・王権」（同一八、一一年一〇月）、「上田秋成と戦いの問題――攻撃と待機」（同六、〇〇年一月）、「都賀庭鐘論――気象・地形・亡命」（同一一、〇八年三月）、「『三七全伝南柯夢』『占夢南柯後記』『青砥藤綱摸稜案』を読む――

盲目・接木・裁判」（同三〇、一二年一〇月）、「『旬殿実実記』『松浦佐用媛石魂録』『糸桜春蝶奇縁』を読む――心猿・片目・双子」（同三〇）、「馬琴の中編読本を読む――背の署名」（同三一、一三年三月）、「傾城水滸伝を読む――馬琴の小説手法」（同三三、一四年三月）、「八文字屋本の身体表象――背のはげたる者と背負う者」（同三四、一四年一〇月）。なお、関連論文として「馬琴と「背向」」（『日本文学』二〇一四年七月号）がある。先行研究にはできるだけ目を通したが、見落としたが多々あるかもしれない。御批判、御教示いただれば幸いである。

『源氏物語』ばかり読み耽っていた筆者が、沖縄に赴任して二〇年目ふとした偶然で馬琴に出会った。おかげで、東京都立中央図書館や大阪府立中之島図書館で板本を眺めたり、板本を買い込んだりすることになった。まだまだ読むべき本が山積しているが、これから少しずつ読み解いていきたいと思う。

本書刊行に当たっては、先輩同僚諸氏、様々な方々に感謝申し上げます。とりわけ批判的コメントなどをいただいた髙木元、風間誠史の両氏には感謝申し上げます。大いに励まされたからです。出版を御快諾いただいた翰林書房の今井肇、静江御夫妻にも厚く御礼申し上げます。なお、本書は沖縄国際大学研究成果刊行奨励費の交付を受けています。

二〇一六年九月　　　　著者

【著者略歴】
葛綿　正一（くずわた　まさかず）
1961年、新潟県生まれ
1988年、東京都立大学大学院博士課程単位取得退学
現在、沖縄国際大学総合文化学部教授（日本文化学科および大学院地域文化研究科）
〔連絡先〕
〒901-2701 宜野湾市宜野湾2-6-1沖縄国際大学総合文化学部
〔主要論著〕
『源氏物語のテマティスム』（笠間書院、1998年）、『源氏物語のエクリチュール』（同、2006年）、『現代詩八つの研究――余白の詩学』（翰林書房、2013年）、「近松の時代物――双生・女夫・川中島」（『沖縄国際大学日本語日本文学研究』32、2014年）、「中上健次の奇蹟――太平記との関連性」（同34、2014年）、「川端康成の片腕――他者との交わり」（同35、2015年）、「自然主義試論Ⅰ～Ⅳ」（同36・37、2015・16年）など。

馬琴小説研究

発行日	2016年12月 2 日　初版第一刷
著　者	葛綿正一
発行人	今井　肇
発行所	翰林書房
	〒151-0071 東京都渋谷区本町1-4-16
	電 話　(03)6276-0633
	FAX　(03)6276-0634
	http://www.kanrin.co.jp/
	Eメール●Kanrin@nifty.com
装　釘	島津デザイン事務所
印刷・製本	メデューム

落丁・乱丁本はお取替えいたします

ISBN978-4-87737-407-5